과거의
목소리

18세기 일본의

담론에서

언어의 지위

Voices of the Past: The Status of Language in Eighteenth-Century Japanese Discourse
by Naoki Sakai

Originally published by Cornell University Press
Copyright © 1991 by Cornell University
Korean translation copyright © 2017 by Greenbee Publishing Co.
This edition is a translation authorized by the original publisher, via Shinwon Agency Co., Seoul.

과거의 목소리 : 18세기 일본의 담론에서 언어의 지위

초판 1쇄 인쇄 _ 2017년 4월 5일
초판 1쇄 발행 _ 2017년 4월 10일

지은이 _ 사카이 나오키 | 옮긴이 _ 이한정

펴낸이 _ 유재건 | 펴낸곳 _ (주)그린비출판사 | 신고번호 _ 제25100-2015-000097호
주소 _ 서울시 마포구 와우산로 180, 4층 | 전화 _ 702-2717 팩스 _ 703-0272

ISBN 978-89-7682-253-6 93830
이 도서의 국립중앙도서관 출판시도서목록(CIP)은 e-CIP 홈페이지(http://www.nl.go.kr/ecip)와
국가자료공동목록시스템(http://www.nl.go.kr/kolisnet)에서 이용하실 수 있습니다.(CIP제어번호 :
CIP2017007084)
이 책의 한국어판 저작권은 신원에이전시를 통해 저작권자와 독점 계약한 그린비출판사에 있습니다.
저작권법에 의해 한국 내에서 보호를 받는 저작물이므로 무단 전재 및 무단 복제를 금합니다.

그린비출판사 나를 바꾸는 책, 세상을 바꾸는 책
홈페이지 _ www.greenbee.co.kr | 전자우편 _ editor@greenbee.co.kr

과거의 목소리

18세기
일본의 담론에서
언어의 지위

사카이 나오키(酒井直樹) 지음 | **이한정** 옮김

그린비

돌아가신 아버지 사카이 야쓰요시를 기리며

한국의 독자들에게

저는 『과거의 목소리』에서 지금은 '한문'이라고 불리는 어떤 보편적인 말의 다발이 '일본어'라는 민족 혹은 국민의 말에 의해 배제되어 가는 역사적 과정을 그리려고 했습니다. 민족 혹은 국민의 생성을 묘사함으로써 민족=국민을 역사화하는 작업을 학문적으로 구상하려고 했습니다. 이 역사화에 의해 개시되는 과정을 저는 '일본인·일본어의 사산死産'이라고 불러 왔습니다.

　'한자와 한문을 어떻게 정의할까'라는 문제가 아주 어려운 작업이라는 것은 물론 처음부터 알고 있었습니다. 한자는 표의문자ideogramme 혹은 형상문자hieroglyph 등으로 규정되었습니다만, 이러한 규정은 불충분하며 또한 음성중심주의에 완전히 지배받고 있음은 자명합니다. 1970년대에 저는 자크 데리다Jacques Derrida의 현상학 비판에 완전히 매료되어 있었습니다. 그래서 일본에서 집필된 한문과 한자에 대한 연구가 부끄러운 줄도 모르고 음성중심주의적인 것에 못마땅해하고 있었고, 그때부터 한자와 한문에 대해 음성중심주의적이지 않은 역사를 쓰고 싶다는 당치도 않은 야망을 가지게 되었습니다. 『과거의 목소리』는 이 야망의 연장선상에 있습니다.

결론을 먼저 말하자면, 한자와 한문에 대한 음성중심주의적이지 않은 역사를 쓰겠다는 기획은 1) 국민과 민족이라는 자기획정의 형태를 철저하게 탈구축하는 것, 2) 서양이라는 통일체를 탈구^{dislocation}하는 것으로, 저는 이 일을 임무로 삼게 되었습니다.

21세기 한국은 한문책과 한문을 가깝게 느낄 수 있는 사람들부터, 자기 이름과 고유명을 한자로 쓸 수 있을 정도의 지식을 가진 사람들, 나아가 한자와는 전혀 무관한 사람들에 이르기까지, 한자와의 관계가 폭넓고 다양하다고 할 수 있겠지요. 저 자신도 한문책 속에서 자란 것이 아니어서 한문을 모르는 세대에 속하고, 그렇기 때문에 저에게 한문은 의심할 여지 없이 다른 사람의 말입니다. 그러나 한문 습득 정도가 어떻든 간에 한자 지식이 곧바로 그 사람의 교양 자체를 의미했던 시대는 지극히 가까운 과거였다고 말해도 좋지 않을까요. 이러한 의미에서, 한자와 격투를 벌이는 일이 늘 있는 동시에 그것을 과거의 일처럼 느끼지 않을 수 없는 한국어 독자들은 사실 이 책의 가장 이상적인 청중이라고 생각하지 않을 수 없습니다. 일본에서도 18세기에 이르기까지 한자는 '마나'^{眞名}라고 불리며 제대로 된 방식의 쓰기로 간주되고 있었습니다. 즉 한자와 한문은 보편적인 언어로 간주되었으며, 거기에는 '국어'와 '민족어'라는 발상 자체가 존재하지 않았습니다. 18세기에 불과 몇몇 지식인들 사이에서 민족어로서의 일본어라는 발상이 생겨났습니다. 하지만 대다수의 사람들이 한자의 보편성에서 탈각할 수 있기까지는 메이지 시대의 근대 국민이 형성될 무렵까지 기다리지 않으면 안 되었습니다. 분명히 여기에서 볼 수 있는 사태는 '근대화'와 관련되어 있습니다. 『과거의 목소리』는 근대란 무엇인가를 언어의 문제로서 받아들이면서 출발하고 있습니다.

그러나 이제까지 많은 철학자, 사회과학자, 역사가들이 악전고투했던 것처럼 근대는 한 마디로 정의할 수 없는 총체적인 사회 변화이며, 이 역사과정을 파악하기 위한 변수를 찾는 것은 그리 간단한 일이 아닙니다. 그래서 이제까지의 근대론의 상식에서 보면 거의 자의적으로 보이는 방식이긴 하지만, 18세기 문헌에 내재하는 세 가지 특징에 주목했습니다. 첫째로는, 사람들이 모국어(모어母語가 아니라 모국어母國語가 되는 것이 놀랄 만한 사실이지요)를 가진다는 것을 인식하기 시작[1]함과 동시에 온 세계에 사는 사람들이 민족(혹은 국민)이라는 단위로 선별되기 위해서, 하나의 민족에 귀속할 때 다른 민족에 귀속할 수 없다는 선언적選言的인 형식을 통해서 사람들은 자기획정을 이루기 시작했다는 것입니다. 둘째로, 이와 같이 말이 민족의 본래성을 나타낸다고 생각하기 위해서 자국어와 외국어의 관계를 마치 '이것 아니면 저것'이라는 듯 서로를 배제하는 방식이라고 생각하게 되었다는 것입니다. 그리고 셋째로는, 현대의 언어 이론에서 '발화행위'enunciation라고 불리는 발화를 발화의 성과(다시 말해 말해진 것)가 아니라 그 생성에서 파악하려고 하는 기묘하고도 이상한 어떤 심급이 출현했다는 점입니다.

저의 논의는 이들 세 가지 변화가 연대하는 가운데 일어나는 역사적인 과정을 우선 '근대'라고 정의하는 데에서 시작되었습니다. 다만 이 특

---

1) '모국어를 가진다'는 말은 영어로 하면 'native speaker'입니다. 'native speaker'는 어떤 언어 안에서 태어난 사람을 말하기 때문에 모국어와 'native speaker' 사이에는 '동포'——어머니[母]의 '자궁'[胞]을 함께 한다는 생리적인 비유가 사용됩니다. 모국어는 개인의 '몸에 붙어 있는', 소위 신체의 형질을 이룬 것처럼 간주되기 때문에 '인종' 개념에 가까운 것입니다. 인종 개념은 유독 근대적인 것이지만, 어머니 형상이 근대에 이르러 등장한 것도 이 때문이겠지요. 더욱 중요한 것은 모국어라는 비유가 성립되기 위해서는 모국어가 그 내부와 외부가 딱 구별된 통일체이기를 요구받았다는 것입니다. 'native speaker'와 그렇지 않은 것을 구별하는 것은 모국어 안에 있는 자와 그 밖의 어떤 자입니다.

징들은 문화의 표현도 아니고, 관념의 발달에 속하는 것도 아니며, 어디까지나 '담론'의 차이로서 고찰한다는 원칙을 스스로에게 부여했습니다. 다시 말해 이 특징들을 어떤 '담론공간'이 출현하는 것으로서 이해했습니다.

1980년대에는 미셸 푸코Michel Foucault의 담론분석이 일종의 지적 유행이었습니다. 그 결과 푸코의 문체를 모방한 역사 연구가 수없이 많이 집필되었습니다. 그와 같은 푸코의 역사 연구에 촉발된 뛰어난 성과 중 하나가 에드워드 사이드의 『오리엔탈리즘』[2]입니다. 그러나 『오리엔탈리즘』과 같이 명확한 실천적 비판의 전망을 가지지 못한, 단지 '담론'이라는 말을 남용하는 역사 연구가 아주 많이 출현했던 것도 사실입니다. 다만 여기서 저는 푸코를 잘못 이해했다고 비난하려는 것도 아니며, 푸코의 원전을 권위로 해서 그 해석의 시비를 가리는 논쟁에 참가할 생각도 없습니다. 그러나 저는 '중국공산당의 철학'과 '나쓰메 소세키의 사상'이라는 표현의 '철학'과 '사상'을 '담론'으로 바꾸어 '중국공산당의 담론' 혹은 '나쓰메 소세키의 담론'이라고 말하면 뭔가 새로운 것을 말한 것으로 아는 연구와는 선을 긋고 싶습니다. 담론분석을 채용하는 데에는 불가피한 실천적 이유가 있습니다. '담론'을 사용함으로써 어떠한 실천적 지평을 개척하려고 했던가를 세 가지 특징을 들어 말씀드리면 저의 실천적인 관심이 어디에 있었는가를 조금은 아실 수 있지 않을까 싶습니다.

우선, '담론공간'은 민족문화와 국민사회 혹은 해석학에서 말하는 전술어적前述語的 판단의 지평과는 전혀 다른 역사 이해 장치를 가리킵니

---

2) Edward Said, *Orientalism*, Vintage Books, 1978 ; 박홍규 옮김, 『오리엔탈리즘』, 교보문고, 2007.— 옮긴이

다. 푸코는 담론공간을 '문고'archives라고 부르고 있는데, 이것은 프랑스어의 일상용법으로는 고문서와 기록보관소를 말하며, 일정한 조건에 의해 그 집합성이 결정되는 발화된 말énoncés의 집합을 말합니다. 저는 이런 담론공간이라는 장치를 설정한 후에, 한자와 한문을 보편적인 것으로 간주하지 않는 새로운 담론을 분석하려고 시도했던 것입니다. 그러나 이러한 새로운 담론이 18세기 일본에서 **일반적으로 일어났다**고는 한 번도 생각해 본 일이 없습니다.

담론에서는 문화와 전통, 민족 공동체와 같은 개념과는 다른 방식으로 역사의 영역을 설정할 수 있습니다. 예를 들어 '임상의학 담론'은 수많은 발화된 말을 포함하겠지요. 환자에게 던지는 의사의 질문에서부터 수술실 안에서 집도의가 간호사를 향해 외치는 명령, 현미경으로 환자의 혈액 샘플을 검사한 보고 등 잡다한 발언과 명령, 직업상의 몸짓, 검사 기계의 조작, 보고서, 나아가서는 의사의 자격증명서에 이르기까지, 이 모든 것들이 발화된 말로서 담론에 통합되어 있습니다.[3] 그러나 수술실에

---

3) '담론'이라는 용어를 이해한 후에 다음의 측면을 지적해야만 합니다. '담론'은 소위 언어의 범위에 수렴되지 않는다는 점입니다. 담론은 쓰여진 것과 말해진 것으로 한정되지 않습니다. 말해진 것은 énoncé이기 때문에 동사인 énoncer의 과거분사에서 이루어지는 명사입니다. énoncer가 '말하다', '발언하다', '표명하다'와 같은 의미를 가지기 때문에 발화된 말은 '말해진 것', '발언된 내용', '표명된 의미'라고 생각하는 것이 타당한 것처럼 생각할 수 있습니다. 그러나 푸코는 발화된 말에 대해서 과감히 새로운 용법을 준비했습니다. 그는 발화가 반드시 어떤 장면에서 일어나는 것, 따라서 발회된 말은 예외 없이 역사적 사건으로서 발생해 버린다는 사실을 자신의 용어법 안에 담으려고 했습니다. 그가 내걸고 있었던 것은 역사의 철학화(헤겔)가 아니라 철학의 역사화(니체)였습니다. 말하자면 발화된 말은 역사적인 사건으로서 발생하며, 이러한 한에서 소위 언어의 차원으로는 수렴되지 않습니다. 1960년대에 이 문제에 천착한 철학적 시도는 영국에서 발달한 '언어행위론'(Speech Act Theory)이었습니다. 여기에서 '말하다', '발언하다', '표명하다'와 '행하는 것', '사건을 일으키는 것', '뭔가를 저지르는 것'은 거의 연속적으로 이해되고 있습니다. 그러나 푸코는 『지식의 고고학』(L'Archéologie du savoir)에서 당연하지만 '언어행위론'의 측면에서 그의 고고학이 이해되어

서 수술을 집도하던 의사가 자택으로 돌아가 가족들과 단란히 있는 장소에서 말하는 동료에 대한 뒷담화, 간호사가 병원의 청소부에게 말하는 병원 경영자의 고충, 연애를 하는 사이인 의사와 간호사의 달콤한 속삭임과 같은 발화된 말은 임상의학의 담론에는 귀속되지 않습니다. 임상의학의 담론에 속하는 발화된 말의 '문고'를 담론공간이라고 간주하기 때문에, '담론공간'은 지리적 공간도 아니며 집단적 공간도 아닙니다. 그것은 동일한 말을 공유하지도 않습니다. 임상의학의 담론은 런던과 서울의 도시와 리우데자네이루대학의 의과대학에 존재하더라도, 영국이나 한국과 같은 국민사회, 혹은 독일어권에 존재한다고 생각할 필요는 없습니다. 동일한 개인이 다른 언어를 횡단하며 살아가는 것은 당연하기 때문에, 담론은 작가와 사상가 개개인의 머릿속에 잠재해 있는 것도 아니며 민족이나 국민의 소유물도 아닙니다.[4] 그것은 민족문화 등과는 전혀 관

버리는 데에 강한 경계를 나타내고 있습니다. 왜냐하면 푸코의 '고고학'은 '언어행위'보다도 훨씬 급진적이었기 때문입니다. 그의 '담론'이라는 용어가 그 효과를 발휘하는 곳은 기호의 내부성과 외부성의 구별이 붕괴하는 지점이라고 말해도 좋겠지요. 전통적인 철학에 따르면 기호의 내부성이란 intention 또는 connotation이며, 기호의 외부성이란 extension입니다. '언어행위론'은 기호의 내부성과 외부성이 나뉘어 있다는 입장에서 언어행위를 고찰했습니다. 그러나 푸코는 다릅니다. 즉 푸코는 기호에 대한 개념적인 의미(내포)와 그 지시대상성(외연)을 명확하게 분리하는 입장을 거부하면서 역사를 생각했던 것입니다. 이 책에서 저는 여러 차례 '담론이 언어 안에 있'는 것이 아니라 '언어는 담론 안에 있다'고 말했는데, 그것은 바로 이 점과 관련이 있습니다. 담론은 국민과 민족을 역사화하는 것이 아니라 '언어'를 역사화하는 시점을 제공해 주기 때문입니다. 담론을 '철학'과 '사상'과 같은 것처럼 논하는 사람들은 오만하게도 푸코에게 역사가 얼마나 중요한 문제였던가를 간과한 것이라고 말할 수 있겠지요. 그들은 그만큼 역사에 둔감했던 것입니다.

4) 여기에서 하나 주의할 필요가 있습니다. 푸코는 '서양'이라든가 '우리 문명'이라는 표현으로 마치 담론이 문명 범주에 한하는 것처럼 말하고 있습니다. 이것은 푸코 안에 존재하는 옥시덴탈리즘이라고 말할 수 있겠으나, 필자는 이와 같은 옥시덴탈리즘을 긍정할 생각은 조금도 없습니다. 필자는 푸코 안에 존재하는 옥시덴탈리즘을 비판한 바 있고, 현재 신경을 쓰고 있는 기획 'Dislocation of the West'는 이 점과도 관련이 있습니다. Dislocation은 이음매가 어긋가 있는 상태를 의미하는 '탈구'(脫臼), 좌표로 위치를 짓는 공간에서 벗어나는 것을 말하는

계가 없을 뿐만 아니라 소위 사회의 윤곽과도 일치하지 않으며, 하물며 현상학에서 말하는 생활세계 등과도 무관합니다.

반대로 담론이라는 장치는 민족과 국민, 사회와 문화, 언어, 문명과 같이 이제까지 실체로 보였던 집단의 동일성을 새롭게 역사화하는 멋진 기회를 부여해 줄 것입니다.

그래서 첫번째 특징으로, 일부러 담론분석을 강조함으로써 어떠한 특전이 보증되는가를 간단하게 말해 보기로 하지요. 그것은 단적으로 말해 모국어라는 발상이 나타내는 것을 국민사의 틀 밖에서 기술하는 것을 가능하게 합니다. 왜냐하면 역사 기술의 장을 담론공간이 아니라 소위 일본사회로 설정하는 지금까지의 일본사 기술에서는, 모국어의 출현은 그때까지 잠재적으로만 의식되었던 '우리의 언어'를 소수의 지식인들이 자각하게 되었다는, 가능한 형태에서 현실적인 형태로의 발달 과정으로서 묘사해 버리기 때문입니다. 실제로 일본어 문법과 일본의 고전을 연구한 에도시대 국학자들의 작업은 이제까지의 일본 사상사에서 언제나 '일본인의 자각의 역사'라는 것으로 횡령되었습니다. 모국어의 성립은 폭력을 동반합니다. 국어가 성립하기 위해서는 국어를 말할 수 없는 자들을 욕보여 열등의식을 가지게 하고, 나아가 차별화할 필요가 있습니다. 국민주의자들은 국어의 성립을 피할 수 없는 폭력이라고 말하겠지만, 그

'탈-위치화', 토지와 인맥 안에 뿌리를 두고 있는 것을 뽑아내는 것, 즉 '뿌리 없는 풀이 되는 것', 혹은 그때까지 있었던 자기획정의 위치에서 벗어나 떠다닌다는 의미에서 '이민하는 것' 과 같은 함의를 지니고 있겠지요. 제가 행하고자 하는 것은 '서양'을 탈구해 탈-위치화해서 뿌리 없이 만들어 이민시키는 것입니다. 그것은 '서양'과 대조적으로 쌍형상화함으로써 성립하는 '아시아'와 같은 동일성을 탈구시키는 것이기도 합니다.

것은 식민주의자들이 문명화의 사명에 대해서 선교사적인 교설을 하는 것과 다를 바 없습니다. 따라서 저는 모국어의 생성을 어떤 담론공간의 특징으로 간주함으로써 역사 기술의 장을 국민과 민족으로부터 해방시키려고 했습니다. 민족을 역사의 기반으로 보는 것이 아니라, 역으로 민족을 역사의 일시적인 효과로 간주하려고 했던 것입니다. 역사적으로 일관되게 존재하는 국민과 민족은 없습니다. 오히려 일종의 담론편성이 만들어지는 효과로서 국민과 민족이 존재하게 됩니다. 따라서 다른 담론편성이 발생했을 때에는 이와 같은 효과는 사라져 버릴 것입니다.

두번째 특징은, 첫번째에서 말한 것의 당연한 귀결로서 볼 수 있습니다. 민족과 국민은 고립해서 존재하는 것이 아니라 다른 민족과 다른 국민의 존재를 전제로 해야 비로소 존재할 수 있는 상상체입니다. 한자와 한문이 보편적인 말이라고 간주되었던 것은, 그 밖의 쓰기체계와 발음 형태가 한자와 한문과 동일한 정도의 본래성을 가진 것이라고 인정되지 않았고, 한자와 한문이 문명의 궁극적인 단계라고 생각되었기 때문일 것입니다. 동아시아의 다른 지역에서도 인도의 불전, 이슬람교의 경전, 소수 부족의 쓰기체계 등이 알려져 있습니다. 그럼에도 불구하고 어머니의 말, 민족에 뿌리를 둔 말이라는 발상은 근대가 되기까지 일어나지 않았고, 어머니의 자궁을 같이하는 자들의 집단 모습을 혈연과는 전혀 관계없는 집단에 투사함으로써 생긴 '동포'同胞와 같은 공동성이 정치적으로 중요한 역할을 수행했던 적도 없었습니다. 근대와 함께 출현한 것이 국제세계입니다. 이렇게 국민의 병존으로서 정의된 세계야말로 바로 근대적인 세계가 되는 것은 놀랄 만한 일이 아닙니다. 이제 세번째 특징으로 이행하겠습니다.

한자와 한문이 보편적인 말로서의 자격을 상실하고 보편적인 질서가 해체되어 개개의 국민(혹은 민족)이 병존하는 세계가 출현한다는 역사는 동아시아 특유의 것입니다만, 의외로 (이제까지 받아들였던) 서유럽에서 모델을 구하는 근대적 역사 해석과 전혀 무관하지도 않습니다. 서유럽의 근대 생성 역사에서 '주관-주체'(subject와 Subjekt)의 출현으로 알려졌던 사태는 '발화행위'의 심급이 출현한 것과 무관하지 않습니다. 주관=주체는 18세기 후반에 처음으로 독일 계몽주의 운동 속에서 등장했다는 것이 잘 알려져 있습니다. 그 이전에도 고대 그리스 철학에서는 '히포케이메논'hypokeimenon으로 알려져 있습니다만, 임마누엘 칸트는 전혀 새로운 철학적 용법을 이 말 Subjekt에 부여했습니다. 주관=주체로서의 인간은 보편적인 질서 속에서 안정된 위치를 가지는 동일성이 아닙니다. 그것은 자기 안에 자기분열을 잉태해 끊임없이 자기초극을 행하는 탈자적脫自的 존재자입니다. 서유럽에서 주관=주체는 근대의 인간주의를 상징함과 동시에 근대적 국민국가의 담당자로서 출현하게 됩니다. 동아시아에서 발생했던, 제국의 보편적 질서의 붕괴에서도 마찬가지로 **개념적으로 불가사의한** 운동이 일어났습니다. 주관=주체에 필적하는 개념이 집중적으로 표현되지는 않았습니다만, 이 사태를 저는 '발화행위'라는 심급이 출현한 데에 있다고 생각했습니다. 인간은 질서에 종속하는 자가 아니라 질서를 새로 바꾸는 자가 됩니다. 이와 같은 인간 존재는 불안에 의해 뒷받침되고 있습니다. 그리고 이러한 불안의 위계를 '발화행위의 심급'으로 부르려고 했던 것입니다.

근대화의 역사에서는 급격한 산업화, 종교적 권위의 몰락, 개인의 자유에 대한 자각, 화폐경제의 침투, 봉건제도의 해체, 도시와 전원의 분리 등 많은 변수가 그 기술을 위해 동원되었습니다. 동아시아에서 일본이 가장 빨리 근대화를 이룩한 것을 강조하는 역사에서는 이 변수들에 많은 기술이 분열되어 있는 것이 보통입니다. 그럼에도 불구하고 이 책에서는 우선 이 사회학적 변수들을 무시했습니다. '우선'이라고 말한 것은 이 변수들이 지시하는 역사적인 현실을 간과할 생각은 추호도 없었기 때문입니다. 그러나 저는 굳이 산업혁명과 국민국가의 성립, 근대적인 주권국가의 성립과 같은 근대의 전형적인 지표가 성립하기 이전의 18세기에 주목했습니다. 메이지유신을 근대의 전환점이라고는 생각하지 않았고 근대가 서양화의 과정이라고도 생각하지 않았기 때문입니다.

이제까지 근대에 대한 서로 다른 수많은 역사적 해석이 있다는 것을 알더라도 다음과 같이 요약할 수 있지 않을까요. 제국(혹은 중세적인 질서)의 보편적인 질서(즉 가톨릭)가 붕괴하고 새로운 공동성으로서의 '국민'이 출현했습니다. 이 국민을 구성하는 개인은 국민이라는 전체성에 그 전까지는 생각할 수 없었던 방식으로 귀속하게 되었습니다. 친족과 신분 같은 대면관계로 규정된 사회관계로부터 독립해서, 개인은 친족과 신분을 매개하지 않고 전체에 직접 귀속하게 되었던 것입니다. 그 전까지 개인은 친족과 신분이라는 관계를 통해 자기획정[5]을 하고 있었던(관계적 동일성) 데 비해서, 이제는 개인이 관계성으로부터 독립해 직접적인 자기획정(종적 동일성)을 할 수 있게 되었습니다.

이러한 변환이 일어났을 때에 비로소 인간의 사회적 평등이라는 이

---

5) '자기획정'은 'self-identification'에 해당할 것입니다. 예를 들어 "일본으로서 자기획정한다"는 "to identify with the Japanese"가 될 것입니다. 현대 일본어에서도 '아이덴티티'가 자주 사용되고 있습니다만, 이 말을 되도록 사용하지 않으려 했던 것은 identity가 항상 identification의 결과인 것을 볼 수 없게 만들기 때문으로, 그 대신에 '자기획정'을 사용하려 합니다.

넘이 가능하게 됩니다. 평등이란 즉자적인 인식에 관계하는 것이 아니고 인간관계를 당위의 시점에서 보는 이념적인 시좌視座를 말하는 것이기 때문입니다. 그리고 이 때문에 평등은 항상 상상적인 사태입니다. 일본의 경우, 메이지유신이 일어나서 천황제가 수립되기까지 사회적 평등을 내건 반란이 일어나는 일은 없었다고 말하고 있습니다. 종적種的 동일성을 원리로 하는 사회편성은 평등을 가능하게 합니다. 그러나 이 평등은 형식으로서 부여됩니다. 신분에 의한 불평등이 부정됨에도 불구하고 다른 종류의 불평등이 출현합니다. 가장 두드러지는 것은 국적과 국가체제nationality에 의한 불평등이겠지요.

제국의 보편적인 질서는 예를 들면 한자와 한문의 보편성, 혹은 중세교회의 말인 라틴어의 보편성으로서 집약적으로 나타났습니다. 따라서 근대는 이와 같은 중세적 세계관이 붕괴해서 프랑스어, 영어, 독일어라고 하는 국어國語의 생성에 의해 표시되는 시민적 세계관으로 이행하는 것이라고도 생각했던 것입니다. 그때까지 친족과 신분 등으로 귀속하던 전체가 민족, 국민, 나아가서는 인종이라고 불리게 됩니다. 그러나 이 전체는 곧바로 인류 전체가 아니라, 인류를 '유'類라고 하면 '종'種에 해당하는 개인과 그 인류 사이를 매개하는 이차적인 보편성이 됩니다.[6] 민족, 국민, 인종은 사회학적으로는 다른 인류를 분류하는 범주입니다만, 어느 것이나 다 종적 동일성의 형식에 의해 개인에게 자기획정을 강요하는 것이라는 점에서는 같은 형태라고 말할 수 있겠지요.

전근대의 제국이 붕괴한 후, 그렇다면 제국적 지배는 국민주권의 병

---

6) '유'(類)와 '종'(種)은 주지하는 바와 같이 아리스토텔레스 논리학의 기본적인 범주로 '유'는 일반성, '종'은 특수성을 나타냅니다. 이 책 본문에서는 일반성과 보편성을 구분하여 사용하고 있지만, 여기에서는 관례에 따라 일반성도 보편성으로 쓰고 있습니다.

존으로 대체될 수 있었던 것일까요. 확실히 국제세계 속에서는 그렇겠지요. 그러나 여기에는 아무래도 단서가 필요합니다. 국제세계는 국민주권 사이의 상호존중에 의해 유지되고, 국제법에 의해 인권옹호와 영토보전, 내정불간섭 등의 원칙이 보증된 세계입니다. 그러나 국제세계는 그 외부가 있음을 잊어서는 안 됩니다. 국민주권이 수립되어 있지 않은 영역과 국제법을 존중할 의지가 없는 자들은 국제세계의 바깥에 있으며, 거기에서는 국제법을 준수할 필요가 없습니다. 19세기 후반 아프리카 대륙과 동아시아 대부분은 그와 같은 국제세계의 바깥, 즉 세계의 '나머지'(잔여)였던 것입니다.[7] 국제세계에서는 국제법을 준수할 것을 강요받은 국민국가가 일단 국제세계의 바깥으로 나가면 자유롭게 폭력을 행사하는 것이 용납되었습니다. 일찍이 한반도도 중국도 이와 같은 국제세계의 바깥에 있었습니다. 국제세계에서 국가주권의 위치를 확보한 열강——영국, 프랑스, 독일, 미국, 그리고 일본——은 중국에 대해서 영토보전과 내정불간섭의 의무를 짊어질 의무로부터 벗어나 있었습니다. 왜냐하면 국제조약과 국가 간의 평등과 같은 국제세계의 원칙을 존중하지 않는 중국은 국제세계의 일부가 아니라고 간주되었기 때문입니다. 아프리카 대륙 대부분의 땅도 마찬가지로 국제세계의 바깥에 놓여 있었습니다. 그리고 국민국가가 된 국가의 주권만이 국제세계에 속할 수가 있어 국제법의 보호를 받으면서 국제법을 준수할 의무를 졌던 것입니다. 말하자면 국민국가의 일원이 된 사람들만이 국제세계 바깥에서 식민지화의 폭력을 휘두를 수 있었던 것입니다.

---

7) 이것은 '서양과 그 잔여'(the West and the Rest)의 원형입니다. 서양이란 국가 간의 상호 존중에 의해 성립하는 국제세계를 말하며 '비서양'이란 본래 국제세계의 바깥을 말했습니다.

여기에 전근대의 제국과 근대 제국주의의 근본적인 차이가 있습니다. 근대는 중화제국과 신성로마제국, 혹은 오스만투르크와 같은, 국민을 아직 모르는 광역지배질서의 해체에 의해 특징지어졌습니다. '제국'의 질서가 붕괴된 후에는 국제세계가 도래하지만 국제세계는 식민주의를 동반하고 있었습니다. 다시 말해 '제국' 다음에 찾아온 것은 식민주의였으며 제국주의였던 것입니다. 그러나 근대 국제세계의 식민주의는 그 이전의 '제국'의 지배와 결정적으로 다른 성격을 지니고 있었습니다. 국제세계에 있어서 식민주의의 폭력을 행사할 수 있었던 것은 모두 '국민'이었기 때문이며, 제국주의는 모두 국민주의 운동의 연장선상에 있었습니다. 국민주의자만이 제국주의자가 될 수 있습니다. 영국, 프랑스, 미국, 일본과 같은 제국주의국가는 모두 우선 국민주의로서 자기구성을 이루지 않을 수 없었습니다. 전근대의 제국에 비해 근대의 식민주의가 훨씬 폭력적이었던 것은 이러한 국민주의의 성격에 기인합니다. 국민국가로서 스스로를 구성할 수 없었던 제국은 해체하든지 중국처럼 다른 국민국가에 의해 식민지화될 운명에 처해 있었습니다.

제가 18세기의 역사를 선택한 것은 적어도 국제세계와 주권국가가 성립하는 문맥에서 보는 한 서양의 영향과 그 식민주의의 압력은 거의 고려할 필요가 없었기 때문입니다. 일본 열도에서가 아니라 필리핀 군도였다면 18세기였어도 상황은 크게 달랐을 것입니다. 그러나 적어도 제가 문제로 삼은 문헌에서는 근대를 서양화로 생각하지 않아도 그만이었습니다. 여기에서 저는 18세기 일본 사상에 대한 기존의 연구와 대결하지 않으면 안 되었습니다. 영어로 쓰여진 것 중에는 특별히 봐야 할 만한 연구는 없었습니다만, 일본어로 쓰여진 것 중에는 무시할 수 없는 작품이 있었습니다. 그것은 마루야마 마사오의 『일본 정치사상사 연구』입니다.[8] 제2차 세계대전 중에 저술된, 에도시대 일본 사상에 관한 이 연구는 일본 제국이 붕괴한 후 일본 사상사 연구가 풍미하는 데 공헌했고, 일본의 근대를 말할 때 표준적인 서술로서 받아들여졌습니다. 1930년대 교토학파의 사상을 능숙하게 받아들인 마루야마는 헤겔, 페르디난트 퇴니에스Ferdinand Tönnies, 막스 베버Max Weber, 칼 슈미트Carl Schmitt, 프란츠 보르케나우Franz Borkenau와 같은 서구 사상가의 근대론을 채용해서 에도시대의 유학과 국학 안에 근대의 맹아가 있었다는 것을 이 저작에서 논합니다. 마루야마는 헤겔의 '아시아적 정체성'이 일본의 유교에는 들어맞지 않는다는 것, 야마가 소코山鹿素行로부터 이토 진사이伊藤仁斎, 그리고 오규 소라이荻生徂徠로 전개된 소위 고학古學 안에는 부정성의 계기가 존재하고 있으며, 고학에서 국학으로 전개되는 가운데에서 주자학으로 대표되는 우주론적 질서를 부정하는 근대의 태동을 발견했습니다. 분명히 마루야마에게 주자학은 전근대의 보편적인 질서를 나타내는 형이상학이며, 이 형이상학의 해체에 의해 근대의 가능성이 열렸던 것입니다. 그것은 사회편성의 수준에서는 게마인샤프트Gemeinschaft에서 게젤샤프트Gesellschaft로 이행하는 것과 같습니다. 또한 종교적 의식의 수준에서는 가톨릭의 통일적인 세계상(중세적 세계상)이 붕괴하고, 자연법칙과 도덕의 법이 분리되는 세계상(시민적 세계상)이 출현했습니다. 마루야마는 주자학을 가톨릭의 통일적인 세계상에 상당하는 것으로, 고학과 국학을 프로테스탄티즘으로 대표되는 시민적인 세계상에 상당하는 것으로 파악했습니다. 그리고 주자학과 고학의 차이를 단지 중세적인 세계로부터 근대적인 세계의

---

8) 丸山眞男, 『日本政治思想史研究』, 東京大学出版会, 1952 ; 김석근 옮김, 『일본 정치사상사 연구』, 통나무, 1998.—옮긴이

시대적 추이로 생각하는 것이 아니라, 중국과 일본의 문명 차이로 파악했던 것입니다. 다시 말해 중국은 '지속의 제국'인 데 반해 일본은 근대적인 부정성의 운동이며, 따라서 주체적인 모습을 하고 있다고 생각했습니다. 당연하게도 마루야마는 일본이 아시아의 근대화를 담당하는 역사의 주체인 데 반해, 중국과 조선은 일본에 종속될 운명을 부여받은 전근대적인 제국이라고 생각할 수 있었습니다. 나아가 그는 국학 안에서 근대의 전제가 되는 자연법칙 질서(인식이성), 도덕법칙 질서(실천이성), 그리고 감성미학 질서(판단력)의 분리와 독립을 찾고 있었습니다. 가톨릭의 통일적인 세계상이 붕괴한 것은 인식의 법, 실천의 법, 그리고 감성미학의 법이 제각각이 되어 하나의 통합된 세계를 만들 수 없게 된 것을 말하는데, '계몽'이 성취된 근대의 출발점이 이미 국학 안에 존재했다며 마루야마는 일본 국학의 근대성을 자랑했습니다.

『일본 정치사상사 연구』는 서구의 근대 역사와 동아시아의 근대 역사 사이의 평행관계를 인정하려고 한 전형적인 사상사 작품입니다만, 여기에는 몇 가지 약점이 있고, 이들 약점은 마루야마 마사오 개인에게만 속하는 것이라고는 할 수 없는, 패전 후 일본사회에서 발견되는 일반적인 맹점을 보이고 있습니다. 우선 마루야마의 계몽관에 대해 말씀드리면 퇴니에스, 베버, 슈미트, 나아가 보르케나우에게도 마루야마와 같은 낙천적인 계몽관은 존재하지 않습니다. 이들은 계몽이 찬란한 미래를 약속하는 것이 아니라 피할 수 없는 비참함을 초래하는 것이라고 생각했습니다. 퇴니에스는 자본주의의 전개가 불행한 사회를 가져온다고 생각하고 있었고, 베버에게 근대는 '강철 감옥'을 초래하는 위험한 것이었습니다. 슈미트는 가톨릭의 통일적인 세계상의 해체가 서양에 위기를 몰고 왔다고 생각했으며, 보르케나우는 계몽이 '예정조화'적인 근대를 가져오는 것이라는 근대관을 강하게 비난했습니다. 그들에게 마루야마와 같은 낙천적인 근대주의는 없었던 것입니다.

　마루야마의 근대주의에는 지금까지 말했던 것 이상의 중대한 문제가 있습니다. 그의 아버지 마루야마 간지丸山幹治는 1925년에 조선총독부의 기관지였던『경성일보』京城日報의 주필로 취임했습니다. 또한 그가 전쟁 중에 일본 육군에 소환되어 최초로 근무했던 곳이 조선이었기 때문에, 그와 식민지였던 조선은 결코 무관하지 않습니다. 그러나 그의 작업에서는 식민지에 대한 책임 의식이 전혀 존재하지 않습니다. 이와 같이 그의 근대관에는 식민주의의 문제가 그림자를 드리우고 있지 않습니다.

　더욱이 보다 근본적인 약점이 마루야마의 작업에 있습니다. 그는 일본 사상사를 국민적 주체 형성의 역사로서 말하는 작전을 취하고 있습니다. 즉 막연하게 습속을 공유하던 민족으로서의 일본인이 어떠한 부정성을 거쳐 국민으로서의 일본인이 되었는가가 그의 사상사의 틀이 되고 있습니다. 그 결과 마루야마가 에도시대의 일본 사상사에 대해서 비판하는 것은, 18세기에 근대화의 맹아가 있었음에도 불구하고 19세기에 서양 근대가 도래할 때까지 국민의 주체화가 정체되지 않을 수 없었다는 점에 있습니다. 그러나『일본 정치사상사 연구』가 1940년부터 1944년에 처음 잡지에 발표되었을 때의 '국민'과, 1952년에 단행본으로서 출판되었을 때에 그가 말한 '국민'은 그 내용이 크게 바뀌어 있었을 것이고, 이 차이는 그야말로 일본의 근대화에 있어서 식민주의 문제의 핵심에 관련될 것입니다. 왜냐하면 그가 제2차 세계대전 중에 주체로서 말한 일본 국민에는 일반적인 제국의 신민이 상정되어 있었을 것이고, 소위 교토학파의 주체 논리는 내지內地의 일본인만을 상정해서 쓰여진 것은 아니기 때문입니다. 패전 후 마루야마의 작업에 식민주의에 대한 관심이 결여된 것은 일본의 대중이 1990년대가 되어서야 위안부 문제 등과 함께 식민지의 과거를 알아차리게 되었다는 의미 이상의 사실을 말하고 있습니다.

『일본 정치사상사 연구』와 비교해서『과거의 목소리』를 읽어 봐 주시면 어떻게 마루야마 마사오와는 전혀 다른 근대를 묘사하려고 했는지를 알 수 있을 것입니다. 마루야마의 전공이 정치학이었던 탓도 있겠으나, 그에게는 언어의 문제도 역사학의 방법론 문제도 이차적인 관심밖에 되지 않았던 것 같습니다. 확실히 마루야마는 근대와 불안의 문제를 베버와 슈미트를 거쳐 간접적으로 지각하고 있었습니다. 모토오리 노리나가에 대한 독해에서는 이러한 근대와 불안에 관한 그의 감수성이 훌륭하게 살아나 있습니다. 그러나 저는 근대와 불안을 베버의 선이 아니라 '발화행위'상에서 말하려고 했던 것입니다. 이것은 독자를 번역의 문제에 대한 관심으로 이끌 것입니다.

이 책을 처음 탈고한 시점에서 벌써 27년이 지났습니다. 4반세기 이상을 거쳐『과거의 목소리』가 한국의 독자들에게 다가가려고 합니다. 1983년에 박사논문으로 제출된 이후부터 한국어판으로 완성되기까지 많은 번역자가 개입하고 있다고 말할 수도 있지만, 엄밀하게 말하면 최초의 발화행위가 이미 번역이었다고 말할 수 있습니다. 제게『과거의 목소리』는 겹쳐지는 번역, 즉 번역의 번역이며, 또한 독자에게 번역으로서 전해지는 책입니다. 스스로를 번역자라고 자기획정하는 일군의 독자와 이 책이 만날 수 있었다는 것은 제게 행운이었습니다. 그들은 '연구공간 수유+너머'에 모인 젊은 지식인들이었습니다. 그들이 이한정 씨 주위에 모여 이 연구자집단의 노동을 통해서『과거의 목소리』의 한국어판이 완성될 수 있었다는 사실만큼 이 책에 있어 운명적이며 또한 행복한 일은 없을 것입니다.

　『과거의 목소리』의 한국어판을 완성해 주신 번역자와 '연구공간 수유+너머'에서 이와 같은 기획을 지원해 준 고미숙, 오선민, 고병권, 이진경 씨의 우정에 깊은 감사를 드리고 싶습니다. 또한 그린비의 편집자들에게도 수고하셨다는 말을 전합니다.

2010년 1월 9일
혹독한 추위가 휘몰아치는 이타카에서
사카이 나오키

차 례

III부 언어, 신체, 그리고 직접적인 것
─음성표기와 동일한 것의 이데올로기

| 일러두기 |

1 이 책은 사카이 나오키(酒井直樹)의 『過去の声—18世紀日本の言説における言語の地位』(以文社, 2002)를 완역한 것이며, 영어판 *Voices of the Past : The Status of Language in Eighteenth-Century Japanese Discourse*(Cornell University Press, 1991)를 참조하였다.

2 이 책의 주석은 모두 각주로 되어 있으며, 지은이 주와 옮긴이 주로 구분되어 있다. 옮긴이 주의 경우 내용 끝에 '—옮긴이'라고 표기했다.

3 본문에 옮긴이가 첨가한 말은 대괄호([ ])를 사용해 구분하였다.

4 외국 인명이나 지명, 작품명은 2002년에 〈국립국어원〉에서 펴낸 '외래어 표기법'에 따라 표기했다.

5 신문·잡지 등의 정기간행물, 단행본, 전집 등에는 겹낫표(『 』)를, 기사, 논문, 단편 등에는 낫표(「 」)를 사용했다.

일본어판 서문

이 책은 이미 지나간 한 시대에 속해 있는 것처럼 여겨질지도 모른다. 이 책을 타이핑한 박사논문을 처음 제출하고 나서 벌써 19년의 세월이 지났기 때문이다. 이 책의 초고인 『과거의 목소리 : 18세기 일본에서 언어에 관한 담론』 *Voices of the Past : Discourse on Language in Eighteenth-Century Japan* 이 1983년 6월 시카고대학에서 학위논문으로 인정받아 반년 후 미시건대학에 있는 전미박사논문센터에 등록되어 공개되었을 때에 아직 한 살에 불과했던 나의 아이들이 지금은 대학생이다. 그들은 철이 들 무렵부터 컴퓨터와 함께 자랐기 때문에 타자기를 본 적은 있어도 실제로 만져 보지는 못했을 것이다. 이 책의 첫 원고는 이미 과거의 역사적 물건이 된 필기 기술로 쓰였다. 이 책의 타이틀대로 이 책 자체가 '과거의 목소리'의 울림을 가지기 시작했으며 이미 지나간 세월을 생각하게 되는 이러한 기회에 이 책의 내력을 말하는 것을 이해해 주시기 바랄 뿐이다.

지난 19년간 이 책이 다룬 분야는 동아시아와 북아메리카, 서유럽에서도 뛰어난 업적이 많이 나왔고 학계 상황도 완전히 바뀌었다. 이 책을 처음으로 쓸 당시에 북아메리카의 동아시아 사상사 연구에서는 극히 일부의 사람들이 구조주의와 담론분석 방법이라는 말을 막 도입하기 시작했다. 이 무렵에는 이미 1960년대부터 사용되었던 '공시성'共時性과 '담론구성체'discoursive formation [담론형성체 혹은 언설편제言說編制] 등의 말을 사용하는 것만으로도 보수적인 연구자로부터 감정적인 반발이나 모멸적인 무시를 받을 각오를 해야 했다. 이후에도 몇몇 아주 중요한 예외를 제외하면 동아시아 사상사의 보수성은 전혀 바뀌지 않았고, 북아메리카와 일본에서도 다른 인문과학·사회과학의 전개에 대해 스스로 폐쇄적인 태도를 취하는 지적 쇄국성은 대개 그대로였다. 그래도 1980년대 초에는 아직 미래가 열려 있었기에, 어쩌면 사상사라는 분야에서 아주 새로운 탐구를 넓혀 갈 수 있지 않을까 하는 몽상도 했다. 물론 나는 그러한 사상사의 지적 쇄국성을 바꾸려는 희망을 지금도 버리지 않고 있다. 다만 희망만으로 학문 분야 본래의 모습에 큰 변화가 일어날 것으로 기대하는 낙천적인 생각은 그동안의 세월에서 확실히 사라져 버렸다.

이 책의 원고는 박사논문을 기반으로 가필수정하여 1988년에 탈고했다. 타이피스트에게 부탁해 컴퓨터용 파일로 만든 논문을 컴퓨터 화면으로 보면서 탈고해 완성한 것이다. 1985년 무렵부터는 나도 타자기를 사용하지 않았다. 논문의 기본적 논의는 거의 답습하고 있으나, 표현의 부정확함과 설명의 부족, 게다가 영어의 졸렬함을 될 수 있는 한 보충하려고 노력했다. 다만 제1부 '중심의 침묵'은 대폭 재검토해야만 했다는 사실을 미리 말해 두고 싶다. 제1부는 주희와 이토 진사이의 몇 권의 저술에 대한 내 나름의 독해를 축으로 구성한 것이었다. 그러나 이 부분을 대폭 새로 써야만 했다. 그당시 내가 이토 진사이의 저술을 읽을 때에는 '사회성'에 관한 나의 사고방식 속에 상호주관성에 의한 이해가 잔존해 있었기 때문이다. 제3부에서 전개한 논의에서 사회적 행위로서의 번역과 표상된 것으로서의 번역을 구분하기 위해 철저하게 상호주관성에 의한 '타자'와 '나'의 관계에 대한 이해를 배제했다고 생각했는데 말이다. 제1부를 고쳐 쓰기로 결심하는 데에 중요한 시사를 던져 준 것은 친구 윌리엄 헤이버William Haver 씨의 비판과 가끔 읽은 잡지 『알레아』Aléa에 게재되었던 장 뤽 낭시 씨의 「무위의 공동체」[1]였다는 것을 밝히겠다. 결국 박사논문을 고쳐 쓰는 데에 5년의 세월이 걸렸다.

그러나 나는 고쳐 쓰기에 앞서 자기 규제의 원칙을 설정하여 이 논문을 가필수정할 당시 다음과 같은 방침을 따랐다. 우선 앞에서 말한 상호주관성에 관한 문제를 제외하고 새로운 방법과 시점을 도입하는 것을 피하기로 했다. 그리고 또한 새로운 내용을 추가하거나 새로운 자료를 제시하는 대신에 박사논문을 완성하는 단계에서 사고를 엄밀하고 명확하게 하는 작업에 치중했다. 박사논문을 제출한 다음에 베네딕트 앤더슨의 『상상의 공동체』와 프리드리히 키틀러의 『담론 네트워크 1800/1900』이 발표되었다.[2] 또한 이미 출판되었지만 읽지 않았던 질 들뢰즈와 펠릭스 가타리의 『천 개의 고원』[3]을 처음 보았는데 나와 관심사가 유사한 것을 느꼈을 뿐만 아니라 그들의 기법에서 많은 것을 배우고 싶었다. 그러나 원래 나의 고찰과는 다른 발상에서 나온 이상 이러한 새로운 성과를

---

1) Jean-Luc Nancy, "La communauté désoeuvrée", *Aléa* no.4, 1983; *La Communauté désœuvrée*, Christian Bourgois, 1986; 박준상 옮김, 『무위의 공동체』, 인간사랑, 2010.—옮긴이

2) Benedict Anderson, *Imagined Communities: Reflections on the Origin and Spread of Nationalism*, Verso, 2006(1983); 윤형숙 옮김, 『상상의 공동체: 민족주의의 기원과 전파에 대한 성찰』, 나남, 2003. Friedrich A. Kittler, *Discourse Networks, 1800/1900*, Stanford University Press, 1992.—옮긴이

3) Gilles Deleuze et Félix Guattari, *Mille Plateaux: Capitalisme et Schizophrénie 2*, Minuit, 1980; 김재인 옮김, 『천 개의 고원: 자본주의와 정신분열증 2』, 새물결, 2001.—옮긴이

도입하기 위해서는 나의 논의에서도 기본적인 재구성이 필요했다. 따라서 이러한 새로운 지식에 의한 변경은 철저히 피하려고 노력했으며 1983년 이후에 발표되었던 작업이 뛰어난 것이라 할지라도 이 책에서는 참조하지 않았다. 왜냐하면 새로운 방법과 시점을 도입함으로써 한없이 다시 써야 하는 악순환에 빠질 것을 염려했기 때문이다. 이밖에 다른 저작에서도 배울 점이 많았으나 시간이 지난 후에 자신의 사고를 조금씩 조정해서 학문의 진전에 맞추어 간다는 방법을 나는 좋아하지 않을뿐더러 또한 그렇게 할 자신도 없었다. 이와 같은 이유에서 중대한 결함이 있었던 제1부를 제외하고 이 책에서 말하는 논의의 골자는 본래 박사논문의 구상에 충실히 따랐다.

더욱이 미시건대학의 전미박사논문센터와 같은 공공기관이 아니고 상업적인 기반을 가진 대학출판부의 간행물로 발표하게 되면서 이 책의 부제를 변경했다. 당초 제목에 아무래도 위화감이 남아 만족할 수가 없었기 때문이다. '18세기 일본에서 언어에 관한 담론'Discourse on Language in Eighteenth-Century Japan에서 '18세기 일본의 담론에서 언어의 지위'The Status of Language in Eighteenth-Century Japanese Discourse라고 부제를 바꾼 것은 언어에 있어서 담론이 아니라 담론에 있어서 언어였고, 담론이 변하면 '언어'라는 담론의 아프리오리ª priori가 소멸할 수 있는 것을 어떻게 해서든 이론적으로 확보해 두기 위해서였다. 사소한 것처럼 보일지 모르겠지만, 내가 부제에 신경을 쓴 것은 이 책의 기본적인 입장을 배반하는 부제를 피하고 싶어서였다. 제3부에서는 '일본어'와 '일본인'의 사산死産을 집중적으로 이야기하고 있다. 나는 '일본어'라는 실정성이 나타나 성립하기 위해서는 '언어'의 출현과 성립이 아무래도 필요하다고 생각했다. 게다가 처음부터 이 책에서는, '일본어란 무엇인가'뿐만 아니라 무릇 '언어란 무엇인가'라는 물음이 일관되게 나의 논의를 이끌고 있다.

　'일본어란 무엇인가'라는 물음과 만난 것은 일본어에 대해 일종의 기이한 느낌을 그때까지 계속 가지고 있었기 때문일 것이다. 일본어라기보다도, 일본어라는 통일체적 사고방식에 대한 위화감이라고 하는 것이 좋을지도 모르겠다. 현대 일상생활에서 우리들은 일본어라고 하나로 정리되는, 일본어 이외의 언어로부터 식별되는 통일체가 존재한다는 전제 하에 행동하고 있다. 이야기를 하거나, 듣거나, 이해하거나, 외치거나 하는 개개의 언어 일상이 있고, 이들 개개의 현실화actualisation의 배후에 잠재되어 있는 언어의 통일체를 예상하고 있다. 상정된 언어의 통일체는 그들 언어의 일상사를 가능하게 하는 조건이 되고, 그리고 흩어져 있는 것처럼 보이는 개개의 현실화 사이에 일관된 정합성을 부여하고 있는 듯이 보인다. 그들은 모두 일본어로 이야기하거나 일본어로 듣거나 일본어로 양해를 구하거나 일본어로 외치기 때문에 화자와 청자는 서로 공약적인 작업을 하고, 서로 통하는 것도 당연할 것이다. 그러므로 말하거나 듣거나 양해를 구하거나 외치는 작업이 좌절될 때, 다른 언어의 통일체를 그 원인으로 생각한다. 다른 언어라면 알지 못하고 통하지 않는 것도 당연하지 않은가. 한 언어 통일체와 다른 언어 통일체의 차이는 몰랐거나 통하지 않았거나 하는, 언어로 하는 작업의 실패와 좌절에서 제시되는 무언가일 것이다. 전달의 좌절이란 한 언어와 다른 언어가 종류가 다르다는 것을 알려 주는 특권적 경험일 것이다. 그렇다면 일본어였다면 통하지만 외국어로는 통하지 않는 것이 자명한 이치로 받아들여지고 말 것이다.

　그렇지만, 예를 들면 한자와 히라가나를 함께 사용하는 현대 일본어의 필기는 한 언어와 다른 언어의 차이를 나타내는 장場이 되어 있지 않은가? 소위 일본에서 발명된 '가나'라는 표음문자와 중국에서 건너온 한자라는 표의문자의 체계적 차이가 현대 일본어에서는 드러나 있지 않은가? 그뿐만이 아니다. 이미 모토오리 노리나가本居宣長가 접시와 접시 돌리는 손의 비유로 말했던 것처럼, 소위 일본어에는 명사적인 것으로서 주제적으로 제시되는 것과 이와 같이 명사적인 것을 제시하는 행위가 혼재하고 있는 것처럼 보인다. 다른 차원이 공존하고 있다. 그야말로 일본어의 특징에는 혼성어적 성격이 있고 일본어는 훌륭한 크레올어Creole語라고까지 말하는 것이 좋지 않을까? 그밖에도 다음과 같은 모순이 존재한다. 체계의 정합성과 단일성을 추구하게 되면 일본어라는 통일체의 중심에서 복수성이 발견되고 만다는 것이다.

이러한 관찰로 보면 일본어는 예외적인 언어이다. 또 일본어가 얼마나 예외적인 언어인가를 관심의 중심에 두는 많은 논고가 나타난 것도 주지의 사실이다. 물론 나는 그와 같은 일본어 특수론에는 관심이 없다. 먼저 언어의 통일체가 복수성으로 존재한다는 사실은 일본어에 한정된 것이 아니고, 또한 이 책에서 상세하게 논했듯이 표음성과 표의성을 각각 '문자의 체계'로 말하는 것은 매우 불확실한 관점이다. 게다가 가장 기본적인 문제는 이질적인 요소가 다층적으로 공존하는 통일체로서 존재하는 일본어라는 사고방식에는 애초 문제의 원흉인 일본어의 통일성이라는 전제 그 자체가 한 번도 의심되지 않은 채로 보존되어 버렸다는 점이다. 다문화주의와 일본문화 중층성론이 이제까지 몇 번이나 비판받았던 것처럼 그것은 구성요소 하나하나가 통일체이고, 또한 전체도 통일되어 있다고 사태를 바꿔 말한 것에 불과하다. 방언이든 국어든, 언어의 가산성은 의문시되고 있지 않다.

문제는 일본어라는 통일체를 어떻게 다시 생각해야 좋을까에 있다. 도대체 무엇이 일본어의 통일성을 예상하게 하는가. 단지 나의 관심은 토착 언어가 어떻게 근대국가에 의해서 찬탈되어 국가어로서 재구성되었는가에 있지 않다. 이 점을 명확하게 해두자. 자연적인 민족어와 인공적인 국가어의 구별은 여기에서 문제가 아니며, 나에게 민족어의 토착성을 구가하는 낭만주의는 없다. 민족어든 국가어든 일본어라는 통일체가 어떻게 가능한가를 생각해 보고 싶었다. 왜냐하면 이 문제를 해결하는 것은 문화와 사회라는 통일체의 기원을 비판적으로 이해하는 실마리가 되기 때문이다. 현재 인문과학에 있어서 문화도 사회도 언어와 같이 구조화되어 있다는 방법론적 전제는 가장 널리 받아들여지고 있다. 문화본질주의와 사회유기체설은 마지막에는 언어 통일성 모델에 귀착될 것이기 때문이다. 언어 통일체의 전제를 완전히 무너뜨리지 않으면 문화와 사회, 민족, 국민을 유기적 통일체로 보는 파시즘의 숨통을 끊을 수 없을 것이다.

일본어(그리고 일본사회, 일본민족, 나아가서는 일본문화)라는 통일체의 가능성을 해석하기 위해서는 일본어(그리고 일본사회, 일본민족, 나아가서는 일본문화)라는 통일성을 전제로 했던 기술은 전부 포기해야 한다. 그러므로 일본국민사에서도 일본문화사에서도 일본어의 기원에 대한 논증은 이루어질 수 없다. 왜냐하면 이들 역사에서는 역사적 사건이 각인된 장소로서 일본국민(혹은 민족)과 일본문화라는 지평이 미리 전제되어 버리기 때문이다. 그래서 나는 담론에 논증의 조준을 맞추었다. 일본어라는 통일체가 출현한 것은 담론에서이다. 따라서 일본어의 출현은 담론구성체의 변화로서 기술할 수 있다.

그러나 그 전에 일본어를 통일체로 인정하는 기제를 생각해 볼 필요가 있다. 일본어는 다른 언어로부터 변별되지 않으면 일본어라는 가산적인 동일성을 획득할 수가 없다. 일본어가 다른 언어와 비교되어 다른 언어가 하나의 특수성으로서 분류되고 정해질 때에 일본어 자체도 하나의 특수성으로서 규정된다. 고전논리학의 술어를 사용해서 말하면, 그것은 언어라는 유類(=일반성)에서 다른 언어와의 차이가 종차種差로 한정될 때에 특수 언어라는 종種(=특수성)으로 규정되는 것이다. 물론, 언어와 언어의 관계가 종차에 따라야 할 이유는 없다. 언어에 있어서 타자의 경험은 다양하고, 국어와 민족어의 특수성 대 일반성의 배분질서economy를 반드시 거쳐야 할 까닭은 없다. 혼교混交와 잡종성이야말로 한 언어와 다른 언어의 관계의 모습을 나타내는 것이며, 이 관계를 종차로서 생각하는 것은 전혀 적당하지 않다. 그러나 일본어라는 통일체가 가능하기 위해서는 고전 논리적인 특수성과 일반성의 배분질서를 언어의 표상이 받아들여야 하는 것처럼 인식되었다. 번역 행위에는 항상 언어의 혼교와 다양성이 관련되어 있다. 그러나 번역의 실천만이 아니라 번역을 일정 방식으로 표상하는 도식(이것을 일반화해서 커뮤니케이션 도식으로 불러도 좋을 것이다)에는 한 언어와 다른 언어의 관계를 종차로 한정시키는 구조가 있다. 즉 커뮤니케이션 도식에 따라서 번역을 생각하는 한 우리는 한 언어와 다른 언어의 관계를 종차로 생각하는 것을 피할 수가 없게 되고 만다. 이러한 이유에서 나는 번역의 실천계에 흥미를 가졌고 특수성과 일반성의 배분질서에 얽매이지 않는 번역의 실례(서브젝트subject에 관한 번역어들)를 이 책의 논증을 이끄는 단서로 삼았다.

이렇게 해서 일본어라는 통일체에 관한 물음의 핵심은 실천계regime의 문제로 옮겨 갔다. 거듭 말하자면, 일본어가 통일체로 생각되는 사태는 담론의 문제로서 제출되어야 한다. 여기에서 미셸 푸코Michel Foucault가

이 말을 문제로 삼아 고심한 것에 충분히 주의를 기울이자.

　먼저 담론은 언어와 현실, 언어와 바깥 세계라는 이분법적 틀로는 포착되지 않는다. 따라서 담론을 '후쿠자와 유키치福沢諭吉의 철학'이나 '오규 소라이荻生徂徠의 사상'이라고 말할 때 쓰는 '철학' 또는 '사상'과 동일한 수준으로 취급할 수는 없다. 왜냐하면 담론은 언어행위와 갖가지 텍스트에 새겨진 것이 사회 현실과 완전히 결합하는 교섭 혹은 상관성 그 자체를 말하므로 생각되었던 것, 쓰여진 것에 한정되는 것도 아니고, 또한 작가·사상가의 주관적 내면에 머무는 것도 아니기 때문이다. 이런 까닭에 '담론이 언어에 있어서 존재한다'는 암묵의 전제는 지금까지도 많은 오해를 낳았다. 앞에서 부제를 바꾼 이유에 대해 말했듯이, 언어는 담론에서 존재한다. 무릇 언어가 존재하지 않는 담론을 생각할 수 있을 것이다. 그리고 언어의 출현 혹은 언어의 특수성으로서의 일본어의 출현을 묻는 것은 담론을 통해서야 비로소 가능하게 된다. 역으로, 여기에서 지금까지의 언어학으로는 언어의 출현과 일본어의 출현을 물을 수도 없다는 사실도 알게 될 것이다.

　또한 담론은 문화라는 아주 애매모호한 개념과도 명확하게 구별되어야 할 것이다. 특히 국민성과 민족성을 서로 포개어 이해하는 문화 개념과는 어떠한 연관관계도 없다는 점은 아무리 강조해도 지나치지 않을 것이다. 담론은 담론구성체를 이루는 일정한 실천계의 집합을 포함한다. 그러나 담론은 사회, 국민, 민족이라는 단위와 전혀 다른 단위이다. 내가 이 책에서 사용한 '담론공간'은 국민·민족공동체의 영역성과 중복되지 않으며, 국민, 민족사회의 전체성이라는 것도 아니다. 이 책의 주제는 18세기의 담론공간이고, 가끔 일본 중심부에 살고 있던 지식인이 언어행위에 관련하여 발화했던 말이 다루어지고 있다고 해도, 여기에서 이야기되는 공간은 일정한 담론구성체에 적합한 '발화된 말'의 집합 이상의 그 무 엇도 제시하지 않는다. 담론공간은 시간적·공간적으로 흩어져 있고 지 리적 공간과는 서로 중복되지 않는다. 그것은 본토와는 아주 동떨어진 장소처럼 산재해 있는 경우도 있고, 또한 동일인물이 같은 장소에서 같 은 시각에 다른 복수의 담론공간의 사건에 참여하고 있어도 상관없다. 따라서 18세기라는 연대사의 표식에 의해 구별될지라도 나는 1680년대 에 쓰여진 주석서와 1810년대에 구술된 강의록을 이러한 담론공간 내 의 사건으로 다루는 데에 전혀 주저하지 않았다. 18세기 일본에 사는 대 다수의 사람들이 어쩌면 이 책에서 논의된 담론공간에서 통용된, 발화된 말의 구성체와는 다른 담론구성체 속에서 살았을지도 모른다는 사실을 나는 분명히 인정한다. 담론공간은 로큰롤 문화나 자동차문화라고 말할 때의 문화라고 유추하여 이해할 수는 있어도, 일본문화, 서양문화, 혹은 민족문화라고 말할 때의 문화라는 측면의 하나로 혼동해서는 안 된다. 어떤 발화된 말이 담론구성체의 규칙성을 반복하는 범위에서 그 발화된 말은 담론공간에 소속된다. 이 책은 이와 같은 논증 장치를 통해서 일본 어(그리고 언어 일반)라는 통일체가 어떠한 실천계를 매개로 해서 어떻게 출현했는가를 기술하는 것을 목표로 했다.

이 책의 제3부에서 집중적으로 기술된 '일본어·일본인의 사산'은 이러한 18세기 담론공간의 구성체에서 나온 결과이다. 그렇다고 내가 18 세기 일본에 살았던 사람들 대부분이 자신들의 민족적 동일성과 모어의 계보를 갑자기 깨달았다고 주장하고 있는 것은 아니다. 그것은 극히 일 부 사람들의 발화에서 민족어와 민족적 동일성을 말하는 것을 가능하게 하는 실천계와 구성체가 성립했다는 것에 불과하다.

민족어와 민족적 동일성의 발명은 근대라고 불리는 역사적 변화의 징후이고, 18세기 담론공간은 근대성을 명확히 보이고 있다. 그러나 이 책에서는 이러한 근대성이 서유럽에서 세계를 향해서 확대된 근대화의 영향에 따른 결과라고 생각하지는 않는다. 근대화를 서유럽에서 흘러나온 것으로 보는 입장은 조심스럽게 거부되고 있다. 또한 여기에서 논의하는 근대성은, 분명히 말하지만 어떤 사회 전체를 유기적인 통일체라고 생각한 다음에 그 통일체가 단계를 거치면서 발달한다는 발달사관과도 선을 긋고 있다. 비서양에 있어서 다른 근대와 다른 역사적 시간이 병존했다는 사고방식도 취하지 않는다. 따라서 '일본어·일본인의 사산'을 사회의 정치편제 발달과 경제적 토대의 진화의 기초로 삼으려는 시도 같은 것은 하지 않았다. 물론 자본주의 시장의 전개와 생산기술의 진전 등 근대의 또 다른 징후와 '일본어·일본인의 사산'이 동시에 일어나는 가능성을 부정하지 않는다. 그러나 그렇다고 이들 다른 근대화의 차원을 인과율로 결부시키려고도 하지 않는다. 우연적인 사건의 계열을 '구조'에 의한 변환의 연쇄로서 기술하는 진화론적인 역사는 받아들여진다고 해도 '과거의 목소리'는 유출론emanationism적인 발달사와 역사주의로부터 근대라는 사고방식을 될 수 있는 한 해방시키기 위한 시도였던 것이다.

마지막으로 일본어판을 출판하게 된 경위를 간단하게 기록해 두고자 한다. 여기에서도 나는 많은 사람들의 도움을 받았다.

1988년에 탈고하여 출판사에 원고를 건네고 나서부터 영어 원본이 출판되기까지 다시금 4년 가까운 세월이 지났다. 학술 출판의 경우 미국에서는 원고의 제출에서 출판까지 2년 정도 걸리는 것이 드문 일은 아니다. 그러나 4년은 역시 보통과 다르다. 이 정도로 시간을 끌게 된 것은 거의 내정되어 있던 어느 대학출판사가 의사를 번복해서 이 책의 출판을 거절했기 때문이다. 그래서 급하게 다른 출판사에 원고를 가지고 가서 출판하기까지의 절차를 두 번이나 반복해야 했다. 북아메리카의 학술 서적 출판 제도는 일본과 매우 다르다. 출판사의 편집자가 출판이 타당한가를 판단한 다음에 분야가 같은 연구자(대개 두 사람)의 원고에 대한 평가와 개량을 위한 추천과 권고가 실시되는 것이 보통이다. 평가서가 편집회의에서 심의되고, 그 결과가 좋으면 출판사는 원고를 출판하게 된다. 이 책의 경우 원고의 평가는 도쿠가와 사상사의 권위자가 했는데, 그가 부정적인 평가를 하게 된 절차와 그후의 경과에도 불투명한 점이 많아서 그의 학문 자세에 의심을 품게 했다. 그러나 운 좋게 다른 출판사가 출판을 흔쾌히 수락하여 내 원고는 결국 상업출판 시장에 선보이게 되었다. 그 뒤에 많은 친구들의 도움이 있었던 것은 말할 필요도 없다. 이 책은 이와 같이 출판되었던 원고를 원본으로 노구치 료헤이(서장), 사이토 하지메(제1장, 제2장, 결론), 가와타 준(제3장, 제4장), 스에히로 미키(제5장, 제6장), 하마쿠 니히코(제7장, 제9장) 다섯 사람이 분담해서 번역했다. 영어 원문이 다양한 분야에 걸친 관심을 집약한 것이어서 결코 읽기 쉬운 것은 아니었을 것이다. 이제 돌아보면 좀더 알기 쉬운 표현을 사용했어야 했다는 생각이 드는데, 나에게는 그러한 역량이 없었다. 이와 같은 원문과 악전고투한 번역자의 노력에 감사드리고 싶다. 덧붙여 제8장은 내가 번역했으며, 그 밖의 장은 용어와 표현의 통일을 위해서 내가 번역자들이 작성한 번역문을 읽고 필요한 곳을 수정했다. 이러한 의미에서 번역의 최종 책임은 나에게 있다는 것을 확인해 두고 싶다.

또한, 이 책 제7장과 제8장의 일본어 번역은 이미 『비평공간』 11호(1993년)와 12호(1994년)에 게재되었다. 이는 박사논문 단계부터 일관되게 이 책을 추천해 준 『비평공간』 대표 가라타니 고진 씨의 진력에 의한 것이었다. 벌써 10년 가까운 세월이 흘렀지만 가라타니 씨에게 다시 감사의 마음을 표현하고 싶다. 또한 일본어 번역이 간행되기까지 오랫동안 지쿠마쇼보筑摩書房에서 교열 작업을 해준 우치다 후미오 씨에게 신세를 졌다. 우치다 씨는 인용과 참고문헌에 대해서 원전과 대조했을 뿐만 아니라 일본어 번역문에 대해서도 세세한 곳까지 배려를 해주었다. 감사한 마음을 전한다.

이 책을 영어에서 일본어로 번역할 것을 처음 제안하고 기획해 준 분은 1991년 출판 단계에서 지쿠마쇼보에서 근무했던 가쓰마타 미쓰마사 씨이다. 가쓰마타 씨는 이후 신요사新曜社를 거쳐, 이분사以文社의 대표가 되었다. 이 책의 번역 기획은 가쓰마타 씨와 함께 이사를 되풀이하면서, 마침내 이분사에서 출판하게 되었다. 확실히 긴 세월이 걸려 많은 사람들을 기다리게 했지만, 애초의 경위에서 보아도 이렇게 이분사에서 출판되는 것이 가장 적절한 형태일지도 모르겠다. 이 번역서는 무엇보다도 먼저 가쓰마타 씨처럼 뛰어난 장거리 주자에게서 발견되는 지속적인 노력이 주는 선물이기 때문이다.

2002년 3월 이타카에서

사카이 나오키

영어판 서문

이 책은 18세기 일본의 사상적·문학적 담론의 역사에 관한 고찰을 목표로 한다. 물론 18세기 일본의 담론에 대해서는 수많은 다른 역사가 가능할 것이기에, 이 책이 제시하는 것은 그러한 복수의 역사 중 하나일 뿐이다. 이 책에서 일관되게 추구하고 있는 것은 '18세기 담론의 역사성과 18세기라는 과거가 어떠한 관계를 가질 수 있는가'라는 관심이라고 해도 좋을 것이다. 모든 역사 서술은 현대사 속에서 일어난다. 그러나 역사가는 서술이 발생하는 현대의 역사에 대해서 완전히 의식적일 수 없고, 과거를 발명하는 것을 통해서만 현대의 역사를 문제화할 수 있다. 더 분명히 말하면, 역사 서술은 현대가 우리에게 부여한 모든 조건에 제약을 받지만, 동시에 이런 조건이 역사 서술을 가능하게 해주고 있다. 그렇기 때문에 현대의 역사는 완전하게 구성된 탐구의 대상으로서 주제화될 수 없으며, 역사가의 의식에서 벗어나는 것이 반드시 남게 된다. 그리고 역사가의 의식에서 벗어나는 것으로는 현존하는 학문과 지식의 제도를 포함하지 않을 수 없다.

일본의 과거에 관한 나의 탐구는 따라서 학문의 틀 내에 있는 역사성의 문제를 피해 갈 수 없다. 이 책이 제기하는 물음의 타당성도 이 틀 속에서 논의되고 거부되며 또한 정당화될 것이다. 여기에서 특히 내가 생각하고 있는 것은 일본이라는 관념 그 자체이다. 왜냐하면 이 책은 미국과 영국, 그 밖의 소위 서양 사회에서 일본 연구라고 불리는 학문 분야에 분류될 것이고, 일본에서는 국사 혹은 국민사의 분야로 귀속될 것이기 때문이다. 미국에서는 일본이라는 통일체의 존재를 '일본 연구'라는 학문 분야의 통일성으로 만들어 내는 학문의 존재를 정당화한다. 이에 대해 일본에서는 학문적 지식에서 외국의 익숙하지 않은 것the foreign에 대한 익숙한 것the familiar 혹은 국내의 것the domestic(세계사에 대해서는 국사를, 외국 문학에 대해서는 국문학을, 인류학에 대해서는 민속학을 말하는 방식으로)을 구분하는 가장 초보적인 영역을 나누는 역할을 일본이라는 통일체가 수행하고 있다. 이와 같은 학문적인 틀이 설정되고 있기 때문에 이 분야의 역사가는 오직 이 틀에 의해 통제된 종류의 물음을 묻도록 유도당하고, 이 분야에서 제도화하고 있는 의례에 따라 지식을 얻을 것을 욕망하도록 재촉당한다. 그래서 나는 이 책을 통해 일본 역사가와 일본 연구자 대다수가 활동하고 있는 학문의 제도적 실현을 문제 삼고자 하며, 학문이 구축되고 재생산되는 방식에도 주의를 환기시키고 싶다.

말할 것도 없지만, 이러한 틀은 단순한 환상도 아니고, 이 틀의 외부에서 이 틀에 전혀 제약받지 않으며 연구를 수행한다는 것은 공상에 불과하다. 이 책은 제도적 현실에 의지해서 비로소 내보일 수 있게 되었고, 이 현실은 대학의 범위를 넘어 광범위한 강제력을 가지고 있다. 내가 이 제도적 현실에 종속되어 있다는 사실을 무시할 수는 없다. 그러므로 나의 연구 대상(즉 내가 알고자 욕망하도록 권유받고 있는 것)이 제도적 현실에 의존한 우연적인 것일지라도 이 현실은 끊임없이 변화해 가는 중이라는 것을 잊어서도 안 될 것이다. 나는 여기에서 학문을 둘러싼 사회적·경제적 환경만을 말하고 있는 것이 아니다. 물론 내가 주장하는 것은 우리의 지知에 대한 욕망 그것의 역사성, 예를 들면 다음과 같은 전형적인 형태를 취하는 우리의 욕망이다. 즉 '**일본인**이 생각하는 사회관계란 무엇인가', '**일본** 문화의 영속하는 본질적 성격이란 무엇인가', '**일본** 종교의 본질은 무엇인가'.

어떤 한 분야에는 상정된 학문 대상이 있는데, 이 분야에서 전문가임을 자인하는 사람은 누구라도 이러한 물음을 스스로 완수해야만 한다고 나는 믿고 있다. 이와 같은 물음을 통해서 지를 욕망하는 것, 이것이야말로 전문 연구자의 첫째 조건이다. 지에 대한 욕망이 분명히 학문 제도가 존재하는 효과라고 할지라도, 의례화된 물음과 욕망의 설정 그 자체가 학계의 범위를 넘어서 사회적 현실을 재생산했다는 점은 지적해 두어야 할 것이다. 그리고 내가 이 책에서 추구하려는 것도 의례화된 물음이 야기하는 지에 대한 욕망의 특정한 형태가 일정한 사회적 현실을 만들어 낸 역사이며, 상상적인(환상적이 아니다) 성격을 가진 현실이 만들어 낸 역사이다. 따라서 나는 갖가지 명사名辭[개념]로 불리고 있는 '일본'이 단지 정치체제와 통치된 인민의 총체 혹은 지리적 지역만이 아니라 관습의 공유를 전제로 한 본질화된 공통체, 유일한 언어, 유기적으로 통합된 문화를 표상/재현시킬 수 있도록 한 역사를 표면에 부상시키려 했다. 이를 위해 17세기 말에서 19세기 초에 걸쳐 생산된 유학, 국학, 그리고 오늘날 소위 '문학'으로 분류되는('문학'이라는 관념의 역사성에도 충분히 의식적이어야만 할 것이다) 담론을 선택적으로 고찰해서 이들 담론에 관한 문헌을 읽었다. 내가 제시하려는 역사가 '일본 사회의 역사'라고 혼동해서는 안 된다. 그것은 그와 같은 공통체가 어떤 **전체로서** 발명되어 과거로까지 규정되기에 이르는 역사이며, 체계적인 통일체로서의 사회라는 생각에 의문부호를 붙이는 것과 같은 역사이다. 즉 일본에 관한 학문에 동기를 부여하고 그것을 정당화하는, 의례화되고 제도화된 질문 형식에 의해 길들여진 특정한 욕망을 역사화함으로써 18세기에 어떻게 '일본'과 그 형용사형 '일본인'으로 지시되는 사회적 현실이 생산되었는가를 보여 주려는 시도인 것이다. 그리고 이렇게 역사화함으로써 나는 현재에 역사적으로 관여하며 내가 활동하는 학문 분야의 현실을 바꾸는 작업에 참가하려고 한다. 즉 과거의 텍스트를 읽음으로써 나는 현재의 기원적 반복originary repetition을 통해서 일반 텍스트와 관계를 맺었다.

그야말로 전문가를 비전문가로부터, 일본인을 비非일본인으로부터 구별하는 지식의 대상이 어떻게 역사적으로 생성된 것인가를 논의하는 것을 주지로 둔 이상, 나는 이 책에서 이 분야에는 익숙하지 않은 비전문가 독자를 향해 말해야만 할 것이다. 내가 이와 같은 태도를 취하는 것은 물론 비전문가에게 일본사에 대해서 계몽하려고 생각하기 때문이 아니다. 비전문가를 향해 말하게 되는 것이 이 책을 집필하는 기획 전체의 본래 취지이다. 그럼에도 불구하고 이 책에서 내 논의는 이 분야에서 축적된 지식을 배경으로 해야만 했다. 그래서 중국과 일본의 역사를 대체로 잘 알지 못하는 독자를 위해 동아시아 연구에서는 기본적이라고 간주되는 사항과 이름에 관한 상식적인 설명을 주석에 달아 놓았다. 특별히 양해를 구하지 않은 경우 다른 언어에서 영어로 번역한 문장은 내가 한 것임을 알아주기 바란다.

이 책을 집필하는 과정에서 나는 많은 사람들로부터 도움을 받았다. 우선 이 책을 집필할 수 있었던 것은 시카고대학의 나의 은사들 덕분이었음을 말해 두고자 한다. 아마 내 개인적인 사정도 있을 테지만 다른 학생들보다도 나는 나를 지도해 준 선생님들에게 더 큰 감사의 마음을 느끼고 있다. 데쓰오 나지타$^{Tetsuo\ Najita}$는 내가 미국에 와서 그때까지 꿈꾸고는 있었지만 실현하는 것은 생각지도 못했던 학구적인 생활을 추천해 주었다. 그가 아니었다면 이 땅에서 이 책을 쓴다는 것은 있을 수 없었을 것이다. 그는 스스로 모범적으로 그리고 일본사에 관한 백과사전적 박식함을 바탕으로 대상에 애착을 갖고 엄밀하게 사고해야 한다는 것을 내게 끊임없이, 시카고대학 대학원 시절뿐 아니라 교직을 얻고 나서까지 가르쳐 주었다. 해리 하루투니언$^{Harry\ D.\ Harootunian}$은 항상 나에게 머릿속에서 생각하고 있는 것을 말로 논할 기회를 주었다. 나의 지적 방만함을 인내하고 이 책의 기본 체계가 된 박사학위 논문의 이론적 방향을 전면적으로 지지해 주었던 덕분에 나는 생각을 반성·재고하면서 퇴고하는 멋진 기회를 얻을 수 있었다. 그에게서 나는 놀랄 만한 교사를 발견했고, 이 교사는 나 자신이 생각하는 것보다 훨씬 멀리까지 갈 수 있다는 것을 깨닫게 해주었다. 그는 데쓰오 나지타와 마찬가지로 스스로 모범이 되어 사회적으로 정의롭지 못한 것에 대한 비판적인 감성을 갖지 않을 때 지식인의 생활은 자기 침몰 이외에 아무것도 아님을 가르쳐 주었다. 마사오 미요시$^{Masao\ Miyoshi}$는 때때로 신선하게 사물을 생각하는 것은 무엇인가를, 또 상식적인 사고에서는 항상 시의심猜疑心을 가질 것을 가르쳐 주었다. 그 자신이 지적 신조와 정치적 신조의 역동적인 종합을 몸소 보여 줌으로써 학문적 사항을 어떻게 정의롭지 못한 것 속에서 괴로워하고 있는 사람들의 문제로 연결할 것인가를 제시해 주었다. 내가 수행할 수 있는 것은 그가 이뤄 놓은 것에 비하면 하잘것없지만, 그래도 나는 그로부터 도덕적·정치적 현상에 실천적으로 관여하는 방법을 배웠다고 생각한다.

이 책 자체가 그러한 실천의 한 형식이 되기를 바랄 뿐이다. 그리고 도쿠가와시대의 문학을 최초로 소개해 주었고 내 논문의 영어를 친절하게 손봐 준 윌리엄 시블리William Sibley에게도 감사하다는 말을 전하고 싶다.

윌리엄 헤이버William Haver는 논문뿐만 아니라 이 책의 원고를 정중하게 읽고 매우 훌륭한 시사를 주었다. 그의 건설적이며 엄밀한 비판에서 많은 것을 배웠다. 르네 아르실라René Arcilla는 논문의 집필을 도와주었고 불분명한 표기들을 많이 정정해 주었다. 이에 더해 따뜻하지만 상당히 신랄하기도 한 말 덕분에 나는 다시금 생각하고 의견을 변경하는 계기를 갖게 되었다는 점도 밝혀 둔다. 폴 안데러Paul Anderer와 노먼 브라이슨Norman Bryson은 박사학위 논문 단계에서 초고를 읽고는 꼭 출판을 하라고 계속 격려해 주었다. 학위논문 단계에서 초고를 읽고 의견을 말해 준 사람들과 고故 마에다 아이前田愛, 마쓰나가 쓰미오松永澄夫, 가라타니 고진柄谷行人, 가토 노리히로加藤典洋, 가메이 히데오亀井秀雄 씨 등으로부터 많은 것을 배웠다. 빅터 코슈만Julian Victor Koschmann은 중요한 시사와 의지가 되는 격려를 해주었고 브렛 드베리Brett deBary는 나에게 지적 성실함이란 무엇인가를 가르쳐 주었다. 고야스 노부쿠니子安宣邦는 초고를 읽는 수고를 마다하지 않고 자신만의 평가를 말해 주었다. 이들 친구와 동료들에게 감사의 마음을 표하고 싶다.

대학원 재학 중에 나는 시카고대학 인문과학 종합부 및 극동연구센터와 화이팅 부인 기금Mrs. Giles Whiting Foundation으로부터 장학금을 받았다. 장학금을 받는 동안 이 책의 대부분을 쓸 수 있었기 때문에 이 책은 이들 기금에 힘입은 바가 크다. 감사의 마음을 여기에 적어 두고 싶다. 코넬대학 출판회의 지정으로 주디스 베일리Judith Bailey가 이 책 원고의 편집 교정을 맡아 주어 유익한 시사를 주었다.

또한 본문의 무리요[Bartolome Esterban Murillo]의 「자화상」*Self-Portrait*은 런던국립화랑으로부터, 마그리트[René Magritte]의 「두 개의 신비」*Les Deux mystères*는 뉴욕예술가권리협회로부터, 또 다카마쓰 지로[高松次郎]의 「These Three Words」는 작가 본인으로부터 실을 수 있도록 허가받았다. 감사드린다. 고[故] 다카마쓰 지로의 작품 사진은 도쿄화랑의 야마모토 소로쿠[山本双六] 씨의 수고를 받았다. 감사드리고 싶다.

마지막으로 가장 친밀한 감사를 게일에게 바치고 싶다. 그녀는 1979년 이후의 학구적인 생활을 보내는 나의 결단을 계속 지지해 주었을 뿐만 아니라 이 책의 저본이 된 초고를 그때마다 체크하고 더 좋은 표현을 지적해 주었다. 이 책은 그녀의 도움 없이는 처음부터 쓸 생각조차 할 수 없었을 것이다. 그녀의 배려 속에서 이 책은 하루과 앤드류와 함께 자랐다고 해도 과언이 아닐 것이다. 이렇게 생각하면 이 책은 그들 두 사람보다 아주 조금 연장자가 되기 때문이다.

뉴욕주 이타카에서

사카이 나오키

서장_이론적 준비

언어에 있어서 외적인 것

먼저 언어가 사회성의 본질적 측면에 관여하고 있는 어떤 사태에 대해 관찰하면서 이야기를 시작해 보자.

내 생각에, 내가 말하고 쓰는 언어는 나에게 귀속하지 않는다. 내가 실제로 말했거나 글로 쓴 언어는 나의 통제를 그때그때 벗어남에 따라 내가 의미했던(의도했던) 것에서 떨어져 나가 멀어지게 된다. 내가 쓴 것에 나타나는 '나'라는 말은 불과 조금 전에 그 말을 했던 '나'와는 이미 다른 존재가 되고 만다. 적어도 나에 관해서 말하자면 내가 하는 '나'의 발화는 내가 쓴 글에서 '나'의 부재를 표시하며 두드러지게 할 뿐이다. 왜냐하면 글을 쓰는 자인 '나'와 언어로 표현되어 씌어진 '나 자신' 사이에는 회복할 수 없는 단절과 거리가 존재하기 때문이다.

개념적 이해를 거부하는 이러한 거리의 본성, 즉 나에게 속해야 할 개개의 말에 대한 나의 소유권과 통치권을 나로부터 빼앗아 버리는 이 지연遲延의 본성은 도대체 무엇일까? 이러한 단절, 거리, 지연을 아직 경험하지 않은 채 쓰는 '나'와 쓰어진 '나'가 항상 일치하는 것처럼 언어를 상정하는 것은 가능한가? 만약 그와 같은 언어가 가능하다면 그것은 누구에게 속하고 누구를 거기에 귀속시킬 것인가? 또한 그와 같은 언어를 상상할 수 있다면, 그러한 상상력을 가능하게 하는 실천계^{regime}란 어떤 것인가?

이런 물음에 대해서 완전히 대답할 수 없다는 것은 분명하다. 왜냐하면 이러한 물음을 구성하는 용어가 더욱 의문을 불러일으키기 때문이다. 예를 들어 이와 같은 물음을 던지는 것이 허용된다고 해도 도대체 "'나'란 무엇인가?", 더욱이 우리 앞에 "'언어에 귀속하는', '언어가 누군가의 소유물이다'라고 말하는 표현은 대체 무엇을 의미하는 것인가?"라는 물음이 있으며, 혹은 이러한 물음이 궁극적으로 지시하는 것처럼 보이는 "언어란 무엇인가?"라는 물음이 계속해서 등장할 것이다.

이와 같은 근원적인 방식으로 언어에 대해 물을 경우 그 대답을 얻으려는 시도는 실증주의에서 볼 수 있는 객관적으로 한정된 언어 관념에는 결코 의존할 수 없을 것이다. 왜냐하면 분석 용어를 일단 정의하고, 더욱더 엄밀한 체계적 기술을 구축하여 이 용어를 평가하지 않는다면, 일반적으로 언어라는 관념을 분석 대상으로 하는 것은 미덥지 않기 때문이다. 게다가 '언어란 무엇인가'라는 문제는 피하기 어렵고, 또 하나의 대칭적 물음을 불러일으키게 된다. 비^{非}언어란 무엇인가? 언어에 있어서 외적인 것이란 무엇인가? 언어의 타자란 무엇인가? 만약 이 물음에 대답할 수 있다면, 그 대답은 적어도 언어와 그렇지 않은 것이 구별되는 방식에 대한 어떠한 지식을 전제로 할 터이다. 가령 '언어란 무엇인가', '언어에 있어서 타자란 무엇인가'를 다른 것과 연관짓지 않고는 알 수가 없다고 해도 언어가 언어 아닌 것과 구별된다는 점만은 전제되어야 할 것이다.

담론공간과 텍스트의 물질성

이 문제는 '텍스트'text 개념을 도입함으로써 더 한층 명확해질 것이다. 일반적으로 텍스트 개념은 '쎄어진 것' 정도의 의미를 가지고 있으며, 이러한 개념에 한해서 텍스트에는 불명료함과 애매함이 없는 것처럼 보인다. 그러나 '쎄어진 것'이라는 관념을 더 자세히 분석해 보면, 텍스트가 본래 갖추고 있는 '각인된 것'으로서의 성격이 떠오르게 된다. 바꿔 말하면 텍스트는 항상 어떤 물체에 '각인된 것'이다. 여기에서 '쎄어진 것'이라는 개념이 위태로운 것임을 알 수 있다. 한편으로 '쎄어진 것'은 말하기, 그림, 몸짓 등과 같은 표현 형태와 변별적으로 대립되는 또 하나의 표현 형태라고 생각한다. 그러나 다른 한편으로 '쎄어진 것'은 '각인된 것'의 일반적 성격을 나타내며, 말·그림·몸짓과의 구별은 '각인된 것' 안에서 코드화되어 있다.

이와 같은 점에 입각하여 다음과 같은 표현이 가능할 것이다. 텍스트란 첫째로 어떤 물체에 기재된, 일종의 기호 배열에 따라 환기되는 구두적인 의미작용verbal signification을 가능하게 하는 것의 총체이다. 둘째로 의미작용과 물질성 양자를 포함하고 있는 코드화된 물체의 총체이다. 소쉬르Ferdinand de Saussure의 기호 개념과 마찬가지로 텍스트는 물질적 기반에 의존하면서도 물질 그 자체는 아닌 의미와 물질적 측면의 복합체, 한마디로 의미와 물질의 복합체인 것이다. 그래서 이 특정 시점에서, 텍스트 내에서 의미작용에 기여하는 요소와 의미로서 아직 발동하지 않은 이질적이며 부대적인, 또한 외재적인 요소를 구별할 수 있게 된다. 검정색 글자로 채워진 흰 종이와 같은 텍스트에서, 'on'으로부터 'of'로 문자 형태가 변화된 것처럼 의미작용에 영향을 주지 않을 수 없는 변화와, 종이가 흰색에서 노란색으로 변화된 것처럼 의미작용과는 일단 분리해서 취급할 수 있는 변화를 우리는 구별하고 있다. 이 예에서 의미작용에 기여하는 요소의 변화는 텍스트의 동일성을 바꿔 버리지만, 텍스트의 물질성의 변화는 상정된 텍스트의 동일성에 영향을 주지 않는다고 본다.

달리 말해 보자. 텍스트의 의미작용에 기여하는 측면이란 텍스트의 물질성에 관계된 여러 변화에도 불구하고 이런 변화에 의존하지 않고 독자적으로 동일성을 유지하는 부분이다. 의미작용이 기여하는 측면과 텍스트의 물질성을 구별하는 일은 우리가 확인하려는 텍스트의 사고방식에 있어서 본질적인, 즉 텍스트의 정의의 근본과 관련된 구분이라는 점을 확인해 두자. 나는 텍스트를 의미의 관념적 상관항으로서 정의하는 대신에 **양의적인 물질성** 혹은 이중의 부정성否定性이라는 말로 나타내고 싶다. 이러한 관념을 갖고 보면, '텍스트는 의미와 물질의 복합체'라는 말은 어딘가 오해를 낳기 쉬운 표현이라고 해야 할 것이다. 제도적으로 결정된 것이 없다는 점에서 구분 그 자체는 불안정한 채로 남아 있다. 만약 그것이 완전히 안정되어 있다면 우리는 텍스트의 물질성 그 자체의 존재를 인지할 수 없다. 이 물질성은 엄밀하게 말하면 내가 나중에 '담론공간'이라고 부르는, 제도적인 약속에 지배받는 의식이 작동하는 곳으로부터 배제되고 있는 것이기 때문이다. 그러나 텍스트가 다른 구분 양식에 대해 열려 있는 것이라는 관점을 설정해 볼 수도 있다. 의미작용 측면과 물질성 측면의 구분 양식이 변화할 때, 동일한 텍스트가 전혀 다른 이해 방식을 허용하는 것은 충분히 있을 수 있기 때문이다.

텍스트를 '씌어진 것'과 동일시하는 종래의 관점은 수정되어야 한다. 예를 들면 말하기 역시 의미작용을 구성하며, 게다가 그 텍스트의 물질성을 의미작용의 잉여 부분이라고 간주할 수 있는 이상 텍스트라고 말할 수 있다. 우리는 이제까지 흔히 말하는 것을 그 의미로만 환원해 오지 않았던가. 이 점을 거듭 생각해 볼 필요가 있다. 말하기에서도 마찬가지의 이율배반적인 구분이 존재한다. 말하기는 어떤 면에서는 씌어진 것이라고 할 수 있지만, 또 다른 면에서는 그렇지 않다고도 할 수 있다. 말하기에서 이 두 방향은 끊임없이 서로의 경계를 침범하면서 결코 예정 조화preestablished harmony적인 안정에 다다르지 않는다.

바꿔 말하면 텍스트는 구어적인 동시에 비非구어적이다. 여기서 '텍스트의 물질성'이란 용어는 이 구분이 지니는 불안정한 성격을 확실하게 기억할 수 있도록 설명되어야만 한다. 텍스트의 물질성이란 텍스트에 관여하지만 의미작용에 공헌하지 않는 것의 총체를 가리키는 개념이다. 그것은 기본적으로 텍스트의 잉여성을 지적하는 경우에 이용되는 부정성에 관한 용어이며, 텍스트는 의미작용 및 명시적으로 말하는 것으로 환원될 수 없다는 원칙이 이 말을 사용할 때 전제가 된다는 점을 생각해 주기 바란다.[1]

몸짓, 음악, 시각예술 등과 같은 '직접적인' 의미작용을 형성하지 않는 종류의 텍스트도 있다. 그래도 우리는 이러한 종류의 존재에 대해 말할 수 있고 또한 **독해**할 수도 있다. 다시 말해 의미작용을 통해서 이러한 것들의 텍스트를 파악하는 일이 가능하다. 이런 점에서 보면 몸짓, 음악, 시각예술도 텍스트에 포함되며, 설령 일대일의 대응 형태가 아니더라도

---

1) 특히 역사와 텍스트의 물질성에 대해서는 Jacques Derrida, *Edmund Husserl's 'Origin of Geometry' : An Introduction*, trans. John P. Leavey Jr., Harvester Press, 1978(*L'Origine de la géométrie d'Edmund Husserl : Introduction et traduction*, PUF, 1962, pp.3~171; 田島節夫 ほか訳, 『幾何学の起源』, 青土社, 1976, 7~256쪽)[자크 데리다, 『기하학의 기원』, 배의용 옮김, 지만지, 2008]을 참조하기 바란다.

말로 바꾸어 의미를 파악할 수도 있다. 역으로 보면, 많은 경우 비구어적인 것들은 구어적인 요소를 항상 동반하고 있다. 쉬운 예로, 노래와 음악에서는 몸짓과 구어 표현이 혼합되어 소리를 내며, 서로 다른 종류의 텍스트가 '노래'를 형성하는 구성 요소가 된다. 노래에 포함된 다종다양한 의미의 생성적 실천은 구어적 텍스트가 단독으로 표현한다기보다는 더 많은 사항을 표현하는 전체로서 상호텍스트적으로 결합하게 되어 있다.

실제로 나의 주된 관심은 관례화된 구어와 기타 진술^{énoncé}들의 복합체의 담론에 쏠려 있다. 그러나 이러한 시야의 제약에도 불구하고 나는 텍스트의 구어적 측면과 비구어적 측면 모두에 시선을 두어야만 했다. '언어란 무엇인가'라는 문제는 구어적인 것과 그렇지 않은 것, 언어학의 대상과 그렇지 않은 것, 의미작용과 물질 등 두 항 사이에 가로놓인 복잡하며 다면적인 경계 영역으로 나를 인도하는 것 같다.

텍스트를 이들 비대칭적인 대립 항이 만나는 장소로 보는 사고방식은 텍스트가 단순히 '내적으로 다층화된 것'이 아니며, 그 '외부'와 관계하는 것으로서 혹은 어떠한 방법을 사용해도 주어진 바의 담론공간에 **내부화**되어 있지 않은 고유의 이질성에 관여하는 것으로 파악되지 않으면 안 된다는 인식에 도달할 것이다. 고유의 이질성에 관여하는 방법은 여러 가지가 있다. 나중에 이야기하겠지만, 유럽 및 고대 중국에서 '텍스트'와 그 어원상의 파생물— 'textile'(직물織物), 'texture'(짜는 방법)등—을 나타내는 말은 유사한 관계에 있는데, 그것은 이러한 이질성을 명료하게 보여 주는 좋은 예일 것이다. 텍스트는 견고한 실체가 아니라 수많은 재봉실로 짜인 네트워크이다. 의미의 수준과 텍스트의 물질성의 영역이 끊임없이 변용하고, 텍스트 전체가 속하는 '상호텍스트적' 실천계[2]가 변화함에 따라 텍스트에 배분된 기능과 텍스트에 상정된 자기동일성이 다시 정의될 것이다. 그렇다 하더라도 이러한 텍스트 이해는 동시에 다음과 같은 사태를 우리에게 드러내 보일 것이다. 그것은 우리의 말하기, 쓰기, 읽기, 행위, 지각하기[3] 등을 가능하게 하는 텍스트의 물질성을 배제하면서 텍스트의 의미작용적인 특성을 취하여 포획하는 실천계이다. 그런데 그 실천계는 주어진 시대와 지역에 대응하는 형태로 그 자신의 항상적인 재생산을 지지하는 관습적인 안정성도 역시 갖추고 있다. 실제로는 끊임없이 변화하는 특수한 실천계가 자연스럽게 보편적인 것(언제, 어떤 경우에나 해당되는 것)으로 간주되어 그것은 '상식'의 일부분을 형성한다. 그러나 여기에서 말하는 상식은 그것을 자연시하는 인간집단에게 그 보편타당성이 보증되어 있다는 것이 아니다. 내외로부터의 이의 신청에서 그 자연성을 방비防備할 만한 제도적 준비를 지니고 있지 않다. 상식은 실로 끊임없이 의문시되고 있다. 그것은 계속 낯설게 다가온다. 여기에서 문제가 되는 것은 권력에 대한 물음이다. 왜 '상식'에 잘못이 없다는 입장을 유지하는 것이 그 밖의 가능한 실천계를 배제하며, 세계가 현재 존재하는 세계와 다른 것일 수 있는 가능성을 거부하는 것

---

2) 여기에서 나는 실천계(regime)라는 용어에 특별한 의미를 부여해 사용하고 있다. 실천계란 갖가지 발화 언어 및 행위를 유의미한 것으로 하는 모든 의례 내지는 모든 규칙의 묶음이다. 비트겐슈타인의 '언어게임'처럼 발화 언어나 행위에 의미성을 부여하는 것을 통해서 실천계는 삶의 영역을 한정한다. 그러나 유한개의 모든 규칙을 이용하는 실천계를 완전히 정의할 수는 없다. 왜냐하면 한 실천계를 정의하기 위해서는 곧바로 다른 실천계의 존재가 불가결하기 때문이다. 따라서 다른 실천계와 공약불가능성의 승인이 실천계를 알 수 있는 필요조건이 될 것이다. 또 비트겐슈타인의 '언어게임'이 소쉬르가 말한 '랑그'와 명확하게 구별되는 것처럼 실천계와 담론공간 혹은 언어(language)를 혼동해서는 안 된다. Jean-François Lyotard, *The Differend: Phrases in Dispute*, trans. Georges Van Den Abbeele, University of Minnesota Press, 1988(*Le différend*, Minuit, 1983; 陸井四郎 ほか訳, 『文の抗争』, 法政大学出版局, 1989)을 참조.

3) 그림과 지각의 실천계에 대한 뛰어난 기술은 Norman Bryson, *Vision and Painting*, Yale University Press, 1983을 참조하기 바란다.

이 될까라는 물음 앞으로 우리를 이끌게 될 것이다.

'담론공간'이라는 용어 속에 상정되어 있는 것은 바로 이 관습적인 안정성에 다름 아니다. 왜냐하면 의미를 세계의 사물에 귀속시키는 기제가 수용된 뒤, 이어서 텍스트 생산을 가능하게 하는 여러 가지 형식이 한정되는 것은 바로 담론공간에서이기 때문이다. 물론 여기에서 말하는 공간이란 물리학적 내지는 지리학적 공간과는 달리 텍스트 생산을 가능하게 하는 여러 조건이 공존할 수 있는 장場이다. 그것은 본래대로라면 가능한 것의 한 실천계로부터 다른 실천계로의 이행과 변화를 기만하고 억압하는 공유된 편견, 혹은 암묵의 기대들이라고 정의될 것이다. 장-프랑수아 리오타르가 '분쟁'différand[4]이라고 부른 것, 즉 타자의 타자성을 개시하는 행위의 가능성이 여기에서는 금지된다. 그리고 이들 편견과 기대가 낯설지도 않고 주관적인 비판을 받는 것도 아니기 때문에, 이 공간 내에

---

4) 리오타르는 『분쟁』(Le différend)에서 다음과 같이 논하고 있다. "분쟁은 문(文)이 될 무언가가 아직 문이 되지 않은, 언어활동에 있어서 불안정한 상태이며 그 순간이다. 이 상태는 부정적인 문인 침묵을 포함하고 있지만, 그와 동시에 원칙적으로는 가능할 문을 요청하고 있다. 보통 감정이라고 부르는 것이 이 상태를 가리킨다: '좋은 말이 생각나지 않는다' 등등. 감정을 드러내는 분쟁이 서로 다투는 사이에 짓눌려 버리고 감정이 부여하는 경고가 무익한 것으로 끝나 버리는 것이 싫다면, 분쟁을 표현할 수 있는 문을 만들어 연쇄를 만들기 위한 새로운 규칙을 열심히 찾아야만 한다."(Lyotard, "La quantité du silence", Aléa 4, Février, 1983; Le différend; 『文の抗争』, 31쪽) "내가 분쟁이라는 이름으로 제시하려는 것은 고소인이 논의하는 수단을 빼앗겨, 그로 인해 희생자가 되는 경우이다. 만약 증언의 송신자, 수신자, 의미가 무력화된다면 대개 손해 등은 없었던 셈이 된다. 서로 대립하는 당사자 사이에서 분쟁이 생긴 경우 하나는 양자를 대립시키는 다툼의 '처리'가 둘 사이에서 한쪽의 특유어로 이루어져, 이것에 대해서 다른 한쪽이 받고 있는 부당한 피해는 이 특유어 안에서는 의미될 리가 없다는 입장이다."(Le différend, p.9; 『文の抗争』, 31쪽) "분쟁에 권리를 인정한다는 것은 부당한 피해가 스스로의 표현을 찾아내기 위해, 그리고 고소인이 희생자인 것을 포기하기 위해 새로운 수신자, 새로운 송신자, 새로운 의미, 새로운 지향 대상을 설립하는 것이다."(ibid., p.13; 같은 책, 30쪽) 나중에 논하겠지만, 감정 개념은 '분쟁'과 밀접한 관련이 있으며 '분쟁'과 관련을 맺지 않는 정서성(sentimentality) 개념과 대립한다. 이토 진사이가 정(情)의 문제에 관심을 표시했던 것도 이와 깊은 관련이 있다.

서 텍스트의 산출은 미리 준비된 여러 조건에 의해서 계속 지배받으며 점유될 것이다. 이 점에서 담론공간은 동시에 권력의 영역이기도 하나, 거기에는 한 가지 사실, 즉 지배하는 주체가 빠져 있다는 점을 잊어서는 안된다(어쩌면 눈앞에 나타나는 담론공간을 담론의 산출을 지배하는 초월론적 주체의 현전과 동일시하고 싶어 하는 사람이 있을지도 모르겠다). 주어진 사회적 상하관계에서 지배받고 있는 자뿐만이 아니라, 스스로가 지배하고 있다고 느끼는 사람들도 담론공간에서 탈구축 이전의, 전前비판 의식에 참가했을 때에는 스스로가 지배하고 있다고 느끼면 느낄수록 실제로는 지배받고 관리당하는 것이 된다. 이렇게 주인과 노예 쌍방은 담론공간의 법칙을 낯설게 하지 않고, 자신의 것으로 하는 정도에 따라 고정된 역할을 할당받는 대신 그 역할 내부에 한정된 주체 효과에 의해 자기동일화하게 될 것이다. 가령 노예가 주인의 지위를 차지할 수 있다 해도, 그것은 단순히 노예가 약자의 역할을 버리고 강자의 위치에 자리 잡은 것에 불과하다. 이것은 우리에게 아주 익숙한 심각한 사태이다. 권력관계가 구성된 담론공간이 바뀌지 않는 한 강자가 되기 위해서 약자는 새로운 약자를 필요로 하며, 스스로가 피해자에서 가해자로 되어야 약자의 위치를 벗어날 수 있다고 하는 약자와 강자의 변증법은 변함없이 계속될 것이다.

이 책에서 나는 18세기 도쿠가와시대 일본에서 텍스트 생산을 지배하고 있었던 담론구성체에 대해 논의할 것이다. 나아가 이 담론공간에 편입되어 있었던 읽기, 쓰기, 행위, 지각하기 등의 실천계를 묘사할 것이다. 특히 담론구성체를 개시하여 정통화하고, 더욱이 중단되었던 다양한 논의를 소개할 것이다. 다만 여기에서 말하는 '18세기'는 정해진 연대기적 날짜와 합치하지 않으며, 17세기 말에서 19세기 초에 걸친, 여러 문서와 가공물 등이 속해 있는 담론공간의 장소를 지적하기 위해서 상징적으로 사용되고 있다는 점을 기억해 주기 바란다. 이 담론공간에서 언어는 광범위하면서도 열렬한 논의의 대상이 되며, '투명한' 언어에 대한 추구가 끊임없이 펼쳐지고 있었다. 이 공간에서 언어의 형상이 어떻게 분절되고 있었는가를 서술하는 데 저자의 인격적 통일과 학파의 동일성이 중요한 의미를 지닌다고는 생각하지 않는다는 점을 미리 알아주기 바란다. 나는 어떤 저자의 '사상'이나 특정학파의 계보를 아는 일에 흥미를 느끼지 못한다. 이와 반대로 나의 관심은 그들이 알지 못하는 사이에 탐구 대상을 규정하는 가능성의 조건인 여러 다양한 텍스트 형식과 그것들을 조건 지었던 모든 실천계의 상호관계 쪽에 쏠려 있다. 나의 관심은 '언어란 무엇인가'라는 물음이며, 이 물음이 환기하는 모든 문제에 향해 있다.

　'언어란 무엇인가'라는 물음을 성립시키기 위해서는 그것과 얽혀 있는 또 하나의 문제, 즉 '언어를 대상으로서 정립하는 것은 가능할까'라는 문제를 우선 정리해 둘 필요가 있다. 말할 것도 없이 언어를 사용하지 않으면 이와 같은 '물음' 자체도 불가능하다. 특히 '묻는' 행위는 언어적인 현상이다. 여기서 해석학적인 전략에 따라 암묵적으로 언어를 이해하여 인정한다는 전제를 둘 때에만 우리는 제대로 물을 수 있다고 주장하는 사람도 있을지 모른다. 이해하고 인정한다는 것은 필연적으로 물음에 선행한다. 즉 언어의 대상화는 역사적 · 문화적으로 한정된 우리의 이해의 지평선상에서만 이루어질 수 있다. 우리는 이미 어떤 언어로 살고 있다는 사실 덕분에 대상으로서의 언어를 논할 수가 있다. 그러므로 각각 역사적 · 문화적으로 형성된 문맥의 외부에서 언어의 보편적인 본질을 탐구하려는 해석학적 논의는 요점을 벗어나 있다고 말할 수 있다.

　'언어란 무엇인가'라는 물음이 묻는 자 자신의 역사적 유한성을 필연적으로 드러내는 해석학적 대답의 표출 방법 속에도 결코 소홀히 할 수 없는 문제가 포함되어 있다는 점을 일방적으로 부정할 수는 없을 것이다. 나는 이러한 교훈의 중요함을 승인하는 일에 망설이지 않을 것이다. 그러나 해석학이 우리의 기대에 충분히 반응하고 있다고는 생각하지 않는다. 그 이유는 해석학이 전체를 포섭하는 보편주의에 대해 회의적인 자세를 취했기 때문이 아니라, 오히려 해석학의 보편주의 비판이 끝까지 철저하게 이루어지지 못했다는 점에 있다. 이와 같은 한계 때문에 해석학적인 비판은 특수주의를 피할 수 없었다. 해석학은 역사적·문화적 지평의 존재를 강조하는데, 바로 여기에 해석학을 곤란하게 만드는 원흉이 있다. 만약 원초적으로 어떤 언어에 안주한다는 사실성이 우리가 언어를 대상화하는 가능성보다 선행한다면, 우리는 도대체 대상화한다는 의미에서 우리의 이해 능력이나 '전통'의 지평을 어디에서 찾을 수 있을까? 주지하는 바와 같이 해석학은 보편적인 해석에 대해 우리가 이해하고 인정하는 지평의 선행성을 주장한다. 그 설명에 의하면 과거에 씌어진 것, 혹은 타자의 언어와 우리의 만남에 의해 알려지는 역사적·문화적 거리는 우리 언어의 한계를 표시하며, 또한 그 이유로 우리의 역사와 문화가 유한하다는 것을 가르치는 것이다. 그 지평은 제한하는 것으로서의 유한성이라기보다는 가능성으로서의 유한성이며, 우리의 이해를 방해하는 것이 아니라 우리가 보편성에 이르는 이치를 가르쳐 주고 보증하는 것으로서의 유한성이다. 따라서 만약 그 설명을 발전시키려고 한다면 전통으로부터 더해지는 우리의 한계가 실은 보편성에 이르는 문이라는 것이 논해져야만 한다. 그러나 우리의 역사적·문화적 존재양식에 대한 해석학적 비전 안에서 잘 알려진 해석학적 순환과는 다른 종류의 순환을 은폐하는 도그마 작용을 발견하는 것은 그리 어렵지 않다.

해석에서 거리의 경험은 **우리** 언어의 통일성을 성립시키며, **우리** 언어의 통일성은 술어적 판단 이전의 수준에서 **우리** 세계와 일치하고 있다고 주장하는 사람들이 있다. 그러나 이러한 주장에서 그와 같은 거리의 경험은 자주 공간적 전체로서 상상되는 단일 영역의 경계 안에서만 일어날 수 있다고 전제된다. **우리** 언어의 통일성은 하나의 공간적인 전체로서 상상되고 있다. 한편 우리는 이러한 언어적·문화적 거리에 대한 해석학적 개념이 우리 존재의 역사성으로부터 완전히 자유로운 메타언어의 가능성을 가정하는 실증주의적 과학주의에 으레 따르기 마련인, 비역사적인 보편성의 비판이라는 문맥에서 나타났다는 점을 상기할 필요가 있다. 이렇게 용인된 메타언어가 실증주의의 언어인 것은 말할 필요도 없다. 해석학은 우리에게 이른바 보편적·과학주의적 태도의 위험성에 대해 경고하며, 그와 같은 메타언어의 가능성을 의심할 것을 요구한다. 그런데 다른 한편으로 메타언어의 요청 혹은 요구가 애초부터 일어났던 것은 말하기, 사업, 교통과 같이 투명하고 마찰이나 결함이 없다고 상정되어 있던 주고받음이 실패하고 그것에 장애가 발생했기 때문이라는 주장을 승인하고 있다. 요컨대 메타언어는 어떤 곤란, 소원, 고장, 혹은 조악화의 소산이라는 것이다. 공간적 전체로서의 언어라는 비전과 조합해 볼 때, 이러한 메타언어와 철학에 관한 논의는 해석학에 포함된 여러 가지 함의를 개시하게 될 것이다. 이와 같은 메타언어와 철학 논의가 우리의 세계에 대해 비판적이며 반성적인 검증을 수행한다고 해도 역사적으로도 지리적으로도 외적인 권역, 다시 말해 우리 세계의 외부에서 수행되고 있다는 것을 간파할 필요가 있다.

우리의(즉 집단적인) 역사적 주체성을 비판하고 재구축할 기회는 실제로 외부에서 오는 이질성과 외국적인 것 즉 외국어이며, 낯설지만 오래된 문서와 접촉함으로써 가능하다. 역사에 대한 예리한 감각을 동반하는 비판 충동이 여기에 있다는 것을 간과해서는 안 된다. 그러나 나는 여기에서 그 명제에 내재하는 또 하나의 간과하기 쉬운 측면에 대해서 주의를 촉구하고 싶다. 해석학은 우리의 역사성을 개시함과 동시에 이질적인 것을 배분하는 방식을 지배하는 '배분질서'economy를 도입하고 있다. 우리의 세계는 언뜻 보면 마치 거기에서 이용되는 언어가 완전하게 세계와 융합하고 있는 것처럼, 그 원초적 직접성의 세계에서는 역사적·문화적 거리가 원래 존재하지 않기 때문에 메타언어를 '이론화'할 필요가 없는 것처럼 제시되고 있다. 말하자면 '이론'이 필요 없는 원초적이며 조화로운 언어와 완전히 융화된 듯한 세계가 상정되고 있다. 여기에서는 영적 일체화communion와 균질 지향적 사회성homosociality이 구석구석까지 확산될 것이다. 우리가 매일 교섭하느라 바쁘고 그 목적에 마음을 빼앗긴 채 목적 실현에 이용되는 도구의 존재는 망각하는 것과 마찬가지이다. 예를 들면 쇠망치와 같은 도구가 파손되어 사용할 수 없게 되었을 때에 비로소 그 가치를 알게 되는 것과 마찬가지로 언어는 그 존재를 공표하지 않은 채 우리의 이론적인 시선에 대해 계속 투명한 존재로 남아 있을 것이다.[5] 이 점과 관련해 말한다면 이질적이고 외적인 것과의 만남이 이론적

---

5) 하이데거는 다음과 같이 말하고 있다. "세계-내-존재는 도구 전체의 손안에 있음을 구성하고 있는 지시 속으로 비주제적으로 둘러보며 몰입함이다. 배려함은 그때마다 이미 세계와의 친숙함을 근거로 해서 그것이 존재하듯이 그렇게 가능한 것이다. 이러한 친숙함에서 현존재는 자신을 세계내부적으로 만나는 그것에 잃어버리고 그것에 사로잡힐 수 있다."(Martin Heidegger, *Being and Time*, trans. John Macquarrie and Edward Robinson, Harper and Row, 1962; *Sein und Zeit*, Max Niemeyer, 4 Auflage, 1935; 桑木務 訳, 『存在と時間』上, 岩波文庫, 1960, 147쪽[하이데거, 『존재와 시간』, 이기상 옮김, 까치글방, 1998, 110~111쪽]). "세계-내-존재의 일상성에는, 배려된 존재자를 만나게 하면서 이때 세계내부적인 것의 세계적합성[세계적 특성]이 전면에 드러나게 하는 그러한 배려함의 양태들이 속한다. 가까이 손안에 있는 존재자가 배려함에서 사용불가능한 것으로, 그것의 특정한 사용을 위해서 채비가 되어 있지 못한 것으로 만나게 될 수 있다. 작업도구는 파손된 것으로 판명되고 재료는 부적합한 것으로

인 고찰의 가능성을 낳는다고 하는 것은, 소외로부터 자유로워지고, 물음을 환기시키며, 언어와 세계 간 거리를 생성할 가능성이 제로인 상태를 적어도 하나의 대조점으로서 상상하는 것이 가능하다고 말하는 것과 마찬가지다. '우리의 세계'라고 말할 때 우리의 언어가 바로 우리의 세계인 듯한 어떤 이상화된 영역으로의 정치定置가 행해지는 것은 분명하다. 거기에서 우리는 '우리의' 언어, 즉 '우리의' 세계가 원초적으로 충만한 가운데 살고 있다는 것을 허용하며, 그 충만함이야말로 '우리의 세계'라는 표현에 내용을 부여하는 당사자가 될 것이다. 말할 것도 없이 언어는 이와 같은 세계로 대상화될 수 있는 것이 아니다. 내가 이 책에서 논하는 것처럼 그와 같은 세계와 언어의 융합 상태는 존재할 수 없다. 언어는 외부로부터 침입이 없는 경우에도 항상 '파손된 것'으로 지속되며 어떠한 신체도, 다시 말해 누구도 언어 안에 완전히 안주하는 일은 없다.[6]

그래서 나는 '언어를 대상으로 규정하는 것은 가능한가'라는 앞의 물음에 대해 두 개의 부정 명제로 대답할 필요를 인정할 수밖에 없다. 첫째로, 나는 고찰 대상으로 여겼던 특정한 언어가 가진 특징에서 완전히 독립한 메타언어를 미리 상정할 수 있다고 생각하지 않는다. 둘째로, 나는 메타언어에 대한 욕망을 생성하는 자기반영성self-reflexivity의 성질을 결여한, 완전히 즉자적인 언어가 존재할 수 있다고도 생각하지 않는다. 바꾸어 말하면 나는 언어와 세계라는 두 개의 독립된 존재가 완전히 분리

드러난다. 도구는 여기에서도 어쨌거나 손안에 있기는 하다. 그러나 사용불가능성을 발견하고 있는 속성을 확정하는 바라봄이 아니라 사용하는 왕래의 둘러봄이다. 이러한 사용불가능성의 발견에서 도구는 눈에 띄게 된다."(같은 책, 142쪽[106쪽])

6) "누구도 언어 안에 완전히 안주하는 일은 없다"의 영어판 원문은 "Nobody is exhaustively at home in language"이다.

되어 있다는 생각에도, 언어와 세계가 조화로운 통일을 유지하고 있다는 전망에도 모두 매력을 느낄 수가 없다.

그러므로 우리가 '언어란 무엇인가'라는 질문에 대해 일반적이고 보편적인 대답을 기대하는 데에는 처음부터 무리가 따른다. 나의 문제제기 전체에서 이 질문은 역사적인 용어로서만 정식화될 수 있다는 신념으로 일관되어 있다.

'언어란 무엇인가'라는 질문은 언어가 특정한 역사적 순간에 어떻게 이해되고 있었던가를 묻는 것이다. 더욱이 우리는 가령 우리가 언어로서 생각하고 있는 것의 주위에 경계선을 그어서 언어라고 불리는 것을 완전히 에워쌀 수 있어도, 18세기 언어의 성질에 대한 방대한 논쟁의 존재가 확연히 증명하는 것처럼, 우리가 공통적으로 이해하고 인정할 수 있었던 확고한 개념을 개발할 수 없다는 것을 끊임없이 상기할 필요가 있다. 어떤 담론공간에서 특정한 담론 대상으로서의 '언어'는 그 내부에서 모순, 결렬, 불일치를 끝까지 감추지 못하는 장소였다. 그러므로 나는 18세기 텍스트를 매개로 해서 언어의 보편적인 정의 혹은 설명적인 논리를 확립하려는 것은 아니다——오히려 나는 언어의 이름으로 불리는 인간 활동 영역에 관한 모든 요소 사이의 갖가지 차이와 대립관계 혹은 상호작용을 탐구할 생각이다. 그것들의 차이, 대립관계, 상호작용이 그려짐에 따라 언어라고 불리는 영역이 어렴풋이 보일 것이다.

'나'란 무엇인가? '언어에 귀속된다' 혹은 '언어는 누군가의 것에 속한다'와 같은 표현이 의미하는 것은 무엇인가? 이러한 물음은 여전히 다른 파생적인 문제와 함께 놓여 있다. 실제로 이러한 것들은 이 책에서 반복해서 되물어질 것이다. 나는 이러한 문제를 18세기 텍스트 더미에 통과시킴으로써 언어에 대해 생각하는 담론에서 나타나는 선입견을 드러내 보이는 작업을 시도할 것이다. 또한 이 작업을 통해서 이들 텍스트를 읽을 때에 텍스트에 의미를 부여하는 우리의 관습적인 과정에 대한 저항을, 우리 자신이 과거에 대해 감정이입을 할 때에 의거하는 선입견을 낯설게 하는 절호의 기회로 이용해 보려 한다. 물론 그것은 과거의 타자성과 상대하기 위한 아주 유망한 방법이다. 마사오 미요시는『우리가 그들을 보았을 때』에서 지리적·문화적 거리를 우리의 '다름' 혹은 '같음'의 개념을 낯설게 하기 위해 이용하려 했지만, '우리'와 '그들'의 통일성을 본질화하는 경향이 있다.[7] 우리가 다루는 사례에서는 미요시의 상호 문화적인 연구와 동일한 종류의 상호관계를 찾아낼 수 없다. 그러나 나는 낯설게 하기 효과를 필연적으로 생성시키는 역사적 거리를 이용할 수 있을 것이다. '우리'와 '그들'의 통일성을 본질화하기 위해서가 아니라, 이 통일성의 형성에 의해 배제되는 것에 주의를 촉구하기 위해 역사적 거리에 바탕을 둔 낯설게 하기 효과를 나의 연구에서 활용할 생각이다. 미요시가 시도한 바와 같이 문화적 타자의 관점을 점유하는 기획은 우리의 경우에는 현재의 우리와 과거의 그들이라는 역사적 타자가 문제가 되고 있기 때문에 사실상 불가능하다. 그러나 연구 대상 자체가 타자의 이

---

7) Masao Miyoshi, *As We Saw Them*, University of California Press, 1979; 佳知晃子 監訳, 飯村正子 他訳, 『我ら見しままに─万延元年遣米使節の旅路』, 平凡社, 1984. 미국으로 향한 최초의 일본사절단을 연구한 이 책에서 미요시는 태평양 횡단 항해를 우리와 그들의 예상외 만남을 준비하는 낯설게 하기의 과정으로서 그리고 있다. 항해는 우리에게 타자 침입의 기회가 되는 것이지만, 해양에 대한 비유적인 용법은 스위프트의『걸리버 여행기』를 생각나게 한다. 『걸리버 여행기』는 미하일 바흐친(Mikhail Bakhtin)이 몇 번이나 말한 것처럼 유럽의 다성적인 소설의 훌륭한 전형이다. 가끔 미요시는 바다로 인해 동떨어진 두 개의 동일성을 이데올로기적인 차이로서가 아니라, 실체적인 차이로서 받아들이고 있다. 그러나 그가 다성적인 구조를 이 책에 도입함으로써 지역연구에서 지배적인 지식의 존재양식을 문제시하는 것에 성공하고 있다는 점은 간과할 수 없다. 지역연구에서는 아직도 동일한 독백적 담론이 계속 재생산되고 있다.

미지를 재고할 기회를 주는 한 역사적 연구는 같은 목적, 즉 타자의 이미지와 '(대문자)타자'가 일치하지 않는다는 것, '동일함'과 '다름'이 기본적으로 비대칭적 관계로 맺어져 있음을 폭로한다는 목적에 이바지할 수 있을 것이다. 그러므로 역사 연구는 전이의 작용을 방해하는 기회일 수 있으며, 바로 이러한 의미에서 그것은 역사적 실천일 수 있다. 과거의 텍스트를 다루는 일은 '우리'와 '그들'에 관한 추정된 (역사적 혹은 문화적) 통일을 자명하게 여기는 담론공간을 낯설게 하는 것이다. 그러나 역사 연구는 너무나 자주 어떠한 역사 연구에도 있을 법한 잠재적인 낯설게 하기의 계기를 숨기거나 억압하는 일에 조력했기 때문에, 현재와 '우리라는 동일성'의 시점에서 유쾌한 것만을 영원한 진실로 확정하고 인정한다. 이 책에서처럼 역사적인 기획에서 도전받아야만 하는 것은 동일성의 이데올로기가 명백하게, 혹은 은밀하게 합법화하는 것에 힘을 실어 주고 있는 전체론적인 경향에 다름 아니다. 현재를 역사화하는 것, 다시 말해 '우리'를 낯설게 한다는 명제가 이 책의 기본방침이 될 것이다.

나아가 이 작업이 우리를 타자에게 동화시키는 길을 탐색하는 것을 의미하지 않는다는 점도 말해 두어야겠다. 오히려 나는 지시사인 '우리'의 용법을 검증하겠다. 이 '우리'는 사람들을 통합한다며 그럴듯하게 꾸미면서 소수자를 침묵하게 만들고, 부정^{不正}하게도 어떤 사람들은 배제한다. 결국 우리가 직면하는 타자란 첫째로 역사적인 것이며, 궁극적으로는 개념화를 넘어서는 것이다. 역사적인 타자와의 만남을 통해서 나는 '우리' 자신과 현재를 넘는 하나의 길을 탐구해 보고자 한다. 아마자와 다이지로가 일찍이 『미야자와 겐지의 저편으로』[8]에서 시도했던 것과 같은 의

---

8) 天澤退二郎, 『宮沢賢治の彼方へ』, 思潮社, 1968.

미로 18세기 담론 저편으로 넘어서 가는 방법을 탐구해 볼 것이다.

이와 같은 연구 방법은 당연히 반론을 불러일으킬 것이다. 즉 낯설게 하기에 대한 방향성을 명확히 내세웠지만, 앞으로 논하게 되는 나의 방법에 대해, 결국 우리 자신이 살아가는 시대의 고유한 관심에서 생긴 문제를 기치로 내걸어 과거를 제패하는 기도에 불과한 것이 아닌가 하며 반론자가 도전해 올지 모른다. 이것은 우리의 선입견을 역사적 타자에게 강요하여 과거에 대한 우리의 통치권을 넓히는 새로운 방법에 불과한 것은 아닌가? 나는 이러한 반론을 거부하기 위해서 객관주의에 호소하는 일도, 또 이 반론을 수락하는 해석학적인 준비를 채용하는 일도 취할 수 없다. 그렇기 때문에 자기를 비판적으로 감시하기 위한 버팀목이 되는 한 쌍의 규칙을 나 스스로에게 부과할 필요가 있을 것이다.

우선 현재와 과거 사이의 차이가 이중으로 분절되어 있다는 점에 유의할 필요가 있을 것이다. 나는 이미 현재와 과거의 거리를 다른 두 담론 구성체 사이에 가로놓인 차이로서 그려 내기 위해 담론공간이라는 개념을 도입했다. 이 개념을 이용해서 나는 역사적으로 결정된 특수한 존재, 일반적이며 동시에 자명하게 보이는 어떠한 전제든 간에 이것을 역사적으로 한정된 것으로 보는 입장을 구축하고자 한다. 내가 이 입장을 충실히 고수한다면 과거 안에 있는 낯설게 하기 효과로 은폐시켜 버린 사례를, 그 낯설게 하기 효과도 분명히 지적할 수 있을 것이다. 우리는 동일성의 이데올로기가 은폐를 기도하는 사례 속에서 명백한 모순을 폭로할 수 있을 것이다. 이 점에서 나의 방법은 과거 텍스트를 내면화하는 시도가 아니라, 이질적인 것이 담론에서 배제된, 담론의 배분질서의 궤적을 거슬러 올라가는 시도라는 점을 기억해 주기 바란다.

두번째 규칙은 첫번째 규칙의 비판적 평가에서 유래한다. 만약 역사적 차이가 단지 동일한 평면상의 두 담론공간의 차이로서 다루어진다면, 나는 단지 다른 하나의 상대주의를 주장할 뿐이다. 내가 이 두 개의 담론이 동등하게 관찰되는 듯한 제3의 초월적인 것보다 일반적인 시점을 미리 상정하는 것이 아니라면 이와 같은 나의 시도 자체가 의미를 잃게 될 것이다. 그러나 이와 같은 시점을 취한다는 신념 자체가 내가 처음부터 담론공간에 갇혀 있는 것의 효과가 아닐까? 이 폐쇄성은 초역사적인 '내'가 역사의 타자를 나의 시선 아래 완전히 관리하여 나 자신은 타자의 시선을 되돌아보는 일 없이 상대를 하나의 이미지로 환원할 수 있다고 하는 훔쳐보기를 전제로 해야만 할 것이다. 하지만 그것은 단독성과 특수성을 존중하는 척하면서 슬쩍 전체론적인 보편주의를 가지고 들어오는 전형적인 상대주의가 아닐까?

확실히 이와 같은 논의는 역사를 언표 가능한 것으로 생각하려는 한 처음부터 상대주의와 보편주의 사이에서 무한히 동요하는 것을 피할 수 없다. 그러나 나는 대칭적인 이항대립 형태에 둘 수 없는 것과 같은, 현재와 과거의 차이성에도 주의를 기울이고 싶다. 이 경우 과거는 이미 담론에서는 회복할 수 없는 것과 같은 절대적 손실로서 파악되어야만 한다고 생각한다. 현재와 과거의 관계는, 한편으로는 두 개의 표상 사이의 관계임과 동시에, 다른 한편으로는 표상에 의해 초래될 수 있는 것과 표상할 수 없는 것의 관계이기도 하다.[9]

---

9) Emmanuel Levinas, *Totality and Infinity*, trans. Alphonso Lingis, Nijhoff, 1979, pp.226~247(*Totalité et Infini*, Kluwer Academic Publishers, 1961; 合田正人 訳, 『全体性と無限』, 国文社, 1989)을 참고하기 바란다.
미셸 드 세르토는 정신분석의 맥락에서, 이미 상술된 이야기(recounted story)로서의 역사 문제와 역사 작업(the work of history=Geschichte)으로서의 역사 문제를 논하고 있다. "정신분석은 탈신비화하는 능력과 의식의 정상적인 상태가 언제까지나 계속 증대된다는 진보라

낯설게 하기를 통해 '우리'의 폐쇄성에 구멍 내기

이러한 시도 속에서 나는 텍스트를 그 외부성[10]에서 다루려고 한다. 나의
기술은 오직 텍스트의 표층 부분에 초점을 맞출 것이다. 텍스트의 깊이

는 덫에 걸린 채로 새로운 사례의 연쇄를 구성하는 것이 아니다. 오히려 그러한 무한한 과정
에서 **인식론적 단절**을 창출하려고 한다. 정신분석은 결코 닫히는 일이 없는 구조적인 이중관계
를 제시하는 데에 맞추어져 있고, 새로운 종류의 '일반적으로' 타당한 '해명'을 사고하며 실행
하는 수단이라 할 수 있다.——한편으로는 확실하게 나타내 보이려 하지만 위치를 바꾸는 것
으로 끝나고 마는 모든 분석과정(표상되는 것을 깊게 밀어붙여 그 표상을 세분화한다)과 관계
가 있다; 다른 한편으로는 표상된 것을 보다 잘 보는 것이 과학적으로 필요함과 동시에 스스
로 알지 못하는 사이에 새롭게 속게 되는 방법이라는 점에서 각각의 정신분석을 통한 해명
(Aufklärung), 시간적으로 그것에 앞서거나 인접하는 모든 해명과 관계가 있다."(Michel de
Certeau, *The Writing of History*, trans. Tom Conley, Columbia University Press, 1988, p.299;
L'Écriture de l'histoire, Gallimard, 3e éd., 1975; 佐藤和生 訳, 『歴史のエクリチュール』, 法政大学出
版局, 1999, 343쪽) 그리고 이렇게 논하고 있다. "역사와 활동의 두 형상——반복하는 것과 창
시하는 것——의 객관적인 무엇도 차이를 **보증**하지는 않는다. 그것들은 우리를 '역사'라는 말
의 양의성으로 되돌리지만, 이 말은 점차 '전설'(공인 텍스트, 읽어 내지 않으면 안 되는 법칙, 어
느 회사의 이익)의 측면이 아니면 '타자의 생성'(그 존재를 스스로 보증함으로써 자기를 확립한
다는 위험) 측면으로 기울어지는 불안정한 말이다. 정신분석가 자신도 이러한 양가성을 벗어
날 수 없다. 그는 자신의 과학이 그에게 '기만적인 구제'가 되자마자, '그가 과학의 탄력이 아
니라 위탁물만 유지하게 되자'마자, 교육, 고객, 특히 사회를 일찍이 아버지나 **수도회**나 악마
의 고조된 **대리**(ersatz)로 하자마자, 그 자신이 해명하려고 하는 것을 스스로 은폐한다.
프로이트는 언어나 텍스트의 표층에 있는 많은 기호표현(시니피앙)을 도려내기 위해 면도날
처럼 사용되는 파악하기 힘든 원리를 언급하면서, 정신분석적 실천의 이와 같은 두 경사면
사이에 경계선을 긋는다. 그는 자신의 과학을 '보육법'으로 받아들이지 못하게 하는 기준을
말한 것이다. 그래서 그는 우리에게 자신이 내린 진단의 영토확장주의와 병자의 '그렇습니
다'라는 한마디로 해석을 내린다라는, 우리에게는 상당히 의외의 방식을 한꺼번에 설명한다.
그는 학자의 행위와 필요한 지식을 **넘어서** 자신의 실천을 설정한다. 사실이 그렇다. 어떤 제멋
대로의 생각이 그의 분석 세부에 기묘하게 내재해 있다. 창시자로서 위험을 감수함으로써 자
기에게 권위를 부여한다. 그는 어떤 '후각'을 근거로 하지만, 그것은 명확하게 될 리 없다. 왜
냐하면 자기의 후각이기 때문이다. 그에게 정신분석의 실천(프락시스)은 여전히 **위험한 행위**
이다. 그것은 결코 **불의의 사고**를 배제할 수 없다. 어떤 규범을 실시하는 것과 동일시할 수 없
다. 일련의 말의 애매함이 어떤 법칙의 단순한 '적용'에 의해 제거될 수는 없을 것이다. 지식
은 그러한 '은혜'를 결코 보증하지 않는다. **해명**(Aufklärung)은 '임기응변의 문제'(eine Sache
des Takts)로서 남아 있다."(*ibid.*, pp.303~304; 같은 책, 350~351쪽)

와 심오함을 초월적인 시니피에가 감춰진 존재로 이해하는 일은 절대로 없다. 텍스트에 깊이와 심오함이 있다 해도 그것은 담론의 나머지 부분이나 이질성을 암시한다. 나는 텍스트의 깊이와 심오함을 내가 텍스트의 물질성이라고 부른 어떤 소재의 저항을 지시하는 것으로 이해할 것이다. 또한 이미 현존하지 않는 기원적 발언과 관련해서 텍스트를 바라보는 방법을 채용하지 않을 것이다. 나는 과거를 이해하는 일이나 텍스트가 표현되는 그 발화행위의 순간에 존재했을 충만한 통합을 이해하는 일[11]을 시도하려는 것이 아니다. 나의 기획은 과거의 텍스트에서 본래의 원초적인 의미를 충실하게 회복하려는 시도가 아니다. 나의 목표는 언표가 생산된 조건을 명확히 하는 데 있다. 그 언표의 저자 혹은 행위자가 스스로 처한 모든 조건에 대하여 자각적이었든 그렇지 않았든 내게 아무런 상관이 없는 일이다. 역사가가 수행하는 작업이 텍스트를 저자 이상으로 잘 이해하는 것이라 한다면, 나의 시도를 역사적 연구라고 부를 수는 없다. 역사학의 목표가 당시 사람들이 살았던 과거의 현실을 복원하는 데 있다면, 나는 이 책에서 역사의 기술자인 척하는 행동을 그만둘 작정이다. 여

---

10) 외부성의 문제에 대해서는 Michel Foucault, *L'Archéologie du savoir*, Gallimard, 1969, p.122; 中村雄二郎 訳, 『知の考古学』, 河出書房新社, 1970, 186~188쪽[이정우 옮김, 『지식의 고고학』, 민음사, 1992, 175~178쪽]을 보자. 나중에 이 책에서 내가 논하는 문제를 요약해 두면 ①발화행위의 주체(the subject of enunciation)의 지위가 어떻게 이해되는가에 따라 변하는 '언어'의 두 가지 정의, ②담론 분석과 라캉파의 정신분석의 관계, ③푸코의 외부성과 현상학적 환원의 관계이다.

11) '충만한 통합'이라고 번역한 'plenitude'는 다음과 같은 사태를 가리킨다. 발화에 있어서 실제로 발화가 이루어진 순간, 즉 발화행위의 순간에는 화자의 의도(의미)와 실제로 말하여진 것 사이에 차이가 있을 수 없기 때문에 화자와 그 발화된 내용과 발화의 상황은 유기적인 일체를 이루고 있으며, 화자의 의도는 이 원초적인 심급에서 본래적인 의미를 나타낸다는 생각이다. 이렇게 해서 음성중심주의적인 텍스트 관점에서 발화의 의미는 궁극적으로 원초적인 심급에서 부여되어 있다는 확신이 유지된다. 유기적인 일체를 이룬다고 상정했던 이 상황을 '충만한 통합'으로 표현한다.

기에서 요구되는 것은 오히려 일종의 현상학적 환원[12]이 우리의 담론공간 내부에서 필연적으로 초래하는 '낯설게 하기'라고 말해야 할 것이다. 환원이란 당연시되고 있는 것에 대한 모든 전제를 의심하고 무효화하는 방법을 말한다. 그러나 내가 따르려고 하는 타입의 환원은 텍스트의 형상적形相的 지시 내용이나 초월론적 주관성에 대한 환원을 포함하지 않는다. 오히려 그것은 주관성을 담론에 환원하는 결단이다. 이 책의 근본 전제는 주관성의 형식적인 소재所在가 담론에 있어서 구성된다는 것이다. 즉 담론은 주관성에 앞서 있다. 그러나 여기에서 '서브젝트'subject 혹은 '서브젝티비티'subjectivity라는 용어는 그것들의 다양하면서도 이질적인 용법 사이로 서로 얽혀 있는 복잡한 측면을 표현하기에는 다소 부족하다. 담론에는 자기 것으로 할 수 없는, 담론 외부에 머무르는 '슈타이'[13]를 포함한 일련의 '서브젝트'의 번역 개념들과 적절한 구별을 설정하기 위

---

12) 자크 데리다는 말의 의미와 지시대상의 관계를 공중에 매달아 중성화해서 괄호에 넣는 종류의 환원에 대해 말하고 있다. 즉, 현상학에서 말하는 형상적 환원과는 정반대의 환원이다. Jacques Derrida, *Schibboleth*, pour Paul Celan, Galiée, 1986, p.44(飯吉光夫·小林康夫·守中高明 訳, 『シボレート—パウル·ツェランのために』, 岩波書店, 1990, 37~46쪽) 참조.

13) 슈타이(シュタイ)는 주체(主體)의 일본어 음이다. 저자는 영어판에서 서브젝트(subject)와 구별해서 '슈타이'(shutai)라는 용어를 사용하고 있다. 주체의 일본어 표기는 主体인데, 主体와 구별해 일본어판에서는 『シュタイ』로 표기하고 있는데, 이에 대해 저자는 『번역과 주체』의 일본어판 서문에서 다음과 같이 말하고 있다. "자기완결적으로 정립(定立)할 수 없는 행위체의 존재양식을 굳이 '주체'(主体)와 다른 '슈타이'로서 시사하려 한 것은 '서브젝트'(subject)의 번역을 일본어라는 상정된 통일성이 전체성이나 폐쇄영역으로 포섭할 수 없다는 점을 강조하기 위해서였다. 그래서 주체라는 말에 내재하는 번역의 문제를 지적하면서 내가 하려고 한 것은 서브젝트의 번역을 자기완결적인 회로에서 해방시키는 일이었으며, 가령 국민주체(国民主体)라는 표현은 할 수 있어도 국민슈타이(国民シュタイ)라고 할 수 없다는 것을 제시하는 일이었다. 왜냐하면 국민주체는 상정된 국민 이외의 자들과의 사회성을 억압하는 한에서만 구성될 수 있으며, '슈타이'(일찍이 나는 발화행위의 신체the body of enunciation라 불렀다)는 국민주체의 구성에서 억압된 것의 위치를 시사하기 때문이다."(『日本思想という問題—翻訳と主体』, 岩波書店, 1997; 후지이 다케시 옮김, 『번역과 주체』, 이산, 2005, 19쪽. 이 책에서는 '슈타이'를 한글 '주체'와 구별해 '主體'로 번역했다.)—옮긴이

해 많은 모순과 애매함을 포함하기는 하나 '역사적 주체'라는 어구에 관련된 불확실한 사항을 명확히 하는 데 도움이 되는 '주어', '주관', '주제', '주체' 등 기술技術적인 어휘들을 도입하려 한다.

즉, 나는 과거가 궁극적으로는 이해 불가능하다는 것에 계속해서 주의하기를 촉구한다. 그러므로 과거는 어디까지나 역사적 타자로 존재한다는 명제를 확인해야겠다. 그러나 동시에 우리가 우리 자신에 대해 말할 수 있고, 또한 '우리'에게 자연스러우며 자명한 사항의 많은 것이 역사적 실정성實定性, positivity, 즉 역사적으로 한정된 구축물인 것을 문제로 할 수 있기에 '우리'도 역시 타자라는 것을 나는 여기에서 확인해 두고 싶다.

분명히 과거의 사회에서 자연스러우며 자명한 것이라고 간주되었던 사항이 역사적으로 한정된 것이라고 말하기란 지극히 간단한 일이다. 역사를 기술하는 연구에서 추구하는 것은 동일한 주장이 현재에도 역시 이루어져야 한다는 것이다. 이것은 우리에게 우리 자신에 대한 담론이 지닌 역사적 한계를 상기시켜 주는 것이어야 함을 의미한다. 역사 기술이 역사적이기 위해서는 자기의 탈중심화와 자기비판이 개입되어야 하며, 또 과거와 현재의 긴장감이 주어진 담론을 낯설게 할 수 있도록 유지되고 이용되어야 한다. 만약 '역사적'이라는 용어가 이러한 긴장감과 관련된 것으로 이해된다면 나의 기획도 역사적이라고 주장될 만하다.

우리는 '역사'를 고정된 절차와 전례典禮의 규칙에 매여 있는, 제도적으로 확립된 전문 분야의 명칭으로서가 아니라 오히려 문제 제기의 행위로서 다시 바라볼 필요가 있다. 그것은 담론이 자기의 재생산에 실패하는 심급審級을 나타내며 또한 동일성이 절대적 타자와 조우하는 장소를 나타낸다. 예를 들어 18세기 담론공간은 과거의 위협이 끊임없이 발생했던 장소이며, 거기에서 동일성의 담론은 과거를 현재로 전횡하는 방법을 생각해 내지 않고는 구축될 리가 없었다. 타자, 즉 역사적·문화적 타자의 언어는 타자 일반에 내재하는 근원적 타자성을 소거하기 위해, 혹은 담론공간의 내부에 '우리'의 동일성을 보증하는 언어를 설정하기 위해 반복해서 언급되고 있지만, 그것은 타자를 훈화하여 길들여 둘 필요가 있었기 때문이다.

나는 언어와 세계의 관계를 두 가지의 부정적 제언을 통해서 고려할 필요가 있음을 지적했다. 이러한 문맥에서 첫번째로 언어는 자율적이 아니라 항상 세계의 모습에 의존한다. 두번째로 언어는 세계 그 자체일 수 없고 세계에서 계속 외부로 존재한다. 세계의 모습에서 독립한 언어, 초역사적으로 존재하는 언어와 만나는 것이 불가능하다면, 우리는 현존하는 언어에 대해서 그 역사적 한정성을 상기시키는 말을 이용하여 논의할 필요가 있다. 현재의 '우리'가 생각하는 방식은 과거의 '그들'이 생각했던 방식과는 분명히 다르지만, 두번째의 제언으로 귀결하는 것과 같이 '우리'의 생각이 우리의 세계에서 완전하다는 보증이나, 우리 자신에게 그것이 무매개적이라는 보증도 전혀 존재하지 않는다. 다른 시대와 동떨어져 살았던 사람들을 이해한다는 것이 어렵다는 것은 자명한 사실이다. 그러나 우리가 사는 세계가 바로 우리가 '우리'의 언어로 생각하는 것과 같은 세계일 수 없다는 점에 유념할 필요가 있다. 왜냐하면 언어는 항상 세계에 대하여 불충분하며 그것을 넘어서는 모습을 보이기 때문이다. 이제까지 몇 번인가 말한 것처럼 나는 타자를 대문자 타자와 소문자 타자로 구별해야 한다고 생각한다. (소문자)타자가 사고에 있어서 실정화實定化되어 담론에서 정립된 이질적인 자라고 한다면, (대문자)타자는 사고에 있어서 실정화를 피할 수 있는 이질적인 자이다. 바꿔 말하면 (대문자)타자는 새롭게 이질적인 실천계와의 결합을 요구한다. 그러므로 항상 억압되어 온 '분쟁'을 확연히 내보인다. 여기에 비해 (소문자)타자는 이미 배분되어 위치함으로써 동일 제도의 내부에 자명한 것으로 현존한다. 나의 논의에서 중요한 역할을 하는 이 구분은 오히려 혼란을 초래할 우려가 있다. 예를 들어 나는 동시에 다음 두 가지 명제를 주장한다. 즉, '우리'는 역사적으로 '그들'과는 다른 자들이며, 또한 동시에 (주격의) '우리'와 (목적격의) '우리'는 서로 다른 것이다. 한편으로, 나는 '우리의 언어'나 '그들의 언어'와 같은 말을 어떤 특정한 담론공간 내에서 사상事象의 실정성을 유지하는 배분질서를 명확히 하기 위해 이용하고 있다. 다른 한편으로는, 그와 같은 통일체에 존재론적 근거를 부여하는 것을 거부하며 담론공간의 상상된 폐쇄성에는 시종 비판을 가하고 있다.

이러한 수준에 관해서 말하면, 이 책이 역사적 관점을 갖고 회답을 하려고 하는 주요한 문제는 역시 동일한 근본적인 문제, 즉 '어떤 한 언어(랑그)란 무엇인가'로 접근하는 경우에서도 실마리를 제공할 것이다. 실은 '언어란 무엇인가'와 '어떤 특정한 언어란 무엇인가'라는 두 개의 물음은 복수 언어(랑그) 사이의 차이가 통사론 혹은 음운론의 영역뿐만 아니라, 언어학적인 대상과 비언어학적인 대상의 구분에도 걸쳐 있는 문맥에서는 서로 구분하기 어렵게 연결되어 있다. 구두적인 텍스트와 그렇지 않은 텍스트 사이의 교통을 지탱하는 실천계로서 이해된 상호텍스트성은 당연히 하나의 담론공간과 다른 담론공간에서 각기 다르다. 따라서 세계에 존재하는 갖가지 차이가 언어(랑그) 차이의 일반적 사항에 속했던 18세기 담론공간에서는 타자의 언어에 대한 탐구가, 다른 언어를 이용하는 타자가 전혀 다른 세계를 지각하며 그곳에서 생존하고 있다는 인식에 이르는 것은 피하기 어려운 일이었다. 18세기의 저술가들은 한결같이 그와 같은 타자상他者像에 직면하는 것을 피할 수 없었다. 당연한 결과로, 그들의 언어에 관한 담론은 언어 일반에 대한 관심보다 특정 언어의 동일성에 대한 관심에 이끌렸다.

이러한 인식에 담겨 있는 것은 상호텍스트성 그 자체도 실은 제도적으로 유지되는 것이며 담론구성체의 일부분을 차지한다는 것이다.

이 책을 이끄는 세 가지 관심

본래 박사논문으로 집필되었던 이 책을 이끌어 가는 것은 다음의 세 가지 관심이다. '역사 기술에서 이론적 탐구의 역사성이란 무엇인가?' '언어와 문화의 동일성이 논의의 여지가 없을 정도로 확연히 경험적으로 부여된 것으로서 지각되고 있을 때, 사람들은 어떠한 종류의 담론구성체에 참여하게 되는 것일까?' '타자에 대해 폐쇄적이지 않은 사회성의 개념은 과연 가능할까?' 이들 세 가지 물음은 언어와 '나'에 대한 주요한 문제들과 밀접한 관련이 있으며, 이들 문제는 다양한 계corollary가 되는 물음을 더욱더 많이 발생시킨다. 나는 이와 같은 물음을 18세기에 씌어지고 그려진 문헌을 배경으로 두고 읽으려 한다.

먼저 역사 기술에서 이론적 탐구의 역사성이란 무엇인가라는 문제에 대해서 살펴보자. 이론을 피하려고 하건 그것을 원하지 않건 간에 사람은 일종의 일반화를 개입시키지 않고는 과거에 대해서 쓸 수 없다. 언어를 사용하는 것 안에는 이미 일반화의 작용이 포함되어 있다. 그렇더라도 이론과 역사적 소재의 관계에 의문을 던져 여기에 비판적인 해석을 더하는 방법이 분명히 필요하다. 이론이 일반적인 용어로 정식화된 한 쌍의 원칙이라고 간주되고, 특정한 역사적 환경에 대해 이론을 적용하는 것이 이론의 구체화라고 이해된다면, 이론에 대한 그와 같은 이해는 스스로의 역사성에 대한 맹목이라고 말하지 않을 수 없다. 이론은 보편적인 것이라고 상정되어 있지만, 그 보편성은 역사적으로 한정된 것이어야 한다. 그러나 이것은 일정한 이론을 그 역사적 특수성으로 한정하는 것과는 다르다. 왜냐하면 그와 같이 한정을 할 때에는 특수한 것을 말하기 위해서 다른 한 쌍의 일반적인 것이 필요하기 때문이다. 나는 스스로 특수성의 입장에서 출발하려고도, 또는 일종의 일반적 본질에 나 자신의 근거를 구하려고도 생각하지 않는다. 내가 여기에서 (제시하기보다는 오히려) 암시하고자 하는 것은 그 어느 쪽에도 귀착하지 않는 보편주의(일반주의)[14] 대 특수주의라는 형이상학적 대항 관계의 '외부'와 같은 차원이다. 이와 같은 나의 시도는 보통 생각하는 것처럼 나의 독해에 의한 텍스트의 역사화가 아니라, 내가 읽는 텍스트에 의한 나의 독해를 역사화 함으로써만 가능할 것이다. 그것은 일반성과 특수성, 메타언어와 대상언어의 계층 질서를 전복시키려는 실천이다. 바꿔 말하면 18세기에 대한 나의 논의는 대상언어가 메타언어를 향해 되받아 말하도록 조직되지 않으면 안 되는 것이다.

물론 이러한 기획이 성공하리라고는 아무도 보증할 수 없다. 실제로 대상언어가 메타언어를 향해 되받아 말했는가 그렇지 않은가를 판단하는 공적 평가 기준은 있을 수 없다. 여기에서 역사성의 문제는 역사적 실천의 문제와 밀접히 관련되어 있다. 과거로 하여금 말하게 하는 기획이 성공할 수 있을지 예견하는 방법은 보증될 수 없다. 그것은 주로 실행의 문제인 것이다. 이 점에 관해서 말하자면 나는 도쿠가와시대의 유학자인

---

14) 이 책에서 보편성과 일반성의 구별은 중요하다(다만, 영어판에서는 일반성과 보편성을 구별하지 않는 습관을 따랐다). 더욱이 윤리적 실천에 관계하는 규범적 보편주의(prescriptive universalism)의 문제는 일반주의로서의 보편주의와는 구별될 것이다.

이토 진사이伊藤仁斎의 윤리적인 것에 대한 음미와, 이어서 오규 소라이荻生徂徠 등의 윤리적인 것에 대한 유학적 논의의 전환에서 이론적 탐구의 역사성에 대한 나의 관심과 공통하는 기반을 발견했다. 이토에게 역사성과 사회성은 서로 긴밀한 관계를 맺고 있었으며, 그로 인해 그는 윤리적인 것을 항상 사회 변화와 관련해서 생각했다. 송리학[송대宋代 리학理學]에서 인성人性을 본질화하는 것에 대해 거듭 반박한 이토는 (대문자)타자의 타자성을 억압하게 만드는 두 개의 사고, 즉 본질주의적 보편주의와 상대주의적 특수주의 어느 것에도 동의하지 않는 주목할 만한 윤리적 고찰을 제시할 수 있었다. 그러나 이러한 비판에 대한 오규의 반응에서는 관습적인 신체 동작의 모방이 강조되었고, 이와 함께 이미 사회성이 윤리의 영역에서 분리되기 시작하고 있었다. 이토는 송리학자들의 윤리 개념이 이념적 의미와 윤리적 행위를 동일시함으로써 윤리에서 수행성 및 물질성을 무시했다고 지적했다. 한편 오규는 윤리성을 모방적·습관적 동작의 수준으로까지 낮추어, 고대 중국의 이상적인 공동체로의 모방적 동화와 회귀의 기반이 되는 공동성의 형식으로서 '내부'의 관념을 들고 나왔다. 오규에게 보편주의는 특수주의를 시인하는 것에 결부되며, 그것은 보편주의와 특수주의의 대립 구도임과 동시에 다시 공범관계로 회귀하는 것을 의미하였다.

　　나는 이론과 그 대상의 관계를 반전시키는 시도, 이를테면 본질주의가 아니라 규범적 보편주의의 차원을 열어젖혀 시사점을 던지는 시도를 할 텐데, 즉 18세기의 철학과 교육에 관련된 문헌을 당시에 보편적으로 타당하다고 생각되었던 이론적 전제의 타당성에 대해 도전하고 저항했던 시도로 읽고 해석할 생각이다.

　　언어와 문화의 동일성이 논의의 여지가 없을 정도로 확실히 경험적으로 부여받은 것으로서 지각되고 있을 때에 사람은 어떠한 종류의 담론 구성체에 참여하게 되는 것일까? 이토의 송리학 비판에서 오규의 문화적·언어적 '내부'의 칭송에 이르는 위치의 이동은 어떤 담론구성체의 성립을 나타내고 있다. 여기에서는 언어의 통일체와 문화의 영역이 구성적 실정성 혹은 일종의 통제적 이념으로서 간주되었다. 그것들은 경험적인 카테고리의 선택과 조직을 가능하게 했으며, 몇 개의 '지적 전례'protocols를 형성하는 것에 의해 지각된 이질성을 모두 자기동일성 간의 대칭적인 분할로 구분하고 고정시키는 것이다. 내가 미셸 푸코에게서 '담론'(푸코가 이 말에 기울인 고유의 비판적 함축을 중시해서 에밀 벤베니스트가 사용하는 이 말에 대한 용법과는 확실히 구별할 필요가 있다) 개념을 차용하는 것은 통제적 이념의 역사성을 반드시 강조하고 싶었기 때문이다. 통제적 이념의 담론적 실정성은 결코 초역사적 본질로서 받아들여서는 안 된다. 그러나 '담론'이라는 용어를 채용하는 것은 나에게 일종의 문제를 던지는 일이기도 하다. 왜냐하면 그것은 역사의 실증적인 파악, 혹은 초월론적 주관성과 같은 것의 규정에 의한 실증적인 역사의 파악도 함축할 만한 것이기 때문이다. 거듭 부인하더라도 푸코의 접근법은 역사가에게 담론구성체의 규칙을 '외부로부터' 배치할 의무가 있으며, '외부'와 담론의 분리라는 도식을 바탕으로 이론과 대상이라는 이항대립의 기초 아래에서 작업할 의무가 있다는 생각으로 나를 이끌지도 모른다. '외부'는 푸코가 주장한 것처럼 어떤 내적인 것의 외부가 아니지만, 이 '외부'가 거기에서 어떤 담론구성체가 대상화되었던 전체로서 파악되는 특권적인 시점으로서 이해된다고 하면, 나는 이제까지 말한 것과 마찬가지로 이론적인 함정에 빠지게 될 것이다. 나는 단지 경험론적–초월론적 이중체empirico-transcendental doublet의 인간학적 공식을 반복할 뿐이다. 나의 경우, 초월론적 시점에 의해 규정된 경험적인 대상은 18세기 일본의 담론이다.

니체와 하이데거가 저 '초인'을 향해 걸어갔던 길을 엄격하게 추구한 푸코의 사고에서, 이러한 외부는 결코 초월론적 주관성과 일치하지 않는다. 그러나 어떤 이들은 푸코가 보여 준 것과 같은 종류의 역사 분석이 특정 시대나 장소에서 고유한 특수 정보로 '응용 가능'한 보편적인 방법이라고 하는 견해를 아무 생각 없이 받아들이고 싶어 할지 모른다. 이 경우에 역사가는 초월론적 주관성의 위치에서 이야기하기에 이르고, 그의 역사적 소재에 대한 읽기는 실증주의자의 그것과 다르지 않을 것이다. 이 유혹에 대해서 나는 여러 번 저항을 시도해야 했었다. 나는 담론에 수용된 사항과 그렇지 않은 사항의 비대칭적인 관계에 주의를 집중함으로써 이 저항을 끝까지 지킬 수 있었다. 담론에 수용되지 않거나 담론에 의해 포획되지 않는 것은 담론성과 텍스트성을 구별함으로써 암시받을 수 있다. 다만 이 구별은 '의미하'거나 '지시'할 수 없는 것이고, 어디까지나 '암시할' 뿐이다. 나는 담론과 텍스트의 분열에 대한 감각을 계속 유지함으로써 종종 푸코의 담론구성체와 결국 같아질 수 있는 결정론과는 다른 길을 걸으려고 했다. 담론은 텍스트성을 억압함으로써 자기를 재생산한다. 그러나 동시에 담론이 위협받고 침식당하는 상황을 발견하는 것도 언제나 가능하다고 말해야만 한다. 방치하면 어떠한 담론구성체도 스스로 붕괴할 것이다. 담론구성체의 안전성은 이질적인 것이 정식화되거나 발화되거나 결합되는 방법을 배제하는 것으로, 사람들로부터 세계를 지금까지와는 다른 방식으로 보거나 다른 방식으로 살아가는 힘을 탈취하는 권력 작용을 의미한다. 그러므로 나에게 담론공간은 절대로 그저 부여받은 것이 아니다. 역사가는 스스로의 선택, 한계, 때로는 굳이 말하자면 자신의 무능 탓에 주어진 담론공간을 안이하게 받아들인다. 역사가가 초월론적인 위치에서 말하는 태도를 보이는 경우에만, 사회적·문화적 구성체가 객관적인 형태로 마치 이미 부여된 것처럼 나타난다. 그러나 동시에 나는 담론구성체가 자의적이더라도 역사가의 '의도' 하에서 자유롭게 떼어지는 것이라고도 주장하지 않을 것이다. '우리의 이미지'의 강요에 저항하는 과거란 '일반 텍스트'에 내재하는 다양한 텍스트의 짜임새이며, 그것은 연구 대상에 기인하는 결정론과 연구자에 기인하는 초월적·초역사적 자세의 공범관계를 갈라놓는 것과 같은 짜임새인 것이다.

주어진 문화와 전통의 특수성을 존경하는 태도에서, 또는 다른 문화에 대한 외교적인 언사(점점 패션화되고 있다)에서 역사가는 외국의 특수한 문화적·사회적 형식에 대하여 문화적 특수주의의 입장을 취하고 말아 그 틀을 넘어 이야기하려는 시도를 포기할 것이다. 역사가는 마치 자기 문화와 언어가 다른 문화와 언어에 대립하는 것인 양 미리 상정하고, 마치 자기의 세계관이 미리 자기 문화의 문화적·언어학적 특수성에 어느 정도로 한정되어 편향되고 있는가를 모르는 것처럼 행동하려고 한다. 그러나 자기 문화와 외부 문화를 동일한 자리에서 비교할 수 있다는 가정 자체가 역사가를 불가시의 초월적 보편주의의 시점에 위치하게 한다. 그의 외교적 언사에서 보이는 겸손은 실은 전체화하려는 은폐된 방만함일 뿐이다. 외관상으로 대립함에도 불구하고, 그들의 태도는 특수주의와 보편주의의 공범관계 속에서 공통의 뿌리를 가지고 있다.

나는 18세기에 여러 종류의 실정성이 생성되었으며, 이들 실정성의 출현과 함께 '내부'와 '외부'의 견고한 구분이 형성된 점을 논할 것이다.[15]

---

15) 원문에서는 공간적으로 지정되었던 '내부'와 '외부'란 각각 'the interior'와 'the exterior'이며, 공간적으로 지정되지 않는 '외부' 혹은 '밖'은 각각 'exterior', 'outside'이다. 외부성과 외부는 전혀 다른 개념이므로 혼동되어서는 안 된다.

이 구분은 '내부'의 균질화를 초래함과 동시에 '내부' 대 '외부' 사이의 절대적인 공약불가능성incommensurability의 상정을 낳게 된다. 이야말로 언어학적·문화적 통일체로서의 일본인이 탄생하는 순간임에 틀림없다. 그러나 이 일본인의 탄생은 실은 상실체의 탄생이었다. 왜냐하면 균질적인 '내부'의 이미지화가 가능했던 것은 역사적 시간의 구축이 고전의 새로운 독해에 의해 이루어지고 있던 바로 그때였기 때문이다. 이와 같이 고전의 독해에서 텍스트성의 문제는 내부의 형성 혹은 새로운 사회적 실천의 가능성을 연 사회적 상상체의 형성과 직접 결부되어 있었다.

(대문자)타자에 대해서 폐쇄적이지 않은 사회성의 개념은 가능할까? 내부의 형성에 따라 내부와 외부 사이에는 공약불가능성이 있다고 가정되었다. 다시 말해 내부에 속하는 것이 내부에서 발생하는 사상事象의 직접적인 파악을 보증함과 동시에 내부에 속하지 않는 사람은 사상을 미리 이해할 수 없을 것이라는 신념이 이때 가능하게 된 것이다. 사람이 어느 내부에 거주하고 있다는 믿음이 성립함으로써, 사물의 직접적인 양해를 바탕으로 균질적인 공동성의 감각과, 그와 같은 의미에서 공동성에 외부인이 관여할 수 없다는 상정을 동시에 초래하게 되었다. 이로써 사회성은 주어진 집단의 내외에 존재하는 이질적인 것에 대해서 닫히게 되었다. 그리고 사람이 어느 내부에 거주하고 있다는 신념은 내부로서 규정된 집단 내에서 존재하는 오해, 분쟁, 그리고 무질서와 같은 갖가지 형태의 공약불가능성에 대한 감수성을 둔하게 만들어 버렸을 뿐만 아니라, 모든 형태의 공약불가능성, 오해, 혹은 타자에 대한 무관심까지가 **사회성에서 일어나는 것**이라는 사실을 은폐함으로써 공동성 이외의 사회성을 정당하게 포기했던 것이다. 내부 밖에 있는 외부인들에 대한 사회성의 실천이 포기되었다. 이와 함께 담론공간의 참가자는 내부에서도 서로 맞지

않는 분쟁이 항상 일어나고 있다는 점을 잊고 있었다. 그러므로 오규 소라이, 모토오리 노리나가를 필두로 한 18세기의 저술가들은 내부를 '기원'으로 해서 이상화한 공동성으로서의 고대 기원을 규정해야만 했다. 그리고 그들은 '고대적인' 코뮌과 비교해서 당시의 사회를 비판했으며, 당시의 사회에서 직접적인 공동성이 상실된 퇴폐한 사회구성체를 발견했다. 나아가 새롭게 출현했던 언어는 타자의 타자성을 향한 기투(企投)적인 모험이나 그대로는 서로 공약불가능한 채로 남는 발화와 행동을 이질적인 실천계와 결부시키려는 사회적 행위를 배제하고 억압하게 되었다.

이것과 관련해서 나는 이토 진사이와 그 밖의 18세기 저술가들 사이에 어떤 근본적인 전환이 생긴 것으로 본다. 윤리적인 행위에 대한 규범적 보편성을 기술적인 일반성의 인식으로까지 환원하여 윤리적인 것을 존재화해 버린 송리학에 대해 이토는 엄격한 비판을 행해 인식론적인 보편주의(일반주의로서의 보편주의)에 의해 결코 보증되지 않는 윤리적 행위의 가능성을 호소했다. 그는 스스로 '사랑' 혹은 타자에 대한 동정이라고 부른 사회성에 대해서 주의를 촉구했다. 이토는 윤리적인 상대주의에 대해 절대로 양보하지 않았다. 그러나 동시에 그는 지적인 것으로는 환원할 수 없는 사회적 행위의 측면을 강조했다. 윤리적인 행위는 내가 서브젝트와 구별해서 '슈타이'라고 부르는 행위자의 신체가 존재하지 않으면 전혀 수행할 수 없다. 그러나 그 신체는 행위자의 상정된 의도를 반드시 탈구축하도록 작용한다. 당연한 일이지만 윤리적 행위는 행위자 의식의 폐쇄영역을 내보이는 것이며, 윤리적 행위의 현실성은 행위자가 의도하는 의미의 외부성을 반드시 초래한다. 이토는 규범을 기술해서 도출할 수 없다는 것을 간파하고 있었다. 유학의 고전을 독해해서 얻은 그 윤리적 고찰에서 그는 사회적 행위의 물질성, 타자의 타자성을 향했던 윤리적 실천의 물질성에 초점을 맞추었다. 그의 윤리에서는 윤리적인 것과 텍스트성이 분리될 수 없고 분명히 결합되어 있다. 이토 진사이에게 윤리의 문제는 텍스트성의 문제였다. 이와 같은 유학의 고전에 대한 빈번한 언급에도 불구하고, 그는 윤리적 원칙을 확실히 하기 위해 가모노 마부치賀茂眞淵와 모토오리 노리나가가 '기원'(원초적 공동성)으로 회귀했던 것과 오규 소라이가 창조자 혹은 고대의 성인 왕으로 회귀했던 것과 같은 길을 걸을 필요가 없었다.

언어의 잡종성

나는 이러한 담론의 전환이 타자의 타자성을 침묵시키는 새로운 폐쇄성의 형성에 관한 것이었다는 점을 말했다. 19세기 이후의 근대 일본의 문화주의와는 달리 내부성에 관한 18세기 담론은 비판적인 요소를 지니고 있었다. 그럼에도 기원에 대한 그 강박적인 집착 때문에 그 비판은 직접적인 것의 물신화物神化를 지향했다. 그리하여 그것은 반反주지주의와 무지의 소박함의 숭배에 쉽게 이끌렸다.

　　나는 담론의 전환이 장르의 재분배, 발화 양식의 새로운 분절화, 새로운 종류의 상호텍스트성, 그리고 새로운 읽기 및 쓰기의 실천계를 포함한 광범위한 변화를 동반하고 있었음을 발견했다. 그리고 이 변화의 원인을 '사상'뿐만 아니라 '담론'과 그 텍스트성의 비대칭적인 관계 안에서 찾으려고 노력했다. 그래서 18세기의 대중문학, 조루리淨瑠璃, 언어교육에서 도상적·언어적·수행적 측면에 주의를 기울였고, 거기에서 '틀짜기'에 의해 '서브젝트'의 문제를 이해하려고 노력했다. 그것들의 비이론적인 문서를 읽을 때조차도 나의 분석은 항상 앞의 세 가지 문제를 의식하고 있었다. 나의 독해는 18세기 일본의 '속어' 혹은 '일상어'의 형성에 대한 각별한 관심에 의해 유지되면서 이루어졌다. 이 두 문제에 대한 집중에서 나는 일상 언어와 관념의 형성을 잡종성 상태 하에서 보려고 했다. 그러나 확실히 말하지만 내가 말하는 잡종성은 순수언어에 대한 잡종언어의 중요도도, 순혈성에 대한 잡종성도 아니다. 잡종성과 대비될 수 있는 언어의 원초적 통일체와 같은 것이 존재할 리 없다. 잡종성이 논리적으로 순혈성과 순수성에 선행하는 이상, 나의 고찰은 전부 순수성 앞에서 잡종성을, 단독성 앞에서 다양성을 전제로 하고 있다(우리는 정말로 언어는 가산명사라고 말할 수 있는가? 우리는 애초부터 단독성과 다양성이 언어에 속한다고 할 수 있는가? 우리의 언어에 대한 고찰은 단독성과 다양성으로부터 시작해야만 하지 않을까?). 아주 좁은 한정된 문맥 하에서라면 토착에서 순수한 언어와 잡종언어의 구별에 호소하는 것이 허용될지도 모른다. 그러나 최종적으로는 나는 순수언어와 잡종언어 혹은 크레올어를 구별하는 방법은 있을 수 없다고 주장한다. 이 책에서 일관하는 나의 입장은 언어가 본질적으로는 잡종성의 장소이며, 순수한 언어라는 생각은 언어에 대한 올바른 견해에서 보면 날조되었고, 더욱이 독단적인 일탈이라는 점이다. 잡종성은 또한 행위의 담당자로서의 신체와 언어 사이의 기본적인 관계를 나타내고 있다. 어떠한 신체도 언어에 완전히 안주하는 일은 있을 수 없다.[16] 이 책은 언어학사에 관한 책도 아니며 일본어의 역사에 관한 책도 아니다. 여기서 주장하는 주제는 언어와 그 타자이다. 이 책은 담론에서 언어의 지위를 음미하는 데에 바쳐지고 있다.

---

16) 각주 6번 참조.

자기의 탈중심화의 논리

내가 믿고 있는 바에 의하면 역사 기술은 과거의 경험 혹은 죽은 자의 경험을 이야기하는 설명이 아니다. 또한 최선의 경우라도 무의식적이며 최악의 경우는 의도적인 것과 같은 역사적 과거에 대한 우리의 기대를 투사하는 것으로서 정의할 수도 없다. 역사 기술은 오히려 현재의 결함과 한계에서 발생하는 문제를 분절화하려는 노력의 산물이다. 따라서 그것은 우리를 낯설게 한다. 즉 역사 기술에서는 마치 과거가 우리에게 다시 말을 걸어오는 것처럼 간주하게 해서, 마치 과거의 텍스트가 우리의 전이를 좌절하게 하는 능력을 지닌 것처럼 간주함으로써 우리가 안고 있는 문제를 과거의 텍스트에 교차시킬 기회가 항상 부여되고 있는 것이다.[17] 우리는 지식이 구축될 경우에 기능하는 실정성을 의문시함으로써 물화(물상화)된 인식론적 제도의 속박을 느슨하게 할 것이다.

물론 이 책에서 나는 타자의 타자성을 공정하게 인정하고 사회성의

---

17) Dominick LaCapra, "Is Everyone a *Mentalité* Case? Transference and the 'Culture' Concept", *History and Criticism*, Cornell U.P., 1985, pp.71~94(前川裕 訳, 『歴史と批評』, 平凡社, 1989, 第3章「すべての人間が心性の事例か？—転移と'文化'概念」).

18) '자기의 탈중심화의 논리'는 정치적·사회적 비평의 형태에서 현현한다. 이 비평은 비판하는 주체와 비판받는 주체의 상호구성적·전이적 관계를 인지하는 데에서 출발하고 있다. 그러므로 비판받는 주체에 부정적 성질을 부과하는 것으로만 자기정당화를 꾀하지는 않는다. 그것은 '분쟁'의 소재를 폭로함으로써 균형 잡힌(symmetric) 이항대립이 지니는 속죄양(scapegoat) 기능을 방해하는 논리이며, 균형 잡힌 이항대립이 지니는 속죄양 기능은 자기동일성의 욕망(국민, 민족, 문화 등에 귀속하고 싶어 하는 욕망) 속에서조차 존재한다는 것을 잊어서는 안 될 것이다. 비판하는 주체와 비판받는 주체가 그 안에서 구성되며, 비판의 존재이유가 거기에서 발생하는 것과 같은, 양자가 공유하고 있는 조건에 주의를 기울이는 논리이다. 바꾸어 말하면 자기의 탈중심화의 논리에 의한 비평이란 모든 주체가 대칭성과 호혜성의 속박이나 자기동일성의 욕망으로부터 해방되어 타자의 타자성에 대해서 열리게 되는 사회성에 대한 새로운 현현에 다름 아니다.

역사성을 존중하며 자기의 탈중심화의 논리[18]에 봉사하는 역사 기술을 탐색하려고 한다. 본 연구는 일반화된 '나'와 같은 '우리', 특수화된 '우리'와 같은 '나'의 이미지를 재검토하면서 우리의 니힐리즘이 반복해서 도전받는 장소에 역사를 다시 위치 지으려는 시도이다.

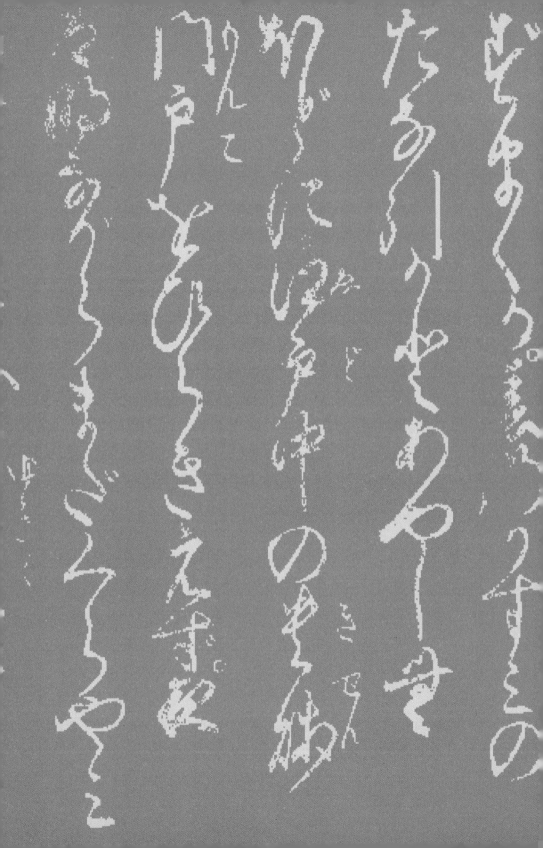

I부_중심과 침묵

이토 진사이와
상호텍스트성의 문제

생각해 보니 희망이란 본시 있다고도 할 수 없고, 없다고도 할 수 없다. 이는 마치 땅 위의 길과 같은 것이다. 본시 땅 위엔 길이 없다. 다니는 사람이 많아 지다 보면 거기가 곧 길이 되는 것이다.

—루쉰, 「고향」

1장_담론구성체 양식상의 변화

담론공간과 텍스트성

17세기 말 일본의 담론구성체에는 근원적인 변화가 일어났다. 물론 나는 일찍이 일본사회가 역사상 한 번도 단일한 담론구성체에 의해 완전히 지배를 받았던 시대가 존재했었다고 말하는 것은 아니다. 17세기 일본에서는 여러 담론을 통합한 독자적이고도 유력한 양식이 있었다. 어떤 사회나 어떤 문화에도 항상 복수의 담론구성체가 존재한다(우리는 '사회'나 '문화'라는 말을 사용하면서 관습적으로 통일된 사회가 있고, 자명한 문화 개념이 있는 것처럼 생각하는데, 이 책에서 이러한 통일성과 자명성은 철저히 검증될 것이다. 그러나 사회나 문화라는 말을 사용해서 어떠한 결과를 초래하는가를 밝혀 비판하기 위해서 잠시 그 말들을 사용하는 것을 이해해 주기 바란다). 그렇지만 고도로 통합을 유지하고 있는 사회는 당연히 어떤 담론과 다른 담론의 이질성을 억지로 숨기려 들 것이다. 마찬가지 이유에서 억압으로 느껴질 정도로 균질한 문화권을 상상하고, 그 상상으로 인하여 구축되고 있는 근대 국민/국가와는 달리, 고도로 통합될 수 없는 사회에서는 다양하고 이질적인 담론이 버젓이 병존할 수 있을 것이다. 이점은 도쿠가와 사회에서도 예외가 아니었다. 17세기 후반 지배적인 담론 구성체의 한복판에서 이질적인 것이 발현했는데, 이토 진사이[1]의 저작들은 새로운 개념이 나올 수 있는 가능성이 돌발적으로 폭발한 것을 증언하고 있다.

그러나 이러한 사건과 변화가 텍스트의 표층 아래에 감추어진 일본 정신이라고도 말할 만한 것의 역사적 단절을 시사하고 있는 것은 아니다. 또한 이토 이전의 시대에 지배적이었던 인식의 범주가 갑자기 새로운 범주로 대체되었다고도 말할 수 없다. 하나의 전체로서의 담론공간이 구축된 곳에서 담론의 체계성을 규정하기 위해서, 나는 초기의 미셸 푸코를 따라 먼저 전체성이라는 개념에 호소하려 한다.[2] 그러나 전체성이란 항상 역사와 담론으로 구축되는 것이며, 우리는 역사의 어느 시점에서나 동시대의 담론장치로 정의되며 분절되어야만 한다는 것을 기억해 두어야 한다. 어떤 역사 시점에서 전체라는 관념은 다른 시점에서와는

---

1) 이토 진사이(伊藤仁斎, 1627~1705). 유학자, 고의학파(古義學派)의 창시자. 교토 출생으로 생가는 교토의 문화 엘리트와 밀접한 관계를 가진 상가(商家)였다. 당시에 가장 유명했던 화가 오가타 고린(尾形光琳)의 사촌 여동생과 결혼했다. 청년 시절부터 중국 남송의 철학자 주희(朱熹) 연구에 몰두하였고, 이십대 후반에는 가업을 포기하고 불도(佛道)에 전념했다. 그러나 삼십대에 송학(宋學)과 불도를 비판하며 철학적으로 되묻기 시작했다. 이에 유교 고전의 새로운 읽기를 통해 송학의 철학과 윤리에 내포된 의미를 비판하는 많은 저서를 집필했다. 1662년 사립 유학 학교인 고의당(古義堂)을 설립했고, 이 학교는 200년 이상 제자들을 교육했다. 장남 이토 도가이(伊藤東涯)도 저명한 유학자이다. 주요 저서로 『동자문』(童子問), 『논어고의』(論語古義), 『맹자고의』(孟子古義), 『어맹자의』(語孟字義) 등이 있다.[최경열 옮김, 『동자문』; 『논어고의』; 『맹자고의』, 그린비.]

2) 나는 푸코가 담론의 통일성을 '국민' 문화와 국민언어의 통일성과 나란히 놓는 것을 의도적으로 피하고 있는 것에 주목하고 싶다. Michel Foucault, Les mots et les choses, Gallimard, 1966; 渡辺一民 · 佐々木明 訳, 『言葉と物』, 新潮社, 1974[이규현 옮김, 『말과 사물』, 민음사, 2012] 및 L'archéologie du savoir, Gallimard, 1969; 中村雄二郎 訳, 『知の考古学』, 河出書房新社, 1970[이정우 옮김, 『지식의 고고학』, 민음사, 1992] 참조.

아주 다른 별개의 것일 수 있기 때문이다. 상황이 변하면 전체성 역시 변화한다.

더욱이 우리는 어떤 담론구성체의 윤곽과 어떤 사회의 전체상이 일치한다는 전제도 절대 신용해서는 안 될 것이다. 정의를 하자면, 전체성이란 보통 그 자신은 **결코 닫힐 리 없는** 담론공간 내부에서만 기능하는 담론 기제이기 때문이다. 분명히 여러 종류의 다양한 담론공간의 차이를 논의할 수는 있지만, 그렇다고 각각의 담론공간에 뚜렷한 경계선은 존재하지 않는다. 실제로 전체라는 관념 없이는 폐쇄될 수 없을뿐더러, 전체성이라는 관념 자체가 특정한 담론공간에 의존하며, 또한 그 안에서 조합된 이데올로기적·담론적 구축의 산물이다. 그러므로 역사 철학에서 전체성의 개념은 여러 번 논의된 바 있다. 그러나 통속적인 역사 기술은 그 문제성을 인식하지 않았고, 전체성을 마치 초역사적이거나 자연스러운 여건처럼 간주해, 그것에 계속 의존했다. 전체성은 어떤 특정한 담론구성체에서 배분질서economy를 구성하며, 또한 배분질서에 의해 구성됨에도 불구하고 스스로를 초역사적이라고 믿는 하나의 역사적 개념이다.

그렇다면 **전체성**이라는 말을 17~18세기 일본을 연구하기 위해 도입하는 것을 정당화할 수 있을까? 역사적 시간을 넘어 널리 적용할 수 있는 전체성 개념을 분명히 정의할 수는 없다. 이러한 맥락에서 나는 지금까지 많은 역사 기술 연구가 이러한 관념을 보편타당하다고 말했던 것에 의문을 가진다. 즉 일반적인 의미에서 보편성 개념이 타당하다는 것을 의심한다. 하지만 이 개념이 초역사적인 모습을 하고 있는 것을 인정한 후에는 굳이 계속 사용하기로 했다. 내 제안은 전체성이라는 문제를 17~18세기에 생산된 문헌들에서 제기되었던 것을 심문하는 목소리를 이끄는 실마리로 바꾸자는 것이다. 이런 문헌들은 어떻게 전체를 구성했을까? 어떻게 해서 전체를 상상했을까?

나는 17세기 담론상의 새로운 가능성으로 나타난 돌발적인 폭발을 평가하는 것에서부터 시작하지 않을 수 없다. 그래서 이토 진사이의 철학이 담긴 저술들이 나의 출발점이다. 그의 저술들은 지배적인 담론에 대한 개입으로, 위에서 말한 가능성을 낳았다.

이토는 그의 저작물에서 담론구성체 양식상에서 일어난 변화에 관심을 보였다. 그는 당시 이미 확립되었던 철학 논의와 주석에 관한 논의 형식을 비판하면서, 쓰기 텍스트와 행위 주체의 현실 사이에 있는 상호텍스트적 관계를 재편하려고 했다. 실제로 상호텍스트성의 전환은 언어에 대한 지배적인 사고방식의 파괴를 동반하는 것이었다. 그리고 그 파괴를 통해서 이토는 새로운 언어에 대한 사고가 발현하는 곳에 관여했다. 이러한 예에서 '언어에 대한 사고방식'은 단적으로 말해서 철학적 진술을 변별해 관계를 정하고, 나아가 계층화하는 배분질서를 가리킨다. 그러므로 이러한 전환이 어떻게 새로운 변별을 만들어 냈으며, 어떻게 새로운 조합을 가능하게 했는가, 철학적 명제의 상호관계와 담론 안에서 '언어의 지위'가 어떻게 변화했는가에 주목했을 경우에만, 우리는 이 전환을 분석할 수 있게 된다. 특히 이 점에서 이토의 저술 가운데 대부분이 중국 고전의 독해, 다른 유학자의 주석에 대한 비판이었다는 사실에 주목해야만 한다.

이토는 한 사람의 유학자로서 중국 고전을 해석했으며 불교, 도교 그리고 송리학이라는 이단적인 교의에 대한 반론을 스스로의 철학적 입장으로 표명했다. 송리학은 그의 교의에서 주요한 적이었다. 그는 정호程顥·정이程頤 형제와 주희朱熹, 그리고 이른바 주자학파 등 유학자들에 의해 만들어진 주석의 진실성의 기초를 무너뜨렸을 때, 비로소 중국 고전을 자기 스타일로 읽을 수가 있었다. 나는 이들 모든 학자들의 저작물에서 이토가 인용했던 명제와 설에 대한 그의 찬반을 고려해야만 이토의 '사상'이나 '철학'을 통일체로 논할 수 있을 것이다.

그러므로 이토의 '사상'을 탐구하려면 먼저 타자의 진술에 대해 그가 말했던 바를 생각해야만 한다. 그는 스스로의 이론적 입장을 타자의 목소리라는 배경과 상대하면서 표명할 수 있었고 타자와 대화하는 과정 속에서 쓸 수 있었다. 나는 타자의 담론에 대한 그의 찬동과 반발을 판별해서 그의 논의 속에서 일관성 있게 유지되는 형태에 대한 윤곽을 그릴 수 있을 것이다. 그러나 이러한 일관성이 서로 모순되지 않는 명제의 일군이 지니는 체계성으로 환원 가능한 것이라고 상정할 수 없다. 그가 인용했던 진술이 그의 논의에서는 원문과 다른 기능을 가질 수 있다는 것을 우리는 고려해야만 한다. 이토는 타자가 제출했던 진술에 대해 많은 발언을 했지만, 뭔가 특정한 원전을 언급하지 않았다. 예를 들어 그는 주희와 정호·정이에 대해서 철저하게 도전하면서, 일부러 '리'理라는 원리에 대한 주희의 개념을 들어 논의하고 있다. 그러나 이토가 비판하는 것이 모두 유효하다고 볼 수는 없다. 왜냐하면 실은 주희와 정호·정이의 많은 저술들은 다양하게 읽을 수 있는 여지를 제시하고 있기 때문이다. 그것은 송나라 이후 중국 유학의 역사가 보여 주는 다양성일 것이다.

『논어』, 『맹자』 등의 사서오경을 참조해도, 이토가 어떻게 왜 송리학 비판을 구성하고 있었는가에 대한 문제를 해결할 수 없다. 또한 반대로 이 문제는 일본과 중국 간의 사회적·역사적 배경의 큰 차이를 전제로 하기 때문에, 당시 일본인 유학자들로 하여금 주희가 무엇을 말하려고 했는가를 '문화가 다르기 때문에' 이해할 수가 없었다고 간단히 치부할 수도 없다. 이토는 송리학을 비판하면서 이미 많은 분량의 주석으로 축적된 중국 문헌들과 만났다. 그러므로 여기에서 원전의 본래 의미와 관련해서, 그의 비판이 정확한가를 묻는 방식으로는 어떠한 문제도 처리할 수 없게 된다. 나는 이토가 자신의 저술에서 어떻게 송리학을 제시하고 있는가를 확인하는 것, 그리고 대부분의 논의가 관계되어 있는 담론공간에서 균열을 위치 짓는 것에 관심을 갖고 있다. 다시 말해, 나는 이토의 송리학 비판에서 도대체 어떤 상호텍스트적인 변용이 진행되고 있었는가를 확인하고 싶다.

상호텍스트성

이토의 저술을 상세하게 독해하기에 앞서, 내가 두 가지의 서로 다른 방식으로 사용하고 있는 '상호텍스트성'intertextuality이라는 말에 대해 설명해 두고자 한다. 다음과 같은 사항을 미리 알아 둠으로써, 이 말에 대해 초보적인 사항을 이해할 수 있을 것이다. 그것은 어떠한 발화도 문화적인 진공 상태에서 발생하지 않는다는 점이다. 발화라는 사건 전체를 옭아매고 있는 언어와 제도적인 속박을 별도로 하면, 텍스트는 타자의 텍스트나 말에 둘러싸여 생산된다. 타자의 텍스트, 언어의 축적은 텍스트를 생산하는 환경인 것이다. 이렇듯 텍스트와 말이 쌓이고 쌓여, 거기에 발화가 던져져 축적된 것을 일반 텍스트라고 부른다. 텍스트를 생산하는 것은 새로운 발화를 심는 것이며, 일반 텍스트의 새로운 편제를 실현하는 것이기도 하다. 이렇게 보자면 텍스트 **분석**이란, 텍스트를 **풀어 헤치는** 작업이며, 이렇게 함으로써 텍스트의 상호관계가 규명된다. 확실히 현 단계에서 나의 논의는, 말하자면 미하일 바흐친이 도스토예프스키 시학의 분석에서 보여 준 것과 같이 비非언어표현 텍스트를 포함하지 않는, 다양한 구두 텍스트의 상호관계를 다룬다.

바흐친의 연구 방법은 그로 하여금 다성적多聲的 소설이라는 생각을 정립시켰다. 그것은 모든 등장인물의 대사가 어느 한 의식의 대상물로 환원되어, 결국에는 작자의 주권이 확실한 언어로 인식되는 단성적單聲的 소설과 대립한다. 이러한 다성성이라는 생각은 『마르크스주의와 언어철학』과 같은 초기 작품까지 거슬러 올라간다. 바흐친은 『도스토예프스키 시학』에서 다성성을 가장 명쾌하게 표현했다. 그의 주장에 의하면 "도스토예프스키의 소설은 대화론적이다. 그의 소설은 다른 의식들을 객체로서 자신 속으로 끌어들이는 어느 한 의식의 전체로서가 아니라, 절대로 다른 의식의 객체가 되지 않는 몇몇 의식들의 상호작용의 전체로서 짜여져 있다. 이런 상호작용은 인습적인 독백적 유형에 의거하여(주제별로, 서정적으로, 혹은 인식적으로) 모든 사건을 객관화시키는 관조자를 지지하지 않고, 오히려 그 관조자를 참여자가 되게끔 만든다."[3]

다성성이라는 생각은 이미 나의 입장을 훌륭하게 설명해 준다. 이 경우 역사란 우선 '우리'가 (소문자)타자the other와 그리고 최종적으로는 비대칭인 (대문자)타자the Other와 만나는 장소이다. 비대칭인 타자를 배제해서 우리가 담론구성체를 추인하는 것이 아니라, 오히려 그것을 되묻으며 위태롭게 만드는 장소가 역사인 것이다. 바흐친은 텍스트를 다양한 목소리의 상호작용으로서 확인할 수 있는 가능성을 열어 주었다. 그는 의식을 독립한 주체로서 파악하지는 않았지만, 이것은 독백을 대화의 한

---

3) Mikhail Bakhtin, *Problems of Dostoevsky's Poetics*, trans. R. W. Rotsel, Ardis, 1973, p.14; Михаил Бахтин, Проблемы поэтики Достоевского, 1963; 新谷敬三郎 訳, 『ドストエフスキイ論 : 創造方法の諸問題』, 冬樹社, 1974, 29쪽. 번역 일부 수정[김근식 옮김, 『도스또예프스키 詩學』, 정음사, 1988, 28쪽].

변종으로 다루는 그의 독자적인 개념 사용 방법만 봐도 명백하다. 그는 독백론과 대화론을 병치시켜서, 독백론의 편제에서는 타자의 말에 의해 화자가 스스로를 움직이지 않고(변용하지 않고), 타자의 말을 통합하도록 **촉구한다**고 하며, 그야말로 **이데올로기적** 함의를 밝혔다. 독백론에서 이질적인 것은 억압되며, 그 결과 비대칭적인 타자는 단지 (소문자)타자로 환원된다. 이에 덧붙여, 이 도식에서는 '우리'로부터 비대칭적인 (대문자)타자가 배제되며, '우리'는 자기 이외의 것을 순수하게 대상화할 수 있게 되어, 자기가 타자에 의해 변위 혹은 변용되지 않으며, 타자로 인해 움직이는 일 없이 자기를 보존하는 능력을 부여받는 일이 발생한다. 이로써 작자의 의식은 주관적인 것으로 간주되며 독백론적 내러티브를 매개로 초월론적인 주관과 동일시되지만, 그 의식은 또한 타자의 의식을 객관화하는 일에 철저하게 얽매일 것이다. 타자 혹은 비대칭적인 타자에 의해 탈중심화할 기회가 항상 주어져 있음에도 불구하고, 그것을 거스르며 항상 주관적 동일성이 강조되는 것이다. 독백론적 내러티브는 넓게 이 세상에 퍼져 있기 때문에 중립적이며 비정치적으로 보일 수도 있으나, 오히려 그것은 일종의 권력 관계를 만들어 내는 역사의 구축물이라고 해야 타당할 것이다. 더 정확하게 말하면, 독백론이란 권력관계를 반영한 것이라기보다는, 오히려 그 스스로 권력이 실효성을 발휘하는 곳에 있는 한 형식인 것이다.

이런 실효성을 인정함으로써 '상호텍스트성'이라는 용어를 고안해 냈다는 점을 기억해 두자. 줄리아 크리스테바는 여러 단계의 역사에서 쓰기의 중의적인 지위를 극적으로 표현하여 다성성의 개념으로부터 상호텍스트성이라는 개념을 발전시켰다.[4] 상호텍스트성이라는 개념은 텍스트의 대화론적 구조도 해명하므로, 텍스트 분석의 경우에는 이질적인 목소리뿐만 아니라 이질적인 발화 양식의 복수성까지 고려하도록 되어 있다. 어떤 텍스트는 다른 텍스트를 포섭하는 것으로 이해되었던 셈이다. 다른 텍스트를 직접 인용하는 것뿐만이 아니다. 문제로 삼는 텍스트의 상호텍스트적인 텍스트 분석은 의미의 생산이 얼마나 타자의 음성적인 발화를 전사轉寫하는 것에 의존하고 있는가를 밝힌다. 크리스테바는 이러한 관점으로 역사적 텍스트를 분석하여, 텍스트 생산의 역사적 고유성을 정의하려고 노력한다.

이러한 연구 방법에서 텍스트는 항상 역사와 사회 속에서 위치를 부여받는 것처럼 전제된다. 그러나 '역사와 사회'라는 개념은 텍스트의 발화행위의 시점으로 존재했다라고 상정되는 환경으로 의연하게 정의할 수 없을 정도로 추상적이며 자의적이다. 그래서 크리스테바는 바흐친을 좇아 역사와 사회를 새로운 텍스트가 생산되는 곳의 텍스트로서 설정한다. "읽기/쓰기라는 과정으로 작가는 유일하게 역사에 참여할 수 있으며, 이 추상성(선형적 역사)을 침범한다. 즉 의미작용의 구조를 다른 구조

---

4) 예를 들어 크리스테바는 소설의 발흥에 대해서 다음과 같이 기술하고 있다. "그러므로 에크리튀르(쓰기)의 과대평가에는 검열이 따르기 마련이다. 글을 쓸 때에 사람은 화자로서 출현하며, 쓰는 것을 다 마쳤을 때 썼다라고 말할 수 있다. 동사 '쓰다'(écrire)는 과거형으로만 나오지만, 이것은 완결된 생산, 종료한 일을 나타낸다. 사람은 **쓰는** 것이 아니다. 사람이 할 수 있는 것은 단지 **썼다**는 것이다. 쓰여진 것을 바라보는 것은 죽음을 응시하는 것이다. 또다시 일목요연하게 에크리튀르와 묘지의 친근한 관계를 알 수 있다."(Julia Kristeva, *Le texte du roman*, Mouton, 1970, p.141 ; 谷口勇 訳, 『テクストとしての小説』, 国文社, 1985, 235쪽) 그리고 근대에 들어 소설에다 '문학'의 개념을 억지로 갖다 붙여, 결국 이 개념과 혼동될 정도인데, 그 때문에 소설은 중세의 에크리튀르 개념을 차용해서 **기성 대상, 표현되어야만 하는 진리 및 구성**을 물신화했다. 소설은 책 속에서, 한편으로 발성적 언술(세속문학), 다른 한편으로 입체감 있는 굽은 공간(패션에 대한 두루마리 책)을 혼동하게 해서, 이 두 가지 수단으로서 표현성(관념의 모사模寫로서의 책, 표상으로서의 에크리튀르)의 내부에 있어서 서사시(상징)의 선형성과 일의성(一義性)에 대해 투쟁을 시도하게 된다. *ibid.*, pp.141~142 ; 같은 책, 243쪽. 이 책에서 내가 논하는 역사 서술도 이러한 근대 '문학'의 역사성으로부터 자유롭지 않다.

와의 관계/대립으로 둔다는 실천으로 이 추상성을 침범한다. 텍스트라는 하부구조 속에서 역사와 도덕 체계는 쓰이고 읽힌다."[5] 이와 같이 역사에서 텍스트의 위치가 정의된다. 그러나 역사에서 텍스트 생산은 어떤 텍스트와 다른 텍스트의 조화적인 병렬을 의미하지 않는다. 구어 텍스트는 항상 주어진 상황 내에 존재하며, 어떠한 종류의 텍스트도 물질성으로 각인된다. 확실히 물질로서의 텍스트는 텍스트가 의미작용으로 결정됨에 따라 여러 가지로 분절되는 이질성heterogeneous과 공존한다. 그러나 나는 상호텍스트성을 논하면서 자주 물질과 물체의 속성처럼 말해지는 종류의 물질성을 참조하는 것이 아니다. 만약 텍스트의 물질성이 그저 예전의 전통적인 물질 개념을 의미하는 것으로 받아들여진다면, 텍스트가 다른 물질, 다른 텍스트와 갖는 관계는 외재적으로 보일 것이고, '부분의 바깥 부분'으로만 특징지어질 것이다. 그렇게 되면 마치 물질로서의 신체가 인격으로서의 개인의 존재와 분리될 수 있다고 하는 환상과 마찬가지로, 물질성은 텍스트와 분리될 수 있을 것이라는 잘못된 생각에 도달할 것이다. 그러나 이러한 레벨에서 어떤 텍스트가 다른 텍스트에 상호텍스트적으로 의존하고 있는 것을 분석하는 것은 불가능하다. '부분의 바깥 부분'은 이러한 상호텍스트적인 관계의 결여를 의미하기 때문이다.

　한 가지 분명히 해두어야겠다. 텍스트의 물질성은 어떠한 의미에

---

5) Julia Kristeva, *Desire in Language*, trans. Thomas Gora, Alice Jardine, and Leon S. Roudiez, Columbia U. P., 1985, p.60. 나는 크리스테바가 말하는 '침범'(transgression)이라는 개념을 분명히 보류하고 싶다. 왜냐하면 그것은 상당히 물화된 규범 개념에 의존하고 있으며, 보수적으로 다시 회수되기 쉽기 때문이다. 그것은 침범된 규범에 권위를 부여하기 위한 침범 행위를 면면히 묘사하는 고백의 제도와 매우 닮아 있다. 물질성에 대해서는 그녀의 논문 "Matière, sens, dialectique", *Polylogue*, Seuil, 1977, pp.263~286; 足立和浩 ほか訳, 『ポリローグ』, 第5章 「物質, 意味, 弁証法」, 白水社, 1989, 209~236쪽을 참조하기 바란다.

서도 혼을 가진 생물체가 아니지만, 그렇다고 정태靜態적인 것도 아니라는 점이다. 말하고 듣고 쓰고 읽고 보고 묘사한다는 행위의 장면 이외에서 우리는 텍스트를 생각할 수 없다. 그래서 그만 텍스트의 물질성에 일종의 가능성을 상정하고 만다. 그러나 텍스트의 물질성은 텍스트가 말해지고 들리고 쓰여지며 읽히지 않았을 때에도——그것이 실제로 작동하지 않을 때에도——그 동일성을 보존하고 유지하고 기록하는 것은 아니다. 그렇다면 텍스트를 그와 같이 규정하기 위해 나는 뭔가를 구성하는 의식이나 초월론적인 자아와 같은 것을 환기해야만 할 것인가? 말을 거는 장면, 다시 말해 이야기하는 자와 이야기되는 자가 존재하지 않는데, 나는 텍스트를 의미하도록 하는 의식과 같은 존재에 호소해야만 할 것인가? 바꿔 말하면 나는 텍스트의 텍스트성을 존재론적인 필연성으로부터 텍스트에 선행하는 일종의 구성적인 주관성에 의거하도록 해야만 하는가? '텍스트'와 '텍스트성'이라는 용어를 들고 나온 이유 중 하나는 주관성subjectivity과 갖가지 각인刻印된 질서를 전도시켜서 우리에게 달라붙은 채 떨어지지 않는 강박관념——가장 세련된 표현으로는 종종 구성적 주관성이라고 언급되지만——을 되묻기 위함이다. '텍스트'와 '상호텍스트성'은 주관성이라는 이데올로기에 완전히 굴복하지 않고 이 문제를 다루기 위한 개념 장치이다.

어떤 기호 시스템을 다른 시스템으로 전환하는 것에 대해 말하고 주관/주체성의 변용을 이해하기 위해서, 크리스테바는 라캉이 말한 "모든 발화는 균열을 생성해서 주체와 그 객체를 규정한다"는 명제를 거듭 강조했다. 의미작용의 입장을 만들어 내는 이 균열은 '주제적 국면'이라고 불리며, 이러한 의미에서 모든 발화는 '주제적'이고 주체와 객체의 분리를 요구한다.[6]

내가 채용한 어휘를 이용하면, 어떤 기호 시스템의 다른 시스템으로의 전환은 낡은 시스템의 파괴와 새로운 시스템의 형성인 주제적 국면의 변용으로 기술할 수 있을 것이다. 크리스테바는 다음과 같이 말한다.

새로운 의미 체계는 동일한 의미 재료로 산출될 수 있다. 예를 들면, 언어에서의 이행이 이야기로부터 쓰기로 이루어질 수 있다. 그러나 그 이행은 다른 의미 재료에서 차용될 수 있다. 예를 들면, 카니발적인 광경으로부터 글로 씌어진 텍스트로 옮겨질 수 있다. 이러한 의미에서 우리는 소설의 의미 체계의 형성을 카니발, 궁정시, 스콜라적 담론의 재편성과 같은 복수의 다양한 기호체계로서 연구해 왔다. **상호텍스트성**이라는 용어는 하나의(혹은 여러 개의) 기호체계로부터 다른 하나의 기호체계로의 전위transposition를 지칭한다. 그러나 이 용어가 자주 어떤 텍스트의 '근원에 대한 연구'라는 평범한 의미로 이해되어 왔기 때문에, 우리는 그 단어보다는 **전위/지정이행**이라는 용어를 더 선호하게 된다. 이 용어는

---

6) Julia Kristeva, *La révolution du langage poétique. L'avant-garde à la fin du XIX siècle : Lautréamont et Mallarmé*, Seuil, 1974, pp.41~42; 原田邦夫 訳, 『詩的言語の革命―十九世紀の前衛, ロートレアモンとマラルメ』, 勁草書房, 1991[김인환 옮김, 『시적 언어의 혁명』, 동문선, 2000] 참조. subject를 나타내는 일본어 말 중 하나로 '주제적'을 사용했다. 근대 일본어의 지적 담론에서 subject라는 말은 문법적이며 명제적인 subject로서 '주어'로 번역되었다. 다음으로 인식론적인 subject는 '주관', 주제론적인 subject는 '주제', 그리고 때로는 행위를 시작하든가 행위를 이끄는 신체를 의미하는 행위의 subject는 '주체'이다. 그러나 이러한 차이는 안정되어 있지 않다. 오히려 이러한 네 개의 subjects 사이의 상호관계를 정의하는 것이야말로 subjectivity에 대한 언어와 철학상의 복잡한 문제를 이끈다. 나는 이 책에서 이들 subjects가 근대 일본철학에서 어떻게 기능했던가를 주목함으로써 그 배분질서(economy)를 기술하고자 했다. 그렇지만 나는 '일본적인 사고'의 분석에 특별히 흥미를 가지고 있지 않다. 일본 철학자가 제기한 subjectivity의 문제가 일본 고유의 것이어야만 하는 이유는 어디에도 없기 때문이다. 말할 것도 없이 이 책의 목적은 문화주의적인 범주의 연약함을 이론적으로 제시하는 것이다.

한 기호체계로부터 다른 기호체계로 이행하는 데에는 주제적인 국면의 — 언표와 명시에 의거하는 지정성의 — 새로운 분절이 필요하다는 것을 명확하게 나타낸다는 이점이 있다. 모든 의미 실천이 여러 가지 의미 체계의 전위 영역(상호텍스트성)인 것으로 받아들여진다면, 그 발화 행위의 '장소'와 지시되는 '대상'은 결코 유일무이한 것도, 완전한 것도 아니고, 자기동일적일 리도 없으며, 항상 복수적이고 파열되어 입체적 모델로서 받아들여질 수 있다.[7]

그러므로 '상호텍스트성'이라는 용어는 주관/주체가 구성되는 모든 양식을 발견하는 데에 도움을 준다. 사실 이 말은 주관/주체의 새로운 위치는 항상 상호텍스트적으로 가능하다는 것을 암시한다. 그러므로 소급적인 분석은 전위 영역(상호텍스트성)으로 어떠한 담론구성체에 대항해서 새로운 주관/주체를 나타낼 것인가, 어떠한 담론구성체로부터 탈피해서 주관/주체가 새로운 효과로 존재하도록 할 것인가를 명시해야만 한다.

거듭 말하지만, '텍스트'라는 말은 씌어진 문헌 이외의 것을 포함하고 있다. 의미 체계에 의해 통제되어 각인된 집합이 텍스트이다. 여기에서 나는 이 책에서 이용하는 두번째의 상호텍스트성 개념을 말하겠다. 아무리 생각해도 첫째 개념과 둘째 개념을 구별하는 데에는 문제가 있지만, 이 점에 대해서는 나중에 언급하겠다.

나는 '상호텍스트'라는 용어가 사용 방법에 따라서 반영론reflection theory의 속박에서 우리를 해방시켜 줄 것이라 믿는다. 일찍이 역사 연구는 반영론을 조잡한 형태로 사용해 왔다. 반영의 도식에 의존했던 이론

---

7) *ibid.*, pp.59~60; 같은 책, 56쪽[같은 책, 66~67쪽. 번역 일부 수정].

은 자주 긍정해야만 하는 방법으로서 제출되었다. 이 도식은 더욱더 빈번하게 갖가지 형식으로 역사 서술의 조직체에 은밀히 침투했다. 거의 모든 경우에 이 도식이 필요하게 된 것은, 먼저 최초에 의미작용으로 구축된 일반 텍스트의 여러 국면(예를 들어 법률 문서, 민간 설화, 고전 등)과, 최초로 지시되지 않으면 판독할 수 없는 일반 텍스트의 여러 국면(예를 들어 그림, 도구와 건축 등)의 관계를 역사가가 명확히 잘 설명할 수 없기 때문이었다. 통속적인 텍스트관 그리고 텍스트가 그 외부와 관계하는 것은 반영에 의해서라고 보는 식의 편협함 때문에, 의식적이든 무의식적이든 반영론의 도식과 편집적으로 관계하는 사람들에게는 언어표현 텍스트가 텍스트 이외의 현실을 반영한다고 파악하는 것 외에는 달리 설명할 방법이 없었다. 그러나 반영이란 텍스트가 그 외부와 관계하는 다수의 방법과 실천계 중 하나에 불과하다. 텍스트가 타자와 관계하는 보편적이며 유일한 모습 따위는 존재하지 않는다. 상호텍스트성에 있어서 변화가 나타나는 것처럼 텍스트와 그 외부의 관계는 항상 변화한다. 반영은 역사상의 어느 특정한 담론 내에서는 보편적으로 보이지만, 나는 우리가 거기에서 멀어지고 있는 중이라고 생각한다. 이와 같이 '상호텍스트성'이라는 말은 담론구성체를 역사화하는 수단으로서 도움이 된다. 예를 들어 고전 읽기의 발화와 행위에 있어서 이제까지와는 다른 방법을 개척하려고 한 이토 진사이의 고투를 이해하는 데에도 유용할 것이다.

한 출발

우선 이토 진사이가 중국 문헌들의 어떤 해석을 채용해서 다른 해석을 부정할 수 있었던 상호텍스트적 조건을 이해해야만 한다. 또 그의 독해 전략의 선택이 그가 제출했던 철학소素의 형성과 어떻게 일치하는가를 확인해야만 할 것이다.

이토의 송리학 비판을 단지 당시에는 가장 세련된 '유교'라고 불리는 사상 체계의 단선적인 발전의 한 단계로서 이해할 수는 없다. 그는 이미 확립된 유교 이해를 세부적인 수정과 교정으로 개선하려고 했던 것이 아니다. 그는 자기 자신과 송나라 유학자 사이에 간격을 두고, 이제까지 가장 본래적이라고 여겨진 고전 읽기는 틀렸다고 선언하고, 유학의 정전을 독해하는 방법을 근본적으로 바꾸지 않으면 안 된다고 주장했다. 그는 자신의 고전 읽기가 혁명적인 것이었으며, 개량주의적이지 않았다고 믿고 있었다. 기존 이념에 대한 이론적 비판은 반드시 어떤 명증성의 영역에 의존하지 않을 수 없다. 즉 정당성에 대한 요구가 결국 근거로 삼는 어떤 진실의 원천을 바탕으로 할 필요가 있다는 관점을 받아들인다면, 분명히 이토의 비판은 송리학자들과 명증성의 영역을 공유하지 않았다.

유학을 혁명하려는 이토의 시도는 담론구성체의 배분질서를 광범위하게 전환하는 것으로부터 시작되었으며 이 전환에 의해 지탱되었다. 그는 정호·정이와 주희의 '리'理의 개념화를 거부했지만, 이것이 새로운 명증성의 영역에 대한 이토의 근거처럼 작동하고 있었다는 것은 주목할 가치가 있다. 주석이라는 전략의 문맥에서는 이러한 전환이 정전正典의 변경과 실질상으로 같다는 것은 그다지 놀랄 만한 일이 못 된다. 사서오경에서 삼서(『대학』이 제외된다)오경 혹은 육경이 되었다.[8] 이것은 오규

---

8) 유교의 기본적인 텍스트들이다. 사서는 『대학』, 『중용』, 『논어』, 『맹자』를 가리킨다. 오경은 『주역』(역경), 『예기』, 『시경』, 『서경』(상서), 『춘추』를 말한다. 현존하지 않는 『악경』과 함께 이 책들을 육경이라고 부른다. 중국에서는 사서를 가장 중요시했던 주희가 출현할 때까지 오경이 유교의 기본 텍스트였다. 이 책들은 중국의 과거 시험을 위한 기본 텍스트로 다루어졌다.

소라이가 단행했던 것만큼 근본적인 변경은 아닌 것처럼 보일지 모른다. 그러나 이러한 변경은 어느 일군의 저작물에서 본래성authenticity을 박탈해 다른 저작들에 그것을 부여함에 따라 독해 양식이 변화했다는 의미에서 중요한 것이다. 물론 이토에 의한 정전의 변경은 고립된 사건이었다고는 도저히 말할 수 없다. 앞으로 논의하는 바와 같이 18세기 저술가들은 거듭 정전을 변경했고, 정전을 변경함으로써 스스로의 이론적 입장을 밀고 나갔다. 정전을 선택한다는 것은 그들의 철학적 담론을 분절하기 위한 초점을 제공한다는 것이다. 이토에 의한 정전의 변경은 발화와 지각의 새로운 우주를 개척했으며, 그가 그때까지 얽매였던 담론공간으로부터 탈출하기 위해서 절대적으로 필요한 노력의 일부였다. 그러나 그렇다면 그가 자신의 담론과 송리학 사이에서 규정했던 이러한 불연속성에는 어떠한 의의가 있는 것일까. 이렇게 제기된 불연속성과 정전이 되는 저작물을 선택하는 것 사이에는 어떠한 관계가 존재하는 것일까.

이토에 의하면 "송의 유학자들은 성명性命을 높이 칭송하고, 마음을 허정虛靜히 다루어 평생을 매일같이 요순·공자의 도道 안에 두니, 인류의 테두리 밖으로 나가는 일을 알지 못했다"라고 한다.[9] 이 진술은 이토의 후기 저작에서도 볼 수 있다. 이토 진사이는 일생 동안 자기 논고를 몇 번이나 재검토해서 가필·수정했기 때문에 일본 연구자들은 그의 철학이 가장 '원숙'했던, 그래서 '최종적인' 형태를 바르게 정하는 데에 아주 애를 먹었다.[10] 어쨌든 분명한 것이 하나 있다. 그것은 당시의 많은 유학자들과 마찬가지로, 그는 전기와 후기의 '사상' 사이에서 혁명적인 균열을

---

9) 伊藤仁斎, 「仁斎日札」, 『日本倫理彙編』, 第5卷, 育成会, 1901, 177쪽.
10) 三宅正彦, 「仁斎学の形成」, 『史林』, 第48卷, 第5号, 1965. 野口武彦, 「古義學的方法の成立」, 『文学』, 第23卷, 第7~9号, 1968.

경험했다는 것이며, 내가 앞에서 인용했던 진술도 실제로는 그의 소위 후기 사상의 특징을 보여 주는 것이다. 이토는 송나라 유학자들은 단지 추상적인 이념과 세련된 논의를 즐겼을 뿐이며, 그들은 복잡하며 세련된 논의에 능숙했지만 자기들의 말이 얼마나 공허한가를 인식하지 못했다고 거듭 언명했다. 이토에 의하면 송의 유학은 원리를 발견하기 위해 서적을 검토하면서 '경'敬과 '의'義에 깊고, 스스로를 다스리는 방법을 잘 알고 있었지만, 그들의 가르침에는 이토가 가장 중요하다고 생각했던 학문을 '실질'實로 하는 특성이 결여되어 있었다. 아무리 신학적으로 심연할지라도, 아무리 종교적으로 엄숙할지라도, 이처럼 아주 존경받고 있었던 관념도 그것이 실천할 수 없는 것이라면, 이들 관념에 의해 얻을 수 있는 것은 아무것도 없다. 철학이 최종적으로 판단되어야만 하는 장면은 일반인의 접근이 불가능한, 어딘가 멀리 한정된 자들만 들어갈 수 있는 영역이 아니라, 매일매일 잡다한 일로 가득 차 있는 일상생활이다. 이렇게 해서 이토는 '가까움'近의 영역에 자기 철학의 중심을 두려고 시도했다.

'성'(誠)과 '위'(僞)라는 관념

이토의 논의는 추상적 신학神學 체계의 위선과 공허함을 비판한 것으로 요약할 수 있다. 다음과 같은 그의 논의에는 송리학자宋理學者의 말과 이토가 인지한 현실 사이의 불일치가 명시되고 있다. "생각하건대 송의 유학자들은 성명性命을 높이 칭송하고, 마음을 허정虛靜히 다루어 평생을 매일같이 요, 순, 공자의 길 안에 두니, 인륜의 테두리 밖으로 나가는 일을 알지 못했다."[11] 이러한 진술은 그가 직접적인 비판의 대상으로 삼은 것이 송리학을 실천한 어떤 계급, 혹은 어떤 집단에 속하는 사람들이었다는 사실을 암시하고 있는 것일까. 송리학은 당시의 도쿠가와 막부 체제에서 널리 실천되고 있었던 것일까. 만일 송리학자들이 주회의 가르침을 진정으로 실천했다면, 그들은 정말로 기인처럼 보였던 것일까.

당시 주자학 신봉자는 매우 드물었던 것 같다.[12] 송리학은 지배체제에서 공인된 이데올로기가 아니었으며, 그렇다고 중요한 사회 집단의 실천 행위인 것도 아니었다. 이런 이유들만 보더라도, 이토의 비판을 단지 동시대의 지배체제에 대한 노골적인 공격으로 읽는다면 그런 방식으로는 이토가 했던 유학 고전연구의 사회적·정치적 의미를 이해할 수 없다. 같은 맥락에서, 나는 텍스트를 텍스트 외부의 현실을 반영한 것으로 읽어야 하는 것은 아니라고 믿는다. 엄밀하게 말해서, 씌어진 텍스트가 사회의 경제적·사회적 편제에 의해서 미리 결정되어 버리는 것이 아닌가 하는 의문에 대해서는, 지금까지 텍스트 외부의 현실로서 인식되어 왔던 것들이 사실은 텍스트 더미들에 의해 구성되어 있다는 사실을 인식한다면 ─ 그렇게 인식되어야만 한다고 나는 믿고 있다 ─ 텍스트 외부에 현실이 있다는 생각 자체가 폐기되어야만 한다고 보고 있다. 물론 현실이라는 것은 텍스트 바깥 어딘가에 모든 시니피앙으로부터 따로 떨어져 있

---

11) 伊藤仁斎, 「仁斎日札」, 『日本倫理彙編』, 第5卷, 177쪽.
12) 최근 연구에서 밝혀진 것처럼 정호·정이와 주회의 리학(理學)이 도쿠가와 막부 체제에 의해 이데올로기로서 채용되었다는 것은 대단히 의심스럽다. 비토 마사히데(尾藤正英, 『日本封建思想史硏究』, 靑木書店, 1961)와 비토의 견해를 답습한 헤르만 옴스(Herman Ooms, *Tokugawa Ideology*, Princeton U. P., 1986)를 참조하기 바란다. 주자학을 막부 체제 이데올로기로 생각하는 문제는 모든 상호텍스트성의 거리를 잘못 다룬 것이 원인이다. 그 거리는 역사적 거리라든가 혹은 사회 집단 사이의 거리로서 자동적으로 해석되었다. 여기에서 나는 지배적인 이데올로기와 사회 계급, 혹은 사회 집단 간의 거리가 관련을 맺고 있지 않다고 말하고 있는 것이 아니다. 오히려 텍스트 형성을 사회와 경제의 형성으로 환원할 수는 없다는 것을 말하고 있다. 사회의 권력 관계는 텍스트로 구성되는 것이지 그 반대는 아니다.

거나, 각인 없는 의미로 존재하고 있는 것으로 상정되어 있다. 그러나 결국에는 이러한 종류의 상식이야말로 관념론적 공상, 이토가 비판한 공리공론인 바로 그 자체라고 생각해야 할 것이다. 내가 주장하는 것은 텍스트가 현실을 만들어 내는 것이지, 그 반대가 아니라는 점이다. 물론 그것은 '텍스트'라는 단어를 읽는 경우, 이 텍스트라는 것이 필연적으로 '지시대상'을 포함한다는 이론적 인식이 존재한 다음의 이야기다. 텍스트에는 지시대상과의 관계가 내재되어 있다.

이토의 송리학 비판은 하나의 지각知覺 공간을 열었다. 그 공간 속에서, 그때까지 정상이며 존경해야 한다고 여겨지던 송리학자들은 이토의 묘사를 통과하면서 정상이 아닌 기인들로 보이게 되었다. 이토는 그 과정에 대해서 말하면서, 주희의 가르침에 내재되어 있는 '초월주의'가 사람들을 완미함과 사회적 고립으로 몰아넣고 있을 뿐이라는 사실을 갑작스럽게 인식한 여러 명의 송리학 신봉자들——이들은 이토의 강의에 출석하기 위해 교토에까지 발걸음을 옮겼다——에 대해서 말하고 있다.

하지만 이것이 주희의 가르침에 대한 정확한 설명일까? 만일 그렇다면 어떤 의미에서 그러한 것이며, 또 그렇지 않다면 어떤 의미에서 그렇지 않은 것일까? 주희의 논의에는 인생에서 흔히 일어나는 온갖 잡다한 일에 대한 어떠한 배려도 보이지 않는다고 주장할 수 있는가?(이것은 제1의 상호텍스트성, 즉 쓰기 텍스트들 사이의 상호텍스트성에 대한 물음이다.) 타자에 대해 이토의 논의가 의존하고 있는 양식을 분석함으로써 내가 추적하고 싶은 것은, 이토 자신이 탈출해 온 담론공간을 마주하는 그의 비판에 현존하는 상호텍스트성이다.[13]

이토는 주희가 평범한 일상사나 타자와의 구체적인 사회관계를 무시하고 있다고 주장하지만, 나는 전적으로 찬성할 수 없다. 주희는 늘 일상생활의 중요성을 강조했다. 그가 편찬했던 책 중 하나는 『근사록』近思錄이라는 제목이 붙을 정도였다. 더욱이, 이토가 엄격하게 비판했던 선종禪宗 역시도 이 점에서는 송리학과 다를 바 없다. 모든 가르침들과 철학적 이념은 사람이 일상생활에서 만나게 되는 사물과 사람 사이의 일상생활 영역에 뿌리를 내리고 있어야 한다는 사실을 매우 중요하게 생각하고 있었다. 사실 유교든 선종이든 조잡한 초월주의가 논의형식으로 채용된 적은 없었다. 이런 사실은 이토가 읽은 작품을 남긴 주희나 불교도들에게는 일찍이 새롭고 흔했던 일이, 이토의 시대에는 이미 새롭지도 흔하지도 않은 일이었기 때문임을 증명하는 것이 아닐까. 그들이 상정하고 있었던 '가까움'의 영역은, 새로이 지각된 '가까움'에 의해 대체되었다. 17세기 말 이전(상호텍스트적 순서에 따른 '이전'을 말한다)에는 전혀 존재하

---

13) 이토가 정호·정이와 주희의 담론구성체에 대해 비판할 수 있었던 것은 우선 첫째로 상호텍스트성의 거리이다. 이 거리는 반드시 역사적 시간에 의해 송나라의 리학자와 도쿠가와 체제하의 유학자인 이토가 멀리 떨어져 있었기 때문에 존재하는 것이 아니다. 이토의 시대에는 정호·정이와 주희의 저작물——그 다수는 인쇄물로서 보급되기 시작했다——의 존재가 이러한 비판을 낳게 했을 테지만, 그렇다고 이 거리가 궁극적으로 어느 사회 집단과 다른 집단의 거리도 아니다. 아마 '상호텍스트성'이라는 말의 용법을 다시 한번 강조하는 것이 좋을지도 모른다.

랑그는 파롤에 선행한다. 그러나 이와 같이 전자가 후자에 선행하는 양태를 시간적 전후관계로 혼동해서는 안 된다. 칸트에 의해 정식화되었던 것과 같이 이 선행관계는 권리상의(de jure) 문제여서 사살상의(de facto) 문제와 혼동되어서는 안 된다. 가령 역사적 지식은 사실상의 영역에 귀속한다고 주장하는 지점에서 파롤과 랑그의 관계는 확실히 사실의 진실성에 관한 것이 아니다. 랑그는 파롤에 권리상으로 선행할 뿐이다. 조너선 컬러는 다음과 같이 쓰고 있다. "이러한 상호텍스트성은 어느 작품과 특정의 선행하는 텍스트의 관계에 붙여진 이름이라기보다는 그 작품이 문화의 담론공간에 참여하는 것을 나타내는 것으로 되어 있다. 그것은 어느 텍스트와 어느 문화가 가지는 다양한 언어와 의미작용과 그 텍스트와 그 문화의 가능성을 분절하는 텍스트군의 관계, 이 양자의 관계성을 말한다."(Jonathan Culler, *The Pursuit of Signs*, Cornell. U. P., 1980, p.103)

상호텍스트성은 한 권의 책과 다른 책의 관계로 환원 불가능하다는 것은 강조해 둘 만한 의의가 있다.

지 않았던 사물이나 인간의 행동이, 기본적인 유교적 가치체계를 제시하는 시점에 이르러서야 고려되어야만 하는 것으로 요구되었다. 이토는 상이한 행위와 지각의 실천계^{regime}의 만남을 지적한 것이다.

여기에 이토의 송리학 비판의 중요성이 있다. 이토 진사이와 주희, 혹은 '송의 유학'과의 관계가 비연속적이었다는 것만이 아니다. 사실 이토의 주희 비판은 그 이전에는 표현 불가능했던 것을 그의 시대에 와서야 표현하는 방법이었던 것이다. 이렇게 다수의 철학소가 통합되고, 부정되어야만 하는 결과를 보여 주게 되었지만 그는 이 결과물을 주희 혹은 송리학과 연결 짓고 있다. 이러한 점에서 주희의 저작은 중요한 역할을 담당하고 있다. 주희의 저작이 없었다면 이토는 자신의 논의를 구축할 수 없었을 것이다. 그렇다면 '가까움'의 영역 전환이라는 관점에서, 그가 자신과 '리학자'로서의 위선에 거리를 두는 것을 극적으로 표현한 비연속성을 나는 어떻게 평가해야 할까?

어떤 용어가 통일성이 있다고 상정되는 담론영역(한 권의 책, 한 편의 작품, 일군의 작품, 한 사람의 저작물을 상정했을 때 통일성에 귀속하는 작품집단)에서 중요한 역할을 하기 위해서는 그것이 당시 담론영역을 지배하는 차이의 네트워크에 편입되어 있어야만 한다. 그러한 용어에 기능을 부여하며 일련의 조직화된 논의를 유효하게 하는 것은 이 용어와 담론공간의 배분질서 사이의 관계성이다. 그러나 이러한 문맥에서 '용어'는 그 동일성이 반드시 언어구조(랑그^{langue})에 의존하는 작품이나 형태론적 단위를 반드시 의미해야 하는 것은 아니다. 오히려 그것은 상호교환 가능한 언어와 표현군으로부터 생성되는 하나의 혼성체, 하나의 담론단위로서 생각해야만 한다. 바꾸어 말하면 그것은 **언어** 질서가 아니라 **담론** 질서에 속해 있는 것이다. 이토의 저작에서 보이는 '위'僞라는 것은 그러한 종류의 혼성체이므로, 그것을 분절하면 우리는 반드시 그와 주희의 담론 사이의 상호텍스트적 관계를 개관하게 된다. 이토의 담론에서 반복적으로 환기되는 '위'라는 용어는, 반드시 이토의 담론 이외의 담론을 포함한다. 그것은 이토의 담론의 함의에서도 명료하다. 이 용어의 기능은 그의 진술과 그의 비판/비난의 대상이 되는 진술군을 단절시켜 거리를 두게 하는 것이다. 그것은 어떤 삶의 방식을 다른 것과 차이짓게 하여 한쪽을 '성'誠으로 치켜세우고, 다른 한쪽을 허위, 정확히 말해 위선으로 폄하하는 것이다. 그러나 이러한 구별을 강조하는 것으로 인해 이토의 발화發話는 오히려 이 두 가지를 엮어 버린다. 그것은 상호텍스트적 장치, 어떤 삶의 방식과 그 외의 것을 중개하는 일방적 관계라고도 말할 수 있다.

동시에 우리는 '위'라는 용어가 오늘날 그것과 습관적으로 연결 짓게 되는 분열의식을 표시할 수 없다는 사실을 미리 알아 둘 필요가 있다. 만약 우리가 이토가 새로운 사상 구조를 만들어 냈으며, 분열의식으로서의 '위'에 처음으로 자체의 소리와 그 올바른 표현 공간을 부여했다고 인식한다 해도, '위'가 분열의식을 표시했다고는 믿기 어렵기 때문이다. 물론 '위'는 담론 변용의 결과로서 표현되었으며, '리학자'에 대한 비판도 결국에는 담론상의 사건이었다는 것을 잊어서는 안 될 것이다.

얄궂게도 '위'에 대한 비판은 주희의 철학에서도 중요한 역할을 수행하고 있다. 주희는 스스로 자신의 논의를 이원론적으로 형성했던 이유도 있고 해서 이토보다도 명쾌하게 '위'를 정의하고 있었던 듯하다. 일반적으로 이토 진사이 초기의 것이라고 여겨지는 한 시론 속에서 주희의 이원론적 체계의 잔재가 포착된다. 그 속에서 이토는 아직 송리학의 언어로 말하고 있는 것이다.

학자의 길에서 성誠을 세우는 것보다 우선하는 일은 없으며, 또한 성을 세우는 일보다 중요한 것은 없다. 적어도 성을 세우지 못한다면, 즉 그 '성'性을 다하여 그 길을 이루지 못한다. 그런고로 공자의 가르침에 이르기를, 특히 충신을 주인으로 하고, 성誠을 세우는 것을 거업居業의 근본으로 한다. …… 그런고로 『중용』에 이르기를 "성실한 자는 하늘의 도道요, 성실히 하려는 자는 사람의 도"[14]라고 하였다. 이 성이라는 것은 대저 허虛가 아니며, 진실로 거짓假이 없다. 이것을 성으로 하는 것은 허를 버리고 그 실實을 다하며, 그 거짓을 버리고 진真을 추구하는 것이다. 그것이 학자의 할 일이다. 그러나 그 이룸에 다다르는 길은 오직 하나다. 그리하여 또한 학자가 이것을 말할 때, 성을 이미 세웠다고 하더라도 경敬으로서 이것을 뒷받침하지 않으면 또한 스스로에게 있다고 할 수 없다.[15]

이러한 논의가 실/허와 진/가라는 이항대립을——이 이항대립에서는 실과 진이 성性과 연결되며, 허와 가는 성이 명석하게, 또는 완전하게 드러나는 것을 방해하는 가리개이다——기초로 해서 구축되어 있다는 것을 쉽게 확인할 수 있다. 이러한 단계에 있어서, 이토는 성誠을 아무런

---

14) 글자대로 번역하면 이 글은 '성실할 수 있는 것을 성실하게 하는 것'이라는 의미가 된다. '성실할 수 있는 것'은 특정되어 있지 않지만, 나는 '자기' 혹은 '마음'(心)으로 '성실할 수 있는 것'을 바꿔 놓기를 군이 피하고 싶다. 자기를 세계로부터 분리하는 것이야말로 이토가 말하는 가(假) 혹은 성(誠)의 결여이기 때문이다. 이토의 인용은 『중용』에서 취하고 있는데 그 전문은 다음과 같다. "성실한 자는 하늘의 도(道)요, 성실히 하려는 자는 사람의 도니 성실한 자는 힘쓰지 않고도 도에 맞으며 생각하지 않고도 알아서 종용(從容)히 도에 맞으니 성인이요, 성실히 하려는 자는 선(善)을 택하여 굳게 잡는(지키는) 자이다."[『대학·중용집주』, 성백효 역주, 전통문화연구회, 2009. 원문: "誠者, 天之道也. 誠之者, 人之道也. 誠者, 不勉而中, 不思而得, 從容中道, 聖人也. 誠之者, 擇善而固執之者也."]

15) 伊藤仁斎, 「立誠持敬の説」, 『古学先生文集』 巻の三, 『伊藤仁斎·伊藤東涯』(日本思想大系 第33卷), 岩波書店, 1971, 211쪽.

가려짐이 없이 성性이 개시된 세계와 관계하는 것이라고 정의하고 있다. 이 세계에의 내속성을 항상 유지할 수 있는 사람을 성인이라고 부르며, 그것을 그저 일시적으로만 실현할 수 있는 사람은 학자라고 불린다. 성性이라는 점에서 보자면 학자와 성인에는 차이가 없지만, 성性의 지속적인 개시라는 점에서 그 둘은 서로 다르다. 말할 것도 없이, 이 논문의 전체를 관통하는 주제는 송리학에서 해석되는 한도 내에서의 성선설性善說이다. 만일 우리가 이 이항대립체계 속에서 '위'라는 용어를 정의하려고 한다면 이론적인 검토의 결과로 얻을 수 있는 것은 사람의 성性으로부터의 일탈, 좀더 정확히는 개개인 자체에 내재된 보편적인 인간으로서의 성性으로부터의 일탈이라는 형식밖에 없다. 그렇기 때문에 한 개인이 인간으로서의 성에서 일탈한다면, 그 사람은 위자僞者라고 불릴 것이다. 그러나 이토가 어떤 혁명적인 변화를 경험함으로써, 이 용어가 갖는 이론적인 의의는 완전히 달라지며, 그에 따라 성선설도 이전과는 다른 이론적 표현을 획득하게 될 것이다.

'물'(物)의 지위

이토 진사이가 경험했던 불연속성과 혁명적 변화의 중요성을 이해하기 위해서 우리는 먼저 송리학 중에서 이러한 이항적 체계가 그 밖의 철학적 장과 어떤 관계를 맺고 있는가를 분석해야 한다. 어느 상정된 담론공간의 권위가 도전을 받았을 때에 앞에서 말했던 이항대립이 얼마나 '가까움'近의 영역을 분절하는 데에 장애가 되었을까.

주희의 저작 안에는 중요하지만 모호한 말이 몇 개 있다. 그 중 하나가 '물'物이다. 이 말은 주희의 담론에서뿐만 아니라 오규 소라이에게서도 중요한, 하지만 극도로 문제적인 역할을 수행한다(그렇지만 오규의 용법은 주희와 크게 다르다). 두 사람에게 이 말의 양의성은 언어로 확실하게 명시할 수 있는 것과 명시할 수 없는 것의 경계를 시사하고 있다. 주희의 설명에 의하면 물物은 본질적으로 개념의 분절화를 실행할 수 있는 장소다. 예컨대 물과의 관계를 통해서 '리'理와 '기'氣의 개념적 구별이 규정된다. 주희의 이러한 설명이 암시하는 매우 흥미로운 사실은 '그것이 어떤 것인가'라는 정의 혹은 본질의 형식에서 기호와 그 통일성을 정확하게 지적하는 것은 불가능하다는 점이다. 물은 개념이 지시되는 장소일 때에도 개념과는 다른 잉여를 반드시 포함하고 있다. 물은 '그것이 어떤 것인가'라는 형태로 정할 수는 있어도, 그 '어떤 것'과 완전히 동일할 수는 없다. 그러므로 '물'은 일단 차이의 장소이지 동일성의 장소는 아니다. 이 용어를 다루는 유일한 방법은 그것을 변별적인 정의로 우선 기술하는 것, 그리고 필연적으로 배제되는 것, 즉 이질적인 것과 관계를 끊지 않고 하나의 철학적 장으로서 기술하는 것이다.

주희는 리와 기라는 두 개의 중요한 용어에 대해 분명히 다르다고 말한다. 동시에 이 두 용어는 물物을 매개로 해야 한다는 관점에서 본 경우, 물 안에 양자 모두 현존한다고 생각된다. 리가 좀더 물에 참가한다는 사실에 대해 말하면 리가 물에 선행하는 것인가, 아니면 그 반대인가는 결정할 수 없다. 리는 반드시 물 안에 내재하고 리의 존재는 물의 존재에 의존되어 있는 것처럼 보인다. 하지만 주희는 물이 존재하는 순간에 선행해서 이미 리가 존재한다고 인정하고 있다. "형체 너머가 도道이고, 형체 아래가 기器이다. 모름지기 이와 같이 말해야 하지만, 기가 또한 도이고, 도가 또한 기이다." 어원적으로는 분명히 다른 말이지만, 덧붙여 말하면 '기'器는 물을 가리킨다. 형이상과 형이하의 차이가 이 번역에서는 시간 질서, 즉 물이 발생하는 선후관계와 관련을 맺고 있지만, 거기에는 비시간적 측면도 있다. 왜냐하면 이 문장의 마지막에는 다음과 같은 진술이 있기 때문이다. "도道를 얻기만 하면 지금과 나중, 나와 남에 얽매이지 않는다."[16]

어떤 양상에서 리는 물에 선행하지만, 또 다른 양상에서는 물에 선행할 수 없다. 리와 물의 관계는 시간적인 선행여부에서도 논의되고 있고, 기본적으로 비시간적인 관점에서도 논의되고 있다. 문제가 되는 것은 리라는 것을 구성적으로 설명했을 때에 기와 분명한 차이가 무엇인가다. 사실 『근사록』의 다른 곳에서는 리가 다른 용어와 대립관계로서 분절되는 경우에 차이가 만들어지는 방식을 제시하고 있다. "천지만물의 리理는 홀로인 적이 없고 반드시 그 상대가 있는데, 모두 저절로 그러한 것이지 안배해서가 아니다. 한밤중에 그것을 생각할 때마다 나도 모르게 손과 발이 춤을 추게 된다."[17]

주희는 자기의 철학 체계 속에 편입된 정호의 진술이 차이에 의거하고 있다고 주장했다. 한번 이러한 관점에서 보면 그의 저작 중에서 우리가 직면했던 겉보기의 모순도 금방 해소될 것이다.

리와 기라고 하는 두 개의 원리는 **형상**과 **질료**처럼 현실을 구성하지 않는다. 어떠한 데이터도 그 데이터의 의미와 그 의미의 잉여로 분해해서 해석할 수 있음을 인정해야만 한다. 어떠한 사물도 언어적인 설명에

---

16) 『近思錄』, 「道體」 19[주희·여조겸 편저, 『근사록집해 I』, 이광호 역주, 아카넷, 2004, 113~114쪽. 원문: "形而上謂道, 形而下謂器. 須著如此說, 器亦道, 道亦器, 但得道在, 不繫今與後, 己與人."]. 정호·정이가 한 말이다. 영역본의 일부는 *Reflections on Things at Hand*, trans. Wing-tsit Chan, Columbia U. P., 1967에서 인용했다.

17) 『近思錄』, 「道體」 25[같은 책, 127쪽. 원문: "天地萬物之理, 無獨, 必有對, 皆自然而然, 非有安排也, 每中夜以思, 不知手之舞之足之蹈之也."].

의해 동일화할 수 있는 것과 좁은 의미의 언어로는 완전히 알 수 없는 부분이 있는데, 그 구별은 가능하다. '의자'라는 물질적 대상물을 예로 들어보자. '의자'라는 말은 무언가 물질적 존재물을 분명히 결정하고 있지만, 그 개물個物, individual thing[개체]적 존재는 언어로는 결코 전부 다 설명되지 않는다. 특정한 의자로 상세히 묘사할 수도 있을 것이다. 하지만 그런 묘사는 단지 그 의자의 개물로서의 특징을 더 상세히 밝히는 것이 될 뿐이다. 이것이야말로 판단에 있어서의 주어와 주관의 대상으로서의 개물이 완전한 대응관계를 이루는 것을 규정하기 위한 대상 지시적 의미작용=대상화의 필수적인 일면이다. 그러나 앞으로 자세히 검토하게 될 것처럼 개물은 항상 주어를 초월하기 때문에 주어는 개물과 결코 동일할 수 없다.[18] 개물이 실제로 존재한다는 것은 필연적으로 그 의미에 선행하기 때문이다. 그것이 주어 아래 완전히 포섭되는 일은 결코 없다.

아마도 이 문제는 서브젝트subject를 나타내는 특별한 용어를 도입함으로써 명백해질 것이다. 우선 서브젝트가 명제와 진술의 서브젝트인 범위에 한해 그것을 '주어'라고 해두자. 이 주어/서브젝트는 한 단어이거나 명사구 혹은 명사절까지 있다. 또한 고유명사일 가능성도 있다. 이러한 주어/서브젝트와 뚜렷이 구별되는 것은 주어/서브젝트가 지시하는 개물이다. 어떤 물物을 가리키는 누군가에 의해 지시된 "저 물은 무엇인가"라는 질문에 대해 사람들은 "저것은 무엇무엇입니다"라고 대답할 것이다. 이 경우에 지시된 대상은 개물이며, 대답은 진술이라는 형태를 취할 터이지만, 그 대답 가운데 '저것'이라는 말이 주어/서브젝트다. 이 경우에

---

18) 니시다 기타로(西田幾多郎)의 개물과 주어에 관한 논의의 틀을 채용하고 있다. 특히 『움직이는 것에서 보이는 것으로』(働くものから見るものへ)의 후편(『西田幾多郎全集』 第4卷, 岩波書店, 1965, 173~387쪽) 참조.

〈그림 A〉 르네 마그리트, 「두 개의 신비」

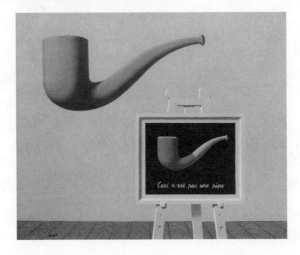

주어/서브젝트는 분명히 개물을 지시한다. 그러나 이러한 예가 보여 주 듯 주어/서브젝트는 말의 영역에 귀속하는 한편, 개물은 물의 영역에 귀 속한다는 것을 우리는 간과해서는 안 된다. 이들 두 영역이 혼란스럽게 될 경우를 제외하고(그림 A 「두 개의 신비」를 보라), 주어/서브젝트는 그 것이 지시하는 개물로부터 한없이 떨어져 있다. 주어/서브젝트가 지시되 는 개물로부터 분리되어 있다는 것이, 기호인 주어가 지시 대상물인 개 물과의 사이에 지시라는 관계를 맺기 위한 조건의 하나다. 즉 개물은 주 어/서브젝트와의 관계에서 주어/서브젝트를 무한히 초월한다. 바꿔 말 하면 주어가 개물을 충분히 표현한다는 것은 그 개물 속에서 지시될 수 없는 것을 억압하는 것, 그 의미의 잉여surplus를 억압하는 것이 된다.

　　이러한 이유로 어떤 데이터 속에서 의미를 나타내는 것은 필연적으 로 그 의미가 지시하는 것과 그 의미에서 사라지는 것 사이를 차이짓는 것이 된다. 이렇게 해서 '리'理는 언어로 동일한 것을 설명할 수 있는 물物

의 측면과 결부되며, '기'氣는 언어로 설명하는 것을 넘어선 잔여나 잉여와 결부된다.

이렇다면 리/기의 차이가 발생하는 방식이 시니피에/시니피앙의 차이화가 발생하는 방식에 대응하고 있는 것처럼 보일지도 모른다. 하지만 나는 이러한 용어에 의한 해석을 채용하기 전에 그 사용법을 정당하게 만드는 영역의 윤곽을 그려 볼 것이다. 그렇지 않으면 이러한 응용 방식은 나의 분석에서 불필요하며 문제의 본질과 관계가 없는 문제를 유발할 수 있기 때문이다.

첫째로 리/기의 차이는 언어 기호의 영역으로 한정되지 않는다. 주희의 담론에서는 언어적 현상의 영역과 비언어적 현상을 구별하는 기준을 발견할 수 없다. 페르디낭 드 소쉬르는 이 시니피에/시니피앙이라는 조합이 언어학 이외의 더 넓은 분야의 연구에 편입되어야만 한다고 시사하고 있는 것처럼 보이지만, 그가 이들 두 개념에 부여한 기본적 정의는 언어학적인 것이었다. 이것과 대조적으로 주희가 말하는 차이짓는 방식은 실체적이다. 그것은 온 세계의 삼라만상에 적용된다는 의미다. 말 그대로 '천지만물의 리'다. 특히 우리에게 리와 기의 차이가 발생하는 방식이 실체적이라는 것은 중요하다. 왜냐하면 주희의 우주에서 언어의 지위는 근대 언어학에서 말하는 것과 근본적으로 다르다는 것을 암시하고 있기 때문이다. 이 점에서 특히 중요한 것은 언어적인 것과 비언어적인 것을 구별하지 않는다는 것이 리理는 물物의 의미뿐만 아니라 습관과 태도를 의미한다는 것을 암시한다는 사실이다. 주희는 몸에 걸치는 것, 먹는 것, 행동하는 것을 '사물'事物로서 말하고 있다.[19] 물이 리의 장소인 것처

---

19) 예를 들면『朱子語類』, 第62卷 中庸一,『朱子学大系』第6卷, 明德出版社, 1981 참조.

럼 사물은 리를 포함한다. 그리고 사물 안에 체화된 리는 '도'道라고 불린
다. 리는 단지 형태론적으로 정의된 기본적 통일체로서의 의미뿐만 아
니라, 통사적으로 구성된 의미론적 통일체이기도 하다. 그러므로 언어,
물物, 그리고 텍스트가 서로 어떤 관계를 맺으며 때로는 혼재하는가, 그리
고 주희의 논의에서 각자가 어떻게 서로 구별되는가(혹은 구별되지 않는
가)를 설명하기 위해서 나는 리와 기라는 개념을 의미작용의 문제와 관
련하여 검토해야만 할 것이다.

　현전現前 양식이라는 것에 관해 말하면 리와 기는 동시에 존재한다고
주장해도 좋다. 기가 현전하고 있을 때에만 리도 역시 실제로 존재한다.
마찬가지로 기가 현재現在 개시되는 것은 리가 개시된 경우뿐이다. 즉 리
와 기는 상호 의존관계에 있다. 그런데 리가 기에 선행한다고 말할 수도
있다. 기는 물物의 의미로부터 완전히 벗어나는 것과 관련해서 정의되기
때문에 기는 스스로를 정의할 수는 없다. 그것은 항상 의미의 잔여 혹은
잉여로서 부정적으로 정의된다. 특히 이러한 의미에서 기는 리에 의존
하고 있다고 말해야 한다. 물이 리와 관계하고 있을 때에만 기는 그 존재
론적인 지위를 획득한다. 리는 시간적으로는 기에 선행하는 것이 아니지
만, 논리적으로는 선행하는 것이다. 게다가 물에 있어서 리가 그 의미로
서 내재한다는 것은 리에 대해서 '언제'를 말할 수가 없다는 것을 시사한
다. 리는 물의 개물성을 초월하나, 그것은 또한 현전하게 하는 행위도 초
월한다. 그렇다면 우리는 리가 결국 의식이 물에 투사하는 바의 것이며,
따라서 리는 인식론적 의식의 종합적 작용으로 구성되고 있다는 관점에
쉽게 이끌리게 될지 모른다. 그러나 이 경우 그렇게 되지 않을 것은 확실
하다. 리는 의식을 존재하게 만드는 행위로 환원될 수 없는 것이다. 그럼
에도 리는 초월성이라는 특징을 유지하고 있다. 의자를 파괴했다고 해서

그 의미를 없애 버릴 수 없는 것처럼 리는 물에 발생하는 우연적인 변화에 대해 영향을 받지 않는 것처럼 보인다. 단적으로 말해 애초부터 리가 출현하는 것과 소멸하는 것이 언제인가를 말할 수 없다. 그와 같은 질문 자체가 어리석다는 것을 보여 주듯이 리는 사물에 존재한다.

분명히 리/기의 구별은 마찬가지로 비시간적인 것과 시간적인 것의 구별이기도 하다. 앞에서 인용했던 "지금과 나중……에 얽매이지 않는다"는 진술은 반드시 리란 '원리'realitas와 같은 영원한 존재라는 것을 의미하지 않는다. 물론 이 인용은 리는 현실의 본질직관적 또는 비시간적인 측면, 즉 현실이라는 것을 시사한다. 이처럼 리를 이해하고 보면 이번에는 기를 실제로는 객체화도 할 수 없고 분류해 확정할 수도 없는 존재로서 정의할 수 있다. 주희가 실제로 움직이는 물의 존재를 기에 속하게 했던 것은 이러한 이유에서다. 또 기가 본질직관적 지향성에서의, 즉 리에서 사물로 일탈하는 원인으로서 파악되고 있는 것도 이러한 이유에서다. 주희는 다음과 같이 적고 있다. "그렇지만 리도 별도의 물物이 아니다. 즉 기 안에 존재한다. 기가 없으면 리 역시 안거할 곳이 없다."[20] 리의 지평으로 간주하는 한도에서 기는 결코 명시적으로 동일시되는 일은 있을 수 없다. 명료한 정의를 부여받자마자 기는 그 존재론적인 지위를 잃게 된다. 기의 운명은 리라는 본질직관적 지향성의 주변에서만 존재하지만, 이 운명 덕분에 기는 개물화, 현재성이라는 우연성, 그리고 본질로부터의 일탈이라는 것을 위한 비옥한 물질적 영역이 될 수 있다. 말하자면 기와 리는 변증법적 관계이다. 리가 일반성의 법칙으로서 기능하는 한편, 기는

---

20) 『朱子語類』, 第1卷 理氣上 11, 『朱子学大系』第6卷, 20쪽. 원문: "然理又非別爲一物. 卽存乎是氣 之中. 無是氣, 則是理亦無掛搭處."

일반화의 효과에서 미끄러져 떨어지는 것을 지명하는 것처럼 보인다(기가 특수화의 법칙이 아닌 것은 기억해 두어야만 한다. 특수한 것은 일반적인 것의 하나인 경우로만 존재 가능——예를 들면 일반자=원숭이류는 특수자=인간에 대해 일반적이지만, 나아가 넓은 유=포유류에 대해서는 특수자이다——한 것이며, 개별화와 특수화를 혼동해서는 안 되기 때문이다). 본질적으로 기는 개물성의 원리로서 인식되어야만 한다.

주희에 의하면 리의 본질직관적 지향성은 자기, 즉 '자기 마음'自家心에 의해 개시되어야만 하는 어떤 것이며, '자기 마음'의 자기성自己性은 기에 속한다. 이 본질직관적 지향성[21]을 만들어 내는 자기 능력, 즉 '마음'은

---

21) 에드문트 후설은 『순수현상학과 현상학적 철학의 이념들』에서 본질직관(ideation/Ideation)이라는 말을 '본질통찰'(essential insight /Wesenserschaung)과 동일한 것으로 설명하고 있다. "**무엇보다 '본질'은 어떤 개체의 고유한 존재 속에 자신의 그것(Was)으로서 발견되는 것**을 뜻한다. 그런데 이 그것은 '**그 모습을 이념적으로 간파하는 상태 속에 집어넣을**' 수 있는 것이다. **경험적 직관** 또는 **개별적 직관은 본질직관(이념화 작용**ideation**)으로 변화할 수 있다.** 이 가능성 자체는 경험적 가능성이 아니라 본질적 가능성으로 이해되어야만 한다. 이 경우 직시된 것(Erschautes)은, 그것이 최상위의 범주든 아래로 완전히 구체화된 특수화된 범주든, 그에 상응하는 **순수** 본질 또는 형상이다."(강조는 원저자. Edmund Husserl, *Ideas Pertaining to a Pure Phenomenology and to a Phenomenological Philosophy*, trans. F. Kersten, Nijhoff, 1983, p.8; *Ideen zu einer reinen Phänomenologie und phänomenolgischen Phirosophie*, Nijhoff, 1950; 渡辺次郎 訳, 『イデーン─純粋現象学と現象学的哲学のための諸構想』 I-I, みすず書房, 1979, 64쪽)[이종훈 옮김, 『순수현상학과 현상학적 철학의 이념들 1』, 한길사, 2009, 61쪽. 번역 일부 수정] 그리고 그는 이렇게 말한다. "**본질(Eidos)은 새로운 종류의 대상이다. 개별적 또는 경험적 직관에 주어진 것이 개별적 대상이듯이 본질직관에 주어진 것은 순수 본질이다.**"(*ibid.*, p.11; 같은 책, 65쪽)[같은 책, 62쪽]
또한 후설은 언어 일반의 이념성에 대해서 『형식논리학과 선험논리학』에서 다음과 같이 말하고 있다. "첫째로 우리는 '**논의**'(topic speech)라는 명칭에 대해 여기에서 간과해서는 안 될 구별에 주목해야 한다. 어쨌든 발화된 단어, 실제로 발화된 논의를 감각적 현상 특히 청각적 현상으로 받아들인다면, 우리는 이것들을 단어와 진술문장 자체, 혹은 더 커다란 논의를 형성하고 있는 일련의 명제들 자체로부터 구별한다. 우리는 이해되지 않으면서 반복하는 경우, 아무런 이유 없이 곧 동일한 단어들과 문장들의 반복이라고 말하지 않는다. 어떤 논문이나 소설 속에 각각의 단어와 문장은 소리를 내든 그렇지 않든 간에, 반복해서 읽는다고 해서 각기 다른 것이 되지는 않는 일회적인 것이다. 이 경우 비록 각자가 자기 자신의 목소리와 음

반드시 기에 속해 있는 것은 아니지만, 본질직관적 지향성 그 자체는 반드시 기에서 시작된다. 사실 본질직관적 지향성이 행위의 지향성과 용해되는 장이야말로 그가 구축하는 이론의 중심점인 것이다. 이제까지 지적한 것처럼 주희의 논의에서는 언어적인 것과 비언어적인 것의 명확한 구별은 존재하지 않기 때문에, **행위의 시간성과 사고의 시간성을 구별하기 위한 개념 장치는 존재하지 않는다.** 행위의 목적은 물의 의미와 같은 레벨로 규정된다. '마음'의 행위로서 앎에 대한 지향성은 의미작용의 지향성으로 편입되어 있다. 주희는 자신의 제자들에게 고전에 내재하는 의미가 완전히 밝혀질 때까지 반복해서 읽도록 권했다. 그렇게 하면 고전의 텍스트성은

색을 가진다고 해도 누가 읽는가 하는 것은 중요하지 않다. 논문 자체(이 경우 그 언어적인 측면만 주목해, 단어나 언어로 구성된 것으로서 고찰한다)는 음성적 재생산의 다양성으로부터 구별될 뿐만 아니라 종이와 인쇄, 양피 혹은 자필 등에 의한 항구적인 문서 기록의 다양성으로부터도 구별된다. 이런 유일한 언어-구성체는 가령 책이라는 형식으로 수천 회나 재생산되고 있다. 그래서 우리는 **동일한** 책, 즉 동일한 소설이나 논문에 대해 이야기한다. 그리고 이러한 동일성은 **순수한 언어적 관점에서도** 타당한 것이며, 다른 한편으로 명료하게 구별할 수 있는 의미작용 내용물에 대해서도 타당한 것이다. 명료하게 구별할 수 있는 의미작용 내용물에 대해서는 곧 설명할 것이다.

민족(국민)공동체 내부에서 성장하고 변화를 겪고 전통이라는 방식으로 지속하는 관습적인 기호체계(이는 기호체계의 하나로 다른 종류의 기호와는 대조적으로 이 기호체계에 의해 사고의 표현이 수행된다)로서의 언어는 그 자신의 문제들을 제시한다. 그 하나는, 늘 간과되어 왔지만, 우리가 곧 마주하게 될 언어의 **이념성**이다.

우리는 이 언어의 이념성을 다음과 같이 특징지을 수도 있다. 즉, **언어는 이른바 정신적 (geistige) 혹은 문화적 세계를 이루는 모든 대상성(對象性, objectivities)의 객체성(Objectivity)을 갖는 것이지, 단순히 물리적 자연의 객체성을 갖는 것이 아니다.** 정신의 객관적인 산물로서 언어는 다른 정신적 산물과 같은 성질을 가지고 있다. 그러므로 우리는 하나의 동판 자체와 이 동판으로 만들어진 수천 개의 복제품들을 구별한다. 그리고 새겨진 그림 자체인 이 동판은 각각의 재생산에 의해 드러나고, 같은 방식으로 각각의 재생산 속에 동일한 이념적인 것으로서 주어져 있다." Husserl, *Formal and Transcendental Logic*, trans. Dorion Cairns, Martinus Nijhoff, 1978, pp.19~20(*Formale und transzendentale Logik*, Janssen, 1974; 山口等樹 訳, 『形式論理学と先験的論理学』, 和広出版, 1979)[이종훈·하병학 옮김, 『형식논리학과 선험논리학』, 나남, 2010, 87~88쪽. 번역 일부 수정].

투명하게 되고, 그 의미는 가려짐 없이 개시될 것이다. 이로써 투명과 혼탁의 차이는 리와 물의 차이로 관계 지어진다. 혼탁에서 투명으로의 이행은 사람이 서서히 기를 없애고 리를 개시하는 학습 과정으로 이해된다. 이러한 의미에서 리/기의 구별은 학문에 그 목표와 출발점을 제공하고 있다. 원래 비시간적인 것과 시간적인 것을 구별할 수 있는 분할로서 규정되었던 것이 이제는 완벽한 리의 현시를 향해 사람이 서서히 나아가는 학습의 시간적 지속을 통해서 전개된다. 그러므로 학습은 반복행위에 의해 지속되는 리의 근사치로 향해 가는 운동이다.[22]

학습은 규칙화된 행동의 반복 즉 습관 형성을 통해 달성되므로, 이제까지 리의 본질직관적 또는 비시간적 측면으로 특징지어진 것은 리가 동일성을 상실하지 않고 시간 속에서 반복적으로 현전될 수 있는 가능성으로 번역된다. 처음에 리는 기에 덮여 있고 리 그 자체는 발현하지 않는다. 거울에 먼지가 끼면 모습이 비치지 않는 것과 마찬가지다. 그 상像은 흐릿하고 혼탁하다. 그러므로 '도'를 획득하기 위해 사람은 규범화된 행동에 반복적으로 몰두해야만 한다.[23] 반복되는 행위 각각에 리는 내재하지만, 완전하게 개시되는 일은 없다. 그러나 마지막에는 모든 혼탁이 말소되어 성인聖人이 되는 것과 같은 단계에 도달할 수 있게 되며, 거기에 이르러 리는 명료하게 완전히 나타난다. 이 논의에서는 리가 학습 과정과 동일하다는 것이 전제되고 있다. 학습은 물에 내재해 있는 리를 서서히

---

22) 安田二郎, 「朱子における主観の問題」, 『中国近世思想研究』, 弘文堂書房, 1948, 98~121쪽.

23) 그러므로 리(理)와 예(禮) 사이에는 밀접한 관계가 있다. Tu Wei-ming, "Li as Process of Humanization", *Humanity and Self-Cultivation*, Asian Humanities Press, 1979, pp.17~34를 참조하기 바란다. 말할 것도 없이 이토의 비판은 이 리와 예의 공범관계를 향해 있지만, 이토의 비판에 대한 이 공범관계를 다시 받아들이려 했던 오규 소라이의 시도에 대해서는 나중에 확인하기로 한다.

밝히는 것이다. 한편 학습은 습관 형성이며 학습자의 신체가 반복 행위에 의해 리를 몸에 익히게 하는 점진적 과정이기도 하다. 이것에 대해서 주희는 다음과 같이 정이를 인용하고 있다.

> 혹자가 물었다. "'사물을 관찰하고 자기를 살핀다'는 말은 외물을 살피는 것을 통해서 자기를 반성해 구한다는 말입니까?" 대답했다. "꼭 그렇게 말할 필요는 없다. 사물과 나는 이치가 하나이니, 저것에 밝아지면 곧 이것에 통하게 되어 있다. 이것이 내외를 합일시키는 도이다."[24]

주희의 자기 개념이 분명히 신체와 연대를 맺고 있다는 것에 주목할 가치가 있다. 신체는 항상 완전히 현실 세계에 뿌리를 두고 있기 때문에, 자기와 사물의 근원적인 균열은 있을 수 없다. 유교와 불교의 많은 저술가들과 마찬가지로 주희도 또한 자기와 물物, 혹은 관념과 물 사이에 일종의 담론 형성이 존재론적인 균열을 낳는 경향이 있다는 사실을 민감하게 알고 있었다. 나아가 그는 초월주의가 자기의 논의에 숨어 들어오는 것을 막는 데에 부단히 신경을 썼다고조차 말할 수 있다. 사실 주희가 논의했던 사적인 '나'私는 그 물질성을 완전히 빼앗기지 않았다. 신체는 다른 물物 속의 한 물이며 다른 부분의 밖에 있는 부분이다. 그것은 물 자체가 아니며, 물의 모방이 비쳐 나타나는 재현/표상의 장소가 아니다. 주희가 말했던 자기는 근대의 주관주의에서 의식에게 부여된 것과 같은 투명성을 얻는 일은 결코 없었다. '나'라는 점에서 오히려 혼탁한 채 있는 것

---

24) 『近思錄』, 「致知」 13 [이광호 역주, 『근사록집해 I』, 346쪽. 원문: "問, 觀物察己, 還因見物, 反求諸身否, 日, 不必如此說. 物我一理, 纔明彼卽曉此, 此合內外之道也."]. *Reflections on Things at Hand*, p.93.

이다. '나'라는 존재론적 특징을 잃어버리고 물과 자기가 리에 있어서 동일화하고 있는 장소에서만 자기는 완벽하게 투명하게 되는 것이다.

여기에서 나는 세 개의 이항대립을 나열해 보겠다.

리 / 기
투명 / 혼탁
근접하는 것 / 일탈하는 것

이 도식에 의하면 공적인 자기에 대립하는 사적인 자기는 기氣, 불투명한 것, 그리고 본질에서 일탈함으로써 윤곽이 그려지는 영역이다. 이와 같은 묘사는 '자기' 혹은 사적인 '나'가 리와의 관계에서 기처럼 언어적 설명과 언어에 의한 한정을 피해 달아나는 것으로서 정립되는 것을 미리 예상하고 있다. 자기는 개별화를 위한 고유 환경으로 존재하기 때문에 자기에 대해서는 부정적으로 말할 수밖에 없다. 즉 자기 자체를 그 자체로, 혹은 타자를 경유하지 않고 동일시하는 것은 불가능하다. 만약 언어가 일반화의 매체라면 이러한 종류의 자기는 언어 사용에 대한 저항으로서만 정립할 수 있을 것이다. 요컨대 사적인 자기란 개물個物과 동등하며 주어와의 사이에서 충분한 관계를 가지는 것은 있을 수 없다. 이것에 반해서 공적인 자기는 주어와의 사이에서 충분한 관계를 가질 수 있기 때문에, 주어인 것을 견뎌 낼 수 있다고 상정되는 공적 자기와 사적 자기는 대립하지 않을 수 없게 된다. 우리의 입장에서 말하면, 공적인 '나'我란 그/그녀의 자기가 주어로서의 그/그녀가 당연히 존재하는 것과 완전히 일치한다고 믿는 상상의 상태다. 개물과 주어가 어긋나 개물이 주어를 무한히 초월하고 있다는 감각은 공적인 '나' 안에서 완전하게 사라지게 된다. 즉 거기에 **있어서** 주어=주관이 **있는** 일반자의 장소는 이때에 세계 전체와 완전히 일치한다고 느껴진다. 윤리적으로뿐만 아니라 인식론적으로 말해도 주희의 담론에서 사적인 자기는 기술할 수 없는 장애물이며, 최종적으로는 학습 과정 속에서 제거되어야만 하는 무엇이다. 여기에서 사적인 '나'私가 리理 안으로 완전히 들어가 '나'我가 되어 버리는 최종 단계란 나 자신의 신체를 이용해서 반복 행위를 행함으로써 일종의 습관 형성을 완성하게 된 것임을 잊어서는 안 된다. 인식과 행위의 능력은 습관의 구체화로 통합되지만, 습관을 실제로 몸에 익힘으로써 기·혼탁·일탈에서 리·투명·근접으로 향하는 전환이 보증된다. 주희는 다음과 같이 적고 있다.

> 격물格物 두 자는 가장 좋은 표현이다. 물物은 사물을 말한다. 모름지기 사물의 리가 이르러 다한 곳까지 궁극하면, 옳은 것도 있고 그른 것도 있다. 옳은 것은 실천하고 그른 것은 행하지 말아야 한다. 또한 자기 몸과 마음으로 옳고 그름을 체험해야 한다. 만일 문자를 강론하고 사물에 응접하여 각각 체험해서 점차 미루어 자기 견해를 확충하다 보면 자연히 모든 것에 막힘이 없어 도량이 넓고 활달한 경지에 이를 것이다.[25]

만약 신체와 세계 내 사물 사이에 원초적인 관계성이라는 개념이 없었다면, 이 인용문 안에서 주희가 기술한 '격물'은 그의 철학에서 중요한 역할을 수행할 수 없었을 것이다. 분명히 신체로 구체화된 지향성은 본

---

25)『朱子語類』, 第15卷 大學二 14,『朱子学大系』第6卷, 121~122쪽. 원문: "格物二字最好, 物謂事物也. 須窮極事物之理到盡處, 便有一箇是一箇非. 是底便行. 非底便不行. 凡自家身心上, 皆須體驗一箇是非. 若講論文字, 應接事物. 各各體驗, 漸漸推廣, 地步自然寬闊."

질직관적 지향성과 실천적 지향성 양자를 통합하고 있다. 그리고 주희의 우주에서 인간은 세계에 깊게 뿌리내리고 있으며, 또한 세계에 닻을 내리고 있다는 안도감 속에서 스스로 만족하고 있는 것이다.

자기 신체의 불가시성

이들 지향성의 시간적 구조에 있어서 근원적인 차이는 주희의 논의에서 신체의 존재론적 지위의 양의성에 의해 은폐되었다. 그의 논의에서 신체와 행위주체^{agent}로서의 그 작용은 억압되어 주변으로 쫓겨나서 질서와 세계는 마치 이미 존재했었고 앞으로도 영원히 존재하는 것처럼 제시되었다. 그의 철학은 세계 내의 가치관에 의존하는 것을 강요하지만, 그것은 그 타당성에 대해 의문을 제기하지 않는 일종의 실증주의라는 것은 부정할 수 없다.

물物이라는 현재의 현전으로부터 의미인 리理로 향하는 본질직관적 지향성은 현재로부터 의미라는 비시간적 존재로 향해 가는 초월의 어떤 양식이기도 하다. 바꾸어 말하면 물과 리는 시간적인 것과 비시간적인 것을 매개하는 구조에서 서로 관계를 맺는다. 대조적으로 실천적 지향성은 현재에서 미래로 향한다. 실천적 지향성은 신체의 운동 기능에 기초를 두고 있다. 신체에 의한 행위를 목적으로 사물에서 벗어나는 무아적인 것이 탈자적$^{ec\text{-}static}$인 초월에 바탕을 두고 있다고 말할 수 있다. 주희는 종종 안^{inside}과 밖^{outside}의 대립에 대하여 말했지만, 그것은 행위 지향과 행위 목적의 차이라는 관점에서 이해되어야 한다. 그러므로 이 대립은 주관과 객관이라는 인식론적 이항대립과 비교할 수 있는 정적靜的 또는 고정된 균열일 수 없다. 각각의 행위에 대하여 행위를 하는 그 순간마다

이 대립은 구성되며 해소된다. 반복적 행위를 통해 실질적으로 확인되는 것은 이러한 대립이 아니다. 그것은 물, 의도의 주체(공적인 '나'私, 다시 말해 '나'我)와 행위 결과의 연속성을 확인하는 일이다. 규범화된 행위가 자율적이 되면 될수록 사적인 '나'는 서서히 공적인 주체, 세계로 나의 신체가 완전히 들어가 용해되어 간다. 이것에 부수해서 '내'가 서서히 볼 수 없게 되어, 이윽고 사실상 리의 존재인 '명덕'明德이라고 기술된 상태로서 완전한 투명성이 생기게 되는 것이다.

현상학자에 의하면 인식에서 불가시적인 지평이 가시물可視物에 항상 동반된다. 그러나 불가시물의 지평이 현재의 존재와 가시물의 유의미성을 결정한다. 우리는 자신의 신체를 주제적으로 인식하고 있는 것은 아니지만, 신체를 통해서 인식하고 행위한다. 본질직관적 지향성의 추상성과 비교했을 때, 실천적 지향성에서 체화된 이 가시적인 것과 불가시적인 것의 차이가 그 이론적 중요성을 충분히 발휘하는 것은, 실천의 구체성과 무매개성이 고려되었을 때이다. 왜냐하면 형이상(말 그대로 형태를 초월하는)과 형이하(말 그대로 형태로 존재하는)적 구분이 리의 불가시성과 물의 가시성을 동시에 나타내는 한편, 실천적 지향성에서는 불가시적 물과 가시적 신체와 마찬가지의 평행 관계를 발견할 수는 없기 때문이다. 이것은 아래의 도식에 의해 더 명백히 설명될 것이다.

본질직관적 지향성

리(의미)   ←   물(물)

　(불가시 : 형이상)   　(가시 : 형이하)

　(비시간적)   　(시간적)

실천적 지향성

물(物)   ←   몸(신체)

　(가시)   (불가시)

(시간적 항구성 : 신체적 행위와   (존재 : 신체적 행위와 욕망의

욕망의 목적으로서의 미래)   장소로서의 현재)

방향성이라는 관점에서 보면 본질직관적 지향성과 실천적 지향성의 평행관계를 정립할 수도 있다.

A.   리 ← 물

　　물 ← 몸

또 하나, 가시적인(=형이하) 것과 불가시적인(=형이상) 것을 관계 짓는 도식은 다음과 같다.

B.   리 ← 물

　　몸 → 물

　(불가시)   (가시)

도식 B가 말하고 있는 것은 자기 신체가 형이상의 영역에 속해 있다는 것일까? 이 도식은 몸과 관련해서 리에는 이중성이 있다는 것을 예로 보여 준다. 먼지, 즉 혼탁의 원인이 '몸'으로부터 완전하게 제거되었을 때 리는 몸을 초월함과 동시에 몸에 내재한다——이것이 먼지가 완전하게 제거되었을 때의 '명경'明鏡의 이미지다. 주회에 의해 성인의 자격이라는

이상적 상태가 확립되면, 리와 몸은 이미 구별할 수가 없다. 이로써 리는 몸과 함께 어떤 세계를 통제하는 법칙임과 동시에 수신의 법칙이 된다. 그러나 몸은 그의 담론에서는 결코 중심적인 위치를 부여받고 있지 않다는 것에 주의할 필요가 있다. 그것이 리와 같은 수준에서 강조되는 일은 결코 없다. 그것은 어디까지나 혼탁으로서 여겨져서 학습 과정이 이상적인 상태로 가까워짐에 따라 완전히 투명하게 된다.

대조적으로 도식 A에서 물은 양의적이다. 한편으로 그것은 리를 향해 초월되는 것이며, 다른 한편으로는 사람의 신체를 초월해서 가는 지점이다. 몸과 달리 물의 가시성은 학습 과정을 통해서 훨씬 확실해진다. 이 점과 관련해서 주희가 쓴 문헌을 읽는 것이 '격물'格物의 가장 본질적인 실천 작업의 하나라는 점은 잊어서는 안 된다. 더욱이 주희의 논고에서는 읽는 행위가 '격물'의 가장 본래적인 양식임을 암시하는 곳이 다수 있다는 점도 부언해 두겠다. 비유적인 표현을 하면, 주희는 자기 제자들에게 타자의 행동도 포함한 세계 내의 삼라만상에서 **리를 읽도록** 촉구했다. 그러므로 주희에게 세계는 다양한 문헌으로부터 구성되어 있으며, 점진적으로 읽혀야만 하는 무수한 페이지로 된 한 권의 책이라고 말해도 좋을 것이다. '격물치지'格物致知의 교육적 중요성은 책과 같은 세계를 읽는 기술을 획득하는 것이며, 마치 그 기술이 사람의 신체에 머물도록 하라는 점이다. "지금 대강大綱과 통체統體를 알려고 한다면 그야말로 잘 숙독하여 보라. 예를 들어 과실을 먹는 것처럼. 처음에는 단지 이와 같이 꽉 깨문다. 잘 씹고 씹어서 깊은 맛을 얻으면 즉 그대로 남을 것이다."[26]

---

26) 『朱子語類』, 第14卷 大學一 35, 『朱子学大系』第6卷, 113쪽. 원문: "今識得大綱統體. 正好熟看. 如喫果實相似. 初只恁地硬咬嚼. 待嚼來嚼去, 得滋味, 如何便住卻."

그러나 이 담론에서 읽기가 문서로부터 본래적인 의미를 끌어내는 수단으로 관계하는 경우에는 문제를 내포할 가능성이 있다. 그의 논의에서 읽기는 세계 일반을 이해하는 지배적 양식인 이상, 한 권의 책에서 의미를 이끌어 내는 것도 의미가 확장되어 세계를 해석하는 것과 마찬가지가 되어 버린다. 조금 전에 인용했던 곳에서 주희가 상정하고 있는 것은 책과 읽는 주체 사이에 존재하는 관계가 어떠한 것이든지 본래적인 의미는 책 자체에 내재하고 있다는 것이다. 바꿔 말하면 읽는 행위는 완전히 수동적이며 읽는 주체의 개체성이 의미에 영향을 끼치는 것은 불가능하다는 것이다. 도식 A에서는 리와 물은 융합하는 것과 같은 구조로 되어 있지만, 이미 확인했던 것처럼 주희의 담론에서 텍스트적 물질성과 동등한 것은 자주 텍스트 의미의 본질직관적 존재로 치환된다. 이것이야말로 주희의 담론에서 쓰어진 기록과 텍스트 일반이 파악되는 양식인 셈이다. 이렇게 텍스트의 물질성과 텍스트의 의미(리)의 본질직관적 존재의 차이는 의도적으로 억압된다. 결과적으로 쓰어진 것, 특히 유교의 고전은 역사적 시간뿐만 아니라 독자라는 경험적 주체성도 초월한다고 상정된다. 마찬가지로 책의 본래적인 의미는 **항상 이미** 그 책 속에 안치되어 있다. 그것은 과일 속에 그 맛이 잠재하는 것과 마찬가지다. 책의 본래적인 의미는 이미 책의 물질적 현전 안에서 항상 존재한다.

앞서 말했던 것처럼 물을 통해 리와 기의 의미 차이가 드러난다. 여기에서 리는 의미의 비시간적 현전이다. 그러나 한편으로 기는 현재의 존재이며 항상 물에서 의미의 잉여에 지나지 않는다. 그러므로 본질직관적 지향성이라는 관점에서 말하면 기는 결여밖에 되지 않는다. 이 점에서 쓰어진 작품에서의 의미의 존재양식과 물에서의 의미의 존재양식 사이에는 평행 관계를 발견할 수 있다. 덧붙여 말하자면 도식 A에서 이미

지적했던 평행 관계에서의 물이 양의적인 역할을 수행하는 한에서, 주희의 담론에서는 사실상 책과 물이 교환 가능하다는 것도 수긍할 수 있다.

거듭 말하자면 책은 물이며 물은 책이므로 책의 물질적 존재와 그 의미 내용의 이념성 사이에는 구별을 설정할 수 없다. 그러므로 주희는 물을 의미의 깊이를 부여받은 존재자로 파악하고 있다. 물은 의미작용이 항상 그 물질성에 기거하는 장소이며 거기에서는 의미적 공간과 물질적 공간이 교차하고 있다.

그러나 만약 의미작용이라는 기능이 물 쪽에 배치되어 있다면 우리는 어떻게 의미를 구성하는 행위를 고려할 수 있을까? 의미란 누군가에 의해 어느 순간에 구성되는 것은 아닐까? 지각대상noematic이 어떻게 사고행위noetic 없이 인식될 수 있을까? 의미가 내재하는 물이 자율적이며, 읽기와 발화행위의 주체성, 혹은 발화행위로서의 읽기의 주체성으로부터 독립하고 있는 한, 이러한 담론공간에서는 의미의 구성에 관한 질문이 발생하지 않는다. 실제로 주희는 자주 말하기speech를 언급하고 있지만, 의미를 만들어 내는 곳의 존재론적 행위로서 말하기를 언급하는 것은 결코 아니다. 오히려 말하기는 이미 확립된 의미가 반복되는 고유 환경이다. 시간성에 관련해서 말하면 이 담론공간에서 의미는 항상 현재완료형으로 파악된다고 해도 좋다. 그 존재는 그것을 구성하는 행위에 선행한다. 그러므로 발화행위도 읽기 행위도 의미를 구성하며 생성하는 것이 아니라, 이미 물 안에 체화되어 있는 의미를 개시하며 확실하게 내보일 뿐이다. 따라서 의미작용이 현전에 흡수되지 않는다. 주관으로 의미작용을 다 파악할 수 없다(분명히 '마음'心이라는 용어는 이러한 문맥에서 아주 중요하다. 이 용어의 문제에 대해서는 다음 장에서 검토한다). 그러므로 의미의 존재는 그 반복의 가능성을 보증하는 물질의 지속성에 의존한다. 작자는 책 저 멀리 어렴풋한 기억에 속해 있을 뿐이다. 주희가 거듭 긍정하고 있는 것은 각인inscription의 본질적 기능이다. 새겨 넣음으로써 발화행위의 주체든 읽기의 주체든 상관없이 경험적 주체는 계속 없어지거나 폄하된다.

가령 텍스트의 의미가 드러날 때 저자가 완전히 제거된다고 해도, 텍스트는 그 의미를 개시하며 환기하기 위해서 읽는 주체에 호소해야만 하는 것일까? 텍스트 안에는 이미 의미가 내재한다고 해도 그것이 수면에서 깨어나 환기되어야만 하는 것이 아닐까? 텍스트를 읽는 사람이 아무도 없는 경우에 애초부터 텍스트의 의미는 어떻게 드러나며 파악될 수 있을까? 다만 주희의 논의에서 이러한 물음은 전혀 중요하지 않다. 그리고 주희의 담론은 조직적으로 짜여 있어 앞의 물음이 들어갈 여지가 없다. 주희의 담론 체계를 위협하는 요소가 없는 것이다. 만약 우리가 그의 저작에서 소위 주체성subjectivity —— 앞으로 볼 장에서 분명히 밝힐 것처럼, 이것은 아주 많은 문제를 포함하고 있는 용어다 ——에 해당하는 것을 발견한다 해도, 그것은 사람의 신체에서 분리된 자아self라는 개념이거나, 아니면 개체성을 완전히 소거한 '마음'이라는 개념이다. 리/기의 차이가 일반/개별에 대응하는 한, 텍스트라는 물질적 존재 속에 잠시 잠재하고 있는 의미를 독해하는 과정에서 사적인 자기는 초극되어 초월되어야만 한다. 그러므로 이제까지 설명한 것처럼, 주희 자신이 여러 번 언급하고 있음에도 하나의 철학적 명제로서의 '자기 신체'는 그의 철학에서는 중요한 위치를 차지하지 않는다. 기가 리에서 일탈한 원인인 것처럼 개별로서의 '나'의 신체는 정의할 수 없으며 언어적인 설명을 벗어난다. 그러나 기는 언어표현을 뛰어넘는 유의미성을 고도로 부여받은 신비로운 침묵도 아니다. 오히려 기는 그것이 없으면 바로 의미가 있는 것이라고 해석될 작품의 윤곽을 뒤흔들어 흐리게 만드는 소음이다. 사적인 '나'는 이 소음의 원천과 마찬가지로 소음이며 먼지다. 그것은 사물 한가운데에서 리가 개시되는 과정에서 초월되어야만 하는 장애물에 불과하다. 그러므로 주희가 정의했던 학습에서는 최종적으로 자기를 모조리 없애야 하며, 그가 '명명덕'明明德(명덕을 밝히다)이라고 말한 완전한 경지는 사적인 '나'가 완전히 소거된 상태인 것이다. 학습이 사람을 혼돈에서 질서로 나아가게 함에 따라 자기에 대한 관심은 서서히 용해되어, 드디어는 물物에 대한 비非자기적인 관심만 남는다. 궁극적으로 세계는 사적인 '나'가 완전히 결여된 상태에 도달하며 일종의 무시간성을 달성한다. 세계가 무시간적인 것은 물의 시간적 항구성과 리의 이데아적 비시간성이 명료하게 구별되지 않는 곳에서는 일단 개별화의 법칙, 즉 개별적인 것은 보편/특수라는 대립과 맞지 않는다는 인식이 제거되면, 세계는 정태靜態이며 동시에 비시간적으로 보이게 될 것이기 때문이다. 다시 말해 자기 신체와 항상 연대하는 현재가 물의 시간적 항구성에 종속되는 것이다. 그리고 시간성의 견지에서 보면 보이는 세계의 실천계regime에 의해 '여기'와 '지금'의 원초적 공급원인 자기 신체가 담론에서 구성되고 투사되기는 하나 이러한 담론구성에서는 자기에게 고유한 신체가 보이는 세계의 실천계에 의해 아직 포섭되지 않았다.

여기에서 우리가 보아 온 것은 이질성으로서의 물질성을 언어 질서 economy의 한계에 두려는 의도적인 시도이지만, 이러한 시도가 몇몇 저자의 의도였을 뿐이라고 나는 생각하지 않는다. 오히려 그것은 담론형성에 의한 것으로 변화를 거부하며 이상적인 형태의 자기 재생산을 고집하는 것은 담론형성의 일반적인 특징이다. 특수와 보편의 구별은 의미작용의 밖에서는 무의미하다. 왜냐하면 특수와 보편은 어떤 일정한 주어에 대한 술어여서, 의미작용을 구성하는 판단 아래에서만 한정할 수 있기 때문이다. 의미를 부여한 경우에만 특수와 보편의 구별이 가능하다는 것을 주희는 인정하지 않았다. 그러나 물질성은 의미작용의 완결에 따라 억압된 것이기 때문에, 물질성을 **실증적 또는 적극적으로 생각하는** 것은 누구도 할 수 없다는 것을 잊어서는 안 된다. 두말할 것 없이 송리학자에 의한 리와 기의 이원론은, 예를 들어 이토 진사이가 했던 것처럼 이러한 물질성의 사상에 직접 직면하자마자 붕괴한다. 주희는 스스로 기를 개념화하는 경우에 물질성과 만난 것이지만, 거기에서 그가 했던 것은 물질성에 관한 이러한 통찰을 말소하는 것, 그리고 결과적으로 이질성으로부터 보편주의를 지키는 일에 집중하는 것이었다. 그러므로 그는 물物을 변화와 불규칙성이 아니라, 우선은 항구성과 정태라는 장場으로서 생각하지 않을 수 없었다.

이러한 담론공간에서 고전의 권위는 비시간성의 양식을 바탕으로 한다. 고전은 학습자가 스스로를 적합시켜야만 하는 규범을 가지고 있다고 여겨진다. 그러므로 고전을 읽는 행위를 통해서 발견해야 하는 것은 성인들——고전의 작자들——의 원초적 의도가 아니라, 성인들이 자신의 책에 편성한 규범의 존재인 것이다. 그러므로 읽기는 씌어진 문헌 안에 이미 배치되어 있는 규범을 아는 행위다. 규범의 인지가 문제될 수 있으나 직접 텍스트성에 관한 문제 따위는 존재할 리 없다.[27] 처음부터 읽기는 의미의 변용을 가능하게 하는 구성적 행위일 수 없었다. 고전 시대로부터 읽기가 이루어지는 현 시점에 이르기까지 항구적이라고 상정된

---

27) 예를 들어 『논어』를 학습하는 사람이 그 내용이 이해가 된다거나 안 된다거나 말할 수 있지만, 공자(의 제자들)가 『논어』를 틀리게 썼다고 말할 수는 없다.—옮긴이

쓰기의 물질성이 그 쓰기로 완전히 자기 것이 된 의미의 항구성을 지탱하게 된다. 텍스트의 물질적 항구성은 그 텍스트 의미의 이데아성과 융합하기 때문에, 이 담론형성에 존재하는 것은 발화된 말enunciated, énoncé 뿐이며, 발화행위enunciation, énonciation가 아니라고 결론지어도 좋을 것이다. 실제로 발화행위는 문제로서 제시할 수 없기——전혀 제시할 수 없다——때문에 읽기와 이해의 주체에 대해서는 말할 수도 개념화할 수도 없다. 그야말로 이와 같은 불가능성 때문에 주희는 사적인 자기 문제를 실증적으로 분절해 보일 수 없었던 것이며, 그 결과 자기는 일반적으로 타당한 지식을 보증하는 보편적 또는 공적인 주체로 용해되어야 했다.

이러한 이유로 주희는 책과 책으로 이루어지는 세계=전체성에 자율성을 부여한다. 이와 같은 관점에서 습관이 형성되는 것은 리에 접근해 가는 운동으로 해석해야만 한다. 리를 추구하는 것은 책의 자율성을 향해 사적인 자기를 초월하는 것이다. 이 점에서 주희가 습관이 형성되는 것을 축적 작업이 아니라 혼탁에서 투명, 난해에서 명석으로의 이행, 표면에 붙은 먼지가 서서히 제거되는 과정으로서——제거와 접근의 과정으로서 기술하고 있는 것에 재차 주목해 보자. 이러한 의미에서 세계는 일관되며 비시간적으로 보인다. 그러나 리와 물의 명료한 구별이 유지되어야만 하는 경우도 있다. 이 철학적 진술philosopheme, 즉 리와 물을 구별할 수 있는 차이는 소멸 가능성과 질적 변화를 리에 귀속시킬 수 없는 한편, 물의 시간적 항구성은 시간의 부식 작용에 노출되는 점을 시사하고 있다. 즉 물의 전체성으로 보면 세계는 항상 변화와 유동의 한가운데에 존재할 것이다. 그러나 세계의 리에 대한 참여라는 점에서 세계는 변화하지 않는다고 말할 수 있다.

이런 모순이 가장 명료하게 나타나는 것은 고전과 그 동일성이 의심받을 때이다. 고전의 동일성을 보증하는 것은 물질적 항구성뿐만이 아니다. 주희가 편집한 『대학』이 보여 주는 것처럼 고전의 전부 혹은 일부분을 잃어버렸을 가능성은 알려져 있었다. 그러나 그 작품으로서의 동일성은 파괴될 수 없고 그 동일성을 상처주지 않고 작품을 복제하는 것도 가능했을 것이다. 한 사람이 "나는 이 책을 읽었다"라고 말할 때 '이 책'은 그 책의 특정한 일부copy를 지시하지 않는다. 마찬가지로 시니피에의 총화, 즉 작품으로서의 고전이라는 것은 물질에 실제로 쓰여진 것을 초월하고 있다. 이것도 마찬가지로 공자가 실제 편집했던 저작을 잃어버렸을지 모르지만, 그래도 우리는 작품으로서만 동일성을 유지할 수 있는 『대학』을 읽으며 해석할 수 있다. 이것이야말로 주희에게 실제로 쓰여진 문헌이 역사적 시간을 초월하는 양식이었다. 그에 의하면 행동과 말도 텍스트로서 역사를 초월하는 힘을 가지고 있다. 텍스트는 다양한 차이 간의 위치가 뒤바뀌는 장소다. 그러므로 고전에서는 필요한 때에 언제라도 형상적 혹은 본질직관적 비시간성이 시간적 항구성으로 교환이 가능하며 그 반대일 수도 있다. 다시 말해 쓰여진 것은 동시에 의미작용에서 모순이 은폐되는 장소이다. 송리학에서는 분명히 이 문제로 계속 고심했을 터이나 그 문제성을 인정할 수 없는 문제이기도 했다.

　이제까지 우리는 주희의 담론에서 구조적으로 서로 비슷한 성격을 논의했다. 한편으로 리, 기, 물이 있고 한편으로는 의미, 종종 사적인 '나'의 특징이 되는 이질성, 텍스트가 있으며, 각각의 대립 항목 사이에 서로 비슷한 관계가 인정되었다. 그가 이용한 '경'敬이란 말은 이러한 서로 비슷한 성질과 관련해서 이해할 필요가 있다. 주희는 『맹자』에서 다음과 같은 문장을 인용하고 있다. "그러므로 만약 경으로 잘 궁리한다면, 천리에 자명해서 사람의 욕심은 저절로 사라진다."[28] 이 부분은 문제의 핵심을 찌르고 있다. 그러나 그가 이용했던 또 하나의 중요 용어인 '성'誠도 마찬가지로 서로 닮은 성격을 반영하는 것으로 설명되고 있다는 것을 기억해야 한다.

이것을 달덕達德이라고 이르는 것은 천하와 고금에 함께 얻은 바의 리理이기 때문이다. 일一은 곧 성誠일 뿐이다. 달도達道는 비록 사람이 똑같이 행하는 바이나 이 세 가지 덕이 없으면 이것을 행할 수 없고, 달덕은 비록 사람이 똑같이 얻은 바이나 한 가지라도 성실誠實하지 못하면 인욕人欲이 사이에 끼어서 덕다운 덕이 아닌 것이다.[29]

성誠도 역시 욕망과 대립하는 것으로 이해되든지, 그렇지 않으면 욕망의 강렬함을 완화하여 모든 사람들에게 보편적으로 적용할 수 있는 인성으로의 회귀(원초적 '성'性에 대한 회귀라고 하는 가르침. 본래의 성을 회복한다는 설)를 보증하는 것으로 상정되어 있다.

천하의 지성至誠은 성인聖人의 덕德의 성실함이 천하에 더할 수 없음을 이른다. 그 성性을 다한다는 것은 덕이 성실하지 않음이 없기 때문에 인욕의 사사로움이 없어 자신에게 있는 천명天命을 살피고 행하여 크고 작음과 정精하고 거칢이 털끝만큼도 다하지 않음이 없는 것이다.[30]

---

28) 朱熹, 『朱熹文集』第41卷.
29) 朱熹, 『中庸章句』第20章, 『朱子学大系』第8卷, 明德出版社, 1974, 40쪽[성백효 역주, 『대학·중용집주』, 119~120쪽]. 원문: "謂之達德者, 天下古今所同得之理也. 一, 則誠而已矣. 達德雖人所共由, 然無是三德, 則無以行之. 達德雖人所同得, 然一有不誠, 則人欲間之, 而德非其德矣."

사적인 '나'의 개체성은 욕망과 동시에 발생한다. 왜냐하면 욕망을 가진 자기는 해석할 수 없기 때문이다. 그러므로 천명에 지배받고 있는 '나'我(공적인 '나')와는 달리 이 자기는 보편성과 대립을 형성하는 특수한 것이 아니며 편재적인 보편성도 아니다. 즉 욕망을 가지는 자기는 주회의 언어 질서에서는 이질성의 과잉을 나타낸다. 그것은 길들여지지 않으면 안 되고 담론공간이 스스로 재생산할 수 있도록 포함되어 동화되어야만 한다.

기는 욕망에 속하므로 일탈과 무질서의 원인이기도 하다. 이러한 문맥에서 욕망은 '나'私가 하늘에 의해 부여받은 원초적 '성'性으로 회귀해서 '나'我가 되는 것을 방해하는 장애물로 생각된다. 욕망이 존재하는 한 존재하는 자기는 당위로서 있어야만 하는 주체에게 도저히 완전할 수 없다. 그러므로 이학자理學者가 말하는 욕망은 헤겔과 라캉이 말하는 욕망과 정반대의 의미를 가진다. 왜냐하면 후자의 욕망에서는 진리로서의 자기에 대한 회귀와 자기 자체에 대한 정열을 욕망이라 하기 때문이다.[31] 이 학자에게는 욕망이 존재하기 때문에 청정하고 투명하며 대기 속에서 바람직한 달그림자와 같이 명료하게 사람의 '성'性이 발현하는 일은 절대로 없다. 거울에 비친 모습이 유리 표면의 먼지 때문에 원형의 충실한 복사가 될 수 없는 것처럼, 일상적인 현상에서 반영된 성의 발현도 그 원형으로서의 원초적 본질과는 결코 동일하지 않다. 이런 이유로 욕망을 치료

---

30) 朱熹, 『中庸章句』第22章, 『朱子学大系』第8巻, 49쪽[성백효 역주, 『대학·중용집주』, 132쪽]. 원문: "天下至誠, 謂聖人之德之實, 天下莫能加也. 盡其性者, 德無不實. 故無人欲之私, 而天命之在我者, 察之由之, 巨細精粗, 無毫髪之不盡也."

31) G. W. F. Hegel, *Phenomenology of Spirit*, trans. A. V. Miller, Oxford U. P., 1977, pp.109~119 ; *Phänomenologie des Geist*, 2 Bd., 1832 ; 長谷川宏 訳, 『精神現象学』, 作品社, 1998, 120~158쪽[임석진 옮김, 『정신현상학 2』, 한길사, 2005].

하기 위해 성실(誠)이 소환되는 것은 놀랄 만한 일이 아니다. 성실은 마찰도 장애도 없는 원형을 발현시키는 것을 용이하게 만드는 윤활유와 같은 역할을 수행해야만 한다. 본질직관적 지향성이 물로부터 리로 향하는 한편, 성실은 기의 효과를 리의 완전한 발현으로 환원하는 것, 다시 말해 혼탁에서 투명으로, 혼돈에서 질서로 환원하는 것에 관계된다. 그러므로 성실은 다른 덕(德) 이상으로 명백한 윤리적 함의를 떠맡고 있어서 성실을 단지 일종의 심적 상태로서만 해석하는 것은 잘못이다. 주희에게 성실을 유지하는 것은 태도를 고정하는 것이 아니다. 이 말은 신체와 물과의 어떤 관계성을 의미하는 것으로 이해되어야 의미를 띤다.

이것은 천하를 다스리는 것을 집안을 통해 보는 것이다. 집안을 다스리는 것은 자기 자신을 살피는 것일 뿐이다. 몸이 단정하다는 것은 마음이 성실하다는 것을 말한다. 마음을 성실하게 하는 것은 선하지 않은 행동을 되돌리는 것일 따름이다. 선하지 않은 행동은 거짓이다. 거짓에서 돌아오면 거짓이 없는 것이요, 거짓이 없으면 성실한 것이다. 그러므로 무망괘(無妄卦)는 복괘(復卦) 다음에 있고, '선왕들은 무망괘를 보고 때에 성대하게 대응하여 만물을 기른다'고 말하였으니, 그 뜻이 깊도다![32]

물론 이 문장은 『대학』과 『역경』을 참조하지 않으면 해석할 수 없다. 몸(身), 마음(心), 성실(誠)이라는 용어에는 많은 해석이 있지만, 우선 주희의

---

32) 이는 주돈이(염계선생)의 말이다. 『近思錄』, 「治體」 1 [이광호 역주, 『근사록집해 II』, 655~657쪽. 원문: "是治天下觀於家, 治家觀身而已矣. 身端心誠之謂也. 誠心復其不善之動而已矣. 不善之動妄也. 妄復則无妄矣. 无妄則誠矣. 故无妄次復而曰, 先王以茂對時育萬物, 深哉."]. *Reflection on Things at Hand*, pp.202~203.

"마음은 몸의 주인이다"라는 말을 참조해야만 한다. 여기에서 부여되어 있는 성실의 가장 중요한 정의는 몸을 마음에 종속시켰을 때 성실이 발생한다는 점이다. 한 마디 주석을 덧붙이자면 마음은 몸의 주인으로서의 역할을 향수할 뿐만 아니라, 어느 개인이 특수함에도 불구하고 그 개인에게 우주 전체성을 포괄하는 능력을 하늘로부터 부여받고 있다는 것을 나타내는 것이 마음이라는 것이다.

주희의 논의는 이렇게 인식론과 윤리가 통합된다. 행위는 궁극적으로 지식으로 환원되고, 당위규정prescription은 사실기술description로 환원된다. 나는 무엇을 해야만 할 것인가라는 물음은 마지막에는 나는 진리를 알고 있는가라는 물음으로 환원된다. 리의 탐구와 성실의 유지는 보완적인 관계에 있다. 몸을 마음의 지배에 종속시키는 것과 개체의 단독성singularity을 일반자 아래에 포섭시키는 것이 최종적으로는 같은 의미라고 생각되기 때문이다. 이 담론공간에서는 단독성으로서의 개체를 받아들일 여지가 전혀 없다. 자기의 신체는 최종적으로는 마음의 소유물이 되며, 마음에 상응했던 것이 된다. 다시 말해 마음에 상응했던 개체성을 빼앗긴 단순한 특수성이 된다. 우리 자신의 신체를 포함한 이 세계에 존재하는 무수한 물의 다양성은 그들이 마음에 현전하는 것으로 파악되자마자, 미리 부여된 리의 질서에 순응하는 것이 처음부터 정해져 버린 것이 된다. 그 본질로 물을 의식한다는 것은 우연성과 무책임, 즉 '거짓'誕에 의해 나타나는 이질성을 배제하며, 마음으로 현전하는 물과 현실에 존재하는 물이 본래 동일하다는 것을 나타내게 하는 우리의 능력에 그 근거가 있다는 것이 된다. 그러나 리는 미리 물에 내재하는 것으로 여기기 때문에 보편적인 모든 범주와 상응한 형태에서 물의 표상을 마음은 어떻게 해서 구성할 수 있을까 하는 질문은 제시되지 않는다. 물론 주희는 리가 사실상 물과 우주에 존재하기 때문에 마음은 궁극적인 명석함과 사람의 신체라는 한정된 범위에서 전 우주에 존재하는 리를 반영한다고 주장할 것이다. 물과 사람의 신체가 존재론적인 관계로서 존재하는 이상, 성실은 '물에 있어서의 리'와 '몸의 행위에 있어서의 리'의 원초적인 연속성을 보증하게 된다. 이렇게 성실이라는 매개로서 격물格物을 관장하는 사고법칙과 인간의 행동을 통제해야만 하는 실천법칙이 리라는 한 관념 안에서 통합된다. 성실로써 우주론과 윤리의 구별은 용해된다. 성실로써 사실기술적인 것과 당위규범적인 것의 괴리를 보충하여 메꿀 수 있다고 믿게 된다.

여기서 문제가 되는 담론 형성은 갈등하는 경향이 묘하게 공존한다. 이 담론 형성은 세계의 물질성에 대한 편집적인 관심을 나타내고 있었다. 그 결과 주자학이 교화라는 책무에서 인간이 사물 속에서 살아가고 있다는 사실을 고려하지 않는 일은 결코 없었다. 윤리적 교육이 모든 사물의 연구(격물)와 분리되는 일이 거의 없었고, 세계가 텍스트 혹은 일반적인 텍스트로서 관찰될 가능성도 인식되고 있었지만, 이러한 인식이 텍스트의 텍스트성이라는 물질성에 대한 인식을 이끌어 내지는 못했다. 사실은 그 반대로 철학상의 노력은 이 문제를 없애고 은폐하는 쪽으로 나아갔다. 그 결과로 거듭 확인되었던 것을 굳이 내 나름대로 요약하자면, 담론은 텍스트에 선행한다는 원칙적인 방침이었다. 당연한 결과로서 처음에는 이질성의 '장소'topos로 인식되었던 신체도 결국은 불가시적인 것으로 변용되어, 성실을 매개로 이와 같이 투명하고 불가시적인 것이었던 신체는 텍스트가 담론으로 환원될 수 있는 것을 암시하는 사물로 받아들여졌다. 이것이야말로 이러한 담론공간에서 신체의 불가시성을 의미하는 것이지만, 불가시성은 이 담론에서 신체가 정치적 지배로부터 자유롭다는 것을 의미하지 않는다. 그러므로 위대한 책으로 보였던 세계는 텍스트성을 낳는 세계가 아니라, 담론에 의해 부여된 세계, 담론의 텍스트성에 대한 선행원리가 철저했던 권위주의적 세계였다. 이러한 담론 형성에서 담론의 한계를 노정시킨 계기를 찾는 것이 얼마나 곤란한 일인가를 이해하는 것은 어렵지 않을 것이다. 송리학과 같은 보편주의는 비대칭적인 타자의 타자성과 이질적인 것에 믿기 어려울 정도로 무감각할 수 있었지만, 동일한 이유로 이러한 보편주의는 어떠한 정치체제에서도 그 지배 원칙을 정당화하기 위한 이상적인 후보로서 스스로 제시할 수도 있었다. 물론 담론의 한계를 제시하는 것은 특히 이러한 담론 형성에서 종종 영원하며 투명한 진리로서 실체화된 갖가지 가치를 변혁시켜 해체하기 위한 다양한 가능성을 요구하는 작업일 것이다. 그리고 이질적인 것을 동화하고 통합해서 텍스트성이 담론을 흔드는 장소를 은폐한 것은 주어진 담론 형성으로서 스스로를 재생산하기 위해서는 확실히 절대적으로 필요한 것이다.

이상과 같이 바로 주희의 저작물은 모든 담론에서 기대되었던 것을 그저 되풀이했을 뿐이라고 말할 수 있을 것이다. 그러나 이러한 일반화는 개별적인 역사 조건 아래에서 신중히 재검토되어야 한다. 왜냐하면 그것은 모든 희생을 치르고 이제까지 우리가 피해 왔던 것을 불러올 수도 있기 때문이다. 일반화는 담론공간을 실체화해서 '국민문화'의 경우와 같이 담론공간이라는 용어 그 자체를 통속화한다. 마치 사람들이 그 영역을 벗어나면 담론공간의 제약으로부터 해방되는 것처럼. 더욱이 이러한 일반화는 단순하고 소박한 해방 사상과 같은 것, 담론의 한계가 한번 제시되면 전부 그 외부로 이동할 수 있다는 신념을 이끌지도 모른다. 이러한 것에 경종을 울리면서, 나는 주희에서 담론의 성격 자체가 주제의 측면에서 되물어진 '위치'인 이토 진사이라고 불리는 '위치'에 초점을 옮겨 가기로 한다. 더불어 나는 '성실'誠이라는 말이 다른 말과의 관계를 변화시켰던 점에 주목할 것이다. 성실은 다른 실천계의 일부가 된다. 성실로 이름 붙여진 것이 이토에게는 '위선'僞이 되지만, 지금 말했던 변화는 새로운 담론이 출현할 수 있는 가능성을 말해 주는 것처럼 보인다.

2장_이토 진사이
신체로서의 텍스트와 텍스트로서의 신체

담론성 비판

주희는 송리학이라는 엄격하고 차가운 권위주의를 기술하기 위해 자신의 윤리학을 분절했는데, 이때 주희가 이용했던 것과 동일한 이항대립을 이토 진사이가 이용했다는 것은 주목할 만하다. 그러나 일찍이 긍정할 만한 특성이라고 말했던 것이 이번에는 기본적으로 기만적인 것으로 비판되었다. 예를 들면 주희는 성性을 정情이나 욕欲과 다르게 만들어서 실천을 위한 규범을 설정했는데, 이토는 이것을 '초월주의'와 관련지어 필연적으로 위선을 낳는다고 주장했다. 이토에 의하면 위선은 수많은 효과를 초래하는 담론 복합체discursive complex이다. 그가 이들 효과를 변별해 어떻게 송리학의 위선과 관련지었는가를 분석하면, 예전에는 긍정적으로 기능했던 이항대립이 이번에는 정호·정이와 주희 유학의 근본적 곡해라는 생각을 예증하는 것이 된다.

　개개의 철학 용어와 어휘 전반이 근원적으로 변화했던 것은 아니다. 이토도 한 명의 유학자였으며, 그가 의거했던 기본 용어는 주희의 것과

거의 동일했다. 송리학자와 마찬가지로 그는 유교의 전통에 의거했다. 그러나 이러한 용어가 서로 관련을 맺고 철학적 진술의 네트워크로 통합된 차원에서는 근원적 변화가 있었고, 이토의 후기 논고에서 이전과는 완전히 다른 어조를 띠고 있었다. 철학적 진술 차원에서의 이러한 극적인 변화는 유교의 기본 용어와 여러 주석에 대한 재평가와 재조정을 확고하게 요구했다. 또 이와 같은 철학적 진술의 재배치가 당시 진행 중이던 상호텍스트성의 변용으로부터 독립했던 점이 아닌 것도 알아두어야만 한다. 즉 주희 철학에 대한 비판은 새로운 주체와 사회적 위치를 구별하기 위한 필연적인 단계였다. 이러한 비판은 유학과 이토의 동시대 사람의 작품에서는 극히 일반적이었던 '사전을 편찬하는 것'과 같은 형식을 취했다. 이 형식은 작가가 자기의 논의를 주희의 논의에 대한 패러디처럼 전개하는 방식인데, '패러디'라는 말에 가치를 떨어뜨린다는 의미는 조금도 포함되어 있지 않다. 이와 같이 이토의 철학적 의견과 그 표현은 그들이 주희의 저작에서 인용한 것에 대한 반론의 형식을 취하고 있기에 사실상 주희의 논의에 의존하고 있었다. 이토가 송리학에 대한 비판을 형성하기 위해 주희의 용어법에 의존하지 않을 수 없었던 것은 명백하지만 이토는 주희로부터 용어법 이상의 것을 차용했다.

분명히 이토의 논의가 송리학에 의존하고 있다는 사실은 내가 이토의 저작물 안에서 발견한 근본적인 이론적 방향성에 있어서 단순히 우연한 일이 아니다. 나는 이토에게 자기 논의를 이와 같이 구축하는 것이 절대적으로 필요한 일이었다고 생각한다. 이러한 패러디적(기생적이라고 말하는 사람이 있을지 몰라도)인 성질 덕분에 —— 주희도 자기 생각을 구별하기 위해 유교의 고전에 기생했다고 해도 —— 이토의 철학을 주희의 철학과 같이 명료하게 구별할 수 있는 하나의 철학 체계로서 말하는 것은 허용되지 않는다. 송리학자의 담론은 일정한 상호텍스트성의 틀 안에서만 의미가 있다. 송리학의 진술은 어느 것이나 갖가지 형식——찬성이나 반박 등——을 취해도 반드시 다른 텍스트를 인정하면서 자신을 구별하고 있다. 주희의 철학조차 얼마나 그것을 무시하려고 애썼든 간에 그 대화론적 하부구조와 역사의 발화행위로서의 성격에서 벗어날 수는 없었다. 상호텍스트성은 텍스트의 보편적인 숙명이다. 그럼에도 특히 이토의 경우 '상호텍스트성'이라는 용어는 주로 두 가지 이유에서 더 엄밀하게 이해할 필요가 있다.

첫째로, 이토 철학에서 그의 논의들이 하나의 철학적 입장으로서의 완결성을 목표로 하는 하나의 체계 확립 욕망에 어느 정도 지배받고 있었던가는 확실하지 않다. 나는 기본적으로 이토의 송리학 비판에서 어떤 식으로든 하나의 사상 체계와 다른 체계, 하나의 철학 학파와 다른 철학 학파 사이의 상극을 보는 독법에 대해서 회의적이다. 이토의 논의에서 내가 보고 있는 것은 오히려 담론이 스스로의 무게를 견디지 못하고 붕괴하는 사례를 제출하려고 하는 이론적 작업이다.[1] 그의 주희 비판은 대

1) 그야말로 이러한 이유에서 이토의 논의는 18세기 담론공간의 '안'에도 '밖'에도 존재하지 않았다. '안'과 '밖'의 완전한 분리를 유지하기 위해 명료하게 윤곽을 묘사했던 전체성과 동일한 것으로서, 혹은 다른 공간 영역과 병렬 가능한 공간 영역으로서 담론공간을 시각화해 버릴 가능성으로부터 우리의 담론공간에 대한 생각은 보호될 필요가 있다. 이러한 영역 간에는 부정 관계밖에 존재할 수 없다. 다시 말해 어느 영역 안에는 없는 것이 곧바로 밖에 있다는 것, 별개 영역에 있다는 것을 의미해 버린다. 이토의 작품은 18세기 담론공간이나 송리학을 부인하는 것이 아니라, 이들과 부정성으로 관계하고 있다(알맞는 용어가 없기 때문에 이 부분에서 나는 '작품'이라는 말을 감히 사용한다. 말할 것도 없지만 통일성으로서의 작가 이토 진사이라는 관념——예를 들어 '이토 진사이의 모든 작품'이라는 사고방식에 나타나는——도, 통일적 실체로서 이토 진사이 사상이라는 것도 의심스럽다. 이 책을 볼 때, 이 점을 유념하지 않고 안이하게 생각해서는 안 된다). 우리는 여기에서 외부성의 문제와 만난다. 개념과 용어가 나와 일치하지는 않지만, 어네스토 라클라우와 샹탈 무페는 이 문제를 동일한 어조로 설명하고 있다. "모든 접합적(articulatory) 실천의 주체와 마찬가지로 헤게모니적 주체는 그것이 접합하는(articulate)

체적으로 담론 일반에 대한 비판과 일치한다고 말해도 좋을 것이다.

둘째로, 적어도 일본의 많은 전문가들 사이에서는 이미 널리 알려진 사실인데, 이토는 자기 원고를 죽을 때까지 계속 고쳤다. 게으름피지 않고 긴장을 늦추지 않고 물리적으로 그렇게 할 수 없을 때까지 자기의 초고에 가필과 수정을 시도했다. 확실히 이 작업이 그의 철학의, 말하자면 완성형에 대하여 이야기하는 것을 무척 곤란하게 한다. 동일한 제목을 단 여섯 개 이상의 판본이 존재하고, 그 대부분이 세부적으로 많이 정정됐다.[2] 더욱이 그의 원고와 간행본 사이에는 중대한 변경이 있으며, 몇몇 간행본은 아들 이토 도가이와 제자들에 의해 편집되어 사후에 출판되었

것에 부분적으로 외적이지 않으면 안 된다. 그렇지 않다면 접합이란 전혀 존재하지 않을 것이다. 그러나 다른 한편으로 그러한 외재성은 상이한 두 가지의 존재론적 수준들 사이에 존재하는 것으로 간주될 수 없다. 결과적으로 해결책은 우리가 행했던 담화와 담화성의 일반 영역 사이의 구분을 재도입하는 일인 것처럼 보인다. 그 경우에 헤게모니적 세력과 헤게모니화된 요소들의 총체 양자는 동일한 지평 — 담화성의 일반 영역 — 을 구성할 것이며, 반면에 외재성은 상이한 담화구성체들에 조응하는 것이 될 것이다. 물론 이것이 그렇기는 하지만 이 외재성이 두 가지 완전하게 구성된 담화구성체에 조응될 수 없다는 점이 더 특정화되어야만 한다. 왜냐하면 담화구성체를 특징짓는 분산 속의 규칙성이며, 만일 이 외재성이 두 구성체들 간의 관계에서 규칙적인 특질이라면, 그것은 새로운 차이가 될 것이며 두 구성체들은 엄격히 말해서 서로에 대해 외적이지 않을 것이기 때문이다(그리고 이것과 함께 다시 한번 모든 접합의 가능성이 사라질 것이다). 그리하여 만일 접합적 실천에 의해 상정된 외재성이 담화성의 일반 영역에 위치한다면, 그것은 완전하게 구성된 차이들의 두 체계에 조응하는 외재성이 될 수 없을 것이다. 그러므로 그것은 특정한 담화구성체 내에 위치한 주체위치들 그리고 정확한 담화적 접합을 갖지 않는 '요소들' 사이에 존재하는 외재성이어야만 한다. 차이들의 조직화된 체계 속에서의 사회적인 것의 의미를 부분적으로 고정하는 결절점(結節點)을 설립하는 실천으로서 접합을 가능하게 만드는 것이 바로 이 모호성이다." Ernest Laclau & Chantal Mouffe, *Hegemony and Socialist Strategy*, Verso, 1985, p.135; 山崎カヲル・石沢武 訳,『ポスト・マルクス主義と政治—根源的民主主義のために』, 大村書店, 1992, 214~215쪽[김성기 외 옮김,『사회변혁과 헤게모니』, 터, 1990. 167쪽].

2) 子安宣邦,『伊藤仁斎—人倫的世界の思想』, 東京大学出版会, 1982 및「伊藤仁斎研究」,『大阪大学文学部紀要』第26号, 大阪大学文学部, 1986. 고야스 노부쿠니(子安宣邦)는 이 문제를 제시하려고 했지만, '담론' 개념을 결여하고 있기 때문에 그의 설명은 초점을 잃고 있다.

다. 원고와 간행본의 검토를 통해서 이토 사상의 발전을 탐색하려는 것은 이 책의 임무가 아니다. 그러나 나로서는 그가 전 생애에 걸쳐 자기 초기 원고를 계속 개정했다는 점을 무시할 수도 없다. 이토는 개정 작업을 고집했는데, 그 속에는 그의 논의가 발화된 기본 양식을 항상 내장하고 있었다. 개정 작업이 생애에 걸쳐 종사했던 '비판'의 핵심을 이루고 있는 그의 사색의 기본 양식에 대한 어떤 결정적인 방식을 보여 주고 있다.

그렇다면 과연 내가 이토 진사이의 '비판'이라고 불렀던 것의 성격은 무엇인가?

초월주의와 '가까움'

이토의 의식 속에서 '위선'僞이라는 담론 복합체가 출현한 것과, '성실'誠이라는 용어가 정정되어 새로운 함의를 획득하는 지점에서 새로운 철학적 진술이 형성된 것은 일정한 관련이 있다. 그것은 다음에 제시하는 전형적인 질의응답 속에서 간파할 수 있다.

> 동자가 물었다. "송나라 유학자들은 경敬을 위주로 하는데 지금은 충신忠信을 위주로 하니 어째서입니까?"
> 대답하였다. "학문은 전적으로 성실誠實에 달려 있는 것이다. 때문에 '충신을 주로 한다'主忠信고 말씀하신 것이다. '주'主라는 글자는 '빈'賓이라는 글자와 대對가 된다. 배우는 이는 오로지 충신을 위주로 하지 않으면 안 된다는 말이다. 충신을 주로 하면 언동과 행위준칙이 평담하고 무미하더라도 내실에는 취할 만한 게 있지. 오로지 '경만을 잡고 있는' 사람은 다만 억제하고 삼가는 것만 일삼아 외면은 정제整齊되어 있지. 그러므

로 그를 보면 엄연한 유자儒者니라. 하지만 그 안을 잘 살펴보면 성의誠意가 혹 충분치 않아, 자기를 지키는 것은 너무 굳세고 남을 꾸짖는 것은 너무 심해 종종 병통이 굳게 자리 잡고 있다."[3]

이 대답 중에서 중요한 역할을 수행하고 있는 것은 내부성의 은유이다. 그러나 이 내부와 외부의 대립은 정확하게 외적인 외양과 내적인 의도의 괴리로 규정되는 점이라는 것을 기억해 둘 필요가 있다. 더 중요한 것은 송리학자들에게 소위 독선적인 태도로 나타나는 자기와 타자 사이의 시점에 대한 상호 의존관계. 그들의 엄격한 권위주의에 내재하는 위선은 타자의 시점에서 자기를 바라보는 것에 대한 고집에서 유래한다. 송리학자는 거울 앞에서 자기의 의상을 만드는 것과 같이 자기 모습을 이상적인 윤리적 인격에 맞추려고만 노력한다고 논의되고 있다. 이러한 태도는 필연적으로 내부와 외부의 엇갈림을 낳는다. 역설적으로 들릴지 모르지만, 사람이 다른 관찰자의 위치를 점한다라는 전제가, 보일 가능성이 없는 내부를 규정할 것을 곧바로 요구한다.

송리학자에 의하면 사람은 자기 발을 타인의 구두 속에 쉽게 넣지 않으면 안 된다(쉽게 타인의 몸이 되어야만 한다). 사람은 완전히 타인의 입장이 될 수 있다는 것이 아무 주저 없이 전제된다. 그들에게 공감이란 자기를 타자와 바꿔서 우리가 동일화하는 것을 기대하고 있는 주체의 위치를 차지하기 위한 단독적인 것을 소거하는 능력을 의미한다. 말하자면 공감은 모든 사람들이 공유하고 있는 공통 또는 보편적 본질, 모든 인

---

3) 伊藤仁斎, 『童子問』, 上巻 第36章, 『近世思想家文集』(日本古典文学大系 第97巻), 岩波書店, 1966, 82쪽[최경열 옮김, 『동자문』, 그린비, 2013, 100쪽].

류에 내재해 있는 보편적 본질, '인간 속에 내재하는 인간'에 기초를 두고 있다. 사람의 단독성의 마지막 흔적이 말소될 때——실제 이것이야말로 이상적 상태이지만——그 사람은 어떤 사람의 입장이라도 취할 수 있는 것처럼 된다. 그러나 이토는 개물(個物)[4]의 주체성으로의 환원에 의해서도, 또 상호-주관성에 의해서도 공감을 정의하는 것은 불가능하다고 확고하게 주장하고 있다. 이토가 보는 기만은 송리학자의 다음과 같은 전제에서 유래한다. 즉 사람은 사실상 자기의 이미지를 자기를 적합하게 할 수 있는 타자의 시점으로부터 획득한다고 하는 것, 그리고 사람은 타자의 시점에서 자기를 관찰할 수 있다는 전제다. 타자의 이와 같은 시점이 현실의 타자의 시점과 일치하는 일은 결코 있을 수 없다는 것을 주희는 깨닫지 못했다. 다시 말해 상상 속에서의 타자의 시점과 현실 속에서의 타자의 시점, 즉 누구도 습득할 수 없는 비대칭적인 타자의 시점 사이에 있는 환원 불가능한 차이를 이해하는 것을 주희는 거절했다. 교환할 수 없는 타자의 타자성을 의식하지 않는다면 타자에 대한 공감과 관대함도 그저 "자기를 지키는 것이 너무 굳세다"라는 말을 바꿔 말하는 것이 된다.

"자기를 지키는 것이 너무 굳세다"는 경멸적인 표현이다. 왜냐하면 이렇게 하는 것은 고정화되어 교환이 불가능하게 된 감정 표현 능력에 완고하게 관련된 것이며, 그 덕분에 행위와 발화에서 자기가 중심이 되는 것을 체념하지 않아도 되기 때문이다. 이것이야말로 이토가 송리학을 신봉하는 자의 소행이라고 생각하고 있던 것이다. 여기에서 이토가 이해하는 성실(誠)은 송리학자가 이해한 성실과 분명히 구별된다. 이 구별을 좀

---

4) '개물'(single individual)은 니시다 기타로(西田幾多郎, 1870~1945)가 많이 사용했던 개념으로 'individual thing'이나 'singular thing'으로 번역할 수 있다.

더 소상히 설명하기 위해 주희가 강조한 경敬과 이토가 즐겨 말하는 성실이 아주 닮아 있지만, 역시 전혀 다른 두 개의 덕德을 예로 들면 좋을지 모르겠다. 경에서 가장 중요한 것은 화자와 청자가 주체로서의 사회적 입장, 혹은 이 경우는 신분에 관계하는 규칙에 의해 결정되는 덕이다. 이러한 규칙은 만남의 단독성과 추상화를 벗어나는 것 ─사람이 개인과 개별의 사건에 대처하는 실제 상황의 개체성 ─을 초월한다. 이와 대조적으로 성실은 행위를 실제로 행하게 하는 어떤 구체적인 상황에서, 마주치는 개인과의 대응 속에서 행위를 실행하도록 사람을 이끈다. 이토에게 있어 동정同情은 상황의 개별성과는 무관하게 존재하는 형식주의에서 그 타당성의 근거를 구하는 리理 같은 원리와는 별개의 지점에 있는데, 리의 세계에서 주목하는 것은 원리의 형식주의가 행위와 관련해서 개인과 개체성이 박탈당한 교환 가능한 개인 일반으로서 취급한다는 점일 것이다. 당사자들의 주체적 입장이 서로 명확하게 정의되고 있기에 경敬은 모든 관계의 인격적 상호 행위에서 적용할 수 있다는 의미에서 추상적인 것이라고 말할 수 있다. 즉 그것은 나의 행동을 개체로서의 그 사람으로서가 아니라 은사, 아버지, 장군, 사장으로서의 그 사람에게, 즉 일군의 사회 규범에 의해 결정된 신분적 동일성을 가진 주체적 입장으로서의 그 사람에게 다가가도록 한다. 또 경은 은사이고, 아버지이며, 장군이라는 이유에서 나는 그 사람을 공경해야만 한다고 명령한다 ─즉, 그 사람이 승려 혹은 의사라는 사회적 입장을 가지고 있기 때문에 나는 그 사람에게 경을 다해야 한다는 것이다.

한편 성誠은 특정한 타자와의 사회관계에서 자기가 차지하는 사회적 입장에 대응하는 일반 원리를 제출하지 않는다. 대면하는 타자 한 사람 한 사람이 일반화될 수 없는 개체이기 때문이다. 그러므로 사회적인 것에 대한 근원적인 배려, 다시 말해 내가 만날지 모르는 타인은 모두 궁극적으로 비대칭적인 타자이므로, 그와 같은 개체적인 것을 주체적 입장으로 완전히 환원하는 것은 불가능하다는 것에 대한 근원적인 의식이 결여되어 있다면, 경을 관장하는 사람이 순응하려고 노력하는 일군의 초월적 일반 규칙이라고 생각되는 한도에서 양심은 위선의 한 형식으로서 생각되어야만 할 것이다.

이토는 경敬에 대한 송리학자들의 이해를 비판했으며, 그들의 해석을 정정하려고 노력했다. 경을 생의 모든 측면을 통솔하는 주요 개념으로 간주하는 것은, 이토의 말을 빌리면 몇백 가지의 다른 병에 한 종류의 약을 일률적으로 처방하는 것과 같다. 고대 사람은 이 글자를 결코 이와 같이 이해하려고 하지 않았다. 그들은 단지 "매사에 경을 행한다"고 말했을 뿐이다.[5]

이와 같이 이토는 구체적인 상황에서 타자로 향하는 동정을 방해하는 것에 대해 논의하면서, 부정적인 방법으로 동정을 체계적으로 개념화하려고 했다. 그러나 이토의 논의에서 자기와 타자는 습관과 그 밖의 사회제도에 의해 충만된 언어수행적 환경으로부터 단절되어 추상화되어 있지는 않다는 점을 나는 중요하게 생각한다. 사람은 사회적 진공 속에서 타자와 만나는 것이 아니며, 사회적 행위의 **슈타이**主體이기에 자기는 고정되어 실체화된 것이 아니라, 타자와의 만남에서 끊임없이 그/그녀의 주체적 동일성을 상실하는 것이며, 그때마다 새로운 주체적 입장을 획득할 수가 있는 것이다. 다시 말해 **슈타이**는 대화론적 계기로 파악되는 한도

---

5) 伊藤仁齋, 『童子問』, 上卷 第37章, 『近世思想家文集』, 83쪽.

에서 하나의 개체적 행위자인 것이다.[6)]

인간의 사회성에 관한 이토의 규정에 대해서 놀랄 만한 것은 그것들이 정의되지 않은 채 방치되어 있다는 점이다. 아마 의도적으로 그는 그것들에 이론적 기초를 부여하는 작업을 포기했다고 여겨진다. 그것을 자명하게 여기는 대신에 그는 송리학자에 대한 공연한 비판을 계속했다.

이토는 사람이 개인으로서 사람들에 대처하는 개개의 사회적 세부상황에 무관심하기 때문에 초월주의는 내부와 외부의 균열을 필연적으로 만들어 내는 독선과 주체적 동일성에 대한 고집을 낳는다고 했다. 그 결과로 동일한 도덕률을 공유하지 않는 사람에게는 이해할 수 없는 '내심'內心을 생성한다고 했다. 이 논의에서 전제가 되는 것은 사람들이 초월적이고 물화된 규칙이 아니라, 일상생활 모든 일의 특징인 내재적인 현재의 관심사, 이해관계, 욕망을 기초로 해서 사회생활을 영위한다는 통찰이다. 이토는 송리학자가 '내부'를 '성실'과 동일시하는 것을 반대하지만, 그 근거는 '내부'라는 말이 참조하는 것은 인간의 본유적 본질이 아니라는 것이다. 요컨대 인간은 가족과 같은 일종의 사회제도의 내부에 존재하기 때문에 다양한 사회관계를 통해 타자와 친한 관계를 맺고 있다. "여기서 말하는 내부는 친밀하다는 의미의 말이며, 외부는 소원하다는 의미의 말이다."[7)] 일단 내적으로 주체적인 위치가 물상화·본질화된 주체적 내부성이라는 지위를 부여받게 되면, 도덕규범의 보편적 타당성을 보증

---

6) 그야말로 '대화론적'이라는 용어에 의해 시사되는 것은 이 점일 것이다. Mikhail Bakhtin, *Problems of Dostoevsky's poetics*, trans. R. W. Rotsel, Ardis, 1973 ; Михаил Бахтин, Проблемы поэтики Достоевского, 1963; 新谷敬三郎 訳, 『ドストエフスキイ論 : 創造方法の諸問題』, 冬樹社, 1974[김근식 옮김, 『도스또예프스끼 詩學』, 정음사, 1988] 참조.
7) 伊藤仁斎, 『童子問』 上卷, 第22章, 『近世思想家文集』, 72쪽.

하기 위한 초월적 매개가 필요하게 된다. 송리학자들은 말하자면 창窓이 없는 주체적 내부성을 정립하고 있었기 때문에 그들은 어쩔 수 없이 두 개의 '내심' 사이의 의사소통을 보증하는 초월적 시점을 규정하게 된다. 직접적이며 무매개적인 정동성情動性이 없는 곳에서는 본질직관적 지향성의 초월적 핵으로서 도덕률과 의미가 자기와 타자의 양자에 현전하도록 정립될 필요가 생기게 된다. 그것은 마치 커뮤니케이션 모델에서 도덕규범과 행위의 의미가 수행되는 구체적 장소와 조건과는 관계없이 전달 코드가 전달자와 피전달자 양쪽에 초월적으로 공유되어야 하는 것과 같다. 다만 다음과 같이 도덕이 개념화된 규범으로부터 구성되어야만 할 특별한 이유는 없다. "대체로 도덕이 성할 때에 의론이 저조하다. 도덕이 쇠퇴하면 의론이 높아진다. 의론이 더욱더 높아지면 도덕을 떠나는 일이 더욱더 멀어진다. 그러므로 의론이 높아지는 것은 쇠퇴한 세상의 극한을 보여 주는 것이다."[8]

관념과 개념의 일반적 타당성에 의거한 의론은 현실의 사회 상황과 관계를 맺을 수 없다. 사회 현실 상황만이 사람으로 하여금 윤리적으로 올바른 것을 인식할 수 있게 한다. 자기의 욕망, 이해, 관심에 의해 열린 '가까움'近에 스스로를 몰입시키지 않는 한, 사람은 도덕이 자기의 사회적 행위에 있어서 유의미한 문맥과 만나는 일은 결코 없을 것이다. 세계 내 환경에서 "가장 가까이 만나게 되는 존재자의 존재"[9]와의 관계에서만 도덕에 관한 진지한 의론이 가능하게 된다.

---

8) 伊藤仁斎, 『語孟字義』 下巻, 「附尭·舜すでに没して邪説暴行又作るを論ず」, 인용은 『伊藤仁斎·伊藤東涯』(日本思想大系 第33巻), 岩波書店, 1971, 111~112쪽. 원문: "夫道徳盛則議論卑, 道徳衰則議論高, 議論愈高, 則離乎道徳, 愈益遠矣, 故議論之高, 衰世之極也."

담론 속에서 말하기(speech)의 출현

여기에서 나는 앞서 소개한 의론의 바탕이 되는 두 가지 전제를 강조해야겠다.

첫째로 이토가 '의론'argument이라는 말로 기술한 것은 발화가 그 발화행위의 장소와 순간을 초월하는 언어표현의 한 측면을 가리킨다. 말해진 것, 구두로 표현된 것이라는 점에서 발화는 언어행위에 의해 창조된 원래의 광경으로 한정될 수 없다. 발화된 말로서 파악된 언어표현은 발화행위 주체[10]와 거기에서 메시지가 투사되는 '장소'와는 다른 곳에 존재하는 것처럼 보인다. 이상과 같이 발화를 개념화하는 조건에서만 논의의 효력은 어떤 상황에서도 어떤 사람에게도 타당하다고 주장할 수 있다. '이학자'의 주장을 이와 같이 보고 있는 이토는 독자적인 언어표현 이해를 가지고 그 주장에 대치시킨다. 그것은 모든 발화에 대해서 일반성과 보편성을 구별할 수 없는 일종의 언어관에 대해서 그 자신의 구두표현의 이해를 대비시키는 것이다. 그는 보편성/일반성의 원인을 '말해진 것'과 '말하는 것'의 '분리'로 보고 있다. 그는 이러한 '분리' 덕분에 보편성의 조건이 '초월주의'를 낳으며, '말해진 것'은 '말하는 것'을 초월한다고 은밀

---

9) Martin Heidegger, *Being and Time*, trans. John Macquarrie and Edward Robinson, Harper and Row, 1962, pp.95~107; *Sein und Zeit*, Max Niemeyer, 4 Auflage, 1935; 桑木 務 訳, 『存在と時間』上, 岩波文庫, 1960, 130~149쪽[이기상 옮김, 『존재와 시간』, 1998, 제15절 「주위세계에서 만나게 되는 존재자의 존재」와 제16절 「세계내부적인 존재자에게 알려지는 주위세계의 세계적합성」, 98~111쪽]. 언어와 'being-ready-to-hand'의 문제에 관해서는 나중에 언급한다.

10) '주체'(subject)라는 말이 발화를 하는 행위자를 지시하는 말로 적당한가에 대해서는 앞으로 논의할 것이다. 지금은 '발화행위의 주체'(the subject of enunciation)라는 벤베니스트의 표현을 사용하기로 한다.

히 주장한다. 다양한 비유적 표현 가운데 그가 왜곡되어 부패해서 불건전하다고 생각하는 언어표현 행위를 나타내기 위해서 선택한 말은 높다, 내면적, 고원高遠, 소원疏遠이다.[11] 이들 표현과 함께 의미소를 형성하는 반대어를 검토해 보면, 이들은 모두 한 질서 안에서 정리되어 중심이 설정되어 있고 그 주변에 발화가 배치되어 있다는 것이 분명하다. 더욱이 이 발화들에 대한 저자의 위치는 자신도 점유할 수 있을지 모르는 다른 위치와의 관계를 위상학位相學적으로 지시하고 있다. 이토 진사이의 의론은 독자들에게 비근하고 세속적인 관점으로부터, 비속하기는 하나 친근한 입장에서 다른 유학의 교리를 관찰하도록 한다. 이러한 비유를 재배치함으로써 생성된 비유적 거리는 간접적이기는 하나, 이토가 비난하는 **분리**

---

11) 고/저, 내/외, 고원/비속, 소원/친근. 이렇게 질서 지어지는 가운데에서도 가치판단이 기능하고 있다는 것은 말할 것도 없다. 이들 쌍을 이루는 용어는 실제는 이토의 많은 글에 산재해 있는데, 그 기능을 결정하는 것은 가능하다. 그로써 특히 철학적 진술이 일상적인 일로 구성되는 보다 친근한 세계와 관련을 맺게 된다. 이렇게 모인 이들 용어는 하나의 이항대립이 다른 것과 연결되며, 일종의 방향성과 함께 조직되는 것과 같은 환유의 공간을 형성한다. 예를 들면 고/저라는 이항대립을 검토해 보면 두 의미소에 의존하고 있다. 수평적 상대성과 평가를 위한 질서다. 다음은 이토의 논고에 나타나는 다양한 대립항의 조직도를 보여 준다.

고 / 저
내 / 외
고원 / 비속
소원 / 친근
……
위선 / 성실

여기서 보면 분명히 이토의 담론은 정반대의 성격을 지니고 있다. 상호텍스트적 공간, 다시 말해 그 외 사람들의 목소리가 이미 자리 잡고 있는 공간을 향해 발화가 이루어지는 이토의 목소리 위치는 저·외·비속·친근 쪽에 배치되어 있다. 고/저와 고원/비속이라는 두 대립 항을 역으로 대응시켜 생각하면 이토의 표현방법이 주희의 의론과 고전에 연결되는 구조를 보여 준다는 아이러니한 상태를 제시할 수 있을 것이다. 즉 이토의 의론은 주희의 의론을 패러디하는 것으로 전개되고 있다.

와 대응하고 있음을 인식하는 것은 중요하다. 그가 초월주의적이라고 부르는 종류의 담론은 '말해진 것'과 '말하는 것'의 환원 불가능한 균열을 의식하지 못할 뿐만 아니라, 세속적인 현상과 사건이 만나는 '가까움'의 영역의 놀랄 만한 다양성과 이질성에 자각적이지 못하다. 이와 같은 담론에서 추상적인 덕德은 매개 없이 구체적인 사건과 '비근한' 것에 직접 귀속되어 있다. 이토의 진술에서 이와 같이 지시된 저자의 목소리의 위치와 관련해서 보면 '초월주의적' 논의가 고상하며 소외되어 고원하다는 방식으로 스스로를 나타내고 있다는 것을 알 수 있다. 그것은 고원하게 보일지 몰라도 기본적으로는 비근한 '우리'의 손이 닿는 범위에는 존재하지 않는다. 즉 그것은 고결한 정신의 소유자, 세상에서 멈추지 않고 발생하는 세속적이며 사소한 일들과 관계를 하지 않는 사람들의 설교인 것이다. 두말할 나위 없이 여기에서 논의되고 있는 것은 발화행위와 발화된 말, 언어행위와 그 진술 내용의 분리가 사회적 현실과 그 윤리적 지각이 어떻게 이해되고 있는가 하는 면에서 분명히 해야 한다는 사실이다. 앞에서 말한 언어표현에 관해 대립하는 모든 관점을 비유적으로 재배열해서 하나의 판단 기준을 제공함으로써 이토는 사회관계와 실천에 대해 이전과는 다른 말하기 방법을 도입하는 계획을 설정했다.

두번째로, 언어행위를 강조했다 해서 이런 진술이 발화행위 주체의 의도와 발화행위 상황에서 발화함으로써 그/그녀가 달성하는 것 사이의 관계로서 이해되어야 한다는 의미는 아니다. 왜냐하면 '내부'는 이토에게 화자의 주체적 내부성을 의미하지 않기 때문이다. 그것은 지금 있는 사회 제도에 의해 편성된 상황의 내부다. 내부와 외부를 구별하는 것은 상황에 몰입해서인가 그렇지 않은가의 차이다. 어떤 인물의 의식 내부와 외부의 세계를 차이짓는 것이 아니라, 이 내외라는 대립은 몰입의 태도를 가려내 참가자와 비참가자를 구별한다. 그러므로 내부는 행위자의 언어수행 상황에 대한 참가를 표시하는 것이며, 이와 같은 참가는 행위자와 상황은 '분리'할 수 없다는 것을 알린다. 여기에 응해서 이토는 '친근'親에 대해서 말하고 있는데, 그것은 상황과 타자 양자에 대한 결합을 지시한다. 이토가 암시하는 것과 같이 만약 언어표현 행위가 **슈타이** 혹은 발화행위의 신체(이 점에 대해서는 나중에 말한다)라는 의미에서 자기 내부의 분리, 혹은 상황과 자기를 분리시키는 것이라면, 상황의 원초적 완전성을 발화된 말로 잡아 두어 보존하는 것은 불가능하다. 몰입·참가는 항상 행위에 선행하지만, 체험이라는 의미로는 알거나 경험할 수 없다. 다시 말해 몰입·참가가 의미작용에 등록되어 있는 것에 관해서는 알 수도 경험할 수도 없다.

당연한 귀결이지만 **슈타이**의 존재는 이학자가 말하는 마음心 개념의 범위로는 해석이 불가능하다. 또 사회적인 것의 가능성은 인성의 보편적인(일반적인) 타당성과는 무관하다는 것도 암시된다. 더 구체적으로 말하면 사회적인 것의 장소는 인성을 드러내 보이는 능력으로서 정의된 '마음'도 아니고, 인성을 드러나게 할 수 있는 '장소'場로서의 '마음'도 아니며, '정'情에 존재하는 것이라고 이토는 강력하게 주장했다. 이야말로 주희와 이토 진사이의 근본적인 차이를 보여 준다(공적인 '나'我와 사적인 '나'私는 개념적으로 구별되고 있다). 주희는 사적인 '나'는 학습을 하는 과정에서 억제되어 녹아야 하는 개체적인 존재를 암시하는 것이라는 이유로(공적인 '나'를 긍정하면서), 사적인 '나'를 외부적인 잡음으로 받아들였다. 하지만 이토는 사적인 '나'는 주체에 대해 항상 이질이라는 것을 인식하고 있었다. 그러나 자기와 그 외부 사이의 분리가 거부되고 있기 때문에 이토의 사적인 '나'를 내심 혹은 현대 심리학에서 이해하는 인격으로서 파악할 수조차 없었다. '사물의 질서'와는 완전히 다른 질서에 속하며 공간적 속성을 받아들일 수 없는 데카르트적 자아와 달리 이토가 말하는 '나'는 사물 안에 존재한다. 그리고 '나'와 물질적 존재는 연속성이 있다. 확실히 이토가 구별하는 자기는 무엇보다도 우선 하나의 신체인 것이다. 이것은 물질성 속에 감싸여 있는 '나'이다. 결과적으로 자기와 사물物과 타자의 신체에 의해 꽉 차 있는 상황의 의존 관계는 자기와 상황 양자의 전제가 되는 물질성에 의해 제시된다. 그러나 상황 내에서 자신들에게 가장 가까운 것으로서 우리가 만나는 사물은 주희의 사물과는 다르다. 주희의 사물은 그 기본적 존재 양식이 안정성과 항구성에 있기 때문이다. 한편 이토의 '나'에서 사물 개념의 특징은 변화, 운동, 활기, 분산이다. 그리고 자기 신체야말로 물질적 존재 속에서 가장 활기를 띠는 것이다.

발화행위와 이질적인 것

이토가 되묻고자 했던 것은 '마음'心과 '정'情의 관계이다. 주희는 마음을 "본래 갖추어져 있는 리가 자연스럽게 발생함으로써 정이 발현하는" 장소로 보았다. 그는 장재張載의 다음과 같은 말을 인용하고 있다.

자기의 마음을 크게 하면, 온 세상 만물을 한 몸처럼 여길 수 있으니, 사물 중에 한 몸으로 여기지 못하는 것이 있으면, 마음에 바깥이 있게 된다. 세인들의 마음은 보고 듣는 좁은 감각세계에 머물지만 성인은 본성을 다하여 보고 듣는 것만으로 마음을 구속하지 않으니, 그가 천하를 봄에 있어서는 한 물건이라도 나 아닌 것이 없다. 맹자가 "마음을 다하면

성性을 알고 천天을 알게 된다"고 말한 것은 이 때문이었다. 하늘은 커서 밖이 없다. 그러므로 바깥이 있는 마음은 하늘의 마음과 합치하기에 부족하다.[12]

상호주관적 상호관계intersubjective reciprocity의 기반으로서 인간의 사회성은 전체화로 향하는 마음의 능력과 동등하다. 물론 인간의 사회성은 '사회적인 것'[13]과 명확히 구별되어야만 한다. 개인에게 있어서 마음의 존재는 개체個로서의 인간이 타인과 우주 내의 사물物과 교신하는 능력을 보증한다. 즉 마음 '밖'은 없다는 것이며, 만인은 태어나면서부터 자기 이외의 모든 인간과 교신할 수 있다는 의미다. 다른 인류와 교신할 수 있는 것은 상호 이해 속에서 모든 장애나 잡음에 앞선다. 타자가 마음속에 출현하는 존재자와 동일시되기에 '나'와 '당신'은 완전하게 교환될 수 있다. 그러므로 마음이라는 개념은 어떤 사람이 다른 사람을 대신해서 말할 수 있다고 상정된다. 그 결과 이러한 마음의 개념화가 타자의 초월성을 없앤다는 것이 암시된다. 너무나 아이러니하게도 이러한 초월주의야말로 (대문자)타자의 타자성과 타자의 초월을 제거하는 작용을 한다. 그러므로 마음이 스스로 나타나도록 행위에 저항하고 그 행위를 교란하는 이질적인 것은 첫째로 경敬에 대한 저항으로서 이해되며, 둘째로 인간끼리 무제한으로 조화를 이룰 수 있다는 낙관적 신념을 형이상학적으로 보증하기 위해 존재론적으로 열등한 것으로 생각되어야 한다.[14] (이것은 요컨대

---

12) 『近思錄』, 「爲學」83[이광호 역주, 『근사록집해 I』, 아카넷, 2004, 278~279쪽. 원문: "大其心, 則能體天下之物. 物有未體, 則心爲有外. 世人之心, 止於見聞之狹. 聖人盡性, 不以見聞梏其心. 其視天下無一物非我. 孟子謂盡心則知性知天, 以此. 天大無外, 故有外之心v, 不足以合天心." 장재의 『정몽』正夢에 수록].
13) Laclau & Mouffe, *Hegemony and Socialist Strategy*, Verso, 1985.

(대문자)타자는 단순한 타자로 환원할 수 있다는 신념과 동일하며 궁극적으로는 (대문자)타자와 외부성은 존재하지 않는다는 신념 이외에 아무것도 아니나, 이 문제는 나중에 다시 논하기로 하자.) 인간은 규범적인 상태, 즉 마음이 인간을 지배하고 있는 상태에 있으면 우주의 전 존재와 조화를 이

---

14) 두웨이밍(杜維明)은 약 300년이 지난 시점에서 이토 진사이가 송리학에 대해서 간파한 것을 정확하게 요약했다. 다만 그의 기술이 다루고 있는 것은 송리학 혹은 주회라기보다는 신유교(송나라와 명나라에서 일어난 유교 운동을 널리 가리키는 말)다. 그는 다음과 같이 쓰고 있다. "보편 원리는 특수한 것을 초월함으로써만 획득할 수 있다는 생각은 널리 받아들여졌다. 고도의 일반성을 달성하기 위해 사고는 구체적인 것으로부터 분리될 필요가 있다. 어느 정도 보편적인 주장을 가질 수 있는 정리(定理)를 구성하기 위해서는 추상화 과정이 필요하다. 그러나 지금 논하고 있는 예에서는 구체적인 인물의 내적 경험이 일반화의 현실적 기반으로 기능하고 있다. 그리고 자기 자신의 존재에 완전하게 몰입하는 것을 통해서만 보편성의 원천을 손에 넣을 수 있다. 이렇게 보면 맹자가 '그 마음을 다하는 자는 그 성(性)을 안다. 그 성을 알면 즉 하늘(天)을 안다'고 말한 것은 그러한 방향잡기의 고전적 정식화다. 맹자의 말에 주석을 단 육상산(陸象山)은 의론을 더욱 발전시켜 자신의 이상적인 명제를 제출했다. '마음은 단지 이 한 개의 마음뿐이다. 그 마음은 나의 친구인 마음이다. 위로는 천백 년 성현의 마음이며, 아래로도 천백 년 또 하나의 성현이 있어 그 마음 역시 다만 이와 같을 따름이다. 마음의 본체(體)는 심히 크다. 만약 능히 나의 마음을 다할 수 있으면, 곧 하늘과 같다. 학문은 다만 이러한 것들을 이해하는 것일 뿐이다.' 이상의 말에서 사람의 내적 경험은 커뮤니케이션의 현실적 토대라는 것이 암시되고 있다. 그것은 인간관계의 궁극적 근거일 뿐만 아니라, 『중용』에 의하면 '천지 화육(化育)을 돕'기 위한 기반이다. …… 실제, '주체성'을 분명하게 강조하는 것은 '자기를 극복하고 예(禮)를 회복하여 인(仁)을 이룬다'고 하는 견해와 조금도 대립하지 않는다. 사실 자아는 참다운 자기를 실현하기 위해 초월되어, 때로는 부정될 필요가 있다. 자기억제, 즉 극기는 내적 경험을 획득하는 본래적 방법이기 때문이다. 이 길(道)은 모든 인류에게 보편적으로 열려 있는데, 실제로 각자가 여행을 할 필요가 있다. 내적 경험의 수양은 결국 자기동일화의 모색이다. 그러나 신유교주의적 사고에서는 자기 자신을 발견하는 과정이 자기를 사회로부터 소외하는 일은 전혀 없다. 실제로는 이 과정이 사람을 부추겨 '닮은 것끼리의 공동체' 혹은 '자기성의 공동체'라고 이름 붙일 수 있는 것으로 진입할 수 있게 한다."(Wei-ming Tu, "Inner Experience' : The Basis of Creativity in Neo-Confucian Thinking", *Artists and Traditions : Uses of the Past in Chinese Culture*, ed. Christian F. Murck, The Art Museum, Princeton University, 1976, pp.12~13) 구체성을 띤 마음과 천지의 마음을 제유적으로 전환시키지 않고 보편성과 일반성을 계속 융합하는 것도 포함해서 이상에서 지적된 송리학의 특성이 시사하는 것은 그 내재적 '독백론적' 경향이며 20세기 북아메리카의 반동사상이 신유교주의에서 스스로의 닮은 모습을 발견한 것은 놀랄 만한 일이 아니다. 이와 같은 초월주의적 권위주의를 비판하기 위해서 이토는 송리학에 대한 철저하고도 엄밀한 비판을 개시하는 것이 반드시 필요하다고 생각했던 것이다.

룰 수 있다고 상정된다. 모든 인간의 마음과 균형을 이루지 못하는 것은 이상하며, 즉 규범으로부터 일탈해 있으며 규칙 위반이다. 결국 원초적이 며 규범적인 정상으로 회귀함으로써 바르게 잡혀야만 하는 것이다.

주희의 철학에서는 인성의 보편적인(일반적인) 타당성은 '성'性 — 인간에 있어서 리理의 존재 — 이 '정'情에 앞선다는 존재론적 질서에 의 해 보증된다는 점은 강조해 두고 싶다. 더욱이 이렇게 성이 정에 존재론 적으로 선행하고 있기 때문에, 주희는 다양한 경험적 현상을 물物에 있 어서 리의 발현이라는 관점에서 해석할 수 있었다. 이러한 존재론적 질 서에 대항해서 이토는 정의 선행성을 역설한다. 이토는 "정情은 성性의 욕欲[본성의 욕구]이니, 움직이는 것이 있음을 두고 말한 것이다. 그런 까닭 에 성정性情이라고 함께 말한다.『예기』「악기」樂記에, '물物에 접촉해 느낌 을 갖게 되면서 움직이는 것은 성의 욕이다'라고 한 것이 이것이다"[15]라 고 말했다.

주희는 "심통성정"心統性情이라고 하면서 성性을 심의 본체體로 보았고 정을 심의 활용用으로 보았기 때문에 이와 같은 설명이 있는 것이다. …… 정은 다만 성의 동動으로서 욕欲에 속하는 것이니, 조금이나마 사 려에 간섭이 있게 되면 심이라고 말한다. 사단四端과 분치忿懥 등 네 가지 가 모두 심이 사려한 것이라면 이것을 정이라고 말해서는 안 된다. …… 무릇 사려한 바가 없이 움직이는 것을 정이라고 하고, 조금이나마 사려 에 간섭이 있게 되면 심이라고 말한다. 희·노·애·락·애·오·욕喜怒哀樂

15) 伊藤仁斎,『語孟字義』上卷,「情」第1條;『伊藤仁斎·伊藤東涯』(日本思想大系 第33卷), 岩波書店, 1971, 56쪽.

愛惡欲 일곱 가지가 만약 사려한 바가 없이 움직인다고 한다면 진실로 정이라고 말할 수 있겠지만, 조금이나마 사려에 간섭한 것이 있다면 정이라고 말할 수 없다.[16]

여기에서 이토는 정이 마음에 의해 통솔될 수 있다는 생각에 도전한다. 그는 정을 성 아래에 배치해서 정을 본질적으로 성의 이차적인 파생물로 생각하는 존재론적 질서를 무효화함으로써 주희의 의론에서 이질적인 것을 동화시키고 흡수시키는 담론 배분질서를 분쇄하려고 한다. 그러나 이토의 비판이 송리학자의 정과 성에 대한 개념화의 방식을 그대로 유지하고 있다는 것을 잊지 말아야 한다. 내가 생각하기에 이토가 "정은 성의 욕"이라고 한 것은 주희가 사용한 용어를 전부 폐기하면 이토의 비판도 그 엄밀함을 잃기 십상이라는 것이 주된 이유인 것 같다. 지배적인 어휘를 완전히 거절하는 것은 애초부터 불가능하며, 그와 같은 거절을 몽상하는 것 자체가 유토피아주의를 부를 뿐이며, 그러한 유토피아주의는 종종 보수적인 결과를 초래한다. 이토가 행한 이러한 비판으로 달성되는 것은 이질적인 것이 순화되어 억압받은 장소를 폭로하는 것이다. 이 장소야말로 이제는 정情이라고 명명되고 있다는 것은 두말할 나위도 없다. "사려한 바가 없이 움직인다"는 말로 새롭게 정을 정의하는 것은 다음 두 가지 점에서 중요하다.

첫째로, 이토의 정의는 마음心에 의한 정情의 지배를 부정하고 있다. '사고' 혹은 '사려'라는 용어는 분명히 어떤 개념 하에 정을 포섭하는 것을 함의한다. 이 포섭 기능이 마음에 귀속하기 때문에 마음은 성과 정을

---

16) 伊藤仁斎, 『語孟字義』上卷, 「情」第2條; 같은 책, 57~58쪽.

통합한다고 주장되었다. 그리고 이 마음의 통합 기능은 다음의 두 가지로 해석될 수 있다. 첫째, 정은 성에 대응하도록 정해져 있다는 것이며, 둘째, 정은 사려의 대상으로 정해져 있다는 것이다. 이러한 이유로 송리학자는 정과 성의 평행관계를 주장할 수 있었다. 이제는 명백하지만, 이러한 종류의 평행관계가 존재하지 않으면 성 그 자체가 정으로 발현한다는 따위를 주장하는 것이 불가능하다. 또한 동시에 정은 뭔가를 규정하는 주체, 즉 마음의 대상으로서 규정되고 있다. 마음의 능력인 사려를 거침으로써 정은 마음에 대한 존재로 미리 **한정**되며, 정은 무엇보다도 먼저 마음의 존재로 정의되어 마음에 종속되는 존재자가 되지 않을 수 없다. 정을 이와 같이 대상화하는 것은 마음의 통치 안에서 정을 파악하여 고정화하는 것에 다름 아니다.

둘째로, 이렇게 정情을 정의함으로써 이질적인 것이 담론 배분질서를 파괴하지 못하도록 하는 담론의 작용이 명확해진다. 송리학자가 말한 경敬 개념은 정이 본질적으로 순화 가능하다는 점을 은연중에 상정하고 있다. 정은 규칙적인 것에 있어서 이질적인 계기를 필연적으로 포함한다는 사실을 알고 있음에도 불구하고, 아니 오히려 알고 있기 때문에 송리학자에게 절대 필요했던 것은 정이 주어진 담론 배분질서에 최종적으로 순응하는 운명에 처해 있다고 하는, 설득력 있는 의론을 찾는 일이었다. 물론 맹자의 성선설은 이 목적을 이루도록 해석되었다. 이것과 대조적으로 이토는 이러한 배분질서와는 무관하게 정은 생겨나는 것이라고 밝혔다. 그는 정이 경에 순응하는 것을 보증하는 것은 근본적으로 없다고 주장한다. 정이 그 자발성을 박탈당해 결과적으로 순화되는 데에는 마음에서 대상화될 필요가 있지만, 이토는 정을 그야말로 대상화할 수 있는 바깥外으로 정의했다. 즉, 정을 사려할 수 있는 외부로 보았다. 그에게 (대문자)타자의 출현은 '정이라고 하는 사건'[17]으로서 일어난다. 그것은 인식 상의 사건이 아니다.

이러한 까닭에 정은 마음에 나타날 수도 없고 나타나게 할 수도 없다. 정은 구속하려는 마음의 지배로부터 항상 멀어진다. 또 정이 지니는 '사려'에 대한 타자성 때문에 그것은 자발성이라는 '장소'로도 생각된다. 이러한 새로운 정의는 자발적인 것이란 사건이 순수하게 시작되는 것을 시사하고 있지만, "그것은 그 자체를 **나타내지 않는다**는 조건에서만, 누구도 자기를 나타내 보이지 않는, 이 개념화가 불가능하며 또한 없앨 수 있는 것도 아닌 수동성 위에서만"[18] 발현할 수 있다고 암시한다. 이 예에서 이토가 사용한 비유적인 표현 '간섭'涉에 주의할 필요가 있다. 이 글자는 강을 걸어서 건너다는 뜻이므로 예를 들어 무엇인가의 경계를 넘어 관계 맺는 행위를 시사한다. 바꿔 말하면 정이 사려에 도달할 때, 즉 '사려에 간섭이 있게' 될 때 정은 무엇인가의 영역에 포섭되어 동화된다. 주희는 이 영역에는 우주 전체가 포함되어 있으며, 그 때문에 무한하다고 믿었다. 그러므로 정은 미리 사려 속에서 발생하게 된다. 그러나 이토는 이 영역의 경계를 확정하여 어떤 주제가 유한개의 일반자에 의해 한정되는 것으로서──즉 한정된 주어로서──규정된 장소로서 나타냈다. 그리고 그는 이 영역을 다른 방법으로 사물이 인식되며 연출되고 있는 다른 실천계와 관계를 맺게 함으로써 이 영역의 '외부'를 열어 놓았다. 다시 말해

---

17) Jean-François Lyotard, *The Differend: Phrases in Dispute*, trans. George Van Den Abbeele, University of Minnesota Press, 1988, p.111(*Le différend*, Minuit, 1983 ; 陸井四郎 ほか訳, 『文の抗争』, 法政大学出版局, 1989).

18) Jacques Derrida, "Quel Quelle : Valéry's Sources", *Margins of Philosophy*, trans. Alan Bass, University of Chicago Press, 1982, pp.296~297("Quel Quelle : Les sources de Valéry", *Marges*, Minuit, 1972).

주희에게는 전 우주라고 생각되었던 마음의 장소가 이토에게는 단지 하나의 담론구성체에 불과하게 된다. 즉 이토가 '심학'心學 비판에 의해 달성하려고 했던 것은 초월주의의 교설이 보편타당하다고 주장하는 것을 그 근본에서 무너뜨리는 것이었으며, 내재성에 준거해서 초월주의와는 무관한 아주 새로운 보편 개념을 만들어 내는 것이었다.

'간섭'涉이라는 비유적인 표현을 통해서 이토가 이해한 정情의 이론적 함의를 탐구할 수 있다. 그가 마음이라고 불리는 영역의 경계를 확정할 수 있었다는 것은 어떤 특정한 '사려·생각하기'의 이해가 성립했다는 것을 분명히 암시하고 있다. 그리고 이러한 '사려·생각하기'의 이해가 최초로 인정하는 것은, 사려는 **운동하는** 것을 포착할 수 없다는 것, 다만 의식에 있어서의 현상을, 다시 말해 정적인 상태로 있는 대상을 파악할 수 있을 뿐이라는 것이다. 무엇인가를 주어로 한정한다는 것은 현상을 개념의 일반성에 의해 **술어화**하는 것이다. 그러므로 '사려·생각하기'는 현상을 의미작용에서 대상화하는 것이다. '사려·생각하기'는 의미작용에서 일탈하는 것을 파악할 수 없다. 실은 정情의 운동성을 강조함으로써 주희가 채용했던 존재론적 질서의 역전을 일으키는 것이 된다. 즉 이토는 운동하는 것이 의미작용으로 파악되는 것에 선행한다고 말하고 있으며, 그리고 내 생각에 이때 송리학자가 상정하는 그들 담론의 보편적 타당성에 대한 주장은 철저하게 또는 최종적으로 비판의 희생물이 되는 것이다.

이질적인 것을 폭로할 수 있게 해서 담론의 한계를 제시하는 것은 새로운 담론 서열화의 도입, 즉 '발화행위'다. 에밀 벤베니스트는 「발화행위의 형식적 장치」라는 유명한 논문에서 이 용어에 대하여 다음과 같이 말했다.

발화행위란 개인의 행위에 의한 언어(랑그)의 가동이다.……

……그러나 누구나 아는 바와 같이 동일한 주체에게 있어서도 동일한 음성이 결코 정확하게 재생된 적이 없으며, 실험이 세밀하게 되풀이되는 경우에도 동일성의 개념은 대략적인 것에 불과하다. 이러한 차이는 발화행위가 산출되는 상황들의 다양성에 기인한다.……

발화행위에서 우리는 행위 자체, 행위가 실현되는 상황, 수행의 도구들을 차례로 고찰하기로 한다.

언어가 현실적으로 사용되는 것은 개인의 행위에 의해서인데, 개인의 행위는 우선 화자를 매개변수로서 발화행위의 필수적인 조건들 속에 도입한다. 발화행위 이전에 언어는 언어의 가능성에 불과하다. 발화행위 이후에 언어는 화자로부터 나오는 담화[19]의 현실태instances de discours로 현실화되는데, 이것은 음향형태로서 청자에게 도달하고 그 대신에 또 하나의 다른 발화행위를 야기한다.……

그러나 즉각, 화자가 자기가 화자라고 선언하고 언어를 가동하자마자,

---

19) 이 책에서 사용하고 있는 discourse(담론)와 벤베니스트가 말하는 discourse는 엄밀히 구별하고자 했다. 다시 말해 이 책에서 사용하는 discourse는 푸코의 말에 따르고 있으며, 푸코가 사용한 것을 '담론'으로 번역하고, 벤베니스트의 말은 '대화'(對話)로 번역하기로 한다. 말할 것도 없이 푸코가 말하는 담론은 그야말로 벤베니스트의 1인칭과 2인칭, 3인칭의 구별을 타파하며, 1인칭도 2인칭도 모두 3인칭으로 환원하는 시도를 내포하고 있기 때문이다. 여기서 문제가 되는 것은 인격과 인격의 접촉 장면으로 정의되는 전통적이며 형이상학적인 의미에서 말하는 인격/주체를 어떻게 비판/해체할 것인가라는 과제다. 또 the instance of discourse를 '대화의 심급(審級)'으로 번역했다. 이것은 벤베니스트가 도입한 개념에서 3인칭 서술이 '역사/이야기'(l'histoire)의 수준에서 전개되고 있는 데 반해, 1인칭과 3인칭이야말로 언어를 사용하는 가운데 인칭, 다시 말해 인격이라는 개념의 실례(l'instance)를 부여하고 있다는 입장에서 인격 간의 대화로서 부여되고 있는 발화의 장면과 사건을 '대화의 심급'이라고 이름 붙였다. [사카이 나오키가 번역한 '대화'와 '대화의 심급'은 국내 번역본에서는 각각 '담화'와 '담화의 현실태'로 옮겼다. '담화의 현실태'라는 용어에 대해서는 황경자 옮김, 『일반언어학의 제문제』 I, 민음사, 1992, 369쪽의 옮긴이 주를 참조하기 바란다.]

그는 그의 면전에 '타자'를 도입하는데, 그가 이 타자에게 부여하는 존재의 정도가 어떻든 간에 그렇게 한다. 어떠한 발화행위라도 명시적이건 함축적이건 대화행위^allocution^이며, 대화자^allocutaire^를 가정한다.

결국, 발화행위에서 언어는 세계에 대한 어떤 관계의 표현에 사용된다는 것이 판명된다. 언어의 이러한 동원과 사유의 조건 자체가 화자에게 있어서는 담화에 의해 지시하려는 욕구^besoin de référer^이며, 타자에게 있어서는 각 화자를 공화자^共話者, co-locuteur^로 만드는 화용론적 합의 속에서 동일하게 공지시하는^co-référer^ 가능성이다. 지시^référerce^는 발화행위의 구성요소이다.……

화자가 자신의 발화행위에 존재함으로 인해 **각 담화의 현실태는 내적 지시의 중심을 구성**한다. 이러한 상황은, **화자가 그의 발화행위와 항구적이고 필연적인 관계를 맺도록 하는** 기능을 지닌 특수한 형태들의 작용에 의해 나타날 것이다.[20]

모든 발화가 어느 장소와 시간에서 생산되는 것이지만, 한번 생산된 발화는 상대적인 자율성을 획득해 그 기원으로부터 독립한다. 누가 최초로 발화한 것인가를 알고 있는가 그렇지 않은가와 상관없이 사람은 그 발화가 무엇을 의미하는가를 이해할 수 있어야 한다. 발화 내용이 의론의 대상인 이상 누가 말했든 어디에서 언제 발화된 것이든 알 필요가 없으며, 이러한 것을 아는 것은 아예 불가능하다. '원칙적으로' 누구라도 어디에서도 동일한 발화를 반복할 수 있다. 발화를 반복할 수 없다면 그것

---

20) Émile Benveniste, *Problémes de linguistique générale*, Gallimard, 1966, pp.80~82[『일반언어학의 제문제』II, 민음사, 1992, 98~101쪽. 번역 일부 수정].

은 동일한 발화로 인정되지 않는다. 발화의 동일성은 반복 가능성을 반드시 포함하고 있기 때문이다. 어떤 발화의 동일성을 구성하는 것은 그것이 말하고 있는 것, 즉 발화된 말the enunciated, énoncé이다. 실제 주체를 "나는 당신에게 진실을 말하고 있다"라는 발화된 말에서 보여지는 '나'와 동일시하는 것은 가능하지만, '나'와 '당신'은 발화된 말이 발화행위와 혼동되지 않으면 누구라도 상관없다. 사실 대명사가 들어 있는 발화의 의미작용에 관해서 말하면, 이들 대명사는 완전히 없어도 상관없다. 발화된 말에 관해서 '나'와 '당신'은 '그/그녀'라도 상관없다. 벤베니스트는 '내적 지시의 중심'은 화자가 자기의 발화행위로 현전하기 위해서 필요하다고 생각했던 것인데, '내적 지시의 중심'이라고 부르는 것을 없애는 것 역시 언어 사용의 중요한 일부분이다.

그러나 그/그녀 자신과 '나'를 동일화시키지 않고 누가 동일한 발화를 행할 수 있을까라는 것이, 이와 같이 발화를 전달할 수 있기 위한 필요조건이다. 거듭 말하지만, 발화된 말의 익명성이야말로 발화의 가능성이다. 발화된 말에서는 어느 특수한 '나'가 변형된 익명의 '나'가 되며, **언어행위의 주체가 발화행위의 주체와 반드시 일치한다고 상정된** 이상적 혹은 상상 위의 상태를 발화행위라고 부른다. 사실 우리는 발화행위의 **기억**을 소지할 수 있을 뿐이다. 발화된 말은 발화행위의 산물이다. 그러나 강조하고 싶은 것은 발화된 말로부터 주체, 상황, 의도 모두가 하나의 말하기 발생으로 통합되어 있는 본래의 발화행위를 복원하는 것은 불가능하다는 점이다. 발화행위와 발화된 말 사이에는 구제할 수 없으며 복원할 수 없는 균열이 존재한다. 예를 들어 "나는 당신에게 거짓말을 하는 중이다"와 "나는 죽었다"라는 진술은 이러한 균열을 가장 명료하게 드러낸다. 만약 주체가 거짓말을 하고 있다면 어떻게 그의 진술 자체를 이해할 수 있을까.

만약 그녀가 죽었다고 한다면 애초에 그녀는 어떻게 말할 수 있을까. 발화행위와 발화된 말이 모순을 낳는 이러한 예는 별로 예외적인 것이 아니고, 언어의 가장 근본적인 작용을 보여 준다. 이와 같은 균열과 이율배반을 통해서 인간은 언어로 세계를 명료히 이해한다.

"언어가 현실적으로 사용된다"는 말을 이와 같이 이해한다면, 벤베니스트의 '발화행위의 주체'라든가 '담화'라는 개념이 근본적으로 의심된다. 언어에 있어서 주체성에 대한 그의 투철한 통찰을 존경하지만, 나는 그의 틀을 비판하며 그가 이용했던 기본 용어를 수정하도록 노력해야만 한다.

기억해 둘 것은 사람은 언어에 의해/언어에서 자기를 정립한다는 것이다. 벤베니스트가 주장하는 것처럼 언어만이 자아라는 개념을 나타낼 수 있다. 그는 "'나'란 그가 '나'라고 말하는 자다"(Est *ego* qui dit *ego*)[21]라고 말했다. 나아가 벤베니스트에 의하면 '나'라고 말함으로써 개인은 타자와 상호 의존적 관계가 되는데, 원칙적으로 타자는 누구라도 상관없다. 헤겔이 예증했던 것처럼 이와 같이 지명된 '나'는 항상 모순의 장소이며, 이 모순이야말로 '나'를 규정하고 '나'의 실정성實定性을 가능하게 한다. **상상력으로** 지시된 '나'는 메시지를 듣고 받는 수신자에 대한 타자일 뿐만 아니라, 지명 혹은 지시된 자인 개인에게도 타자이기 때문이다. '나'라는 말이 어떤 의미를 가지는 것은 '타자'와 대립 관계에 있을 때뿐이며, 이러한 '나'는 사실상 '타자'에 의해 가능하다고 생각해야만 할 것이다. '나'라고 말할 때, 이미 사람은 '타자'의 영역으로 전위하고 있으며, 발화행위에서 규정된 주체성은 원래의 '자아'와의 무매개적 관계를 잃어버린다.

그렇다면 이상에서 말한 지연, 분리, 혹은 균열의 본질이란 무엇일까. 어느 진술을 발화할 때에 인간은 항상 '타자'로 변용되는데, '타자'는 그 사람으로부터 반드시 분리되며 소외된다. 예를 들어 고백은 궁극적으로는 예외 없이 거짓말이며, 그것은 사람이 자기를 꾸며 대어 감추기 때문이 아니고, 모든 발화가 필연적으로 자기의 '자아'로부터 소외된 존재로서의 자기 자신이기 때문이다. 남자 혹은 여자가 '그/그녀'로서 지명된 주체적 입장과 '자아'의 동일시를 강제하지 않는 한 고백은 기능하

---

21) 에밀 벤베니스트는 말한다. "우리가 여기서 다루는 '주관성'(subjectivité)은 '주체'(sujet)로 자처할 수 있는 화자의 능력이다. 이 주관성은 각자가 자기 자신이라고 느끼는 감정(이 감정은 우리가 이에 관해 말할 수 있는 한에서 반사물에 불과하다)에 의해 규정되는 것이 아니라, 이 주관성이 모아놓은 산 경험들의 총체를 초월하는, 그리고 의식의 영속성을 보장하는 정신적 단위로서 규정된다. 그런데 이 주관성은, 사람들이 이를 현상학으로 설정하건, 심리학으로 설정하건, 언어의 근본적인 특성이 존재 속에 출현한 것에 불과하다고 우리는 주장한다. 'Ego'라고 '말하는' 자가 'ego'인 것이다. 우리는 거기서 '주관성'의 토대를 발견하는데, 이 토대는 '인칭'의 언어적 지위에 의해 결정된다. 자의식은 대조에 의해 자신을 느끼는 경우에만 가능하다. 나는 어떤 사람에게 말을 거는 경우에만 '나'(je)를 사용하는데, 이 어떤 사람은 담화 속에서 '너'(tu)가 될 것이다. 바로 이러한 담화의 조건이 '인칭'을 구성한다. 왜냐하면 이 조건은 상호적으로 이번에는 '나'(je)에 의해 나 자신을 지칭하는 사람의 담화 속에서 내가 '너'(tu)가 되는 것을 내포하기 때문이다. 바로 거기서 우리는 그 결과가 온갖 방향으로 전개되고 있는 하나의 원칙을 보는 것이다. 각 화자가 자기의 담화 속에서 '나'(je)로서 자기 자신을 지시함으로써 '주체'로 자처할 때에만 언어활동은 가능하다. 이런 사실로 인해 '나'(je)는 어떤 다른 사람을 설정하는데, 이 다른 사람은 '자아'(moi)에 아주 외재적이면서도 내가 '너'(tu)라고 하는 나의 메아리가 된다. 인칭들의 극성(極性, polarité), 바로 이것이 언어에 있어서의 근본적인 조건인데 우리의 출발점이었던 의사소통의 과정은 그것의 극히 화용적인 것의 하나의 결과에 불과하다. 게다가 그 자체로서 매우 특이한 극성이며 언어 이외의 어느 곳에서도 그와 같은 것을 발견하지 못하는 대립의 유형을 보여 주는 극성인 것이다. 이 극성은 동등이나 대칭을 의미하지 않는다. '자아'(ego)는 항상 '너'(tu)에 대해 초월적 지위를 지닌다. 그렇지만 두 항 중 어느 것도 다른 항 없이는 생각될 수 없다. 그것들은 상보적인데, '내적/외적' 대립에 따라 그러하며, 동시에 그것들은 역전이 가능하다."(*ibid.*, p.224, 앞의 책, 372~373쪽)

이미 밝혀졌다고 생각하지만, 대단히 계몽적이라고 해도 나는 벤베니스트의 논의에서 몇 가지 유보하고 싶은 점이 있다. 특히 중요한 것은 '담화'(discourse)라는 용어의 사용법과 벤베니스트가 인도-유럽어족의 대명사 체제의 보편성을 상당히 부주의하게 승인하고 있는 것이지만, 이것에 대해서는 나중에 다시 거론하겠다.

지 않는다. 더 엄밀하게 말하면 고백은 본질적으로 정치적 실천이어서, 어떤 인물로 하여금 그 본인의 정신 혹은 신체의 어딘가에 본래적인 '자기'가 있다고 믿도록 부추기고 설득을 해서, 그 사람을 그/그녀의 동일성에 종속시키는 한에서만 기능한다. 말하기speech에서 사람은 자기 자신과의 동일화에 반드시 실패한다. 그것은 그 사람이 '말하려고 하는 것'은 실제로 '말하고 있는 것'과 항상 다르기 때문이다. 그러므로 우리는 사회적인 것을 (대문자)타자와의 만남이라고 생각해도 좋을 것이다. 나 개인이 (대문자)타자이며 나는 나 자신으로부터 항상 어긋나기 때문이다. 발화에서 사람은 결코 만난 적이 없는 두 개의 시간성을 살고 있다. 즉 사람이 '말하려고 하는 것'이 제시되는 시간과 '말해진 것'이 실제로 완수된 현재적인 시간이다. 어떤 사건이 어떤 방식으로 등록되기 위해서는 누군가가 그것을 발화하지 않으면 안 된다는 사실 덕분에, 텍스트로 동일시되어 기억된 한도의 사건은 불가피하게 담론적인 사건이며, 주어진 담론에서/담론에 의해 유지되는 이미지이다. 진술 안에서 기술된 사건은 실제의 작용에 있어서 다른 사건에 선행하며, 그것을 계승하기 때문에 그 사건은 시간 속에서 일찍이 생성되어 현재와 미래에서도 틀림없이 생성된다. 그러나 그 진술은 반복적으로 발화할 수 있다. 여기서 우리를 혼란시키는 것은 어느 사건을 기술하는 발화행위도 또한 하나의 사건이라는 점이다. 다수의 발화행위에서 기술된 사건은 동일할지 모르지만, 반면에 이들이 기술하는 발화행위에 하나로 동일한 것은 있을 수 없다. 그러므로 나는 발화의 '현재'와 발화된 말의 '지금'은 서로 일치하지 않는다는 것과 이 두 용어 사이의 이율배반은 실제로 구두표현과 언어표현 일반의 가능성을 생성한다고 결론지었다.

그런데 주희의 의론 안에서 배분되어 있는 다양한 철학적 전술은,

발화행위와 발화된 말이라는 문제를 암시하는 텍스트적 성격을 기존 개념의 배분질서economy 내로 어떻게 환원할 것인가 하는 중심과제를 둘러싸고 조직화되어 있다. 이것을 확인하는 것은 그리 어렵지 않다. 그래서 정情 혹은 욕欲 ─ 운동하는 것의 ─ 이 성性이라는 관점으로 완전히 정의할 수 있다고 단언하기 위해서는 송리학의 성과 정의 존재론적 질서가 요청된다. 다양한 사건들이 발화된 말에서 항項으로 환원되면 그것들은 일반자로서 일괄해 처리할 수 있다. 그리고 이 환원을 통해서 사람은 사물, 사건, 그리고 자신의 신체 속에서 일반자인 리理를 발견할 수 있게 된다. 내가 '신체의 불가시성'으로 불렀던 사태는 항상 신체와 결부되어 있는 정을 마음의 지배에 종속시킬 수 있다는 것을 의미했다. 물론 주희에게 마음은 인간의 성性을 포함하는 모든 일반자의 영역이다. 주희가 이해했던 경敬과 성誠은 발화행위의 발화된 말로 환원할 수 있는 것이었다.

　이토 진사이가 이러한 성과 정의 존재론적 질서를 거절함으로써 보여 주는 것이야말로 발화행위에 내재하는 이질적인 것이다. 그는 정은 성으로 환원할 수 없다고 강조했으며, 주희의 담론에 대해서 정의 이질성을 폭로했다. 이토가 송리학자 특유의 어휘와 관례적 문답 형식을 받아들이고 있는 점에서, 이러한 이질성의 폭로는 비판이기도 하다. 그에게 주요했던 과제는 담론을 지탱하면서, 담론에 의해 은폐되기도 했던 텍스트성이라는 '장소'를 드러내는 것이다. 그러나 그의 비판은 한층 더 앞서 나가 있다. 무엇보다 그것은 **담론** 일반에 대한 비판이다. 이 점에서 이토는 세계를 담론이 아니라, 우선은 텍스트로서만 볼 것을 제안하고 있다. '인륜'[22]이라는 말로 이토는 담론으로 환원할 수 없는 사회성을 말했다. 이로써 이토는 정情의 운동성, 다시 말해 '움직임'動에 대한 새로운 읽기를 획득할 수 있었던 것이다.

주체성과 인칭·인격

이러한 인칭 문제와 관련하여, 한문에는 유럽 언어의 대명사 체계에 해당하는 것이 없다는 점에 주목할 필요가 있다. 다만 대명사 체계는 특정 언어 모두에 내재하는 것인가, 혹은 메타언어에 의해 강요된 것일까라는 의문, 애초부터 어떤 특정 언어의 문법은 메타언어로 기술된 그 언어의 특징을 말하는 것이 아닐까라는 물음, 즉 메타언어와 특정 언어의 문법을 구별할 수 있다고 계속 주장하는 것은 처음부터 가능한 것일까라는 문제는 일단 유보해 두자. 나는 지금은 이토가 거의 전 작품을 쓰는 데 사용했던 한문이 일상 언어와 완전히 달랐고, 소위 말하기 상황에서 수행된 발화로 환원될 수 없다는 사실에 대해 숙고해 보고 싶다. 이 문제는 제3부에서 읽기와 번역의 새로운 실천계와 오규 소라이와 관련해서 상세히 논의하겠지만, 여기에서는 18세기에 생산된 철학적 의론 중에서 행위적 측면을, 언어행위론자가 발화를 언어수행의 측면에서 검토하는 방법과 다르게 분석할 필요가 있다는 것을 말해 두고 싶다. 한문은 오늘날 수학과 과학에서 하는 도상 기호의 사용과 비교할 수 있을지 모른다. 이토가 '가까움'과 일상생활에 대해서 의론했던 언어는 그의 '일상' 언어가 아니며, 당시 사람들이 일상생활에서 사용했던 언어조차 아니었다고 주장할 수 있을지도 모른다. 그러나 여기에는 명백한 위험성이 있는데, 한문

---

22) '인륜'이라는 용어는 고야스 노부쿠니(子安宣邦)가 사용했다(『伊藤仁斎 — 人倫的世界の思想』, 東京大学出版会, 1982 참조). 그는 이토가 사용한 '인륜'이라는 말을 강조하고 있지만, 그의 인륜 개념에는 와쓰지 데쓰로(和辻哲郎)의 윤리학의 영향이 강하다. 와쓰지의 인륜 개념은 비공약적인 타자 관계에 대한 배려를 완전히 결여하고 있으며, 그야말로 정(情)이 존재하지 않는 정태(静態)적인 사회상을 전제로 하고 있다.

이 형식적이고 인공적이며 중요성이 낮은 언어로 그 '범주'는 '현실'의 '보통' 사람들로부터 소외되고 있었다고 처음부터 단정해 버리는 것이다. 이것은 일반인에게 한문은 '부자연스러운' 매체이며, 뒤떨어진 매체였다고 단정하게 하는 위험이 있다. 한문의 '범주'가 너무나 불충분해서 일반인의 사고 체계를 반영하지 않았다고 단정해 버리는 것은 일상성의 물화를 이끌 뿐이다. 이러한 함정을 피하기 위해서는 포퓰리즘을 이유로 철학적 혹은 이론적 의론을 쉽게 포기하는 잘못을 명시하는 일련의 이론적 조치가 필요하지만, 이러한 조치의 다수는 이 책의 직접적인 목적에서 벗어난다. 여기서는 몇 가지 관찰을 제시하는 것으로 만족해야만 할 것이다.

　대부분의 경우, 언어를 언어행위로 귀속시키는 것은 하나의 주체를 상상함으로써 가능하다. 우리는 이미 발화행위에서 말하는 주체의 분열을 확인했다. 더욱이 우리는 '나'라는 말(주어) 속에 들어 있거나 의미화되는 익명의 '나'의 반대쪽에 있는 것이 현실에서 발화를 수행하는 특정한 '나'라고 하는, 이미 알려진 명제에 주목할 필요가 있다. 발화된 말의 주체 외부에 나타나는 특정한 '나'야말로 재현/표상되어야만 하는 '나'이다. 발화행위의 주체인 이 '나'가 재현/표상되어야 한다고 정해진 조건은 발화행위가 어떻게 가능할 것인가에 대해서 부수적인 사태가 아니다. 자크 라캉과 그 밖의 사람들이 제시했던 것처럼 발화행위의 주체는 재현/표상될 주체로서만 존재할 수 있다. 바꿔 말하면 발화행위의 주체는 **주제적**으로 규정되어 재현/표상될 필요가 있다. 주제적으로 재현/표상되는 한, 어떤 특정 언어에서 발화행위의 주체가 어떠한 종류의 통사론적 기능에 부합하는가 하는 것은 문제가 되지 않는다. 발화행위의 주체는 누군가에게 재현/표상되어야만 한다. 발화행위의 주체와 발화된 말의 주체

사이에는 반드시 균열이 생겨야 할 뿐만 아니라, 발화행위의 주체는 절대적으로 발화행위의 주체가 재현/표상되는 곳의 누군가로부터 분리되어야 한다. 주체는 앞에서 말한 분리를 동반해서 비로소 존재할 수 있다. 발화행위의 주체가 재현/표상될 것을 예상하는 일은 굳이 라캉의 거울 단계를 언급할 필요도 없이 거울의 예에서 보듯이 재현/표상 구조를 동반한다.

다시 말해 이미 많은 논자들이 의론하고 있는 것과 같이 발화행위의 주체는 반드시 하나의 이미지다. 그러므로 이 주체는 **테오리아**^{theoria}, 즉 예상 밖에서는 존재할 수 없으며 넓은 의미에서 상상된 과거에 대한 이야기^{narrative}라고 여겨지는 역사 속에서만 존재할 수 있다. 발화행위를 완수하는 발화행위자(**슈타이**)를 발화행위의 주체라고 부를 필요는 없는 것이다.[23]

만약 그렇다면 대명사와 인칭, 이야기된 역사와 살아 있는 **담화**^{discourse}, 언어와 현실을 운운하는 구별 전체가 내게는 의심스러워 보인다. 대명사와 인칭의 구별을 확보하기 위해서 에밀 벤베니스트는 예를 들어 1인칭 복수 및 2인칭 단수와 3인칭을 구별했다. 그에게는 "즉 나는

---

23) 모리스 블랑쇼(Maurice Blanchot)는 「본질적 고독」("The Essential Solitude", *The Gaze of Orpheus and Other Literary Essays*, ed. P. Adams Sitney, trans. Lydia Davis, Station Hill, 1981; *L'espace littéraire*, Gallimard, 1955)에서 다음과 같이 쓰고 있다. "글을 쓴다는 것은 시간의 부재의 매혹에 자신을 맡기는 것이다. 우리는 여기서 분명 고독의 본질에 다가서고 있다. 시간의 부재란 순전히 부정적인 양상이 아니다. 그것은 아무것도 시작되지 않은, 주도를 할 수 없는, 긍정 이전에 이미 긍정이 되돌아와 있는 그러한 시간이다. 순전히 부정적인 양상이라기보다는, 오히려 여기가 또한 그 어디도 아닌 곳이 될 때의, 각각의 사물이 사물의 이미지로 물러설 때의 그리고 우리들 각각의 '나'가 얼굴 없는 '그'라는 중성 속으로 잠길 때의 부정 없는, 결정 없는 시간이다. 시간의 부재의 시간은 현재(présent)도 없고 현전(présence)도 없다."(이달승 옮김, 『문학의 공간』, 그린비, 2010, 28쪽) 이 점에 관해서는 뒤에서 하이데거, 칸트, 그리고 더 중요한 니시다 기타로의 주어주의(主語主義) 비판과 관련해서 다시 검토한다.

나라는 언어적 현실태를 내포하는 현 담화의 현실태를 발화하는 개인이다".[24] 그러나 이러한 이중의 현실태는 하나의 대명사가 사용된 방식에 완전히 의존하고 있다. 즉 고유명사를 사용하든 개인명을 사용하든 동등하게 발화의 행위자를 의미하며 지명할 수가 있다. 형식적 규칙의 체계로서 언어를 그 외의 사물로부터 명료하게 구별하려 노력하는 벤베니스트가 전제하고 있는 것은 주체가 그 자체와 일치하는가, 혹은 주어가 자동적으로 **주체**인 것처럼 언어적으로 표시된 현실태가 존재한다는 것이다. 그의 의론에서는 어떤 어족語族으로부터 추출된 체계적인 특징이 무차별하게 다른 언어에 적용되고 있다. 그렇다고 내가 경험적인 데이터가 빠져 있다고 벤베니스트를 비난하는 것은 아니다. 내가 주의를 환기하려는 것은 그가 설정한 언어/비언어의 구별과 그가 주체성을 논하는 어떤 실증주의 사이에는 공범관계가 있다는 점이다.

이토 진사이가 사용한 언어에는 인칭대명사의 체계가 없었기 때문에, 우리는 '서브젝트'라는 용어의 사용법에 특히 주의해야만 한다. 그래서 나는 이 말 외에 '서브젝트'로 번역할 수 있는 용어들을 사용해서 이 말을 명시했다. 주어로서의 주체와 발화행위의 주체 사이의 관계를 생각하면, 사람들은 먼저 발화행위의 주체가 명제의 주어로 변형될 때의 형식적 규칙을 찾으려 할지 모른다. 예를 들어,

나는 여기에 있다. (I am here.)

"나는 여기에 있다"라고 나는 말한다. (I say, "I am here.")

---

24) Benveniste, op. cit., pp.218, 217~222 ; 같은 책, 363, 361~369쪽.

또는,

이 장미는 빨갛다. (The rose is red.)

이 장미는 빨갛다고 나는 생각한다. (I think the rose is red.)

종종 이런 종류의 변형에 의해 발화행위의 주체가 암암리에 규정된 '나'와 동일시되었다. 그렇지만 발화행위의 주체는 '나'라는 말에 의해 지명된 덕분에 대명사의 네트워크 안에서 이미 결정되어 있는 것처럼 보이는 것, '나'는 이미 '너', '우리', '그/그녀'에 대립하는 것처럼 설정되어 있는 것에 주의해야만 한다. 그러나 그 특수성으로서 한정된 점에서 그것은 이미지로서 재현/표상되고 있으며, 혹은 더 빈번하게 거울과 동등한 역할을 지니는 구조 속에서 반영되듯 주체의 신체가 거울에 비치는 이미지로서 재현/표상된다.[25] 인칭대명사가 없는 언어에서도 주체의 신체를 지시하는 말은 많은 관계 속에서 기능을 할 것이다. 다양한 방법으로 규정할 수 있는 주체의 위치, 예를 들면 '당신의 충복', '상전을 모시는 신하', '귀하' 등 벤베니스트가 '전환사'shifter라고 부른 표현은 발화행위 주체의 위치를 분명히 나타낼 것이다. 인도-유럽어의 대명사 체계에서도 자주 있는 일이지만, 예를 들어 '나'(혹은 영어의 'your servant')라고 하는 표현에서 볼 수 있듯이 주체의 동일성의 사회적·역사적 성질은 망각되며 마치 비역사적 본질로서 내면화된 것이 실로 많다. 그리고 주체성에 대한 실로 이런 종류의 주관성의 실증주의야말로 이토 진사이가 송리학

---

25) '욕'(欲)이라는 용어는 유학의 가르침에서는 프로이트적 욕구와 달리 배분질서에 따르고 있는 것이 일반적이라는 것을 강조해 두어야겠다. 그러나 용법상 차이가 크지만, 나는 주체의 상상적 구축이 유학의 가르침에서도 기능하고 있다고 생각한다.

자의 위선이라고 간주한 것 속에서 간파되고 있었다.

내가 개괄한 변형 과정에는 내적 모순이 간과되고 있다. 칸트의 공식에 따르면 "모든 진술은 반드시 '나는 생각한다'를 동반해야 한다". 그러나 기대와는 달리 이러한 공식은 "이 장미는 빨갛다"에서 "나는 생각한다, 이 장미는 빨갛다", 혹은 "이 장미는 빨갛다고 나는 생각한다"로 이행하는 것을 정당화하지 않는다. 실제 이 공식은 무한한 연쇄로 나간다. 예를 들어 "이 장미는 빨갛다고 나는 생각한다, 라고 나는 생각한다", "이 장미는 빨갛다고 나는 생각한다, 라고 나는 생각한다, 라고 나는 생각한다"는 식으로 싫증이 날 때까지 계속된다. 나중에 나는 영어의 '서브젝트'라는 말을 번역하기 위해 사용되는 많은 일본어 용법에 관한 문제를 다시 볼 생각이지만, 여기서는 우선 다음 두 가지 점을 강조해 두고 싶다.

첫째로, 진술이 완결될 때에 '나는 생각한다'가 수반되어야 한다. 왜냐하면 진술이 '나는 생각한다'라는 나의 작용 대상으로서 정립될 수 있을 때 진술이 완결됐다고 생각할 수 있지만, 이것은 진술이 무한한 시작가능성에 의해 침식당하는 조건에서만 이해할 수 있다. 그리고 이런 무한 연쇄의 시작은 발화행위의 주체에서는 재현/표상이 불가능한 것에 의해, 발화행위의 주체에서는 거울에 비치는 상상력이 붙들지 못하는 것에 의해 나타난다. 앞으로 나는 이렇게 벗어나는 존재, 이러한 존재가 아닌 것(의미작용에서 붙들지 못하기 때문에 이것은 존재하지 않는다)을 **슈타이**shutai라고 부르겠다. 이 말은 '주인, 지배자, 주요한'을 의미하는 주主와 '신체, 실질'을 뜻하는 체體라는 두 개의 한자로 이루어지는 주체主體라는 말을 변형해서 만든 것이다.[26] 주체라는 말을 굳이 피하고 주체의 일본어 음에 해당하는 슈타이를 사용하는 것은 번역을 의미 작용의 등가관계로 생각하는 번역관에 따라 '주체'를 '서브젝트'를 가리키는 것으로 받아들이는 사람들이 많을 것이기 때문이다. 그래서 나는 우선 슈타이를 발화 행위에서 벗어나는 것으로 정의해 두고자 한다.

둘째로, 내 논의를 혼란에 빠진 것으로 보고, 내가 일관해서 **말하는** 것과 **생각하는** 것의 구별을 무시하고 있다고 주장하는 사람이 있을지도 모른다. 다음 두 쌍의 명제에 공통하는 형식적 특성에 초점을 맞추었는데, ——"나는 여기에 있다"/"나는 여기에 있다'고 말한다"와 "이 장미는 빨갛다"/"이 장미는 빨갛다고 나는 생각한다"——, 분명 나는 '말하는 것'과 '생각하는 것'의 근원적인 차이를 고려할 수 있다는 것에는 거의 주의를 기울이지 않았다. 사람이 어떤 것을 말하는 경우에는 소리를 내서 말해야 하지만, 한편으로 소리를 내지 않고 물리적인 변화를 일으키지 않고 생각할 수 있다고 논하는 사람도 있을 것이다. 또 생각하는 것은 마음속으로 (뭔가를) 소리 내지 않고 말하는 것이라고 알려주는 사람도 있을지 모른다. 그러나 어쨌든 외부에 전달하기 위해서 사고는 발언이나 다른 행위로 표현될 필요가 있다. 우리가 사고하는 것을 생각할 수 있는 것은 그것이 말해졌을 경우에 한해서다. 그렇다면 우리는 이런 식의 논의가 단순하며 소박하다고 무시하고 "나는 여기에 있다"라는 생각은 "나는 여기에 있다'라고 나는 말한다"라고 말하는 것으로 표현된다고 결론지어야만 할 것인가. 마찬가지로 "이 장미는 빨갛다고 나는 생각한다"라는 생각은 "이 장미는 빨갛다고 나는 생각한다고 나는 생각한다"가 아니라, "'이 장미는 빨갛다고 나는 생각한다'라고 나는 말한다"로 표현되어

---

26) 이들 각각의 문자에는 복수의 어의학(語義學)적 의미가 있다. '주'(主)는 혼이 방문하는 장소, 주, 주인, 머리, 사람들이 의존하는 것, 통솔하다, 주요하다, 주로, 존경하다 등의 뜻을 지니고 있다. '체'(體)는 신체, 형태, 외면, 형(型), 문체, 실질, 존재물, (습관 혹은 기능의) 획득, 타자에 대한 배려 등의 뜻을 지니고 있다.

야만 할 것인가.

이와 같은 논의의 함정은 명백하다. 사고와 발언 사이에 미리 실증적인 구별을 상정하는 것은 발화행위를 아주 명료하지만 좁은 의미로 이해하는 것이다. 발언에 의한 사고의 표현으로서, 사고의 발언으로서 발화행위를 본 것이다. 이것은 "이 장미는 빨갛다(고 나는 생각한다)"라는 가능성의 사고로부터 "이 장미는 빨갛다(라고 나는 말한다)"라는 실현된 발언으로 이행했다고 이해하는 것이다. 칸트는 "모든 진술에는 반드시 '나는 생각한다'가 수반할 수 있어야 한다"라고 말했지만, 이러한 '나는 생각한다'의 가능성은 초월론적 연역론이라는 문맥에서 파악할 수 있다. 물론 여기서 말하는 '초월론적'과 송리학의 '초월주의'를 혼동해서는 안 되며, 이 점은 명확히 설명되어야 한다. 칸트가 시사하고 있는 것은 우리의 용어에서는 발화행위의 주체와 초월론적 주관이 등가로서 기술되어도 좋을 것이다.[27]

여기서 생각해야 할 것은 발화행위의 도주적/분리적인 성격이며, 이 도주적인 성격은 붙잡힌 상태에서 뭔가가 반드시 벗어나 분리되는 것으로서 정식화할 수 있다. 다만 이 정식은 분리 이전에 원초적인 완전성이 존재했다든가, 벤베니스트라면 일종의 조화적 전체 혹은 동일성이라고 말할 수 있는 것이 도주 이전에 존재했다고 말하는 것이 아니다. 발화행

---

27) 칸트의 탐구를 이끄는 실마리의 하나는 개념과 표상 관계가 개연적/문제적인 것이며 동시에 또한 이론적인 근거가 되고 있다는 사실이다. 개념과 표상의 관계가 개연적/문제적인 것은 '나는 생각한다'가 개념과 표상을 관계짓는 실질적인 가능성과 관련이 있기 때문이다. 그것이 이론적 근거인 것은 초월적인 것과 초월론적인 것을 주의 깊게 구분함으로써 표상이 개념으로 환원되는 가능성이 칸트의 초월론적 연역론에 동기를 부여하기 때문이다. 그의 형이상학적 기획이 '초월론적'이며 비판적인 것인 이상, 경험 가능성의 조건에 관한 그의 탐구가 '사고'로부터 '발화행위'를 거쳐 '말해진 것'으로 시간 진행 축을 따라 전개된다고는 결코 볼 수 없다.

위는 주제적으로 규정될 수 있는 것에서 벗어나는 것으로서 슈타이 사이에 불균형적인 분리를 낳으므로, 발화행위의 주체와 발화행위의 실천자가 분열하는 장소가 발생한다. 주제적으로 규정된다는 것은 어떤 틀짜기에 의해 잘라내진 것이며, 그림圖과 바탕地이 분리되는 구조 속에서 파악할 수 있는 것이다. 다시 말해 나는 발화행위를 주제라는 의미의 서브젝트가 구조 혹은 부차/주변적parergon인 것으로서 제시되는 영역에서 규정되는 파레르곤parergon 구조라는 관점에서 고찰해 볼 생각이다. 이 파레르곤의 구조가 전제되지 않는 한 발화행위의 실천자(=발화행위의 슈타이)를 거울에 비치는 이미지로 규정할 수 없다. 물론 이것은 라캉의 거울 단계에서조차도 아이의 신체를 반영하는 거울이 실제로 존재하는가를 묻는 문제가 아니라, 파레르곤적 도주를 아이의 세계에 삽입하는 문제인 것이다.

바르톨로메 에스테반 무리요Bartolomé Esteban Murillo의 자화상(그림 B)을 보고 독자는 위화감을 가질 것이다. 모순이 있는 두 가지 본질적인 요소가 이 그림 안에 공존하기 때문이다. 거울의 테두리를 연상시키는 중앙에 놓은 틀 밖에 그림 도구가 놓여 있지만, 그 밑의 새겨진 표시는 이 남자의 상반신이 이 모습을 그린 화가의 모습이 거울에 비친 것임을 시사하고 있다. 더욱이 이 그림 전체는 자기 눈앞의 평면으로 비치는 자신의 신체를 보는 듯한 바로 그 위치를, 보는 자로 하여금 점유하게끔 구성되어 있다. 보는 자가 자기의 시점과 화가의 시점을 동일시하며, 동시에 거울에 비친 모습을 화가의 반영으로서 인식하게 된다. 이와 같은 특정한 봉합 방식은 동시에 배경과 반영을 분할하는 틀을 삽입함으로써 가능했다. 이 반영의 영역에서 '반-영're-flection이라는 용어가 시사하고 있는 것처럼 이차적 또는 비원초적인 지위밖에 안 되기 때문에 거울의 테두리

<그림 B> 무리요, 「자화상」

안에 비친 영상은 외적 요인이 작용해서 출현한다. 그리고 이런 짜임새
는 어떤 사물을 시선으로 현전시킨다. 혹은 **그 사물을 의식적으로 대립시켜 결
과적으로 그 사물을 의식의 한 현상으로 변환하는 것**이라는 의미에서, 어떤 사물
을 재현/표상하며 재현/표상을 묘사할 수 있는 거리를 도입하고 있다. 이
로써 그림 전체가 바깥 세계의 모든 사물의 반영이 되고, 그림 속에서 모
든 사물을 더더욱 이중으로 반영하는 거울에 의해 화가는 자기를 재현/
표상하는 모습을 그릴 수 있었다. 틀을 삽입함으로써 틀이 없는 영역 내
에서 반영된 화가의 신체를 비춘 거울과 그 자체로는 볼 수 없지만, 사물
이 그쪽을 향해 나타내는 보는 자의 신체라는 원근법적인 초점이 명료하
게 구별되고 각각 위치가 지어진다. 그 때문에 완벽한 자기동일성의 시

각을 유지하는 배분질서^{economy}가 성립하고 있는 것처럼 생각될 것이다.

그런데 보는 자는 거울에 비쳤던 모습과 그 외부를 분할하고 있다고 여겨지던 틀 위에 놓인 화가의 신체 한 부분인 손을 의식한다. 이 손이 밖으로 나와 있어 거울에 비친 것으로 여겨졌던 화가의 신체와 주체로서 바라보는 화가의 시선 사이의 자명했던 평행관계가 그 자리에서 깨진다. 이 손이 자기동일성의 배분질서에 대한 개입으로서, 자화상이라는 거울에 비친 모습에서 주체로서의 동일성을 재생산하는 기제 자체를 위험에 빠뜨린다. 이 손은 캔버스에 그려진 화가의 신체에 속한다. 자기를 바라보는 주체로서 중심에 세우기 위해서는 틀짜기와 거리가 절대적으로 필요한데, 이 손은 틀과 거리를 그리는 것도 화가의 신체라는 것을 암시한다.

물론 이렇게 밖으로 나온 손이 그려짐으로써 틀짜기는 무리요의 자화상을 나타내면서, 분류해 정하는 것 이상의 더 큰 틀짜기가 내부에서 작동한다. 나는 '이차가공'$^{secondary\ revision}$이라고도 할 만한 레벨에서 주체성의 배분질서로 침범이 이루어지는 것에 대해서 이야기하고 있다. 내가 주제화하는 주체성은 이미 '설정된' 것이다. 그러나 나는 거울로서의 신체와 발화행위의 주체로는 결코 환원할 수 없는 발화행위의 신체, 즉 슈타이를 지시하기 위해서 이 그림이 보는 자에게 불러일으키는 불안을 최대한 활용할 것이다. 슈타이는 틀짜기의 설정에 참가하고 있다. 그러나 이 틀짜기 구조에 의해 지배받는 주체성의 배분질서에서는 이질적인 채 존재한다. 슈타이로서의 신체는 틀짜기 효과를 위험하게 하지만, 결코 틀짜기의 작용에 묶이지 않는다. 그러므로 신체가 거울에서 재현/표상되기 위해서는 슈타이가 반드시 배제되지 않으면 안 된다. 바꿔 말하면 슈타이로서의 신체는 결코 주체적 동일화에서 파악될 수 없다.

이상으로 이 책에서 발화행위의 주체는 빈번하게 거울에서 객체화된 신체와 관련해서 이야기되지만, 대부분의 신체를 그 모습의 등가물로서 취급할 생각은 없다. 나는 신체는 우선 첫째로 '움직이'는 것, 이질적인 것, 혹은 텍스트적 물질성의 '장소'이며, '가까움'의 영역의 중심이라는 것을 제시해 보고 싶었다. 슈타이로서의 신체는 본질적으로는 사고 가능한 것으로부터 벗어나며, 종속화subjectification나 '주제화'로부터 벗어난다. 그러므로 이토 진사이의 논고에서 보이는 신체가 암시하는 것은 이질적인 것과 물질성이 기존 담론의 경제/배분질서 내에서는 더 이상 포섭될 수 없다고 생각한다. 그럼에도 이렇게 시사된 신체는 18세기의 담론에 다시 포박되어 더욱더 이질성을 박탈당해, 가시성이라는 새로운 실천계regime에 종속되었던 것이다.

비선언적(非選言的) 기능과 선언적(選言的) 기능

이런 전환 덕분에 이제까지 사회성의 기반으로 인식되었던 마음心이 타자에 대한 폐쇄성, 다시 말해 사회성을 결여하는 기호로 이해되었다. 그러나 내부의 폐쇄성과 이토가 본질직관적 지향성ideational intentionality에 내재한다고 본 초월주의를 구성하는 것은, 한쪽이 다른 쪽의 원인인 동시에 결과라고 여겨지고 있다. 이토는 초월주의가 내부의 폐쇄성에서 유래하는지 또는 그 반대일 수도 있는지에 대해 논하고 있는 것은 아니다. 내부가 형성·고정·물화됨으로 인해 초월주의가 생성되는 것은 아니기 때문이다. 또 반대로 초월주의가 필연적으로 내부, 즉 협의의 자아중심주의를 이끄는 것도 아니다. 실제로 이 두 가지 것들, 즉 내부의 폐쇄성과 초월주의는 같은 뜻이며, 그런 까닭에 이토는 정주학程朱學과 불교, 그리고 도교에서 공통적으로 뿌리 깊은 결점을 동시에 발견하는 것이다. 이러한 모든 가르침에 여러 형태의 '불감성'不感性이 침투해 있다고 믿고 있었다. 그리고 그는 수많은 비유적 표현을 사용해서 이 결함을 서술하려고 노력했다. 예를 들어 그는 앞에서 말했던 고/저, 소원/친근 등 대립하는 서로 다른 의미의 말들을 제시하고 있다. 더욱이 그는 이론적인 이항대립 ─ 엄밀함/유동流動, 언어에 의한 의론/행동에 의한 제시, 그리고 고요함/활동성 ─ 에 주목하고 있으며, 이러한 것들은 텍스트 생산이 일종의 배분질서에 의해 조직화되는 통제체계를 더 명확하게 시사하고 있다.

나는 이 모든 이항대립이 양극화되어 둘째 항(유동, 행동에 의한 제시, 활동성)은 근원적이지만 첫째 항은 파생적인 것이 되어 버렸다는 사실을 무시할 수 없다. 이토는 종종 엄밀함, 언어에 의한 논의, 그리고 고요함은 결함의 발현이며, 이것은 단순히 유동, 행동에 의한 제시, 그리고 활동성의 결여를 의미하는 것에 불과하다고 주장했다. 더욱이 그는 송리학자가 주요 개념을 나타내기 위해 사용한 한자가 고전 속에서 다른 용법으로 사용되고 있는지, 혹은 그런 예는 전혀 보이지 않는지를 명시했다. 이로써 이토는 '성'性이 '정'情보다 우선한다는 것과 '리'가 '기'보다 우선한다는 것은, 송리학자가 이들 한자의 올바른 용법을 왜곡하기 위해 의도적으로 노력한 결과라는 점을 논증하고 있다. 나는 앞으로 이토의 해석 전략을 보다 상세하게 검토할 예정인데, 지금까지 살펴본 것만으로도 철학상의 이항대립과 담론상의 기능에 대하여 어느 정도의 언급은 가능할 것이다. 그것은 우선, 이항대립의 첫째 항은 착오를 나타낸다는 것이다. 왜냐하면 이것들은 정적인 규칙에 대한 순응을 표시하고 있기 때문이다. 다른 한편, 둘째 항은 변화와 과잉으로 특징지을 수 있다. 성性과 정情, 체體와 용用은 대립하는 한자로, 그 의미는 상호 대립에 의해 결정되고 있다. 그런데 일련의 철학 개념으로 형성되면 정과 용은 성과 체의 잉여로 분리되는 일이 없어진다. 바꿔 말하면 이들 한자가 범주 안에서 주형鑄型되어 선언적選言的 이항대립 속에 갇힐 경우, 이렇게 대립된 범주에 의해 나누어지고 조직화된 담론은, 단지 안정적일 뿐만이 아니라 '초월주의적' 경향을 띠게 된다.

이토는 '초월주의적' 교설에 대항하는 것으로서 '사랑'이라는 원칙을 정하고 있으며, 그 사랑을 바탕으로 자기 나름의 윤리와 사회성을 구축하고 있다. 그러나 윤리를 항상 '마음'의 능력 범위 내에 있는 문제로 이해했던 송리학 혹은 성리학과는 달리, 사랑은 이미 '마음'에 기초를 두고 있지는 않다. 이토는 기본적으로 비-상호 의존적이며 비대칭적인 방식으로 어떤 한 인물이 다른 인물과 만난다는, 개인적 만남에 대한 특유의 해석을 바탕으로 사랑을 이해하고 있다(말할 것도 없이 여기에서 상호 의존성도 대칭성도 평등을 의미하지 않는다. 그러므로 이러한 문맥에서 주군과 신하 사이의 '충'은 상호 의존적이며 대칭적인 관계를 전형적으로 보여주는 것이라 하겠다). 그러나 이러한 비대칭적인 만남을 분석하는 대신에 이토가 나타내려고 했던 것은 상호 의존적 관계를 구성하기 위한 능력으로서 마음을 규정하는 관점에서 사랑을 해석해서는 **안 된다**는 것이었다. 상호 의존성은 ①대립하는 두 항의 차이, 혹은 구별과 ②그 두 항 사이의 동등성이라는 두 가지의 계기를 가지고 있다. 이런 까닭에 대립 항이 서로 의존적인 관계에 있으며, 또한 대칭적이기 위해서는 차이와 동일성을 지배하는 일정한 경제/배분질서가 필요한 것이다. 즉, 차이와 동일성 사이의 잉여는 주의 깊게 억압될 필요가 있다. 먼저 비교를 할 수 있도록 어떤 항이라도 동일한 성질을 공유하는 장소가 존재해야만 한다. 다시 말해 이들 두 항은 동일한 일반성(=유類)을 가져야 한다. 그리고 이 공유된 영역에서 두 항의 차이는 특수와 특수 사이의 차이(=종차種差)가 되는 것이다. 이들이 동일한 일반성(=유)으로 규정되는 범위에서 각 항의 특수성(=종)을 말할 수가 있다. 고전 논리학이 말하는 것처럼 이 특수성은 각 항에서 술어가 되어 각 동일성을 주어로서 구성한다.

그러나 윤리와 사회성에 관한 논의에서는 이들 각각의 항은 주체적 입장을 차지하는 사회적 개인이며, 타자인 다른 항을 아는 주관/서브젝트이기도 하다. 즉 단지 명제의 주어/서브젝트가 아니라, 다른 주관을 인지하는 주관/서브젝트다. 애초에 이들 두 항의 윤리적 혹은 사회적 관계는 자기와 타자, 주관으로서 인식된 자와 객체로서 인식된 자의 관계처럼 보인다. 이 단계에서 상호 의존성에 대하여 말하는 것은 불가능하다. 왜냐하면 주관으로서의 '나'는 객관으로서의 '당신'을 명백하게 초월하기 때문이다. 자화상이나 거울을 상정한 상상적인 현실태를 생각하지 않는 한, '나'는 나의 인지 대상이 되지 않고 '나'가 타자와 비교되어 대칭성이 언급되는 일도 없다. 나는 '타자'가 인지의 대상으로서 주제화되어 출현하는 장소 그 자체이며, 그와 같은 '장소'로서 나는 아직 주제화되어 있지 않기 때문이다. 나는 타자가 '그림'으로서 주제화되는 '바탕'의 측면으로, 불분명한 상태로 쉬고 있다. 즉 인식되는 영역에서 타자는 현전하지만, 이 영역의 존재는 주관으로서의 '나'의 존재와 일치한다. '당신'을 인식하는 것은 객관으로서의 '당신'을 나의 영역으로 한정하는 것이다. 그리고 이와 같이 주제적으로는 규정할 수 없는 장소야말로 주관으로서의 '나'다. 이 단계에서는 '당신'과 '나' 사이의 상호 의존적 관계는 결코 있을 수 없다. 그러므로 '당신'과 '나' 사이에 상호 의존성이 존재하기 위해서는 동일한 일반성을 가지지만 서로 다른 특수성이 서술되는 두 개의 주어로서 '당신'과 '나'가 두 개의 항으로 현전하는 제3의 시점이 존재하지 않으면 안 된다.

송리학에서의 윤리의 목적과 사회성은 이와 같은 제3의 시점과 궁극적으로 일치하는 것이라고 말할 수 있다. 이러한 시점은 상호주관성의 영역인 초월론적 자아와 타자가 현전하는 특정한 주관 의식의 영역과 비교할 수 있을지 모른다. 여기에서 전제되었던 것은 개인에게 특정된 의식의 영역은 초월론적 자아의 영역과 일치시킬 수 있다는 점이다. 이와 같이 획득된 상호주관성의 영역은 '마음'이라는 개념과, 그리고 공유된 인간성의 본질과 호응한다고 말할 수 있다. 물론 송리학에서 '마음'은 모든 인간에 내재하며, '마음'이라는 관점에서 보면 모든 사람은 다른 사람과 교환 가능하다. 그리고 주희의 가르침에서 전 우주를 포함하는 마음과 관련해서 보면, 각자의 단독성이나 특이성[28]과 한 개인은 주어로 포섭될 수 없다. 즉 개인을 주어로 지시할 수는 있어도 의미할 수는 없다. 바로 그 이유 때문에, 이 단독성/특이성은 마치 '정'이 '성'의 파생물에 불과한 것과 마찬가지로 이차적인 중요성밖에 가지지 않는다. 송리학이 투영하는 세계에서는 비대칭적인 타자의 타자성은 불가능하다. 이것은 타자를 일군의 서술어로 완전히 정의할 수 있는 세계다. 외부성이 궁극적으로는 배제될 수 있으며, 행동하는 것이 아는 것으로 환원되는 곳이다. 안전성과 질서가 보증된, 특이성과 우연성이 배제된 정적인 세계인 것이다. 그리고 윤리적 또는 인식론적인 이들의 주장 모두는 인간에게 나타나는 '정'이 인간 안에 내재하는 '성'에 의해 발현한 것이며, 이러한 성에 의해 앞서 결정되어 있다는 것이다. 그리고 성을 실질적인 것으로 보고 정을

---

28) 영문판에서는 'singularity'이다. 영어권에서도 종종 'singularity'를 수량적인 단독성이라고 생각하는 사람들이 많다. 그래서 그와 같은 오해의 여지가 있는 '단독성'뿐만 아니라, '특이성'이라는 오해의 여지가 비교적 적을 만한 용어도 채용했다.

파생적인 것으로 보는 형이상학적인 원인을 바탕으로 하고 있다. 그러므로 이 세계에서는 성과 정의 질서가 엄밀하게 유지될 필요가 있었던 것이며, 이 두 항의 구별을 포기하는 것은 불가능했다.

그러나 '성'이 '정'에 선행한다고 상정된 것이 탈구축되어 '마음'의 가상적 권위를 되묻게 되면 송리학의 공식으로 파악되었던 사회성의 이해는 확실히 붕괴될 것이고, 마음은 다른 마음과 공약 불가능한 incommensurable 폐쇄성으로 되어 유아론이라는 감옥을 만들게 될 것이다.

이토가 개념화했던 성과 정의 새로운 구별은 정에 대한 성의 우선성과 성과 정의 존재론적 분리를 없애는 것이었다. 이토의 의론과 주희의 의론이 극명하게 다른 것은 비선언적 기능nondisjunctive function 대 선언적 기능disjunctive function으로서 해석할 수 있지 않을까.[29] 이 도식은 아래의 문장에서 의론의 핵심을 설명해 줄 것이다. 여기에서 이토가 비판하고 있는 것은 선언적 기능에 의해 조직화된 철학 개념이다.

> 학자들은 이 설(호병문胡炳文)에 익숙하여 모두 우리 유자와 저 불자의 차이가 오직 용用[30]상에 있거니와, 그 리의 체體에 있어서는 본래 서로 매우 가깝다고 여기니, 도를 어지럽힌 것이 심하다고 하겠다. 무릇 어떤 것에 근본이 있으면 반드시 말단이 있고, 말단이 있으면 반드시 이 근본이 없을 수 없다. 한갓 용用의 곳에서 상반될 뿐만 아니라, 그 체의 서로 다름도 물과 불, 흑과 백이 서로 상반되고 생과 사, 사람과 귀신이 서로

---

29) 이들 기능을 개념화하기 위해 이토는 '유행'(流行)과 '대대'(對待) 두 용어를 이용하고 있다. 伊藤仁斋, 『語孟字義』上卷, 「天道」第2条 ; 『伊藤仁斋·伊藤東涯』, 51쪽.

30) '용'(用)은 종종 영어의 function에 해당한다고 하는데, 이것을 비선언적 기능 및 선언적 기능과 혼동해서는 안 된다.

격절되어 있는 것과 같으니, 아득하여 서로 받아들일 수 없다. 만약 "더욱 이치에 가깝다"라고 말한다면 이른바 함께 목욕하면서 다른 사람의 나체를 보고 웃는 격이니, 유학과 불교에 있어서 무엇이 서로 반대되는 것이 있겠는가? …… 대체로 체용설體用說은 본래 근세에 발생한 것으로 성인의 서책에는 없다.[31]

여기서는 두 가지 레벨에서 의론이 이루어지고 있다. 첫째로, 불교와 유학의 기본 이념이 충분히 분석되었다면, 이 둘은 통합할 수 있다는 견해를 이토는 거부하고 있다. 이러한 견해가 부정되어야만 하는 이유는 그것이 체용설을 근거로 해서 나왔기 때문이다. 둘째로, 송리학에서 성性과 정情의 관계를 지배하는 존재론적 질서를 채용하지 않으면 이 체용설은 불가능하다. 체와 용의 대립은 두 항이 교환 불가능하다는 의미에서 본체와 현상의 대립에 대비된다. 왜냐하면 체는 용에 대하여 선행성을 부여받고 있기 때문이다. 그러나 이토가 유학은 이러한 질서를 부정하며 성립하는 가르침이라고 했기 때문에, 이 원칙을 받아들이는 것은 이와 같은 견해의 이교적 성격을 암시하게 된다. 더욱이 그는 다음과 같이 논하고 있다. "체용의 논리를 세워 설명하면 리는 체가 되고 일事은 용이 되며 체는 근본이 되고 용은 말단이 되며 체는 귀중하게 되고 용은 경시된다."[32]

이 대립의 첫째 항에 존재론적 실체성이 부여되는 한에서 가상假象 배후에 실체를 규정할 수 있다. 왜냐하면 그 밖의 경우 이 대립은 원인과 결과의 끝없는 연쇄적 관계를 산출하기 때문이다. 한 실체란 어떤 다른

---

31) 伊藤仁斎, 『語孟字義』 上巻, 「理」 第4条; 같은 책, 33쪽.
32) 伊藤仁斎, 『語孟字義』 上巻, 「理」 第4条; 『伊藤仁斎・伊藤東涯』, 34쪽.

가상의 가상에 불과할 것이다. 그러므로 뭔가 다른 가상에 대한 가상인 관계에서는 존재론적 우선성 등은 있을 수 없다. 하나의 '체'는 '체'의 '체' 일 수 있지만, 이 '체' 자체는 다른 '체'의 '용'이 될 수도 있기 때문에, 뭔가 다른 사물의 '용'이 아닌 최종적 또는 궁극적 존재물을 결정하는 것은 불가능하게 된다. 『동자문』에서 이토는 다음과 같은 물음을 제출하고 있다.

> 동자가 물었다. "제가 다음과 같은 말을 들었습니다. 주자께서, '리理에 는 소이연所以然과 소당연所當然의 차이가 있다. 소이연은 소당연의 근본 이며, 소당연은 소이연이 드러난 것이다. 그런 까닭에 음양은 형이하의 기器이며 태극은 형이상의 도道라고 하는 것이다'라고 말씀하셨습니다. 지금 선생님 말씀은 모두 소당연에 해당하는 일입니다. 소이연의 근본 에는 미치지 못해 용用은 있지만 체體가 없어 얕은 견해를 넘지 못하는 것 같습니다."
> 대답하였다. "이른바 소이연의 리라 하는 것은 사람이 사람되는 소이所 以와 만물이 만물 되는 소이, 그리고 음양이 왕래하며 없어지고 자라나 는 소이의 리를 말하는 것이 아니냐. 음양 자체는 본래 도가 아니요, 한 번은 음이 되고 한번은 양이 되어 왕래를 그치지 않는 것이 바로 도지. 음양이 왕래해 하늘의 도天道가 이루어지고, 강유剛柔가 서로 통해 땅의 도地道가 이루어지며, 인의가 서로 필요해 인간의 도人道가 이루어지는 것이다.[33]

'리'는 이미 일의 해독解讀 가능성과 세계 내 사물의 생성을 동시에

---

33) 伊藤仁斎, 『童子問』 中卷, 第63章, 『近世思想家文集』, 137쪽[『동자문』, 276쪽].

지배하는 원리가 아니다. 그것은 선천적인 타당성을 상실해서 후천적인 규칙성이라는 지위로 격하되었다. 더욱이 리는 생성 과정에서 실현되어야 하는 것이 무엇인가를 결정하는 힘을 박탈당하고 있다. 세계 내에서 새로운 '물'物은 계속 창조된다. 그러나 리는 이미 무엇이 생성되어야만 하는가를 예정하며 예기하는 것과 같은 원칙이 아니다. "리理가 있은 다음에 기氣가 생기는 것이 아님을 알 수 있다."[34] 존재론적 질서가 더 이상 유효하지 않다면, 리는 이 세계를 넘어 자신의 독립 존재를 요구하는 본질 세계를 규정할 수 없게 된다. 세계는 '있는 그대로'——현상이라고 하는 표면의 배후에는 아무것도 없다——이며, 송리학자가 목소리도 없고 냄새도 없다고 서술한 무극無極은 치료가 필요한 허망에 불과하다는 것이 명료하게, 거의 승리를 자랑하듯 선언되고 있다. 리 지상주의가 서서히 쇠퇴함에 따라 사람은 세계의 가시성과 구체성을 인식하기 시작한다. 그것은 눈에 보이며 귀에 들리며 만져 느낄 수 있는, 즉 감각으로 포착되는 사물로 가득 찬 세계다. 이렇게 해서 이제까지 언어표현 행위verbalization로부터 배제되었던 감각, 지각, 그리고 감정이 긍정적으로 구별되는 새로운 담론 영역이 개시된다. 게다가 이 세계는 저 '피안'의 정박지도 아니고, 사회적인 것이 조직될 수 있는 고정된 중심을 명료하게 주제화한 것도 아니다. 이러한 의미에서 이것은 '우키요'浮世(뜬세상)인 것이다. 거기는 의미하는 것signifiant[기표]과 의미되는 것signifié[기의]의 수직 거리가 표면상에 있는 하나의 기표와 또 다른 기표 사이의 수평 거리로 계속해서 번역되는 곳이며, 기표의 무한 연쇄가 오감에 있어서 다양한 대상을 생성하고 재생성하는 곳이다. 이토는 이 중심에 명료한 형태

---

34) 伊藤仁斎, 『語孟字義』 上巻, 「天道」 第3条; 『伊藤仁斎·伊藤東涯』, 16쪽.

를 부여해 구별할 수 없었지만, 나는 그의 철학은 실제로는 일종의 사회적인 것의 이해를 둘러싸고 조직화되어 있는 것이라 생각한다. 내가 이제까지 주목했던 비유적 표현의 배치는 사회적인 것에 가깝고, 세속적이고 일상적이며 비속해야 함을 암시하고 있다. 그러나 나는 이러한 이해가 무엇에 대한 것인가를 총체적으로 서술하여 완전히 설명하기 위한 진술과 명제를 하나도 확실하게 정할 수 없다. 이것은 단지 은유적으로 혹은 타자의 잘못된 의견을 부정하는 것에서 언급되는 것에 지나지 않는다. 나는 이 중심이 어디에 있으며 그것은 무엇인가를, 자신의 근원적 확신과 모순이 될 수도 있는 생각을 이토가 몇 번이나 부정하고 반대하는 과정 속에서 나왔는지를 추측할 수 없다. 그는 이 중심 형상을 명시하지 않았다. 그에게 이 형상은 본질적으로는 명시 행위의 대상이 아니며, 그렇지 않으면 결코 상상할 수 없는 것으로 존재하고 있었다. 그러므로 기껏 내가 말할 수 있는 것은 이 중심은 언어표현 행위가 배제되는 침묵의 장이라는 것이다. 그것은 사고가 불가능한 채로 남아 있어야 하는 것처럼 보인다.

왜 그것은 침묵하며 말하지 않는 것일까? 왜 이토는 전혀 설명하지 않고 단지 은유적으로 말할 뿐일까? 애초부터 그는 그것은 말로는 설명할 수 없는 성질의 것이라고 확신했던 것일까?

변화라는 문제

이토의 논고에서 특징적인 점은 유학 규범의 본래성과 정통성에 대한 이론적인 설명이 부족하다는 것이다. 이토는 자기 철학에서 유학의 주요 개념을 나타내는 어구에 대해 어의語義적 주석을 다는 형태를 취하고 있으며, 주요 개념을 나타내는 한자 및 한자어의 해석을 완성시키고 있는 점을 고려한다 해도 이론적 설명이 결여된 점은 내게는 상당히 이상하게 보인다. 이토는 송리학자의 인공적인 창작이라는 이유로 도덕의 공식화를 거부하는 경우 왜 거부해야만 하는가에 대한 많은 이유를 말하고 있다. 그러나 자기가 용인하는 규범에 관해서는 그 이유를 거의 말하지 않고 있다. 그의 의론은 중국의 고전과 이에 대한 후대의 주석을 참조하면서 구성되고 있는데, 상호텍스트적인 네트워크와는 다른 요소가 규범을 정언명제의 형태로 기술하는 것은 가로막고 있다. 연역적으로 도덕규범을 정당화하는 의론이 명백하게 부족한 것은 18세기에 윤리가 매우 문제적인 위치를 점하고 있었기 때문이라고 생각한다. 또 18세기는 사회지배를 정당화하는 것과 관련해서 새로운 문제가 발현하고 있던 시기였다.

주희에게는 자기self에 관한 두 가지 개념화가 존재하고 있었다. 그것은 몸身과 마음心이다. 먼저, 기氣는 '몸'에 속하는 것으로 되어 있는데, 그것은 결코 보편성/일반성으로 완전히 한정할 수 없는 개물의 성질을 '몸'이 지니기 때문이다. 다른 한편, '마음'은 성性과 맺어져 모든 인간에 내재하는 '리'理의 형상과 동일시되었다. 주희에게는 모든 현상이 '응당 그래야만 하는 것'所當然과 '그러한 이유'所以然로 분할되지 않을 수 없었던 것처럼, 인간 존재도 '응당 그래야만 하는 것'과 '그러한 이유'로 환원되고 있다. 주희의 의론에서는 본질직관적 지향성ideational intentionality이 실천적 지향성practical intentionality과 연결되어 섞여 있었기 때문에, '마음'이라는 개념은 이미 개인 존재에 있어서 보편적/일반적 규범의 내재를 함의하고 있었다. 그러므로 몸과 마음의 구별은 성-마음-'응당 그래야만 하는 것'이 기-자기-몸에 의해 혼탁해진 최초의 단계에서, 성-마음-'응당 그래야만 하는 것'이 기-자기-몸의 오염을 차츰 걷어 내는 학습에 의한 자기

계발 과정으로 편성되었다. 즉 이러한 학습 과정을 통해서 기-자기-몸은 불식되어 마음이 청명하게 드러나게 된다.

이토 진사이는 이러한 몸/마음의 이원론을 받아들일 수 없었다. 사람은 완전히 신체적인 존재이며, 인간에게 내적 마음과 같은 것은 존재할 수가 없다. "주희는 [『예기』의 '有得於身'에서] '신'身이라는 글자를 '심'心이라는 글자로 고쳤다."[35] 이토는 신체의 중요성을 인정했으며, 신체는 본질로 환원할 수 없는 존재라고 말했다.

신체가 등장함에 따라 모든 상황에 적용 가능한 일반성으로 정립되고 있던 윤리 규범도 재평가될 필요가 있게 된다. 이에 응해서 '여기'와 '지금'에 의해 시사되고 있었던 '가까움'近의 영역은 신체와 결부되어, 어떤 특정한 상황에서 규범의 타당성에 대한 이론적 고찰을 '가까움'의 영역이 크게 좌우하게 된다. 그러나 만약 모든 진술이 자기 신체와 관련을 맺어야 하며, 그런 까닭에 '여기'와 '지금'에 한정된 언어행위로 환원되어 버린다면, 윤리적 명령의 보편적 타당성은 어떻게 유지될 수 있을까? 이 경우에 이토는 기존의 규범은 중요하지 않다고 말하지 않고, 그 규범의 적용과 집행이 타당성을 결정하며 수립한다고 말했다. 실제로 수행되지 않은 윤리적 명령은 이토가 생각하는 윤리나 사회성과 무관하다. 이토에게 윤리란 어찌됐든 실천과 실행의 문제인 것이다. 이러한 의미에서 이토의 논의는 단순 명쾌하며 너무 단순화되어 있다고조차 말할 수 있다. 이러한 관점에서 본다면 정언명제의 타당성은 신체가 특정 인물과 함께 있는 구체적 상황에 무매개적이거나 직접적으로 서로 관계하는 가운데 성립한다. 그러므로 그의 윤리는 개인의 신체와 그 단독성/특이성을 제

---

35) 伊藤仁斎, 『語孟字義』 上巻, 「德」 第2条 ; 『伊藤仁斎 · 伊藤東涯』, 36쪽.

외하고 고찰할 수 없다는 인식에 의거하고 있다. 신체의 단독성/특이성은 더 이상 규범으로부터의 일탈이 아니다. 규범이 효과적이기 위해서는, 신체가 끊임없이 일으키는 행위와 변화를 방해하지 않는 방식으로 정립될 필요가 있다. "이른바 선善이라는 것을 어떻게 말로 표현할 수 있겠는가. …… 언어로 깨우쳐 줄 수 있는 것이 아니다."[36]

어떤 상황에서 정당하다는 것은 다른 상황에서는 기만일 수 있다. 어떤 상황에서 거부될 규범도 다른 상황에서는 받아들일 수 있다. 규범을 실제로 집행하는 것은 자주, 어쩌면 너무나도 자주 그 규범이 효과 없음을 증명하는 것처럼 보인다. 규범이 있기 때문에 사람은 상황을 잘 지배할 수 있는 것이 아니다. 그러나 자기도 역시 고정화되어 안정된 것이 아니다. 규범과 자기 어느 쪽도 항상 계속 변화한다. 이 점에서 이토가 말한 '유행'流行이 중요하다. 이것은 (음양의) '왕래가 그치지 않는 것'이다. 텍스트 구성체의 관점에서 보자면, 이것은 이토의 송리학 비판에서 근원적인 용어이며, 선善은 기존의 배분질서 내에서는 포섭 불가능한 어떤 것이며, 선에 대한 주시는 필연적으로 사회의 텍스트적 물질성을 폭로한다는 통찰을 암시할 것이다. 사회 구성체에 적용된 경우에 ── 실제로 사회 구성체는 각인시키는 존재이며, 그런 연유로 텍스트적 구성체의 결과다 ──이 용어는 언제나 계속 변화하는 선을 형식화할 수 없다는 것을 의미한다. 선은 언제나 '규범에 대한 종속'이라고도 말할 수 있는 것에 선행한다. 규범은 본질적으로 유동적 상황과 반드시 상관관계에 있기 때문에, 유동성은 윤리적인 것의 본질적 특징이기도 하다. 그렇지만 유동성은 단지 자의적인 불안정성이 아니며, 사건이 순수하게, 또는 우연하게 발생하

---

36) 伊藤仁斎, 『語孟字義』 上卷, 「天道」 第6条; 같은 책, 19쪽.

는 것도 아니다. 그렇다면 사회적 사상事象의 가치를 판단하기 위한 근거
는 존재하는가. "천지 사이, 상하 사방에 가득히 꽉 들어차 안이고 바깥이
고 할 것 없이 모든 것에 두루 통하는 것으로 이 선善이 아닌 게 없다. 그러
므로 선을 행하면 만사가 순조롭고 악행을 하면 모든 일이 역행한다."[37]

　　이상의 논의에서 가장 중요한 점은 현상적 규칙성과 초월적 규범이
서로 무매개적으로 일치한다고 믿고 있었던 기존의 담론으로부터 벗어
나려고 하는 강한 충동이다. 만약 어느 한 사례에서 인지할 수 있는 규칙
성이 모든 경우에 적용할 수 있는 규칙과 일치한다면, 특정 상황과 특정
기회 사이에 관계하는 신체라는 문제는 요점을 벗어날 것이다. 이것은
어떤 특정한 예에서 발견되는 규칙성과 그 타당성이 최초로 확인된 원原
상황에 대한 참조 없이 일반화해서 확인할 수 있기 때문이다. 발화된 말
로서 규칙성을 표시하는 진술은 슈타이와 발화행위의 장소로부터 소외
되어 무관하게 있을 것이다. 누가 최초로 발화를 했고 어디에서 발화되
었는가는 원상황을 참조하지 않는 진술은 발화된 말로 받아들여지기에
그 동일성을 자동적으로 보존한다. 그 결과 보편적(일반적) 타당성을 획
득할 수 있게 된다. 진술은 그 원초적 언어행위로부터 독립하게 된다. 원
상황이 소멸되는 것을 매개로 발화된 말은 보편적으로 적용할 수 있는
성질을 획득한다. 실제로 단지 개연적이며 경험적인 규칙성이 초월적인
규칙으로 다시 구성되는 과정은 말하는 주체와 발화행위의 장소가 소거
되어 발화 일반에 내재하는 과정과 같다. 발화행위를 발화된 말로 환원
하는 것이 당연시되는 담론에서 상황의 유동성으로 기술되는 것은 분명
담론의 배분질서를 침해하기 때문에 대부분의 경우에 무시될 것이다. 이

---

37) 伊藤仁斎, 『語孟字義』 上巻, 「天道」 第6条; 『伊藤仁斎・伊藤東涯』, 18쪽.

러한 환원을 시인하는 범위에서 발화행위, 상황 그리고 사물 등과 관계하는 신체의 단독성에 대해서는 부정적인 말로 얘기할 수 있을 뿐이다. 실제로 이토가 제기하고 있는 것은 이 환원의 정반대이다. 이토는 어떤 인간이 한 사람의 타자 혹은 복수의 타자와 만나는 기회의 고유성을 강조하며, 독자의 경험은 환원될 수 없다는 것을 강조하고 있다. 이것이 단지 특수주의를 고집하는 철학적 기획이 아닌 이상, 발화행위와 여기에 수반하는 모든 문제를 인식하기 위해서는 분명히 언어 구성 전체를 다시 조직화할 필요가 있을 것이다. '기氣 가운데의 조리條理'라는 말은 사회적 행위가 다른 실천계로의 새로운 관계를 암시하고 있다. 기에 대해서 리가 우선시되어 온 존재론적 질서는 이제 반대로 서게 된 것이다. "리理가 있은 다음에 이 기가 생기는 것이 아님을 알 수 있다. 이른바 리라는 것은 도리어 기 가운데의 조리條理일 뿐이다."[38]

발화된 말의 형태로는 파악 불가능한 '기'는 '리'에 앞선다. 발화는 행위의 실천자, 행위를 받는 수신자, 그리고 설령 발화되어도 그것 자체는 주제적으로 언어화될 수 없는 상황의 단독성/특이성singularity에 항상 의거한다. 더욱이 이토는 발화된 말에 있어서 고정화되어 리에 의해 완전하게 나타낼 수 있는 것은 '생生'이 아니라고 논하고 있다. 리는 죽은 글자이고 '생'은 항상 변화하기 때문에 언어로 고정화될 수 없다. 송리학과는 대조적인 견해인데, 언어는 의미를 가지고 어떤 특정한 환경에서 일상적 활동에 종사하는 사람에게 적극적으로 작용하는 한 변화하는 상황에 의해 언제나 활성화된다.

그러나 주희가 정의한 글자로서의 리를 거부한다 해서 '리'라는 말

---

38) 伊藤仁斎, 『語孟字義』 上巻, 「天道」 第3条 ; 같은 책, 16쪽.

을 사용하지 못하는 것은 아니다. 물론 이토는 이 말을 주희와 다른 방식으로 사용하고 있다. 주희의 논의에서 리는 하나의 원칙이며 이론적 함의를 강하게 띤 특별한 용어이지만, 이토의 주장에서 리는 이해할 수 있는 어떤 것을 의미할 뿐이다. 『동자문』, 『중용발휘』, 『어맹자의』에서 이 말은 문맥에 잘 편입되어 있기 때문에 그 자체로 두드러지지는 않는다. 이토가 어떤 특정 예에서 관찰된 모든 규칙과 초월적 규범을 매개 없이 등치하는 것을 거부할 때 담론의 한계가 드러나게 된다. 그래서 그는 담론 공간에서 실정성이 보편적으로 타당하다고 상정한 효력을 없애 그 폐쇄성을 파괴했다. 다시 말해 이토는 특정 집단의 통합이 규범을 반복적으로 적용함으로써 강화되는 데에 반응해서, 규범이 초월적인 타당성을 획득하는 규범의 개념화에 강하게 반대했다.

담론구성체상의 이런 일반적 전환은 텍스트의 본질 지향ideational과 물질적material 측면 사이에 균열을 발생시킨다. 그 결과 담론으로 포섭할 수 없는 것이 드러나게 된다. 이때에 주어진 실천계regime에서 상호주관적으로 공유되었던 말해진 경험과 지각된 경험 사이의 어긋남에 대한 감각이 발생되어, 말해진 경험이 지각된 경험에 대해서 완전하다는 것을 보증했던 상정도 탈구되었다. 텍스트의 물질성이 담론 배분질서의 안정된 폐쇄 상황을 교란했기 때문에, 역사적 우연성은 이미 담론에 포섭될 수 없게 되었다. 지금 여기에서 선善인 것이 미래나 다른 장소에서도 선일 수 있다는 전제가 이제 소용없게 되었다. 이토의 저작 중에서 아주 현저한 신체의 우위성은 분명히 이러한 변화와 무관하지 않다. 신체를 도입하는 것이 아주 새로운 담론의 가능성을 개척했으며, 동시에 낡은 담론구성체의 규칙을 문제화했던 것이다.

이토의 논고에서 의미의 유의미함을 보증하는 것은 담론에 대한 텍스트의 이질성에 충실한 경우이다. 발화가 의미를 가지려면 신체가 상황 안에서 직접 관련 있어야 하는 이 참조 기능의 양식이 '실'實[39]이라고 이야기되는 듯하다. '실'은 신체가 상황에서 행위를 하는 경우의 현실감각을 가리키는 것이다. 그러나 신체를 도입하는 것이 관찰자 자신의 신체가 보이는 범위의 중심──그것 자체는 보이지 않는데 사물과 타자 등은 이러한 가시성의 영역에 배치되어 있다──인 직선 원근법[40]의 구성을 자동적으로 이끈다고 전제해서는 안 될 것이다. 또 신체의 도입이 인간 존재의 공동체성에 대한 조화적 통합을 보증하는 상호신체성의 원초적 근거로서의 신체관을 인도하는 것이 아니다. 신체와 함께 이질적인 것이 담론의 상정상의 폐쇄 상태를 깨서 분출한 결과, 담론 그 자체에 대한 완전성이 탈구되어 고정화가 방지되었다. 실제로 나는 '나의 신체'를 탈중심화의 중심으로 이해하고 있다. 이와 같이 이토의 논고에서 탈중심화와 발화행위의 우세는 담론에서 배제된 것, 사고로는 도달할 수 없는 것과 관계를 맺으며 텍스트가 파악되는 영역을 생성하고 있는 것이다.

이상의 분석에서 도출된 테제는 두 가지다. 첫째로, 자기 신체와 타자의 신체가 일상생활의 세속적이고 소소한 사건·사물과 무매개적으로 관계를 맺는 언어수행 상황은 연극 공간과 유사하다는 사실이다. 그러나 내/외라는 대립이 이미 제시하고 있는 것처럼 연기자와 관객은 함께 수행적 상황의 내부에 있다. 그러므로 관객을 연기에 참석하지 못하도록

---

39) 이토 진사이는 「立誠持敬の説」에서 학자는 허를 버리고 실을 다해야 한다고 말했다. 제1장 참조.─옮긴이

40) 원근법의 문제는 실제로 우리의 담론과 종종 인간주의로 불리는 인식회로에서 중심적인 위치를 차지한다. 그럼에서 직선 원근법은 시각 텍스트를 조직화하는 아주 엄격한 실천계이다. 이 경우에도 인간주의는 항상 역사적으로 이야기되는 담론구성체의 하나라는 것을 잊어서는 안 된다.

하는 연극에서 보이는 이원론적 제도는 사라져 버린다. 이와 같은 보는 자와 보이는 자의 분리는 이토가 '유동'이라고 부른 것에 모순된다. 연기 내에는 관객을 포함시키는 운동이 항상 기능하고 있다. 이것은 정적인 명상적(이론적) 태도가 아니고, 주어진 상황에서 신체를 적극적으로 포함시킬 것을 요구한다. 실제 언어사용은 이 체험적 참여의 수단인 경우에만 정당화된다.

둘째로, 이러한 종류의 연극적 공간에는 독자적인 구조가 있다. 그것은 자신을 나타내는 것을, 나타나도록 하는 지평의 역할을 수행하는 것으로부터 차이짓게 한다. '상황'이라는 용어가 암시하는 것처럼 지평은 명시적으로 나타낼 수 없다. 한번 전체적으로 개시되면 그것은 지평인 것을 멈추고 명시적으로 되기 때문이다. 그러나 짜임의 구성이라고 해석해도 좋을 이러한 차이화는 현상/본체, 가상/실체, 혹은 감춰지지 않는 것/감춰진 것의 차이와는 다르다. 그것은 명시된 것과 그 지평 사이에서는 항상적 관계가 존재하지 않기 때문이다. 지평이 변화하면 명시된 것의 의미도 변화한다. 사실 우리는 어떤 사건, 행위, 발화의 의미를 이것들과의 지평 관계에서 이해한다. 지평이라고 명시된 것과 매개되는 것은 실제로는 신체이며, 이것은 동일한 상황 내에 있는 다른 신체와 함께 운동한다. 신체적 매개로만 정의할 수 있는 것이 공시성과는 성질이 다른 동시성[41]이다. 그러므로 동시적인 것은 항상 도주, 틈짜기, 차이화로서 불균형인 부차-주변적parergonal 분리로서 발생한다. **슈타이**로서의 신체는 현재를 동시적인 것으로 생성하는 탈중심화의 중심이다. 그리고 이와 같이

---

41) 동시성과 신체의 문제에 대해서는 William Haver, *The Body of This Death: Alterity in Nishida-Philosophy and Post-Marxzism*, Ph. D. diss., University of Chicago, 1987 참조.

주어진 현재는 '그것 자체로의 현전'으로 결코 환원할 수 없다. 왜냐하면 이 현재가 탈중심화, 도주, 틈짜기 그리고 차이화로서 실현되며, 결코 그것 자체로 회귀하지 않기 때문이다.

이처럼 이토는 사람은 언어수행 상황에 참여하는 경우에만 그 상황에서 발생하는 사건의 본래적 이해를 획득할 수 있다고 상정한다. 참여하는 것은 사물物과 행위를 미리 이해할 수 있는 성질의 근본적 조건이다. 그러나 이렇게 상정하고 보면, 이번에는 '초월주의'와 그가 '분리'라고 부른 것이 왜 어떻게 발생하는 것인가를 설명해야 한다. 이 점에서 결정적으로 중요한 것이 죽음/삶이라는 대립이다.

이 대립은 이중적이다. 즉 선언 분리적disjunctive임과 동시에 비선언 분리적nondisjunctive이다. 이토에 의하면 언어수행 상황에 충만한 사물은 활성화한 사물과 비활성화 사물이라는 두 집단으로 분류된다. 어느 수준에서 리理는 비활성화 사물을 지배하는 규칙성이라고 생각된다. 그는 다음과 같이 쓰고 있다. "리라는 글자는 사물에 속하는 것이다. …… 나는 말하였다. '도道라는 글자는 본래 살아 있는 글자로, 이를 통해 만물을 낳고 낳으며 변화를 일으키고 변하게 하는 오묘한 모습을 형용한 것이다. 리理라는 글자는 본래 죽은 글자로, 옥玉의 부수를 따르고 리里라고 발음한다는 풀이에서 보듯 옥과 돌의 무늬결文理을 말하는 것이다. 사물의 조리를 형용할 수는 있지만 천지가 끊임없이 만물을 낳고 늘 변하게 하는 오묘한 모습을 형용하기엔 부족하다.……'"[42] 이 분류에 대응해서 행行/존存이라는 이항대립이 존재한다.[43] 행은 수행·변화·삶과 관계하며, 존

---

42) 伊藤仁齋, 『語孟字義』 上卷, 「理」 第1条; 『伊藤仁齋·伊藤東涯』, 31쪽.
43) 여기에서는 실사(實辭)와 허사(虛辭)라는 다른 대립이 도입되지만, 이것에 주의를 기울여야 한다. 이들 용어는 확실히 명사어(nominal)와 동사어(verbal)의 문법적 범주에서 유래한다.

은 정적인 실체·사물·죽음과 관계하고 있다. 이 수준에서는 삶/죽음의 대립은 한쪽 항이 다른 쪽의 부정으로서 정의된다. 두 항이 하나의 대칭적 대립을 형성하고 있기 때문에 선언 분리적이다. 그러나 이토는 죽음은 단지 삶의 끝에 지나지 않은 것이라고 말하며, 그러므로 삶과 죽음은 교환 불가능한 대립 항으로서 생각할 것은 아니라고 말했다. 천天과 지地는 계속 생성하며 재생성하고 있으므로 총체로서의 행위적 상황은 결코 변화를 멈추지 않으며 항상 삶에 속해 있다.

이 대립의 이중성을 가능하게 하는 것은 A. J. 그레마스의 용어법을 사용하면 의미소와 어휘소의 공존이다.[44] 이 밖의 어휘소를 등치하면 이 대립이 그것 자체에 대해서 메타언어적으로 기능하는 것을 예증할 수 있을 것이다.

〈표 1〉에서 삶은 어휘소의 하나이며 동시에 의미소이기도 하다. 어휘소로서는 삶/죽음의 대립은 단지 활성화·변화·운동의 존재(+) 혹은 결여(-)를 의미한다. 그러나 삶을 가지는 사물만이 죽을 가능성이 있는 (불활성인 사물은 죽지 않으며, 죽어 있다고조차 말할 수 없다) 것에 대응하는 비非대칭적 대립을 고려하면, '삶'이라는 의미소의 결여에 의해 특징

그가 제시하려고 시도했던 것은 송리학에 있어서 '성'(性)의 실체화가 '성'을 지시하는 문자의 사용을 간소화하는 데에서 유래하고 있다는 것이다. 송리학자는 고전에서는 동사로 사용되었던 문자를 명사로 읽었다고 말한다. 그러나 변화·흔들림·행위를 강조하고 있음에도 명사적 기능을 지닌 문자는 동사적 기능을 지닌 문자보다도 진실함을 재현/표상한다는 중국 문헌학의 유산을 이토는 여전히 받아들이고 있었다. 이는 내가 그의 논고에서 발견한 하나의 모순점이다. 뒤에서 나는 명사어와 동사어의 관계가 18세기 언어연구에서는 역전되는 것을 예증할 것이다.

44) Algirdas Julien Greimas, *Structural Semantics*, trans. D. McDowell, R. Schleifer, and A. Velie, University of Nebraska Press, 1983, pp. 32~76(*Sémantique structurale: recherche de méethode*, Larousse, 1966; 田島宏·鳥居正文 訳, 『構造意味論』, 紀伊国屋書店, 1988, 41~42쪽).

〈표 1〉 의미소와 어휘소의 공존

의미소＼어휘소	삶	죽음	행위	존재	인간	사물
대칭적 (삶)	＋	－	＋	－	＋	－
비대칭적 (삶과 죽음)	＋	·	＋	·	＋	·

※의미소의 존재(＋: 존재한다, －: 존재하지 않는다)

지어진 모든 어휘소는 상호성이라는 의미소 아래에 포섭될 가능성으로부터 배제되고 있다. 그러므로 '존재'와 '사물'이라는 항은 삶과 죽음이라는 비선언 분리적 대립에 대해서는 중립적이며, 선언 분리적 대립에서는 부정적이다.

　　이토의 철학에서는 비선언 분리적 대립이 선언 분리적 대립에 대해서 우선성을 부여받고 있기 때문에, 정적 또는 불활성이라고 범주화된 것은 운동과 활성화에 종속하게 된다. 결과적으로 정적이며 상호성이라는 의미소에 무심하게 보이는 '존재'와 '사물'은 이토류의 유학 속에 포함되어 그 존재를 인정받고 있지만, 그것은 변화와 운동의 상관물로서 간파되는 경우에 한정된다. 비선언 분리적 기능이 담론에서 지배적이기에 불활성인 사물은 이차적이며, 잠정적으로만 말해질 수 있는 것이 된다. 변화와 운동──즉 정情과 욕欲(이들 용어에 대해서는 나중에 다시 언급하겠다)──의 관계에서만 불활성인 사물을 논의할 수 있게 된다. 〈표 1〉이 나타내는 것처럼 불활성인 것을 지시하는 항에 관해서 우주론적인 의문은 있지만, 이토는 그것에 대해서 논의하지 않았다. 살아 있는 인간과 직접적인 관계가 없기 때문에 자기는 관심이 없다며 여지없이 거부했다. 그에게 사물 그 자체를 위해 이야기하는 것은 완전히 시간 낭비에 다를 바 없었을 것이다. 그는 필연적으로 변화와 운동을 초래하는 실천이라는 문제에 마음을 빼앗기고 있었다. 이러한 까닭에 그의 철학에서 우주론과 물리론이 부족한 것이다. 그러나 사물 일반에 대한 과학적 흥미라고도 할 수 있는 것이 이토의 논고에서는 전개될 수 없었다고 해도, 그 당시까지 담론상의 가능성에서 배제되어 온 사물이 발현·고찰되어 이토의 저작 속에서 검토의 대상으로서 인지되었던 점을 나는 지적하고 싶다. 이러한 일종의 사물이란 **욕망의 대상물**, 살아 있는 인간과 관련을 맺고 있는 대상 물로서 일상생활의 사물 ——음식, 의복, 화폐, 타인의 신체 등——이다.

　　이러한 변화가 암시하고 있는 것이 나의 논의에서 매우 중요할 것이 다. 담론구성체에 있어서 이 변화의 결과로서, 언어의 지위가 담론에서 재편되었다. 발화행위자의 발현에 따라 언어행위와 언어 내용 사이의 균 열이 명료하게 표현되었는데, 이것은 나중에 고찰하는 바와 같이 최종적 으로는 말하기speech와 쓰기writing의 양립할 수 없는 이항대립을 이끌게 될 것이다. 이 변화는 비언어 텍스트nonverbal texts로부터 쓰기 텍스트written texts로 이어지는 통로를 제어하는 새로운 상호텍스트성intertexuality을 낳는 다. 무엇보다 중요한 것은 신체와 발화행위의 주체(발화행위의 슈타이가 아니다!)가 언어표현 텍스트verbal text 안으로 들어온 것이다('나'를 둘러싼 이러한 두 개의 한정 사이의 복잡하며 균질과는 거의 먼 관계에 대해서는 나 중에 논의하겠다). 즉 쓰기 텍스트가 예상 외의 방식으로 신체로 환원되 었던 것이다. 이에 수반하여 말하기와 쓰기를 범주화하는 일치하지 않는 방법이 서로 경쟁하는 장으로서 신체가 드러나게 된다. 발화된 말의 발 화행위로의 환원 작용과 함께 우리는 이 새로운 담론에서 쓰기 텍스트를 활성화하려는 고집적인 경향을 관찰할 수 있을 것이다. 이토가 '정'의 이 질적 성격을 강조함으로써 암시했던 것은 그것이야말로 텍스트로서의 신체와 신체로서의 텍스트였다. 그러나 이 책 제3부에서 주요하게 제시하겠지만, 이토 이후의 18세기 담론에서 신체는 다시 담론 안으로 횡령당하여 타자성의 장소가 아니라, 공동체적인 것을 보증하는 것으로 생각하게 되었다.

　　이제 이토가 쓴 저서의 윤리·정치적인 함의를 더욱더 검증하기 위해 그에 대해 좀더 논의해 보기로 하자.

3장_텍스트성과 사회성
실천, 외부성, 발화행위에서 분열의 문제

'정'과 텍스트성

인간의 신체는 다른 사물과 병존하는 단순한 물질이 아니다. 그렇다면 신체는 어떻게 언어행위 상황과 일체화하는 것일까? 의식이 언어행위로 체현되기 위해서 인간의 신체는 정박지의 역할을 수행하는 것일까? 다른 인간과 동일한 장소에서 공존할 때 신체가 상황에 참여하는 어떤 구조가 반드시 있다.

    이토 진사이는 '정'情이라는 것으로 인간의 신체가 상황에 참여하는 구조를 설명하고 있다. 이미 제시한 바와 같이 그는 '성'性과 '정'情의 존재론의 서열을 역전시키면서도 여전히 동일한 이론적 틀 속에서 논의를 계속 전개하고 있었다. 그가 '정'을 파생물이 아닌 원초적 존재로 하는 새로운 개념 체계의 구축에 망설였던 것은 어떤 점을 고려했기 때문일까? 도대체 무엇이 그가 송리학자의 성性과 리理의 존재론을 비판할 때에 기능하고 있었던, 다소 비판적인 '정'의 개념에 대치할 수 있는 긍정적인 '정'의 개념을 만들어 내는 것을 방해했던 것일까?

주희의 이원론 철학에서는 주로 존재론의 서열에 의해 '성'은 보편적으로 적용 가능한 초월적인 것[1]으로서 이해되는 반면, '정'은 오로지 특별한 기회에서 특수화된 것으로 한정되었다. '정'은 '성'의 구체화일 뿐만 아니라, '성'의 특수화로도 생각되었다. 이토가 '정'/'성'이라는 철학 개념의 형성을 가능하게 했던 선언적 기능을 비선언적 명제로 바꾸었을 때, 선험적인 존재$^a priori$로서의 '성'의 유지는 불가능하게 되었다. 이제까지 살펴본 바와 같이 '정'과 '성' 사이에는 발생론적인 관계도 인과관계도 없기 때문에 '정'과 '성'은 동등한 존재이며, '정'을 '동'으로 생각할 수 있는 것에 비해 '성'은 그렇지 않다는 점이 다를 뿐, 이미 '정'은 '성'의 파생물로 간주되지 않았다. '본연의 성' 대신에 이토는 '기질의 성'이라는 개념을 도입해서 사물의 규칙성을 제시하려고 했다. "눈이 색에, 귀가 소리에, 입이 맛에, 사지가 평안함에 반응하는 것은 성이다. 눈이 아름다운 색을 보려 하고, 귀가 좋은 소리를 들으려 하고, 입이 맛있는 음식을 먹으려 하고, 사지가 편안해지려고 하는 것은 정이다."[2]

분명히 '기질의 성'이라는 양식은 '성'에서 규범적인 함축이 제거됐으며, '성'은 단지 주어진 것이 된다. 소가 소 이외의 아무것도 아닌 것처럼 사람은 생물학적으로 사람으로 정해져 있으며, 이렇게 정해진 것이 바로 '성'이다.[3] 그러나 '정'에 내재하는 운동성 때문에 '성'은 내재적으로 윤리의 행위로 향해 있다. 사람은 이 '성' 혹은 기질로 정해진 범위 내

1) 송리학은 칸트의 인식론과 후설의 현상학과 같이 초월적(transcendent)과 초월론적·선험적 (transcendental)을 분명히 구별하지 않았다. 그 때문에 내가 '보편적'(일반적)이라는 말로 거듭 제시하고 있는 것과 같이 초월적인 관념성(ideality)으로서의 보편성과 경험적인 일반성으로서의 보편성은 구별되어 있지 않다.

2) 伊藤仁斎, 『語孟字義』 上卷, 「情」 第1条; 『伊藤仁斎·伊藤東涯』(日本思想大系 第33巻), 岩波書店, 1971, 56쪽.

에서 윤리적 행위를 수행할 수 있다. 이것은 윤리적 명령이 개인의 '성'에 미리 내재되어 있기 때문이 아니라, 원한다면 윤리적 행위를 하는 것이 인간에게는 충분히 가능하기 때문이다. 물론 물고기에게 나는 것을 기대할 수 없는 것과 같이 '성'을 초월하는 것을 인간에게 요구할 수 없다. 이러한 의미에서 사람은 '성'에 의해 결정된다. 그러나 이것은 '성'이 해야만 하는 것을 명령하는, 즉 윤리적 명령이 사람의 '성'에 새겨져 있다는 것은 아니다.

실제로, 이토가 개입함으로써 송리학의 일반적 특징이 분명해졌다. 즉 송리학에서 우주론과 윤리학의 중복은 다음과 같은 전제로 지탱되고 있었다는 것은 명확하다. 즉, 그것은 인간이 그렇다고 하는 기술記述은 인간이 행해야만 하는 규범의 예정이라는 것이다. 그러므로 송리학의 담론에서 규범적인 것은 기술적인 것으로 환원할 수 있다고 여겨졌다. 결국 규범은 기술로부터 도출할 수 있으며, 당위는 존재로부터 도출된다. 기술이 '그렇다고 하는' 양식으로 사물과 상태가 정지하고 있다고 규정하는 것과 대조적으로 규범은 변화의 계기를 포함한다. 규범은 '존재하는 것'이 아니라, '행하는 것'과 관련을 맺고 있다. 바로 이런 까닭에 변화의 계기가 없으면 규범은 완전히 무의미할 것이다. 거듭 확인하는 바와 같이 이토 진사이의 윤리에서 변화는 긍정적인 것이며, 이토는 '정'에 내재하는 운동성이 규범적 목적으로 향하기 위해서 기질로서의 '성'을 이용하게 되었다.

'정'과 마찬가지로 '성'도 특수화의 원칙으로서 정의됨에도 불구하

---

3) 이토는 인간이 인간인 이유와 세계의 존재자가 그와 같은 것으로서 결정된 이유 등의 질문에 답하는 것은 인간의 능력을 넘고 있다고 보고 그 이상의 논의를 거부했다. 그는 세계의 존재자가 영원히 초역사적으로 그와 같이 결정되어 있다고는 주장하지 않았다.

고, '정'이 관계하는 변화는 항상 주어진 담론의 배분질서로는 포섭되지 않은 (대문자)타자에 향해 있다. '성욕'은 '동'動이라고 송리학자가 시인한 고전적 욕망의 정의를 이토도 계승했던 점은 주목할 필요가 있다. 이 경우 '성욕'이란 정해진 목적으로 회귀하는 움직임이 아니다. 그러므로 주희는 '성욕'을 '성'으로부터의 일탈 혹은 '성'의 혼탁함을 포함하는 움직임으로서 말했던 것이다. 이러한 용어를 완전히 동일하게 이해하면서도 이토는 송리학에서 지배적이었던 서술로 환원하려는 원칙을 방지하기 위해서, 송리학의 담론이 받아들여 편입시키지 못했던 당위적 규범의 가능성을 유학의 전통에서 발굴해 제시했던 것이다. 이토의 '성욕'과 '정욕'에 대한 특수한 이해는 존재론적 서열을 역전시키는 이론적 귀결을 시사하며, 규범은 서술로 환원할 수 없다는 생각을 도입하게 하였다. '성'이 '정'에 앞선다는 것을 부정하는 것은 규범을 서술로 근거 짓지 않는다는 것, 그리고 또한 **규범은 '마음'으로 나타나는 것을 넘은 지점을 제시한다는 것**도 함의한다. 즉 **규범은 주어진 담론으로 제한된 배분질서 안에서는 불가능한 것**을 말한다. 그러므로 규범의 수행으로서의 당위는 예상할 수 없는 것과 타자의 타자성과 같은 담론의 제한된 배분질서를 초월한 것을 가리킨다. 그러므로 '정'은 이질성의 통로인 사람의 신체와 발화에 의미를 부여하면서도, 그 자체는 재현/표상할 수 없는 장소인 언어행위 상황과 신체를 연결시키는 지점이라고 주장할 수 있을 것이다. 틀림없이 언어행위 상황은 일종의 콘텍스트(공共텍스트성)로서 이해된다. 즉 발화를 둘러싸는데 결코 주제적으로 서술되지는 않는, 하나 혹은 일군의 텍스트로서의 언어행위 상황은 이해될 수 있을 것이다. 주제로서 정립된 순간, 상황은 담론의 대상이 되며 더욱이 콘텍스트를 생성한다. 언어행위 상황은 담론에 있어서 이질적이어서 말해질 수 없는 한에서 콘텍스트인 것이다.

이와 같은 이유로 언뜻 상반되는 주장이 공존할 수 있게 된다. 이토는 자주 '정' 때문에 사물은 동일할 수 없다고 말한다. 한편으로 이 경우 '정'은 사물을 개별화하는 것이 된다. 다른 한편으로 그는 '정'에 의해 사람은 보편적인 선을 욕망한다고 주장하면서 '천하의 욕정'에 대해서 말하고 있다.[4] 여기에서 중요한 것은 범주로서의 '정'은 특수성과 보편성(일반성)이라는 두 한정된 양식과는 무관하다는 것이며, 그 결과 단독성과 사회성의 문제는 특수주의/보편주의라는 이분법으로 나누어진다는 것이다.[5]

더욱이 '정'의 타동사성(자동사성과 대조적인 것으로 스스로 다른 것에 영향을 주는 행위의 성질)이 강조되면, 그 결과 '정'은 자기 충족성과 안정성을 암시하는 어떠한 개념과도 대립하는 범주가 된다는 점에 주의해야 할 것이다. 무엇보다도 '정'은 특히 변화하며 운동하는 성격이 강하고,

---

4) 이토 진사이에게 선(善)은 근본적으로 만인에 대한 응답성, 만인에 대한 타당성이 이미 주어진 것으로서 여겨져야 하는 이념적 보편성이다. 그러나 이것은 경험적인 일반성의 의미에서 말하는 보편성이 아니며, 경험을 지배하는 규칙성도 아니다.

5) 이 다음 장에서 오규 소라이 등의 저작을 논할 때에 제시하는 것처럼 그들의 특수주의와 보편주의의 레벨과는 다른 레벨에서 이토가 개인적인 '정'과 사회적인 '정'이라는 개념을 만들고 있는 점은 아무리 강조해도 지나치지 않을 것이다. 왜냐하면 법 규제가 보편주의적인 관점에서 보증되지 않으면, 도덕과 법의 타당성(validation)을 통한 사회의 통제와 지배는 거의 불가능하게 되기 때문이다. 적용할 수 있는 영역이 아무리 작고 단편적이라고 해도 사회적 통제는 부여된 획일성(uniformity)과 그것을 수용하는 순응성(conformity)이 지배적인 곳에서 비로소 가능하게 된다. 이러한 의미에서 사회적 통제는 항상 이러한 종류의 보편주의의 형태를 취한다. 그러나 특수주의, 상대주의도 역시 보편주의/일반주의를 전제로 하며 필요로 한다는 것을 기억해야 한다. 특수주의는 일반적이라고 생각되는 것과 비교해서 어떤 공동체, 사회, 혹은 '문화'에 독자성(uniqueness)이 있으며, 예외적인 성질을 가지며 변칙적이라고 주장한다는 점도 잊어서는 안 된다. 틀림없이 특수성, 변칙성 등의 속성은 일반성과 규칙성이라는 참조 없이는 의미를 갖지 않는다. 한편 특정 공동체, 사회, '문화'는 이들 일반적 성질의 조합으로서 재현/표상된다. 특수주의와 보편주의/일반주의로부터 상정할 수 있는 타자성과 만나는 일은 있을 수 없다. 타자성과 조우하는 것은 특수주의와 보편주의/일반주의의 대립 자체가 붕괴했을 때에 비로소 시작된다.

그렇기 때문에 필연적으로 시간의 경과를 포함한다. 그럼에도 거기에는 계량할 수 있는 지속 따위는 없다. 왜냐하면 아무리 짧아도 지속이 이어지는 동안에 변화하지 않는 어떤 것을 함의하고 있기 때문이다. 또한 '정'은 한 개인과 사물의 동일성으로 한정되지 않는다. '정'은 마음 내부에서 일어나는 현상과 사물의 상태가 아니다. 이미 강조한 것처럼 '정'은 결합의 구조로, 사람의 신체와 (대문자)타자의 연결지점이다. 이 점에서 '정'은 정을 통해 사람이 세계와 만나는, 즉 사람이 세계에 의해 움직여질 때의 정동情動과 정열情熱의 형식을 말한다. 평소 우리가 사용하는 '정'의 의미보다 이토가 말하는 '정'은 그 이상의 것을 포함하고 있다는 것을 알 수 있다. 그러므로 나는 '정'은 한편으로 세계-내-존재라는 개념에 필적하는 존재 양식을 나타내고 있다고 생각했다. 종종 모순된다고 여겨지는 '사사로움/나私'의 두 가지 용법은 그야말로 이러한 문맥으로 이해되지 않으면 안 된다.

> 털끝만큼도 사사로운 인욕人欲이 없도록 하는 일은 육체를 갖고 있는 인정人情 있는 사람이 잘 할 수 있는 것은 아니다.[6]

이 명제의 '사사로움/나'는 사람의 욕망과 상관관계에 있는 것으로 욕망을 가지는 것은 자기를 정립하는 것이 된다. 그러나 이토는 다음과 같은 말도 한다.

---

6) 伊藤仁斎, 『童子問』, 中巻 第9章, 『近世思想家文集』(日本古典文学大系 第97巻), 岩波書店, 1966, 103쪽[최경열 옮김, 『동자문』, 그린비, 2013, 172쪽].

불교와 노장은 자신에게서 도를 구한다. 자신에게서 도를 구하기 때문에 천하가 따르는지 아닌지 돌아보지 않고 오로지 '깨끗하고 욕심없기'淸淨無欲를 구해 한 몸근의 편안함을 성취하고, 끝내 인륜을 버리고 예악禮樂를 없애는 데까지 이른다.[7]

이 구절에서 참조되는 자기근는 욕망의 움직임에서 분리된 '소원'疎으로 생각되고 있다. 욕망의 상관자인 '슈타이'로서의 '사사로움/나'는 욕망의 대상과 밀접한 관계를 맺고 있기 때문에 긍정되는 한편, 주제적으로 반성되는 '자기'는 자신을 세계로부터 분리하는 반성적인 의식이 초래하는 단절 혹은 무無이기 때문에 부정되고 있다. 욕망의 상관자로서의 '사사로움/나'에게 욕망이란 상황의 유동성과 상관없이 본연의 '성'에 의해 정의되는 본래적인 —— 주제적으로 성찰되는 주제로서의 —— 공적인 나我로의 회귀를 방해하며, 거기에 개입한다. 사람이 타자로부터 분리된 '자기'라는 개별성으로 정립될 때, 동시에 사람은 욕망의 대상과 언어행위 상황에 참여해 있기 때문에 사람의 개별성을 비로소 말할 수 있게 된다. 사람의 개별성은 실은 개체성[8]이다. 이러한 의미에서 인간의 욕망과 언어행위 상황에 참여하는 것은 원초적이며 직접적인 것이지만, 여기에서 이토는 이 원초적 직접성에 호소하고 있다. 다만 이와 같은 직접성

---

7) 『童子問』, 中卷 第13章, 같은 책, 106쪽[『동자문』, 181쪽].

8) 개별성과 개물성(個物性; 개체성)의 차이를 간단하게 말해 두겠다. 개별성은 개물 혹은 개인(모두 다 individual의 번역어)인 존재자가 분할 불가능하며, 또한 통일성을 가지는 것을 나타낸다. 나아가 이 존재자는 다른 존재자와 구별된다. 이에 비해 개물성의 경우에는 개물이 있는 어떤 장소, 혹은 개물의 의미가 새겨지지만 그것 자신은 주제화되지 않는 표면에 있어서만 그 분할 불가능성이나 변별성을 말할 수 있다는 고찰이 전제된다. 다시 말해 사람이 개인으로서 다른 존재자와 변별되고 분리될 때 사람은 욕망이나 언어행위 상황에 있는 것이 이미 전제되는 것이다. 말할 것도 없이 '개체'와 '장소'는 니시다 기타로가 이용했던 용어이다.

의 개념화는 담론의 한계와 담론이 은폐하는 텍스트성을 고려한 새로운 논리가 나오지 않으면 처음부터 불가능했던 점은 기억해 둘 필요가 있다. 이와 같이 이토는 자기 사상의 일관성을 흩뜨리지 않고, 윤리적인 것의 기본적 특질은 '정'이 주변적 세계에 침투하여 스스로를 '천하의 정욕'으로서 구축하는 힘에 있다고 주장할 수 있었다. 거기에다 그는 "남이란 나와는 형체가 다르고 기氣가 달라 그가 병에 괴로워하고 부스럼에 가려워한들 모두 나와 상관이 없는데, 하물며 사람이 사물과는 유類가 다르고 형태가 다르니 어떻게 서로 관계할 수 있겠는가"[9]라고 말할 수 있었다.

그러므로 사람의 신체의 단독성과 사물의 단독성은 이미 항상 '기'의 사실로 부여되어 있고, '정'에 대해서는 자기와 사회성은 서로 보완하고 있다. 이토 진사이가 의심하는 것은 신체로서의 인간의 물리적 존재가 아니고, 일정한 담론구성체에 의해 구성된 인간이라는 동일성이다. 분명히 신체로서의 '슈타이'와 동일시되는 한 사람은 타인과 동일한 체험을 할 수 없다. 그러므로 이토 진사이는 공통감각, 즉 공유된 감성에 의거한 공동의식과 같은 원초적인 공동의식을 도입하지 않았다(오규 소라이의 저작들을 읽는 시도에서 담론에서 원초적 공동의식의 형성과 정치적인 의의에 대해 살펴볼 것이다). 사람이 아무리 배려가 있고 민감하게 타인과 접촉한다고 해도, 신체 기질의 차이를 극복할 수 없다. 더욱이 동일성과 공통성이 그야말로 언어상의 사태일 때에, 아마 언어 이전의 상태이기도 한 원초적 위상에서 감각의 동일성과 공통성에 대해 말하는 것은 거의 의미가 없을 것이다. 그런데 이토에 의하면 불교와 도교의 교의는 자기의 동일성을 이런 식으로 생각하지 않았다. 그들이 생각했던 자기는 담

9) 『童子問』, 上卷 第21章, 같은 책, 70쪽[『동자문』, 66쪽].

론에서 구성된 자기로 환원할 수 있는 것이며, 이토의 논의에 따르면 그들의 사회성 개념은 항상 자신의 패쇄된 영역 안에 있으며 결코 내부 영역 밖으로 나오는 일은 없었다.

그러나 결코 타협할 수 없는 사회성이 처음부터 개방된 것이라는 이토의 암묵적인 주장은 그의 의견을 유학 고전의 교의에 적용시키기에는 많이 곤란하다. 예를 들어 『맹자』에는 다음과 같은 명제가 있다. "인의예지仁義禮智는 밖에서 나에게로 녹아 들어오는 것이 아니다. 내게 본래 있는 것이다."[10] 네 가지 '성'性이 "내게 본래 있다"는 말의 의미는 송리학에서는 명백하지만, 이토는 이 도학자의 읽기를 받아들이기가 어려웠다. 그 결과 사회성 개념을 내부 영역으로부터, 즉 "원래 자기에게 존재하는 것"으로부터 해방시키기 위해서 다른 방식의 읽기를 시도해야만 했다. 이토가 이 한 구절을 다시 읽는 과정을 살피기 위해서 그의 『맹자고의』孟子古義의 상이한 두 판본을 보도록 하자.

이토 집안의 고의당古義堂 문고에 있었던 일반적으로 『실본』實本(혹은 자필본)이라고 언급되는 현존하는 『맹자고의』의 가장 오래된 판본은 현재 나라奈良의 덴리天理대학 중앙도서관에 보관되어 있으며, 그 날짜는 1683년까지 거슬러 올라간다.[11] 이 판본은 『맹자』에서 인용한 것과 주희의 『맹자집주』 가운데 이토가 대폭 개정한 『맹자』 주석으로 되어 있다. 이 초고를 읽으면 이토가 어떻게 주희의 말을 삭제하거나 수정하면서 자신의 말을 주희의 문장 속에 집어넣어 서서히 자기 철학을 만들어 냈는가

---

10) 『孟子』, 「告子篇」上, 第5章. 『孟子』(新釈 漢文大系 第4巻), 明治書院, 1962, 7쪽.
11) 이토 진사이의 많은 초고는 분명히 제자들의 필사본이며, 거기에 나중에 이토 본인이 난외(欄外) 주석을 달고 있다. 이 『실본』은 주석문도 이토가 쓴 몇 안 되는 작품 중에 하나이다. 이 때문에 '자필본'이라고 불린다.

가 분명해진다. 자필본 단계의 『맹자고의』는 아직 주희의 『맹자집주』나 다를 바 없다.

이토 생전에 완성했던 마지막 초고는 일반적으로 하야시본林本으로 알려져 있다. 이 초고에서는 이토의 전체적인 주석과 논의 형식은 동일하지만, 주희의 『맹자』 주석은 최소로 줄여져 있다. 기본적으로 이토의 사상은 강력하고도 압도적인 힘을 가진, 주희의 『맹자』라는 고전 저작 해석에 대한 반박으로서 분명하고도 차별적인 의미를 가진다.

이토가 몰두했던 논리적인 문제가 두 판본 사이의 결정적인 차이에 의해 밝혀질 것이다. 예를 들어 자필본에는 다음과 같이 씌어 있다.

네 가지(인·의·예·지)를 사람이 본래 가지고 있다(고유固有하다)는 말은 성性이 선善하다는 것을 다만 사람들이 스스로 알지 못하고 있다는 것을 의미한다.[12]

하야시 판본은 다음과 같다.

본래 가지고 있다는 것은 사람의 마음에 반드시 사단四端의 마음이 있다면, 이것으로 인의예지의 덕을 가지게 된다는 말이다. 사람이 스스로 생각하지 않을 뿐인 것이다. '네 가지'를 바로 인의예지라고 하는 것은 어리석다. 소위 인의로써 성에 이름을 붙인 것이지 성의 이름인 것은 아닌 것이다. 선대 유학자[송리학자]들이 '고유'라는 두 글자를 성의 글자에 해당시킨 것은 그르며, 고유한 것은 고유하지 않다고 해야 옳다.

---

12) 伊藤仁斎, 『孟子古義』, 卷之六. 天理大学中央図書館所収古義堂文庫, 草稿400249에 의한다.

『맹자』의 이 한 구절로부터 송리학자는 인·의·예·지가 인간의 '성'으로서 본연적·기원적으로 [공적인] '나' 안에 있다고 했다. 이토는 한편으로는 사람의 '성'을 '덕'과 구별하기 위해서, 다른 한편으로는 '단'端[실마리]과 사람의 '성'을 구별하기 위해서 이와 같은 읽기에 관여해야만 했다. 사람의 '성'에 의거한 본질주의를 지속적으로 비판하면서, 이토는 그 연장선상에서 맹자의 성선설을 '성'의 영역이 아닌 '정'의 영역에 두기 위해서라도 '사단'을 '성'과 구별하지 않을 수 없었다. 사회성에 관한 이토의 관점에서 보자면 '덕'을 '성'의 경계로부터 해방시킬 절대적인 필요성이 있었다. 정주학程朱學 체계와의 공존 불가능성이야말로 그가 전통적 철학에서 이탈하는 최초의 계기가 되었던 것이다. 자세한 용어 사용의 문제와 생각 자체가 실제로는 회복 불가능한 논쟁의 장을 보여 주고 있다. 특히 이토가 주장한 '성'과 '덕', '성'과 '단'이라는 두 대비는 송리학의 기본 명제, 즉 사회성은 오직 '마음'의 경험으로 이해되어야 한다는 명제에 의문을 제기하는 단서가 되었다.

송리학은 '마음'心을 장소topos로서 생각할 필요가 있었다. 즉 송리학에 의하면 사람은 '마음'으로 스스로의 내면성을 탐구했으며, 타인과 비대칭적인 지위를 차지하는 것을, 특히 타인을 내려다보는 지위를 피하는 방책을 모색했다. '마음'은 자기편향적이며 특수화된 시점이 공평하게 편향 없이 타자의 시점으로 대체될 수 있다고 생각하는 보편적인 무대로 간주되었다. 그러므로 '마음'은 사람의 자기중심성이 치료된 장소로 생각되었다. 그러나 특정 인물에 내면화되어 있는 상상의 전체성으로부터 '마음'이 자유로워지는 일은 없었다. 그러므로 이와 같은 '마음'에 대한 사고방식은 전체주의적이라는 비난으로부터 벗어나기는커녕, 오늘날의 휴머니즘이 그렇듯이 전체상을 은밀하게 재도입하는 것이다. 공평하게 편향이 없는 보편적·전체적인 시점에서 말하고 있다는 상정 하에서 사람은 아주 편향적이며 불공평한 특수성을 폭력적으로 정당화할 것이다. 자기도 모르는 사이에 이 전체상과 동일화해서 자기는 마치 시점의 특수성에서 벗어나 있는 것처럼 말할 수 있게 된 것이다. 사적인 '나'는 '마음' 안에서 항상 인류의 전체성으로서의 '우리'가 된다.

이 때문에 항상 이미 '마음'에 본래 존재하는 '덕'은 직접적 또는 보편적으로 정당한 것이 된다. 이렇게 말할 수 있는 것도 처음부터 '마음'으로부터의 현전現前은 일반적인 정당성을 가지는 보편성과 같기 때문이다. 이 점에서 송대 유학에서 전제되었던 '마음'은 보편성의 영역으로서 이해되어, '마음'의 존재는 모든 경험적 존재로서의 인간에 내재하는 보편화의 가능성과 동일시되었다. 실제로 '마음'이라는 담론장치가 없었다면 일반성이라는 의미의 보편성은 사고할 수 없었을 것이다. 그리고 정말로 이 보편화의 기능 때문에 필연적으로 공적인 '나' 혹은 '우리' 이외의 타자의 타자성을 포함한 이토의 사회성을 '마음'에서 다룰 수 없게 된다. '마음'의 영역에서 타자의 타자성은 결코 출현하지 않기 때문이다.

사회적 행위의 윤리성

이와 대조적으로 이토 진사이는 만약 사회성이 가능하다면, 그것은 '마음'의 외부, 일반자의 장소 바깥에서만 가능하다고 강조한다.[13] 즉 '덕'

---

13) '의식'(意識)에 대해서는 니시다 기타로를 참조하겠다. 의식은 대략적인 의미에서 언어로부터 이루어지는, 혹은 일반자(보편자)로부터 이루어지는 장소이다. 의식에 있어서 사람은 언어로부터 욕망하게 된다. 西田幾多郞, 『働くものから見るものへ』(『西田幾多郞全集』, 第4卷), 岩波書店, 1969, 135~178쪽.

은──사회성이 스스로를 각인하는 형태인데──사람의 '성'으로도 환원할 수 없으며, '마음'에 일반자를 현전시키는 일로도 환원할 수 없다는 것이다. 이 점에서 '덕'은 공적인 '나'에게도 '마음'에서도 존재하지 않는다. 다시 말해 '덕'은 나 '자신'에게도 '타자'에게도 머무르는 일 없이 (대문자)타자에만 존재한다. 이토는 이들의 논리적 요청에 적용시키기 위해서 '고유'固有라는 어구를 일부러 강조해서 읽어야만 했다. 이와 같은 읽기 전략은 내가 '덕'의 규범적 측면이라고 부르는 것을 명확히 해줄 것이다.

이와 같이 이토는 거듭 규범과 기술 사이의 넘기 힘든 간격을 지적한다. 최종적으로 그의 송리학 비판은 리학자가 '행한 것을 생각하는 것으로' 환원하는 것을 거절하는 데 이른다. 리학자와 같이 환원을 하면 사고와 실천은 근본적으로 다르다는 사실이 사라진다. 송리학은 행위 텍스트 혹은 행위라고 불리는 텍스트를 항상 행위 주체의 사상과 사고에서 이질적인 것으로 설정하는 물질성, 더 정확하게 말하자면 신체의 텍스트적 물질성을 인정하지 않았다. 그 대신에 행위를 생각할 수 있는 의도가 물질적인 형태로 구체적으로 실현된 외화 혹은 표현이라고 했다. 그렇게 해서 행위의 윤리적인 의의에 대한 논의는 이미 그들의 담론에 준비된 표현적인 인과율의 틀 안에서 전개되었고, 그들은 본질직관적 지향성과 실천적 지향성의 일치, 그리고 '성'과 '정'의 존재론적 서열을 주장할 수밖에 없었다. '성'과 '정'의 존재론적 서열에 따라 윤리적 행위의 목적은 사람이 의도했던 것과 사람이 행위에 의해 이룬 것을 일치시키는 일이 된다. 생각하는 것과 행하는 것의 관계가, '성'이 본체이고 '정'이 그 파생물인 존재론적 서열을 반복하고 있다는 것을 알 수 있다. 리학자들은 행하는 것이 생각하는 것에 이미 내재되어 있는 이상, 외부의 방해에 의해 적절한 과정이 지장을 받지 않는 한 행하는 것은 생각하는 것과 일치한다는 형이상적인 보증을 보여 줬다. 송리학의 윤리성은 외적인 간섭의 배제에 의해 성립되어 있다는 점에 주의해야 한다. 그 결과 리학자의 윤리적 행위에 대한 사고 방식은 이질성, 텍스트의 물질성, 그리고 최종적으로는 (대문자)타자의 타자성을 제거하지 않으면 유지할 수 없었다. 근대 국민국가의 윤리만큼은 아니더라도 그들의 윤리는 이러한 의미에서 균질적 공동체를 위한 것이었다.

이와는 대조적으로 이토는 행위자 의도의 관점에서 보았을 때, 행위가 어떻게 이루어지는지, 그리고 그것이 어떻게 타인을 끌어들이는지에 관해서 실제로 예측 불가능하다는 점에서 행위의 사회성을 발견했다. 그가 제시하려고 했던 것은 아주 간단히 말할 수 있지만, 논리적으로 설명하는 것은 매우 곤란하다. 그가 주장했던 사회성은 (대문자)타자와 관련을 맺지 않고서는 불가능한 것이었다. 즉 이토는 송리학과 정반대의 위치에서 윤리적 행위의 윤리성을 설정했다. 즉 이토는 사람들이 행하는 것과 생각하는 것을 항상 일치시키고 싶어 하지만 이를 실제로 성공한다는 보증이 없기 때문에, 다시 말해 기대와는 반대로 하고 싶었던 일이 막히고 왜곡되어 다른 방향으로 나아가기 때문에 윤리가 존재할 수 있는 것이라고 생각했다. 윤리적 행위에서 사람은 타자와 가장 근원적인 방식으로 마주한다. 그러나 이러한 환원 불가능한 (대문자)타자와 만나지 않고서 행위는 결코 윤리적으로 될 수 없다. 이 점에서 이토의 생각은 윤리적 행위의 윤리성을 이해하는 데 (대문자)타자를 배제하는 송리학의 생각과 완전히 대립하고 있었다.

그렇지만 어떻게 해야 사회적 행위에 있어서 타자성의 계기를 정당하게 취급하는 철학을 구축할 수 있을까? 철학적인 설명은 결국에는 주제화의 수법에 의해 (대문자)타자로부터 타자성을 빼앗는, 또 하나의 담론 형식에 지나지 않는 것은 아닐까? 이 문제에 몰두하기 위해서 이토의 저작에 거듭 나타나는 간과하기 쉬운 한 구절을 주의 깊게 읽지 않으면 안 된다.

소위 인의로써 성에 이름을 붙인 것이지, 성의 이름인 것은 아닌 것이다. 所謂以仁義名其性, 而非性之名者也.[14]

이토는 '이름'名이라는 글자를 동사적 용법과 명사적 용법 두 가지로 구별한다. '이름'의 동사적 용법은 적어도 글자가 지시하는 존재를 그 문자에 의해 명명되는 인격과의 관계에서 그와 같이 한정되는 것을 시사하고 있다. 그것은 지시적인 한정이며, 그 결과로 이 존재는 지시적 지향성의 상관물로서 한정된다. 이것은 동일한 존재가 다른 이름으로 불릴 가능성이 있다는 것을 암시하고 있다. '이름'의 명사적인 용법은 이것과는 반대로 존재는 명명 행위와 관계없이 그와 같은 것으로서 미리 결정되어 있음을 시사한다. 이 용법에 따르면 외관의 배후에는 이름에 어울리는 실재가 있다는 것이 의미되어 있는 듯하다.[15]

이와 같은 잠정적인 구별 하에서는 발화행위와 언어행위적 상황의 관계에 대한 어떤 이해가 존재한다. 발화된 말이 아닌 발화행위 양식으로서의 발화를 이해하기 위해서는 담론의 경계가 이질성에 의해 기록된 심급에 대한 새로운 이론적 감성을 몸에 익혀야 할 것이다. 더욱이 발화

---

14) 伊藤仁斎, 『孟子古義』, 卷之六. 또는 関儀一郎 編, 『日本名家四書註釈全書』, 第9巻 孟子編(1720), 東洋図書刊行会, 1924.

15) 이토의 아들 이토 도가이 등이 편집하여 익명으로 출판한 『맹자고의』 속에서 이 인용된 한 구절은 더 단순하고 직접적으로 표현되어 있다. 『日本名家四書註釈全書』, 第9巻, 241쪽 참조.

행위의 신체(슈타이)도 이질성도 대상과 현상으로서는 주어지지 않기 때문에 어떠한 담론의 경계도 두 개의 동등하게 동일화할 수 있는 영역 간의 경계선으로 표상할 수는 없다. 담론의 경계는 우선 파악 가능한 것, 이해할 수 있는 것의 경계다. 아마 이것은 처음부터 주의사항으로 해두는 쪽이 좋을 것이다.

분명히 지금까지 '이질성', '슈타이', '텍스트의 물질성'과 같은 용어를 근본적으로 파악할 수도, 이해할 수도 없는 것을 나타내기 위해 이용했다. 이들 개념은 명명된 순간에 유동하는 모순을 포함하고 있다. 그러나 나는 이들 개념이 왜 필요한가에 주의를 촉구하고자 한다. 이들 개념을 이용하지 않으면 담론의 결정으로부터 언제나 넘쳐 나오는 텍스트성을 결코 문제화할 수 없게 된다. 발화행위는 발화된 말의 실제적 외부로서는 참조할 수 없다. 즉 발화행위는 발화된 말을 통해서만 문제화할 수 있다. 부연하자면 언어의 바깥으로 나가는 통로는 예외 없이 언어의 안쪽에서 발견되어야만 한다는 것이다.

틀림없이 저 난해한 문장으로 이토가 '이름'과 '성'에 대해서 설명하려고 했던 것은 담론과 텍스트성의 비대칭적인 관계에 내재하는 모순이다. '인·의·예·지'라는 글자는 관념을 나타내고 있는데, 어떤 초월적인 본체로서의 '인'과 '의'가 있으며, 그 본체에 대한 부표로서의 글자 "인"과 "의"가 존재하는 것이 아니다. 이들 용어의 적용성이 실제로는 글자의 전제專制로부터 벗어나 언어행위 상황에서 발화행위에 영향을 주는 특정적이고 개별적인 상황에 지탱되고 있기 때문에 잠정적으로 그와 같은 것으로서 결정된다. 그러나 발화행위로부터 발화된 말에 이르는 통로가 인과관계 — 혹은 물론 표현적 인과율이라 해도 좋지만 — 로 이해할 수 없는 것처럼 언어행위 상황은 발화된 말의 구성에 영향을 준다는 점에서 담론에 대해 이질적이라는 점을 기억해야 한다. 왜냐하면 발화행위의 완성, 즉 의미작용의 형성은 반드시 언어행위 상황을 배제하기 때문이다. 언어행위적 상황에서 떨어져 나와 언어행위 상황으로부터 독립될 수 있는 한에 있어서만 글자는 독립한 개념으로 자격을 획득하며 '이미 발화된 것'으로서의 발화된 말이 존재한다.[16) 발화된 말은 발화행위 다음에 온다고 말할 수 있는 반면, 그 반대로 발화된 말에서 발화행위로 소급적으로 기원을 탐색하는 일은 불가능하다. 그러므로 앞서 말한 대로 발화행위의 신체로서의 슈타이는 복원할 수 없는 방식으로 도주하는 것이며, 그것은 발화된 말에서 결여로만 존재한다. 그리고 신체가 아닌 발화행위의 주체는 항상 이 결여를 대리보충supplement한다는 상상의 대리물로서 형성된다.[17)

---

16) 그러나 언어행위 상황과 발화된 말(피발화태)의 관계가 담론의 일부인 것을 잊어서는 안 된다. 푸코는 발화된 말을 담론의 가장 기초적인 요소로 보았는데, 이때 **발화된 말은 언어학 용어가 아니게 되었다.** 그것은 발화된 말이 언어행위 상황과 관계하는 관계 방식의 제도성을 나타내는 개념이었다.

17) 질 들뢰즈는 이 문제를 훌륭하게 명확히 다루고 있다. "하지만 코기토는 아마 아무런 의미가 없는 이름일 것이고, 평범한 되풀이 역량에 해당하는 무한 후퇴 이외에는 다른 대상이 없는 이름일 것이다('''나는 생각한다'는 것을 나는 생각한다'는 것을 나는 생각한다'는 것을 ……). 의식의 모든 명제는 어떤 무의식, 순수사유의 무의식을 함축하고, 이 무의식은 무한 후퇴가 일어나는 의미의 권역(圈域)을 구성한다."(Gilles Deleuze, *Différence et répétition*, PUF, 1968, p.203; 財津理 訳, 『差異と反復』, 河出書房新社, 1992, 241쪽[김상환 옮김, 『차이와 반복』, 민음사, 2004, 344쪽]) "물론 플라톤의 상기(想起)는 태곳적이거나 기억되어야 할 과거의 존재를 파악한다고 주장하지만, 이 과거의 존재는 동시에 어떤 본질적인 망각에 의해 각인되어 있다. 초월적 실행의 법칙에 따르면, 오로지 상기밖에 될 수 없는 것은 (경험적 실행 안에서는) 또한 상기 불가능한 것이기 때문이다. 이런 본질적인 망각과 경험적인 망각 사이에는 커다란 차이가 있다. 경험적인 기억이 관계하는 대상들은 그 기억에 의한 것과는 다르게 파악될 수 있고 심지어 다르게 파악되어야 한다. 즉 내가 상기하는 것을 나는 보고 듣고 상상했거나 사유했어야 한다. 경험적인 의미에서 망각된 것이란, 그것을 다시금 찾을 때 기억을 통해 다시 파악하지 못하는 것이다(그것은 너무 멀리 떨어져 있고, 망각에 의해 나와 기억내용이 분리되거나 그 기억내용이 지워졌다). 그러나 초월론적 기억이 파악하는 것은 처음부터, 그리고 일차적으로 오로지 상기밖에 될 수 없는 것이다. …… 망각은 더 이상 우리와 어떤 우연한 기억내용

그야말로 이러한 이유에서 언어행위 상황은 문맥적인 담론에 영향을 주지만, 언어행위 상황을 알 수는 없다. 이런 까닭에 '특이의'singular(혹은 불가분한 통일체로서의 개체라는 의미를 배제한 '단독의'individual)라는 형용사를 언어행위 상황에 붙일 수는 있지만, 다른 '개별의'particular라든가 ('종'species이라는 명사에서 파생된) '특수한'specific이라는 형용사를 언어행위 상황에서 서술할 수는 없다.

덕의 각인적 성질

여기에서 나는 규범이 관계하는 것에 대해서 어느 정도 무지했었다는 것을 인정해야겠다. 어떻게 저 '덕'德이 아니라 이 '덕'이 선택되어 이 상황에 적용되었는지를 사람들은 알 수 없다. 어느 '덕'의 출현을 예언할 수도, 미리 '덕'을 결정할 수도 없다. 더욱이 '마음'은 '덕'에 다가갈 수 없다(지금부터 설명할 것이다). 이 경우에도 행위를 하는 인간은 무지하다.

'덕'의 지위에 대한 이토의 주석은 훨씬 더 선명하다. "덕은 인의예지의 총칭이다. …… 인의예지라고 명확하게 말을 한 다음에야 각각의 일에 드러나 보여 자취를 찾아볼 수 있다."[18] 이론적 의미에서 이러한 '덕'에 대한 주석은 '성'性의 명명 문제와 긴밀하게 관련을 맺으며, 이에

을 서로 갈라 놓는 어떤 우연한 무능력이 아니다. 그것은 오히려 본질적인 기억내용 속에 현존하고, 이때 이 본질적인 기억내용은 그것의 한계나 오로지 상기밖에 될 수 없는 것과 관련지어 보면 기억이 지닌 n승의 역량에 해당한다."(*ibid.*, p.183; 같은 책, 219~220쪽[같은 책, 313쪽]) 나는 뒤에서 도키에다 모토키(時枝誠記)의 겹상자 구조에 대해서 논의하겠다. 그는 칸트적인 문제를 아주 명확하게 다루고 있다.

18) 伊藤仁斎, 『語孟字義』 上巻, 「德」 第1条. 天理大学中央図書館所蔵草稿406951番. 인용은 『伊藤仁斎・伊藤東涯』(日本思想大系 第33巻), 岩波書店, 1971, 35~36쪽.

관련한 문제의식을 복잡하게 만든다. '덕'은 사건이 일어난 다음, 사후에 항상 완료형으로서만 발생한다. '덕'은 어떤 상황에서도, 어떠한 '덕'의 출현에서도 논리적으로 선행하는 '자취'로 지탱되어야 한다. 우선 '자취'가 없으면 '덕'이 되는 '인'仁도 '의'義도 없다. 그러므로 '덕'을 의도와 현실화를 포함하고서 경위와 과정을 통해서 스스로를 실현하는 일종의 가능성으로서 말할 수 없다. 의도→행위→결과라는 일련의 통합된 연속성이 문제다. 혹은 이 일련의 것이 아니라, 생각하는 것(아는 것)→발화행위→발화된 말(각인)이라는 좀더 일반적인 용어로 생각할 수도 있다. 물론 '자취'에서 '덕'의 성격을 특징짓는 것은 '덕'의 각인으로서의 성질을 강조하기 위한 것이다. 다시 말해 '덕'은 일반적인 사회 현실의 텍스트성으로 각인되어 있다. 이토 진사이의 용어법에서는 '덕'을 '마음'으로 환원해 버리는 여러 가지 환원주의로부터 '덕'을 구해 내는 방법이 주요한 관심이 되고 있다. 그러므로 그는 다음과 같이 주장한다.

> 회암 주희는, "'덕'德이라는 말은 얻는다得는 뜻으로 도를 행하여 마음에 얻음이 있는 것이다"라고 하였다. 이 말은 본래 『예기』에서 나온 것이다. 그러나 『예기』에는 "몸에 얻음이 있다"고 쓰여 있으니, 주희가 몸身이라는 글자를 마음心으로 고친 것이다.[19]

주희는 '덕'이 의도, 생각하는 것, 아는 것으로 환원 불가능하다는 것을 말하기 위해서 '덕'을 '마음'의 외부에 두었다. 그래서 그는 자기의 윤리학의 윤리성을 더 명확히 나타낼 수 있는, 이제까지와는 다른 '덕'의 개

---

19) 伊藤仁斎, 『語孟字義』 上巻, 「德」 第2条; 『伊藤仁斎・伊藤東涯』, 36쪽.

넘화를 설명하는 작업에 열중했다. 여기에서 중요한 것은 "마음에 얻음이 있다"와 "몸에 얻음이 있다" 사이의 사소하지만 결정적인 차이를 어떻게 이해하는가이다.

이 차이를 『맹자』의 한 구절에 대한 두 개의 대조적인 읽기와 결부지어 생각해 보자. 이로써 이토가 어떻게 주희와 대조적인 윤리학의 윤리성을 생각하고 있었던가를 제시하겠다. 『맹자』의 구절은 다음과 같다.

> 무릇 사단[20]은 내게 있는 것이며 또 그것을 확충해 나갈 수 있다. 마치 불이 처음에는 작지만 크게 타오르거나, 샘물이 처음에는 작지만 나중에는 뻗어 흐르는 것과 같다.[21]

주희는 여기에 다음과 같은 주석을 가하고 있다.

> 이 장에서 논한 바는 사람의 성정과 마음의 체용은 본연적으로 다 갖추어져 있어 각각 저마다 조리가 있는 것이 이와 같다는 것이다. 학자가 이 점에서 돌이켜 찾고 묵묵히 앎을 확충한다면, 하늘이 내게 준 것을 다하지 않을 수 없을 것이다.[22]

---

20) 사단(四端). 인간 본성에서 우러나오는 네 가지 마음의 근본 혹은 실마리, 즉 인(仁)에서 우러나오는 측은지심(惻隱之心), 의(義)에서 우러나오는 수오지심(羞惡之心), 예(禮)에서 우러나오는 사양지심(辭讓之心), 지(智)에서 우러나오는 시비지심(是非之心)을 가리킨다.—옮긴이

21) 『孟子』, 「公孫丑篇」上, 第6章. 같은 책, 112쪽.

22) "此章所論人之性情, 心之體用, 本然全具, 而各有條理如此, 學者於此, 反求默識而擴充之, 則天之所以與我者, 可以無不盡矣." 朱熹, 『四書集注』(下), 『孟子集注』, 卷二, 「公孫丑章句」上, 『朱子学大系』第8卷, 明德出版社, 1974, 151쪽(원문은 483쪽).

윤리의 능동적 측면을 매우 강조하는 이토 진사이의 논의의 궤적을 살펴보기 위해서 우선 두 가지 사항을 구분해야 한다. 첫째로 이토의 저작에서 불가결한 역할을 수행하고 있는 '확충'擴充이라는 어구는 『맹자』에서 처음으로 등장한 조어라는 것이다. 이 어구의 영어 번역은 'to develop'로 조금은 단순화되어 있다. 한문에서 '확충'이라는 숙어는 두 개의 한자, 즉 '신장하다, 넓히다, 펼치다, 채우다'와 같은 의미를 지니는 '확'擴과 '채우다, 가득 담다, 보충하다, 적용하다, 풍부하다'와 같은 의미를 지니는 '충'充으로 성립되어 있다. 둘째로 『맹자』에서 '나'我는 '사단을 가진 자'로서 언급되고 있는데, 주희의 주석인 "하늘이 내게 준 것을 다하지 않을 수 없을 것이다"에서 '나'는 우주의 무한한 존재의 전부를 부여받고 있다. 다시 말해 이제까지 논한 것처럼 주희의 읽기에서 '나'는 우주의 전체성과 조응하고 있다.

주희의 주석에서는 공간적인 확충의 의미가 '마음'에 상당하는 공간에 있어 제유적 어구로 바뀌었다. '나(=마음)'의 바깥쪽으로 확충하는 것이 아니라, '마음'의 안쪽으로 확충하는 것이다. 그러나 주희의 관점에서 보면 궁극적으로는 '마음(=나)'과 우주는 하나가 되기 때문에 바깥쪽도 안쪽도 동일한 것이 된다. 이 제유적인 장치에 의해 주희는 공간적인 확충을 "돌이켜 찾기"反求와 "묵묵히 앎"默識이라는 내성적인 마음의 과정과 일치시킬 수 있었다.[23)]

이토 진사이는 외부의 결여, 패쇄 영역, 자기만족 그리고 특히 타자와 (대문자)타자의 부재에 대립하는 새로운 유교 고전 읽기 사이에서 고투해야만 했다. 이토는 『맹자』의 원문에서는 아직 없어지지 않았던(이렇게 그는 주장했다) 외부를 회복시켰으며, 외부로부터 '확충'이라는 숙어가 잘려 나가서는 안 된다고 했다. 사람은 '정'情을 통해서 '사단'에 대해 배운 것을 외부로 확충하지 않으면 안 되며, 안쪽으로가 아니라 바깥쪽으로 향해야만 한다. 이 점에서 "마음에 얻음이 있다"와 "몸에 얻음이 있다" 사이의 결정적인 차이에 대해 다시 한번 주의를 기울여야 할 것이다. 왜냐하면 외부의 시작을 쓰는 것은 자기의 신체뿐이기 때문이다. 그러나 이제까지 거듭 강조한 것처럼 신체의 의제는 송리학에서 무시되지 않았고, 낮게 평가되지도 않았다. 오히려 "몸에 얻음이 있다"고 하는 송리학 윤리학의 거의 모든 주요한 논제에 근거로 존재하는 규범이다. 그러므로 주희의 "마음에 얻음이 있다"에 대한 이토의 반론은 관습의 형성과 기술을 체득하는 데에 있어서의 신체의 역할이라기보다는 새롭게 등장하는 어느 담론공간에서 신체의 가시성에 의해 의미가 주어진다는 것과 관련을 맺고 있다. 신체의 가시성이 거울 영상적 신체관의 등장을 의미하지 않는다는 것은 말할 필요도 없을 것이다. 이것은 그 이전부터 이미 담론으로서 존재하고 있었다. 오히려 여기에서 신체의 가시성이란 담론 배분 질서를 항상 저해하는 환원 불가능한 장애물로서의 신체의 등장을 가리키고 있다.

이토는 "몸에 얻음이 있다"라는 것이 필연적으로 '마음'으로부터의

---

23) 이토 진사이도 또한 '돌이켜 찾는다'(反求)는 합성어를 이용하고 있지만,『동자문』, 중권 제57
장을 보면 알 수 있듯이 이토의 용법은 송리학에서 이해되고 있는 것과 정반대의 것을 시사
하고 있다. "동자가 물었다. '돌이켜 찾는 것(反求)과 충서(忠恕)에도 차이가 있습니까?' 대답
하였다. '차이가 없다. 충서는 자신을 위하는 마음으로 남을 위하는 것이고, 돌이켜 찾는 것
은 남을 탓하는 마음으로 자신을 책하는 것이다. 자신에게 돌이켜 찾을 수 있으면 반드시 남
에게 충서를 행할 수 있고, 남에게 충서를 행할 수 있으면 반드시 자신에게 돌이켜 찾을 수
있으니 차이가 있는 게 아니다. 때문에 공자와 증자는 오로지 충서를 말하였고, 맹자는 오로
지 돌이켜 찾기를 말했지만 실은 같은 것이다.'"(『近世思想家文集』, 133쪽[최경열 옮김,『동자
문』, 265쪽]) '반구'(反求)는 '애'(愛)의 다른 측면으로서 파악된다. '반구'라는 숙어는 정서적
인 것을 포함하는 어휘에 속해 있다. 그리고 이 때문에 '반구'는 부끄러움과 타자의 괴로움
에 민감한 기분과 일종의 유사성을 유지하고 있다.

일탈의 계기를 포함하는 것이라고 강조한다. '덕'이라는 한자와 동음이의어인 '득'得[일본어로 덕德과 득得 모두 '도쿠'로 읽는다—옮긴이]이라는 단어가 체득을 의미하고 있는 것도 사실이지만, 이 체득은 '마음'에 의한 체득과는 구별되어야 한다. "몸에 얻음이 있다"는 것은 생각하는 것 또는 아는 것과는 동일시할 수 없는, 생각하는 것과 아는 것을 통해서 얻는 것과는 전혀 이질적인 것이다. '득'을 달성하려고 해도 도대체 언제 실제로 그것이 얻어질지는 알 수 없다.

주희의 논의에서 신체는 최종적으로 '마음'의 제어에 달려 있다는 전제가 숨어 있다. 그의 형이상학에서는 텍스트의 물질성이 담론의 배분 질서에 종속하는 것과 같이 신체의 물질성은 '마음'에 종속되어야만 하고——같은 것이지만——투명해야만 한다고 주희는 생각하고 있었다. 이토는 '얻음'이 일어나는 장소로서의 '마음'과 신체의 엄밀한 구별을 통해 송리학의 담론에 개입했으며, '마음'이 신체를 제어하는 것도, 담론이 텍스트성을 제어하는 것도 불가능하다는 점을 분명히 했다. 이토는 주희와 정말로 정반대의 생각을 가지고 있었는데, '마음'의 지배처럼 보이는 것은 역으로 결코 제어할 수 없는 신체의 물질성에 의해 항상 '마음'이 배후에서 조종당하고 있는 상태라고 생각했다. '마음'의 지배는 신체의 불규칙적 물질성에 의거할 때에만 비로소 유지될 수 있는 것이다.

여기에서 문제가 되는 것은 '마음'에 대한 사회성의 외부성이다. '덕'의 실현은 '덕'이 '마음'에 나타나는 것과는 결정적으로 이질적이어야 한다. '마음'의 내면, 생각하는 것, 아는 것의 외부로 성립할 때에만 비로소 '덕'은 사회성을 얻을 수 있다. 더욱이 이토의 주장에 따르자면 '마음'의 외부에 있지 않으면 그것은 '덕'이라고 이름 붙일 수조차 없다. '덕'이 기본적으로 사회적인 것은, '덕'을 '흔적'으로서밖에 생각할 수 없기 때문이다. 의도와 결과 사이에 단절이 있기 때문에, 사회적 행위는 사회성을 달성하는 것, 즉 '덕'이 된다. 물론 사회적 행위의 결과로서의 '덕'은 좋은 '성'이라든가 좋은 의도의 잠재성의 외부화 혹은 현실화 같은 것이 아니다. 이렇게 '덕'의 사고방식에 있어서 본질적인 계기는 사회적 행위의 현실적 수행이며, 그 결과 단지 의도된 행위, 몽상된 행위는 '덕'과는 전혀 관계가 없게 된다. 따라서 '덕'이 "돌이켜 찾기"와 "묵묵히 앎"을 통해 달성되는 일은 있을 수 없다. 왜냐하면 이와 같은 리학자의 전략은 사회적 행위의 사회성에서 특히 중요한, 불연속의 계기를 완전히 결여하고 있기 때문이다.

리학자의 윤리관에, 윤리에 있어서 가장 중요한 계기가 결여되어 있다는 인식이 생기게 된 이유는, 발화행위가 담론으로 도입되었기 때문이라고 할 수 있다. 발화행위와 발화된 말 사이에 존재하는 넘을 수 없는 간극을 나타냄으로써, 이토는 송리학에서 은폐되고 억압되어 온, 담론에 있어서의 이질성의 장소를 폭로하고 있다. 그렇지만 이토는 담론 일반의 외부를 실체화하여 그것을 물화하는 것과 같은 유토피아적이고 낙관적인 개방 원리를 앞장서 부르짖지 않았다는 점에 주의해 두자. 그는 원초적인 완전성의 영역을 동일시할 수 있는 공간으로서 규정하지 않았다. 즉 그는 자신의 윤리학의 기반을 기원$^{arch\bar{e}}$에서 구하지 않았다.

제도와 외부성

지금까지 말한 이토의 외부성, 특히 신체의 물질성의 외부성과 사회성의 관계에 대해 설명하는 쪽이 좋을 것이다. 이토가 생각했던 사회성에서 가장 중요한 측면은 타자의 '덕'에 참여하는 것이며, '덕'이 타자에게로 열려 있다는 것이다. 선행의 '덕'이 '마음'속 '덕'의 현전으로 정의된다면, '덕'은 우선 사람의 내면이라는 닫힌 원환 속에서 구성될 것이다. 물론 그 내면에서 타자는 배제되어 있으며, 적어도 최초의 단계에서는 거기에 타자가 다가올 수는 없다. '마음'으로의 현전을 기반하는 내면이라는 생각은 생각하고 있는 것과 알고 있는 것을 타인이 볼 수도 지각할 수도 없다고 하는 소박한 관찰로부터 추정되었을 것이다. 이와 같은 관찰을 어디까지 신용할 수 있을까라는 문제와는 별도로, 적어도 '마음'으로의 현전이 내면에 예비적인 정의를 부여하며, 또한 뭔가 닫힌 영역이라고 하는 개념을 암시하고 있다고 말할 수 있다. 사회성이 오로지 '마음'에 속하는 사태라고 이해된다면, 사회성은 필연적으로 그와 같은 닫힌 내면끼리의 커뮤니케이션과 어떤 공통성을 가능하게 하는 '초월적인' 원칙에 호소해야 할 것이다. 이미 논한 바와 같이 주희는 자신의 리학에서 '마음'의 내면성은 우주의 전체성과 같다고 생각하고 있었다. 즉 '나'의 특이성/단독성은 실제로 모든 현상의 모든 인지에 따라붙는 익명의 '나'와 융합한다고 생각하고 있었다. 주희에 의해 분명해진 바와 같이 벤베니스트가 말한 인칭의 전환사^{shifter}의 주제화에 초점을 맞추자면, 송리학의 '마음' 개념은 이해 가능할 뿐만 아니라 설득력이 있다. 그러나 우리의 내면에 대한 이해를 돕는 최초의 예비적 한정이 세세하고 표피적인 것이라고 무시되고 억압되었다는 사실은 우리를 곤혹스럽게 한다. 실제로 지각된 내면이 억지로 전체성으로 치환됨에 따라 외부성의 의미도 마찬가지로 융해되고 해산되어 완전히 억압된다. 그야말로 타자의 내면을 볼 수도 알 수도 없다고 하는, 명확하지만 오히려 기본적인 인식을 고려하지 않은 채, 혹은 고려할 수 없는 한에서 리학자가 말하는 이와 같은 '마음' 개념이 가능하게 된다고 생각할 수 있다. 따라서 만약에 이러한 인식에서 발생하는 문제, 그리고 오늘날 '타자의 마음'이라는 아포리아로 시사되는 것(이 것은 '내면적'인 '마음'이라는 물화된 개념에 의해 발생되는 유아론의 문제 와는 다르다)에 직면해 있었다면 송리학은 불가능했을 것이다. 이 문제에 직면하는 대신에 송리학은 형이상학적인 낙관주의를 지키기 위해 고의 로 그것을 억압했다.

그러나 사회성은 무엇보다 알 수 있다고 확신할 수 없는 타자를 끌 어들이는 것이 아닐까? 그리고 이러한 확신의 결여가 사회성의 불가결 한 계기가 아닐까? 이 논의의 접점에서 제도의 외부성이라고 부르는 것 을 좀더 설명해 보자. 그리고 이러한 인식 하에서 이토의 논의 과정을 탐 색해 보자. 거기에서는 확충擴充, 도道, 달達, 덕德이라는 용어가 결부되어 사회성의 텍스트적이며 물질적인 성질이 나타나고 있다.

도와 덕 두 글자도 역시 서로 아주 가까운 관계다. 도는 음양의 기氣가 유행하는 것을 가지고 말하는 것이고, 덕은 인간의 마음속에 보존되어 있는 것을 가지고 말하는 것이다. 도에는 스스로 인도한다는 의미가 있 고 덕에는 사물을 구제한다는 뜻이 있다. 『중용』에 "군신·부자·부부· 형제 관계, 붕우 간 사귐은 천하에 모두 통용되는 도達道요, 지知·인仁· 용勇은 천하에 모두 통용되는 덕達德이다"라고 한 말이 그 예다. 이로부 터 미루어 말한다면, 일음일양一陰一陽은 하늘의 도이고 세상을 다 덮어 주고 아무것도 벗어나지 않게 하는 것은 하늘의 덕이다. 강強과 유柔가 서로 도와주는 것은 땅의 도이고 사물을 계속 낳아 헤아릴 수 없는 것은 땅의 덕이다.[24]

---

24) 伊藤仁斎, 『語孟字義』 上巻, 「德」 第3条; 『伊藤仁斎·伊藤東涯』, 36~37쪽.

여기에는 '덕'의 성질이 명확히 나타나 있다. 첫째로, 사물에 의거해 있지 않는 한 '덕'에 대해서 말하는 것은 의미가 없다는 것이다. 어떤 사건을 성취했을 때에 비로소 사람은 '덕'에 대해서 언급할 수 있다. 즉 '덕'은 구체화와 사건의 발생을 향해 상태를 준비시키는, 가능성의 양상의 원리가 아니다. 둘째로, 당연한 결과로서 '덕'은 완료시제이며 이미 달성된 양식으로서만 존재한다는 점이다. 아직 실현되지 않을 때, '덕'은 전미래시제로서만 존재한다. 말하자면 '덕'은 어느 특정 타자가 아니라 집단성으로서의 타자에 향해 있으며, 그것은 결코 눈앞에 나타나는 것이 아니기 때문에 과거, 현재, 미래의 어느 상태로 존재하지 않는다. 그러므로 '덕'을 가능성으로 말하는 것은 불가능하다. 아직 실제로 작동되지 않은 '덕'은 분명 '덕'이 아니다. 또한 '덕'은 아직 실제로 작동되지 않은 것의 표현과 외부화도 아니다. 사람이 덕을 갖춘다는 것이 아주 불가능한 일은 아니지만, '덕'을 단지 인격의 속성과 성질로 간주할 수는 없다. 바꿔 말하면 '덕'은 인격에 내재하는 자질도, 개인이 소유자가 되는 소유물도 아니다. '덕'은 어떤 사람과 타자의 관계 속에서 짜여진다.

분명히 사람은 덕을 갖출 수 있다. 그러나 그것은 그 사람과 관계하는 타자 또한 그 사람이 덕을 갖추었는가 그렇지 않은가 최종적인 결정권을 가지고 있는 경우에서만이다. 이러한 의미에서 '덕'을 지니는 것은 항상 집합적인 작업이다. 물론 이것은 사람의 '덕'이 타인의 의견에 좌우된다는 말이 아니다. '덕'은 인기 경쟁이 아니다. 그렇지 않고 '덕'은 거기에 관계하는 주체를 지배할 수 없는 우발성, 개인이 사람과 맺는 관계에 타자가 참여함으로써 불가피하게 발생하는 우발성에 의존하고 있다. '덕'은 항상 '이미 거기에 있는', 그리고 '사물에 대한' 것이라는 말은 그야말로 정확히 이 문맥에 해당한다. 즉 '덕'은 그 사람 자신만이 아니라, 다른 참여자에게도 외부성을 이루는 물질성에 기초하고 있다.

'덕'이라는 글자에 대한 이와 같은 이토의 이해는 송리학에서는 그 인식이 억압되었던 사회성의 차원을 개시하고 있다. 사회성은 이토가 '자취'라고 불렀던 각인의 물질성을 언급하지 않고서는 생각할 수가 없다. 이것은 사회성이 미리 타자의 참여를 함의하고 있는 개념이라는 것을 보여 줄 뿐만 아니라, 타자가 참여함으로써 어떠한 '마음'도 예측할 수 없는 잉여, 우발성이 만들어진다는 것을 보여 준다. 사회성은 어떠한 종류의 동의로도 환원할 수 없다는 것은 말할 나위도 없다. 왜냐하면 그와 같은 사회성을 생각하기 위해서는 많은 다른 '마음'의 동일성을 규정해야 하며, 그로 인해 타자의 '마음'은 알 수가 없다는 최초의 인식을 부정하게 되어 버리기 때문이다. 더욱이 그와 같은 이해는 송리학에서 말하는 '마음'과 같은 초월적인 시점, 즉 모든 이기적인 '마음'에 내재하는 보편적인 '마음'과 같은 것을 정하지 않으면 안 될 것이다. 그것은 원초적 동의에 대해서 말하는 것을 보증하기 위해 모든 개인의 '마음'을 조망하는 시점이기도 하다. 어쨌든 사회성을 원초적 동의로부터 정의하려고 하는 시도는 필연적으로 '나'와 '너' 혹은 어느 주체와 다른 주체의 호환성을 가정하며, 그것에 따라 사회성은 첫째로 상호주관성의 형식으로서 이해되지 않으면 안 된다. 그러나 서로 마주보고 있는 주관 쌍방을 초월하는 시점, 즉 상호주관성으로서의 초월적 주관과 동일시되는 시점에 의해 호환성이 보증되지 않는 한 그와 같은 원초적 동의는 불가능하다.

이미 말한 바와 같이 주회에게 있어 사회성은 명경지수明鏡止水와 같이 커뮤니케이션의 투명성을 보증하기 위해, 물질성에 의해 만들어진 잉여, 우발성, 먼지를 배제하는 범위에서만 사고가 가능했다. 주회는 기본적인 보편적 규칙이 형성되는 것과 동시에 보편적인 규칙에 의거해 동의가 형성되는 것과 같은 이상적인 공동체를 전제로 하고 있다. 적어도 논리적으로는 보편적인 규칙이 형성되는 것과 이상적인 공동체가 거기에 합의하는 것이 동시에 성립하게 된다. 상호주관성에 있어서 주관끼리의 상호성, 그와 같은 상호주관적인 호환성을 보증하는 초월적인 시점, 그리고 이에 의거하여 원초적인 동의가 형성되는 보편적 규칙은 일련의 동어 반복으로서 서로 연결되어 있다. 그리고 리학자들이 그와 같은 사회성을 상상할 수 있는 한에서 이러한 이상적 공동체는 우주의 전체성과 일치한다고 주장했다는 것은 분명하다.

이러한 논의는 많은 정치적 결과를 낳았다. 그 중에서도 한 가지 사실은 간과할 수 없다. 공약불가능성이 존재해서는 안 된다는 의견이 주장된 것처럼, 사람이 실제로는 타인의 '마음'을 알 수 없다고 인정하는 것은 마치 언어도단의 병인 것처럼 전체적으로 논의되었다. 그러나 이 형이상적인 낙관주의에는 설득력이 있으며, 만약 공동성이 없다면 어떠한 것이 발생할까 하는 이미지를 받아들이도록 독자를 설득하여, 그와 같은 상황은 결코 생길 리가 없다고 독자를 확신시키려 했다. 그러나 이 확신의 긍정적인 힘은 누구나 동의하지 않을 것이라고 하면서 자기만 동의하는 뒤집혀진 두려움으로부터 반어적으로 생겨난 것이다. 그것은 "신이 존재하지 않는 세계를 당신은 진심으로 생각할 수가 있습니까? 그렇지요. 신은 존재하지 않을 리가 없습니다"라는 기만적인 신의 존재 증명과 어딘가 닮아 있다. 그러므로 이 동의의 부재에 대한 공포가 암묵적으로 인정되지만, 표면상으로는 부정된다. 우발성과 이질성은 예측되지만, 예측됨으로써 고의로 억압되는 것이다.

이토 진사이는 결코 방종적인libertine 자유 개념을 소리 높여 주장하지 않았다. 송리학의 물화되고 자연화된 윤리적 규범 개념을 비판했음에도 불구하고, 윤리는 가장 중요한 행위이기 때문에 그는 윤리적 행위의 윤리성은 유학의 이념에 따라 행동하는 것에 있다고 믿고 있었다. 그에게 윤리적 규범은 행위로 확립되어 인정된 것이며, 시간적으로도 논리적으로도 행위에 선행해서 존재하지 않았다. '성'이 '정'에 선행한다고 보고 실천보다 규범이 선행한다고 믿었던 송의 유학과는 달리, 이토는 윤리적 규범은 실행에 의해 이루어진다고 생각하고 있었다. 그러므로 그는 윤리적 규범의 보편성을 송리학과는 전혀 다르게 이해했으며, 결코 보편성을 일반성과 혼동하는 일은 없었다. 그리고 이런 이유에서야말로 윤리적 규범의 보편성은 발화행위의 신체인 슈타이에 관련된 포이에시스^{poiesis}의 주제로 분류된다고 생각할 수 있다. 왜냐하면 윤리적 행위란 동시에 윤리적 규범을 **제작하는** 행위이며, 그것을 긍정하는 과정이기 때문이기도 하다.[25]

이토 진사이의 입장에서 보면 송리학자들은 윤리적 행위에 있어서 윤리성의 계기를 완전히 간과하고 있다. 그들은 이토적인 의미에서의 윤리적 행위를 행할 필요가 전혀 없는 조화롭고 완전하게 질서 잡힌 명백한 세계상을 나타내기 위해, 모든 개념적 방법을 이용하여 우주로부터

---

25) 여기에서 역시 잘 알려진 비트겐슈타인의 『철학적 탐구』의 다음과 같은 논의를 다시 생각해 보고 싶다. "우리의 역설은, 하나의 규칙이 어떠한 행위 방식도 확정할 수 없으리라는 것이었다. 왜냐하면 어떤 행위 방식도 그 규칙과 일치하게 만들어질 수 있다면, 그것은 또한 모순되게도 만들어질 수 있다는 것, 따라서 여기에는 일치도 모순도 존재하지 않으리라는 것이었다. …… 그렇기 때문에, '규칙을 따른다'는 것은 하나의 실천이다. 그리고 규칙을 따른다고 **믿는** 것은 규칙을 따르는 것이 아니다. 그리고 그렇기 때문에 우리들은 규칙을 '사적으로' 따를 수 없다. 왜냐하면 그렇지 않다면, 규칙을 따른다고 믿는 것은 규칙을 따르는 것과 동일한 것일 터이기 때문이다." Ludwig Wittgenstein, *Philosophical Investigations*, trans. G. E. M. Anscombe, Basil Blackwell, 1968, p.81; *Philosophische Untersuchungen*, ed. G. E. M. Anscombe & R. Rhees, Basil Blackwell, 1953; 藤本隆志 訳, 『哲学探究』(『ウィトゲンシュタイン全集』8), 大修館書店, 1976, 162~163쪽[이영철 옮김, 『철학적 탐구』, 책세상, 2006, 151~2쪽].

우발성과 이질성을 제거하고 있었다는 것은 너무나도 명백하다. 그와 같은 세계는 (대문자)타자와 이질성이 완전히 근절된 세계이며, 그 결과 윤리는 절대적으로 불필요하게 된다. 그와 같은 세계는 완전한 무-윤리적 세계, 정지靜止된 이론theoria의 세계일 것이다. 이토가 송대 유학에서 본 것은 최종적으로는 무-윤리성이다.

틀림없이 이토 윤리학의 핵심은 송리학이 조심스럽게 은폐하려고 했던 것 속에 있으며, 그 속에서만 우리는 이토의 논의의 핵심과 직면할 수 있다. 사람은 의도했던 윤리적 행위의 결과를 미리 보증받고 있지 않기 때문에 윤리적으로 될 수 있다. 의도와 결과 사이에 단절이 있기 때문에 비로소 윤리가 가능하게 된다. 분명히 이 비연속성은 생각하는 것과 행하는 것 사이의 나락 혹은 심연과 일치한다. 행하는 것에는 물질성(신체, 상황 등)이 동반하기 때문에 필연적으로 사물에 변용을 발생시킨다. 역으로 신체를 포함한 물질의 변용이 포함되지 않으면 그것은 행하는 것이라고 부르지 않으며, 결과적으로 행위라고는 부를 수 없는 것이다.

우리가 타자의 마음을 알 수 없는 것은, 타자의 마음이 그의 신체 안쪽에 있기 때문이 아니라, 타자를 알기 위해서는 타자에 대한 행위를 포함하여 타자를 움직이게 하는 행위가 필요하기 때문이다. 따라서 타자를 **완전하게** 아는 일은 불가능하다. 이러한 의미에서 '당신'과 '나'를 나누는 메울 수 없는 간극 혹은 거리두기는 발화행위의 주체로서의 '나'를 발화행위의 신체 혹은 슈타이로부터 떼어 놓는, 발화행위에 존재하는 균열과 같은 종류의 것이다.[26]

---

26) 이 간극을 실체로서 생각해 나와 타자의 차이에 의해 발생하는 사물과 사물의 거리로 이해해서는 안 된다.

이 점에서 윤리적 행위는 이미 제작, 혹은 포이에시스^{poiesis}의 차원에 있다. 즉 윤리적 행위는 첫째로 제작으로서, 세계 내의 사물에 흔적을 각인하는 제작으로서 생각되어야 한다. 우선 만들어진 사물과 관련을 맺지 않고는 이토의 철학에서 전개되는 '덕'의 개념에 대해서 말할 수 없는 것은 이러한 이유에서이다. 모든 행위는 반드시 텍스트적 물질성을 잉태하고 있는데, 그 때문에 행위로서의 제작에서 우연성을 배제하는 것은 불가능하다. 마찬가지로, 사고와 행위 사이에 아무런 장애물이 없는 투명한 통로를 기대하는 것도 불가능하다. 사고가 그대로 행위로 이행하는 일은 있을 수 없다. 왜냐하면 사고는 행위로부터 내가 우연성^{aléa}(즉 예측불능)[27]이라고 부르는 것에 의해 회복 불가능한 방식으로 따로 분리되어 나와 있기 때문이다.

첫째로, 내가 행동하려고 생각하는 것은 내가 실제로 했던 것으로부터 따로 떨어져 있다. "내가 행동하려고 생각하는 것"은 사고의 차원에 있고 "내가 실제로 했던 것"은 행위의 차원에 있다면, "내가 실제로 했던 것"은 회복 불가능한 방식으로 이미 이루어진 상태이기 때문이다. 그래서 행위를 하는 자는 인식론적 주관의 의미에서의 '나'가 아니라, 신체 혹은 '슈타이'에 다름 아니다. 신체에 의해 실질적인 동작을 동반하지 않는 실행은 윤리적 행위라고 부를 수 없다. 그러나 행위에서 신체가 주제적으로 주어로서 조정되는 일은 없다. 윤리 행위의 슈타이는 기본적으로 '발화행위의 신체'이며, 개개의 사물個物이나 송리학에서의 '나'가 그러하듯이 주관으로서의 '나'와 관련해서는 초월적이다. 개개의 사물이 주

---

27) aléa에 대해서는 자크 데리다와 장-뤽 낭시의 논고가 중요할 것이다. 이 용어의 여러 가지 용법을 연구하려고 하는 최근의 시도에 관해서는 William Haver, "Nishida, Freud, Lacan", *Theoria* 28, March 1985, pp.1~52 참조.

어를 무한히 초월하듯이 슈타이는 주관을 초월한다고 말할 수 있을 것이다. 이와 같이 발화행위의 신체는 사고가 거기에 속한 사물로서의 '나'와 단절해 있다. 이 점에서 이미지도, 주관에 대해서 모습을 드러내는 대상도 아닌 물질성으로서의 신체는 사고와 이질적인 것이 된다. 그러나 이 물질성이 없다면 행위는 결코 사회성, 타자에 대한 개방성을 획득하지 못한다. 행위가 다른 사회적 제도와 다른 사람들에게도 새겨져 있는 일반 텍스트로서의 각인이 아니라면, 행위를 사회적 행위로 하는 데에 불가결한 외부성은 획득할 수 없을 것이다. 다시 말해 사람은 신체의 물질성 덕분에 사회에 참여할 수 있고 윤리적 행위를 할 수 있는 것이다. 윤리는 신체의 물질성 덕분에 의의를 지니며 가능하게 된다. 이러한 의미에서 나는 사회적 행위에 대한 통찰로서의 윤리는 유물론을 동반하지 않는 한 불가능하다고 생각한다. 이토 진사이는 송대 유학적인 혹은 불교적인 정신주의는 실제로는 윤리적이지 않다고 설명하였으며 그것에 찬동하지 않았다.

둘째로, 행위가 일반 텍스트의 각인인 이상, 그것은 본질직관적으로는 결정되지 않는다. 행위의 의미는 타자의 행위와 관계를 맺을 때에 분명하게 된다. 행위의 의미는 자의적으로 결정되어 있지 않지만, 많은 다른 해석으로 열려 있기 때문에 항상 다성적이다. 나아가 나의 행위는 항상 타자의 행위와 얽혀 있다. 이 점에서도 사람은 결코 자신의 행위의 독점적 소유자가 아니며, 그 행위의 작자조차도 아니다. 나의 행위는 나의 사고로부터 이중으로 따로 떨어져 나와 있으며, 그 행위의 사고로 환원될 수 없다는 성질이야말로 나의 행위의 윤리성을 구성하고 있는 것이다. 이렇게 말했다고 해서 내가 자신의 행위에서 자신이 자유로우며 자기와 일치하고 있다는 것을 전제로 하는 것은 아니다. 오히려 물질성에 내재하는 우연성aléa 때문에 행위는 자크 데리다가 '거리두기'라고 불렀던 가능성에 열려 있다고 생각한다. 그리고 이 경우 '간극=놀이play=우연'의 가능성이야말로 윤리에서의 손쉬운 도피주의가 아니라 행위의 윤리성을 나타내고 있다. 그러므로 윤리 행위는 필연적으로 우연적이 되지만, 우연성은 사고나 욕구의 대상이 될 수 없기 때문에 윤리 행위에서 의도적으로 우연적이 될 수는 없다. 즉 윤리 행위를 쓰기writing라고 생각하는 것이 더 적절하다. 발화행위의 신체에 의해 각인된 행위야말로 쓰기인 것이다.

여기에서 나는 이토가 '성'誠이라는 용어로 말하려고 했던 가장 명확한 해답과 만난다. 송대 유학으로 대표되는 '초월주의자'의 논의에서 '성'은 우연적인 자기가 진정한 자기가 되는 가능성, 오염된 자기로부터 본래적인 '성'性으로 이행할 수 있는 것을 나타내고 있는데, 이토 진사이는 '성'을 무엇보다도 그와 같은 회귀 불가능성으로 해석했다. 송리학의 논고에서는 자주 강하고 지속적인 도덕주의, 그리고 때로는 깊은 확신에 이르는 내적 갈등을 볼 수 있을 것이다. 그러나 그 확신은 현재 있는 자신이 그렇게 되어야만 하는 자신과 일치하는 명경지수의 상태를 달성할 수 있게 하며, 실제로 사람의 '성'性에 의해 미리 정해진 본래의 자기에 이르는 도정은 이미 준비되어 있으며, 그 결과 최종적으로는 본래의 자기로 회귀할 수 있다는 보증을 저자 자신에게도 확신시키기 위해 반복해서 행하는 시도로 표현되고 있다. 이로써 송리학은 본래의 내적 자기로의 회귀를 우주와의 완전한 합체로 간주할 수 있었다. 왜냐하면 행위에서 도덕적인 투자에 대한 수익은 미리 보증되어 있었기 때문에 도덕적 행위는 우연성, 즉 예측불가능으로는 있을 수 없는 일이 된다. 바꿔 말하면 송리학의 주요한 관심은 어떻게 이러한 수익에 대한 보증을 자신에게 확신시킬 것인가, 어떻게 사람의 행위에서 투자와 그 수익 사이의 호환성을 자기에게 확신시킬 것인가에 있었다.

이토 진사이에게 '성'誠은 이것과 정반대였다. '나'란 결코 그 자신의 소유자가 아닐 것이며, 그와 같이 '나'가 본연의 성性으로 되돌아갈 수가 없기 때문에야말로 '성'誠이 가능하게 된다. 우발적 자기로부터 본래의 자기로 향하는 과정에 대한 확증이 없기 때문에 그야말로 사람은 '성'誠으로 될 수 있다. 이토에게 '성'誠은 기본적으로 사람이 내면으로 회귀하는 것을 금지하며 사람을 타자성으로 폭로하기 때문에, '성'이란 그와 같은 회귀의 보증이 부재한 데에서만 가능하게 된다. '성'에 대해서 사람은 우연성, (대문자)타자의 타자성을 드러낸다. '성'에 있어서 사람은 승리할까 패배할까 알 수 없는 도박을 하고 있으며, 회귀가 보증되는 한에서는 '성'이 될 수 없다. 그래서 주돈이, 정호·정이 형제, 그리고 주희가 생각했던 '성'誠은 위선이다. 본래의 자기로 회귀하기 때문에 자기의 탈중심화가 아니라 재중심화가 보증된다면 '성'은 바로 스스로를 위기에 드러내지 않고 위기에 처한 체하는 것과 다르지 않을 것이다. 이토는 이것을 위선이라고 해석했다. 그가 보기에 송리학은 사고자 자신에게 권선징악을 확신시키는 조직적 또는 이론적 시도처럼 보였다. 송리학은 사회 행위의 물질성, 윤리성, 사회성을 없애려는 시도에 다름 아니다. 이토의 생각에 따르면 '성'은 보증 없이 용감한 것이다. '성'은 상정된 주관적 내면성에 갇히지 않는, 타자에 대한 개방성이며, (대문자)타자의 타자성에 열려 있는 것이었다.

그러므로 이토 진사이에게 '성'誠은 보편적 규범으로의 우연적인 참여이지 않으면 안 된다. 보편적 규범의 보편성을 인간 본질의 일반성으로 환원해서는 안 된다. 우연성은 생성을 해체의 길로 이끌어 (대문자)타자가 개입할 수 있도록 행위를 열어 놓는다. 왜냐하면 이토에게 윤리 행위의 윤리성은 포이에시스의 제작적인 실천에 내재하는 해체이기 때문이다.

'사랑'과 '도'

그 물질적 성격 때문에 사회적·역사적 진공眞空에서는 윤리적 행위가 발생하는 일이 없다. 윤리 행위는 타자와 사회적 관계가 철저히 새겨져 있는 일반 텍스트 안의 각인이다. 사람은 결코 주체와 완전하게 조응하는 일이 없는 단독적/특이적 개체, 혹은 사적인 자기로서 행위한다. 또한 널리 이해되고 있듯, 주체는 항상 과잉결정되어 있으며, 그 결과 실제로 주체는 결코 통일적인 위치에 놓이지 않는다. 주체는 많은 단층에 의해 안쪽으로부터 분열되어 있다. 주체는 항상 이미 복수의 주체이다. 그러나 행위를 하는 행위자agent는 단독자/특이자로서 일반 텍스트의 텍스트성 안에 철저하게 메워져 있다는 점도 강조해 두지 않으면 안 될 것이다. 즉 그와 같은 행위자는 소위 개인주의가 몽상하는 비역사적이고 자유로우며 자립적인 비분할체가 아니다. 더욱이 개인주의에서 개인이라고 부르는 것은 실제에서는 주체에 다름 아니다. 내가 윤리 행위의 행위자로서 개체적 개인을 강조하는 것은 이 주체와 개체 사이의 회복 불가능한 차이를 강조하고 싶었기 때문이다. 그리고 이 차이에 의해 개체는 텍스트 안에 존재하는 것이지 담론 속에서 완전하게 파악되지는 않는다는 점을 확인하고 싶었다. 개체는 이와 같이 담론에 대한 텍스트성의 침입을 증언하며, 담론의 자기 재생산에 간섭할 수 있는 가능성을 시사하고 있다. 이러한 까닭에 윤리 행위는 그것에 의해 한 사람 한 사람이 그것 나름의 작고 소소한 방식으로 사회를 변화시키는 행위이며, 상정된 주체성/종속성subjectivity을 변화시켜 탈중심화하는 행위인 것이다. 그리고 같은 이유에서 개체를 타자로서 존중하는 것은 목적론적으로 예측되지 않는 사회변화의 가능성을 존중하는 것이 된다. 행위의 텍스트적 물질성 덕분에 이 모든 것이 가능해지며, 이 점에서도 사람의 신체는 탈중심화의 중심이다.

그러므로 윤리 행위의 윤리성은 그것을 통해서 서로 다른 개인으로 역사 속에서 서로 영향을 주면서 살아가는 우리의 근본적인 사회성과 동의어가 된다. 우발적인 행위로 인해 나는 담론 속에서 그 이미지가 미리 결정되어 있는 주체가 아니라, 결코 호환성을 조정할 수 없는 (대문자)타자의 개체적인 개인으로서 나 자신을 타자에게 개방한다. 그리고 이토 진사이는 이 우연적 행위의 가능성을 '사랑'愛이라고 불렀다.

이토 진사이는 자주 '사랑'을 호환성의 형식으로서 묘사했지만, 이 호환성이 등가 교환으로 특징지어지지 않는다는 점에 주목해야 한다. 그것은 우선 첫째로 타인에 대한 답변과 응답 책임을 일으키는 타인에 대한 신뢰, 혹은 타인과의 관계에서 용기라고까지 말할 수 있다는 것이다. 보증 없는 신뢰, 근거 없는 신뢰인 것이다. 그러므로 '사랑'은 사람의 '성'性이 아니라 무엇보다 '정'情이다. '사랑'은 또한 타자를 향한 근원적인 개방성, 타인에 대한 배려라고도 말할 수 있을 것이다.

여기서 '사랑'은 사람이 자기동일성으로 상정된 이미지를 타자의 이름 아래 찬양하는, 보통 '사랑'이라 불리는 상호적인 전이가 아니라는 점은 아주 분명할 것이다. '사랑'은 사람이 타인과 안정된 상호성의 실천계를 형성하고 싶어 할 때 만나는 전이의 통로에서 나타나는 차이를 말한다. 즉 '사랑'은 상호성이 실패로 끝나는 것, 이와 같이 타자와 균질 지향

사회적인^{homosocial} 공범관계의 희구를 거부하며 파기하는 것이다. 후에 오규 소라이가 이토의 '사랑'에 주석을 가했을 때, 그는 '사랑'이 위치한 이론적 구축을 잘못 읽어, 그것을 현저하게 감상적인 것으로 생각했다. 이 개념 이해에 실패함으로써 오규 소라이의 정치학에 내재하는 맹점이 분명해졌다고 말할 수 있을 것이다. 왜냐하면 이토의 '사랑' 같은 감상성을 결여한 사회성을 상상하는 것은 어렵기 때문이다. 이토의 '사랑'만큼 자기 연민과 인식에 대한 요구로부터 완전히 깨어 있는 것은 없을 것이다. 그 힘은 우발적 성격에서 발생하고 있다. 즉 행위는 내가 안고 있는 타자의 이미지로 향하는 것이 아니라, 결국 내가 완전하게 사고할 수도 알 수도 없는 개체로서의 타자에게 향해 있다. 타자에 대한 행동 실행에서 그 타자로부터 보수, 수익, 혹은 응답을 기대할 수 없음에도 불구하고 실행해 버렸을 때 그 행위를 초래하는 것을 '사랑'이라 부를 수 있다. 그 때문에 '사랑'에는 타자에 대한 다할 수 없는 확충의 '정'과 주제화되지 않은 타자에 대한 신뢰감을 동반하고 있다. 즉 일반 텍스트에 의해 규정된 특정의 한계 안에서 나는 개체로서 타자를 만난다. 여기에서는 윗사람이라든가 아랫사람이라든가 동등하다는 등의 비교의 관점에 의해서는 끝내 끌어낼 수 없는 과잉 결정된 관계 속에서 나는 타자를 만나는 것이다. 이것은 단지 개체는 주체가 아니라는 것을 반복해서 말하는 것이 아니다. 나도 타자도 주체로서 표상되는 사회 관계성의 네트워크 안에서 만난다는 사실에도 불구하고, 주체와 다른 주체의 관계로는 환원할 수 없는, 개체가 다른 개체를 만난다는 측면이 있으며, 나도 타자도 과포화상태이며 과잉 결정되어 있다. 담론 안에서 발생했기 때문에 계측 가능한 주체끼리의 만남과는 달리, 개개의 존재의 만남에는 최종적으로는 비교할 수 있는 공약 기반도 없고 둘 사이의 동등함조차도 없다. 개체끼리 만나는 이와 같은 특수한 측면에서 사람은 부하, 아이, 아내, 친구, 동생으로서 타인과 만날 뿐만 아니라, 타인으로서도 이질적인 사람으로서도 만난다. 그리고 사람이 타자와 부분적으로 이질적인 사람으로서 만날 수 있을 때에만 윤리 행위는 가능하게 된다('부분적으로'라고 말한 것은 완전히 이질적인 사람, 사회관계로부터 완전하게 외부에 있는 타자와의 만남을 생각하는 것은 불가능하기 때문이다). 그러므로 '사랑'은 타자가 근친자이거나 친근한 사람이기 때문이 아니라, 부분적으로 이질적인 사람이기 때문에 존재한다. 양친, 형제, 남편조차 그들의 개체성, 이질적 사람이라는 성질을 계기로 해서 비로소 '사랑'을 느낄 수 있는 것이다. 다시 말해 타자는 항상 주어진 담론에 포섭되지 않는 이질적인 성질과 주체적 지위의 혼합물로서 만나게 되는 것이다.

모든 사회 행위가 각자 독자적인 관습과 문화편제를 가지며, 관습과 문화편제에 휩쓸려 있는 개인 사이에서 일어난다는 것은 말할 것도 없다. 즉 사회 행위는 일반 텍스트에 각인된 특정 범위 안에서밖에 일어나지 않는다. 이 점에서 각 개인은 문화적·역사적으로 한정되어 있다. 그러나 이것은 따로 이들의 문화적·역사적 한정이 완전히 대상화되고 의식된다는 것은 아니다. 사람이 속하는 관습 전부를 열거하는 것은 논리적으로 불가능하다. 그것을 세는 것이 너무 많기 때문이 아니라, 어느 하나의 관습을 대상화하기 위해서는 필연적으로 다른 관습의 대상화를 억압해야 하기 때문이다. 예를 들어 소위 문화적 차이의 인식은 암묵적으로 어느 언어게임이 공유될 때에만 가능하다. 공약불가능성의 인식은 공통의 언어게임(이것에 대해서는 나중에 자세하게 논하겠지만)이 공유되지 않는 한 발생하는 일은 없다. 즉 공약불가능성의 인식은 사회성 속에서만 일어난다. 그러므로 사람은 복수의 언어게임 속에서 행위하며, 발화행위의 신체는 이 복수의 언어게임을 넘는 차원에서 기능한다. 이 때문에 언어게임의 무한성이 발화행위의 신체에 내재하며, 그 신체는 그야말로 클로드 레비-스트로스가 '브리콜라주'[28]라고 부르는 것이다. 제한된 목적과 수단에 의해 정의된 일련의 합리성의 규칙에서 그 신체가 받아들여지는 일은 없다. 신체는 항상 물질성의 창조적인 사용을 포함하고 있다. 그러므로 발화행위의 신체는 항상 사회성의 시적poetic 성격과 함께 제작적poietic 성격을 갖추고 있다. 이토 진사이의 시학을 발견하기 위해서 그의 저작물에서——분명히 몇 편의 시가 있지만——일부러 시를 찾을 필요가 없다는 것은 이 때문이다.

그러나 이제야 명확해지는 것처럼 이토의 시학, 혹은 더 특정해서 말한다면 그의 제작학은 그 이미지 안에서 사물이 '만들어진' 원형인 기원을 추구하지 않는다.[29] 일상생활과 '가까움'의 영역을 강조하고 있음에도 불구하고, 혹은 실제로 강조하고 있기 때문에 이토는 윤리적 행위가 발생하는 역사적으로 특수한 범위를 원초적 정치형태와 기원에 환원하려고 하지 않았으며, 자주 유교 고전을 언급하면서도 '가까움'의 영역이 기원까지 찾아가는 요소로 성립되었다고 생각하지 않았다. 어떠한 대상화도 전체화도 필연적으로 그 억압에 이른다고 하는 의미에서 그가 생각했던 '가까움'의 영역은 무의식과 닮았다. 그 주제화에는 필연적으로 '억

28) Claude Lévi-Strauss, *La Pensée sauvage*, Plon, 1962; 大橋保夫 訳, 『野生の思考』, みすず書房, 1976[안정남 옮김, 『야생의 사고』, 한길사, 1996].
29) 고야스 노부쿠니는 이토 진사이의 윤리학은 형이상학적인 원리에 의한 기반을 추구하지 않았다고 지적했다(「伊藤仁斎研究」, 『大阪大学文学部紀要』 第26号, 大阪大学文学部, 1986). 그러나 고야스의 '인륜' 개념은 기본적으로 와쓰지 윤리학을 계승하고 있는 것이며, 인식과 실천, 존재와 당위 사이의 긴장을 결여하고 있고 단순한 습관의 즉자적인 긍정을 벗어나지 못하고 있다. 이 책 제2장 주22) 참조.

압된 것의 회귀'가 따라붙는다. '가까움'의 영역을 무한개의 언어게임의 집합으로서 이해하고 있었기 때문에, 이토는 결코 '가까움'의 영역을 알고 있다든가, 그 윤곽을 그릴 수 있다든가, 명백한 규칙으로 환원할 수 있다는 주장을 하지 않았다. 발화행위의 신체를 상상할 수도 대상화할 수도 없는 것처럼 '가까움'의 영역은 현실인 것이지만, 그것을 알 수는 없다. 오규 소라이가 '가까움'의 영역을 대상화하여 그것을 묘사하기 위해 규정했던 공동적이며 기원적인 '내부성' 개념과는 달리 이토 진사이의 철학은 문화주의로부터 완전히 자유로웠다. 문화적 주관성에도 문화 전통의 지평에도 호소하려고 하지 않았다. 그 결과 이토 진사이의 고전 읽기는 18세기에 일련의 철학적 저작에 나타난 해석학과는 아주 이질적인 것이 되었다. 아마 그의 비非해석학적 관점은 왜 그의 윤리학이 소위 문화적 차이에 번민하지 않았던가를 설명해 줄 것이다. 이토가 어떤 보편적인 휴머니즘 혹은 보편적인 인간의 '성'性 —정말로 그 때문에 그는 송리학을 부정했지만— 을 믿고 있었기 때문이 아니라, 아마도 철저하게 문화 본질주의를 포함한 모든 본질주의를 비판하고 있었기 때문에, 그는 문화적 차이라는 문제를 다룰 필요가 없었을 것이다. 그에게 그것은 인식론의 문제가 아니라, 행위의, 행위에 의한, 행위를 위한 문제였다. 18세기 담론이 문화주의와 음성주의를 받아들이기 시작함에 따라, 쓰기로서의 윤리성의 계기는 문화적·언어적 '내면성'이라는 음성 중심적인 생각으로 대신하게 되었다. 윤리 행위의 필요성 등이 전무했으며 공백이었고, 완전히 '사랑' 따위 없이 해나갈 수 있는 균질 사회 지향적인 공동체상이 윤리성을 지배하기 시작했다. 아마 이토는 보편주의적인 본질주의(송의 유학)도 특수주의적인 노스탤지어(오규 소라이와 국학자들)도 인식에 의해 실천이 뒤바뀌는 같은 뿌리로부터 생기고 있음을 막연하게 느끼고 있었을 것이다. 그러므로 거듭 말하지만 이토의 주요 관심은 실천과 윤리에 있었던 것이다.

이로써 이토의 '사회'——이 말을 사용하는 일은 주저되지만——라는 개념에 당도하게 되었다. 나중에 논의하는 것처럼 그의 사회는 오규소라이의 사고방식과 뚜렷한 대조를 보인다. 이토의 사회는 일련의 공유된 문화제도에 의해 정의되는 전체성(오규의 '내부성')에 의해서도 혹은 '마음'이 표상할 수 있는 우주 전체(성리학자의 우주)에 의해서도 상정할 수 없는 닫혀 있지 않은 천하 세계를 가리키고 있다.

예를 들어 여기 판자 여섯 조각을 조립해 상자를 만든다고 하자. 나뭇조각을 다 맞추고 나서 정확하게 뚜껑을 덮으면 자연히 그 안에 공기가 있게 된다. 안에 공기가 차면 자연히 흰곰팡이가 생기고 흰곰팡이가 생기고 나면 또 자연히 좀벌레가 생긴다. 이것이 자연의 이치다. 천지天地는 거대한 상자이고, 음양은 상자 가운데 공기氣다. 만물은 곰팡이며 좀벌레다. 이 기氣는 생겨나는 곳이 없으며 또한 어디에서 오는지도 모른다. 상자가 있으면 기가 있고, 상자가 없으면 기도 없다. 그러므로 천지 사이에 단지 원기元氣 하나가 있을 뿐임을 알겠으니, 리理가 있은 다음에 이 기氣가 생기는 것이 아님을 알 수 있다. 이른바 리理라는 것은 도리어 기 가운데의 조리條理일 뿐이다.[30]

세계의 생산과 재생산이 상자 안에 핀 흰곰팡이와 좀벌레가 자연적으로 성장하는 것에 비유되어 설명되고 있다. 이 문장의 "이 기는 생겨나

---

30) 伊藤仁斎, 『語孟字義』 上巻, 「天道」 第3条; 『伊藤仁斎·伊藤東涯』, 15~16쪽.

는 곳이 없으며"라는 한 구절을 이토가 강조하고 있는 것에 주목해야 한다. 그는 원형도 없는데 많은 생명이 발생하여 끊임없이 변화하는 세계에 대해서 말하고 있다. 이토에게는 역사를 넘어선 곳에서 어떠한 이상 사회의 모델, 어떠한 기원도 있을 수 없었다. 이러한 의미에서 그의 윤리학은 비非기원적이다. 즉 원리적인 의미에서 이토 진사이의 윤리학은 기원 없는 윤리학인 것이다.

사회적인 세계는 끊임없는 분해와 재생을 의미하는 '삶'生이라는 말로 특징지을 수 있다. 즉 결코 정지静止하는 일 없이, 그러므로 회귀 가능한 원초적 원형 따위는 있을 수 없다. 이상 사회는 작은 소소한 윤리적 행위에 의해 끊임없이 변화하며 변형하는 사회이다.

그리고 윤리 행위의 결과, 사회관계는 '덕'德으로써 형성되며 흔적으로 기록된다. 예를 들어 '인'仁은 윤리 행위를 통해서 달성되어 각인된 흔적으로서의 '덕'인 것이다. 그것에 의해 기재된 '덕'과 사회관계는, 객관적인 시간에서도 초월적인 분석에서도 사회 행위에 선행하는 본질이나 사람의 '성'性이 아니다. 그러므로 일반 텍스트에 철저히 새겨진 흔적으로서 기존의 사회관계는 분명히 행위의 범위를 결정할 수 있지만, 논리적으로는 송리학자가 '정'을 '성'의 바깥 형태로서 '성'에 의해 선행 결정되어 있다고 믿었던 것과 같은 방식으로 사람의 행위를 미리 결정할 수는 없다. 여기에서 이토의 송 유학에 대한 비판의 궁극적인 의미에 주목해 보자. 즉 사회관계와 주체적 동일성은 보편적·비역사적인 본질에 기초하고 있지 않다. 사회관계와 주체적 동일성은 본질적으로 담론구성체에 완전히 종속시킬 수가 없는 흔적이며, 어떠한 상황이든 역사로 드러

---

31) 伊藤仁斎, 『語孟字義』 上巻, 「天道」 第1条; 『伊藤仁斎·伊藤東涯』, 14쪽.

나 있다. 따라서 이토는 이들 '덕'의 전체성으로서의 도道는 길과 같은 것이라고 주장한다. 즉 사람들이 함께 어느 한 방향을 향해 걸어갈 때 길이 생긴다. 도에는 초월적인 기반 같은 것이 없다. 도는 길이 있기 때문에 존재한다. "도는 길과 같으니 사람이 왕래하고 통행하는 곳이다. 그러므로 만물이 통행하는 곳을 모두 가리켜 도道라고 한다."[31]

むめのくらうちにりゆすもの

たゝりゝをわりみ

かゝにいけをゆのをめか

りんて

ゑとゝえすと

はゝのつのぐゝくのやゝと

II부_틀짓기

의미작용의 잉여와
도쿠가와시대의 문학

천년의 전통 속에서 칼리그람은 삼중의 역할을 하고 있다: 알파벳을 보완하기, 수사학의 도움 없이 되풀이하기, 사물을 이중적 쓰기언어graphie라는 덫으로 사로잡기. 그것은 우선 텍스트와 형상을 가능한 한 서로 가까이 접근시킨다: 대상의 형태를 그리는 선과 일련의 문자들을 배열하는 선을 하나로 일치시킨다. 그리하여 언표를 형상의 공간 속에 거주시키며, 그림이 '재현하는' 것을 텍스트로 하여금 '말하게' 한다. 한편으로 그것은 표의문자 idéogramme를 알파벳화하여 불연속적인 문자로 채우고, 그래서 단절 없는 선들의 침묵으로 하여금 입을 열게 한다. 그러나 반대로 그것은 종이의 나른한 무관심, 열림, 휨 등을 더 이상 갖고 있지 않은 공간 속에 글을 분배한다. 그것은 그것을 동시적 형태의 법칙들에 따라 배치되게끔 만든다. 그것은 표음철자법을 한순간의 시선으로 볼 때는 어떤 형상의 윤곽을 채우는 생기 없는 수런거림일 뿐인 것으로 축소시킨다. 하지만 그것은 그림을 얇은 껍질로 만드는 것이니, 그 껍질을 뚫고 들어가 그 체내의 텍스트가 단어 하나하나로 이어지면서 풀려 나가는 것을 쫓아가 보도록 하는 것이다.

칼리그람은 그러므로 동어반복이다. 그러나 수사학과는 정반대이다. 수사학은 언어의 과잉pléthore을 이용한다. 그것은 같은 것을 다른 말로 두 번 말할 가능성을 활용한다. 그것은 단 하나의 같은 말로 두 개의 다른 것들을 말하게 하는 넘쳐흐르는 풍요함을 이용한다. 수사학의 본질은 우의 속에 있는 것이다. 칼리그람으로 말할 것 같으면, 그것은 문자들의 속성, 즉 공간 속에 배열될 수 있는 선적 요소들이자 동시에 오직 소리체의 연쇄에 따라서 전개되어야 하는 기호들로서 가치를 갖는다는 속성을 사용한다. 기호, 즉 문자는 단어들을 고정시킬 수 있도록 해준다. 한편 선은 사물을 형상화하는 것을 허락한다.

—미셸 푸코, 『이것은 파이프가 아니다』

4장_발화행위와 비언어표현 텍스트

문학 담론과 새로운 구성체

제1부에서는 이토 진사이의 논고를 통해 어떻게 새로운 담론의 가능성이 발생하고 있었는가, 그리고 어떻게 발화행위와 발화된 말의 이항대립을 불러오게 되었는가를 살펴보았다. 이제부터 말하려고 하는 새로운 담론공간은 쓰여진 텍스트가 이미 그 자율성을 유지하지 못하고, 비언어표현 텍스트에 의해 보완되어야만 하는 것이다. 우리의 관심은 지금 언어표현 텍스트와 비언어표현 텍스트 사이의 상호텍스트성, 그리고 어떻게 한 의미생성체계로부터 다른 의미생성체계로의 변화가 18세기 담론에서 발생했는가에 향할 것이다.

　새로운 담론구성체가 등장함에 따라 어떻게 새로운 지각과 사회 현실에 대한 새로운 이해의 가능성이 만들어졌는가를 탐구하기 위해, 제2부에서는 소위 사상적 문헌에서 문학적 문헌으로 관심을 옮겨 보겠다. 그래서 나는 이들의 가능성에 부수하는 담론 실천의 기본적인 양식의 고찰에 관심을 가질 것이다. 즉 쓰는 것, 이야기하는 것, 듣는 것, 읽는 것, 보는 것에 관련하는 기본적인 의문을 제출해 보일 것이다. 그러나 18세기 문헌의 상세한 서술과 분석을 시작하기 전에 현재 학문 연구의 인식론적 한계에 반드시 유의할 필요가 있다. 왜냐하면 소위 서양의 입장에서 이 야기하려고 해도, 일본이라는 입장(오늘날에는 일본을 서양의 외부라고 주장하기는 어렵지만)으로부터 이야기하려고 해도, 혹은 그 밖의 장소에 서 이야기하려고 해도 우리의 논리적인 시선은 현재의 학문 연구 틀 안 에서만 참여하는 것은 아니기 때문이다. 현재 근대 유럽의 인식론적 틀 의 글로벌적인 지배체제를 부정하는 것은 아주 어려울 것이다. 그러나 이 지배체제가 어떻게 해서 지배를 관철하는가를 고려하는 일은 중요하 다. 이 지배는 어떤 영역을 덮는 모포와 같은 존재가 아니다. 그와 같은 공 간적 비유에서 이 지배를 설명하는 것이 이 책의 문맥에서는 분명히 유 용하지만, 그것은 어디까지나 편의적인 수단에 불과하다. 이 지배는 갖 가지 텍스트적 실천에 의해 지탱되어야 하며 암묵 속에서 항상 대상화가 가능한 것으로 열려져 있다. 물론 우리 자신의 담론 실천도 대상화되어 비판적으로 검토될 수 있다. 만약 제도화된 우리의 지知의 실천을 낯설게 할 수 있다면, 우리의 마음의 습관을 대상화할 수 있으리라는 희망으로 현재와 과거 사이에 있는 비연속성의 성질을 검토함으로써 그것은 비로 소 가능하게 될 것이다.

보는 것과 읽는 것

과거 동아시아의 문화에서 서예書道라는 예술 장르가 이제까지 무시되 어 온 사실은 오늘날 미술사와 문학사라는 학문 어느 쪽에서도 마찬가지 로 일종의 스캔들이다. 미술사도 문학사도 이 특이한 문화 대상을 충분히 다룬 것 같지 않기 때문이다. 물론 근대 유럽에서 발생한 이들 학문은 유럽의 과거조차도 충분히 알지 못할 것이며, 하물며 비유럽적인 전통에는 아직 정통하지 않을지도 모른다. 이들 학문이 결국은 예술 장르에 어울리는 범주와 수법을 만들어 낼 것이라고 기대할 수 있을지 모르며, 그리고 이제까지의 부당한 취급은 이들 지적인 학문 분야를 유지하기 위한 불가결한 근본적 한계에 기인하지 않음을 알게 되는 낙관적인 전망을 세울 수 있을지 모른다.

르네상스시대로부터 최근까지 **소위 서양**[1]에서는 시각표현과 언어표현의 근본적인 분리가 인정되었다. 시각표현 작품은 오로지 눈에 호소하는 힘으로 평가되어, 시각표현과 혼용된 언어표현적 요소는 부정되고 필요 없는 불순물로서 주위의 공간과 작품을 분리하는 틀의 경계선 밖으로 배제되었다. 마찬가지로 작품 공간 내에서 시각표현적 요소와 언어표현적 요소가 공존하고 있는 것은 표현 양식의 조잡함과 불완전함을 의미한다고 여겨져 왔다. 시각표현 텍스트이든 언어표현 텍스트이든 다른 표현 양식에 의하지 않는 자기완결적인 표상이나 서술이어야 한다고 여겨져 온 것이다. 그러므로 만화와 같은 예술 장르는 삽화가 없는 언어 문서나 문자가 없는 시각표현보다도 저급한 예술작품으로 간주되었다. 만화와 같은 예술 형식이 독자 측의 저급한 지성을 드러낸 것이라고 했을 때, 혹은 교육의 퇴폐로 업신여겨질 때, 이와 같은 장르의 위계질서는 항상 암묵적으로 전제되어 있는 것이다.

이러한 문맥에서 학문적 분류법의 근저에는 시각표현 텍스트에서

---

1) '소위 서양'이라고 강조를 한 것은 서양을 지리적으로 실재하는 영역으로서 이해하는 것에 대해 경계심을 갖도록 하기 위해서이다. 서양은 유럽과 달리 지리적인 고유명이 아니다.

언어표현 텍스트인 쓰기가 한데 섞이는 것을 금지하는 전제가 항상 있었는데, 서예는 이 전제를 의연히 받아들이는 사람에게는 중요한 문제를 제기한다고 말할 수 있다. 서예 작품은 시각표현적인 동시에 언어표현적이기도 하다. 그러나 서예는 언어표현적인 표상으로도 시각표현적인 체험으로도 환원될 수 없다. 결국 서예 작품이란 '보아야 하는' 글일까, 아니면 '읽혀야 하는' 그림일까? 만일 양쪽을 다 포함한다면 읽기 행위이기도 한 보는 행위를 어떻게 이해해야만 할 것인가? 혹은 보는 행위는 항상 읽는 행위이며 시각적인 지각은 실제의 세계를 읽는 체험이라고 주장해야 할 것인가?

말할 것도 없이 이러한 물음을 제기한 것은 시각표현 텍스트와 언어표현 텍스트를 비교함으로써 서예의 지위를 분류해서 결정하고 싶기 때문이 아니다. 그것은 두 표현 형식 사이에 있는 복잡한 상호관계에 대해 주의를 환기하기 위해서이다. 읽는 것과 보는 것 사이에 존재하는 표현 형식의 스캔들 같은 상호작용을 이해하기 위해서는 분석의 목표를 서예 작품이 생산되어 수용되는 일반 텍스트의 특정한 방식에 맞추어야 한다. 더욱이 시각표현 텍스트와 언어표현 텍스트의 관련은 역사적으로도, 또 하나의 언어게임과 다른 언어게임 사이로서도 다르다. 어떤 사회의 어떤 역사적인 단계에서 지배적인 이데올로기는 시각표현과 언어표현의 공존 가능성 자체를 완전하게 거부할지도 모르지만, 동일한 사회라 할지라도 다른 역사적 단계에서는 쓰기나 음성과 시각이나 광경이 일정한 방식으로 서로 혼합되는 것을 허용할지 모른다.

나중에 이데올로기 개념에 대해서는 다시 더 상세하게 고찰하겠지만(제8장), 우선 여기에서 문제가 되는 것은, 인문과학의 모든 학문 분야에 강요된 것과 동시에 각각의 연구 영역의 가능성을 구성하고 있는 경계선뿐만이 아니다. 서예와 같은 문화 대상을 취급할 수가 없다는 사실에 의해서 우리가 살고 있는 사회의 지배적 이데올로기의 인식론적 한계에 관한 모든 문제가 제기되고 있는 것이다. 이 한계는 지각과 인식상에서 암묵적으로 존재하고 있다. 실제로 이 한계에서 우리가 인지하고 있는 것과 같이 사물을 인지하고 있다. 이제부터 논하겠지만, 이데올로기로부터 완전히 자유로운 상태를 상상할 수는 없지만, 이질적인 대상과 만남으로써 우리의 지각과 인식 영역의 한계가 폭로되며, 이로써 세계를 다른 방식으로 보는 가능성이 명확해질 것이다. 다시 말해 이질적인 사물의 문화적·역사적 특수성을 분석하여 확정함으로써 동시에 우리의 인식과 지각의 지배적인 양식의 근저에 있는 잠재적인 맹점이 폭로되는 것이다. 즉 역사적인 연구는 이데올로기로부터 자유롭게 되는 것을 가르쳐 주지는 않지만, 우리를 다른 이데올로기로 나아가게 해준다. 과거의 이데올로기에서 특유한 표현 양식과, 그 자체로 문화적으로 결정되어 있는 우리 자신의 표현 양식을 비교함으로써 낯설게 하기를 달성할 수 있을지 모른다. 어떠한 역사적 연구에서도 잠재적으로 존재하는 이러한 이중성에 의해 스스로의 인지로부터 거리를 취하는 것이 용이하게 되며, 그렇게 함으로써 우리는 (대문자)타자와 만나기 위해 경계와 딱 마주하는 비판적인 관점을 구축할 수 있을 것이다. 이러한 이중성 덕분에 이국의 혹은 과거의 사회구성체의 역사적인 비평이 현재 자신의 사회구성체에 대한 비판과 간접적으로 결부되는 것이다. 그러나 과거(그들)와 현재(우리) 사이를 서로 옮겨 다닐 수도 없고 바꿀 수도 없다는 점을 유의해야 한다. 더욱이 역사적인 연구에서 쉽게 이전移轉을 피할 수 있다는 것 등을 상정해서는 안 된다는 점도 지적해 두고자 한다.

아주 흥미롭게도 에도시대의 작가들도 이와 같은 문제에 직면해 있었다. 18세기에서 19세기 초반을 통해서 그들은 자기들이 처한 역사적 세계의 동일성에 관한 물음과, 그리고 이질적인 과거의 역사적 세계, 외부 세계와 자신들의 세계 사이에 어떠한 관계가 가능한가라는 물음에 열중해야만 했다. 이 점에서 시각표현 텍스트와 언어표현 텍스트 사이의 상호관계의 문제가 결정적인 역할을 수행하고 있었다.

에도시대 일본에서 새로운 담론의 가능성이 나타남으로써 상호텍스트성의 한 측면인('상호텍스트성'에는 서로 다른 종류의 텍스트가 관련을 맺는다고 하는 대화론적인 상호텍스트성과는 완전히 별개의 의미가 있다는 것을 기억해 주기 바란다) 시각표현 텍스트와 언어표현 텍스트의 관계도 역시 극적으로 변화했다. 앞서 결론을 말하자면 이 시기 이전에는 이들 두 표현 형식은 의미작용의 잉여를 만들어 내는 일 없이 공존하고 있었다. 즉 서로 관계없이 존재할 수 있었다.

많은 역사적 예술작품이 증명하고 있는 것처럼 시각표현 요소와 언어표현 요소를 포함하는 문학과 조형예술 장르는 17~18세기에 갑자기 출현했던 것이 아니다. 쓰기의 도입 이후 일본 열도에서 대대로 이어져 온 정치체제에 의해 언어표현 텍스트를 시각표현 요소와 결합시키는 갖가지 표현 형식이 채용되어 왔다(자크 데리다에 의해 제창된 의미로 이 '쓰기'writing, écriture라는 용어를 엄밀하게 이해한다면, '일본문화'에서는 편의적 '쓰기 체계'라고 불리는 것이 도입되기 이전부터 시각표현 텍스트와 언어표현 텍스트의 상호 의존 관계가 있었던 것이 된다. 더욱이 '쓰기'가 일본 열도에 도입되었다는 발상 그 자체가 환상적이라는 것도 여기에서 확인해 두자. '쓰기 없는 문화' 등을 생각할 수 없기 때문이다). 나중에 음성적인 쓰기 체계인 가나 문자에 의해 사람들은 텍스트를 구두·청각성으로 환원하는 장치를 고안해 내려고 했다. 일본에서는 표현 형식의 이질성이 현저했지만, 시각표현 텍스트와 언어표현 텍스트의 상호텍스트성 문제는 물론 일본에 국한된 것이 아니다. 이와 같은 문제는 많은 문화와 시대에서 발견되는데 여기에서 해석하려고 하는 것은, 예를 들어 영상을 구두성 등 다른 형식의 텍스트로 변형하는 특수한 양식이다.

그러나 상호텍스트성이라는 개념을 언급하지 않고는 문화를 적절하게 이해할 수 없다는 주장은 거의 아무것도 말하지 않는 것과 같다는 점도 유념하자. 여기서 문제는 막연한 성질의 묘사가 아니라, 어느 역사 시기 담론구성체의 구체적인 기술이다. 바꿔서 말하면 어느 특정한 담론의 특색을 기술해 역사적인 동시대성의 영역을 한정하고 싶다. 역사적인 동시대성의 영역을 한정한다는 이러한 목적을 위해서 작품, 제도화된 사회 행위, 역사 문헌, 그 밖의 진술(=발화된 말)은 동일한 담론에 가담하고 있는 한 동시대의 것으로 보았다. 동시대성은 연대기적으로도 또한 지정학적으로도 확산하고 있는 것이다. 그러므로 두 작품의 출판연대가 같다 해도 동일한 담론에 포함되어 있다고 할 수 없으며, 동시대의 것이라고도 말할 수 없다. 반대로 몇십 년이나 떨어진 시대에 제작되었다고 해도 두 개의 진술이 동시대의 것으로 취급되는 일도 있다.

틀짜기와 그 효과

시각표현 텍스트와 언어표현 텍스트의 문제를 실마리로 해서 담론구성체의 규칙, 즉 그에 따라 우선 갖가지 텍스트가 18세기 일본의 문학 담론에 편입되는 절차를 검토하고 싶다. 그러나 먼저 이론적으로 중요한 두 가지 관심 영역을 한정하지 않으면 분석 초점이 애매해질 것이다.

우선 틀짜기framing에 대해서이다. 즉 어떤 작품이 그것 이외의 것과 분리된 다른 것이라고 동일시하는 장치에 대해서이다. 이 텍스트 장치 분석을 시각표현에만 한정할 생각은 없지만, 틀짜기 기능이 그림에서 가장 확실하게 나타난다는 것은 틀림없다. 틀에 의해 시각 공간은 내부와 외부로 나뉘며, 그 결과 한정된 공간 영역은 외부로부터 비교적 독립하는 존재가 된다. 가령 액자, 즉 틀만 벽에 걸려 있다고 해도 한정된 벽 부분은 격상되어 특권적인 시각 대상이 되며, 단지 벽의 표면인 것을 넘어 의미를 부여받게 된다. 즉 틀로 둘러싸여짐으로써 그 부분은 주제로서 정립된다. 인지 행위가 마땅히 의미작용에 의해 어떤 주제를 세계와 관련짓는 방법인 한 모든 대상은 자연의 것이건 인공물이건 주제로서 인지될 때 의미를 내포하게 된다. 그러나 틀에 의해 한정된 대상 혹은 그 부분은 다른 의미 수준을 나타낸다. 그것에 의해 객체의 전前술어적인 한정은 텍스트의 물질성으로 환원되어 억제되는 것이다. "전술어적"이라고 말한 것은 술어화를 틀짜기 안에서 효과를 갖는 표시의 일반적인 형태라고 생각하기 때문이다. 틀짜기, 또는 더 특정해 말하자면 부차-주변적인 parergonal 균열은 주제화된 것으로부터, 주제화에서 배제된 것을 분리하는 역할을 달성한다. 벽의 일부를 그 표면의 그림으로 보는 것은 표면의 물질성에 눈이 먼 것이다. 그림을 볼 때 우리는 그것을 그림 도구나 그 밖의 칠감 혼합물로서가 아니라 이미지라든가 형태로서 본다. 이러한 텍스트의 물질성에 대한 맹목성이야말로 틀짜기에 의해 초래된 효과이다. 바꿔 말하면 틀로 둘러싸여짐으로써 어느 것은 그 이상의 것이 된다. 그러므로 틀짜기는 의미 차원을 구축하는 텍스트 장치 중에서 가장 근본적이며 중요한 것이라고 말하지 않을 수 없다.

그러나 궁극적인 물질적 기반 같은 것은 물론 존재하지 않는다고 서둘러 덧붙이지 않으면 안 되겠다. 예를 들어 텍스트의 물질성을 벽으로 한정하는 것도 또 하나의 의미이다. 틀에 의해 구축된 의미를 괄호에 넣어 둔다고 해도 최종적인 물질적 현실에는 도달하지 않는다. 왜냐하면 틀짜기란 그 자체로 '차연'差延, *différance*인 텍스트 장치이며, 무한히 계속되는 차이가 거기에 있기 때문이다.[2] 그러므로 폴 드만의 유명한 공식을 되풀이하자면, 텍스트의 맹목성은 텍스트 구축을 위한 불가결의 조건인 것이다. 이 텍스트의 맹목성으로부터 벗어날 수는 없다. 따라서 그 규칙을 상세하게 기록하는 것은 담론공간 내의 텍스트의 맹목성의 배분질서 economy를 묘사하는 것에 귀착할 것이다.

일단 틀짜기에 대해 개괄적으로 정의했다면, 그 용도는 그림 표현에 한정되지 않는다는 것을 이해하는 일은 그렇게 어렵지 않을 것이다. 예를 들어 연극에서 틀짜기는 무대라고 불리는 특권적인 공간을 구분할 것이다. 문화 대상이 환기하는 어떠한 의미도 그것 자체의 내부에 있는 것이 아니고, 그 주위의 암묵적 관계성에 둘러싸여 있다는 것에 유념해야 한다. 더욱이 대상이 동일하더라도 그 관계성이 변화함에 따라 의미도 변화한다. 틀림없이 의미의 실체화는 회피되지 않으면 안 된다.

---

2) Jacques Derrida, *Margins of Philosophy*, trans. Alan Bass, University of Chicago Press, 1982, pp. 1~27(*Marges, de la philosophie*, Minuit, 1972; 高橋允昭·藤本一勇 訳, 『哲学の余白』上·下, 法政大学出版局, 2007~8)의 'Différence'를 참조. 틀짜기의 문제에 대해서는 Jacques Derrida, *La vérité en peinture*, Flammarion, 1978(高橋允昭 ほか訳, 『絵画における真理』, 法政大学出版局, 1997)과 Mikhail Bakhtin, "Discourse in the Novel", *The Dialogic Imagination*, ed. Michael Holquist, trans. Caryl Emerson, University of Texas Press, 1981, pp. 259~442(Вопросы литературы и эстетики, 1975; 伊藤一郎 訳, 『小説の言葉』, 平凡社, 1996, 7~295쪽)을 참조.

가타리

17세기 초 도쿠가와 막부의 지배가 확립되어 많은 정치 제도가 변화함에 따라 문학작품은 더욱더 많이 인쇄·출판되었다. 당시의 출판문화 속에 가나조시[3]는 가장 인기 있는 장르 중 하나였다. 가나조시에서는 시각표현 텍스트와 언어표현 텍스트가 공존하고 있었다. 이 장르로 분류되는 모든 작품이 그림 삽화가 들어간 것은 아니었으나, 삽화를 넣은 것이 18세기의 여느 문학작품과 전혀 달랐던 점에는 주목할 필요가 있다.

가나조시는 주로 그 가타리語り[이야기] 양식이 다른 18세기의 문학작품과 달랐다. '가타리'의 특징에 관한 연구는 아주 많이 있다. 그러나 대부분의 연구가 '가타리'의 계보를 만들어 영향 관계를 추적하는 것이고 서사학적 분석을 등한히 했기 때문에 17세기에 이와 같은 종류의 문학이 생산되기 시작하여 유지되었던 조건을 정하는 방법은 명확하게 밝혀지지 않았다.

이 장르에 속하는 작품을 분석하는 지침은 암묵적으로 발전 모델이었기 때문에, 이 문학 담론의 내적인 역학에 충분한 주의를 기울이지 않았던 것이다. 그 계보와 기원에 대해서 아무리 많이 알고 있어도 가타리 내에서 어떠한 의미작용이 생성되었으며, 그로 인해 어떤 종류의 가타리

---

3) 가나조시(仮名草子)는 에도시대 초기 소설류의 총칭으로 목판 인쇄술과 상품경제가 발달하면서 서민들 사이에서 유행했던 읽을거리이다. 중세의 오토기조시(御伽草子 ; 무로마치 시대에서 에도 초기까지 읽힌 단편 형식의 이야기책)를 계승한 것이자, 본격적인 근세 소설인 우키요조시(浮世草子)로 넘어가는 가교였다고 할 수 있다. 연애물, 해학물, 편력물, 괴이물, 교훈물 등 다양하지만, 한마디로 가나로 쓴 오락적인 소설이라 할 수 있고, 이에 비해 우키요조시는 사실적인 도색(桃色)소설이라 할 수 있다. 우키요조시는 이하라 사이카쿠(井原西鶴)에 의해 확립된 이래 약 100년간 유행하였다.―옮긴이

기교가 필요했던가를 이해하는 데에는 그다지 도움이 되지 않았다. 필요한 것은 통시적인 분석이 아니라 공시적인 분석이다(소쉬르 언어학의 공시성과는 다른 의미에서). 그러나 그와 같은 분석을 시도하기 전에 '가타리'라는 용어가 무엇을 의미하고 있었는가를 분명히 하여 과연 '가타리'라는 용어가 이러한 장르의 일반적 성질을 충분히 묘사하고 있었는가를 확정하지 않으면 안 될 것이다.

첫째로, '시점 구별의 결여'를 가나조시에서 지배적인 가타리 양식의 정의로 들 수 있다. 가나조시 이야기는 화자의 시점이 다른 시점과 애매하게밖에 구별되지 않는 커다란 표현공간을 제시하고 있다. 가타리 내에서 갖가지 목소리의 상호작용을 인정할 수는 있지만, 당연히 존재해야 할 다양성과 차이는 표상 공간의 내부에도 외부에도 존재하지 않는 익명 화자의 목소리로 동일화되어 통합되어 있다. 그러나 이것은 미하일 바흐친이 독백적인 소설이라고 부른 가타리 형식이 아니다.[4] 유럽의 19세기 소설과는 달리 가나조시에서는, 지배적인 목소리는 묘사된 사항이나 사건에 절대적인 권위를 행사하는 하나의 시점이나 초월적인 주체로 수렴되지 않는다. 왜냐하면 권위를 가진 주체의 목소리가 존재하기 위해서는 작가에 의한 타자의 지배가 있어야 하기 때문이다. 그러나 가나조시에서

---

4) Mikhail Bakhtin, *Problems of Dostoevsky's Poetics*, trans. R. W. Rotsel, Ardis, 1973; Проблемы поэтики Достоевского, 1963; 新谷敬三郎 訳, 『ドストエフスキイ論―創作方法の諸問題』, 冬樹社, 1974[김근식 옮김, 『도스또예프스끼 詩學―도스또예프스끼 창작의 제문제』, 정음사, 1988]. '독백성'이라는 용어는 서양 소설에 있어서 역사적으로 특정한 모델보다 더 넓게 이해할 수 있다. 여기에서는 19세기 서양 소설의 구조가 근대 국가에 내재하는 권력 관계를 재생산하고 있다고 하는 바흐친의 비판을 강조하고 싶다. 이러한 관점에서 보면 '가타리'를 19세기 소설의 독백성과 직접 동일시할 수는 없다. 그러나 동시에 나는 송리학을 독백적이라고 부를 수 있는 가능성을 부정하지 않는다. 이토 진사이가 제시했던 것은 이 점이라고 나는 생각한다.

는 독백적인 지배를 구축하기 위해 필요한 작가의 목소리와 등장인물의 목소리의 근본적인 구별이 존재하지 않는 것이다.

이와 같은 지배 관계의 부재는 가나조시 가타리에서 등장인물의 행위를 묘사하는 표현에 아주 잘 나타나 있다. 거기서는 항상 주관적인 인상을 나타내는 형용사구가 이용되고 있는데, 그 형용사구가 누구의 주관적인 인상인지를 결정할 수 없다. 즉 어떤 마음의 상태를 가리키고 있지만, 그 마음은 어떤 특정 인물과도 관련을 맺지 않는 것처럼 보인다. 그 이유는 분명한 인칭대명사 시스템이 현재 사용되고 있는 일본어에 없기 때문이기도 하지만, 이들 형용사 어구가 고정된 시점의 성립을 흔들어 움직이게 해 확산시켜 버리기 때문이기도 하다. 첫째로, 발화 주체가 특정되어 있지 않는 한 직접화법과 간접화법을 구별할 수 없다. 더욱이 중요한 것은 시간적으로도 공간적으로도 확실한 시점을 결정하지 않고 가타리가 진행되어 버린다는 점이다. 사건이 일어나는 '장면'이라는 개념이 등장인물끼리 관련을 맺게 하는 거리와 마찬가지로 부재한 것이다. 이 거리가 설정되어 있지 않는 한 갖가지 등장인물에 할당된 시점은 표현할 수 없다. 분리와 거리에 의해서만 사람은 자기를 타인과 대립적인 위치에 있는 존재로 동일화할 수 있기 때문이다.

역사성의 부재

그러므로 가나조시에서 가타리의 목소리는 공간적인 위치를 차지하지 않는다. 화자는 개인인 등장인물의 시점에서 이야기하지 않기 때문에, 그의 위치를 결정하는 것은 불가능하게 된다. 이것은 '가타리'가 실제로는 익명의 위치를 표상하고 있다는 것을, 즉 그것은 공동체의 누구라도 공유할 수 있는 발화의 장을 만들고 있다는 것을 의미한다. 이 점에서 보자면 '가타리'는 신화적 담론에 속한다. 여기에서 화자와 청자는 상호적인 관계에 있다. 이러한 종류의 이야기에서 사람은 타인에게 반론하는 것이 아니라, 타자를 대표해서 타자와 함께 이야기하게 된다. 이 때문에 작품의 등장인물들은 내면적인 세계와 개인적인 성격은 가지고 있지 않은 듯하다. 그들은 오직 이름, 직업, 사회적인 신분에 의해 완전히 드러나 있다.

비록 등장인물이 사회적 신분에 의해 동일시되더라도 그들에게 독자적인 언어 문체가 부여되지 않는다. 아주 드물게 동시대의 구어口語가 작중에서 유일하게 존재하는 익명의 제3자 언어에 침입하게 될 뿐이다. 게다가 거기에는 고전 언어와 동시대 언어의 역사적인 구별이 전혀 없다. 분명히 18세기 전체를 통틀어 문학에서는 의고전擬古典양식이 존재하고 있었다. 그러나 18세기 후반의 문학작품에 비하면 이 산문 문체에 있어서 문체의 차이는 뚜렷하지 않다. 이와 같은 성질은 이제부터 논하게 될 테지만, 기본적으로는 18세기에 발명된 지문地文과 인용된 대화를 구별하는 장치인 인용부호라는 제도가 아직 없었기 때문인 것은 틀림없다. 더욱이 고전과 그 문체를 패러디하는 문학적 기교가 없었던 것도 주목해야 한다. 고전 작품의 언어는 동시대 독자층과 고전의 세계를 떼어 놓는 거리가 있어야 대상화되어 패러디된다. 그와 같은 거리를 지각하고 확인함으로써 역사적 과거에 대한 역사적 현재를 규정하는 것이 가능하다. 해석학에서 논의된 의미에서 역사성을 이해한다면, 17세기 문학은 역사성의 의미를 분절하는 담론장치 없이 생산되었다고 할 것이다. 당시 사람들은 고전 작품이 실은 과거에 속하며, 고전 언어는 자기들의 언어가 아니라고 분명히 인식하고 있었다. 아마 일상생활에서는 결코 접해 보지 않은 고어古語를 사용하는 것은 거북했을 것이다. 그럼에도 불구하고 그들은 이 '비친근성'의 감각을 표현하는 방법을 몰랐으며, 일상의 통속적이며 비속한 표현과 문학 담론의 통합을 정당화하는 방법도 몰랐던 것이다.

그러므로 등장인물의 행동과 문맥상의 배치는 항상 기성의 형식으로 흡수되고 있었다. 인식된 현실은 고전 언어가 현재 언어와 연속하고 있다는 가정에 의거해 고전문학의 세계로 흡수되었고, 이러한 가정 때문에 가나조시 작자가 고전 언어로는 동시대 사람들이 살았던 체험을 표현하기에는 불충분하다는 사실이 은폐되고 있었다. 예를 들어 『쓰유도노모노가타리』露殿物語의 작자는 고귀한 언어와 저속한 언어, 즉 세련된 언어와 세속적 언어의 불균형을 인식하지 않았다. 17세기 일본에 나타난 새로운 인쇄술로 독자층이 확대되었음에도 불구하고, 이 작자는 이토 진사이처럼 세속적이며 야비하며 저속한 생활의 '가까움'의 공간을 표상할 수 있는 문학 언어를 구상할 수 없었다.

분명히 어떤 천재라도 고립된 한 작자 혼자 힘으로 새로운 문학 형식을 만들 수는 없다. 주어진 담론구성체에 의해 문학 형식의 가능성이 정해지기 때문에 새로운 장르와 새로운 담론 규칙이 만들어질 때 한 사람 한 사람 작자의 역할은 아주 작다는 것을 알 수 있다. 이러한 이유에서 18세기에 일상에서 쓰는 말과 구어가 문학에 도입된 것은 일본사에서 가장 중요한 사건 중 하나라고 할 수 있다. 일상의 말과 구어가 문학에 도입된 것은 소수 개인의 발명도 역사적 우연에 의해 발생한 문학적 유행도 아니었다.

이 점에서 중요한 것은 **소위 일상의 말이라든가 구어라고 불리는 것이 어떠한 사회에나 자연스럽게 존재하는 소여**所與**의 사항이 아니다**라는 점에 유의하는 일이다. 일상에서 쓰는 말이나 구어는 다른 제도와 마찬가지로 일련의 조건에 의해 정해진다. 구어와 문어의 구별은 역사·문화적으로 특수한 형상물이다. 일상의 말이 원초적인 것이며 쓰기가 그 이차적인 파생물이라고 하는 오늘날에서조차 폭넓게 운용되고 있는 신화는 뿌리 깊은 제국주의의 한 부분이며, 거기에서 벗어나는 것이 얼마나 곤란한가를 우리 동시대인들은 깨닫기 시작했다. 17세기에 문학 생산에서 일상의 말이 배제된 것은 분명히 18세기에 있어서 일상의 말을 포함시키는 것 이상으로 자연스럽지 못하다. 일상의 말의 배제와 포섭은 같은 담론 제도화의 산물이며 그러므로 똑같이 이데올로기적이다.

이와 같은 관점에서 보자면 '가까움'의 영역, 즉 일상, 비속, 저속한 생활공간이 그 자체로는 정립될 수 없다는 것은 분명하다. 모든 직접적인 체험, 무매개적인 현실, 그리고 '현실'감은 담론에 의해 매개되어 있다. 모든 '무매개성'이 실제로는 매개적 현실인 것이다. 바꿔 말하면 18세기 일본 열도의 사람들은 17세기의 사람들이 무매개적이라고 인식하지 않았던 형식을 무매개적으로 자연스럽게 생각하게 되었다. 만약 그렇다면 어떻게 해서 무매개성의 형식이 담론 속에서 구축되었으며, 그들을 무매개적이라고 간주하기 위해서는 어떤 장애를 넘어야만 했던가를 물어야 할 것이다.

역사적으로 구별하는 수단이 부재하는 이상 가나조시의 작자들이 자기와 과거의 언어를 분리시키는 커다란 불일치를 깨닫지 못했다고 가정해도 좋겠다. 일련의 단편 속에서 어떤 가나조시 이야기에서는 "지금은 옛날"이라는 문장을 쓰고 있다. 헤이안平安시대 이후, 이 문구는 오늘날 설화 문학이라고 불리는 전통에서 이야기의 시작을 나타내기 위해 이용되었다. 설화 문학은 대부분의 경우에 갖가지 민속적 재료가 전체로서 수집된 구승 전통의 일부로 분류되고 있었다. 어떤 설화 작품의 편자를 결정하는 것은 가능할지 모르지만, 대개의 경우 그 작자를 결정할 수는 없다. 작가의 부재는 기록된 자료와 역사적인 증거가 없기 때문이 아니라, 이 장르가 발전하기 위한 내적인 필요성 때문이다. 설화의 주요한 성질 중 하나인 '가타리'의 구전은 작자라는 기능을 담론에 편입할 가능성을 배제한다. 쓰기 언어로 보존되었든 대대로 구두로 전해졌든 상관없이 이야기 구조는 작자라고 불리는 담론의 기능을 포함할 수가 없다. 그러나 동시대의 다른 장르에 속하는 언술에서는 근대 작자처럼 구축되어 있지는 않았더라도 작자가 제도화되어 있었을지도 모른다.

문학작품에서 작자가 존재하기 위해서는 작품을 어느 한 인물의 기원적인 발화행위로 귀속시킬 필요가 있다. 언어표현적 성질을 가지는 어떠한 작품도 일단 발화되면 반복·재생산되어 재현된다. 그러나 기원적인 표현 행위와 그 반복 행위가 구별되지 않는 한, 청중은 얘기되고 있는 이야기가, 가타리의 장면에서 나타나는 일도 있고 나타나지 않는 일도 있는 한 인물이 생각해 낸 의견이나 의도에서 발생하고 있는가, 아니면 단지 반복 또는 인용인가 그렇지 않은가를 알 수 없을 것이다. 예를 들면 분명히 민요는 그와 같은 구별을 하지 않는다. 따라서 노래 부르는 사람이 민요 속에서 이야기하는 것을, 노래 부르는 사람의 개인적인 의견 혹은 의도적인 표현이라고 받아들이는 사람은 없을 것이다. 여기서는 실제로 불려지는 민요에서는 사실 작사자나 작곡가가 있는지 어떤지 문제되지 않는다. 마찬가지로 설화 문학에서도 작자성은 소거된다. 왜냐하면 작자성에 의해 메시지가 분명해지는 것도, 송신자로부터 수신자에게 의미가 있는 정보가 전달되는 것도 아니기 때문이다. 필시 처음 들을 때조차 노래의 의미론적인 내용은 미리 청중 사이에서 공유되고 있다. 나중에 제9장에서 자세하게 논하는 것과 같이 '노래'에 있어서 언어 문제는 언어표현 행위를 어떤 의식으로부터 다른 의식으로의 메시지 전달로서 이해하는 커뮤니케이션 모델로는 파악할 수 없다.

여기에 일본의 학문 연구가 설화 문학을 구비전승[5]이라고 부르는 의의가 있다. 즉 구비전승은 커뮤니케이션과 메시지의 전달이라는 개념에서 매우 소중한 의미를 가지는 거리를 소멸시킨다. 거기에 있는 것은 작자에 의한 기원적 발화행위와 공동체의 다른 구성원에 의한 그 행위의 반복 간의 차이가 공동체에 의해 무시되어, 그 차이가 사라지고 무의미한 것이 되며 공유의 전통이 긍정되고 칭송되는 언어표현 행위이다. 그 구전성은 전달의 물리적 형식, 즉 '이야기된다'라든가 '쓰여진다'와는 관계없다. 구전성은 '그들'과 '우리', 과거와 현재, 송신자와 수신자의 거리를 없앤다.

"지금은 옛날"이라는 문구는 현재와 과거가 서로 뒤바뀔 수 있다는

---

5) 兵藤裕已,「物語·語りものと本文」,『国語と国文学』, 1980年 9月, 16~30쪽을 참조. 이 논문의 필자는 '가타리' 개념과 '읽기' 개념을 혼동해서는 안 된다고 논하고 있다. 모토오리 노리나가와 야나기타 구니오(柳田國男)의 어원 연구를 언급하면서 그는 '읽기'와 '가타리'라고 하는 이 두 동사 사이의 은폐된 구조적 차이를 설명한다. '읽기' 행위가 기성의 텍스트를 확인하는 것에 그치는 데 비해서 '가타리'는 항상 원텍스트를 재편하고 개정할 수 있는 자유가 어느 정도 함유되어 있다는 것이다. 그러나 표상 공간(그는 '작중 세계'라는 말을 사용하고 있다)은 필기 문헌의 다양성에도 불구하고 동일한 채로 있다. "그리고 주제를 매개로 해서, 이야기꾼이 청자를 강하게 의식해서 청자와의 사이에 '일종의 정신적 협력'을 구축하는 행위가 가타리라고 한다면, 가타리를 문자화할 수 있는 부분은——즉 본문은 현실의 일회적인 가타리의 장——청자와의 관계에서 부단히 유동적이다."(22쪽) 그러므로, "예를 들면『헤이케모노가타리』(平家物語)라는 '쓰여진' 본문이 있었던 것은 아니다. 전해져 온 본문은 이야기를 이야기한다. 다시 말해 이야기하는 행위의 명증성으로 환원될 것이다."(28쪽) 이렇게 풍부한 시사를 담고 있는 논문으로 M. 모리스의 『마쿠라노소시』(枕草子)에 관한 뛰어난 논설(미간행)이 있다. 이 논문에서는 원텍스트는 어떤 담론공간 속에서만 우리가 현재에는 당연한 것으로 생각하고 있는 권위를 부여받게 된다고 논하고 있다. 『마쿠라노소시』의 경우, 남아 있는 텍스트의 차이가 일본문학 학자를 골치 아프게 했지만, 이제 문제는 어떤 텍스트를 원전으로 할 것인가를 결정하는 것이 아니라는 점은 명백하다.

담론의 기본적인 특징을 나타내고 있다. 현재와 과거의 호환성이야말로 설화 문학이 지향하고 있는 것이다. 이 경우 과거에 의한 현재의 전위는 부재의 전위를 나타낸다. 현재와 부재의 조합에 의해 가능하게 되는 시간적 시점은 거부되고 있다. 현재와 부재의 조합에 의해 부재(즉, 과거와 미래)도 역시 현재라는 지점을 통해 현재와 대치되지만, "지금은 옛날"은 시간적 시점을 소거한다. 이러한 상투적 문구는 문학적인 지표, 즉 현실 공간이 끝나고 상상 세계가 시작하는 경계를 나타내기 위해 이야기에 놓여진 틀짜기로서뿐만 아니라, 부재하는 상상세계와 현실세계의 호환성을 나타내는 장치로서도 기능하고 있다. 이러한 종류의 이야기에서 그려지는 어떠한 사건도 "지금은 옛날"이라는 문구로 정해지는 규칙에 의해 '지금'이라든가 '여기'를 가질 수가 없게 된다. 왜냐하면 기원적 발화행위가 텍스트 자체를 생산하는 '현재'에, '지금'이라든가 '여기'를 귀착시킬 수가 없기 때문이다. 중요한 것은 이미 언급했던 역설, 즉 어떤 사건을 묘사하는 텍스트가 동시에 발화행위인 것이며, 그 범위에서 또 다른 하나의 사건인 것이다. 그러나 "지금은 옛날"이라는 문구는 담론의 이러한 차원을 거부한다. 이 문구는 텍스트 생산 그 자체가 사건인 차원을 소거하며 배제한다. 그러나 텍스트에 그려진 사건은 발화행위의 원초적 현재와의 관계로서만 역사 안에 자리 잡고 정의된다. 바꿔 말하자면 발화에 내재하는 두 시간성의 하나인 어떤 발화행위의 시간이 이러한 이야기 양식에서는 존재하지 않는다. 그 결과 발화된 말의 시간은 부유하며 발화행위가 있었다고 상정된 현재로부터 해방된다. 즉 언젠가 어디에선가 일어난 사건이 마치 언제라도 어디에서라도 일어날 수 있는 것처럼 이야기된다. 시간과 장소의 부재에 의해 초래되는 이 민화民話의 꿈과 같은 성질은 분명히 이러한 비역사성으로부터 발생하고 있다. 에밀 벤베니스트가 말한 '대화의 심급'(담화의 현실태)[6]을 표현하는 충분히 발달한 담론장치가 설화문학이 속하는 담론공간에 존재하지 않는 것은 확실하다. 당장 벤베니스트의 개념은 어떠한 역사적 순간의 어떠한 언어에도 해당하며, 가능한 모든 언어사용에 잠재한다고 반론할지도 모르겠다. 그러나 이미 시사했던 바와 같이 나는 '대화의 심급'이라는 개념이 많은 점에서 부적절하다고 생각한다. 벤베니스트가 말한 '대화의 심급'의 기본적인 정의에서 보면 '대화의 심급'에서 화자는 발화행위로 나타나 있고 내적 참조점의 중심을 형성하고 있다. 벤베니스트는 '역사'와 '대화'(담화)를 구별해서 기초를 부여하는 현실성의 역할을 대화에 —— 현상학자가 지각에 그 역할을 부여했던 것처럼 —— 할당한다. "언어에 내재하는 유일한 시간이란 대화의 축이 되는 현재이며", "이러한 현재는 내재적인 것이다".[7] 그러나 발화행위가 통일체가 아니라 균열이라고 한다면 발화행위에서 화자의 현전을 어떻게 말할 수 있을 것인가. 더욱이 발화행위의 주어와 발화행위의 신체(슈타이)가 발화행위상에서 분리되어 있다면, 어떻게 '대화의 심급'의 화자를 통일체, '불가분체'(개인)인 것처럼 말할 수 있을까. 발화행위에서 일어나는 (**장소**를 차지하는) 것은 현재(현전)가 아니라, 끊임없이 벗어나는 현재의 미끄러짐이다. 그러므로 '대화의 심급'은 상상계의 위계에 있으며, 그것은 상상이라는 용어의 고전적 의미, 즉 있을 수 없는 것, 현전할 수 없는 것을 표상하는 것이라는 의미에서의 이미지이다. 그

---

6) Émile Benveniste, *Problems in General Linguistics*, trans. Mary Elizabeth Meek, University of Miami Press, 1966, pp. 217~222; *Problèmes de linguistique générale*, Gallimard, 1966; 岩本通夫 監訳, 『一般言語学の諸問題』, みすず書房, 1983, 234~240쪽을 참조. 또한 역사성과 '대화의 심급'을 논한 폴 리쾨르의 논문도 중요하다. M. A. J. Philibert(ed.), *Paul Ricoeur*, Seghers, 1971.

7) Benveniste, *Problems in General Linguistics*, p.75; 『一般言語学の諸問題』, 85쪽.

리고 대체로 담론은 원초적으로 주어진 장소이기보다도 사람과 현실의 실제 관계를 상정하는 이데올로기 영역으로서 파악되어야만 할 것이다. 틀림없이 '대화의 심급'은 원초적 발화라는 이미지로서, 궁극적인 아주 깊은 의미를 향해 어디까지나 욕망을 공급하기 위한 장치로서 모든 사람들이 당연하다고 상정하는 담론의 실정성을 가리킨다.

특징이 정확히 정의되어 있는 '가타리'의 한가운데에 오래된 이야기 형식의 단편이 편입되어 있는 것을 보면 가끔 곤혹스럽다. 예를 들어『우키요모노가타리』浮世物語는 작자가 알려져 있으며 상업적으로도 출판되었고, 17세기 이전의 설화문학이 주류였던 시기에 비하면 사회의 분위기는 크게 변화하여 어휘와 구문, 사회습관은 이미 바뀌어 있었다. 그러나 오래된 표현 형식은 계속 남아 있었고 무엇을 이야기해야 하고 무엇을 이야기하지 말아야 하는가도 계속 결정되어 있었다.

가나조시에는 고전 작품으로부터의 성구成句나 완전한 문장마저 직접 인용하고 있는 것이 있다. 인용은 사실 왜곡의 효과를 초래하며 그것에 의해 일종의 국소적인 패러디로 기능하고 있다. 그와 같은 인용의 몇몇 요소와, 가끔은 고유명사조차 동시대의 것과 바꾸어 놓는 일도 있었다. 인용 안에 이질적인 요소를 끼워 넣어서 작자는 다른 의미소를 만들어 내며, 그것이 원래의 단어를 새롭게 다의적인 문맥에 둘 수 있게 하였다. 다의성은 이 시기에 오직 짧은 이야기, 여행담, 농담에 관한 책 등에서 사용되고 있었는데, 이 패러디가 잠정적이며 부분적인 것이라는 인상은 피하기 어렵다. '가타리'의 선형적인 이야기 서술은, 과거로부터 현재로 이어지는 언어의 선적 영속성이라는 상정을 필요로 했으며, 목소리의 이질성은 이러한 선형적인 이야기 서술에 흡수되고 있는 것처럼 보인다.

이 선형적 이야기 서술은 이야기의 진행이 여정과 겹쳐지는 여행담의 전체 구조에서 가장 명확하게 알 수 있다. 『도카이도 명승기』東海道名勝記와 같은 여행담뿐만 아니라, 바쇼의 『오쿠노호소미치』奧の細道, 사이카쿠의 『호색일대남』好色一代男도 문학 공간과 지리 공간을 서로 중첩시킨다는 원칙에 의거해 구성되고 있다.[8] 지명은 실제 지리적인 장소일 뿐만 아니라, 고전문학의 집성에 있어서의 장소(지방)도 가리킨다. 많은 사람들이 지적하고 있는 것처럼, 실제로 걷는 지리 공간과 독서행위에 의한 문학언어 공간의 접합과 혼합이 에도시대 전반의 생산을 계속 지배했다. 그러나 이 원칙은 확실히 변천을 거치고 있다. 17세기 대부분의 작품에서 지리 공간과 문학 공간이 포개지는 방식은 18세기 후반~19세기 초반의 것과는 분명히 다르기 때문이다.

문학 공간과 지리 공간의 결정적인 차이는 시간성의 구조, 시점의 편제양식, 관찰자 신체의 관여에 있다. 문학언어 공간이 오랜 역사 과정 속에서 구축된 두터운 침전층을 형성하고 있는 다수의 발화로부터 이루어진다는 점을 생각하면, 지리적인 장소가 문학언어 공간에 속하는 단어,

---

8) 에도시대 전기의 하이쿠 시인 마쓰오 바쇼(松尾芭蕉, 1644~1694)의 작품을 보면, 이미 인기를 끌고 있던 장르 하이카이 렌가(俳諧連歌; II부 5장 각주 2를 참조)의 숙성된 모습이 보인다. 이가(伊賀) 지방(현 미에현三重県)에서 태어난 그는 에도로 이사하기 전에 기타무라 기긴(北村季吟, 1624~1704)을 사사하여 하이쿠를 배웠다. 그는 에도에서 하이쿠 선생으로서 생계를 꾸렸고, 학생들과의 연고를 이용해 서쪽으로 교토, 나라, 오사카, 북쪽으로 센다이, 에치고 등을 여행했다. 주요 작품으로는 『오이노고부미』(笈の小文), 『후유노히』(冬の日), 『사루노미』(猿蓑), 『오쿠노호소미치』(奧の細道) 등이 있다.
이하라 사이카쿠(井原西鶴, 1642~1693)는 오사카에서 태어났다. 아마 상인의 아들이었을 것인데, 1665년에 가업을 포기하고 하이쿠 시인으로서의 명성을 쌓아 갔다. 최초의 산문소설 『호색일대남』(好色一代男)의 출판을 성공시킨 다음에 그는 직업 작가가 되었다. 그의 산문소설은 일반적으로 '우키요조시'로 분류되는데, 익살 부리는 노래를 부르는 하이쿠 시인으로서 많은 작품을 생산하는 성격과 고전적인 문학 양식이 결합되어 있다. 그 밖의 주요 작품으로는 『호색오인녀』(好色五人女), 『호색일대녀』(好色一代女), 『세상 사람 속셈』(世間胸算用), 『일본영대장』(日本永代藏) 등이 있다.

구, 작품에 의해 분류되고 정해지기 위해서 매개 기구를 형성하려면 적어도 두 가지의 절차가 포함되어 있을 것이다.

첫번째 절차는 진술의 선형적 전개이다. 여러 가지 시, 등장인물의 이름, 고전작품에 나타나는 이야기와 관련된 이미지는 갖가지 토지와 랜드마크를 가리킬 수 있다. 그러나 이들 문학 공간의 인상은 이미 언어표현의 형식이기 때문에, 물리적인 대상물처럼 존재할 수는 없다. 이와 같이 고전에 대한 참조를 환기시키고, 존재하도록 하기 위해서는 개별 발화parole로 실제 작동하여 언어화되어야 한다. 언어화가 문법적·서사론적인 일련의 규칙에 따라 단어와 발화를 선형적으로 배치하는 것은 피할 수 없다. 구두의 언어화든 쓰기에 의한 언어화든 상관없이 적어도 대부분의 경우는 단어를 크로스 퍼즐과 같이 조립할 수는 없다(이 장의 후반에서 언어표현 텍스트의 공간화가 다루어질 것이다). 다시 말해 고전의 원전을 참조하는 단어는 통사법을 따르게 된다. 그리고 그들 단어는 '전'과 '후'라는 특징을 가지는 연속적 순서로 나열되어 처음과 마지막을 가지는 이야기의 선형적인 성질 안에 위치지어질 것이다. 언어표현 작품인 한 그것을 순순히 듣거나 읽거나 하지 않으면 안 된다. 이런 까닭에 다른 선형 과정을 찾는 여행과 지리 공간은 매개 형식으로서 도움이 되며, 그것을 통해서 문학 공간과 지리 공간이 연결된다. 결국 자주 말해지는 것처럼 전근대의 많은 문학작품에는 실질상 모든 지명이 고전적인 연상으로 포화상태에 있었다. 17세기 작품에서 문학 공간과 지리 공간의 분리는 거의 존재하지 않았던 것이다.

두번째 절차로서 언어표현에 있어서 시점의 배제를 생각해야만 한다. 제6장에서 보다 더 상세하게 논하겠지만, 미우라 쓰토무가 제시한 그림표현은 반드시 사물과 사건을 일정한 시점으로부터 나타낼 수밖에 없다.[9] 하나 이상의 시점을 그림에 편입시키는 것은 가능하며 단일의 시점에 의거한 직선 원근법은 어떤 사회에서만 특징적인 관습인 것도 사실이다. 그러나 시점이 직선적이든 역전하고 있든, 복수의 시점을 가지든 그림표현은 그려진 대상이 보이는, 하나 혹은 복수의 시점을 나타낸다. 예를 들면 그림의 인물상은 앞이든 뒤든 혹은 그밖에 어디에서든 보여지고 있다. 고대 이집트 그림과 큐비즘의 그림과 같이 복수의 시점을 하나의 형상 안에서 통합시키는 것은 충분히 가능하지만, 극히 간단한 인물상의 스케치에서도 이미 그림을 보는 시각이 전제되고 있다. 시각표현의 원근법 성격에 대해서 언어표현 텍스트는 시점을 초월해서 그 기원의 상태를 계속 유지할 필요는 없는 것이다.[10]

표상하는 텍스트와 표상되는 텍스트

그렇다면 이와 같이 특징지을 수 있는 담론공간에서는 시각표현 텍스트와 언어표현 텍스트 사이에 어떤 종류의 상호텍스트적 관계가 가능할 것인가.

현재 가나조시로 분류되는 산문작품 중에는 『우키요모노가타리』와 『쓰유도노모모노가타리』와 같이 삽화가 있는 것도 있다. 18세기 후반의 대

---

9) 三浦つとむ, 『認識と言語の理論』, 第1部, 勁草書房, 1976, 25쪽.
10) 보리스 우스펜스키는 언어표현 텍스트의 시점의 구조에 대해서 썼는데, 그가 '시점'이라고 부른 것은 바흐친의 '폴리포니' 개념에 가까운 것으로, 거기에서는 다른 화자 내지는 다른 사회집단으로부터의 이질적인 목소리가 텍스트에 편입되고 있다. 텍스트 양식의 차이에도 불구하고 언어표현 텍스트와 그림표현 텍스트는 이종동형성(isomorphemes)을 공유할 수 있다고 해도 좋을 것이다. Boris A. Uspensky, *A Poetics of Composition*, trans. Valentina Zavarin and Susan Wittig, University of California Press, 1973; 川崎浹·大石雅彦 訳, 『構成の詩学』, 法政大, 1986[김경수 옮김, 『소설구성의 시학』, 현대소설사, 1992] 참조.

중적인 짧은 이야기와는 달리 이들 작품의 구술 부분은 상대적으로 자율성을 유지하고 있다. 즉 구술표현[11] 텍스트의 의미작용 기능은 대응하는 삽화의 참조를 필요로 하지 않는다. 이들 작품에서 삽화를 제거하더라도 줄거리를 좇는 것은 그다지 곤란하지 않을 것이며, 텍스트의 의미도 크게 변하지 않을 것이다. 그러나 앞 시대의 많은 에마키모노[12] 작품과 마찬가지로 시각표현 텍스트는 언어에 의한 해설에 어느 정도 의존한다. 『쓰유도노모노가타리』에서는 시각표현 텍스트에 서사 구조가 많든 적든 편입되어 있다는 인상을 피하기 어렵다. 구술 부분의 선형적 서술과 동조하기 위해서 시각표현 텍스트는 완전하게 비非선형적이지도 비시간적이지도 않고, 점진적으로 앞으로 나아가는 원칙에 따라 구성되어 있다. 그렇다고 해서 직선 원근법의 시점 규칙을 따르고 있는 것도 아니다. 본래대로라면 시간적으로 계속 일어나고 있을 많은 시점이 동시에 병존하기도 한다. 에마키모노 작품의 지면은 많은 부분으로 나누어져 각각 독자적인 시점으로 설정되어 있다. 이야기의 선형적인 성질이 일련의 순서로 이들 시점을 잇고 있으며, 그것에 의해 작품의 시각표현 텍스트와 구술표현 텍스트의 대응관계가 유지된다. 독자가 일련의 순서에 따라 삽화 우측으로부터 좌측으로 눈을 돌리면 그 순서는 이야기의 선형적인 진전과 일치한다. 즉 시각표현 텍스트는 **읽혀져야만** 한다. 독자의 시선이 서서

---

11) 'verbal'에 대해서는 문맥에 따라 여러 번역어를 사용하지 않을 수 없었다. 언어학에서의 문제와 관련해서는 '언어적'으로, 청자와의 관계와 관련해서는 '구두적'(口頭的)으로, 또한 필기도구와 타이프라이터에 의해서가 아닌 입을 사용해서 표현되는 것과 관련해서는 '구술적'으로, 나아가 혀와 입술을 직접 참조한 것과 관련해서는 일단 '변설적'(辯舌的)으로 번역했다.

12) 에마키모노(絵卷物)는 두루마기 형식으로 그려진 그림을 가리킨다. 글과 함께 그림이 그려져 있다. 9세기 무렵부터 14세기에 걸쳐 많이 만들어졌다. 내용은 경전을 그림으로 쉽게 설명한 것에서부터 모노가타리나 일기문학 등을 그린 것이 있다.—옮긴이

히 이동하는 것이 시각표현의 의미작용에서 불가결한 요소이다. 그러므로 에마키모노 작품의 시각표현은 구술표현 텍스트의 파생물이고, 구술표현 텍스트 다음에 오는 이차적인 것이라고 믿게 된다.

시각표현 텍스트와 구술표현 텍스트의 이러한 관계는 틀에 있는 그림과 문자로 쓰여진 타이틀의 관계와 정반대인 점을 주의하자. 근대 서양회화에서는 그 자체가 구술표현 텍스트인 그림의 타이틀은 대개의 경우 액자 위라든가 그림 외부에 위치한다. 근대 유럽에서 제작된 시각표현 작품 대부분에서 타이틀은 액자에 의해 표시되는 경계의 특권적인 시각 공간으로부터 배제되어 있다(이 점에서 그림 A, B, C는 각각 다른 방식으로 틀을 만드는 장치에 간섭하는 것으로 '보는 것과 읽는 것의 제도'가 이미 논한 바와 같이 오늘날 일본을 포함해서 '근대 서양에서 어떻게 구축되어

왔는가'라는 암묵적 이데올로기의 전제를 폭로하고 있다). 아주 흥미로운 것은 『쓰유도노모노가타리』의 그림표현은 근대 서양회화의 타이틀에 상당하는 역할을 수행하고 있다. 어느 쪽의 경우에도 서로 다른 두 텍스트의 관계는 한쪽 텍스트가 다른 쪽 텍스트의 종속으로 정의된다. 한쪽 텍스트는 다른 쪽 텍스트를 설명하고 요약하며 모방하고 번역하는 것인데, 그와 같은 작업은 표상된 텍스트의 풍요로운 성격을 나타내는 데에는 충분하지 않다. 기본적으로 그 관계는 주主텍스트와 그 대리표상이 분명한 종속관계로 결합되어 있는 재현/표상의 대응관계이다. 그러므로 표상하는 텍스트는 표상되는 주요 원초적 텍스트에 수반하는 일종의 기생적 존재가 된다.

『쓰유도노모노가타리』에서 삽화는 구술표현 텍스트가 이야기하는 것을 설명하고, 구술표현 텍스트와 동조하기 위해서 구술표현 텍스트의 서사성을 시각의 구성체 양식에 편입시키고 있다. 게다가 이 작품 안에서는 구술표현 텍스트를 시각표현 텍스트로 바꾸어 놓는 시도가 이루어지고 있다. 여기에서 이용되고 있는 '표상'이라는 용어는 이 치환 관계를 나타낸다. 원原텍스트에 의미하고 있는 모든 것을, 종속하는 텍스트로 옮겨 놓을 수는 없다. 다른 표상 형식에서는 번역 불가능한 부분이 항상 존재할 것이다(번역translation, 전사transcription, 전이transfer와 같은 모든 비유적인 용어는 어느 텍스트의 표면으로부터 다른 것으로 이동하는 어떤 종류의 존재가 있다는 것을 암시하지만, 그것은 특정한 물리적 형식으로부터 독립하고 있다. 그처럼 유령과 같은 것을 진지하게 논할 수 있겠는가. 이 사실이 전이-번역의 문제와 밀접하게 관련을 맺고 있다는 것은 말할 것도 없다). 그러나 두 개의 이질적인 텍스트를 연결하는 이러한 종류의 관계는 하나의 텍스트를 다른 텍스트로 치환할 수 있는 것을 전제로 하며, 두 텍스트가 관계를 맺게 됨으로써 어느 쪽에도 속하지 않는 의미작용의 잉여가 발생하는 것이 아니라, 각각의 텍스트가 고유하게 독립한 의미, 혹은 의미작용이 있다는 것도 전제로 하고 있다. 이 상호텍스트성 양식을 특징짓는 것은 첫째로 두 텍스트의 상대적인 자율성, 둘째로 두 텍스트의 분리이다. 텍스트는 간접적으로 생명을 불어넣거나 왜곡해 버리는 외부 혹은 지평 등이 없이 출현한다. 구술표현 텍스트와 시각표현 텍스트가 결합해도 통합적인 전체는 만들어지지 않는다. 통합적인 전체는 의미를 갖는 어느 한쪽 텍스트로 환원될 수 없다. 두 텍스트의 대응 관계는 인접해 있어 공유하는 이야기의 선형적인 성질에 의해 조화될 수는 있어도 철저하게 분리된 채로 있다. 이러한 의미에서 『쓰유도노모노가타리』, 일반적으로 말하면 17세기의 담론공간에서는 이질적인 양식의 텍스트가 서로 만나는 일은 진실로 없었던 것이다.

어떤 상황에 적합한 텍스트와 적합하지 않은 텍스트

연극적 상황과 담론에 인간의 신체가 등장한 중요한 이유가 여기에 있다. 이미 제시한 바와 같이 이토 진사이는 언어표현이든 비非언어표현이든 갖가지 텍스트가 발화행위를 참조해서 파악되는 새로운 표현형식을 목격했던 사람이다. 이와 같은 새로운 배치가 담론에 도입됨으로써 언어표현 텍스트, 특히 쓰기는 자율적인 의미를 유지하기에는 너무나 불완전하며 부적절하다고 여겨졌다. 쓰기의 충분한 표현을 위해서는 언어표현 텍스트는 비언어표현 텍스트를 참조해야만 한다고 생각하기에 이르렀다. 이 점에서 17세기와 18세기 간에 경계가 생긴다고 말할 수 있을 것이다. 이와 같은 변화가 일어나기 이전에 언어표현적 진술은 독립한 것 자체로 완결된 것으로 지각되었다. 이와 같은 담론공간에서는 상호텍스트성은 주로 언어표현 텍스트, 특히 쓰기 텍스트 안에 존재했다. 더 정확하게 말하면 비언어표현 텍스트도 쓰기 모델로 이해되었다. 이러한 의미에서 세계는 여러 가지 쓰기의 병존으로 성립하는 것처럼 보여 언어표현 텍스트와 비언어표현 텍스트, 말과 지각 사이에 단절은 없었다.

그러나 새로운 담론공간에서는 텍스트가 만들어지거나 혹은 독서행위를 통해서나 구체화된 발화행위 상황에서 텍스트가 관여하여 그 완결성을 잃으며, 텍스트는 자신의 외부를 암암리에 참조해야만 했다. 여기서 문제가 되었던 것은 역사성이라는 일반적인 물음이다. 발화행위라는 개념의 도입과 함께 발화를 '대화의 심급'으로 이해할 가능성이 생겼다. 그러나 발화를 '대화의 심급'으로 언급하는 상황은 지평으로서 한정되어 있으며, 그 상황 자체는 암묵적인 것으로 막연하게 존재했고, 지평의 자격에서만 말할 수 있는 이상, 상황이 주제화되는 일도 대상화되는 일도 없었다. 틀짜기에 의해 주제적으로 한정되는 것과 대조적으로 상황은 그와 같은 틀짜기로부터 계속 배제될 것이다. 주제화의 외부에 남아 그 둘레, 외부의 지점으로 계속 있는 한에서만 상황은 지평, 장면, 배경일 수 있다. 주어진 환경에 의해 텍스트의 의미가 결정되는 한, 텍스트의 구체화는 상황에 의한 암묵적인 속박으로부터 벗어날 수 없다. 그러나 발화와 상황의 관계가 단순히 자의적인 경우도 쉽게 발견된다. 왜냐하면 주어진 상황과 전혀 관계가 없이 발화하는 일도 있을 수 있기 때문이다(오규 소라이와 관련해서 논의하겠지만, 어떤 상황에서 그 장소에 적합하지 않은 발화와 적합한 발화의 문제는 더 정합적으로 정식화될 필요가 있다). 더욱이 상황에는 무한개의 측면이 있으며, 그것은 항상 행위와 상관하고 있다. 상황은 의미의 화용론적 조건인 것이다. 상황 자체가 발화의 의미를 결정하는 데에 계속 참여하고 있을 때, 어느 측면이 중심적이며 어느 측면이 비활동적인가, 이것이야말로 실제 언어표현 텍스트와 상황의 병존에 의해 생기는 '의미작용 과정'의 문제이다. 의미작용 과정이라는 용어는 발화행위의 행위자를 주제의 지점으로서 위치짓고, 명제의 주제와 일치시키는 의미작용 과정을 가리키는 신조어다.[13]

'상황'이라는 개념을 명확히 할 경우 필연적으로 두 가지 곤란한 점이 동반된다. 우선 논의의 편의를 위해 상황과는 독립해서 텍스트를 고찰할 수 있다고 한다면, 텍스트는 격리할 수 있고 동일화할 수 있는 존재로 간주될 수 있어야만 할 것이다. 그러나 이것은 무의식중에 텍스트를 발화된 말로 이해한다는 것을 의미하지 않을까? 실제로 텍스트와 발화된 말의 동일시가 전통적인 텍스트 사고방식에서는 존재했었다. 그 이유는 발화행위를 통해서만 텍스트는 상황과 결부되는 데에 비해서, 발화된 말에서 텍스트를 생각하는 것은 텍스트가 반복 가능하며 동일시 가능한, 즉 상황으로부터 독립하고 있다고 주장하는 것이 되기 때문이다. 그래서 상식적인 용법에서 텍스트는 '쓰기'나 문헌을 말하며, '쓰기'는 처음부터 상황으로부터 독립한다고 생각되었다. 그러므로 이 단계에서 텍스트와

---

13) '의미작용'과 '의미작용 과정'의 차이에 관한 논의에 대해서는 Julia Kristeva, *La révolution du langage poétique. l'avant-garde à la fin du XIXe siècle, Lautréamont et Mallarmé*, Seuil, 1974; 原田邦夫 訳, 『詩的言語の革命──19世紀の前衛, ロートレアモンとマラルメ』第1部, 勁草書房, 1991[김인환 옮김, 『시적 언어의 혁명』, 동문선, 2000]과 Émile Benveniste, "Sociologie de la langue", *Semiotica* 1, 1969(1-12), pp.127~135를 참조. '의미작용'(signification)에서는 '발화행위의 주체'(the subject of enunciation)와 '발화된 말의 주어'(the subject of the enunciated)의 일치는 형식적으로만 결정된다. '의미작용 과정'(signifiance)은 주제적으로 파악된 혹은 자각적으로 파악된 자기가 어떻게 해서 의미작용에서 주어로서 정립될까에 관한 개념으로 자기가 발화행위에서 주어로 동일시될 때까지의 과정을 의미한다. 말할 것도 없이 의미작용 과정은 의미작용의 형성 과정으로서 자크 라캉이 도입했던 용어이며, 거기에서는 주어 - 주관 - 주체의 형성이 중심적으로 문제가 된다.

상황의 관계를 논의하는 것은 요점에서 빗나간다. 그러나 다른 한편으로 텍스트를 발화된 말로 친다면 텍스트와 상황의 관계를 발화행위의 위상에서도 말할 수 없게 된다. 텍스트의 동일성이자 텍스트로서의 동일성이기도 한 의미작용은 발화행위의 단계에서는 아직 형성되어 있지 않기 때문이다.

이와 같이 의미작용 과정에서 텍스트로부터 발화행위 상황에 대한 원초적 의존 관계를 빼앗음으로써 텍스트가 발화된 말로 구성되는 것이 명확해질 것이다. '상황'이라는 개념을 엄밀하게 함으로써 필연적으로 이 개념에 내재하는 양의성이 개시된다. 결국 상황이라는 개념이 초역사적이면서도 일반적으로 적용 가능하다는 논리적인 필연성은 발견할 수 없다. 즉 어떤 종류의 담론구성체는 상황 개념을 허용하지만, 다른 담론구성체는 상황 개념을 허용하지 않을 것이다. 무대 설정이라는 물리적인 배치로서가 아니라, 발화행위로서 미리 이해된 행위[14]와의 상관관계에서 상황을 엄밀하게 이해하는 한, 상황은 '대화의 심급'으로서 이해되어야 한다. 이런 까닭에 나의 논의에서는 '대화의 심급'에서 유래하는 상황 개념은 역사적인 한계를 짊어지고 있지 않으면 안 된다.

상황은 그 정의로 말해도 주제적으로 특정할 수 없는 것이므로 역사적인 소여, 현재 다루고 있는 18세기의 담론과 같은 특정한 역사적 담론에서 고유의 실정성으로서 상황을 받아들일 수밖에 없다. 어떤 종류의 담론공간에서(예를 들어 앞으로 다루는 18세기의 담론공간에서는 타당하지만, 17세기의 담론공간에서는 타당하지 않은 것처럼), 의미는 텍스트 자

---

14) 직접적인 행위와 간접적인 행위의 차이라는 점에서 보자면 행위는 항상 의미작용에 침투되고 있다. 판단과 발화로 변환할 수 없는 행위는 처음부터 행위라고는 부를 수 없다. 이 문제에 대해서는 나중에 다루겠다.

체로서가 아니라, 상황과의 관계에 내재하는 것으로서 이해되기 때문에 텍스트의 '의미'로서 결정되어 내재하고 있는 것처럼 보이는 것은 실제로는 부단하게 변화하는 상황과의 상관관계로 생각될 것이다. 이때 텍스트는 역사적으로 소여의 한계를 넘을 수 없으며, 그러므로 어떻게도 그 역사성을 넘을 수 없는 것으로서 이해될 것이다.

18세기의 담론을 지배하고 있었던 역사에 대한 관심은 이러한 특수한 구성체로부터 발생했다. 역사와 담론의 문제에 대해서는 나중에 논하기로 하고, 당분간은 18세기의 작자들이 발화와 상황 사이에 존재하는 절대적인 자의성을 처리하기 위해 이용한 수법을 검토해 보자.

어떤 쓰기가 전혀 적합하지 않은 상황에 놓여 그것에 의해 의미작용의 잉여를 만들어 내는 일은 가능하다. 이와 같은 수법은 18세기 후반의 단편(짧은 이야기) 작가가 기성 장르의 분류 양식을 낯설게 하기 위해 이용했던 전략이었다. 그들 작품은 역사성의 문제를 명확하게 규정하고 있지 않았지만, 그들의 발상을 주도하며 지배하는 규칙은 그 안에서 역사주의자의 담론과 동일한 문제를 안고서 발화와 상황 사이의 자의성이라는 문제를 야기하고 있었다. 이 문제를 낳게 한 담론의 규칙은 다음과 같이 정의될 것이다.

텍스트를 어떤 상황에 둘 때에는 절대적인 자유가 있다. 예를 들어 "지금 비가 오고 있다"라는 진술은 언제라도 어디에서라도 발화될 수 있다. 분명히 결코 농담을 하지 않는 진지한 화자가 실제로는 맑게 개어 있는데 이와 같은 말을 하는 일은 없다고 주장할 수 있지만, 이 화자가 그 누구도 날씨 이야기에 흥미를 가지지 않는 상황에서 이 대사를 말하는 일도 있을 수 있다. 언어행위 이론가가 주장하는 것처럼 언어행위는 언어행위에 있어서 타당한 상황과 화자의 성실함을 미리 전제하고 있다.

그럼에도 불구하고 전혀 적합하지 않은 상황에서 어떤 진술이 발화될 수 있는 가능성은 당연히 있다. 그 경우에 어려운 문제를 일으킨다. 어떤 텍스트는 발화된 말로서 어떠한 형태에서 발화행위로부터 분리되었기 때문에, 사람은 아무래도 원초적 장면과 원초적 의도를 추적할 수 없게 된다. 이것은 단지 과거의 의도가 계속 유지되고 있지 않다든가 발화의 상황이 역사적 시간의 경과와 함께 소실되었기 때문이 아니다. 오히려 발화된 말의 반복 가능성은 장-폴 사르트르Jean-Paul Sartre가 '망령된 믿음'妄信이라고 이름 붙인 것에 의존하고 있다. 반성 이전의 의식이 의식의 범위를 넘어 버렸을 때에만 텍스트는 발화된 말, 반복 가능한 진술로서 드러난다. 더욱이 조금 전에 "오늘은 맑게 개어 있다"라고 말하는 것이 타당했다고 해서, 시간이 경과한 지금도 그렇다고 말할 수는 없다. 역사적인 시간은 항상 발화의 신빙성과 정당성을 침식하고 있다.

이러한 논의에서 '동일한' 발화라고 하는 관념에 의존해야 했던 것을 깨닫는 사람도 있을지 모른다. 발화의 동일성은 발화의 발화된 말로서의 견지에서 정의되고 있다. 즉 발화를 알려면 발화행위의 과정을 살펴보지 않으면 안 되며, 그 결과 발화행위가 수행되어 발화행위의 주체와 진술 사이의 원초적인 유대가 단절되어 발화행위에 있어서 누군가에게 이야기했다고 상정된 존재가 상실되는 과정을 다시 살펴보아야만 한다. 그러나 이러한 과정이 수행되었을 때에만 진술의 '동일성'을 미리 이해할 수 있다. '대화의 심급'에 대한 고집이 단절되지 않는 한 발화의 동일성과 그 상관물로서의 상황에 대해 말할 수 없다는 것이다.

여기에서 이야기되고 있는 의미작용 과정의 문제를 다시 한번 살펴보자. 의미작용 과정은 마치 의도로부터 발화로, 그리고 발화된 말에 이르는 일련의 진전하는 단계를 차츰차츰 밟아 가는 과정으로서 이해될 수도 있을 것 같다. 발화행위의 단계에서 화자는 자신의 발화행위에 현전하고 있는 것이 된다. 그러나 동시에 발화행위를 '슈타이'나 '발화행위의 신체'와 (발화행위의 주어나 주제가 회복 불가능할 때까지) 분리한 것에 대해서 부차-주변적인parergonal 균열의 출현이라고 해석할 수도 있다. 발화행위의 주체와 신체는 분리되어 있다. 발화행위는 틀짜기이며, 분리하는 것이며, 구분하는 것이기도 하다. 그러므로 발화행위에 의해 실제로 작용되어 정립된 의미를 구분한다거나 틀짜기 이전 단계까지 추적할 수 없다. 왜냐하면 의미는 틀짜기에 의해 틀짜기를 조건으로 하여 생산되는 것이기 때문이다. 그러나 우리는 상식적으로 발화행위를 이해할 때에 대개 발화된 말의 의미와 동일하다고 여겨지는 화자의 의도를 가정한다. 의미의 부차-주변적 생성의 관점에서 보자면 의미는 발화행위 뒤에 온다. 다른 한편 단계 자체의 관점에서 보자면 의미는 발화행위의 앞에 있게 된다. 그럼 이와 같은 역설은 어떻게 가능한 것인가? 발화의 동일성의 근원으로서의 발화된 말에 있어서 의미는 발화행위에 앞서서 나와야만 한다. 즉 발화행위 앞에 이미 존재하고 있는 것으로서 생산되어야만 한다. 다시 말해 의미 그 자체의 선행성도 역시 발화된 말과 함께 생산되어야만 한다. 말할 것도 없이 여기에서 문제는 이 책에서 (대문자)타자로서 나타냈던 것과는 달리, 오히려 라캉의 예처럼 (대문자)타자에 의해 문제화된[15] 원초적 반복에 관한 문제이다. 이러한 문제가 다루어져야 하는 것은 사회제도의 객관성이 발화행위에 있어 주체의 분열을 상정하고 있다는 것을 밝혀 주고 있기 때문이다. '내가 말했던 것'에서 '나'를 떼어 내

---

15) Jacques Lacan, *Ecrits*, trans. Alan Sheridan, Norton, 1977, pp. 292~325(*Écrit II*, Seuil, 1966, pp. 151~191; 佐々木幸次 ほか訳,『エクリ』II, 弘文堂, 1977, 163~192쪽) 참조.

어 분리하지 않는 한 '나'는 사회적 책임의 (응답 가능한) 방식으로 타자와 관련을 맺을 수 없다. 그러므로 '의미작용 과정'은 의도로부터 발화된 말로의 전진 과정을 의미하는 것이 아니라, 발화행위의 신체인 슈타이가 달아나 버려 부차-주변적인 균열이 만들어지는 과정을 의미한다.

그러나 어떻게 우리가 한 텍스트가 상황에 적당하게 관계하고 있는지 그렇지 않은지 결정할 수 있을까? 실제로 텍스트를 어떤 상황에 두어, 그것에 의해 적절한 의미작용 과정을 획득하려는 중개자란 무엇이란 말인가?

신체행위와 언어행위적 상황

'상황'이라는 용어가 현대 물리학에서 말하는 익명의 빈 공간이 아니라, 행위가 발생하는 장소를 나타내는 것임에 유의해 두자. 행위의 수행자를 참조하지 않으면 '상황'이라는 용어는 단지 공간에 불과할 뿐이다. 즉 '상황'은 행위 수행자들이 행위를 하는 공간이다. 이 점에서 이 용어의 연극적인 함축을 부정할 수 없다. '상황'은 행위(=연기)의 수행자, 즉 사람의 신체를 일부 포함하고 있는 어떤 총체이다. 행위자(=연기자)[16]의 신체(=물체)는 주어진 공간에 생명을 부여하며, 그것에 의해 그 공간을 상황으로 변화시킨다. 그들의 신체는 일정한 용적을 차지하며 그 공간에 존재하는 다른 물리적인 대상물과 공존한다. 그러나 행위자의 신체는 단지 그 공간 속에서 병존하는 대상물이 아니며, 환경을 자기들의 행위의 축에 따라 방향짓는 특권적인 존재이다. 익명이고 중성적이던 물리적 공간

---

16) 행위자(actor)는 동시에 연기자(actor)라는 것을 강조해 두겠다.

에서 인간의 신체는 감각-방향성을 도입한다. 특히 이들의 특권적인 물체는 발화를 만들어 내며 서로 말로 소통할 수 있다. 인간의 신체를 통해서 언어는 상황과 결합된다.

　이런 맥락에서 발화는 무엇보다도 우선 신체적인 행동으로서 간주되며, 특정 시간과 장소에서 일어나는 **사건**으로 간주될 수 없음을 강조해 두어야겠다. 어떤 상황에 있어서 사건으로서 이해될 때 언어표현적 텍스트는 그 때문에 동시에 신체행위적 텍스트이기도 하다. 그러나 간단하게 표시할 수 있는 것과 같이 신체적인 움직임으로서 이해되는 텍스트는 행위자의 신체 이외의 대상물과도 관계하고 만다. 예를 들어 어떤 행위자가 한 잔의 물을 마시려고 한다고 하자. 그 신체의 움직임이라는 텍스트는 이미 책상 위 컵의 존재, 책상과의 거리, 컵을 손으로 잡기 위해 손을 뻗어야만 하는 거리 등의 참조점을 포함하고 있다. 즉 상황과 행위자의 의도를 이해하기 위해서는 행위자의 움직임과 관련하는 사물로서 대상물을 인식하지 않으면 안 된다. 동시에 "나는 책상 위의 컵에 든 물을 마시고 싶다"가 아니라 "물"이라고 하는 한 마디밖에 표현하지 않았다 해도, 행동하고 있는 것이나 행동하려고 하는 것은 그 신체의 움직임과 상황이 구성하는 것에 의해 명확하게 표시된다. 그러므로 행위자의 신체는 어떤 상황의 측면에 초점을 맞춘다. 그렇다면 이번에는 이렇게 나타난 측면이 행위자의 움직임과 발화의 의미-방향성의 가능성을 한정한다. 바꿔 말하면 행위자의 신체가 주어진 공간 내에서 대상물의 방향을 정하고 구성하며, 그것에 의해 언어행위 상황을 형성하면, 이번에는 그 상황이 역으로 신체의 움직임에 의미-방향성을 발생하게 한다. 이것이야말로 어떤 텍스트가 언어행위 상황과 관련을 맺는 지시의 원초적 구조이다. 이와 같은 문맥 아래에서는 행위자의 신체는 언어표현 텍스트와 상황을 통합하는 매체이다.

이 점에서 중요한 것은 존재론적으로 인간의 신체를 어떻게 한정할 것인가이다. 여기에서 신체란 단순한 존재물도, 상황이 그 주위에서 구성되는 자아의 극도 아니다. 신체는 상상적 전이의 장이기도 하다. 행위자의 시점은 행위자 자신의 신체에 위치를 부여받고 있으며 원칙적으로 자기 자신의 신체를 볼 수는 없지만, 행위자를 보는 관찰자의 시점에 의해 상상으로 대신할 수 있도록 되어 있다. 행위자는 자기가 행하고 있는 것을 **알고 있다**고 생각한다. 즉 자기가 타인의 눈에 어떻게 비쳐지고 있는가를 느낀다고 생각한다. 나는 나 자신이 무엇을 행동하고 있는가를 나 이외의 시점에서 볼 수 있다고 생각하며, 나의 행동을 알고 있다는 것은 이와 같이 타자의 시점에서 자기의 행동을 이해받을 수 있다고 하는 전이를 상정하는 것에 불과하다. 더욱이 이러한 전이에 의해 타자의 행동을 모방할 수 있게 된다는 점을 잊어서는 안 될 것이다. 단지 행위자를 보고 있을 때조차 관찰자 자신이 동일한 행동을 잠재적으로 재연하는 일은 가능하며, 사람의 신체는 행위자의 행동 궤적을 탐구하고 있다. 타자의 행위에 대한 인지에는 관찰자의 재연 가능성이 포함되어 있다. 그러므로 인지는 모방에 의거한다(타자의 행동을 미리 이해하는 바탕에 리듬의 문제가 있는 것은 이 때문이다). 실제로 전이적 재중심화transferential recentering 의 작용은 상황의 현실로의 참여와 구별되는 의미에서 상황으로의 상상적 참여, 혹은 더 정확하게 말하면 잠재적 참여가 무엇을 의미하는가를 정의하고 있다고 말해도 좋을 것이다. 그러므로 전이적 재중심화에서 행위자는 자기가 행동하는 것을 알고 있다고 **생각하고 있는 것**에 불과하다. 즉 전이적 재중심화는 사색이나 상념에서만 가능하다. 이토 진사이가 철학적 수법으로 밝히려 했던 것과 같이 시점의 상호적인 공유는 사회성과

'정'情의 존재 때문에 결코 완전하게 달성되는 일은 없다. 행위를 실제로 작동시킴으로써 행위자의 상정된 자기 이미지가 위험에 처하게 되기 때문에 실제로는 재중심화가 아니라 탈중심화가 발생한다고 하는 의미에서 '정'은 인간의 신체에 머무는 사회성이다. 그야말로 이 점에서 재중심화가 아니라 '탈중심화의 중심'으로서의 신체는 가시성의 실천계와 현상학적인 음영 원근법의 위치의 네트워크 안에 받아들여지는 일은 없었다. 더욱이 자기 신체의 거울 영상은 상호적인 시점의 네트워크로 유지되고 있기 때문에 탈중심화의 중심으로서의 신체, 즉 발화행위의 신체로서의 슈타이는 필연적인 가시성의 실천계로서 구성된 자기 이미지를 변형하도록 작동한다. 그러므로 슈타이는 주체성-종속성을 변화시키는 행위자이다. 그러나 슈타이는 그 형상이 주어진 가시성의 실천계의 구조로서 개시되는 것과 같은 존재자가 아닌 점에 주의하자. 슈타이는 스스로가 주어진 담론으로서 해결할 수 없는 문제 기제에 속하는 것을 암시하며 유도하는 존재인 것을 우리에게 알려 준다. 그렇다면 18세기 담론공간에서 성誠, 직접성, 체험적인 지식과 같이 반복해서 논의되었던 사항이 이미 (상황으로의) 참여의 문제를 둘러싸고 전개되어야만 했던 것은 왜일까를 알 수 있을 것이다.

이 점에서 하나 더 주목해야 하는 것은 발화행위 담론의 도입이다. 사람의 신체에 의해 텍스트의 언어행위 상황에 있어서 투묘점이 주어졌지만, 이 투묘점은 부동의 안정된 비시간적인 지점이 아니었다. 이것은 공간적인 '제로지점'이며, 행위의 의미를 결정하는 시간적인 초점이기도 하다. 사람의 신체가 언어행위 상황으로 연출되며, 거기에서 사람이 연기하는 한 행위자의 신체는 계속적으로 '지금'과 '여기'의 원초적 결정을 공급하고 있다. 그러므로 인간의 신체를 둠으로써 그 공간은 동시적으로 조직된다. 즉 사물은 시간적 관점으로부터 보였던 사람의 행위의 상관물로서 서술된다. 그러한 사물은 만약 행위자의 신체와 특별한 관계가 없었다면 부여되지 않았을 성질을 받아들이게 된다.

예를 들어 화자의 신체가 언어행위 상황에서 A, B 쌍방과 일정한 관계가 형성되면 "대상 A는 대상 B의 우측에 있다"고 말해도 전혀 의미가 없을 것이다. A와 B의 공간적 관계는 A, B의 속성이 아니다. 마찬가지로 행위자가 목이 타듯이 갈증을 느끼지 않는 한 "책상 위에 있는 컵의 물은 매우 차가울 것이다"라고 말할 때의 발화자의 정동^{情動}의 강함을 이해할 수는 없을 것이다. 현재의 목마름으로부터 미래의 행위가 발화자를 구원해 줄 가능성이 이해되지 않으면 이 발화의 간절함(깊은 의미)을 알았다고는 할 수 없을 것이다. 실제로 주어진 상황의 깊은 의미와 '현실미'는 행위자의 언어행위 상황으로의 참여와 상관관계에 있다. 이러한 의미의 '현실미'와 깊은 의미는 행위자의 발화행위를 특징짓는다.

발화된 말이 주어와 상황의 분리를 전제하고 있는 것에 비해 발화행위는 역으로 주체가 그 환경과 섞여 언어행위 상황에 완전하게 통합되고 있다는 상상의 상태를 나타내고 있다고 생각해도 좋을 것이다. 이러한 의미에서 언어표현 텍스트는 그것이 발화행위인 이상 필연적으로 비非언어 텍스트와 오버랩된다. 발화행위인 한 발화는 신체적인 움직임의 측면을 가지지 않을 수 없다. 즉 발화된 말에서는 무시되었던 몸짓 텍스트, 부수하는 억양, 리듬, 그 외에 텍스트의 물질성의 정서적 특질을 발화는 맡게 된다. 이와 같이 화자를 발화행위와 연결하는 기능을 가진 인간의 신체를 도입함으로써 언어행위 상황이 출현하며, 화자는 발화행위와 특정한 관계에 있게 된다. 발화된 말이 발화행위로 환원된다면 담론공간에서는 새로운 실정성의 배치가 나타나며, 거기에서 발화는 '지금, 여기'와 결부되어 지각과 담론은 서로 새로운 관계를 맺게 된다.

그러나 이와 같은 발화행위의 도입은 근대 인식론에서 공식화되어 있는 것과 같은 주관성의 구성에까지는 도달하지 않았다. '내적인 의도'와 '외적인 표현'이라는 문제는 일어나지 않았고, 그 때문에 이러한 담론에서는 다른 자아^{alter ego}의 아포리아는 부재한다. 다만 송리학과 같은 '초월주의자'의 논의에서 현대의 유아론과 닮은 종류의 아포리아를 알아챘던 사람이 없었던 것도 아니다. 역시 이러한 담론에서 '타자의 마음'이라는 철학적인 문제를 발견할 수도 없다. 그 이유는 그야말로 개인이 내적인 의식으로부터 이해되는 일이 없었기 때문이다. 알프레드 슈츠^{Alfred Schutz}가 제시한 바와 같이 일단 마음의 내면성이 규정되면 타자의 동기를 이해하는 일은 이론적으로 불가능하다. 근대 인식론에서 주관(주체)은 존재론적 특권을 부여받고 있으며, 자기로의 현전이 최종적인 명증성의 기반이 되기 때문에, 근대의 인간은 자기 자신이 무엇을 바라며 무엇을 의도하고 있는가를 완전하게 알 수 있다고 한다. 자기 자신으로의 무매개적인 현전과 비교해서 타인의 의도는 항상 은폐되어 간접적으로밖에 접근하지 못한다. 현상학 특히 후설의 현상학에 있어서 타인의 마음과 의도라고 하는 아포리아의 존재는 실제로 현상학에 의한 인간의 자기 자신의 의식에 부여된 존재론적 특권에 어울리는 것이다.[17] 근대 인식론

---

17) E. Husserl, *Cartesian Meditations*, trans. Dorion Cains, Nijhoff, 1960(*Cartesianische Meditationen und Pariser Vortäge*, Strasser, 1950, 2. Aufl., 1963; 船橋弘 訳, 「デカルト的省察」, 『ブレンターノ/フッサール』, 世界の名著 51, 中央公論社, 1970). Alfred Schutz, *The Phenomenology of the Social World*, trans. George Walsh and Frederick Lehnert, Northwestern U. P., 1967(*Der sinnhafte Aufbau der sozialen Welt*, Springer, 1932; 佐藤嘉一 訳, 『社会的世界の意味構成』, 木鐸社, 1982)을 참조. 다른 자아를 문제화한, 후설이 주장했던 의식의 내면성은 비판되어야 한다. 그러나 타자는 '이해'할 수 없다는 사실에 주의를 기울이려 했던 노력은 (대문자)타자의 문제에 대한 대단히 중요한 단서였다고 보아야 한다.

과 송리학과 같은 독화론적monologic 철학은 같은 문제에 대한 두 종류의 반응으로서 이해할 수 있을 것이다. 유아론을 피하기 위해서 이 두 가지는 인간 각각에 존재론적인 전지적 보증을 부여하지 않으면 안 되었다. 그 결과 양자 모두 (대문자)타자의 타자성을 잃고 독화론적인 닫힌 영역에 스스로를 가두지 않으면 안 되었다. 신체행위와 언어행위 상황의 문제에서 우리가 직면해야만 했던 것은 **행위자의 의도는 관찰자에게 불투명하다는 것과 마찬가지로 행위자 자신에게 불투명하다**고 하는 인식이다. 이제까지 거듭 논의했던 것처럼 이 불투명함을 발생시키는 타자의 타자성은 신체의 텍스트적 물질성으로부터 발생하는 것이며, 개인의식의 내면성에서 발생하지 않는다.

신체 행위가 가지는 타자성은 미셸 푸코가 외부성이라고 부른 차원에 속해 있다.[18] 의도는 항상 행위자 의식의 외부에 있다. 실제로 이 때문에 신체 행위는 텍스트로서 이해되어야만 한다.

그렇다면 어떻게 하면 신체적 움직임의 텍스트와 시각표현 텍스트, 신체적 움직임의 텍스트와 언어표현 텍스트를 구별할 수 있을까? 혹은 어째서 구별할 수 없는 것일까? 마찬가지로 어떻게 하면 주어진 담론공간에서 여러 텍스트를 상호텍스트적으로 한쪽을 다른 쪽으로 변형하거나, 다른 한쪽을 한쪽에 참조시키는 규칙성을 발견할 수 있을까?

신체행위와 언어적 발화의 차이화에 많은 레벨이 있는 것을 이해하는 데에는 이렇다 할 노력이 필요하지 않다. 언어표현은 입술, 입, 얼굴의 근육, 신체 전체 등 신체기관의 움직임에 의해 이루어지는 한에서 동

---

18) Michel Foucault, *The Archaeology of knowledge*, trans. A. M. Sheridan Smith, Tavistock, 1972(*L'archéologie du savoir*, Gallimard, 1969; 中村雄二郎 訳, 『知の考古学』, 河出書房新社, 1970).

시에 신체행위이기도 하다. 예를 들어 언어표현 텍스트와 시각표현 텍스트는 보리스 우스펜스키가 '시점'이라고 부른 시간성과 원근성의 구조에 의해 어느 정도 개념화될 수 있다는 것은 분명하다. 사실 이들의 특색을 자세하게 말함으로써 에도시대 일본의 모든 담론에 있어서 텍스트의 유형학을 확립할 수 있을지 모른다. 그러나 또 다른 레벨에서는 언어표현 텍스트와 시각표현 텍스트는 서로 섞여 있으며, 종류가 유사한 기능을 수행하고 있는 데에도 주의해야 한다. 이미 지적했던 것처럼 일반적으로 말해도 서예와 쓰기는 동시에 언어표현적이기도 하며 시각표현적이기도 하다. 동시에 구두 발화는 언어표현적이기도 하며 행위적이기도 하다. 그러므로 텍스트의 유형학은 필연적으로 상호텍스트적 중층성의 개념에 도달하지 않을 수 없다. 어떤 종류의 텍스트의 특색에 부수하고 있는 것처럼 보이는 특징은 다른 종류의 텍스트에서도 볼 수 있을지 모른다. 그리고 텍스트의 분류가 그것과 다른 별개의 분류와 대립하는 한, 그것은 특수한 종류의 텍스트로서 인정된다. 그러므로 범주 간 대립의 기구가 알려져 있지 않으면 텍스트의 분류도 불가능할 것이다.

연극적 행위가 18세기 담론공간의 중심적인 위치를 차지하게 되는 것은 이러한 문맥에서이다. 연극적 실천이 가장 복잡한 텍스트 형식의 하나인 것은 틀림없다. 연극적 실천은 시각표현이기도 하며, 동시에 언어표현이기도 하며, 동시에 몸동작에 의한 표현이기도 하다. 연극적 행위에서는 공간 표현 양식과 시간 표현 양식 쌍방이 포함되어 있다. 시간적으로 전개됨과 동시에 연극적 실천은 장면에 있어 '사물'일 뿐만 아니라 하나 이상의 행위가 동시적으로 발생하는 것을 포함할 수 있다. 연극적 실천에서는 단일 화자의 목소리와 선형적인 표현에 관한 문제가 아주 복잡한 양상을 띠지 않을 수 없다. 왜냐하면 이질적인 요소가 주어진 상황의 의미 생성 장치로 통합되기 때문이다. 상황은 여러 가지 텍스트 형식의 통합과 분리의 가능성과 복수 회화의 가능성을 수용할 것이다. 이론적으로는 한 사람 이상의 연기자가 동시에 지껄일 수도 있겠고, 물론 연극 상연에서는 많은 목소리가 병존하게 된다. 이러한 종류의 다양성은 '가타리'의 선형적인 이야기 형식에서는 불가능하다. 설화에서는 많은 화자가 있어도 이야기의 목소리는 통일되어 그 결과 단일의 목소리가 된다. 연극 표현에서는 목소리의 복수성은 공간적인 관점으로 변환되어 거기에서 발화의 복수성은 무대 위의 다른 지점으로 배분되어 그들의 장소에서 복수 연기자의 신체와 결부된다. 독백monologue과 대화dialogue를 구별하는 것은 이와 같은 텍스트로 공간화를 도입하는 방식이다. 대화는 다른 위치로부터 목소리가 나오는 텍스트 형식이며 그 위치를 결정하는 요소는 바로 인간의 신체이다.

이 점에서 보면 이야기 형식에 내재하는 선형적인 시간성과 그림 텍스트의 비非선형적인 표현은 연극적 텍스트에서 서로 겹쳐지고 있다는 것을 알 수 있다. 그렇다면 연극적 텍스트는 읽을 수 있는가, 들을 수 있는가, 볼 수 있는가 하는 질문이 당연히 나올 것이다. 틀림없이 언어표현 텍스트 이외의 텍스트 형식을 배제하는 쓰기로서의 연극적 텍스트, 즉 대본은 읽기 위한 텍스트이다(실제로는 더욱더 다음과 같이 질문할 수도 있다. 쓰기는 순수하게 단순한 언어표현 텍스트인가. 쓰기가 비언어적인 수준도 있을까. 동시에 회화가 있는 점에서는 비언어적이라고 논할 수도 있다. 여기에서 문제가 되는 것은 텍스트의 중층성이다). 그러나 '상식적인'(관례화된) 분류에서는 쓰기 텍스트라는 연극 대본과 연극적 텍스트 전체 사이에 존재하는 갖가지 관계를 고려하면 이 문제가 얼마나 복잡한가를 이해할 수 있을 것이다. 대본이 반드시 극장에서 상연되는 언어표현적 재현/

표상일 필요는 없으며, 대본이란 언어행위 상황에 의해 대리보충되지 않으면 안 된다는 의미에서 불완전하다면, 대본을 읽는다고 하는 것은 그것을 상상 위의 상황과 관련을 지어 다른 일련의 시니피앙으로 변화시키는 것이 될 것이다. 이 경우 읽는 행위는 표현-표상 공간의 투영일 뿐만 아니라, 그것을 통해서 부재의 장면과 부재의 대상물이 똑같은 대본으로 결합되는 대리보충 작업이 될 것이다.

이것이야말로 다음 장에서 검토하려는 영역이다. 쓰기와 언어행위 상황 사이에 존재하는 구조적 관계는 읽는 것, 이해하는 것, 지식에 관한 보다 커다란 문제로 우리를 이끌 것이다.

5장_대리보충

발화행위에 대한 강박적인 관심 결여

17세기 말에 접어들어 일본 열도 도시부를 중심으로 그림이 들어간 교겐본狂言本(삽화가 들어간 대본)이라는 새로운 문학 장르가 등장하였다. 의미 깊은 것은 이 장르에 속하는 대본은 실제 연극 상연의 연출용으로 이용되지 않았다는 점이다. 이들 대본은 아주 많은 부수가 인쇄되어 책으로 출판되었으며, 분명히 대량의 문학적 소비를 목적으로 하고 있었다. 그림이 들어간 교겐본은 극으로 상연하여 감상하는 것과 대본으로 읽는 것을 결부시킨 관계를 정식화한 것이었다. 대본의 처음 몇 페이지는 실제 공연에 참가했던 배우들의 목록과 공연이 이루어진 극장 명칭이 적혀 있으며, 많은 대본이 배우의 의상과 분장한 모습을 그린 삽화를 담고 있었다. 언뜻 보아서는 이들 대본은 실제 공연을 충실히 기록한 것처럼 여겨지나, 더 자세히 살펴보면 오늘날 연극 대본으로 간주되는 것을 지배하는 갖가지 규칙과 일치하지 않는 것은 분명하다.

예를 들면 18세기 후반의 가부키 대본과는 달리 교겐본에는 화자

와 배우와 관객의 시점을 정하기 위한 문법적 표식이 들어 있지 않다. 지금까지 말했던 바와 같이 당시에는 인용부호에 해당하는 기호가 없었다. 그렇다고 당시 쓰기 제도가 아직 발달하지 않았다거나 불충분했다고 말하는 것은 아니다. 인용 개념, 즉 어떤 사람의 말과 다른 사람의 말을 구별한다는 생각이 이 담론공간에서는 제도화된 실천으로서 정착하지 않은 것이다. 물론 메이지 시대 이후의 복제판인 '현대판'에서 빈번하게 사용되는 것처럼 이들 책에 인용부를 삽입함으로써 무대 위에서 발화된 다양한 등장인물의 대사와 지문의 가타리語り[이야기]를 식별하려는 시도는 할 수 있을 것이다. 그러나 이러한 절차는 화자 이외의 등장인물에 할당된 대사가 명확하게 판명되어 지문의 가타리와 구별할 수 있다는 조건에서만 가능하다. 그러나 인용부호가 없다는 것은 분명히 이와 같은 구별이 실천되지 않았다는 것을 나타낸다. 이와 같은 조건 하에서는 무대상에서 실제로 말해진 말만을 그저 적어 두는 수단으로 쓰였다 해도 이상할 것은 없다. 그러나 만약 연극 상황, 즉 상연에 관계하는 '사물', 배우의 동작이나 얼굴, 신체적 표현, 목소리의 억양이나 그밖에 구술표현이 아닌 시니피앙이 전부 삭제되어 있다고 한다면, 대본을 읽는 이는 이들 장치의 뒷받침을 얻을 수 없기에 아주 난해하게 여길 것이다. 가령 목소리만 옮겨 적고 있다면 발화의 의미작용을 거의 전달할 수 없을 것이다. 따라서 지문의 가타리는 배우가 말하는 말을 문맥, 상황, 그리고 등장인물 중 누가 발화하고 있는가를 묘사함으로써 보충하지 않으면 안 된다. 이들 대본에는 가타리나 대화를 분류할 수 없는 부분이 많이 출현하게 된다. 다시 말해 구술표현적 연속체, 즉 발화의 선형적인 연속체는 말하는 주체를 충분히 구별해 나타낼 수 없다. 사람들은 끊임없이 익명의 인물의 목소리와 조우하게 될 것이다.

이들 책에서 가타리의 수많은 목소리의 단편들이 억압되어 은폐되어 있는 한, '가타리'는 아직 지배적이며 실제의 가타리를 옮겨 적은 것으로 상정되는 그림 교겐본의 이야기는 발화행위의 위치 변별이라는 점에서는 그 단조로움을 벗어나지 못한다. 이들 대본의 표면상 봉합이 없는 것과 같이 생각되는 표층에 이따금 부상하는 많은 주름과 융기에도 불구하고 대본의 모노가타리 형식은 정지한 상태이며, 명백한 균열은 포함하지 않고 있다. 더욱이 이들 대본의 언어에 내재하는 다의성은 단일한 목소리가 가지는 권위를 패러디함으로써 그 권위를 실추시키려는 기능은 아직 없으며, 기존의 지배적 재현/표상 양식의 인위성과 인습성을 폭로하려고도 하지 않는다. 기존 재현/표상 양식으로부터의 대상화와 분리를 위한 필요조건인 비판적 거리를 결여하고 있기 때문에, 이들 책들은 스스로 자연스럽게 주어진 것을 나타내는 지배 양식의 권위에 맹종하는 경향이 있다. 여기서는 어떠한 '사실'도 '실정성'도 예외 없이 특정 이데올로기에 매개되어 이데올로기에 의해 구성되어 있다는 기본적인 인식이 완전히 억압되어 있다.

'가타리'는 다양한 목소리에 의해 파편화되어 흩어져야 할 이야기를 하나로 묶는 연속적이며 포괄적인 목소리를 투사한다. 그래도 아직 이 독화론적인 목소리는 미하일 바흐친이 목소리의 단일성을 화자인 '나'의 단일성으로 규정함으로써 학문적 원리를 세웠던 목소리와는 같지 않다.[1] '가타리'는 물론 이야기의 한 형식이지만, 특정 화자를 가지지 않는다. 이러한 문맥에서 17세기 후반 이전의 담론공간에서는 대화의 심급 자체가 편입되어 있지 않았다는 점을 다시 주목해 보아야 한다. 즉 발화행위 자체를 분절하는 담론구성체가 존재하지 않았다. 일반적으로 '가타리'는 분명히 이야기하는 목소리이지만, '가타리'가 이야기하고 있는 것은 발화행위와 발화된 말의 명확한 분리가 완전히 확립되어 있지 않은 양식을 통해서만이다. 발화된 말에서는 개별 행위자, 역사적 중요성을 띤 장소, 연대기적 날짜는 확실히 분절화·고정화되어 있다. 그러나 이 사항들은 특정 텍스트 내부에서 구성되는 것에 불과하다. 그러나 발화행위의 주체와 장소와 시간——이 사항들은 텍스트라는 산물보다 텍스트 생산에 특히 관여했다——은 주제적인 문제화의 범위 밖에 있다. 17세기 이전의 갖가지 담론에서는 발화행위의 주체와 발화행위에 관한 그 밖의 문제는 분절되어 있지 않았다. 그렇다면 이와 같은 상황에 응해 '가타리'에서 누가 이야기하고 있는가라고 묻는 것은 무의미한 것일까?

하이카이 텍스트의 개방성

17세기 말에 접어들어 언어의 다의적 성격은 다른 형태의 이데올로기적 실천을 채용하게 되었다. 발화행위로서의 발화(소위 말speech과 동등한)와 발화된 말로서의 발화(쓰기writing와 동등한) 사이의 근원적인 차이가 상호텍스트성에 관한 변화와 병행해서 도입되었다. 당시 문학 담론에서

---

1) 이것은 몇 가지 용어의 문제이다. 한편으로 바흐친은 화자 의식의 개별성(individuality), 즉 불가분성(indivisibility)을 거부함으로써 항상 이미 분열했던 화자를 규정했다. 이 점에서 화자는 자기동일적인 것이 아니다. 다른 한편으로 그는 폴리포니를 다양한 목소리, 다양한 화자의 참가에 의해 설명했다. 바흐친은 발화행위의 장면에서 복수의 화자가 존재한다면 산출되는 텍스트가 필연적으로 다성적이며 대화론적이라는 것을 시사하고 있는 것일까? 분명히 그렇지만은 않다. 대화론성(dialogism)의 개념은 상징적인 대화(dialogue)의 이해와는 그다지 관계가 없음을 강조해 두어야 할 것이다. 설령 독백(monologue)이라도 기본적으로는 대화론적이라는 바흐친의 주장을 참조하고 싶다. Mikhail Bakhtin, "Discourse in the Novel", *The Dialogic Imagination*, ed. Michael Holquist, trans. Caryl Emerson, University of Texas Press, 1981, pp.259~422; *Voprosy literatury i estetiki*(Вопросы литературы и эстетики), 1975; 伊藤一郎 訳 『小說の言葉』, 平凡社, 1996, 7~295쪽.

다의성과 다성성은 쓰기의 폐쇄 공간으로부터 벗어나기 시작했다. 말은 말 이외의 세계로의 지시행위의 가능성을 겸비함으로써 의미의 폐쇄 영역을 개방하는 역할을 수행하기 시작했다. 어떤 의미소에서 말은 고정된 의미를 가지지만, 다른 의미소에서는 고정된 의미를 가지지 않는다는 것은 의미소가 외부의 요인에 좌우되도록 동사론적·의미론적 배치를 새롭게 편성하고 있기 때문이다.

이 문제는 하이카이 렌가[2]에 의해 확실히 예증할 수가 있다(하이카이와 그 전신인 렌가는 분명히 18세기 이전에 등장했지만). 하이카이 렌가에서는 어떤 구(句) 중에서 말의 의미는 다음 하이쿠가 병치될 때까지 의도적으로 애매하게 놓여 있다. 이러한 기법은 하이카이의 통사론적 불완전성에 의해 가능하다. 말은 특정 문장과 판단[3]을 구성하지 않도록 완만하

---

2) 하이카이 렌가(俳諧連歌)는 5·7·5의 17음(音) 형식으로 이루어진다. 원래 일본에는 중세 무렵부터 조렌가(長連歌)라는 장시(長詩)가 있었다. 15세기 말부터 이 조렌가가 정통 렌가와 서민 생활을 주제로 비속골계화(卑俗滑稽化)한 하이카이 렌가로 갈리었고, 에도시대에 이르러 마쓰오 바쇼(松尾芭蕉)와 같은 명인이 나와 하이카이 렌가는 크게 유행하였다. 이 하이카이 렌가는 형식상 제1구(句)는 홋쿠(發句)라 하여 5·7·5의 17음으로 이루어지고, 제2구는 7·7의 14음, 제3구는 다시 5·7·5의 17음 등 장·단이 교대로 엮여, 긴 것은 100구, 짧은 것은 36구 등이 있다. 마쓰오 바쇼는 이 렌가의 제1구, 즉 홋쿠를 매우 중요시하여 홋쿠만을 감상하기도 하였다. 에도 중기 이후에는 이 홋쿠의 비중이 더 커지면서 하이카이는 5·7·5 음만으로 옮기도 하였다. 메이지시대에 이르러 시인 마사오카 시키(正岡子規)는 렌가의 문예적 가치를 부정하고 이 홋쿠만을 독립시켜 하이쿠(俳句)라 이름하였는데 이것이 정착하여 오늘에 이르고 있다. 해학적이고 응축된 어휘로 인정(人情)과 사물의 기미(機微)를 재치 있게 표현하는 이 하이쿠는 일본의 와카(和歌)와 함께 일본 시가문학의 대표적인 장르를 이룬다.—옮긴이

3) 시뿐만 아니라 일본문학 전반에 문장과 판단(판단의 완성이 자주 문장의 완성을 의미한다고 간주되기 때문에)의 형성은 아주 복잡한 사태이다. 내가 이 논고에서 의거하는 이론적 관례에 따르면 이들 용어(sentence의 의미로서의 '문장'과 의미의 통일로서의 '판단')에 어느 정도까지 의거하는 것이 허용되는가는, 실은 나에게도 명확하지 않다. 이 문제에 대해서는 다른 곳에서 논해야만 할 테지만, 이러저러하는 사이에 나는 마지못해 이들 사항의 가정된 타당성을 그만 받아들였다. 어쩌면 문장도 아니고 판단도 아닌 '자구'(phrase)라는 표현을 이용하는 게 나을지도 모른다.

게 모여 있다. 이미 만들어진 구는 거기에 이어지는 구가 부가됨에 따라 새로운 관계 속에 놓이게 되며, 이로써 지금까지는 존재하지 않았던 의미소가 생겨난다. 예를 들어 첫 구의 어떤 말의 다양성이 유지되고 있다고 해도, 그 말의 갖가지 의미소는 그 구를 독립시켜서 음미하는 한은 결정할 수 없다. 누군가가 한 구 다음에 다른 구를 덧붙이면 그때까지는 잠재적이었던 의미소가 갑자기 인식된다. 첫 구를 구성하는 말은 곧바로 새로운 의미를 띠게 된다. 더욱이 중요한 것은 각각의 구는 따로따로 하이카이를 짓는 사람에 의해 만들어지고 있기 때문에 어떤 구의 의미는 끊임없이 작자의 총괄을 벗어난다는 점이다. 하이카이를 짓는 사람은 일정한 순서로 말을 배치하고 있음에도 불구하고 자기 작품의 의도와 의미작용을 결정할 수 없다. 이 경우에 작자는 말의 생산자이지만, 작품과 구의 작자라고 말할 수 있는 것은 단지 말을 배치하고 있는 범위 안에서만이다. 렌가의 의미는 작자의 마음에 출현하는 의미가 아니다. 작가 자신조차도 그 의미작용을 알지 못한 채 작품이 존재한다. 이러한 의미에서 하이카이를 짓는 사람은 결코 우리가 통속적인 의미로 이해하고 있는 작자가 아니다. 하이카이에서는 독자만이 존재하며 작자는 존재하지 않는다. 더욱이 완전하게 다른 구가 앞 구 다음에 놓이는 일이 있다는 점에도 주의해야 한다. 이 경우에는 같은 말이 다른 의미소와의 관계에 놓임으로써 그때까지의 경우와는 아주 다른 의미를 띠도록 되어 있다. 의미소의 연계를 만들어 내는 것은 우연성이다. 그러므로 연속적인 구에서 내재적인 연속성은 존재하지 않는다. 그 대신에 각각의 구는 선행하는 구에 대해서도 다음에 오는 구에 대해서도 우연한 관계를 맺고 있는 것에 불과하다. 이러한 우연성의 요소는 하이카이 시학의 아주 중요한 특징이다. 하이카이의 언어는 프리즘의 표면과 같은 기능을 수행한다. 왜냐하면

프리즘의 표면은 외부로부터 들어오는 갖가지 색의 빛을 반사해 굴절시키지만, 그 자체로는 어떠한 색도 가지지 않기 때문이다. 하이카이의 언어는 외부에 대해서 개방적으로 드러나 있다. 다음 장에서 도쿠가와시대 일본문학의 패러디 구조와 관련해 논하겠지만, 언어는 언어행위 상황과 상호작용을 유지하고 있다. 언어행위 상황이 변하면 언어의 의미작용도 역시 그에 따라 변한다.

그러나 이와 같은 다의적인 언어와 언어행위 상황의 상호관계는 18세기 저자들을 어떤 문제에 직면하게 했다. 즉, 표현이 일종의 다의적 언어에 의해 행해질 때에 표현과 표현행위의 일대일 대응관계는 어떻게 상정할 수 있을까라는 문제이다. 이에 뒤따라, 어떤 표현을 그 표현의 기원이 되었던 행위로까지 거슬러 올라가 다시 살펴볼 수 있을까라는 문제이다. 이러한 문맥에서는 발화행위의 발생에 의해 작자의 지위가 확립되도록 되었다라고 전제할 수는 없다. 근대국가의 관리 체계가 만들어진 메이지시대에 이르기까지 일본에서는 작자의 지위와 국민국가를 무조건 확실한 정통으로서 존중하는 담론은 출현하지 않았기 때문이다.

그림 교겐본

그림이 들어간 교겐[4]본의 가장 초기작인 『오쿠마가와 겐자에몬』[5]에는 기묘한 양식의 혼재를 볼 수 있다. 대부분 대본은 직접 옮겨 적은 것으로 되어 있지만, 한 배우의 대사와 다른 배우의 대사를 구별하기 위한 인용부를 전혀 사용하지 않고 있다. 그리고 묘사적인 가타리가 누가 누구에 대해 어떠한 문맥에서 이야기하고 있는가에 대한 정보를 제공하기 위해 자주 배우 목소리의 흐름을 중단한다. 이러한 종류의 텍스트는 목소리의 다양성을 허용하며, 여러 등장인물의 위치, 즉 원래 목소리가 무대 위의 다른 장소에서 말하고 있다고 생각되는 위치를 분절하기 위한 수단을 이용하는 것이라고 상정할 수 있을지도 모른다. 결국 연극 텍스트와 '가타리' 같은 이야기의 모든 형식을 구별하는 것은 공간적 요소의 존재이다. 화자와 청자의 거리는 '가타리'의 의미작용 메커니즘으로는 통합되어 있지 않지만, 무대상의 등장인물 사이에서 대화가 성립할 가능성을 유지하기 위한 거리는 연극을 상연하는 데 필수적이다. 따라서 연극 대본에서 어느 등장인물의 발화는 모두 무대상의 연기에 의해 성립하는 허구 공간 내부에서 다른 등장인물을 향해 있는 것이어야 한다. 말할 것도 없이 어떤 등장인물의 다른 인물을 향한 발화는 동시에 관객에게도 이야기되고

---

4) '교겐'(狂言)은 풍자적으로 가볍고 즐겁게 일상 세계를 묘사하는 연극이다. 별도의 전용 극장 없이 노(能)와 동일한 무대에서 공연된다. 나라시대(奈良時代)에 중국 당나라로부터 한반도를 거쳐 일본으로 들어간 예능 가운데 산가쿠(散楽)라는 종합예능이 있었다. 산가쿠의 레퍼토리는 크게 곡예적인 것과 연극적인 것 두 가지로 나누어진다. 곡예적인 것은 재주넘기·줄타기·요술·장대에 올라 재주부리기 등 육체적으로 기교를 표현하는 예능을 말한다. 이에 반하여 연극적인 것은 소리를 통해 의미를 전달한다. 교겐은 산가쿠 가운데 일본어로 대사를 전달할 수 있게 된 대중적인 연극인 셈이다. 이 산가쿠의 연극적인 레퍼토리가 바로 노(能)와 교겐(狂言)의 모태가 되었다. 노와 교겐은 같이 태어났지만 노는 가면을 쓰고 서정적인 대사와 춤을 중심으로 전개되는 연극인 데 반해, 교겐은 일상적인 언어로 웃음과 풍자를 추구하는 연극양식이다. 교겐의 연희자들과 노의 연희자들은 분리되기 이전에는 같은 연희자 집단으로 활동하였다. 분리 이전 단계의 예능은 사루가쿠(猿楽)라는 명칭으로도 불렸다. 당시의 교겐도 한결같이 요절복통 깔깔 웃음을 자아내는 코미디였다. 예를 들면 「고매한 여스님이라고 평판이 나 있던 묘고(妙香) 스님이 파계하여 아기를 낳았는가 했더니, 이번에는 아기를 싸줄 포대기가 없다고 여기저기 포대기를 얻으러 다닌다는 이야기」나, 「교토에 갓 올라온 시골뜨기가 아무것도 모르고 여기저기 기웃거리며 사람들의 우스갯거리가 된 이야기」와 같이 코미디풍의 풍자 수법이 교겐의 출발점이자 현재의 교겐에서 중심 줄기를 이루고 있다.─옮긴이

5) 『오쿠마가와 겐자에몬』(大隈川源左衛門, 1권). 부제는 '구마노의 불보살로 나타난 여인을 가엾게 여기는 일'. 출판한 곳은 교토의 쇼혼야키에몬(正本屋喜右衛門). 첫 공연은 1688년 교토의 만다유자(万太夫座)에서 이루어졌다. 복각본은 덴리대학 도서관 복간 총서 '近世文藝叢刊' 第5卷 『絵入狂言本集』上, 1969, 1~18쪽에 수록.

있다. 연극 언어행위의 허구성과 인공성을 한정하고 있는 것은 실제로 이와 같은 발화의 이중적 방향성이다. 이와는 대조적으로 '가타리'는 특정 인물에게 이야기하는 것이 아니라, 오히려 무명의 관객에게 이야기하기 때문에 이중의 방향성은 가지지 않는다.

상연에 있어서 방향성을 대본으로 옮겨 적는 경우에 반드시 고려해야 하는 것은 이중의 방향성과 공간적인 요소를, 구술화에서 피할 수 없는 선형적으로 나타나는 형식과 어떻게 통합할 것인가라는 문제이다. 시각 텍스트를 언어표현적인 대본에 더하는 것이 하나의 해결책이지만, 시각 텍스트가 대본의 언어표현 텍스트와 관련해 적절한 담론장치와 결부되지 않으면 삽화는 결코 가타리를 능숙하게 공간화하도록 발화를 대리 보충할 수 없을 것이다. 이것이야말로 『오쿠마가와 겐자에몬』의 문제였다. 한편으로는 대본으로서의 쓰기는 시각적 표상인 삽화뿐만 아니라, 연극적인 상연의 텍스트에도 대응한다고 상정되고 있다. 분명히 묘사적 가타리는 화자와 청자가 누구인가를 밝히는 것에 의해 발화를 특징짓고 있다. "A가 ~라고 말했다", "B가 ~라고 들었다"라는 표현은 화자와 청자의 정체를 명확히 함으로써 인물 간 거리를 확립하고 있다. 그래도 여전히 쓰기가 아직 '가타리'라는 이야기의 갖가지 규범에 의존하고 있다는 전체적인 인상은 완전히 불식할 수 없다.

구술표현적 연속체의 중층화

또 다른 그림 교겐본인 『후쿠주카이』[6]에서 지카마쓰 몬자에몬近松門左衛門은 작자라는 직함을 가진 배우로 등장하고 있다(작품 권두의 배우 일람표에 작자라는 직함으로 지카마쓰의 이름이 나와 있다). 그러나 익명의 인물에 속하는 작자의 목소리가, 인용된 등장인물 대사 사이에 위치해 있는 것을 우리는 거의 알아차릴 수 없다. 배우들의 발화는 구술표현[7]적 연속체verbal continuum의 통일성을 다양화하며 단편화한다. 그러나 여기에서는 소리를 내서 이야기할 수 있는 화자의 제시와 전혀 다른 묘사적 가타리에 의해 연속체의 통일성이 완성되고 있다. 이러한 묘사적 가타리는 기계적이며 기능적이어서 인용된 대사를 선형으로 연관시키기 위해 최소한으로 필요한 정보만을 말하는 것에 불과하다. 때로는 이 가타리는 술어와 동사의 굴절어미를 가지지 않기 때문에 선형으로 발화할 수도 없다. 따라서 구술표현적 연속체는 발성할 수 있는 대사를 옮겨 적은 것과 장면을 묘사한 것으로 구분할 수 있지만, 후자는 발화가능성과 관련이 없다. 그러므로 내가 여기서 관심을 갖는 것은 구두 언어화와 비구두 언어화의 구분이다. 분명히 이 구분은 특히 담론공간에서 특별한 발화와 쓰기의 이항대립과 무관하지 않을 뿐만 아니라, 인용된 대사와 묘사적 가타리의 차이화는 또한 양자의 시간적 차이와도 관련을 맺고 있다.

선형적 연속체로서의 작품에서는 구술적 표현으로 제시되는 두 양태는 선후에 걸친 연계관계로서 구성되어야 한다. 그러나 인용된 대사

---

6) 『후쿠주카이』(祝壽海, 1권)는 교토 쇼혼야키에몬에서 처음으로 출판되었다. 첫 공연은 1699년에 만다유자에서 상연되었다. 복각본은 『絵入狂言本集』上, 361~377쪽에 수록. 여기에서 작자의 위치는 매우 애매하다. 이 장르의 다른 작품은 작자를 마치 등장인물의 한 사람인 것처럼 다루는 규칙을 반드시 따르지는 않는다는 것을 특히 강조해야 할 것이다. 작자에 관한 애매함은 표상 공간과 현실 공간 사이의 구별이 애매하다는 것을 시사하는 듯하다. 바꿔 말하면 텍스트 생산과 텍스트라는 생산물을 절대적으로 대립적인 것으로 간주하는 것과 같은 텍스트관이 존재하지 않았을지도 모른다. 그러나 작자는 텍스트를 생산하며 그 내부에서는 그저 등장인물만이 신분을 확인받는다. 이러한 의미에서 등장인물은 작자에 의해 생산된다. 그렇다면 생산자(=작자)와 생산물(=등장인물)은 어떻게 동일한 공간에서 공존할 수 있을까?
7) 이 책 4장의 주 11) 및 본문 294쪽 참조.

의 말 사이의 통사론적 관계는 의미를 변화시키는 일 없이 바꿀 수가 없는 데 비해서,[8] 묘사적 가타리와 인용된 대사 사이의 관계는 훨씬 고도의 통사론적 자의성을 향수하고 있는 것처럼 생각된다. 예를 들어 "B가 곧 우리 곁에 온다"라고 인용된 대사가 "A는 말했다"와 같은 묘사적 가타리와 관련을 맺는 장면을 생각해 보자. 인용된 대사의 말의 순서는 'B가-곧-우리 곁에-온다'와 같이 고정되어 있다. 그러나 삽입된 진술의 위치는 상당히 자유롭다.

A는 B가 곧 우리 곁에 온다라고 말했다.[9]
(A는 "B가 곧 우리 곁에 온다"라고 말했다.)

B가 A는 말했다 곧 우리 곁에 온다라고.
("B가" A는 말했다, "곧 우리 곁에 온다"라고.)

B가 곧 우리 곁에 온다라고 A는 말했다.
("B가 곧 우리 곁에 온다"라고 A는 말했다.)

이들 세 문장은, 삽입된 가타리의 위치가 각각 다르다고 해도 전부 동일한 사항을 묘사하고 있다. 물론 묘사적 가타리가 구술표현적 연속체

---

8) 이 논의는 예를 들어 라틴어와 같은 언어에는 적용하기 힘들 것이다. 라틴어의 경우에는 말이 연속된 순서라는 의미에서 통사관계는 영어의 경우만큼 결정적인 역할을 수행하지 않기 때문이다. 그러나 이 논의는 일본어에는 적용할 수 있다. 더 상세한 분석을 통해 가타리의 모든 형식을 한정할 수 있는 것과 같은 일본어 통사론의 특징이 밝혀질 수 있을 것이다.
9) 그림이 들어간 교겐본 텍스트의 원문에는 인용부호와 그 밖의 구두점이 없기 때문에 그것과 유사한 효과를 가지도록 예문에서는 이들 부호를 삭제했다.

에 침입하는 위치는 완전히 자의적이라고는 할 수 없다. 예를 들어 "'B가 온다'라고 A는 말했다, '곧 우리 곁에'"와 같은 문장은 거의 난센스라고 말해도 좋을 정도로 어색할 것이다. 그래도 여전히 문장 이외의 어구와 관련해서 삽입된 가타리가 지니는 상대적인 통사론적 자유는 상당한 것이다.

이 논의를 지금 화제로 하고 있는 담론에 직접 적용할 수는 없다. 그래도 여전히 묘사적 가타리와 동일한 기능을 그림 교겐본에서 발견할 수 있다. 통사론상의 상대적 자유에 의해 확립된 것은 갖가지 텍스트의 중층화이며, 그것에 의해 다른 시간성이 도입된다.

"A는 말했다"라는 삽입된 가타리와 "B가 곧 우리 곁에 온다"라고 인용된 대사가 텍스트에서 다른 층에 속해 있는 것은 쉽게 인정할 수 있다. 두 층의 차이를 명료하게 나타내기 위해서 이 문장을 발화행위의 면에서 분석해 보면 좋을 것이다. "B가 곧 우리 곁에 온다"라는 문장은 A를 발화행위의 주체로서 규정하고 있다. 또한 발화의 시점은 "A는 말했다"라는 삽입된 가타리의 과거시제에 의해 표시되고 있다. 그러나 이러한 발화 전체 ──A는 "B가 곧 우리 곁에 온다"라고 말했다── 를 고찰하면 발화행위의 주체도 발화행위의 시점도 최종적으로는 한정할 수 없다는 것이 밝혀질 것이다. 즉 "B가 곧 우리 곁에 온다"라는 문장에 관한 한 "B가 곧 우리 곁에 온다"는 내용이 실현되는 시간을 한정할 수 있는 것은 "A는 말했다"라는 행위가 일어난 **다른 시간과의 관계에서만**이기 때문이다.

원칙적으로 두 개의 시간을 단일 시간에 통합할 필요는 없다. 오히려 어떤 행위의 시점을 한정하기 위해서는 그 행위가 일어났던 시간에 있어서 자기를 이탈하는 다른 시간이 있어야 한다. 더 엄밀하게 말하면 두 시간의 통합을 위해서는 항상 이들 시간과는 아주 이질적인 다른 시간성이 필요하게 된다. 시제와 조동사의 양상, 시제의 부사 등의 언어학적인 시간 지시의 범주와 지표는 항상 이차적인 시간성이며, 언어적으로 아직 대상화되어 있지 않은 다른 시간과의 관계에서만 최종적으로 정해질 수 있다. 언어학적인 시간 지시의 범주와 지표는 결코 최종적인 심급이 될 수 없다. 이와 같은 이유에서 어떤 언어의 통사론적 체계와 시제를 조사함으로써 그 언어를 구사하며 살아가는 사람들의 역사 인식을 알려고 하는 문화주의적인 시도는 실패로 끝난다.

A가 발화를 했을 때와 "B가 곧 우리 곁에 오는" 시간은 서로 전혀 관계가 없다. 예를 들어 "B가 곧 우리 곁에 온다"라는 문장은 A가 가끔 음독하고 있던 책에서 인용한 것인지도 모른다. 이 경우에 "B가 곧 우리 곁에 온다"고 하는 문장은 책 속의 이야기에 속하며, 삽입구는 이 문장이 발화되었던 층을 나타내고 있다.

이러한 점에서, 인용된 발화의 의미작용이 그것 자체로 결정될 수 있음에도 불구하고 다른 층, 예를 들면 이제까지의 예문에서는 삽입된 진술에 의해 표시된 층이 명확하지 않는 한 **의미작용 과정**, 즉 발화행위로서의 과정을 참조할 수 없다는 점은 매우 중요하다.

A는 말했다   (묘사적 가타리의 층)

　　　B가 곧 우리 곁에 온다　　　(발화의 층)

바꿔 말하면 묘사적 가타리의 층은 어떻게 인용된 발화가 생산되었는가를 나타내며, 그럼으로써 그 발화행위에 관한 정보를 나타내려 하는 것이다. 그러나 묘사적 가타리의 층도 발화의 층도 고정되어 있지 않은 데다가 각각 차이화되는 것처럼 설정되어 있다는 것은 강조해 두어야겠다. 단지 "B는 ~할 것이다"라는 문장과의 관계에서만 "A는 말했다"라는 삽입구는 묘사적 가타리의 일부로서 한정될 수 있는 것이다. 왜냐하면 결국 다음과 같은 구조도 가능하기 때문이다.

C는 말했다   (묘사적 가타리의 층)
   A는 B가 곧 우리 곁에 올 것이라고 말했다   (발화의 층)

묘사적 가타리의 층은 항상 자기를 이탈해 다른 시간에 열려 있다. 새로운 발화의 층을 늘림으로써 묘사적 가타리의 층을 무한히 계속 어긋나게 할 수 있을 것이다. 새로운 층이 더해지면 묘사적 가타리의 층이 발화의 층으로 변화함에 따라 발화행위의 주체도 역시 변화한다. 따라서 여기에서의 논의 범위 내에서까지 발화행위의 행위주체는 **그 실체를 동일화하려고 시도하는 순간에 정해진 방향을 벗어나는 것이며**, 발화된 말의 주어를 무한히 초월한다고 말할 수 있다.[10] 발화행위의 주체는 그것이 슈타이와는 분열하는 것이라는 조건에서만 지시할 수 있다. 그리고 슈타이는 발화행위의 주체가 그 형상으로서 파악되는 순간에 정해진 방향을 벗어나는 것이다.

가령 어긋남, 탈주야말로 그 순간에 초점을 맞춘다면 가장 기본적인 중층화의 모델은 다음과 같을 것이다.

---

10) 이 때문에 니시다 기타로는 '장소' 개념에 의해 '자각'을 확정하지 않을 수 없었다. '장소'(場所)라는 용어는 '장'(場)과 '토포스'(topos)를 의미하는 것으로, 니시다가 플라톤『티마이오스』의 코라(chora) 개념 ── 니시다는 "무(無)의 자각적 한정"이라고 불렀다 ── 을 가공함으로써 만들어 낸 것이다. '장소' 개념에 대해서는 니시다 기타로『장소』(場所),『움직이는 것에서 보는 것으로』(働くものから見るものへ),『니시다 기타로 전집』 5권(西田幾多郎全集, 第5卷, 岩波書店, 1965, 208~289쪽)을 참조.

〈언어수행적인 상황〉   (묘사적 가타리의 층)

B가 금방 우리들 곁에 올 것이다   (발화의 층)

이러한 사례에서는 묘사적 가타리가 존재하지 않는데도 언어수행 상황이 발화행위를 한정하는 데에는 쓸모가 있다. 이 경우 슈타이가 정해진 방향을 벗어나는 것은 인용된 발화와 언어수행 상황의 비대칭적인 연관으로서 규정할 수 있다. 그러나 언어수행 상황의 층을 결여하고 있을 때에는 인용된 발화는 발화된 말로서만 파악될 수 있다. 이 경우에는 인용된 발화의 의미작용은 결정할 수 있지만, 의미작용 과정은 이해할 수 없다. 쓰기에서는 언어수행 상황이 없다고 생각되는 경우, 굳이 쓰기의 의미작용 과정을 미리 이해하려고 한다면 묘사적 가타리가 그 상황의 대리보충이 되며, 언어수행적인 상황이 인용된 발화와의 대립에서 수행하는 것과 같은 역할을 한다고 상정하지 않을 수 없다.

언어수행 상황에 의해 묘사적 가타리를 대리보충하는 문제는 연극의 상연을 쓰기로 옮겨 적으려는 경우에 명확해진다. 물론 옮겨 적는 과정에서는 상연의 기본적인 구조는 버려져야 한다. 왜냐하면 쓰기는 항상 선형적으로 나타나고 제시되지만 상연의 언어수행 상황은 그렇지 않기 때문이다. 발화된 말로 파악된 발화가 구술적 표현으로 나타나고 제시되는 선형적인 성질에 지배된다고 해도, 발화행위로서의 발화는 이 형식에 의해 포함될 수 없다. 발화행위로서의 발화는 예를 들면 신체 운동이나 얼굴 표정과 같은 비선형적인 텍스트와 참조적이고 지시적인 관계를 맺고 있기 때문이다. 묘사적 가타리의 도입은 **쓰기의 중층화**의 가장 기본적인 측면을 의미하고 있는데, 이와 같은 중층화는 또한 **구술표현적 연속체의 중층화**를 요청한다.

이제까지는 존재하지 않았던 중층화의 새로운 형식이 묘사적 가타리와 인용된 발화의 대립을 낳았고, 17세기 후반에서 18세기에 걸쳐서 문학 담론을 지배하게 되었다고 논할 수도 있다. 앞으로는 구술표현적 연속체의 이러한 중층화에 대해서 논할 생각이다. 나는 이러한 중층화의 구조적 특징이 18세기 담론에서 독특하고 생각한다. 그러나 지금은 이 중층화가 화자의 위치를 주제화하기 위한 새로운 방법, 다시 말해 상호텍스트성 변화의 결과로 생긴 정립적인 분절화의 새로운 양식을 시사한다는 것을 확인하는 데에 그치도록 하겠다. 다양한 의미생성의 체계가 새롭게 차이화되어 서로 다른 관계 하에서 위치를 부여받게 되었다. 이점에서 내가 중층화에 대해서 밝히려고 하는 경우에 실마리가 되는 담론이라는 수준은 언어학적인 것만이 아니라 구술표현적 텍스트 이외의 텍스트를 반드시 포함하며, 통사론적 규칙성의 형식으로서는 논해질 수 없는 점에 특히 주의해야 한다. 왜냐하면 담론이라는 수준은 불가피하게 비언어학적인 의미생성의 체계도 포함하며, 이 수준은 본질적으로 화용론적이기 때문이다. 이와 같은 구술표현적 연속체의 다층구조 메커니즘을 통해서만 일반적으로 '관찰자의 발언'이라고 불리는 것이 확립될 수 있다. 바꿔 말하면 소위 '관찰자의 발언'이란 일종의 담론에서 독특한 것이며, 어디라도 언제라도 존재하는 것을 전제로 할 수는 없기 때문이다.

목소리와 신체의 분리

이제까지 논했던 중층화의 내적 메커니즘은 인형조루리 텍스트를 참조함으로써 가장 잘 분석할 수 있을 것이다. '가타리'에서는 음악과 사설과 사설을 읊는 자(소위 다유)의 몸짓은 이제까지 사상捨象되어 왔기 때문에

〈그림 D〉 인형조루리 — 인형과 인형 조종자, 다유와 샤미센 연주자

인형조루리(人形淨瑠璃)는 노(能), 가부키(歌舞伎)와 더불어 일본 3대 전통극의 하나로 에도시대 초기에 성립된 서민을 위한 인형극이다. 현재는 분라쿠(文楽)로 불린다. 인형 조종자(人形遣い), 인형의 대사와 극의 내용을 사설로 전달하는 다유(大夫), 샤미센(三味線) 연주자에 의해 공연된다. 무대는 '노'의 상징적이며 추상적인 무대와 달리 가부키처럼 시각적으로 현실과 비슷하게 꾸며진다. 무대 위에서 인형 하나에 세 명의 조종자가 붙어 인형을 조종한다. 인형은 실제 인물보다 조금 작다. 보통 인물은 1.3미터 정도이고, 키가 큰 인물은 1.5미터 정도이다. 인형을 조종하는 자는 검은 천으로 얼굴을 가리고, 각기 목과 오른손, 왼손, 발의 동작을 분담하여 조종한다. 검은 천을 쓰지 않은 인형조종자는 최고의 수준에 달한 주조종자이다. 여자 인형의 경우 발 없이 인형의 옷자락으로 동작이 교묘히 표현된다. 인형은 은은한 배경 음악을 넣어 주는 샤미센 반주와 각 인물의 목소리를 독특한 억양으로 표현하는 다유의 사설에 맞추어 다양한 연기를 한다. 무대에는 극의 내용에 따라 여러 가지 배경과 도구가 설치된다. 무대 오른쪽에는 지름 2.5미터 정도의 회전무대인 '유카'(床)를 설치하여 다유와 샤미센 연주자가 앉는다. 이 유카를 회전시켜 뒤에서 대기하던 다유 및 샤미센 연주자가 교대된다. 무대 바닥에는 인형 조종자들이 지나다닐 수 있는 낮은 통로가 있다. 인형 조종자의 눈높이를 인형에 맞추기 위한 것으로 객석에서는 이 통로가 보이지 않는다. —옮긴이

텍스트의 물질성에 속하는 것이었지만, 인형조루리 텍스트에서 이들 요소는 확실히 구술표현 텍스트의 분절화와 중층화를 돕고 있다.

이제까지 빈번하게 언급한 것처럼 도쿠가와시대 일본에서 대단히 성행했던 언어수행적 예술(무대예술)의 갖가지 장르는 적어도 현재는 익숙하지 않은 혼합형식의 독특한 표현을 채용하고 있었다. 일본 학자들은 이러한 예술의 하나인 인형조루리의 기원을 16세기 중반까지 거슬러 올라가 보고 있지만, 상업적인 성공의 전성기는 18세기 전반이었다. 이 예술 형식은 대사와 소리와 음악, 이에 더하여 인형 동작이 잘 조율되는 결

합 위에서 성립한다. 비구술표현 텍스트를 포함하는 복수의 텍스트가 연극 실천의 텍스트 내부에 공존하는 특징은, 결코 도쿠가와시대 일본의 상연예술(=무대예술)만의 독특한 것이 아니다. 그러나 인형조루리와 가부키와 같이 여러 텍스트가 상호텍스트적으로 잘 조율되고 있는 사정을 우리가 보통 '극장예술'로서 이해하는 규정 내에서 생각해 보기는 어려울 것이다. 롤랑 바르트의 일본 인형조루리에 대한 탁월한 논문과 이보다 더 광범위한 노엘 버치의 연구에서 각각 일본 연극과 영화의 특징을 언급하고 있는데, 버치는 그것을 '인간중심주의와 그 밖의 모든 중심주의에 대한 거절'[11]로서 규정하고 있다. 이러한 인식은 그들이 기술하

---

11) Noel Burch, *To the Distant Observer*, University of California Press, 1979, p.14 ; Roland Barthes, "Lesson in Writing", *Image-Music-Text*, trans. Stephen Heath, Hill and Wang, 1977, pp.155~164.

내 생각에 바르트와 버치 저작의 과잉이라고 말할 수 있을 정도로 박학한 시야는 서양과 일본의 전문 영역에 종사하고 있는 동아시아연구의 문맥 내부에서도 타당하며 중요할 것이다. 왜냐하면 바르트와 버치는 '일본'이라고 불리는 담론의 실정성이 끊임없이 통속적인 (전문직적인) 담론 ── 이 담론의 내부에서는 수많은 전제가 결코 엄밀하게 되물어지는 일은 없다 ── 을 위협하고 있음을 논증하려 했기 때문이다. 바르트도 버치도 일본이라고 불리는 담론의 실정성의 여러 가지 측면이 이들 많은 전제를 은폐하며, 인간주의가 소유권을 주장하고 있는 저 근원적으로 무비판적인 보편주의를 위험에 노출하고 있는 것을 논증하려 했다. 두 사람의 저작은 실증주의야말로 누구나 역사적·문화적으로 편협하다는 것을 인정하지 않는 까닭에 지적 편협주의의 한 예인 것을 드러낸다는 점에서 헤아릴 수 없을 정도로 중요하다. 게다가 두 사람은 과거와 타자를 알려고 하는 의지는 반드시 현재와 어떤 사회든 자신이 속해 있다고 상정되는 사회를 비판하려고 하는 의지여야 한다는 것을 논증하고 있다. 그러나 그들의 논의가 단일 지배적 이데올로기에 향해 있는 한에서 이 책에서 내가 논증하려고 하는 것은 그들 저작의 범위에 전혀 포함되지 않는다. 그들은 서양과 일본이라는 주지의 이원론을 실정화하는 경향이 있으며, 자신들의 '일본'에 관한 고찰이 현재 일본 지식인의 담론에 대해서도 마찬가지로 효과적인 비판이 될 수 있는 것을 표면상 자각하지 못하는 것처럼 여겨진다. 두 사람이 사용하는 전략의 관점에서 보면 아마 무리도 아닐 것이며 어느 정도 불가피하지만, 바르트도 버치도 서양 대 비서양이라는 물상화된 이분법을 받아들여 통일성을 지닌 '일본'은 서양에 있어서 자민족중심주의의 지배를 벗어나 있는 근원적인 '외부'라고 규정해 버렸다. 그러나 이와 같은 '서양의' 자민족중심주의 비판은 그들이 바로 비판하고 싶어 하는 자민족중심주의를 그대로 남겨 두어 버리는 것은 아닐까? 의문시해야 하

고 있는 중심주의를 근대의 주관중심주의로 이해하는 한에서는 어느 정도 일리가 있다. 그러나 다른 중심주의에 대해서는 다른 가능성이 있을 수 있지 않을까? 18세기의 담론공간에서는 어떠한 중심주의도 이데올로기적인 역할을 수행하지 않았던 것일까? 흥미롭게도 바르트나 버치 모두 갖가지 구술표현 텍스트와 비구술표현 텍스트가 총합됨으로써 얼마나 연극 수행에 공헌하고 있는가에 대해 지적하고 있다. 중요한 것은 가타리 목소리의 발화 주체는 무대에서 허구의 위치(인형조루리에서는 인형의 신체)와는 분리되어 있다는 점이다. 그러나 우리는 목소리의 출처가 배우의 신체와 일치하는 것처럼 보이는 노能에서까지 발화 주체의 위치와 목소리 사이에는 끊임없이 단절과 전이가 일어나고 있다는 것을 상기해야만 한다. 말로 표현된 슬픔은 배우의 신체 운동으로부터 흔히 독립해 있어서 감정이나 말이나 몸짓 표현이 좀처럼 동시적으로 일어나는 일은 없다. 만약 등장인물의 말을 내적인 감정 표출로서 듣기를 기대한다면 분명히 실망할 것이다. 왜냐하면 말은 등장인물의 외관과 그의 감정 사이를 매개하지 않기 때문이다. 마치 이와 같이 기술된 슬픔은 등장인물의 내면

는 것은 서양이라고 상정된 통일성이 아닐까? 『기호의 제국』에서 바르트는 '기호의 제국'이란 일본 그 자체와는 무관하다고 확실히 말하고 있다. 실제로 이 발언은 분명히 일본어를 말하거나 읽지 못하고 누구라도 인정하듯이 '일본!'에 관한 지식도 제한적이었던 작자의 변명 이상의 말일 것이다. 뿐만 아니라 바르트의 인식은 '현실의 일본'이라고 추정되는 것은 '현실의 일본'에 대한 객관적 지식이라고 상정되고 있는 것과 마찬가지로, 결국 담론의 활동의 산물이라는 그 점에 대해서 우리의 관심을 끌어당긴다. 일본에 관한 실증주의적인 지식의 끊임없는 축적은 '일본학'(Japanology)을 구성하도록 하지만, 가령 이와 같은 지식의 축적이 그것 자체의 이데올로기적 한계에 무지하거나 계속 무시하는 것을 선택한다면, 일본 연구자들에 의한, 일본 연구자들을 위한 (일본에서 태어나 자란 일본인이든 그렇지 않든) 전문적 지식의 권위를 주장할 수 없을 것이다. Roland Barthes, *The Empire of the Signs*, trans. Richard Howard, Hill and Wang, 1982; *L'empire des signes*, Skira, 1970; 宗左近 訳, 『表徴の帝国』, 新潮社, 1974/ちくま学芸文庫, 1996[김주환 외 옮김, 『기호의 제국』, 산책자, 2008].

깊은 곳에서가 아니라, 오히려 언어 그 안에서 존재하는 것과 같다.

인형조루리와 가부키는 노와 대조적으로 구술표현적인 표상과 배우의 신체가 움직이는 장면의 대응을 관찰할 수 있다. 인형조루리는 인형을 이용하며 소리꾼과 무대가 분리된 무대 설계를 이용하고 있음에도 불구하고 인형의 신체로 하여금 대사가 투영하는 감정을 띠는 것과 같은 인상을 부여하기 위한 상호텍스트적인 장치를 이용한다. 그럼에도 인형조루리에서는 가부키와 마찬가지로 이 효과는 국소적인 것에 머문다. 즉 신체와 목소리의 대응관계는 작품 전체의 구조를 지배하는 일반적인 원리가 절대로 되지 않기 때문이다. 따라서 인형조루리와 가부키라는 장르는 리얼리즘적인 연극으로 분류할 수가 없다. 이 경우의 '리얼리즘적'이란 등장인물의 신체적 외관을 그 주체적 내면성에 연속적으로 투영할 수 있다는 것을 의미한다. 도쿠가와시대의 이들 장르에서 어느 때에는 신체와 목소리가 분열하고 있다. 또한 어느 때에는 양자가 융합하기도 한다. 무대 위 인형의 신체와 주체가 구성되는 가타리 텍스트 사이의 이러한 양의적인 관계야말로 가부키와 인형조루리 같은 연극이 그 연극술을 발달시켰던 조건이었다.

직접화법 또는 간접화법

가부키와 인형조루리는 다른 장르에 속하기 때문에 각각 다른 동작의 기술과 연기 솜씨를 필요로 한다. 구술표현적 연속체의 중층화가 상연에 도입되는 것은 바로 이 때문이며, 여기에서 비구술표현 텍스트와 구술표현 텍스트를 총합한 신체와 목소리의 관계가 한정된다. 그래서 나는 신체와 목소리 사이에 성립하는 관계의 한정에 직접적으로 관련하는 두 가지 이론적인 문제에 대해 고찰해야 한다. 첫째는 직접화법과 간접화법 간의 차이화의 문제이며, 둘째는 자연스런 몸짓과 형식화된 신체 행동 (즉 직접적인 연기/행위와 간접적인 연기/행위)이다.

중층화에 관한 나의 논의의 기반은 여러 일본의 언어는 근대 유럽 어의 직접화법과 간접화법의 구별에 해당하는 통사론적 구별은 없다라 는 전제이다. 설명을 위해 나는 이제까지 영어 문장과 일본어 문장의 구 조적 동질성을 규정해서 이야기를 진행해 왔다. 그러나 실제로는 직접화 법과 간접화법을 명확하게 구별할 수 있는 명시적 문법 규칙을 고전 일 본어에서는 발견할 수 없다는 것이 주지의 사실이다. 또한 통사론적으로 차이화할 수 없음에도 불구하고 18세기에는 통사론적 차이화를 '쓰기'書 記에서 나타내기 위해 표시기호가 발달했다는 것을 말해 두어야겠다. 앞 서 이용한 예문을 사용해서 이들 표시기호가 어떻게 기능하고 있는가에 대한 설명을 시도해 보겠다.

A는 "B가 곧 우리 곁에 온다"라고 말했다.
Ⓐ B가 곧 우리 곁에 온다.

"A는 ~라고 말했다"라고 발음할 수 있는 구술표현적인 구문을 이용 하는 대신에 여기에서는 구두로서의 표현 범위를 넘는 표시기호가 도입 되고 있다(〈그림 E〉 참조. 서양에서도 비슷한 표기법이 사용되었다). 이 표 기법은 구술표현적인 묘사적 가타리와 비구술표현적인 상연 상황의 중 간 매개항으로서 기능하고 있지만, 이는 '직접화법'을 확실하게 식별하 기 위한 도형적 장치의 초기 형태이다. 이러한 장치에 의해 구술표현적 인 텍스트의 문맥을 나타내기 위해서 필요하기는 해도 발음할 수 없는

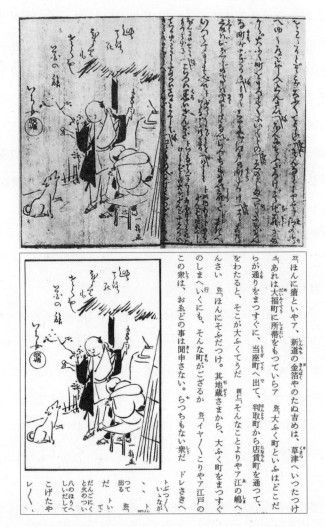

위 그림에서는 인용부호를 활용하여 각 대사 첫머리에 화자의 이름을 한 명 혹은 두 명의 등장인물을 약칭하고 있다. 〈야지로베가 "~"라고 말했다.〉라고 표기하는 대신에 〈[야] "~〉로 표기하는 형식을 이용하고 있다. 인용부호는 대사 끝말에는 사용하지 않고 그저 첫머리에 표시될 뿐이다. 아래 그림은 현대의 간행본(『日本古典文學全集』第49卷, 小學館, 1975, 90쪽)의 같은 부분으로 어떤 글자와 표기법이 사용되고 있는가를 확실히 식별할 수 있다. [『도카이도 추히자쿠리게』는 에도 상인 야지로베와 기타하치가 도카이도를 거슬러 상경하는 길에서 벌이는 우행과 기행을 교카(狂歌)를 포함하여 회화체로 묘사한 소설이다.─옮긴이]

쓰여진 요소는 실제로 말하는 대사와는 명확하게 구별된다. 이들 발음할 수 없는 도형적 지표의 목적은 **실제로 발음된** 대사와, 구술표현적인 것이든 비구술표현적인 것이든 대사가 말해진 상황을 명시하기 위해 이용된 묘사를 위한 기호를 확실히 명료하게 분리하는 일이다. 이와 같은 논의에 따라 암묵적으로 생각할 수 있는 것은 18세기 이전에는 간접화법이 우세했으리라는 것이다. '가타리'는 구두로 전달되고 있었음에도 불구하고 실제로는 일종의 간접화법의 형태를 나타내고 있었다. 그렇다면 통사론적인 규칙에 의해 구별되는 일이 없는 간접화법이란 어떠한 것일까? 볼로시노프는 이를 해결할 수 있는 간접화법 정의를 가장 설득력 있게 제시하고 있다. 그에 의하면 간접화법의 언어학적 본질이란,

> 타자 발화의 분석적 전달에 있다. ……
> 간접화법의 분석적 경향은 발화의 모든 **정서적-감정적 요소**가 메시지의 내용이 아니라 메시지의 형식 안에서 표현되고 있는 한 그대로 간접화법으로 이동하는 일은 없다는 점으로 나타나고 있다. 이 요소들은 말의 형식에서 내용으로 번역되어, 그와 같은 형태로만 간접화법의 구성 안에 들어가거나 혹은 전달동사 *verbum indicendi*의 주석적 변형으로서 주절 속으로 이동하거나 한다.[12]

직접화법과 간접화법(볼로시노프는 'discourse'를 '화법'의 의미로 사용하고 있다. 이 책에서 채용한 '담론'과는 분명히 다르기 때문에 일시적으로

---

12) V. N. Volosinov, *Marxism and the Philosophy of Language*, trans. Ladislav Matejka and I. R. Titunik, Seminar Press, 1973, p.128; 桑野隆 訳, 『マルクス主義と言語哲学』, 未来社, 1979, 191쪽[송기한 옮김, 『언어와 이데올로기』, 푸른사상, 2005].

사용하였다) 간의 차이화의 본질은 통사론적인 패턴과 시제 일치에 있는 것이 아니다. 간접화법에서는 직접화법의 피被전달부가 발화행위와 맺는 직접적이며 밀접한 관계를 상실하고, 비구술표현적인 요소가 단지 설명되는 구조로 변환된다. 볼로시노프가 '정서적-감정적 요소'라고 지칭한 것 중에는 억양과 리듬, 나아가 발화자의 개인적인 버릇도 포함되어야 할 것이다. 따라서 직접화법은 상황에 참가하는 느낌을 주는 데에 비해서 간접화법은 일반적으로 화법에 의해 보고된 말로부터 소외된다는 느낌을 준다. 예를 들어 의성어와 같이 어떤 언어의 통사법에서는 언어화하기 어려운 발화는 무시되거나 통사론적 규칙에 따르는 표현으로 변환될 수밖에 없다. 간접화법은 문법상의 결함을 허용하지 않는다.

생략, 탈락 등등은 모두 정서적-감정적 기반 위에 있는 직접화법에서는 사용 가능하지만, 간접화법에서는 그 분석적인 경향 때문에 허용되지 않으며, [문법적으로] 충분히 발달해 완전하게 될 때에만 들어갈 수 있다. 페시코프스키가 제시한 예, "나쁘지 않아!"("Not Bad!")라는 당나귀의 감탄사는 간접화법으로 "그는 나쁘지 않아라고 말했다"(He says that not bad...)라고 기계적으로 고쳐지지 않는다. 이 경우에는 "그는 그것은 나쁘지 않아라고 말했다"(He says that it was not bad...) 또는 "그는 나이팅게일은 나쁘지 않은 목소리로 노래 부르고 있다고 말했다"(He says that the nightingale sang not badly)라는 문장으로밖에 되지 않는다.[13]

나는 17세기 후반 이전의 문학 담론에서는 볼로시노프가 여기에서

---

13) *ibid.*, p.129(같은 책, 191~192쪽).

정의하고 있는 것과 같은 직접화법의 특징이 전혀 보이지 않는다고 주장할 생각은 없다. 그러나 패러디 문학에서 직접화법이 압도적으로 사용되거나 분석적으로 표상할 수 없는 소리와 시각적 이미지가 끊임없이 언급되고 있음을 무시하는 것은 완전히 불가능하다. 예를 들어 샤레본[14]과 곳케이본[15]은 의성어로 가득 차 있다. 시키테이 산바式亭三馬의『명정기질』酩酊氣質은 수많은 취객의 특징을 묘사하고 있지만, 여기에서 이용되는 것은 그야말로 대사와 의성어의 정서적이며 감정적인 특징이며 간접화법으로 고쳐 보면 그 효과는 사라지고 만다.[16] 여기에서 문제는 직접화법이 당시의 문학 담론에서 전반적으로 우위를 차지하고 있었느냐 아니냐가 아니다.——물론 직접화법이 전혀 없는 작품도 동시대에 많았기 때문에 그렇다. 그러나 직접화법으로 가득 찬 문학 담론의 발생을 가능하게 한 조건을 발견해서 해명하는 일이 중요하다.

만약 구술표현적 연속체의 중층화가 직접화법과 간접화법의 차이화에 호응하는 현상이었다면, 한편으로는 간접화법이 언어수행 상황을

---

14) 샤레본(洒落本)은 에도시대 중기에서 후기에 걸쳐 에도(현재의 도쿄)에서 유행했던 유곽을 제재로 한 문학이다. 유곽 내에서 유녀(遊女)와 손님이 유흥을 즐기는 모습 등의 풍속을 주로 대화체로 사실적으로 묘사했다. 풍기문란을 이유로 일시적으로 금지된 적도 있었다.——옮긴이

15) 곳케이본(滑稽本)은 에도시대 후기에 주로 조닌(町人)의 일상생활을 취재해 쓴 소설이다. 등장인물의 대화가 주를 이루며 서민들의 말과 행동을 유머러스하게 묘사하고 있다.——옮긴이

16) 式亭三馬,『酩酊気質』, 二巻二冊, 1806. 최근의 간행본으로는『洒落本 滑稽本 人情本』(日本古典文学全集 第4巻), 小学館, 1971, 204~254쪽에 수록.
시키테이 산바(式亭三馬, 1776~1882)는 에도시대 후기에 활약한 게사쿠(戱作) 작가로 목판인쇄공의 장남으로 태어났다. 그의 아버지는 후에 아들의 작품에 판화를 새겨 넣었다. 어린 시절에는 책방에서 고용살이를 했고 19세에 성인용 그림책인 기뵤시(黄表紙)를 썼다. 이후 골계소설인 곳케이본, 풍속소설인 샤레본 등을 발표했으며 삽화가 들어간 오락물 고칸(合巻)으로 재능을 발휘하였다. 대표작으로 곳케이본『우키요부로』(浮世風呂; 대중목요탕),『우키요도코』(浮世床; 이발소) 등이 있다.——옮긴이

표현하는 데에 맞추어진 묘사적 가타리로서 기능하면서, 다른 한편으로는 인용된 직접화법이 정서적-감정적 특징으로 가득 차서 표현되는 것과 같은 일종의 담론이 발생했다라고 말할 수 있을지 모른다. 게다가 이와 같은 문학 담론은 보통은 정상적인 문법을 위반하는 발화를 수용할 수 있을 것이다. 예컨대 방언과 의성어, 말의 예외적 사용, 언어에 관한 세련된 지식이 부족한 사람들의 발화를 채용할 수 있다. 이 '색다른 예'들은 모두 대사를 이제까지보다 더욱더 생생하게 표현하는 데에 도움이 될 것이다. 이와 같은 문학 담론은 문법과 문체는 다양하며 잡종적이라는 사실을 가르쳐 주며, 언어의 이질성에 대해 강하게 환기할 수 있도록 잡음으로 가득 차 있다. 중층화가 충분히 발달해 있지 않았고 간접화법이 우세했던 종래의 '가타리'에서는 불가능했던 표현이다. 문체와 방언의 다양성은 '가타리'에서는 거의 표현되지 않는다. 동일한 분석적인 언어가 작품 전체에 침투하는 경향이 많기 때문이다. 아주 예외적인 것을 제외하고 17세기 초기의 가나조시에서는 농민도 상인도 거의 같은 문체로 이야기하고 있다.

텍스트들의 공존

고전 일본어 문헌에서는 간접화법과 직접화법을 구분해 주는 명시적인 통사론적 기제가 존재하지 않았음에도 불구하고 새로운 양식의 상호텍스트성이 기능하게 되었다. 이러한 상호텍스트성의 기능 때문에, 그렇지 않았을 경우 전적으로 구술표현적인(즉 시각적·행위적인 비구술표현적 텍스트의 존재를 빼앗긴) 목소리에 머물렀을 가타리의 목소리가 다른 비구술표현적인 텍스트와 관계할 수 있게 되었다. 따라서 우리의 분석은 여러 텍스트들의 '묶음'으로서 이러한 새로운 상호텍스트성의 갖가지 작용을 가장 잘 예시하고 있는 인형조루리 텍스트에 대해서 고찰할 것이다. 즉 인형조루리의 무대 혹은 작품공간은 실제로 많은 이질적인 텍스트가 교착하여 함께 구성해 낸 **토포스**^{topos}이며, 그것은 서사론적인 착종체를 이루고 있다.[17]

이제까지 나는 말^{speech}을, 발화행위를 통해 말이 언어수행 상황과 직접 관계를 맺는다는 '대화의 심급' 측면에서 설명하기 위해 두 가지 기본적인 양식을 확정했다. 직접화법과 간접화법이 그것이다. 간접화법은 언어행위의 환경으로부터 일정한 거리를 유지하면서, 인용된 말을 문장의 일관성과 통일성을 파괴하지 않는 수준에서 구술표현 텍스트 안으로 흡수하여 인용된 대화 텍스트의 텍스트성 그 자체를 다시 조합한다. 따라서 간접화법은 구술표현적 흐름의 일관성과 동질성에 익숙하지 않은 요소를 취사선택하여 걸러 낸다. 이들 요소에는 예를 들면 이제까지 보았던 것처럼 비문법적인 표현이나 의성어와 같은 것들이 있었다. 다시 말해 간접화법은 구술표현 텍스트가 다른 텍스트와 서로 섞이는 것을 방지함으로써 구술표현 텍스트를 '지키고 있는' 것이다.

---

17) 서사론(narratology)은 생략법, 예상어법(prolepsis ; 豫嘯辭法 혹은 予弁法), 역언법(paraleipsis ; 중요한 부분을 생략함으로써 오히려 강조의 효과를 내는 수사법) 등으로 구술표현 텍스트(verbal text)의 서로 다른 부분이 관계하고 착종하는 시간관계를 만들어 내는 본연의 모습을 분석한다. 일반적으로 서사론 분석은 구술표현 텍스트 상호 간의 관계성을 분석한다. 그러나 여기서 내가 고찰하고 있는 것은 구술표현 텍스트의 상호관계성이 아니라 구술표현 텍스트와 비구술표현 텍스트가 관계하는 모습이다. 그러므로 이 책에서는 상호텍스트성이 두 개의 다른 용법으로 쓰이고 있다. 하나는 바흐친이 말했던 것처럼 하나의 발화는 반드시 다른 발화에 대한 대화론적인 관계에 있다는 것이다. 따라서 발화는 상호텍스트성을 지닌 것을 나타낸다. 또 하나는 구술표현 텍스트는 반드시 비구술표현 텍스트와 일정한 구조적인 관계성을 가진다는 것이다.

그러나 가령 구술표현 텍스트가 이처럼 여러 가지 방법으로 다른 텍스트와 관계할 수 있다면, 구술표현 이외의 형식으로 된 텍스트가 또한 다른 텍스트와 그처럼 관계할 수 없다고 어떻게 전제할 수 있겠는가. 그렇다면 다음과 같이 수행/연기가 실제로 '직접적'이거나 '간접적'인 행위에 의해 충분히 구별될 수 있는가 없는가를 물을 수도 있을 것이다. 언어화를 거치지 않은 무언극이나 무용의 경우에도 텍스트로서의 몸짓과 언어수행적인 상황 사이의 상호텍스트적 관계에 대해서 여전히 말할 수 있을까?

여기에서 나는 상이하지만 서로 연관된 두 가지 문제에 직면하게 된다. 첫째는, 신체의 움직임과 다른 비언어표현 텍스트의 일반적인 관계에 대한 문제이다. 둘째는, 구술표현 텍스트와 텍스트로서의 몸짓과 신체의 관계에 관한 보다 더 구체적인 문제이다. 인형조루리를 고찰 대상으로서 선택한 것은 효과적일 것이다. 목소리와 신체 사이의 괴리는 인형조루리의 조건으로 주어져 있지만, 살아 있는 배우가 연기하는 연극 텍스트에서는 이러한 조건이 가설로서밖에 성립되지 않기 때문이다. 따라서 우리는 인형조루리를 통해 신체와 작용의 특정한 결합 속에서 이루어지는 새로운 상호텍스트성 양식에 대해 고찰할 수 있을 것이다.

첫번째 문제에 대해서는 잠시 후에 고찰하기로 하자. 여기서는 구술표현 텍스트와 관련해 인형의 움직임에 주목하면서, 인형의 신체와 말 사이의 관계에 대해 초점을 맞추어 보고자 한다. 이러한 관계는 우리의 시점에서 보면 이중으로 분절되어 있다. 즉 대본(씌어진 구술표현 텍스트)과 무대 위의 연기 전체라는 층위와 인형의 신체와 사설하는 사람詠唄者의 목소리라는 층위가 구별되어야만 하기 때문이다.

인형 그 자체는 결코 말을 하지 않는다. 그러나 인형이 인형조루리 텍스트 전체 안에 통합되어 있는 것은 주지의 사실이다. 나는 여기에서 보리스 우스펜스키의 용어를 이용하여 구술표현 텍스트와 비구술표현 텍스트가 서로 연관되어 텍스트 전체로 통합되는 것은 구조적 이종동형 異種同形 때문이라고 주장한다.[18]

인형조루리의 문맥에서, 다른 텍스트와 관련해 대본(글)의 위치를 결정짓기 위해서는 우리가 통상 글writing이라고 이해하는 것이 다분히 양의적인 역할을 수행하고 있다는 점을 기억해야 한다. 우선 '글'을 발화와 대립하는 언어표현 텍스트의 한 형태로서 이해했을 경우에, 일본의 인형조루리는 명시적인 차원에서 '글'이 개입되지 않는 수행/연기 예술이라 할 수 있다. 대본은 실제 상연에 있어서 부수적인 조건에 불과하기 때문에 대본의 유일한 기능은 그 내용을 무대 위에서 표상하며 투영하는 것이라고 여겨질지 모른다. 대본은 연기와 장면을 연출하는 데에 도움이 될 것이다. 그러나 히로마쓰 다모쓰가 말한 것처럼 인형조루리의 대본은 단지 상연을 위해 언어로 옮겨 적은 것이 아니다.[19] 대본을 보는 독자는 대본이 무대에서 이루어지는 상연을 재현한다고 기대하지 않는다. 말하자면 독자는 대본이 보고報告문학의 일종이라고 생각하지 않는다. 대본을 읽는 것은 실제 수행/연기를 떠올리게 하는 일이지만, 그 경우에 독자는 대본의 대사를 직접 낭송함으로써 말하자면 언어표현적인 텍스트를 언어수행적인 상황에 삽입하는 것이다. 단순한 관객이 아닌 참가자로서 독자는 자신을 대화의 심급에 스스로를 위치시키는 셈이다. 구체적으로

---

18) Boris A. Uspensky, *A Poetics of Composition*, trans. Valentina Zavarin and Susan Wittig, University of California Press, 1973; 川崎浹·大石雅彦 訳, 『構成の詩学』, 法政大, 1986[김경수 옮김, 『소설구성의 시학』, 현대소설사, 1992].
19) 広松保, 『元禄期の文学と俗』, 未来社, 1979, 27~51쪽.

보면 언어수행 상황이 눈앞에 나타나지 않아도, 읽기 행위에 상상된 상황을 포함시키는 것이 대본을 이해하는 필요조건으로서 전제되어 있다. 즉 이 경우 읽는다는 행위는 모방적인 동일화로서 해석할 수 있을지 모른다.

다시 말하면 읽는 행위의 구조는 특정한 담론공간에 제한된다는 이론적 입장을 나의 논의는 재확인하고 있는 셈이다. 사실 글writing을 이해하는 방식도 언어표현 텍스트와 비언어표현 텍스트 사이의 상관관계에 의해 지배받고 있다. 그러나 인형조루리 텍스트——그것은 모든 텍스트를 묶어 놓은 것으로 대본은 그 가운데 하나의 텍스트에 불과하다는 점에 다시 주의를 기울이자——를 막 분석하기 시작한 현재 나는 대본이 얼마나 구술표현적이며, 얼마나 구술표현적이지 않은 음악과 행위라는 요소를 포함하고 있는가를 아직 예상할 수 없다.

따라서 인형조루리 텍스트를 쓰기 텍스트의 완결이 아니라는 관점에서 생각할 경우, 비구술표현 텍스트가 어떻게 대본에 참여하는가가 아주 중요한 결정적인 사항이다. 이 고찰에서 중요한 문제는 예를 들면 악기의 소리와 인형의 움직임과 사설하는 사람의 목소리의 정서적이며 감정적인 특징과 같은 비구술표현적 요소가 이미 묘사되어 인형조루리의 의미생성 메커니즘에 구조적으로 편입되어 있다는 것이다. 이 문제는 예비적인 것이지만 결코 빼놓을 수 없다. 인형조루리 텍스트의 묶음 전체(앞으로는 '(대문자)텍스트'라고 표기한다)인 상연은 구조적으로 조율된 복수의 텍스트가 공존함으로써 구성되기 때문이다. 비구술표현적 텍스트가 구술표현적 텍스트에 참여하는 과정은 (대문자)텍스트의 의미작용 과정의 일부가 되며, (대문자)텍스트가 안정된 의미를 유지하도록 구조화되어 있다. 그러므로 비구술표현 텍스트가 구술표현 텍스트와 조율되는 방식은 (대문자)텍스트의 의미 구성에 있어 본질적인 요인이 된다. 역으로 의미는 대본이 어떻게 상연과 관계를 맺는가를 결정한다. 그래서 나의 논의에서 글은 인형조루리에서 양의적인 역할을 수행하며, 대본을 읽는다는 행위는 글의 범위를 넘어 보통은 글에서 배제되는 영역으로 진입하는 것이 된다고 말했던 것이다. 여기에서 우리는 다시 텍스트란 언제나 복수의 텍스트가 서로 섞여 짜인 것interweaving이며, 따라서 텍스트로 간주하기identify 위해서는 다른 텍스트를 참조하지 않으면 안 된다는 사실에 직면한다. 텍스트의 동일성은 의미작용으로 환원되기는커녕 다른 텍스트를 참조하고 다른 텍스트와의 차이를 통해 이루어진다.

인형조루리 대본이 사설하는 사람의 목소리 음조와 박자, 양식상의 특징을 나타내는 많은 표시기호를 포함하고 있다는 것은 잘 알려져 있다. 일련의 기다유부시(조루리 유파의 하나)는 '말'詞과 '지'地[20] 등이 적혀진 부분으로 나누어져 있다. '말'이라고 표시된 그 부분은 마치 이야기 내부의 등장인물이 발성하듯 낭송되어야 한다는 것을 표시한다. 더 정확하게는 샤미센 반주의 멜로디를 동반한 사설인 '지'와 대비해 '말'이라고 표시된 이야기의 연쇄는 실제 장면에서 직접 인용된 말을 재현하도록 설정되어 있다. 말로부터 직접 인용된 발화가 인형조루리의 (대문자)텍스트에 등장한다는 것은 바로 이러한 멜로디를 동반한 사설 '지'와 일상의 발화인 '말'의 이항대립 때문이다('말'과 '지' 사이에는 많은 단계가 있지만,

---

20) 기다유부시(義太夫節)는 오사카의 다케모토 기다유(竹本義太夫, 1651~1714)가 시작한 조루리의 한 유파로서 오사카 사투리로 이야기하는 것이 원칙이고, '말'(詞)과 '지아이'(地合)와 '가락'(節)으로 구성되어 있다. 샤미센 반주 없이 이야기하는 사설(辭說)에 해당하는 '말'과 샤미센 반주에 맞춰 억양을 가지고 이야기하는 '지아이'는 서경(敍景)·서사(敍事)에 활용되며, 각 장면은 소리의 높이, 길이, 장단 등이 다른 여러 지아이로 변화를 이룬다. 그리고 서경적인 부분이라든가 서정적인 장면에서 들려주는 음악적인 리듬이 '가락'이다.—옮긴이

여기에서는 이 두 용어가 양극단을 결정하는 것을 전제로 한다). 게다가 어떤 의미에서 일본어의 직접화법과 간접화법의 통사론적 결여는 이와 같은 언어표현 이외의 장치에 의해 보충되고 있다. 또한 이와 같은 장치에 의해 사설하는 사람의 목소리는 마치 인형의 신체와 결부되어 있는 것처럼 표면상으로 나타난다. 그러므로 실제 목소리는 사설하는 사람의 입에서 나오고 있지만, 그것이 인형의 신체가 차지하고 있는 무대 위의 장면에서 나오는 것처럼 관객은 감지하게 되는 것이다. 사설하는 사람의 목소리가 일상적인 말을 낭송하게 되면 대개는 사설하는 사람의 목소리에 맞춰 반주했던 샤미센의 소리는 멈추며, 다른 수단을 통해 발화행위의 주체와 발화된 말의 주체가 일치하는 것과 같은 인상을 받게 된다. 여기에서는 롤랑 바르트가 주의를 촉구했듯이 인형조루리의 (대문자)텍스트에서는 발화행위의 주체와 발화된 말의 주체가 결코 일치하지 않는다는 점을 반드시 기억해 두어야만 한다. 가타리는 오직 사설하는 사람에 의해서만 이루어진다. 즉, 사설하는 사람이 목소리를 독점한다. 인형은 결국 지카마쓰 몬자에몬이 말했듯이 목석木偶에 불과하기 때문에 소위 무대 위에서 움직이는 신체는 결코 이야기하지 않는다. 등장인물의 목소리를 직접적으로 배우의 실제 발화로 돌릴 수는 없다. 이러한 기본적인 제약 때문에 인형조루리의 (대문자)텍스트는 발화행위와 발화된 말의 회복 불가능한 어긋남을 명백히 드러낸다. 이로써 모든 종류의 인간중심적 이데올로기의 '틀짜기'가 폭로된다. 발화된 말의 주체가 궁극적으로 발화행위의 주체와 일치하는 것으로 생각되며 주체의 내면성의 신화가 생기는 것은 바로 이러한 틀짜기에 의해서이기 때문이다.

그렇다고 해서 일상적인 말과 멜로디를 동반한 사설의 대비가 인용된 대사와 묘사적 가타리의 중층화에 바로 호응하는 것은 아니다. 등장

인물이 항상 일상적 목소리로 이야기하는 것은 아니다. 실제로 등장인물의 발화는 가끔 극적 강조의 수준까지 도달해서 일상적인 말은 의례화되어 형식화된 가타리와 함께 뒤섞인다. 이러한 때에 등장인물은 마치 노래하는 것처럼 이야기하고 대화하는 것처럼 노래 부른다. 이와 같은 가타리 양식은 도쿠가와시대 일본의 수행/연기적인 예술(=무대예술)에서만 특유했던 것은 물론 아니다. 다른 사회에서도 이것에 상당하는 예, 이를테면 유럽의 오페라와 같은 예를 쉽게 들 수 있을 것이다. 그러나 사설하는 목소리의 원천이 몸짓 행위의 위치와 어긋나고 분리되어 있기 때문에 인형조루리의 (대문자)텍스트가 만들어 내는 의미작용 과정의 새로운 표현은 분명히 18세기 담론에서 특유한 것이다. 인형조루리는 익명의 형식화된 발화로부터 개별화된 직접적인 발화에 이르기까지 다양한 수준의 낭송 활동을 발생하게 했으며, 각각이 특유한 정서적-감정적 특징을 표현할 수 있게 했다. 한 예로 지카마쓰 몬자에몬의 『명도의 파발꾼』冥途の飛脚 중권의 일부를 살펴보자.[21]

> 1   A
> 忠兵衛気をせいて花車はなぜ遅いぞ、五兵衛行つてせつてくれと
> 주베이 기오 세이테, 구와샤와 나제 오소이조, 고헤이, 잇테셋테쿠레토
> 〈地色ハル〉
>
>   2 B
> 立ちに立つてせきけれども、　イヤ身請の衆は親方が済んでから、
> 다치니 닷테 세키케레도모,　　이야 미우케노 슈와 오야카타가 슨데카라,
> 　　　　　　　　　　　　　〈詞〉
>
> 宿老殿で判を消し、月行事から札取らねば大門が出られませぬ、
> 슈쿠라도노데 한오 게시, 구와치갸지카라 후다토라네바, 오몬가 데라레마세누,
>
>   3 C
> まちつと隙が入りませう、エ、そこらを早うこりや頼むと、
> 마칫토히마가 이리마쇼,　　에, 소코라오 하야요, 고랴, 다노무토,
> 　　　　　　　　　　　〈地色ハル〉
>   D
> また一両投げ出すおつとまかせと足軽く、
> 마타 이치료나게이다스, 옷토마카세토, 아시카로쿠,
>
> 走る三里の灸よりも小判の利ぞこたへける。
> 하시루산리노 규요리모 고반노 기키조고타에케루.
> 　　　　　　　　　〈節〉

(주베이 애가 타서 "고헤이야, 가서 서두르라고 해라"라고 말하며, 안달이 나서 앉지도 못하고 있으니, "아니, 돈을 내고 신분을 회복하는 사람들은 주인이 계산을 끝낸 후 그곳의 높은 사람에게 도장을 지워 달라고 하고, 유곽의 주인에게 표찰을 받지 않으면 큰 문을 나설 수가 없는데, 아마도 조금 시간이 길어지나 봅니다." "음 그러니까 그런 것 생략하고, 빨리 서두르라 하여라, 어서" 하며 다시 한 냥을 내던진다. "알았습니다. 해보겠습니다" 하며 재빨리 달려간다. 병이 난 발에 뜸을 뜨는 것보다 돈을 주는 것이 더 빠른 효과가 있다.)

이 장면에서 젊은 상인 주베이는 거래처의 한 사람에게 건네야 하는 돈 봉투를 열어 신분이 낮은 유녀遊女 우메카와를 유곽에서 빼내기 위해 이 돈을 사용해 버린다. 우메카와는 주베이가 자기 주인에게 지불한 돈이 불법으로 입수한 것임을 알지 못한다. 주베이는 될 수 있는 한 빨리 도망가야 한다는 것을 알고 있기 때문에 유곽에서 도망칠 수 있도록 빼내는 절차가 끝나기를 초조한 마음으로 기다리고 있다.

---

21) 近松門左衛門, 『冥途の飛脚』(1711년 첫 상연). 행위는 가타리와 동시에 무대 위에서 이루어지기 때문에 가타리는 현재시제로 이루어지고 있다고 상정하는 것이 자연스럽다. 그러나 상연은 재현/표상, 즉 이미 일어난 일의 반복을 함의하고 있기 때문에 과거시제를 이용하는 게 좋을지도 모른다. 지이로(地色)나 가락(節)은 나중에 설명하는 것처럼 낭창의 영창(詠唱)과 멜로디의 상(相)을 규정하고 있다. 인용은 『近松門左門集』二(日本古典文学全集 第44巻), 小学館, 1975, 55~56쪽을 참조했다.

인형조루리의 대본인 조루리에는 소리의 고저(高低)와 음색(音色)을 나타내는 표시가 있다. 또 사설과 대사의 구별, 무대전환의 표시도 있다. 소리의 고저와 음색은 'ハル' 'ウ' '色' '上' '中' 등으로 표시한다. 'ハル'는 탄력이 있는 소리, 'ウ'는 들떠 오르는 소리, '色'는 감정을 담은 소리, '上'와 '中'는 소리의 높낮이를 나타낸다. '詞'는 등장인물의 대사, '地'는 사설 부분을 표시한다. '詞'와 '地'의 중간에 '色'가 있고, '色'와 '地'의 중간에 '地色'가 있다. '地色'는 사설의 일부이기도, 대사의 일부이기도 하다. '節'는 '地'의 음악적 선율을 나타낸다.—옮긴이

일본어로 진하게 표기한 곳은 무대 위에 있는 등장인물의 발화인데, 모두 직접화법으로 제시되지 않는다. 이 인용에서 A, C, D의 부분은 멜로디와 함께 낭송되는 사설이다. 통상적인 발화와 연주가 수반되는 사설의 차이화가 가타리의 수준을 더욱더 다층적으로 분절하고 있음을 주목해야 한다. 예를 들면 멜로디가 수반되는 사설을 이용하지 않는 B와 같은 통상적 발화뿐만 아니라 무엇보다 알기 쉬운 어조의 (형식화가 가장 덜된) 가타리부터 멜로디와 악기 연주가 곁들어지면서 압운押韻을 이루는 우아한 말을 이용한, 고도로 형식화된 음창吟唱에까지 이른다. 억양, 멜로디를 동반한 낭송, 반주를 더해, 이를테면 양식화 같은 다른 장치가 이용되어 목소리에 성격을 부여하고 있다. 인용문 중 1과 2 사이의 가타리는 발화(인용된 대사 A)의 주체뿐만 아니라 무대 위에서 행위를 하는 행위자를 나타내고 있음에도 불구하고 2와 3 사이의 가타리는 무대 위에서 누가 이야기하고 있는가, 또한 누가 행위하고 있는가를 특정하고 있지 않다. 이것은 마치 현실의 발화를 테이프로 녹음해 흘려보내는 것과 닮아 있다. 테이프를 듣는 사람은 실제 상황을 참조하거나 이 상황을 알고 있지 않으면 발화행위의 주체가 누구인가를 동일화할 수 없기 때문이다. 그러나 인형조루리의 (대문자)텍스트에서는 이와 같은 불확정성은 심각한 문제가 되지 않는다. 왜냐하면 구술표현적인 장치 이외의 것이, 목소리를 어느 등장인물(인형)에게 돌려야 하는가를 결정하기 때문이다. 바꿔 말하면 사설하는 사람의 목소리와 무대에서 연기하는 배우의 신체가 분리된 것은, 인형조루리의 (대문자)텍스트가 의미를 담당하는 기제의 불가결한 일부가 되어 있는 것이다. 이와 같이 구술표현 텍스트의 역할은 다양한 비구술표현 텍스트의 네트워크 내부에서 결정된다. 보통 인용된 대사로 생각되는 말은 여러 수준에 걸쳐 있는 연극 표현의 계층 내부에서 이동한다. 따라서 인용한 부분에 이어지는 곳에서는, 다른 텍스트가 완전한 효과를 거두기 위해 조정되고 있는 것을 볼 수 있다. 그 구성의 실상을 살펴보자.

E,7　　　a　　　　　b
サアゝゝこの間に身拵へべたゝゝした取りなり、帯もきりゝとし直しやと
사사 고노 마니 미고시라에. 베타베타시타 도리나리, 　오비모 기리리토시 나오시야토,
〈地色ワ〉

a　　　　　　　b F,8
めつたにせげばなんぞいの、一代の外聞傍輩衆へも杯事、
멧타니세케바, 　난조이노, 　이치다이노 구와이분, 호바이슈에모 사카즈키고토,
　　　　　　〈色〉

G　　　　　　　　　　　　　c
暇乞も訳ようしてゆるりと出してくださんせと、何心なく勇む顔
이토마고히모 와케요시테, 유루리토 다시테 구다 산세토, 나니고코로나쿠 이사무카오.

　　　　　　　　　　　　　d
男はわつと泣き出し、いとしや何も知らずか今の小判は堂嶋の、お屋敷の
오토코와 왓토나키이다시, 이토시야나니모시라즈카. 이마노 고반와 도시마노, 오야시키노

急用金この金を散しては、身の大事は知れたこと随分堪へてみつれども
기후요킨. 고노 가네오 지라시테와, 미노 다이지와 시레타 고토. 즈이분 고라에테미쓰레도모

友女郎の真中でかはいい男が恥辱を取り、そなたの心の無念さを
도모조라노 만나카데, 가와이이오토코가 치조쿠오토리, 소나타노 고코로노 무넨사오,

　　　　　　　　　　　　　　　　　9
晴したいと思ふより、ふつと金に手をかけてもう引かれぬは男の役、
하라시타이토오모우요리, 훗토가네니테오 가케테, 　모히카레누와 　오토코노야쿠,
　　　　　　　　　　　　　　　　　　　　　〈色〉

かうなる因果と思うてたも、八右衛門が面付直に母にぬかす顔、
고나루인가토오모테타모, 　하치에몬가 쓰라쓰키, 스구니하하니누카스가오,

十八軒の仲間から詮議に来るは今のこと、地獄の上の一足飛び飛んでたもやと
주하겐노나카마카라, 센기니 구루와이마노코토, 지고쿠노우에노잇소쿠토비, 톤데타모야토

　　　　　　10　　　f　　11
ばかりにて縋り、ついて泣きければ、梅川はあと震ひ出し声もなみだに
바카리니테 스가리, 쓰이테나키케레바, 　우메카와, 와아토후루이다시 고에모나미다니
　　　　〈節〉　　　　　　〈地〉　　　　　〈節〉

　　　　　H 12
わなゝゝと、それ見さんせ常々言ひしはこゝのこと、なぜに命が惜しいぞ
와나와나토, 　소레미산세. 　쓰네즈네이시와코코노코토, 나제니이노치가오시이조
　　　〈地ハル〉

　　　　　　　　　　　　　13
二人死ぬれば本望、今とても易いこと分別据ゑてくだんせなう。
후타리시누레바혼모, 　이마토테모야스이코토, 훈베쓰스에테 구단세. 노,
　　　　　　　　　　〈色〉

I, 14   g

ヤレ命生きようと思うてこの大事がなるものか、生きらるゝたけ添はるゝたけ

야레이노치이키요토 오모우테, 고노다이지가나루모노카, 이키라루루다케, 소와루루다케,

〈詞〉

J, 15

たかは死ぬると覚悟しや。アヽさうぢや生きらるゝたけこの世で添はう、

다카와시누루토카쿠고시야,　　아아소쟈,　　이키라루루다케코노요데소오우,

〈地色中〉

h

今にも人が来るためこゝへ隠れてござんせと、屏風の陰に押入れ

이마니모히토가쿠루타메, 고코에카쿠레테고잔세토,　보부노카게니오시이레,

iK

アヽわしが大事の守を、内の箪笥に置いてきたこれがほしいと言ひければ、

아아와시가다이지노마모리오, 우치노탄스니오이테키타. 고레가호시이토이이케레바,

j

L, 16

ハテかゝる悪事を仕出して、いかな守の力にもこの咎が逃れうか、

하테, 가카루아쿠지오시다시테,　이카나마모리노치카라니모, 코노토가가노가뇨카,

〈詞〉

k

とかく死身と合点して我はそなたの回向せん、そなたはこの

도카쿠시니미토가텐시테, 와레와소나타노에코우센,　소나타와코노

〈地色〉　　　　　　　〈中節〉

17

M, 18

忠兵衛が回向を頼むと屏風の上、顔を出せばハアヽ悲しや忌々しい、

주베이가에코우오타노무토, 뵤부노우에, 가오오이다세바, 하아아카나시야, 이마이마시이,

〈色〉

ちやつとおいてくださんせいやな物によう似たと、

찻토오이테쿠다산세.　　　이야나모노니요니타토,

屏風にひしと抱き付き咽返、りてぞ嘆きける。

뵤부니히시토이다키쓰키 무세카에, 리테조나게키케루.

(자, 이곳을 떠나기 전에 옷을 잘 갖추어 입어라, 헐렁하구나, 하고 주베이
가 우메카와를 재촉하니, 무슨 일이에요. 내게는 일생의 큰일, 내가 이곳을
떠나기 전에 오랜 친구들과 석별의 잔을 나누고 인사를 나눌 시간을 주시겠
지요. 상황을 알지 못하는 우메카와는 황홀지경이다. 주베이는 갑자기 와락
울음을 터뜨린다. "안쓰럽게도 아무것도 모르는구나, 너를 구하기 위해 내
놓은 돈은 도시마 저택의 급전인 것을, 내가 그 돈을 써 버리자, 나는 확실히
곤란해졌다. 나 자신을 꽤나 통제해 보았지만, 네 친구들 사이에서 내가 굴
욕을 당하고, 너의 마음의 원통함을 없애 준다는 생각에 그만 돈에 손을 대

고 이제는 돌려줄 수 없는 신세, 이것을 인과라고 생각하오. 하치에몬은 나를 수상히 여겨 나의 어머니에게 연락을 할 것이다. 이제 열여덟 가게의 동료들이 나를 찾을 것이고, 지옥의 나락으로 함께 떨어지자, 부디 함께 가자" 하며 우메카와에게 매달리며 울고 있자니, 우메카와는 아아 하며 두려움에 떨며 울음을 터뜨린다. "저를 보세요. 내가 늘 이야기했던 일, 내가 왜 생명이 아깝겠습니까. 당신과 함께 죽는 것이 저의 소망, 지금이라도 당신의 결정을 확고하게 하세요. 우리가 더 살아남으려고 하면 함께 죽는 어려운 일을 어떻게 하겠어요? 살아 있으면 그만큼 더 살고 싶고, 우리가 함께 있으면 또한 더 함께 있고 싶어지는 것을. 그러니까 죽을 각오를 하고, 운명에서 도망치지 말아요." "응, 물론이지. 우리가 살아 있는 한 이 세상에서는 너와 함께할 것이다"라고 병풍 뒤의 옷장에서 "아아, 내가 중요한 부적을 집의 옷장에 놓고 왔어요. 그것을 갖고 싶어요." 이렇게 우메카와가 말하니, 주베이가 말하기를, "나는 이렇게 나쁜 짓을 했다. 그런데 너의 어떠한 부적도 이 상황의 나를 구해 주지는 못할 것이다, 우리가 죽는 것을 알고 나는 너의 극락왕생을 빌어 줄 것이고 이번에는 나의 극락왕생을 빌어 주렴" 하고 병풍에서 모습을 보이자 "아아 슬프고 불길하다, 좀 그만두세요. 좋지 않은 것"이라고 병풍에서 우메카와를 꼭 껴안고 목이 메고 또 메여서 서럽게 운다.)

대본의 플롯 구성에서 밝혀지듯이 진하게 표기된 부분은 특정 등장인물에게 속해야 할 인용 말로 상정되고 있다. 그러나 〈표 2〉가 보여 주듯이 이 부분은 다른 비구술표현적인 표식을 동반하고 있다. 직접화법과 간접화법의 대립은 구어체와 문어체의 이분법에 대응하지 않는다는 것을 거듭 강조해 두겠다. 소위 문체상의 특징은 또한 발화행위가 직접적인가 간접적인가 어떠한가를 결정하는 것이 아니다. 이제까지 논했던 것

〈표 2〉위 대본의 비구술표현적 표식

구분	① 가타리 (−) 대사 (+)	② 말詞 (+) 지地 (−)	③ 멜로디의 고高 (+) 멜로디의 저低 (−)	④ 직설법 (+) 간접법 (−)
7~8 E	+	−	−	−
7~8 a-8	−	−	−	
8~9 F	+	−	−	−
8~9 c~d	−	−	−	
8~9 G	+	−	−	−
9~10 G	+	−	−	−
9~10 e~10	−	−	−	
10~11	−	−	−	
11~12 11~f	−	−	+	
11~12 f~12	−	−	+	
12~13 H	+	−	+	−
13~14	+	−	−	−
14~15 I	+	+	−	+
15~16 J	+	−	−	−
15~16 h~i	−	−	−	
15~16 K	+	−	−	−
15~16 j~16	−	−	−	
16~17 L	+	+	−	+
16~17 17~k	+	−	−	
17~18 k~18	−	−	−	
18~19 M	+	−	−	−
18~19 l~19	−	−	−	
19~	−	−	−	

알파벳 대문자는 인용된 말을 나타낸다. 아라비아 숫자는 사설과 멜로디를 수반한 낭송 등이 변화하는 단계를 표시하고 있다. 알파벳 소문자는 가타리 내부의 위치를 표시한다. 원래 대본에는 이것과 다른 표식이 사용되고 있으며, 각각의 유파들마다 대본상의 차이도 크다.

처럼 발화행위가 직접적인가 그렇지 않은가는 다른 텍스트와의 조정에 의해 결정된다.

대본 속에 표시된 것, 사설하는 사람과 인형조종자가 습득하여 규약이 된 표식, 수행/연기를 연출하는 데에 커다란 역할을 하는 많은 표식 중에 특히 두 계열로 배치된 표식을 뽑아내어 표로 만들었다. 이들 갖가지 표식이 각각 어떻게 조정되어 인형조루리의 (대문자)텍스트를 구성하고 있는가를 예증해 보자. 〈표 2〉의 첫번째 세로줄 ①은 갖가지 텍스트의 중층화를 다루고 있다. 이 값(인용된 대사인가 묘사적 가타리인가)은 구술표현적인 텍스트 이외의 요소를 참조하지 않아도 대충 결정할 수가 있다. 두번째 줄 ②의 '말'調과 '지'地의 대립은 구술표현 텍스트에 있는 구두표현의 음악적 요소와 연관되어 있다. '말'은 음악적 요소의 부재를 표시하고 있다. 다른 한편으로 '지'는 노래로 해야 하는 사설뿐만 아니라 음악적 요소의 현전을 표시하고 있다. 음악 텍스트는 주로 샤미센에 의해 이끌어지기 때문에 구술표현 텍스트와 음악 텍스트의 동시 진행을 위해서는 구술표현 텍스트가 양쪽 텍스트를 매개하는 데에 유익한 요소를 포함하고 있을 필요가 있다. 이 점에서 구술표현 텍스트와 음악 텍스트의 관계성이 많은 여러 텍스트의 강도에 적응하도록 변화하고, 인형조루리의 (대문자)텍스트의 의미작용 과정에 훌륭하게 통합되고 있는 것은 놀랄 만한 일이다. 이와 같이 가타리는 샤미센과 확실하게 조화되도록 강한 운韻을 단 경우도 있고, 연주와는 거의 독립적으로 진행된 경우도 있다. '가락'節과 '지'地는 모두 이와 같은 음악 텍스트와 호응하고 있다.

'음색'色과 '지이로'地色는 낮은 수준의 음악과 대응된다. 나는 "멜로디를 동반한"이라는 말을 음악성의 정도를 의미하기 위해 이용하고 있지만, 실제로는 대사의 음절과 사설하는 사람의 목소리의 높낮이高低는 관계가 없다. 플롯의 전개에 따라서 사설하는 사람은 미묘한 차이(뉘앙스)와 목소리의 억양을 도입한다. 이들은 때로는 객관적인 느낌을 내는 데에 도움이 되거나, 역으로 직접 인용된 발화 상태를 암시한다(사용된 대본이나 역사적 발전의 단계나 사설하는 사람이 속한 유파에 따라 음악성의 정도를 표시하는 기호의 표현은 상당히 변화해 왔기 때문에 사설의 특수한 방법에 대한 논의는 여기에서는 생략하겠다). 이러한 종류의 음악성에 더해 대본은 자주 소리의 고저나 음조(멜로디를 동반한 사설, 즉 가락)를 나타내고 있다. 멜로디와 악기 소리의 사용은 분명히 실제 상연에서는 여기에서 정식화한 것보다 더 복잡하다. 그러나 여기서는 논의를 간단히 하고자 이들 요소는 〈표 2〉에 표시하지 않았다.[22]

이 표에서는 14~15와 16~17이라는 두 가지의 국면만이 마치 이들 대사가 실제의 말에서 직접 인용된 것처럼 현저하게 표시되고 있다. 다른 인용된 말에서는 지이로와 음색의 창법이 수반됨으로써 발화행위가 매개되어 배우/행위자, 가장 엄밀하게는 인형의 신체와 거리를 두고 있다. 가령 이들의 대사가 인형이 그 역할을 연출하고 있는 등장인물의 발화로 상정되어 있다고 해도, 이들은 다분히 객관적으로 서술되어 낭송되고 있다. 지와 지이로와 음색이라는 양상을 통해서 제시됨으로써 이들 대사는 제3자의 가타리의 목소리로 받아들여져, 이 제3자의 시점은 등장인물이자 화자인 인물의 시점과는 일치하지 않는 것이다.

---

22) 자세한 분석은 近石泰秋, 『続·操浄瑠璃の研究』(風間書房, 1965)를 참조.

생과 사

음악성이 도입됨으로써 구술화^{verbalization}는 두 가지의 영향을 받는다. 보통 음악성은 발화의 정동적인 측면을 강조하며 서정적인 요소를 부가한다고 한다. 그 서정성을 통해서 세속적이고 평범했던 발화는 보다 높은 차원의 의미를 얻게 된다. 그 결과 표현된 감정은 타자도 공유하게 된다. 즉 이해의 대상으로서가 아니라 감정이입을 위한 매개로서 타자는 이 발화에 접근하게 된다. 그리고 발화가 가지는 개별성이 해소되는 것과 같은 공동체적 감정이 생기게 된다. 그러나 다른 한편으로 음악성은 매우 확실하게 화자를 낯설게 하는 효과가 있다.

한편으로 음악성은 발화의 시간성을 변용시킨다. 보통의 발화는 항상 다른 행동이나 정서적이며 감정적인 측면과 동시에 수행된다. 사람은 말을 하면서 뭔가 다른 일을 한다. 말을 하는 행위는 항상 얼굴 표정이나 화자의 신체 운동 등을 동반한다. 예를 들면 군기가 바짝 든 병사와 같이 부동자세로 "이 책은 얼마입니까?"라는 말은 결코 하지 않는다. 저쪽 계산대의 점원에게 책을 건네거나 책장에 꽂혀 있는 책을 가리키면서 물을 것이다('여기', '나', '저기', '당신'이라고 하는 전환사가 공간 지시적인 움직임을 할 수 있는 것은 갖가지 의미 생성 작업 간의 동시화를 전제로 하고 있기 때문이다). 어쨌든 이러한 발화를 할 때에는 뭔가 연계된 적절한 동작이 동시에 일어난다. 여기에서 발화된 진술이 자연스러운지 어떤지는 발화행위가 다른 신체 행위나 언어수행적인 상황과 협조하고 있는지 그렇지 않은지에 의한다. 발화의 시간은 신체 행위의 시간과 동시에 발생한다. 그러나 이와 같은 경우의 일치는 음악성이라는 요소를 받아들임으로써 파괴된다. 음악성은 발화와 행위 사이에 균열을 만들어 내기 때문이다. 일부러 하는 상황이 아니라면 낭독하듯이 "이 책은 얼마입니까?"라는 질문을 하지 않는다. 이와 같은 행동은 보통의 상황에서는 기묘하고 이상하다. 이 기묘함이야말로 발화행위는 언어수행 상황의 시간과 항상 호응한다는 기본적인 전제 때문에 발생한다. 음악성이 달성하는 것은 발화 시간과 행위 시간 사이를 조정하는 구조에 괴리를 가져온다. 그래서 낭송하듯이 동시에 발화 내용과는 완전히 상관없는 행위를 하도록 명령받았을 때, 사람은 어찌할 바를 모르게 된다. 그러나 이런 일이 바로 실제 인형조루리의 (대문자)텍스트에서 일어나고 있다. 즉 여기에서는 목소리와 신체의 분열이 확실히 나타나고 있다.

이 점에서 지地와 지이로地色와 음색은 구술표현적인 텍스트에 음악성을 부여하고, 이러한 발화행위를 만들어 내고 있다고 상정되는 배우/행위자 즉 화자인 인물에게는 발화된 말을 분리해서 떼어 놓게 된다고 주장할 수 있을 것이다. 음악성에 의해 이들 낭송의 고안 장치는 직접화법과 간접화법을 차이화한다. 즉 발화된 말과 발화행위 사이의 근원적인 균열은 인형조루리의 (대문자)텍스트에서 주제화되어 충분히 활용되고 있다. 그러나 이것은 허구의 극적 현실을 재현/표상하기 위한 갖가지 텍스트를 통일하고 통합하기 위해 달성해야만 했던 사정과는 정반대로 보이지 않을까. 그래서 지카마쓰 몬자에몬은 "대체로 조루리는 인형을 다루는 것을 제일로 하지만, 다른 이야기와는 달리 문구의 모든 움직임을 긴요하게 여기는, 살아 있는 생물活物이다. 특히 연극의 극장軒과 가부키의 살아 있는 몸을 쓰는 예술과 나란히 두고 말할 성질의 것이 아니고, 그야말로 뿌리 없는 목석에 갖가지 정牌을 부여해 볼거리의 느낌을 가지게 하는 것이니, 대충 해서는 뛰어난 작품에 이르기가 어렵다"[23]고 주장했던 것이 아닐까. 인형조루리의 (대문자)텍스트가 성립하는 장소인 무대의 물리적 설정은 필연적으로 신체와 목소리, 발화행위와 발화된 말, 행위 텍스트와 구술표현 텍스트의 분리를 전제로 한다. 인형도 인형조종사도 연극을 하는 동안 한 마디도 말하지 않는다. 이제까지 제시했던 것처럼 처음부터 신체가 목소리의 장이 될 가능성은 전혀 없다. 그럼에도 왜 인형조루리는 이 균열을 매개로 해서 은폐하려는 시도보다도 균열을 과장해서 폭로하고 있다고 말할 수 있을까.

이 문제의 성질을 더 명확하게 규명하기 위해 대본을 구체적으로 검토해 보자. 음악적인 요소처럼 거리화하는 장치에 의해 특징지어지지 않는 직접화법의 대사는 어떻게 플롯의 전개에 관계하는 것일까? 이들 두 국면의 처음(14에서 15에 이르는 곳)에서는 다음과 같이 말해지고 있다. "살아 있으면 그만큼 더 살고 싶고, 우리가 함께 있으면 또한 더 함께 있고 싶어지는 것을, 그러니까 죽을 각오를 하고……." 이보다 한 구절 앞에서 우메카와는 주베이와 함께 기꺼이 죽겠다고 고백하고 있다. 14에서는 음조는 지地에서 음색色으로 그리고 마지막에는 말詞로 바뀌고 있다(여기에서 음색은 이행적인 음조이다). 그리고 우메카와의 고백이 보다 형식화되어 간접적인 표현으로 말해지는 데에 반해서 주베이의 발화는 가능한 한 실제에 가까운 대사로 나타난다. 이러한 주베이의 대사 부분에서 극적인 현실은 가장 응축된 형태로 나타나며, 인형의 신체나 목소리와 발화행위의 주체는 직접적으로 통합되어 있는 것처럼 생각된다. 현실은 발화행위와 발화된 말 사이에 뭔가 매개나 거리가 없는 것처럼 표현되고 있다. 여기서 발화는 제3자의 매개를 받는 일도 없고, 사설하는 사람의 존재도 거의 투명한 것이기 때문에 주베이에 의한 직접화법의 말하기일

23) 穂積以貫, 『難波みやげ』, 『近松浄瑠璃集』 下(日本古典文学大系 50巻), 岩波書店, 1959, 356쪽.

것이다. 그러나 여기에서 직접성과 발화의 통일의 효과가 나타나는 것은 대본의 해당 부분에 선행하는 대사가 바로 간접화법일 때뿐이다. 즉 직접화법의 직접성을 환기할 수 있는 것은 더욱더 간접화법적인 대사와 대조될 때뿐이다. 해당 부분을 좀더 간접적으로 이야기할 수 있다는 인형조루리의 패러다임적인 가능성에 의해 생생한 느낌을 효과적으로 만들어 내는 것이 지속되고 있는 것이다.

이 구절 다음으로 가타리가 진행됨에 따라 음조는 다시 15에서 지이로地色로 바뀐다. 플롯의 전개에 따르자면 주베이의 대사에 이어지는 대사는 우메카와에게 속해야 하며 또 직접화법이어야 하지만, 그렇지 않고 발화는 더 거리를 둔 간접적인 화법으로 바뀌고 있다. 앞서 주베이의 대사에서는 달성되었던 인형의 신체와 목소리의 직접적인 통일은 사라지고 만다. 주베이에게 위치가 부여되었던 목소리의 원천, 즉 주베이의 신체에 위치가 부여되었던 그의 혼은 그 자리를 떠나 어딘가 먼 곳으로 사라져 버린다. 따라서 목소리는 직접적으로 눈앞에서 들린다는 느낌이 없으며, 그것에 덧붙여 발화행위의 주체는 소실된다. 우메카와의 대사는 이미 거리를 취한 냉정한 시점에서 관찰되어 보고된 발화/간접화법이라고 느끼지 않을 수 없다. 이 대사가 운문과 같이 전개됨에 따라 가곡 즉 '노래'로 변화하여 발화행위 주체의 개인성은 익명성으로 대치된다. 가령 이 대사의 화자가 직전에 연인에 의해 유곽에서 벗어나 행복감에 젖은 신분 낮은 유녀라고 분명히 상정되어 있어도, 이 발화에서 누가 이야기하고 있는가는 이제 중요하지 않게 되었다. 바야흐로 가타리는 서사시에 한발 더 다가가 있다. 여기에 수반해서 이야기는 두 개의 시간성, 즉 가타리의 시간과 이야기되는 사건의 시간을 명확히 구별하는 양식으로 낭송된다. 말하기speech 속에서 발화된 '지금'은 이제 말하기에 의해 이야기되는 사건의 '지금'이 아니다. 그러므로 무대상의 인형의 실제 행위/연기는 어딘가 과거의 분위기에 젖어 있는 것처럼 생각되며, **재표상/재현전**representation의 특징을 띤다. 이 행위는 이미 한번 일어났던 행위, 재연된 연기처럼 보인다. 다음 절(h~16)에서는 3인칭의 가타리가 (대문자)텍스트의 표층으로 부상하며, 가타리가 보고하는 우메카와의 발화는 실제로 겹상자 속의 상자, 즉 틀 안에 있던 발화이며 볼로시노프가 '간접화법'이라고 부른 것에 해당한다. 그러나 다시 음조는 '말'로 바뀐다(16~17). 마치 대낮에 꿈에서 깬 것처럼 주베이는 한번 잘못을 저지른 행위를 돌이킬 방법이 없다는 것, 그 죄과의 무게를 재확인한다. "나는 이렇게 나쁜 짓을 했다. 그런데 너의 어떠한 부적도 이 상황의 나를 구해 주지는 못할 것이다." 이번은 직접화법이 나타내는 현실감과 죄과가 만회되지 않는 것이 서로 겹친다. 행위는 일단 일어나 버리면 반복할 수도 취소할 수도 없다는 **현실적인 것**의 예리한 인식이 여기에서 이야기된다. 이것은 발화행위와 발화된 말의 특징에 대해 에둘러서 하는 언급이다. 행위와 마찬가지로 발화행위도 되풀이할 수 없다. 발화행위에 의해 새로 만들어진 발화된 말은 한번 말해지면 발화 당사자로부터 떨어져 버린다. 주베이는 그의 행위 결과에서 바로 바깥에 있게 된다. 그의 의도와 상관없이 그가 저지른 행위는 이제 그를 처벌하며 그의 미래를 속박하기 때문이다.

이와 같이 직접화법과 간접화법 형태의 언어표현 사이를 끊임없이 흔들면서 **현실적인 것**의 다양한 차원이 발생한다. 즉 직접적인/간섭석인, 현전/부재, 보고되지 않은/보고된 이항대립이 서로 포개짐으로써 풍부한 가타리의 가능성이 발생한다. 이것과 관련해 주목할 점은 이들 이항대립이 궁극적으로는 생과 사의 변증법에 이른다는 것이다. 인형이 인형 조루리의 (대문자)텍스트에서 생명을 불어넣어 살아 있는 것처럼 보이는 것은 절대로 필요할 뿐만 아니라, 인형이 죽은 존재인 것도 동시에 필요하다. 생과 사는 이 시공간의 연속체에서 극적으로 분절되어야 한다.

이 점에서 담론의 두 가지 차원에 대해 논하고 있음을 알 수 있다. 즉 이토 진사이가 죽음의 관념과 관련해 논했던 것처럼 두 가지의 의미소가 여기에 관계하고 있다. 생명을 가진 것(생)의 의미소와 무생물(사)의 의미소의 대립과, 살아 있는 것의 의미소와 죽는 것의 의미소의 대립이다. 이토가 지적했던 것처럼 살아 있지 않으면 죽을 수도 없다는 논의는 여기에서도 가능하다. 무생물은 살 수도 죽을 수도 없다. 따라서 인형은 미리 생명을 불어넣지 않으면 죽는 것을 연기할 수조차 없다. 죽어 있는 것은 죽을 수도 없는 것이다. 이와 같은 죽음의 이중성이 '동반자살 이야기'心中物에 있어 특히 중요하다는 것은 말할 것도 없다.

차츰 다층화함으로써 다양한 시점이 (대문자)텍스트에 도입된다. 이들 시점의 하나가 등장인물이다. 이 수준에서는 음조나 리듬이나 음악의 선율에 의해 장식된 목소리는 이극二極 사이에서 확대되는 스펙터클에 의거한 영역을 표명하고 있다. 이극이란 궁극적인 죽음과 생명의 현존이다. 여기에서 생명의 현존이란 발화된 말이 완전하게 발화행위로 흡수되는 발화 구성체를 말한다. 다른 한편으로 궁극적인 죽음이란 발화행위가 완전하게 소거된 구성체를 함의한다. 궁극적인 죽음에서 발화는 그 작자와 발화행위의 주체를 빼앗기고 있다. 이때 발화는 누가 말해도 괜찮으며, 그렇지 않으면 보편적인 익명성의 형태를 취할 것이다. 그 이전의 담론공간에서 이러한 이극화가 생기지 않았던 것은 보편적인 익명성의 형태는 익숙한 것이었다 해도, 생명의 현존이 담론장치로서 의식화되는 일은 없었기 때문이다. 그런데 17세기 후반에서 18세기 초반에 걸친 인형 조루리는 이미 생명의 현존을 피할 수 없는 새로운 담론구성체에 발을

들여놓고 있었다. 발화행위와 발화된 말 사이의 근원적인 균열이 (9장에서 다룰) 무용술舞踏術 논의에도 침투함에 따라, 생명의 현존은 담론장치로서 당시의 담론공간에 침입해서 결과적으로 이 담론공간을 변질시켜 버렸던 것이다. 이러한 관점에서 보자면 일종의 문학에서 죽음과 자살이 주제적으로 다루어진 사실은 특별한 의의를 띠고 있었다는 것을 알 수 있다.

실제로 인형조루리의 (대문자)텍스트에 그려진 극적인 죽음은 생명의 현존이라고 상정되는 것으로부터 익명성의 발화로의, 단독적인 화자로부터 보편적인 주어로의 이동을 표현하고 있다. 등장인물은 자살함으로써 화자, 즉 발화를 소유하는 유일한 자로서의 역할 수행을 포기하고 발화의 대상밖에 될 수 없는 상상적 공간에 참여한다. 이야기를 할 수 있는 자라면, 이야기를 할 수는 있어도 결코 스스로 이야기하는 일이 없는 자로도 이행한다. 이 점에서 인형조루리의 (대문자)텍스트에서 죽음의 의미를 밝히는 것은 아주 쉽다. 그것은 등장인물이 발화를 허용했던 세계로부터 스스로는 결코 이야기할 수 없는 그저 발화대상밖에 되지 않는 세계로의 **죽음의 여정**이다. 죽음에 의해 등장인물은 발화행위 능력을 빼앗기며 언어에 있어서 완전히 동결된 존재가 된다. 언어에서 때때로 등장인물을 새로 만들어 내는 일이 있다고 해도 등장인물 스스로 언어를 새로 만들어 낼 수는 없다. 죽음은, 즉 언어 일반의 가능성의 조건인 것이다.

읽기 행위

많은 인형조루리 대본이 실제로는 목판 인쇄로 출판되었던 점을 고려한다면, 불가피하게 우리는 쓰여진 텍스트의 지위에 관한 물음에 직면한다.

인쇄된 대본은 무대 상연/연출이 아니라, 개인적인 독서를 위해 출판되어 도쿠가와 사회의 독자층 사이에서 유통되고 있었다. 이제까지 내가 강조했던 것처럼 인형조루리의 (대문자)텍스트는 구술표현 텍스트 이외의 텍스트를 포함하고 있었다. 그래서 쓰여진 텍스트가 담론공간 내부에서는 항상 불완전하다고 여겨졌던 만큼, 문제는 정반대로 규정되어야만 할 것이다. 다시 말해 쓰여진 텍스트로서 불완전한 대본은 더 광범위한 독자층에게 읽히기 위해서 어떤 식으로 대리보충되고 있는가라는 점이다. 또는 쓰여진 텍스트가 다른 부재의 텍스트를 예기하며 부재의 텍스트와도 관련을 맺고 있는 듯한 대리보충의 구조는 어떤 것인가 하는 점이다.

적어도 이들 대본에서는 중층화의 구조가 보인다는 점을 다시 한 번 확인해 두자. 가타리 목소리의 연속성에도 불구하고 텍스트는 설명을 위한 가타리와 보고된 발화의 구분에 적응하기 위해서 다층화하고 있다. 묘사를 위한 가타리는 인용된 말을 그 말이 이루어졌던 상황에 위치를 잡을 수 있도록 필요한 정보를 제공한다. 나아가 묘사를 위한 가타리는 말이 상당히 안정된 상황에서 이루어지는 한, 가타리의 시간이 이야기된 사건의 시간보다도 큰 폭으로 어긋나는 것은 예외적인 상황에 국한된다는 것을 전제로 하고 있다.[24] 이것과는 대조적으로 서사시의 가타리에서 가타리는 현실에서는 수일 혹은 수년간에 걸친 사건을 몇 줄 내로

---

24) 가타리의 시간과 이야기된 사건의 시간의 완전한 대응은 '말'(詞)에서밖에 성립하지 않는다고 생각한다. 설령 양자 사이에 균열이 있을 때에도 그 균열은 그다지 크지 않다. 묘사를 위한 가타리는 무대상의 상연을 추구하기 때문이다. 원칙적으로 장면은 항상 서술자에게서 현전한다. 그러나 이 경우에는, 두 개의 시간성의 완전한 대응을 보여 주는 것은 재현/표상에 서뿐이라는 점을 강조해 두어야 한다. 즉 나의 이론적인 입장에 의하면 양자는 결코 서로 일치하지 않기 때문이다. 말하기든 쓰기든 묘사든 보고든 모든 가타리의 형태는 필연적으로 두 시간성 사이의 차이 혹은 거리를 만들어 낸다. 시간은 이 균열이 없으면 이해 불가능하다.

이야기하는 것처럼 때로는 시간을 응축하는 일도 있다. 인형조루리의 매우 흥미로운 점은 가타리의 시간에는 서사시의 가타리의 경우와 같은 자유가 주어져 있지 않다는 점이다. 즉 인형조루리와 같은 장르에서 가타리의 시간성은 극장에 있어서 행위/연기의 조건에 의해 제약되어 있다.[25] 한 장소와 다음 장소 사이에서 시간이 비약하는 일이 있지만, 한 장소의 한가운데에서 가타리의 시간은 행위와 연기의 시간을 충실하게 따르지 않을 수 없다. 그러나 구술표현적 연속체에서 다층화와 묘사를 위한 가타리는 공간화되어 상황에 대한 구술표현상의 등가물 역할을 수행할 수 있게 된다. 분명히 사설하는 사람의 목소리가 묘사를 위한 가타리를 제공하고 있을 때에 목소리는 무대상의 행위자/배우에 대응하는 일은 없다. 그러나 사설하는 사람의 가타리가 인용된 말일 때 그 말은 무대 위의 인형 중 어느 것인가에 속하지 않으면 안 된다. 즉 사설하는 사람이 누군가 무대에서 부재의 다른 인물의 말을 보고하지 않는 한, 보고된 말은 항상 인형에 대응할 것이다. 지금까지 논했던 것처럼 행위/연기의 시간과 가타리의 시간은 반드시 완전히 대응하지 않지만, 무대 위에서 관객을 향해 누가 이야기한다고 상정되는가를 보여 주기 위해서 적어도 목소리와 인형의 움직임 사이에서는 어떤 병행관계가 성립해야만 한다. 그러나 분명히 이 구조는 묘사를 위한 가타리에 적용시킬 수 없다. 묘사를 위한 가타리에서 목소리는 신체를 가지지 않고 연극적인 공간에서 아무런 정박지를 가지지 않는다. 그 목소리는 어디에도 없는 장소에서 이야기하고 있

---

25) 예를 들면 노(能)에서는 가타리의 시간이 이야기된 사건의 시간으로부터 끊임없이 일탈한다. 시간은 결코 선형적(linear)인 것이 아니다. 특히 '무겐노'(夢幻能)라고 부르는 장르에서는 시간적인 중층화는 그다지 복잡하지 않기 때문에 이야기된 사건의 시간을 결정할 수 없을 때도 자주 있다.

다. 목소리가 동시화될 만한 존재의 계기가 거기에는 없다. 그 대신 가타리는 보고된 말이 발생하는 문맥이나 환경에 대해서, 그리고 그 보고된 말과 등장인물의 관계에 대해서 묘사한다. 묘사를 위한 가타리의 시간성은 반드시 선형은 아닌 상황의 시간에 대응한다. 통사론의 수준에서는 선형으로 표시되고 있음에도 불구하고 묘사적 가타리와 보고된 발화의 관계는 **의미작용 과정**의 양식에 관한 한 공간적인 것이다.

이와 같이 담론은 시간과 공간 사이의 근원적인 차이를 포함하기 시작한다. 이 차이는 최종적으로는 차연差延, *différance*에 다름 아니다. 어떠한 텍스트도 완전히 시간적이거나 완전히 공간적이 될 수 없다. 이 차연의 배분질서에 의해 구술표현적 연속체를 분절하는 것을 통해서 담론은 게슈탈트Gestalt[우리가 어떤 사물이나 현상을 지각할 때 떠오르는 어떤 형태]를 받아들이게 되고, 이 게슈탈트 덕분에 가타리의 연속체는 그림圖과 지문地으로 나누어지게 된다. 나중에 논하겠지만 이 차연의 양식은 18세기 문학 생산을 지배하게 된다. 문학 텍스트는 가령 극장에서의 행위/연기에 관한 것이 아니더라도, 이 표현 양식에 충실했던 것 같다. 18세기 담론공간에서 쓰는 것과 읽는 것의 대비구조는 사실 이 차연에 의거해 조직되어 있었다. 이 구조를 통해서 읽기 행위는 쓰기를 그림과 지문으로부터 나온 도식에 삽입하고, 그림과 지문 사이에 가능한 관계로서 상호의존을 새로 만들어 낸다. 첫째로, 쓰기는 일정한 지문과 상호 관련을 맺고 있다고 간주되어 쓰기의 의미작용이 그림과 동일시된다. 쓰기는 발화된 말로 간주되는 경우에는 지문을 가지지 않기 때문에 적절한 지문(배경)에 의해 대리보충될 필요가 발생한다. 이 대리보충의 작업은 실제로 쓰기를 기원적인 발화행위 장면으로 되돌려 보내지만, 그 기원의 장면에서는 그림과 지문이 신체적인 행위로 통합된다. 이와 같이 18세기에서 읽기의 문제는 다음의 방법으로 규정되었다. 독서행위는 어떻게, 어떤 종류의 술어 이전의 경험/언어표현 이전의 경험인가 혹은 신체적인 인식인가, 어느 쪽인가와 동일시할 수 있게 되는가 하는 문제였다.

직접화법과 간접화법의 이항대립이 설정되기 위한 비구술표현적인 고안에 대해서 고찰할 때에는 이 고안의 누적적 사용이 구술표현적 연속체를 더욱더 분할하여 직접적 직접화법, 직접적 간접화법, 간접적 직접화법, 간접적 간접화법과 같은 형태로 더욱더 세분할 수 있다는 점에 주의해 두자. 이와 같이 다양한 수준을 만들어 냄으로써 텍스트는 다양한 강도의 극적 효과를 나타낼 수 있게 된다. 여기에서 더욱더 강조할 것은 이들 비구술표현적인 고안을 조정함으로써, 예를 들면 신체적인 행위와 같은 텍스트를 분절하는 것을 통해서 직접적인 행위와 간접적인 행위에 대해 논할 수 있게 된다는 점이다. 지금까지 시사해 왔던 것처럼 음악성이 가타리에 관여하는 것은 자연스러운 자발적인 행위와 이 행위에 수반하는 구술표현적인 발화 사이에 새롭게 균열을 만들어 낸다는 점이다. 그럼에도 불구하고, 가령 음악성이 구술화에 관여하고 있을 때에도 신체적 행위와 구술표현적인 발화의 조정을 유지하는 것은 여전히 가능하다.

직접적인 행위, 간접적인 행위

신체적 행위를 리듬이나 멜로디나 다른 음악적 특징에 의해 장식된 구술표현적인 발화로 통합되도록 변용할 수 있다. 노래 부를 때 사람의 신체는 보통 노래의 리듬에 맞추어 흔들거나 움직인다. 반주가 흐르지 않을 때에는 이러한 인간의 움직임은 '자연적'이거나 '자발적'이라고 할 수 있을지 모른다. 그러나 반주와 동시에 진행되는 신체적 행위는 이미 자발적인 것이라고 간주할 수 없다. 무용은 일차적으로는 신체적인 운동이지만, 구술표현적인 발화(노래 부를 경우)와 신체적인 운동과 음악이 동시에 진행되고 조율되어 구체적인 신체적 운동과 구술표현 텍스트 사이에서 균열이 생기는 것을 억제한다. 균열이 생기지 않았음에도 행위/연기는 자연적이라거나 자발적이라고 간주할 수는 없다. 왜냐하면 행위/연기는 규칙화되고 형식화되고 의례화되어 있기 때문이다. 이렇게 생각하면 어째서 간접적인 행위/연기를 논할 수 있는지 알게 될 것이다.

직접적인 행위에서는 이와는 정반대로 신체적인 행위와 언어행위적인 상황 사이의 단절이 없다고 간주된다. 신체적인 행위와 언어행위적인 상황은 동시적이지만, 특히 제도에 의해 동시에 이루어지는 것은 아니다. 직접적인 행위에 있어 신체적인 행위와 언어수행적인 상황의 동시성은 특별히 훈련을 필요로 하지 않는다. 그러므로 자연적 혹은 자발적이라고도 생각된다. 그런데 몸짓, 사설, 음악 등이 노래나 무용에서는 동시에 진행되어도 언어행위적인 상황은 동시에 이루어지지 않는다. 노래와 무용에서 언어행위적인 상황은 독립적으로 행해지며 발화될 수 있기 때문이다. 그러므로 우선 신체행위는 직접적인 행위와 간접적인 행위의 두 범주로 구분될 수 있다고 말해 두자. 직접적인 행위는 거기에 참여하는 모든 요소——즉 신체행위, 언어표현적인 발화, 언어행위적인 상황——사이의 동시성을 전제로 한다. 직접적인 행위는 음악성과 그 밖의 형식화하는 힘의 부재에 의해 더 특징지어질 것이다. 이에 비해 간접적인 행위는 언어행위 상황을 제외한 참여하는 모든 요소들 사이의 공시화와 조율을 필요로 한다. 그러나 언어행위 상황은 동시적이 아니다.

간접적인 행위는 특정한 언어행위적인 상황으로부터 분리된 신체적 행위의 한 형태를 말한다. 이 간접적인 행위에는 시간성의 변용뿐만 아니라 시점의 추이나 발화행위 주체의 소멸까지 포함되어 있다. 가타리의 음악성과 더불어 형식적이며 의례화된 패턴을 따라가다 보면 행위자/배우의 신체는 언어행위적인 상황에 대한 의존을 멈추고, 그것에 의해 상정된 개인주의적인 독창성과 자발성을 잃게 된다. 간접적인 행위의 두 가지 중요한 특징은 행위/연기가 반복가능하다는 것과 다른 사람도 그것을 연기할 수 있다는 것이다. 처음부터 사람은 제3자, 즉 익명의 누군가로서 등장한다. 간접화법과 마찬가지로 간접적인 행위도 자율적이며, 특정한 언어행위적인 상황으로부터는 독립성을 유지하고 있다. 행위/연기의 반복가능성은 간접적이며 형식화된 행위가 이와 같이 상대적으로 자율적이며 독립적이라는 의미를 함축하고 있다. 즉 간접적인 행위는 전환사^{shifter}가 지니는 '지금', '여기'의 특정성을 상실하게 된다. 동일한 신체적 운동을 과거에도 현재에도 미래에도 행할 수 있다. 이러한 초역사성은 간접적이고 형식화되고 의례화된 행위를 가능하게 하는 조건이다. 신체적인 행위를 형식화하며 의례화함으로써 연기자는 모든 것을 바꾸어 버리는 역사적 시간의 침식작용을 초월한다(의례화된 행위에 있어서 초역사성의 문제는 이어지는 장에서 더 상세하게 탐구하겠다).

　더욱이 간접적인 행위는 개인의 죽음의 또 하나의 형태이기도 하다. 이 특징은 반주가 수반된 신체적 행위의 예에서 특히 명백해질 것이다. 의례화된 행위는 단 한 사람에 의해 연기되든 집단에 의해 연기되든, 원칙적으로 연기자가 자기 자신의 신체를 이미 코드화한 패턴으로 변용시키는 양식에 충실하지 않으면 안 된다. 의례화된 행위와 '자연스러운' 동작을 구별해 주는 것은, 의례화된 행위에서 연기자는 의식적으로 자기 자신의 '자발적인' 주도권을 억압하여 자기 자신의 운동을 특정한 틀 내부에 가두려 한다는 점이다. 무용과 같이 의례화되거나 형식화된 행동은 수행자/연기자로 하여금 미리 정해진 행동의 코드에 따를 것을 요구하며, 속죄하기 어려운 독특한 것이라고 상상되는 개인의 자아를 폐기하기 위해 긴 훈련 과정과 반복되는 연습을 필요로 한다. 형식화된 행동을 통해서 자기오인에 의해 상상된 개성은 제거된다. 즉 사람의 본원적 자아는 그에게 요구되는 자아 이미지로 대체된다. 결국 발화행위의 주체와 발화된 말의 주어를 직접 동일시할 가능성이 없는 무용과 형식화된 행동에서는 발화행위가 지워진다.

수행자/연기자는 음악과 신체적인 행위와 구술표현적인 발화가 동시적으로 이루어지게 함으로써 타인이 텍스트에 참여할 수 있는 가능성을 열어 준다. 그렇게 하지 않을 경우 자신은 자기 행위의 소유자라고 믿었을 주체는 소유자의 자격을 박탈당해 '개성'이 전혀 없어도 무방한 지위로 떨어진다. 노래 속에서 이루어진 약속은 아무런 책임도 초래하지 않는다. 왜냐하면 메시지와 수행/연기는 다른 행위자에 속하는 것이며, 따라서 수행자가 메시지에 대해 책임을 지는 일이 없기 때문이다. 노래 부르고 있는 것은 가수가 아니라 익명의 목소리이며 구체적인 사람이 아니고 어떤 추상적인 인격이다. 같은 논의는 무용에서도 적용될 수있다. 무용에서는 수행자의 자아와 연기된 인물의 자아가 괴리되어 있기 때문이다. 여기에서 '인물'person이라는 말이 가면을 의미하는 '페르소나' persona에서 유래했다는 것은 생각해 볼 필요가 있다. 특정한 행위——예를 들면 한 번의 눈길이나 팔을 들어올리는 동작——는 수행자의 정서를 나타내지 않는다. 다시 말해 무용에서는 수행자의 개인적인 정서는 감각과 방향이 변용되어 가면을 쓰게 된다.

실제 수행/연기에서 단 한 사람이 연기하든 여러 사람이 연기하든 상관없이 음악이 신체적인 운동이나 구술표현적인 발화 중 하나, 혹은 양자 모두와 동시에 이루어지는 것은 익명의 화자를 낳는다. 신체적 운동을 음악과 리듬과 패턴화된 움직임과 공시적으로 이루어지도록 하는 한 누구든 이 텍스트에 참여할 수 있다.

이로써 음악과 구술표현적인 발화의 공시화는 '집단성'의 가장 초보적인 구성을 의미하게 된다. '집단성'이라는 말은 복수 주체의 집합을 의미하는 것이 아니라, 개인의 죽음의 한 형태, 발화행위 주체의 상상된 독창성이 지워지는 형태를 의미한다. 따라서 '집단성'은 (대문자)텍스트의 체계적인 조직화의 한 양식이라고 해도 좋다.

행위 텍스트의 의례화나 간접화법의 구성체는 의례화되지 않은 '자연스러운' 동작과 직접화법적인 일상의 말과 대비될 때에만 그 특징이 분명해진다는 사실을 상기하면, '자연스러운' 행위와 '일상적' 말의 관념 역시 그 자체로 '주어진' 것이 아니라, 텍스트에 관련된 이러한 범주들과의 대립을 통해서 구성된다는 사실을 간과해서는 안 된다. 다시 말해 그저 차이만이 존재한다. 이 차이는 대립을 낳으며, 이 대립이 없으면 '자연스러운' 행동도 의례화된 동작도 있을 수 없다. 그 자체로 자연스러운 행동이나 그 자체로 직접적인 화법 등은 있을 수 없다. 따라서 '자연스러운' 행동이나 직접화법은 의례화되어 형식화된 행위나 발화가 그 대립항으로서 설정되었을 때에만 가능하다. 이들 대립항이 없으면 직접화법의 말이나 형식화되어 있지 않은 행동은 있을 수 없다.

모든 행위는 바로 의미를 목표로 하기 때문에 그 행위는 이해 가능한 것이 된다. 사람이 행하는 것은 그 사람이 달성하고자 하는 것과 불가분의 관계에 있다. 그러나 제3장에서 행위를 실현하려고 하는 규범의 선행성에 대해 논했던 것처럼, 행위의 의미는 항상 제3자의 시점으로 보았을 때의 의미를 전제하고 있다. 이러한 제3자의 시점이 우연히 나의 행위를 관찰하게 된 특정 인물의 시점과 반드시 일치하는 것은 아니다. 여기에서 이 주제를 상세하게 논할 수는 없지만, 사람의 행위가 이해 가능한 것은 실제로는 이와 같은 익명의 시점에서 보는 것이 가능하기 때문이라는 점만은 확인해 두자. 이러한 시점을 예상해서 사람은 행위를 한다. '행위(=연기)한다'라는 말이 확실히 예증하고 있는 것처럼 나는 항상 이중의 의미에서 행위하고 있다. 말하자면 내가 행위를 한다는 것은 '한다'라는 것과 '하는 체한다'라는 두 가지 의미에서이다. 그러나 분명히 하는 체한다는 것은 필연적으로 누군가를 위해 행위를 한다는 점에서 관객을 전제로 하고 있다.

이제까지 '집단성'이라고 불렸던 것은 나로 하여금 주체인 체하게 만드는, 항상 부재하는 이러한 익명의 시점을 말한다. 행위의 이해 가능성에 내재해 있는 '집단성'을 강조함과 동시에, 나는 '집단성'의 선행성이란 결코 집단성이 객관적 시간에서 현존하고 있다는 것을 의미하는 것이 아니라는 점을 지적해 두고자 한다. 이 점은 앞으로 계속되는 논의에서 결정적인 중요성을 지닌다. 왜냐하면 내가 검토하는 중심적인 과제가 18세기에 있어서 이와 같은 '집단성'의 본질화와 물화이기 때문이다. 마치 내가 윤리적 규범을 인식하는 것처럼, 나는 내 행위에 선행하는 것으로서 나의 행위에서 이러한 '집단성'을 창조한다. 그렇기 때문에 결국은 **항상 이미** 간접적인 행위는 제작적poietic인 동시에 시적poetic이다.

겹상자 구조, 틀 설정과 이데올로기

이와 관련하여 이제까지 인형조루리의 (대문자)텍스트에 있어서 '직접화법'이라고 이름을 붙였던 것도 (대문자)텍스트에 음악성이 도입되면서 발생하는 갖가지 대립에 의해 구성되었다는 점을 기억해 두어야 하겠다. 모든 말, 모든 행위, 나아가 모든 상황은 '가설된', 따라서 지어낸 것이기 때문에 (대문자)텍스트의 어떠한 요소도 무매개적으로 '자연스러운' 것은 아니다. 결국 이들 대립이 만들어 내는 것이 인공적인 행동이 아니라, 일상적 회화와 자연스런 행동처럼 보일 수 있는 것은 (대문자)텍스트라는 시공간적인 연속체의 내부에 놓여질 때뿐이다. 이 시공간의 연속체는 특권적인 **토포스**로서 기능하며 이 토포스가 여러 가지 차이를 (관객의) 일상생활 문맥으로부터 분리하여 [무대라고 하는] 틀에 포함시킬 때에만 극이 분절되기 때문에, 극의 내부에 배치되는 어떠한 말이나 행위도 그 자체 그대로 자연스럽거나 무매개적일 수는 없다. 자연스러움이나 직접성의 표현은 이와 같은 메커니즘이 없으면 불가능하다. '사실적'은 '사실적이지 않음'을 매개로 해서만 표현될 수 있다. 즉 '일상적 회화'가 존재하기 위해서는 그 존재를 인공적으로 가공할 수 있는 공간적인 영역의 윤곽이 확정되는 것을 전제로 하고 필요로 한다. 여기에서 우리는 어떤 역설과 조우하게 된다. 직접적인 것은 간접적인 것의 내부에서, 무매개적인 것은 매개적인 것의 내부에서, 자연스러운 것은 인공적인 것의 내부에서만 가능하다는 것이다. 이것이야말로 의심의 여지 없이 18세기 담론 공간에서 고유한 의미작용의 모순이 초래한, 피하기 어려운 측면이다.

지금까지 나는 묘사적 서술은 전해진 말을 둘러싼 그림 텍스트에 상당하는 것과 같은 역할을 수행한다고 논했다. 구술표현적 연속체의 중층화는 가장 기본적인 공간화의 형식에 도달하며, 이러한 공간화에 의해 구술표현적 연속체의 일부는 묘사적 서술의 역할을 할당받아서 전해진 말이 발생하는 문맥적인 조건을 설명하며 묘사하게 된다.

인형조루리의 (대문자)텍스트를 이용해서 나는 발화가 직접적인 것이라고 간주되든 그렇지 않든, 그것이 음운론적이라거나 통사론적인 특징과 같은 내적 성격에 의해서 결정될 수는 없다는 점을 논증했다. 그뿐만 아니라 발화는 외부와 그 발화와 병치되어 있는 다른 텍스트와의 관계를 통해서만 그와 같은 한정을 받는다. 구술표현적 연속체의 중층화나 직접화법과 간접화법의 차이화에 의거한 공간화는 내가 틀 설정의 효과라고 부른 바 있는 효과를 만들어 낸다. 이러한 틀 설정의 효과를 통해서 전해진 말과 그 상황은 명확하게 구분됨과 동시에 서로 관련을 맺게 된다. 이러한 틀 설정 효과의 조건에 따르면 전해진 말은 (대문자)텍스트 전체의 흐름 내부에서 '겹상자 안에 놓여' 있다.[26]

그러나 시공간적 연속체의 특권화된 토포스인 인형조루리의 (대문자)텍스트는 또한 일상적인 삶이라고 하는 훨씬 큰 문맥 안에 놓여 있어서, 전해진 말은 사실상 겹상자 안에 놓여 있는 셈이다.

재현/표상형과 게슈탈트형

겹상자 속의 발화 즉 전해진 말과 이 겹상자 외부의 다른 텍스트의 구조적인 관계가 (대문자)텍스트 내부에서 발화의 위상을 결정짓는다고 논할 수 있을까? 인형조루리의 대본이 예증하고 있듯이 거기에는 많은 음성과 음악에 관한 표식과 그림의 배치가 있으며 이들 표식은 발화를 어떻

---

26) 이와 같은 방식은 말할 것도 없이 도키에다 모토키(時枝誠記)가 일본어의 근원적인 통사론적·존재론적 구조로서 상정했던 '겹상자형 구조'라는 방식과 유사하다. 그러나 내가 이해하고 있는 한, 그의 겹상자형 구조는 '발화행위와 발화된 말의 관계'와 '틀 설정 효과로서의 주체'에 대한 해석을 목적으로 삼고 있다. 時枝誠記, 『国語学言論─言語過程説の成立とその展開』, 岩波書店, 1942를 참조. 겹상자형 구조의 문제설정과 그 부차적 분열에 대해서는 나중에 다시 논할 생각이다.

게 겹상자에 넣어 외부로부터 분리해 낼 수 있는지를 나타내고 있다. 물론 겹상자 구조와 틀 설정의 효과 그 자체가 외부와 내부를 함께 만들어 낸다. 그러므로 가능한 텍스트의 조합 수에 따라 무수히 많은 종류의 겹상자 구조가 만들어지는 것이 가능해진다.

그러나 이 책의 문맥에서는 두 가지 유형의 겹상자 구조가 중요하며, 18세기 텍스트의 구성체 양식을 해명하기 위해 나는 그것에 대해서 말해야만 한다. 나의 관심 범위 내에서 중요한 것은 두 종류의 텍스트, 즉 언어표현 텍스트와 그림 텍스트이다. 언어표현 텍스트와 그림 텍스트의 상호 작용 양식은 그것이 재현/표상형인가 게슈탈트형인가에 따라 아주 큰 차이가 있다는 것을 쉽게 알 수 있다.

재현/표상형에서는 언어표현 텍스트와 그림 텍스트 양자 모두가 상대적 자율성을 유지하고 있다. 이러한 상대적 자율성이란 한 텍스트가 다른 텍스트의 도움 없이도 의미를 생성하거나 의미를 지시할 수 있다는 말이다. 가령 언어표현 텍스트가 전체에서 제거된다 해도 그림 텍스트는 지시의 측면에서 동일하며, 그 시각적 메시지는 크게 변하지 않는다. 실제로 르네 마그리트가 「두 개의 신비」(그림 A)에서 행하고 있는 것처럼 다른 명제로 대체함으로써 그림 텍스트의 지시양식을 변용시키는 일도 가능하다. 그러나 이때에는 언어표현 텍스트와 그림 텍스트의 관계를 이미 재현/표상형으로 분류할 수 없게 된다. 이와 같은 분류법은 각각을 구성하는 텍스트의 내적 구조에는 적용될 수 없다는 점을 기억해 두기로 하자. 여기에서는 복수의 텍스트가 함께 새로운 텍스트를 구성하는 공존의 양식에 대해서 논하고 있기 때문이다.

재현/표상형에서 언어표현 텍스트는 그림 텍스트에 대해 메타명제로서 기능한다. 이러한 재현/표상형에 있어서 텍스트의 상대적 자율성은 그림 텍스트와 언어표현 텍스트가 마치 서로를 필요로 하지 않는 것처럼 나타낼 수 있다는 것을 시사한다. 양자의 관계는 자주 재현/표상의 관계이며, 그림 텍스트는 재현/표상되는 것이고, 언어표현 텍스트는 재현/표상하는 것이 된다. 대개의 경우 두 텍스트 사이에는 암암리에 종속 관계가 성립한다. 즉 그림 텍스트는 중심적인 텍스트의 역할을 할당받으며 언어표현 텍스트는 종속적인 텍스트가 된다. 혹은 언어표현을 그림의 번역으로 간주해서 양자의 관계를 시각적인 의미생성체계로부터 언어표현의 의미생성체계 간의 번역이라고 생각할지도 모른다. 또한 시각적인 것은 주어subject이자 주제subject이며, 언어표현은 술어이기 때문에 두 텍스트의 관계는 대충 말하면 주어와 술어에 관한 전통적인 이해로 비유될 수 있을 것이다.[27] 언어표현은 "이것은 무엇일까?"와 같은 의문에 대한 대답——이 경우에 '이것'은 물론 시각적인 것을 가리킨다——으로서, 시각적인 것과 관계하고 있다. 예를 들면 산을 그린 그림은 본문에 덧붙여 그 말을 설명하는 말繫辭을 통해서 「생 빅투아르 산」이라는 언어표현 텍스트와 관련을 맺게 된다. 이 언어표현 텍스트는 "이 산은 무엇인가?"라는 의문에 대해서 "이 산은 생 빅투아르 산이다"라는 대답이 된다. 재현/표상형은 시각 텍스트가 언어표현 텍스트에 있어서 이질적인 종류임에도 불구하고, 두 텍스트가 판단명제라는 매체로 관련을 맺고 있다는 전제 아래에서 기능하고 있다. 여기에서 판단이란, 주어가 술어와 통합되는 형식의 하나인데, 이 판단은 말하자면 지시대상이 주제와 관련을 맺게 하는 지시작용을 모방하고 있다. 따라서 이 양식에서 술어적 판단은 주

---

27) 뒤에서 논하는 것처럼 주어라는 형태론적 용어를 피하기 위해 도키에다는 도쿠가와시대의 언어 연구에서 '시'(詞)와 '지'(辭)라는 용어를 차용했다. 앞의 책, 366~385쪽.

1807년에 간행된 산토 교덴(山東京伝) 작, 우타가와 도요쿠니(歌川豊国) 삽화, 『오스기와 오타마의 복수』(於杉於玉二身之仇討) 중에서. 위 그림은 삽화와 묘사적 서술과 직접화법의 대사 사이의 관계를 보여 준다. 서술은 삽화와 함께 이제까지 전개된 플롯을 설명하고 있는 한편, 직접화법의 대사는 서술과 분리되어 있으며 아래 빈 칸에 삽입되어 비구술표현적으로 삽화와 공간적 관련을 맺고 있다. 가장 잘 알 수 있는 비구술표현적인 관계는 근접성에 따른 것이다. 대사는 묘사된 인물에 가까운 아래쪽에 기입된다. 오타마와 오스기라는 두 중심인물(오른쪽 우측 상단의 두 여성)의 소매에 쓰여진 한자는 말과 인물(즉 이야기하는 주체)의 신체가 관계를 맺는 또 하나의 방법이다. 서술과 삽화의 관계가 재현/표상형인 것과는 대조적으로, 직접화법의 대사와 삽화의 관계는 내가 게슈탈트형이라고 불렀던 양식을 모방하고 있는 것처럼 보인다. 이러한 양식에서 읽기 행위는 주로 대사를 장면에 **위치 짓는** 것으로부터 성립한다.

제화와 동등한 것으로 간주된다.

　이와는 대조적으로 게슈탈트형의 관계에서 텍스트는 서로 의존하고 있다(〈그림 F〉를 참조할 것). 가령 언어표현 텍스트를 제거하면 텍스트 전체의 의미는 완전히 왜곡될까? 텍스트 전체의 의미를 그림 텍스트나 언어표현 텍스트 둘 중 하나만으로 추출할 수는 없다. 왜냐하면 두 텍스트의 공존이 각 텍스트 단독으로는 성립하지 않는 의미작용의 잉여를 낳기 때문이다. 여기에 더해서 두 텍스트의 관계는 그림과 배경의 관계와 유사하다. 그림 텍스트는 언어표현 텍스트의 배경으로서 기능하고 있다. 우리는 그림 텍스트가 언어표현 텍스트를 활성화하고 생명을 불어넣는다는 것을 느낄 수 있다(20세기가 되면 그림 텍스트와 언어표현 텍스트 사이를 게슈탈트형 기법으로 가로지르며 활용하는 장르는, 말할 것도 없이 만화이다). 그러나 게슈탈트형을 인지하기 위해서는 시점의 이중분절화가 필요하게 된다. 첫번째로 그것은 주제화되었던, 즉 주제로서 규정되었던 것과 주제화할 수 없는 것을 한 곳에 나란히 두는 것이다. 따라서 그림에 생명을 불어넣는 감정-정동적 특징은 바로 그것이 주제화될 수 없기 때문에 눈앞에 나타낼 수 없다. 그러나 배경의 그림에 대한 갖가지 효과를, 즉 말에 대한 감정을 나타내고 감정에 호소하는 효과를 의식할 수 있는 것은 배경이 주제적으로 파악되어 있다는 조건이 성립했을 때뿐이다. 그런데 첫번째로 배경은 주제적으로 지시할 수가 없다. 다시 말해 제한된 그림과는 대조적으로 배경은 한정할 수 없다. 그러나 두번째로 배경은 그 자체가 이와 같은 묘사에서 제외되는 것으로 한정된다. 재현/표상형에서는 명제 형식의 판단과 지시작용은 동등한 것이라고 간주되지만, 그것과는 달리 게슈탈트형은 자기반영성self-reflexivity의 계기를 빼앗지 않는다. 주제화의 계기와, 이 주제화를 그림과 배경의 배분을 거친 변별로 간주하는 계기는 공존하지 않으면 안 된다. 이들 두 계기는 마치 동시에 일어나는 것처럼 서로 겹쳐 있어야만 한다.[28]

이와 같이 게슈탈트형을 통해서 언어표현 텍스트는 그 발화 상황에 적합하도록 강요된다. 다시 말해 언어표현 텍스트는 마치 텍스트가 본래 가지고 있었던 생명력이 회복된 것과 같은 효과를 만들어 낸다. 예를 들면, 만약 두 텍스트가 인쇄 매체로 존재했다 해도 언어표현 텍스트는 말의 감정/정동적 특성을 띠는 것처럼 여겨진다. 물론 이와 같은 감정/정동적 특징의 모든 것이 이러한 배치를 통해서 재생산되는 것은 아니지만, 적어도 게슈탈트형을 이용해서 언어는 특정 상황에서 발생하는 것이라고 일러줄 수 있다. 여기에서 이와 같은 공존 양식은 선형 텍스트가 비선형 텍스트와 관련을 맺는 과정이라는 점에 주의할 만한 가치가 있다.

그림의 선형화에 수반되는 배경의 탈선형화는 또한 삽화가 없는 쓰기 텍스트의 경우에도 보여진다. 언어표현적인 연속체의 공간화는 바로 인형조루리의 대본에 있어 묘사를 위한 가타리의 존재라는 사실을 암시한다. 묘사적 서술이나 전해진 말 두 가지 다 언어표현인 한에서는 선형적임에도 불구하고, 묘사적 서술은 배경을 구성하고 전해진 말이 그림을 구성하는 것처럼 양자는 상호작용을 한다. 보리스 우스펜스키의 논의에 따르면 구조적 이종동형isomorphism은 다양한 텍스트 사이뿐만 아니라, 텍스트의 다양한 조합 사이에서도 성립한다고 주장할 수 있을 것이다.[29] 따라서 쓰여진 텍스트가 시각적인 삽화와 함께 제시되든 그렇지 않든, 여기에서 쓰기 텍스트의 상호텍스트성에 동일한 양식을 인식할 수 있다고 하는 것이 이론적으로 도출될 것이다. 나는 지금까지의 논의에서 텍스트가 마치 실체인 것처럼, 그리고 마치 다른 텍스트와 쉽게 분별될 수 있는 것처럼 논해 왔다. 그러나 텍스트를 이렇게 다루는 것은 결코 동의할 수

---

28) 발화행위의 신체(슈타이)는 게슈탈트형에서는 해석할 수 없다. 그림에 생명을 불어넣어 지각 대상에 감정/정동적 분위기를 부여하는 것은 배경이 아니다. 오히려 그것은 그림과 배경의 분열이다. 따라서 그것은 어떤 초월론인 시선에 대해서 억지로 앞에서 나타나는 것이 아니라 오히려 부차적인 것이다. 거듭 논했던 것처럼, 그것은 의미작용이나 담론을 통해서 고정할 수 없으며, 이미지로서 가시성을 통해서 파악되지 않는다. 그것은 읽는 것이나 보는 것에 의해 독점적으로 견지되는 것을 회피한다. 그것은 단지 읽혀지는 것도 아니며 단지 보여지는 것도 아니다. 이러한 의미에서 그것은 언제나 서예와 같다.

29) Boris A. Uspensky, *A Poetics of Composition*, pp.130~172; 川崎渚・大石雅彦 訳, 『構成の詩学』, 132~223쪽.

없다. 이 책에서 채용했던 텍스트의 물질성이라는 관념 그 자체가 '텍스트'라는 술어의 이와 같은 용법에 대한 이의제기이기 때문이다. 그럼에도 불구하고 우리는 텍스트가 다른 텍스트에 의해 횡단되고 초월되어 다른 텍스트와 관계를 맺을 수 있을 때에만, 그것 자체가 마치 실체와 같이 실제로 존재할 수 있다는 점을 고려해야만 한다. 다시 말해 텍스트는 내가 상호텍스트성이라고 불렀던 광범위한 의미 생성의 실천에 있어서의 한 계기인 것이다. 의미 생성의 실천에서 가동되는 요소를 나타내기 위해서 '텍스트'라는 용어를 이용하는 것은, 이와 같은 문맥에서만 정당화될 것이다. 의미 생성의 실천이야말로 이질적이기 때문에, 나는 텍스트라는 용어를 다른 요소와의 차이를 드러내는 방식으로 사용해야만 했다. 그러면서도 텍스트란 실체가 아니며, 동일화할 수 있는 핵을 가진 사물이 아니라는 점을 강조해 왔던 셈이다.

18세기 담론에서 연극적인 상황이 출현할 수 있었다고 말할 수 있는 것은, 역시 문학적 담론이 게슈탈트형이라는 특징을 가진 상호텍스트성 양식을 받아들이고 있었다는 근거 위에서뿐이다. 이러한 담론장치에 의해 비언어표현 텍스트와 언어표현 텍스트가 매개되어 표현 형식으로 통합될 수 있었다. 그리고 이러한 장치를 통해서 18세기 담론공간은 근본적으로는 언어표현이 아닌 다른 텍스트를 통합했다. 재현/표상형과 게슈탈트형은 둘 다 담론장치이며, 담론은 이 장치에 의해 비언어표현적인 것을 이해할 수 있는 것으로 만들며 규제할 수 있었다.

게슈탈트형의 상호텍스트성은 현재 통속오락소설(게사쿠戲作)이라고 불리는 문학작품군에서 최고조에 달했다. 다음 장에서는 이러한 통속오락소설을 고찰할 것이다.

6장_낯설게 하기와 패러디

장르와 분류법

18세기에는 문학적인 발화가 장르에 따라 분류되고 평가되었다. 모든 장르는 다른 장르는 지니고 있지 않다고 간주되는 그 장르의 특유한 성격에 의해 서로 간에 일정한 거리를 유지하고 있었다. 이와 같은 장르에 의한 원격화遠隔化의 구조가 지배적인 분류법을 지탱하고 있었다. 이러한 분류법 하에서 모든 문학 생산은 다양한 사회적 관계를 조화로운 전체라고 상상하는 '권력'에 의해 관리되고 있었다. 따라서 문학작품은 당연히 일정한 사회적·역사적 환경에서 생산되고 있었지만, 그렇다고 해서 작품이 반드시 그와 같은 환경에 처해 있던 작자에게 사회적·정치적인 제도의 권위가 강요한 통제를 단순히 반영하고 있다는 것을 의미하지는 않는다. 우선 사회적·역사적 '환경'이 복수의 텍스트로 이루어지기 때문이다. 따라서 작품은 텍스트 밖의 현실을 그저 반영만 하는 것이 아니다. 오히려 내가 '권력'이라고 부른 것은 텍스트가 다른 텍스트와 어떻게 관계 맺을 수 있는가를 제약하는 규칙, 혹은 일군의 규칙이다. 실제로 이 문맥에 있어 권력은 정치적 조직이나 정치적 집단과 같은 권위에만 귀착되는 것이 아니다. 그것은 특정한 문학 생산성에서 작동하는 갖가지 제약과 기제의 총체를 말한다. 바꿔 말하자면 이와 같은 권력은 문학과 텍스트 생산을 위한 일군의 가능성의 조건에 상당한다. 나는 이러한 일군의 조건을 '장르 간 비연속성의 공간'이라고 부르겠다. 이와 같은 공간 내부에서는 문학 형식의 모든 가능성과 불가능성이 주어진다.[1]

일반적으로 독자층은 장르 간 비연속성의 공간과 그 공간에 속해 있는 언어가 미리 주어진 것이며 자연스러운 것으로 지각한다. 이와 같은 공간에 대해 상정된 투명성은 이 공간을 확립하고 있는 권력의 효력과 공명한다. 따라서 이와 같은 공간이 투명하다고 여겨질수록 권력은 점점 더 효력을 갖게 된다. 우리와 18세기를 떼어 놓는 역사적·문화적 거리는 우리에게 어떤 특권을 부여해 주었다. 이 특권에 의해 당시의 문학 담론은 우리의 인식 속에서 불명료하고 불투명한 것으로 보였다. 당시에 효력을 가지고 있었던 여러 가지 권력은 대부분의 경우 현재에는 우리를 조종할 수 없다. 그러나 같은 이유에서 우리 자신의 텍스트 생산물은 '우리들' 틈새에 존재하는 통제 하에 놓여 있다. 이것이 함축하는 바는 '우리' 내부에 계승되어 내면화되어 있는 제약이나 규제에 대한 무지가 바로 '우리'가 이와 같은 권력에 의해 조작당하고 있는 지점임을 의미한다.

18세기에 패러디 문학이 출현했다는 사실은 도쿠가와시대 일본에 나타났던 특수한 권력의 존재를 증명하고 있을 뿐만 아니라, 어쩌면 장르 간의 비연속적 배분질서의 이음매를 탈구脫臼시키려는 시도로서 특

---

1) 장르 간의 비연속성에 대한 고찰은 Fredric Jameson, *The Political Unconscious*, Cornell U. P., 1981(大橋洋一 訳, 『政治的無意識』, 平凡社, 1989)에서 많은 것을 배웠다.

징지을 수도 있을 것이다. 그러나 패러디 문학이 동일한 전략을 반복해서 사용했기 때문에 특정한 장르로 제도화됨으로써, 이러한 시도가 바로 지금 언급한 배분질서에 의해 역으로 전유되었다는 점 또한 주목해야 한다. 패러디는 순식간에 '상투적 표현'으로 바뀌었다. 여기서 나는 대중소설이나 교시, 교카[2] 작가들의 동기나 의도를 말하고 있는 것이 아니다. 이들 작가들이 때로는 도쿠가와시대 일본에서 견디기 힘든 불협화음을 만들어 낸 결과, 도쿠가와 막부가 균형 잡히고 조화롭다고 간주되던 사회 환경을 해치는 혼란이나 '과도하고' '비합법적인' 쾌락의 출처를 제거하는 것을 목표로 삼아 검열과 조례를 집행하는 일도 물론 있었다. 이제까지 충분히 기록되었던 것처럼 18세기 문학사는 잦은 검열과 이 검열을 피하기 위해 작가가 이용했던 다양한 전술에 의해 특징지을 수 있다. 그러나 문학 생산과 권력의 관계를 단순화해서는 안 되며, 또한 양자의 관계를 작가와 도쿠가와 막부의 관계로 환원해서도 안 된다. 나의 잠정적인 정의에 따라 '권력'은 이 용어가 정신분석에서 사용되고 있는 의미와 마찬가지로 '검열'이라는 의미도 포함한다. 꿈에 관한 서술이 검열에 의해 차단되는 것과 같이 문학 생산 또한 특정한 시스템, 즉 권력에 의해 통제되고 주도된다. 이러한 수준의 검열에서 패러디 문학은 도쿠가와 막부의 권위를 침해하고 있는 것처럼 보인다. 그러나 여기에서 또 주의해야 하는 것은 이러한 침해가 역으로 장르 간의 비연속성을 잉태하는 새로운 담론공간에 쉽사리 순응하고 말았다는 것이다.

---

2) 교시(狂詩)는 골계와 익살을 한시 형식으로 읊은 시를 말하며, 교카(狂歌)는 해학적인 소재를 와카(和歌) 형식으로 읊은 시를 말한다.—옮긴이

서기소(書記素)와 다의성(多義性)

나는 이미 『료하시겐』[3]과 같은 초기 작품에서 장르적 위계에 잠재하는 권위를 치환함으로써 그것을 조롱하는 담론장치를 확인할 수 있었다. 표제는 일반적인 감각의 '색'色을 지칭할 수도 있는 한자 표기 '파'巴라는 글자를 포함하고 있지만, 이 경우에는 에로티시즘에 대한 암시가 뚜렷하고, 더불어 '읍'邑이라는 글자를 암시하여 읍내나 지역이라는 의미도 나타내고 있다. 표제는 결국 "유곽의 술잔에 바치는 말"이라는 의미로 읽어야 한다. 여기에는 분명히 다의성의 유희가 있다. 이 문헌은 한문식, 즉 훈점訓点이나 일본어 주석을 단 문어체 중국어로 쓰여졌다. 따라서 이 문헌은 18세기 동안 이런저런 이유로 교훈적이라고 인식되었던 일반적인 한문 문헌 가운데 하나로 여겨질지 모른다. 물론 한문으로 쓰여진 작품이 순전히 유교나 불교, 그 밖의 지적인 주제에 관한 것만 있었던 것은 아니다. 중국 역사와 한시에 관한 문헌도 있을 수 있다. 그러나 특히 중요한 것은 작품 내용보다도 그것의 양식적인——좀더 정확하게는——도상적인 체제이다. 이 체제가 곧 작품을 분류하기 위한 식별의 특징으로 간주되었기 때문이다. 장르 간 비연속성의 공간에서는 다양한 문헌을 분류할 때 그 문헌이 무엇을 어떻게 이야기하고 있는가에 의거할 뿐만 아니라, 또한 그 문헌의 시각적 인상에도 의존한다. 이제까지 논했던 것처럼 18세기 담론공간은 텍스트의 시각적·언어표현적인 측면과 그들 사이의 상관관계가 아주 복잡한 것이었다. 『료하시겐』의 경우 이와 같은 상관관계

---

3) 『료하시겐』(両巴巵言) 1권, 1728년에 간행. 책 속표지에 "게키쇼(擊鉦) 선생 낙서 연정이야기 료하시겐 에도 유기도(遊戯堂) 발행"이라고 적혀 있다. 복각본은 『洒落本大成』第1巻, 中央公論社, 1978, 15~32쪽에 수록.

의 복잡성을 가장 뚜렷하게 보여 주는 예이다. 이 문헌은 한문으로 쓰여 있음에도 불구하고 세밀하게 검토하면 일본어 주석이 달린 문어체 중국어를 지배하고 있는 문법적인 규칙을 끊임없이 무시하거나 위반함으로써, 이 문헌의 독특한 특징이 생겨나고 있음이 밝혀진다. 보통 한문처럼 보이는 구절조차도 실제로는 '이언'俚言이라고 불리는 말에서 직접 인용된 경우가 있다. 처음 한두 페이지를 읽으면 장르의 개념이나 이 장르에 속하는 작품이 의존하고 있을 거라고 상정되었던 조건이 상대화되고 조롱되고 있다는 것을 효과적으로 인식할 수 있도록 작품 전체가 구성되었음을 의식하게 될 것이다.

이와 같은 특징은 『뱌쿠조후겐쿄』白增譜言經와 그 개작 『도세이쿠루와 단기』當世花街談義[4]에 관해서도 지적할 수 있다. 전자는 불교 경전을 가장하여, 가장 일반적으로 인식되고 있는 불교 설법의 이미지를 서술형식으로 빌리고 있다. 이 문헌은 대부분의 불교 경전과 같은 형식으로 "이와 같이 나는 들었다"(여시아문如是我聞)라고 시작한다. 그러나 이미 두번째 줄에서 마치 산스크리트어처럼 들리지만 실제로는 완전히 다른 의미를 함축하는 한자가 사용되고 있다. 다의성은 이중 담론을 흡수하기 위해 끊임없이 이용되고 있다. 다시 말해 이 가짜 경전은 불교 설법으로 가장해서 유곽에서 여자를 다루는 수법에 대해 설명하고 있는 것이다. '여래'如來와 같은 말은 의도적으로 같은 음의 틀린 글자를 이용해서 도상적인 기호의 다의성을 조장하고 있다(이 경우 '여래'는 '여래'女來로 표기되어 '여인이 온다'는 뜻을 나타내고 있다). 음성론의 층위에서 봐도 다의성은 분명히 드

---

4) 仲夷治郎, 『白增譜言経』五巻一冊, 1744年跋. 복각본은 앞의 책, 161~190쪽에 수록. 『当世花街談義』五巻五冊, 1754年刊. 복각본은 앞의 책, 321~354쪽에 수록.

러나지만, 실제로 유머의 본질은 음성론상의 다의성과 서기소grapheme의 치환을 연결시키는 데서 드러난다. 예를 들어 '정토'淨土는 전혀 다른 한 자 '정토'情土로 표기되고 있다. 이로써 이 말은 돌연 관능의 땅에서 이루어지는 불순하고 사악한 쾌락의 이미지를 연상시키게 된다. 서술은 불교 경전의 설법으로 위장하면서 메시지를 역전시킴으로써 공식적인 목소리 배후에 존재하는 권위를 상대화한다. 이와 같은 장치가 없으면 공식적인 목소리는 독자에게 터무니없이 교훈적인 압력을 가했을 것이다. 이와 같은 조작에서 오는 유머는 서술의 이중성에 있다. 그러므로 표층의 목소리는 문헌의 도상적인 체제에 의해 끊임없이 배반당하게 된다. 쓰여진 텍스트와 그 '목소리'는 같은 음으로 말하고 있는 것이 아니다. 도리어 양자는 서로 대립하는 의미를 나타내는 경우가 많다. 이것이야말로 엄격한 도덕주의가 철저하게 패배당하고 있는 텍스트인 것이다.

게다가 『도세이쿠루와단기』의 예가 증명하고 있는 것처럼 설법 구조 자체가 패러디되어 있다. 판에 박힌 비유, 열거, 범주화──이것들은 불교 설법과 유교 교의의 전형적인 특징이다──는 이 안에 편입되어 공식적인 교의의 어리석음을 완전히 폭로하는 데 이용된다. 타락한 스님인 시조겐志(止)藏軒(혹은 시도겐志道軒)은 많은 패러디 작품에 등장하고 있는데, 이러한 행위소로서의 기능은 대단히 중요하다. 『도세이쿠루와단기』에서 시조겐은 이중 담론의 '일탈 효과'로서 기능하고 있다. 다른 등장 인물인 혼무도진本無道人(이 인물은 거리에서 민중의 윤리를 전하는 설법자라 할 수 있다)과는 대조적으로, 시조겐의 논의는 공식적인 담론이 진리로서의 정당성을 주장하는 데에 반드시 필요한 갖가지 전제들을 효과적으로 패러디하고 무화시킨다. 시조겐의 논의에서 중심 목표는 혼무도진이 진리이며 정상적이라고 간주하는 것을 논박하는 데 있지 않다는 점에 주의해야 한다. 오히려 어떤 진술의 옳고 그름을 판단하는 데 이용되는 의미작용의 메커니즘을 방해함으로써 시조겐은 이제까지 진리이며 자연스럽고 정상적이라고 간주되어 왔던 것들의 관습성을 드러내고 있다. 시조겐의 발화는 언어유희나 비유의 남용과 잘못된 범주로 가득 차 있는데, 이들은 모두 정상적인 소통의 가능성을 파괴해 버린다. 그러므로 시조겐은 담론의 이중성을 표상하고 있는 행위소라고 말할 수 있을 것이다. 시조겐은 새로운 수사修辭의 가능성을 환기하고 있다. 이러한 수사의 가능성이란 '참/거짓', '선/악', '정상/비정상'과 같은 이항대립이 항상 역전되며 교환되는 결과로서 참과 선과 정상의 개념이 궁극적으로는 무의미하다는 것이 밝혀지는 담론적 장이 형성될 수 있다는 것을 의미한다. 결과적으로 시조겐과 그의 주장이 불성실하다는 주장조차 할 수 없게 된다. 왜냐하면 그의 수사 안에서는 성실(이 개념이 성립하지 않는다면 불성실의 개념 역시 이해될 수 없다) 그 자체의 의미도 성립하지 않기 때문이다.

문학작품에 있어서 이와 같은 행위소의 존재는 분명히 물화된 초월적인 가치에 비해 문학이 강하다는 증거가 된다. 만약 권력이 일군의 담론장치를 통해 초월적인 가치로서 인식되는 것을 생산하고 재생산한다면, 이와 같은 행위소에 의해 표상된 수사적 가능성은 이러한 가치를 계속해서 상대화하고 무화시킬 것이다. 시조겐은 예기치 못한 이미지의 조합을 끼워 넣거나 말의 상정된 동위성同位性, 바꿔 말하면 말과 말 사이의 기존 연상에 균열을 생기게 함으로써 권력의 정통성에 개입하고 있다. 당시에 사회적·제도적인 현실로서 지각되었던 총체가 말의 상정된 동위성을 단지 낯설게 하는 것만으로는 변용될 수는 없었는지 모르지만, 적어도 이 작품에서는 정통성을 확보한 기존의 제도가 패러디됨으로써, 상정된 권위가 박탈될 수도 있다는 것을 예증하고 있다. 이 점에서 시조겐이 논쟁을 할 경우에 취하는 위장술에도 불구하고 그가 논쟁의 관념 자체를 무의미하게 만들고 있다는 점이 중요하다. 시조겐은, 가령 장르 간 비연속성의 공간과 그 언어 외부에 존재하는 이데올로기적 입장에 동의하지 않는다고 하더라도 난센스를 생산함으로써, 즉 이러한 공간에 고유한 의미 생성의 메커니즘을 기능하지 못하도록 하는 균열을 내부에서 만들어 냄으로써, 이러한 공간에 잠재하는 암묵적 전제를 폭로할 수 있다는 것을 증명하고 있다. 내 생각에 이러한 행위소의 존재에 의해 달성되는 것은 관습적인 문학의 공간을 낯설게 만드는 것이다.

그러나 18세기의 패러디 문학이 내가 시사했던 지점까지 실제로 낯설게 하기를 수행했는지 여부는 의문이다. 패러디 문학은 스스로의 생성 조건까지 낯설게 하는 데는 도달하지 못했기 때문이다. 급진적인 행동에도 불구하고 이와 같은 패러디는 권력이 놓여 있는 담론구성체를 공격하는 데에 실제로는 성공하지 못했다. 이 점이 아마도 패러디 문학이 왜 그토록 빨리, 또 그토록 쉽게 제도화되었는지를 설명해 줄 것이다. 그것은 효과적인 비판이 되지 못하고 도리어 정치적 교태의 일종이 되었다. 패러디 문학이 이토 진사이가 사랑愛이라고 불렀던 특질을 결여하고 있었기 때문에 ── 사랑은 타자에게 도달하는 방법으로서 패러디를 제외하는 일은 없었을 것이다 ── 유희의 전략으로서의 패러디는 결국 제도화되어 버릴 수밖에 없었다. 어떤 의미에서 패러디 문학은 '진지한' 패러디를 잊어버렸던 것이다. 이 경우에 도대체 무엇이 패러디가 동시대의 상식을 철저히 비판하지 못하도록 방해했던 것일까? 이러한 관점에서 나의 분석은 우선 권력의 지배적인 이미지를 효과적으로 무화시킨 패러디 문학의 면모에 초점을 맞추고, 둘째로 패러디 문학이 새로운 담론공간에 통합됨으로써 패러디가 새로운 권력의 배치를 폭로하기보다 오히려 그저 강화하는 데 머물렀던 것은 무엇 때문인지를 고찰하는 데 초점을 맞출 것이다.

하이카이화 혹은 이중조작

물론 '낯설게 하기'는 다른 장르에도 퍼지고 있었다. 일본의 고전 시가에는 패러디가 널리 쓰이면서 새롭게 인기를 끈 장르인 교카狂歌, 즉 해학적인 단카短歌가 만들어졌다. 마찬가지로 한시는 교시狂詩, 즉 희극적인 한시로 변모되었다. 이제까지 말해 온 낯설게 하기의 본질로 인해 어떠한 장르도 그것이 인지되어 장르 간 비연속성의 공간 내부로 포섭되자마자 낯설게 하기와 패러디가 일어나는 일이 쉽게 관찰된다.

공인된 장르——유명한 것으로는 한시, 불교 경전, 유교 문헌이 있다——에 속하는 작품은 끊임없이 패러디되었다. 이시카와 준石川淳은 이러한 낯설게 하기와 패러디를 '하이카이화'俳諧化, 다시 말해 하이카이의 원칙에 의한 담론의 재구성으로 개념화했다.[5] 교카를 예로 들면서, 이시카와는 노能 극『에구치』江口의 유명한 이미지가 상가商家에 고용되어 어디에서 누구와도 상관없이 잠을 자는 하녀를 연상시킨다며, 고전에 속하는 작품이 얼마나 세속화되었는지 설명하고 있다. 이시카와가 인용했던 교카를 다시 인용하여 간결하게 그 자구字句를 설명해 보겠다.

> 佐久間の下女は箔附のちぢれ髪 裏に来てきばをとつひ象に乗り[6]
> 사쿠마노게조와 하쿠쓰키노 치지레가미 우라니키테키케바 오토쓰히 조니노리

---

5) 石川淳,「江戸人の発想法について」,『石川淳全集』第7巻, 筑摩書房, 1962, 252~263쪽.
6) 같은 책, 252쪽.

'사쿠마노게조'佐久間の下女는 사쿠마의 어떤 집에 고용된 하녀를 말한다. '사쿠마'는 아마 사쿠마를 상호로 쓰는 상가일 것이다.

'하쿠쓰키'箔附의 '하쿠'箔는 얇게 늘인 금속이다. 여기서는 불상의 머리 부분에 붙어 있는 금박金箔을 말한다. '하쿠쓰키'는 악명이 높거나 유명한 것을 가리킨다.

'치지레가미'ちぢれ髪는 곱슬머리를 말한다. 보통 불상의 머리는 많은 고둥螺으로 덮여 있는데, 이들 고둥은 실제로 금박을 위에 붙여 말아 놓은 머리털이다. 그러나 곱슬머리는 또 음모의 이미지를 환기시킨다. 따라서 '하쿠쓰키노 치지레가미'는 '음모로 악명이 높은 혹은 유명한'의 뜻으로 근처에 사는 사람은 모두 이 여자의 음모가 어떤지를 안다는 의미를 담고 있다.

'우라니키테키케바'裏に来てきけば는 '그녀를 뒷문으로 찾아가거나 불러내는' 것을 가리킨다. 실제로 이 한 구절은 누군가가 밀애의 약속을 위해 뒷문으로 찾아왔던 것을 의미한다. 이러한 목적으로 그녀를 만나기 위해서라면 앞문을 사용하지는 않았을 것이다.

그리고 이시카와는 이 교카에서 대일여래大日如來의 이미지와 젊은 시녀인 오타케お竹가 서로 겹쳐지는 이중의 구조가 있음을 지적하고 있다. "실제로 우리는 오타케 설화에서 이중조작만 본다. 일면은 에구치야말로 역사상 실재하는 곳이고 오타케야말로 생활상의 상징으로, 전환의 장치와 관련이 있다. 또 다른 면은 눈을 떠 보면 오타케, 눈을 감으면 대일여래라는 식으로 변화의 메커니즘과 관련이 있다."[7]

이시카와가 하이카이의 원칙에 의한 담론의 재구성이라고 부르는

---

7) 같은 책, 254쪽.

작업은 두 가지 전제에 의거해 수행되고 있다. 첫번째로 일반 독자층이 고전문학과 장르 사이의 비연속성의 공간에 익숙하지 않으면 안 된다. 고전에서 인용된 어구와 서술 구조의 여러 형식은 이 공간 내부에 규정된 어떤 위치에 속한다고 금방 이해되어야만 할 뿐만 아니라, 또한 특별한 동위체同位體나 이미지들로 직접 연상되어 형태를 만들어 낼 수 있어야 한다. 문학이 그러하듯이 발화는 문화적 진공에서는 발생하는 것이 아니라 고전의 저장고archive에 이미 존재하고 있었던 텍스트에 대항하거나 동조해서, 상호텍스트적으로(갖가지 양식의 텍스트가 함께 존재하는 상호텍스트성이 아니라, 대화론적인 상호텍스트성으로서) 생산된다. 단일한 언어, 예를 들어 앞에서 인용했던 교카 안에서 '코끼리'象라는 말은 자동적으로 고전과 관련한 비유적 심상들을 환기시킬 것이다. 이 경우에는 노 극『에구치』에서 에구치라고 불리는 작은 마을의 유녀遊女가 코끼리를 타고 보현보살普賢菩薩로 변신하는 것이 떠오를 것이다. 이러한 점에서 모든 말이나 어구에는 갖가지 텍스트에 대한 연상이 이미 깔려 있다. 따라서 상호텍스트성에 관련된 측면에서만 말들은 과거의 작품으로부터 독자에게 공급하는 특정한 기대에 따라 의미를 나타낼 수 있게 된다. 다른 작품에 대한 은밀한 언급이 없으면 작품은 연상을 환기할 수 없다.

두번째로 고전으로 채워져 구성된 공간은 일상회화로부터는 격리되어 있다. 제4장에서 논했던 것처럼 17세기 말에 출현했던 새로운 담론 공간에서 사람들이 현재 생활하고 있는 현실은 고전문학의 언어로 적절히 완전하게 묘사할 수 없었다. 고전의 말과 어휘는 아주 다르며 일상의 세속적 세계와 관련을 맺고 있는 말과 어휘로 직접 호소하는 일은 없다는 암묵적 합의가 이루어져 있었다. 일상 언어의 장은 공식적으로 공인된 담론의 언어와는 분리되어 거리를 두고 있었다. 그렇다고 이것이 고전의 공식적인 언어가 변별적인 통일성의 존재로 상정되고 있었다는 것을 반드시 의미하지는 않는다. 이와 같은 통일체의 내부라면 지금까지 일반 청중에게는 이해될 수 없었던 활동이나 감성, 감각도 충분히 표현할 수 있었을 테지만, 그와 같은 언어의 통일체가 명확하게 의식되고 있었던 것은 아니었다. 다시 말해 고전문학의 언어에서 소외되어 있다는 감각은 있었지만, 그 거리감은 어떤 언어 통일체와 다른 통일체의 거리로서 표상되지는 않았다(한 언어 통일체와 다른 언어 통일체의 거리로서 표상할 수 있기 위해서는 어떤 조건이 필요한가는 다음 장 이후 제3부에서 상세하게 논의될 것이다).

마치 경험이 언어와는 독립해서 인식할 수 있는 것처럼 어떤 종류의 경험을 어떤 언어에서는 언어화할 수 있고, 다른 언어에서는 언어화할 수 없다고 굳게 믿을 정도로 우리는 이론적으로 소박해서는 안 된다. 언어와 경험을 명백하게 구별할 수는 없기 때문이다. 바꾸어 말하면, 언어로부터 독립된 경험 따위는 없다. 언어와 경험은 각각 자율적인 실체라는 암묵의 전제를 기반으로 하는 그 어떤 논의도 의심스럽다. 이러한 문맥에서 '구어'colloquialism는 명시적으로 규정되는 언어의 일종이 아님을 강조해 두어야 한다. 쓰여진 공인 텍스트에 자주 등장하는 어법은 일상회화에서도 사용할 수 있기 때문에 구어적일 것이라고도 간주된다. 어휘나 어법, 통사론의 규칙도 구어라고 하는 언어를 규정하기 위한 충분한 수단이 못 된다. 왜냐하면 인형조루리의 대본에서 직접화법적인 대사의 지위와 관련해서 시사해 온 바와 같이 일상회화나 그 언어는 언어 텍스트와 비언어 텍스트의 구분을 포함하는 다양한 차이에 의해 구성되기 때문이다.

낯설게 하기와 패러디

하이카이의 원리에 의한 담론의 재구성(즉 이중조작)에 의해 본래의 고전은 원본과 관계가 없었던 새로운 텍스트/콘텍스트와 관계를 맺게 된다. 고전문학과 일상 언어 사이의 비연속적인 감각은 실은 이러한 새로운 관계맺음의 의외성에 의해 만들어진다. 단어들의 의외적인 병치는 참조되는 원原텍스트에 새로운 의미를 첨가함으로써 원텍스트를 변용시킨다. 다시 말해 이러한 작업은 원본을 보존하고 복원하려는 의지보다도 원텍스트의 진정성을 왜곡해 그것의 권위를 사소한 것으로 만들어 버리려는 의지에 의해 추동된다. 더욱이 눈에 띄는 것은 패러디 문학의 작가들이 원텍스트를 '가까움'의 세계에 통합하기 위해서만 원텍스트의 진정성에 흥미를 품었다는 점이다. 즉 패러디 작가들은 오로지 원텍스트를 조롱하기 위해서, 그것의 진정성을 존중하고 있었다. 바로 이러한 이유 때문에 낯설게 하기는 또한 친근하게 하기의 한 형태이며, 패러디 문학의 우상 파괴는 항상 일종의 비속화 의식을 수반한다. 명성이 있는 고전 텍스트는 그 텍스트와 연관된 권위와 숭고함을 박탈당하면서 일상적이고 세속적이며 비속한 세계 속에 대담하게 삽입된다. 이를테면 산토 교덴의 『니시키노우라』錦之裏[8]는 이러한 이중조작이 가장 성공적으로 적용

---

8) 山東京伝 作·画, 『錦之裏』 一冊, 1791; 『黄表紙 洒落本集』(日本古典文学大系 第59卷), 岩波書店, 1958, 417~440쪽. 18세기 후반의 게사쿠(戱作) 작가였던 산토 교덴(1761~1818)은 또한 우키요에(浮世絵) 화가이자 시인이기도 했던 상인이다. 많은 기뵤시[黄表紙: 풍자, 골계를 주된 내용으로 하는 성인용 그림책]와 더불어 폭넓게 민중적 장르의 작품을 썼는데, 특히 도시생활의 생생한 묘사와 풍자에 뛰어났다(풍자가 강한 책을 출판하여 막부에 체포된 일도 있었다). 대표작의 제목들 ── 예를 들어 『에도우마레 우와키노카바야키』(江戸生艶気樺焼), 『쓰겐 소마가키』(通言総籬), 『시카케 분고』(仕懸文庫), 『쓰조쿠 다이세이덴』(通俗大聖伝) ── 은 음성학적이고 표의적인 언어유희를 포함하고 있기 때문에 번역은 사실상 불가능하다.

된 하나의 예라 할 수 있다. 단편소설은 지카마쓰 몬자에몬의 작품 등 많은 선행 텍스트를 패러디하고 있는데, 여기에서는 논의를 위해 이 작품이 일본 고유의 시 와카^{和歌}라는 고전과 관련되는 맥락에만 집중해 다뤄 보겠다.

단편소설의 마지막 부분에서 유녀인 유기리와 연인 이사에몬은 옆 방에서 신조^{新造[유곽의 젊은 유녀]}들이 햐쿠닌잇슈^{百人一首}, 즉 백 명의 가인^{歌人}들이 읊은 와카 백 수가 적힌 팻말을 서로 잡으면서 놀고 있는 동안에, 서로에게 사랑을 속삭인다. 연인 사이의 말과 고전 시의 언어는 서로 교착하며, 기묘한 다성성^{polyphony}의 공간을 만들어 낸다. 두 가지 서로 다른 장르의 담론이 공시화^{共時化}된 장에 공존한다는 점은 이시카와에 의해 정식화^{定式化}된 이중조작 특유의 유머 양식을 보여 주고 있다. 『니시키노우라』에 드러나는 다양한 목소리들과 동위체^{同位體}들 사이의 상호작용을 영어로 표현할 수는 없다. 왜냐하면 번역은 단어의 통사론적인 배열을 바꾸기 때문에 공시적인 효과를 파괴해 버릴 것이기 때문이다. 따라서 나는 일본어로 몇 개의 문장만을 선택해 다의성이 어떻게 포복절도하는 결과를 만들어 내고 있는가를 설명해 보겠다.

ゑど：和泉式部、あらざらん此世の外の思ひでに。
에도：이즈미 시키부, 아라자라무 고노요노호카노 오모이데니.

伊左衛門：今一たび勘当のわびもすみ、此二かいへもはれて来て、
이사에몬：이마히토타비 간도노 와비모스미, 고노니카이에모 하레테키테,

あはるゝやうになりたいものじや。
아와루루요니 나리타이 모노자.

夕霧：ホンニまいばんあはれんした時は、たくさんさうにおもひしたが、
유기리：혼니 마이반　　아와렌시타토키와,　　타쿠산 소니 오모이시타가,

此ごろは此やうなはかない事さへ、大ていの心づかひじやおざんせん。
고노고로와 고노요나 하카나이오 코토사에, 다이테이노 고코로즈카이자 오잔센.

伊左衛門 : さうさのう。
이사에몬:　소사노.

ゑど : うしとみし世ぞ今は恋しき。[9]
에도:　우시토미시요조 이마와코이시키.

에도 : 나는 곧 죽어 이 세상을 떠나겠지요. 저 세상에서의 추억으로.

이사에몬 : 하물며 한 번은 의절의 사죄도 했고, 이 이승에서도 괴로움

　　이 사라져서 만날 수 있게 된 것이 아니냐.

유기리 : 진심으로 매일 밤 만나지 못했을 때에는 매우 섭섭하다고 생각

　　했는데 요즘은 이렇게 허망한 일조차 거의 마음 쓰지 않습니다.

이사에몬 : 그래 그래.

에도 : 괴로웠던 옛날도 지금은 그립게 생각나니까. [번역은 옮긴이]

　　신조의 한 사람인 에도는 햐쿠닌잇슈의 한 장을 낭송하고 있다. 우
선 처음으로 가인의 이름과 와카 제1연 가미노쿠^{上の句}를 읊는다. 에도의
목소리는 이때 이사에몬과 유기리 사이의 대화로 차단당하는데, 이 대화
는 우연히 와카 제2연 시모노쿠^{下の句}의 시작 '이마히토다비노'(이제 다시
한번)와 일치한다. 그러다 연인 사이의 대화 속 일련의 말들은 와카의 말
로부터 화제가 멀어져, 와카와의 병행관계는 알 수 없게 된다. 그러나 여
기에서도 역시 이중조작은 여전히 작동하고 있다. 왜냐하면 이사에몬의

---

9) 앞의 책, 436쪽.
　에도가 들고 있는 한 장에 적힌 와카가 이즈미 시키부의 "아라자라무 고노요노호카노 오모
　이데니(가미노쿠), 아후코토모가나(あふこともがな, 시모노쿠)"이다. 이 와카는 "나는 곧 죽어
　세상을 떠나겠지요. 저 세상의 추억으로. 하물며 한 번만이라도 당신과 만나고 싶은 것입니
　다"를 의미한다. 이즈미 시키부는 헤이안시대의 여성 가인으로 여러 남성과 사랑 편력을 한
　여성으로 유명하다.

대사 마지막은 다시 와카를 언급하고 있기 때문이다. 이 대사와 와카는 같은 통사론적 구성으로 끝나면서 가정법으로 희망과 기대를 표현하고 있다.

ゑど : …… あらざらん此世の外の思ひでに　　　（A）
에도 : …… 아라자라무 고노요노호카노 오모이데니

[今一たびの逢ふこともがな]　　　　　　　　（B）
[이마 히토타비노 아우코토모 가나]

今一たび勘当のわびもすみ、　　　　　　　　（A*）
이마 히토타비 간도노 와비모스미,

此二かいへもはれて来て、あはるゝやうになりたいものじや　（B*）
고노니카이에모 하레테키테,　아와루루요니 나리타이 모노자

시모노쿠(B)는 실제로 말해지지 않는다. 오히려 이 텍스트가 언급하는 다른 텍스트로서 암시되고 있을 뿐이다. 이와 같은 암묵적 언급은 시모노쿠下の句와 이사에몬의 실제 대사(A*)의 통사론적 이종동형異種同形에 의해 전제되고 있다. 사실 시모노쿠와 이사에몬의 실제 대사라는 양자의 텍스트 모두 불가능한 밀회에 대한 바람을 표명하고 있다. 이러한 의미에서 이사에몬의 대사는 와카에서는 나타나 있지 않은 부가적인 정보가 포함되어 있는 점을 제외하면 의미론적으로 거의 시모노쿠에 해당하는 것이다. 그런데 헤이안시대의 유명한 가인이었던 이즈미 시키부는 가족과 의절한 주인공이 그들에게 사죄하고 용서받는 방법에 대해서는 말하고 있지 않다. 또 밀회가 이루어지는 장소인 유곽의 이층을 구체적으로 언급하고 있지도 않다. 언급되고 있는 텍스트와 실제 대사 사이의 표면상의 유사성은 골계적 대비를 만들어 내고 있다.

더욱이 이 와카의 메시지 전체가 와카가 삽입되어 있는 『니시키노

우라』의 문맥과 비교했을 때, 이 와카의 귀족적이며 피안적인 함의가 박탈된다는 사실도 알 수 있다. 관능적인 애정 표현에 솔직한 것으로 유명한 가인의 이 와카의 뜻을 거칠게 번역해 보면 다음과 같은 의미가 될 것이다. "나는 곧 이 세계에 더 이상 머물지 않을 것이다. [즉, 나는 이 세계 바깥의 어딘가로 내가 품고 갈] 귀중한 추억을 위해 다시 한번 당신과 만날 수 있다면 하고 생각한다." 이 문맥의 '아라자라무'는 '나는 금방이라도 죽을 것이다'라는 의미만 있는 것이 아니다. 오히려 이 세계는 많은 세계 중 하나라고 하는 불교적인 우주관에 의해 우리는 이 와카가 본질적으로 이별을 노래하고 있다고 간주할지도 모르지만, 실제로는 불교적 우주관은 단지 틀로서 말해지고 이용되고 있다고 하는 편이 좋을 것이다. 헤이안시대의 문학에서는 자주 있는 일이지만, 이 현실 세계와 상상 세계의 구별은 이 세계의 현실성이 이 세계의 비현실성의 징후로서 파악되고 있다는 의미에서 끊임없이 역전되고 있다. 여기에 덧붙여 이 와카에서는 시점의 전환이 주안점이 되고 있어서, 이러한 시점의 전환이 없으면 이 와카의 의미론적 구조 전체를 이해할 수 없을 것이다. 우선은 '나'가 더 이상 존재하지 않게 되는 세계가 **이** 세계로서 특징지어지고 있다. 그러나 이 세계에서의 나의 죽음은 단지 이 세계 **외부**에서의 나의 존재로 이어질 따름이다. 여기에서 최초의 시점 전환은 '고노요노호카노 오모이데니'('나'는 곧 죽어 이 세상을 떠나겠지요. 저 세상에서의 추억으로)라는 구에서 표현되고 있다. 그러나 '나'가 바라고 있는 실제의 밀회는 이 세계에서 실현될 것이다. 그리고 연인과 다시 한번 만나고 싶다고 소망하는 '나'는 이 세계에서 부모에게 피와 살을 받은 몸으로서 존재하고 있는 것이다.

　　이사에몬의 대사에서는 혼카^{本歌}[모방, 번안한 작품에 대하여 그 전거가 되는 와카]에 의해 다른 세계에 대한 형이상학적인 언급이 철저하게 범속화되기 때문에 혼의 질곡을 표현하는 고뇌가 전혀 보이지 않는다. 이사에몬의 소망은 처음부터 끝까지 관능성과 일상의 사소한 것에만 관계할 뿐이어서 현실적이며 세속적인 것이다. 게다가 의미론적 구조의 이종동형성 때문에 고전 언어와 동시대 서민 언어의 대비는 한층 더 확실히 조명된다. 독자가 받는 인상은 이러한 고전 와카가 묘사된 상황이라는 문맥에 전혀 어울리지 않는다는 것이다. 와카와 그것이 놓인 문맥 사이의 이러한 어긋남은 물론 이 작품의 유머에 본질적인 것이며, 서사적인 장치들에 의해서 구성되는 것이다. 만약 의미론적인 구조에서 이종동형성이 성립하지 않는다면 이러한 어긋남에서 비롯된 유머의 감각조차 상실되어 버릴 것이다.

마찬가지로 유기리의 다음 대사는 특정한 효과, 즉 후지와라 기요스케의 다른 햐쿠닌잇슈의 와카 가운데 뒤의 구('우시토미시요조 이마와코이시키'[10])가 연인들이 공유하고 있는 감정을 간접적으로 총괄하는 효과를 가져오도록 교묘하게 패러디되고 있다. 고전 와카와 세속적인 일상회화를 병치시킴으로써 환기되는 어긋남을 다시금 드러내는 것이다. 연인들은 지나가는 시간을 안타까워하고 있다. 이사에몬이 유기리를 만나러 빈번하게 다녔을 때에는 시간이 얼마나 귀중한가를 깨닫지 못했다. 하지만 더 이상 밀회를 거듭하는 것이 허용되지 않게 되자 두 사람의 감정은 고조된다.

---

10) 후지와라 기요스케(藤原清輔)의 와카 전체는 "나가라에바 마타코노고로야 시노바레무 우시토미시요조 이마와코이시키"(ながらへばまたこのごろや忍ばれむ憂しと見し世ぞ今は恋しき)이다(『新古今集』, 巻第十八). [번역은 "만약 오래 살게 된다면 괴로운 지금이 또다시 그립게 생각날까. 괴로웠다고 생각했던 옛날이 지금은 그립게 생각나니까"이다.—옮긴이]

그러나 고전적인 와카에서 표현되고 있는 형이상학적인 고뇌는 연인들의 일상회화 속에서는 전혀 보이지 않는다. 이 와카는 죽음의 공포와 인생의 허망함을 그리고 있지만, 이사에몬이나 유기리 중 누구도 자신들의 처지를 피안에 대한 성찰로 연결시키지 않는다. 와카의 상황과 연인들 운명 사이의 명백한 유사성은 양자 간의 어긋남을 한층 강화하면서, 그것을 더욱 명확하고 두드러지게 만들어 버린다. 그럼으로써 고전문학의 세계와 동시대의 세속적 일상의 세계는 서로 포개진다.

이러한 전략이 바로 이시카와의 이중조작의 관념에서 암시되었던 것이다. 이 조작이 효과적인 것은 고전 텍스트가 낯설게 되어 그 진정성을 박탈당하고 있기 때문만이 아니라, 이와 같은 조작을 거치지 않았다면 그저 멀리 초월적인 채로 남아 있었을 것이 현실적이고 세속적인 것으로 내려왔기 때문이기도 하다. 고전적인 텍스트에 등장한 장엄한 진술은 왜소화됨으로써 '가까움'의 세계에, 다시 말해 18세기 도쿠가와시대의 일본 사람들이 '매일매일 부딪치는 삶'의 익숙한 영역에 들어왔다. 그러나 이와 같이 패러디되는 고전 텍스트가 장르 간 비연속성의 공간 내부에서 지정되어 있었던 위치를 빼앗겨 낯설게 되었음에도 불구하고, 이러한 이중조작에 의해, 일찍이 손에 닿을 수 없었던 고전 텍스트를 새로운 독자층도 자유롭게 접할 수 있게 되면서 그것이 아주 익숙한 것이 되었다는 점도 동시에 기억해 두어야 한다. 고전의 편린들은 세속적인 생활에 흡수되어 일상의 갖가지 활동에 깊숙이 들어왔다. 자주 논의되었다시피 도쿠가와시대부터 고전문학이 일반 독자에게 소개되어 대중문화의 일부가 되었다.

복수의 목소리

장르 관념은 특히 18세기 문학과 관련해 많은 곤란함을 야기하는데, 그것은 많은 패러디 문학이 일반적으로 다른 장르에 속하는 여러 가지 형식이나 어휘를 흡수하고 있었기 때문이 아니다. 그보다는 오히려 이들 작품이 의도적이든 그렇지 않든 특정한 장르 양식이나 어휘가 그 장르를 평가하거나 다른 장르와 구별하기 위해 암묵적으로 이용했던 장르 간 상호관계의 규칙 그 자체를 대상화하고 상대화했기 때문이다. 물론 모든 텍스트가 다른 텍스트를 배경으로 생산되지만, 특히 도쿠가와시대의 패러디 문학의 경우에는 이러한 대화론적인 상호텍스트성의 원칙이 한층 현저했던 것처럼 보인다. 이러한 특수한 문학 형태는 장르 간 비연속성의 공간 안에 위치지을 수 있지만, 패러디 문학은 동시에 메타 장르이기도 하다. 왜냐하면 이 문학은 기존의 장르 분류법을 생산하며 재생산하는 규칙을 문제시하고 폭로하기 때문이다. 이러한 의미에서, 패러디 문학은 장르 간 비연속성의 공간으로 회수·흡수될 뿐만 아니라, 또한 마찬가지로 텍스트가 텍스트에 의해 의미되는 것처럼 생각되는 양식을 결정짓는 구속으로부터 해방될 가능성을 부여했다고 논할 수도 있다. 패러디 문학은 이러한 이중의 위치설정 때문에 표면상 모순된 평가를 받는다. 다시 말해 패러디 문학은 (장르의 계층질서 밑바닥에 위치하는) 가장 비속한 형식임과 동시에 패러디 대상이 되는 어떠한 장르에 대해서도 기생적인 관계에 있기 때문에 패러디된 장르에 있어 메타언어로서 기능하게 된다. 이런 이유로 패러디 문학은 장르의 계층을 결정하는 힘의 바깥에 있었다. '게사쿠'戱作(유희 혹은 개그 작품)라는 용어는 오늘날에는 도쿠가와시대 문학의 이와 같은 장르를 나타내기 위해 널리 이용되고 있지만, 패러디의 양가성을 아주 명확하게 표현하고 있다. 이 용어는 단지 패러디 작가 측의 자기 비하를 가리키는 것이 아니다. 그것은 또한 패러디 작가들이 '진지하지 못한' 것에 의해 관습적인 표상 양식을 객관화하며 거리를 두고 상대화할 수 있었다는 점을 의미한다. 이러한 용어에 의해 드러나는 것은 작가는 특정 문체와 언어와 목소리로 이야기할 필요가 없으며, 다성성이 서술 활동의 원칙일 수 있다는 점이다. 예를 들어 게사쿠는 독자로 하여금 기존의 표상 양식의 불완전함을 납득시킬 수는 없지만, 적어도 동시대의 관습적인 서술 양식 이외의 다른 서술 가능성을 시사한다.

하지만 이 진지하지 못한 패러디 형식은 그 자체로 제도화되고 있었다는 것도 강조해야 한다. 따라서 패러디 문학이라는 문학 실천에서 관습적인 표상 양식이 실제로 어느 정도 객관화되어 거리를 취하며 상대화되고 있었는가를 물어야 한다. 어쩌면 다른 방식으로 질문을 던지는 것이 나을지도 모르겠다. 즉 패러디 문학이라는 문학 실천이 가능하면서 문학 실천 그 자체가 완전히 무지한 침묵의 장으로 이 담론공간에 구성되고 있었는가의 여부에 관한 문제이다. 그러나 이러한 문제를 해명하기 전에 패러디 문학의 구조를 더욱더 분석할 필요가 있다.

곳케이본滑稽本 가운데 발견되는 목소리의 근원적인 복수성은 플롯의 일관성을 희생하면서까지 다양한 목소리가 교착하며 서로 충돌하고 있음을 나타낸다. 많은 곳케이본과 샤레본洒落本은 하나같이 이야기 구조를 결여하고 있는 것처럼 보인다. 왜냐하면 이들 문학 장르의 서술의 통일성은 단순히 장면의 연속에 의거하고 있는 것처럼 보이기 때문이다. 다양한 목소리가 어떻게 말의 선형적인 연속으로 통합되고 있는가를 부분적으로 한정하는 것은 사건이 아니라 장면이다. 즉 의미에서의 복수성의 구조를 가지고 있기 때문이다. 이러한 장르에서는 특정한 때와 특정한 상황에서 말해지는 대사가 하나의 플롯으로 통합되는 것이 아니라, 단지 모아져 기록되었다는 인상을 피하기 어려울 것이다. 그림과 같은 공간적인 표상에 대해 지금까지 말했던 것처럼 이들 작품에서 결정적인 법칙이 되는 것은 다양한 전개의 선형적인 조직화라기보다는 오히려 장면이다. 작가들이 어떤 장면을 다른 장면과 결부시키려는 엄청난 곤란에 직면하고 있었던 것은 전혀 놀랄 만한 것이 아니다. 왜냐하면 복수성을 조화롭게 이끌기 위해 작가들은 다양한 목소리가 실제로 말해지는 것처럼 표상해도 이상하지 않을 장면과 상황을 고안해야만 했기 때문이다. 이러한 점에서 일상 언어나 '가까움'이나 세속적인 생활 영역은 확실히 다양한 목소리 가운데 어떤 하나가 지배적이지 않고, 또한 분명한 질서를 동반하지 않고 서로 교착하며 충돌하는 것과 같은 공간이라는 점에 주의해 두는 것이 중요하다. 그것은 시원^{arkhē}에 의해 정렬되지 않는 공간이다. 그것은 비시원적^{anarchic} 공간인 것이다. 이 공간은 혼돈스러워 보일지라도, 발화가 일관된 메시지를 형성하도록 다른 발화를 차단하며 질서를 짓는 통합의 메커니즘으로부터 자유롭다. 따라서 이질적인 종류의 말로 채워진 이 영역은 이야기의 시간이 그것에 따라 발화를 선형적인 시간으로 배열하기 위한 목적인目的因, telos을 가지는 일은 없다. 여기에서 시간은 어떤 발화를 다른 발화와 원만하게 연결하는 단순한 계기성繼起性이다. 변화만이 있을 뿐 전체를 덮는 연속성은 없다. 어느 순간에는 어떤 일이 일어나며 다음 순간에는 다른 일이 일어난다. 아주 단순한 플롯을 제외하고 특별히 결정된 관련은 없다. 이들 텍스트에서 갖가지 줄거리나 사건의 의미작용을 일어나게 하는 것은 문맥(가령 '문맥'이라는 말에 의해 발화가 연속적인 순서로 구성되는 이야기의 선형성을 의미한다면)이 아니다. 의미작용은 등장인물의 말과 행동을 둘러싼, 생명을 불어넣는 상황이라고 하는 공共텍스트의 내부에서 생긴다. 말은 언어표현 텍스트에서 필연으로 선형적으로 조직되어 있음에도 불구하고, 의미론적인 배열의 구조는 발화를 표상하는 진술이 내가 게슈탈트형의 상호텍스트 구성[11]이라고 불렀던 것을 통해 다른 인용 대사와 병치되도록 발화를 수평방향에서 재분배한다. 물론 이런 표상형식은 이와 같은 병치의 내부에서는 이야기의 시간이 다른 이야기의 경우와 같이 진행하지 않는다는 문제를 내포하고 있다. 즉 이야기의 시간은 등장인물의 행위의 시간과 밀착되어서 언어표현 텍스트에 의해 표상된 공간은 행위의 시간에 구속되어 있는 것처럼 보인다. 결과적으로 행위를 제약하는 똑같은 구속이 이야기의 가능성을 제한하고 제약하는 것이다. 이와 같은 텍스트를 읽는 것은 텍스트에 포함된 발화를 다시 더듬어 이들 발화를 만들어 낸 언어행위를 반복하는 것이다. 이와 같은 법칙에 의해 제한되는 이야기의 시간은 언어행위의 시간성을 '생략하거나', '뛰어넘거나' 할 수 없게 만든다. 마치 극장에서 상연을 위한 대본과 같이 여기에서는 어떠한 말을 배치해도 장면에 의해 강요된 구속을 극복하는 일은 없다. 장면이 변화하지 않는 한 이야기의 시간은 특정 장면의 내부에 계속 가두어 두지 않으면 안 된다. 그리고 장면이 변화할 때 한 장면과 다음 장면 사이에 연속성은 없다. 이야기의 연속성은 장면이 끝나면 갑자기 끝난다. 무대 위 설정 내부에서 확립된 극적 공간이, 상상된 세계와 마찬가지로, 막이 내리자마자 사라지는 것과 똑같이 이야기의 시간의 연속성은 갑작스런 끝맺음을 맞이하게 된다. 이러한 의미에서 이들 단편·중편 소설의 시간은 단편화되어 편년사

---

11) 여기에서 말하는 상호텍스트성은 두번째 타입의 다른 양식의 텍스트의 병존을 말하며, 첫번째 타입의 대화론적인 상호텍스트성과는 일단 구별해 두자.

의 전체를 덮는 시간으로부터 분리되어 있다. 이들 패러디 소설은 장르의 위계가 갖는 권위를 실추시킴으로서 고전문학을 낯설게 할 뿐만 아니라 전체를 감싸고 있는 역사적 시간을 흩어지게 한다. 이야기의 연속성에 의거해 펼쳐지는 단일한 역사 대신에 이들 소설은 일상적인 언어 공간 내부에서 산종되어 배열된 셀 수 없이 많은 복수의 역사를 만들어 낸다. 이미 이들 역사는 영웅이나 왕조의 역사가 아니다. 과거의 사건이 단일한 서사 계열로 모두 합해져서 전체의 통일성으로 통합되는 특권적인 시점은 있을 수 없다는 것이 드러난다. 이질적인 표상 형식과 새로운 인식론적 선택을 나타냄으로써 이들 텍스트는 교묘하게 선형적인 역사의 신화를 파괴하며 해체한다.

동시에 이들 패러디 소설이 비역사성을 드러내고 있는 데에 주의하자. 세속적인 세계의 현실에 몰두함으로써 작가들은 어떻게 현재가 과거와 관계를 맺으며 어느 정도 과거에 의해 결정되고 있는가를 생각할 수가 없었다. 숭고한 것이나 초월적인 권위를 주장하는 것을 낯설게 하는 데에는 성공했을지 모르지만, 이렇게 해서 작가들은 비근하고 직접적이며 아주 익숙하다고 지각되는 것을 낯설게 하기 위한 귀중한 수단을 특히 상실해 버린 것 같다. 역사는 마침 고전 문헌에서 인용한 것이 조각되어 흩어지면서 서민의 언어 속으로 흡수되도록 현재에서 실례가 제시됨으로써 인식된다. 과거의 흔적이 현대 담론의 표층으로 확산되는 한에서만 역사는 18세기 패러디 문학의 독자에 대해 뭔가를 '의미했'던 것이다. 작가의 관심은 오로지 지금 여기에 있으며, 현재에 대한 강한 집착은 과거 텍스트가 일반적으로 소비될 수 있도록 이중조작을 요구했던 것이다.

두 가지 문제점이 패러디 문학과 역사성에 관계하고 있다. 첫째로, 이시카와 준이 '하이카이의 원칙에 의한 담론의 재구성' 개념으로 시사했던 것처럼, 패러디와 낯설게 하기는 거리나 단절을 규정하지 않으면 불가능할 것이다. 그렇다면 이중조작을 지탱하는 이러한 거리와 단절이란 대체 어떠한가? 문학 생산에 잠재하는 갖가지 전제를 침범하는 것은 이제까지 수용되어 왔던 것이 어긋남의 문맥에서 갑자기 낯선 것이 되어 이질적인 위치로 자리하게 되는 효과를 만들어 낸다. 기존의 담론 배치를 열심히 긍정하려는 정치적 입장에서 보면, 하이카이의 원칙에 의한 담론의 재구성은 상당히 기괴하고 파괴적인 것으로 여겨질 것이다. 그러나 이와 같은 행위는 실제로는 권력이 강요하는 한정된 배분질서로부터 사람을 해방시키는 창조적인 기획이다. 이러한 문학 실천이 폭로하는 것은 실정성positivity의 관습성과 역사성이다. 즉 어떤 사회 집단의 대다수가 믿고 있는 것은 그 집단에게 주어진 것이며 현실적인 것이라는 사실을 드러낸다. 이러한 문맥에서 이를테면 막부幕府와 같은 특정 권력을 담당하는 체제의 정통성이 아니라 권력의 정통성이 문제가 된다. 그래서 패러디 문학 작가들은 의식하지 않았는지 모르지만, 대체할 만한 권력 형식을 보이려 했던 것이 아니라, 그들의 담론을 규제하는 기존의 권력을 탈구脫臼시키려 했다. 투명성, 중립성, 혹은 역시 일군의 당연시된 상식의 전제로서 권력은 스스로를 제시하려고 하는 것이지만, 이러한 논의가 성립하기 위해서는 낯설게 하기와 패러디의 대상이 되는 것이 그와 같은 권력에 있어 불가결한 구성 요건이 되고 있다는 인식이 필요하다. 이러한 조건이 채워지지 않을 때 패러디 문학에서는 정치적 비판을 기대할 수 없다. 바꿔 말하면 이중조작은 일단 투명성이 대상화되어 낯설게 되었다면 반복될 수 없다. 패러디는 제도화되면 그 비판 효과를 잃는다. 바로 도쿠가와시대의 패러디 문학이 과거의 근원적인 역사적 차이를 아주 익숙한 것으로 함으로써 그 차이를 순화하는 '유희'의 회의주의로, 나아가서는 모든 정치적 입장에서 장점과 단점의 양쪽을 인정해서 모든 입장은 평등하게 존경되거나 경멸되지 않으면 안 된다고 하는 태연한 자유상대주의로 타락했던 원인이라고 생각한다. 신변의 영역에 (대문자)타자의 타자성이 침입해 오는 것에 직면하는 대신, 패러디 작가들은 결국 균질을 지향하는 사회적[12] 세계를 고집하게 되었다. 작가들은 이러한 세계에서 마음이 편안하며, 남자들끼리 유곽 여자들의 접대 방식에 대해 연연해하며 떠들고, 끊임없이 자기연민에 빠져 여자를 두고 서로 대립하게 했다. 작가들의 회의주의는 결국 일상생활에서 타자의 타자성과 조우하는 위험을 범하지 않기 위한 변명에 불과하며, 균질을 지향하는 사회적 세계로부터 빠져나올 수 있도록 하는 사랑을 가지지 못했다는 것을 정당화하는 것 이외에 아무것도 아니었다.

둘째로, 18세기의 패러디 문학에서 다의성의 특수한 사용은 정상적이고 자연스러운 것이라고 생각되어 그 결과 투명성으로 환원되어 왔던 것을 다시 시각화해서 주제화하는 것을 도왔다. 다의성은 보이지 않는 것을 보이도록 하며, 지식과 발화의 생산에 대한 체계적인 구속은 폭로되지 않으면 안 된다는 믿음을 주었다. 수용의 시점에서 왜곡을 발생시킴으로써, 인식론적인 틀짜기의 면에서는 왜곡된 각도로 위치를 지음으

---

12) 필자는 균질지향사회성(homosociality)을 이브 세지윅(Eve Kosofsky Sedgwick)이 도입했던 남성중심사회성(homosociality)이라는 개념과는 다른 방식으로 이용하고 있다. 세지윅은 이 말을 남성이 여성을 대상화해서 남성 간의 유대를 만들어 내는 기제와 근대 사회 특유의 호모포비아(동성애 혐오)의 연대의 의미로 이용하고 있지만, 필자는 이 책의 최종 원고를 탈고하고 나서 8년 후에 출판된 졸저 『사산되는 일본어·일본인』에서 "마찬가지 기제를 다른 인종 혹은 다른 나라 사람과 같은 외국인을 대상화함으로써 집단 내의 균질적 감각의 유대를 만들어 내는 근대 국민의 동일성 기제를 포함하는 균질지향사회성의 의미로도 사용하고 있다"(『死産される日本語·日本人』, 新曜社, 1996, 290쪽[이득재 옮김, 『사산되는 일본어·일본인』, 문화과학사, 2003, 227쪽 참조])라고 말하였다.

로써 투명한 것처럼 상정된 전제를 불투명한 것이라고 볼 수 있었다. 이로써 실제 사람들은 현실을 직접 보는 것이 아니라, 반드시 인식론적인 장치를 통해서 보게 된다는 인식론적인 틀의 구성체를 의식화할 수가 있었다. 즉 다의성은 타당하게 적용될 때 특수한 굴절각屈折角을 낳았고, 이제까지 볼 수 없었던 것을 시각적인 장애물로서 현재화시킬 수가 있었다. 그러나 같은 이유로 이미 보이게 된 것을 가시화하기 위해 같은 절차를 반복하는 것은 헛수고일 것이다. 패러디 작가들은 작품이 평가되고 분류되는 기준의 네트워크를 깸으로써 균열을 계속해서 발생시킬 수 있었겠지만, 낯설게 하기를 계속하지 않으면 암묵적인 전제의 체계가 있음을 알 수가 없다. 그것은 마치 투명한 유리에 금이 가지 않으면 투명한 유리의 존재는 인식되지 않는 것과 같다.

이것이 바로 이 책에서 되풀이되는 주제 중에서 가장 중요한 것 중에 하나이다. 즉 유리에 금이 가지 않으면 금이 갈 수 있도록 두드려 보려는 것이다. 이때에 보이게 되는 것은 유리 저쪽의 현실이 아니라 유리 그 자체일 것이다.

역사성의 문제는 이와 같은 비평의 시도와 밀접한 관련을 맺고 있다. 게다가 역사성과 다의성은 서로 의존하고 있다. 비판 기능을 다의성 일반에 귀착시킬 수 없다는 것은 기억해 두어야만 한다. 그럼에도 불구하고 특정한 담론구성체에 있어 다의성의 특정한 사용은 비판-비평의 기능을 수행할 수 있을 것이다. 이러한 의미에서 볼 때 패러디의 문제는 역사적 문맥에 한정되어 있다.

패러디 작가들의 '지금'과 '여기'에 대한 편집증적인 관심은 비판적인 자기 평가의 가능성을 효과적으로 배제해 버렸다. 거기에 더해 패러디 소설 텍스트의 비역사성은 이 담론공간 내부에서 안전하게 봉인되게 할 것이다. 이제부터 밝히겠지만, 실제로 이와 같은 담론공간에서의 다의성은 아무런 위협도 되지 못했다(그러나 여기에서 논하고 있는 담론공간이 소위 일본사회 전체나 민족과 국민이라고 하는 전체를 포섭하는 체계로서의 일본문화와 일치하는 것은 아니라는 점을 서둘러 강조해 두겠다).[13]

이제까지 도쿠가와시대의 문학에서 새로운 담론공간이 어떻게 출현했는가를 검토했으며, 이러한 담론공간의 출현에 의해 발생한 문제를 고찰했다. 물론 18세기 도쿠가와 사회의 내부에 있어서 역사를 개념화하는 전혀 다른 사유의 방법과 사고방식이 존재했었다고 지적할 수 있을 것이다. 역사적 서사의 연속성을 주장하는 다른 장르의 담론이 존재했기 때문이다(되풀이해서 말하자면, 내가 말한 '18세기 담론공간'을 18세기 도쿠가와 사회 전체와 일치하는 것처럼 전제를 두어서는 안 된다). 역사 개념은 당시 심각한 문제를 안고 있었기 때문에, 아마도 나는 18세기에서 역사가 갖는 복수複數의 의미에 대해 논할 필요가 있다고 결론 내릴 수 있을 것이다.

이제까지 문학적 상황에 대해서 포괄적으로 설명하려 했던 것이 아님은 말할 필요도 없다. 그러나 이러한 담론공간에 대해서는 어떤 기본적인 특징을 확인할 수 있었다. 앞으로 이어지는 부분에서는 이 책 제2부에서 논했던 몇 가지 문제를 재검토할 것이며, 이 책 전체를 전망한 다음에 그 이론적 의의를 평가하기로 하겠다.

---

13) 그렇기 때문에 "일본사회는 로고스 중심주의적이지 않다"라든가 "일본사회는 여성적이다"와 같은 전체성에 대한 과도한 일반화는 완전히 빗나간 논의일 것이다.

시점 혹은 음영

미우라 쓰토무는 『일본어는 어떠한 언어인가』에서 그림표현과 언어표현의 차이에 대해서 논한 바 있다. 그에 따르면 그림표현에서 대상 묘사는 불가피하게 주체의 시점을 드러낸다. 관찰자의 위치에서 그 대상을 보기 때문에 대상을 묘사하고 동일성을 인식하면 확정할 수 있다. 그 어딘가라고 지칭할 수 없는 곳에서 보이는 대상이란 절대 없다. 미우라는 그림표현에서 (현상학자의 사물에 대한 지각 일반에 적용되는) 시점perspective 혹은 음영abschattung의 조건을 인정하고 있는 것이다. 따라서 그는 언어표현과는 대조적으로, 그림표현을 감성적인 면에 있어 대상을 그대로 모사하는 것으로 파악하고 있다. 그러므로 그림표현이나 영화표현은 "작가의 감각기관의 위치, 감성적인 인식방법에 의해 좌우된다"[14]라는 의미가 포함되어 있다.

따라서 그림표현에서는 주체 표현과 객체 표현이 언제나 이미 통합되어 공존하고 있다. 대상의 그림표현은 무엇보다도 우선 주체의 태도나 위치의 표현이다. 그러나 미우라는 또한 그림으로 표현되어 나타난 표시된 시점이나 주체의 태도를 관찰자의 위치나 태도로 바로 동일시할 수는 없다고 지적하고 있다. 오히려 상상된 주체의 위치가 그림으로 보여지는 것에 의해 보존되고 있다는 것이다.

이에 반해 언어표현에서는 이와 같은 주체적인 것과 객체적인 것의

---

14) 三浦つとむ, 『日本語はどういう言語か』, 季節社, 1971, 70쪽. 미우라는 (책 제목에서 확연히 보이는 것처럼) 일본어의 특징을 정의하려는 자신의 시도가 이론적으로 무엇을 함의하고 있는지 깨닫지 못하고 있는 것처럼 보인다. 그래서 그의 논의는 때로는 상당히 편협하게 느껴지기도 한다.

직접적인 총합이 존재하지 않는다. 도키에다 모토키의 언어 과정설을 언급하면서, 미우라는 언어표현의 성격에 대해 다음과 같이 정의하고 있다. "언어에 대한 중요한 특징 중 하나는 대상의 감성적인 양상과 표현 형식의 감성적인 양상 사이에 직접적인 관계가 없다는 점입니다."[15] 좀더 뒤쪽에서는 다음과 같이 논하고 있다.

> 언어가 대상의 감성적인 면의 제약으로부터 벗어났다는 것은 한편으로는 표현을 위한 사회적인 약속이 필요해지는 결과를, 다른 한편으로는 [언어에 있어서] 객체 표현과 주체 표현을 분리시키는 결과를 만들어 내는 것이므로, 여기에서 언어의 본질적인 특징을 찾아야 합니다. 표현의 이중성은 그림이나 영화의 경우 객체 표현과 주체 표현의 통일로서 존재했습니다만, 언어에서는 이것이 분리되는 대신에, 그 결과 언어표현과 비언어표현이라는 또 다른 형태의 이중성이 생겨난다는 점이 다릅니다.[16]

이것은 바로 다양한 표현 형식을 그 구조에 의해 분류하려는 의도였다. 다른 책에서 미우라는 언어표현의 성격을 표현에 있어서의 이중성 문제로 귀결시키고 있다.

> 대상을 파악하는 데는 이와 같이 다양한 방식이 있다. 그리고 감성적인 모습 안의 차이를 제거하거나 감성적인 모습 그 자체를 제거하거나 혹은 초감성적인 모습 이상의 것을 포착하는 등 그 파악 방법에는 차이가

---

15) 같은 책, 45쪽.
16) 같은 책, 71쪽.

있지만, '일반화'하든 '보편적인 모습'을 파악하든 어떤 방식으로건 모든 대상을 언어표현으로 취급할 수 있다. 즉 그것을 '일반화'해서 표상으로서 개념화하든 혹은 직접 그대로 '보편적인 모습'을 개념으로서 파악하든 어떤 방법으로건 그것을 표현하기 때문에 개념 이전의 대상이나 인식 형태의 차이는 표현의 저편에 숨어 버리게 된다. 그리하여 청자나 독자가 언어표현을 통해 **직접** 파악할 수 있는 것은 모두 화자나 필자의 개념뿐이다.[17]

그런 다음에 미우라는 발화행위를 직접적이고 감성적인 지각과 개념화의 분리를 새로 만들어 내는 행위라고 주장하고 있다. 또한 말하는 주체에 관해서는, 발화행위를 주체의 이중화라고 보고 있다. 미우라가 '언어표현에 있어서의 자기 분열'이라고 부른 사태는 바로 이러한 그의 통찰과 깊이 관련되어 있다. 그러므로 언어 매체를 통해서 대상을 표현하는 것은 세계에 이미 존재하고 있는 주체 이외의 주체를 명백히 규정하는 것이다.[18] 이와 같이 새로 생겨난 주체는 이제는 음영의 구속에 지배받는 일이 없다. 이러한 흐름 속에서 모리스 메를로-퐁티는 일찍이 "언어는 세계-내-존재가 아니다"라고 말했다. 즉 언어표현으로 규정된 주체는 지각 세계의 내부에 자기 위치를 가지지 않는다. 바꿔 말하면, 언어화를 통해서 사람은 익명의 타자가 되며, 그 어디에도 없는 동시에 모든 곳에 있게 된다. 즉 사람이 보편화되는 것이다. 가령 비언어 텍스트가

---

17) 三浦つとむ, 『認識と言語の理論』第2部, 勁草書房, 1967, 381쪽.
18) 미우라는 세계에 이미 존재하는 자기를 가리키는 데에 '현실에 존재하는 자기'라는 말을 이용하고 있지만, 그것은 미우라가 '현실적인' 자기의 자기동일성을 단순하게 당연시한다는 것을 의미하는 것은 아니다.

세계 내의 주체의 위치에 의해 특징지어지는 것이라면, 언어 텍스트는 확실히 주체가 시점의 구속으로부터 자유로워지는 것에 의해 규정될 것이다. 다시 말해 언어는 타자의 영역이며, 발화행위는 분열을 아직 경험하지 않아 주체로 변용하지 않는 상태에서, 주체가 분열함으로써 세계와 직접적인 관계를 상실하는 영역으로 이동하는 것이다. 이것이 미우라의 논의다.

아마도 나는 미우라의 접근방법에서 이전에 내가 에밀 벤베니스트의 사상에서 발견했던 것과 같은 근본적인 문제를 지적할 수 있을 것이다. 미우라는 감각표현과 언어표현 사이, 즉 보이는 것과 분절된 것 사이의 차이를 강조함으로써 언어표현의 매개하는 성질과는 대조적으로 마치 시각적인 것이 지각의 원초적인 경험과 직접 관련되어 있는 것마냥 시각적인 표현에 직접성을 부여하려는 경향이 있다. 미우라는 사실상 '관념적인 자기'와 대립시켜 '주체적인 자기'를 규정하고 있는 것이다.[19] 미우라는 마르크스 독해를 통해서 사회 형성에 있어 '거울단계'^{Mirror stage}의 중요성을 인식하고 있었지만, 그럼에도 불구하고 '주체적인 자기'를 무조건 명백한 것으로 규정해 버린 듯하다.

관념적인 자기 분열에 사용되는 물질적인 거울은 아무것이나 유리 거울에 한정되는 것이 아니다. 이미 마르크스는 물질적인 거울의 하나로서 '타자라는 거울'의 존재를 지적하고 있다.

"인간은 거울을 가지고 태어나는 것이 아니고, 또한 '나는 나다'라고 하는 피히테적 철학자로서 태어나는 것도 아니기 때문에, 인간은 우선

---

19) 같은 책 第1部, 22~39, 146~169, 230~240쪽 및 第2部, 354~401, 510~529쪽.

394 II부_틀짓기─의미작용의 잉여와 도쿠가와시대의 문학

타자라는 거울에 자기를 비추어 본다. 갑이라는 인간은 을이라는 인간을 자신과 동일한 것으로서 설정함으로써 비로소 인간으로서의 자기 자신과 관계를 맺는다. 그렇지만 그렇게 함으로써 갑에게는 을 전체가, 을의 육체적인 모습 그대로가 인간 종족의 현상형태로서 의미를 갖는다."(마르크스, 『자본론』, 제1장 주18)[20]

이것은 피히테적 관념론에 대한 마르크스의 비판이기도 하다. 앞서 말한 바와 같이, 피히테의 '나'는 실은 관념적인 자기인데, 그는 마치 이러한 '나'가 처음부터 존재하고 있는 것처럼 주장하고 있다. 이에 대해 마르크스는 이러한 관념적인 자기는 선천적으로 존재하는 것이 아니라, 현실적인 자기가 '타자라는 거울'을 봄으로써 분열되어 형성된 것이라고 지적하고 있는 것이다.[21]

따라서 미우라의 주체 관념은 '슈타이'가 실체화해서 주체화하는 경우에 필연적으로 발생하는 많은 의문들에 대해 맹목적으로 답한다. 이러한 맹목성은 실제로 벤베니스트뿐만 아니라(이미 말했던 것처럼 벤베니스트의 '대화'나 '인격' 관념에서 현저히 드러난다) 도키에다 모토키도 마찬가지인데, 이에 대해서는 도키에다의 국어학에 대한 다음 장의 논의를 통해서 제시할 생각이다. 벤베니스트나 도키에다, 미우라는 각각 다른 방식이기는 하지만 모두 슈타이를 발화행위의 주체로 환원해 버리고 말았다. 게다가 특히 미우라의 책에서는, 자기의 거울 영상과 말하는 행위자가 명백하게 구별되고 있음에도 불구하고 슈타이를 발화행위의 주체로

---

20) 카를 마르크스, 『자본 I-1』, 강신준 옮김, 길, 2008, 110쪽 참조.—옮긴이
21) 三浦つとむ, 『認識と言語の理論』第1部, 29쪽.

환원해 버리고 있다.[22]

때로 18세기 패러디 문학은 언어표현이 위치에 의존하지 않는다는 '비위치성'nonpositionality을 부정하려는 의도를 되풀이하며, 감성적인 표현에 편집증적으로 사로잡혀 있었다. 공간화에 의해, 이야기의 선형성에 대한 부정에 의해, 패러디 문학은 미우라가 비언어적 표현의 특징이라고 인정한 것에 대한 편애를 일관되게 보여 주고 있다. 비언어적 표현은 그것이 표현인 한에서, 세계 속에서 관찰자의 위치를 직접적으로 표명하지는 않는다. 그러나 패러디 문학이 장면이나 언어수행적인 상황에서 매번 의존하는 텍스트적 배치를 선호하였던 것은 확실하다. 로만 인가르덴이 '표시된 대상성'을 구성함으로써 '표시된 공간'[23]이라고 불렀던 것을

---

22) 특히 같은 책 第2部, 515~529쪽 참조.

23) 『문학적 예술작품』에서 로만 인가르덴(Roman Ingarden)은 '표시된 대상성'(represented objectivities)과 '표시된 공간'(represented space)을 다음과 같이 정의하고 있다. "나는 특히 내가 사용한 '표시된 대상성(혹은 대상)'이라는 표현은 이 표현이 우선 어떠한 대상의 범주 또는 어떠한 재료적 본질의 것이든 간에 모두 **명사적으로** 기획된 그 무엇이라고 아주 넓은 뜻에서 이해되어야 한다는 것을 강조하고 싶다. 그러므로 이 표현은 사물과도 인물과도 관련되며, 또한 모든 가능한 생기(生起), 상태, 개인적 행위 등등에도 관련된다. 그러나 동시에 표시된 것의 층은 또한 여러 가지 비명사적으로 기획된 것, 특히 순수하게 동사적으로 지향된 것을 포함할 수 있다. 용어의 간명화를 위해 우리는 '표시된 대상성'이라는 표현으로——명백한 제한이 부가되지 않은 경우에는——모든 표시된 것 그 자체를 포괄한다. 여기에서 또 주의해야 할 것은 '표시된 대상성'의 층에 존재하는 것이 반드시 '객관화된' 대상성을 필요로 하는 것은 아니라는 사실이다. 이것은 여러 가지 의미에서 그러하다. 첫째로, 대상이 관찰자에 대해 현저한 '거리 설정'(Distanzstellung)을 유지하는 **대상적 소여**(所與, Gegebenheit)의 특수한 형식이 반드시 문제가 되는 것은 아니라는 것이다(그러나 압도적 다수의 경우로 보이는 것은 이러한 사례이다). 둘째로, 표시된 것이 반드시 '객관적' 속성들, 즉 모든 현존재의 상대성(Daseinsrelativität)으로부터 자유롭게 상념된 것으로서의 속성들을 소유할 필요는 없다는 것이다." Roman Ingarden, *The Literary Works of Art*, trans. George G. Grabowicz, Northwestern U. P., 1973, pp. 219~220; *Das literarische Kunstwerk*, Niemeyer, 1965; 瀧内槇雄・細井雄介 訳, 『文学的芸術作品』, 勁草書房, 1982, 188~189쪽[이동승 옮김, 『문학예술작품』, 민음사, 1985, 251~252쪽. 번역 일부 수정].

인가르덴은 계속 논의하고 있다. "표시된 공간은 실재적인 공간 속으로도 또한 여러 가지 지

구성하는 대신에, 패러디 문학은 시각적인 것과 언어적인 것을 직접 연결함으로써 여러 시점의 영역을 만들어 냈다. 굳이 패러디 문학을 가타리로 논하자면, 그 가타리의 시간은 장면 속에서 전개되는 행위의 시간과 거의 일치하게 된다. 화자의 목소리가 가지는 통일성을 다양한 화자에 의한 복수의 발화로 분산시킴으로써, 가타리의 시간은 끊어지고 수평적으로 전개된다. 산토 교덴이나 짓펜샤 잇쿠[24]의 작품에 관한 통상적인 감상은 다양한 발화를 선형적인 개연성으로 연결시킨 이야기나 명확한 플롯이 아니라 오히려 다양한 목소리가 서로 교착하는, 모순되는 공간을 표상하고 있다는 이들의 작품에 대한 평가로 확인할 수 있다. 여기에서 분명히 제시되어 있는 것은 발화행위로 회귀하고 싶다는, 즉 상상된 주체와 객체의 원초적이며 직접적인 지각적 총합으로 회귀하고 싶다는 뿌

각적인 정위공간 속으로도 그것들의 하나로서는 편입될 수 없다. 표시된 대상이 어떤 실재 공간인 특정 지역에(예를 들면 뮌헨에) '존재하는' 대상이라고 명확히 표시되는 경우에도 그렇게 편입될 수가 없다. 이렇게 **표시된** 뮌헨과 특히 **표시된 것**으로서의 이 도시가 '위치하는' 공간은 뮌헨이라는 실재 도시가 실제로 위치하는 공간절편과 동일시될 수는 없다. 만약 동일시될 수 있다면, 표시된 공간으로부터 말하자면 실재적인 공간으로 산책을 하며 들어가거나 그 반대가 가능해야 하지만, 이것은 명백히 부조리하다. 게다가 실재 도시 뮌헨이 **항상적·** 불변적으로 존재하는 어떠한 공간절편도, 이 실재 도시가 객관적이고 유일한 등질적인 세계공간——만약에 이러한 공간이 존재한다면——속에서 끊임없이 변화하고 이 때문에 의미상 실재 도시 뮌헨이 항상적·불변적으로 존재하는 공간절편도, 실제로는 존재하지 않는 까닭에, 인식주체에 대한 명백한 존재상관성을 지녔지만(특수한 인식주체에 존재상관적인 정위공간과는 일치하는 것이 아니지만), 그렇다고 하더라도 양자를 동일시할 수 없다는 사실은 변함이 없다. 실재 도시 뮌헨이 위치하는 '언제나 동일한' 존재상관적인 공간절편과 문학작품에 표시된 공간절편은 동일시될 수 없다. 그것들은 서로 간에 어떠한 **공간적인** 이행도 존재하지 않는 완전히 분리된 공간들이다." *ibid.*, pp.224~225; 같은 책, 192쪽[같은 책, 256쪽. 번역 일부 수정].

24) 도쿠가와시대 후기의 희곡가·게사쿠 작가인 짓펜샤 잇쿠(十返舍一九, 1765~1832)는 하급무사였는데, 고용살이를 그만두고 조루리의 대본이나 기보시를 집필하기 시작했다. 그 재능은 고칸(合卷)이나 요미혼(讀本), 교카(狂歌), 센류(川柳) 등의 많은 장르에 영향을 주었다. 대성공을 거둔 곳케이본 연작 『도카이도추히자쿠리게』가 가장 유명하다.

리 깊은 욕망이다. 그것은 세계 속에 확실하게 닻을 내려 우주의 질서 속에서 조화롭게 융합되어 있는 스스로의 존재를, 비언어표현이나 지각 속에서 확인하고 싶다는 욕망인 것이다. 이러한 회귀는 또한 언어에 있어서의 주체의 분열이나 언어적 표현의 외부-세계성으로부터, 삶의 경험을 통해 세계와 직접적인 유대를 회복하려는 것이다.

게다가 많은 패러디 작가의 작품은 하나의 시작과 하나의 끝을 가지는 확실한 플롯 구조가 없으며 작품의 통일성이 애매해서 보통 사람들의 발화를 그저 옮겨 적은 것 같은 인상을 만들어 낸다. 그와 같은 옮겨 적기는 분명히 불가능하며, 물론 음성중심주의가 만들어 내는 환상에 불과하다. 그러나 일상의 사건이 이처럼 묘사됨으로써 많은 사건을 총괄하는 섭리와 같은 질서관을 투사하는 일은 사라진다. 사람의 삶에는 초월적인 본질 따위는 없으며, 무매개적이고 구체적인 '가까움'의 현실(그럼에도 결국에는 이러한 현실 그 자체가 초월적인 가치가 되어 버리지만)만이 있다는 암시가 패러디 문학에 있는 것이다. 이런 까닭에 윤리적 소양이 부족한 평범한 인간에게는 보이지 않겠지만 실은 모든 현상에 도덕적인 의미가 내포되어 있어서, 초월적인 질서의 존재를 믿어야 한다고 사람들을 유혹하거나 모든 사건에 내재하는 숭고한 함의를 발견하려는 동시대의 이데올로기에 대해, 패러디 문학은 효과적인 비판이 될 수 있었다. 이로써 패러디 작가들은 독자들에게 "세계는 결국 있는 그대로이다"라고 말했다. 그리고 아마 이것이 막부가 이러한 문학을 무서워하며 몇 번이나 검열을 했던 근본적인 이유일 것이다. 즉 공인된 고전이 독자에게 무엇을 말하려 해도, 일상의 현상 배후에는 아무것도 숨겨져 있지 않으며, 따라서 '가까움'의 영역, 즉 세속적이며 일상적으로 파악해도 부족함이 없는 하루하루의 행위 공간이야말로 실제로 궁극의 권위가 존재하는 장소라는 것이다. 패러디 문학은 독자의 마음에 있던 다양한 이데올로기적 구속을 제거할 수 있도록 했다. 이러한 이데올로기적 구속의 주된 기능이야말로 단성單聲의 '진리'를 일반 서민의 손이 닿지 않는 곳에서 명백한 것으로 규정하며, 이렇게 함으로써 고전 문헌에 대한 공인된 주석의 존재를 정당화했던 것이다. 이러한 문맥에서 18세기 패러디는 낯설게 하기이며 동시에 친근하게 하기였다. 패러디는 고전 문헌과 관련을 맺고 있었던 정통성과 본래성을 낯설게 함과 동시에 정식 교육을 받지 못했을 사람들이 고전적인 문헌에 직접 다가가도록 했다. 패러디 문학은 독자에게 고전 본래의 의미를 알 필요는 없으며, 독자는 고전을 동시대의 장면 속에 두고, 당시의 다른 텍스트 속에서 고전이 어떻게 기능하는지만 보면 된다고 가르쳤던 것이다.

　이러한 점에서 이토 진사이가 정전正典의 문헌을 다룬 방식은 패러디 문학의 출현을 사전에 암시하고 있었다고 말할 수 있을 것이다. 정전의 권위에 의거해 메타언어를 만들어 내는 대신에, 그는 고대의 고전 문헌과 주석 사이의 질서를 역전시켰다. 이토는 고전 문헌이 동시대 사람에게 이야기하는 것과 같은 차원을 밝히고자 했다. 고전 문헌의 진정한 목소리는 이들 문헌이 비언어표현 텍스트와 조우하는 장소, 즉 우리가 '가까움'의 영역이라고 부른 언어수행 상황에서 생겨날 것이다. 언어수행 상황은 고전 문헌에서는 (고전 문헌이 그림이라면) 배경으로서 기능하고 있었지만, 의미의 구성이라는 점에서는 문헌과 동등한 중요한 역할을 수행하고 있었다. 이토의 '고의'古義 개념은 작자 본래의 의도도, 본래의 발화 장면의 완전성을 나타내는 것도 아니다. 그것은 문자의 의미는 초월적인 것이라고 간주해야 하는 것이 아니라, 그 문자가 이용되고 있는 특정한 담론 내부에서 이해해야 하는 것이라는 인식으로 향하게 한 것이다. 따라서 유교 교의의 보편타당성은 진사이도 관계하고 있는 동시대 언어수행 상황과 관련해서 판단해야만 한다. 보편성이 일반성과 혼동되어서는 안 된다. 한문 고전을 읽을 때 동시대의 상황이 관련한다는 것은 이토의 가까움의 논의에서 더욱 강조되고 있다. 타당성은 우선 윤리성에 관계하고 있다. 즉 그것은 동시대의 상황에 있어 행동을 통해 확립된 덕德의 시점으로부터의 접근 방법인 것이다.

이시카와 준에 의하면 에도 문학 전반을 특징짓는 이중조작은 고전의 권위를 무효화하며, 나아가 고전 문헌을 현재의 세계로 도입하는 방법을 설정했다. 18세기 담론공간에서 읽기 행위 또한 이러한 이중조작에 의해 규정되고 있었다. 분명히 쓰기writing(쓰여진 텍스트)의 지위는 전체적으로 근본적인 변화를 겪지 않으면 안 되었다. 담론구성체의 규칙이 변경된 결과, 언어표현 텍스트와 비언어표현 텍스트의 관계, 쓰기와 일상적인 말의 관계는 필연적으로 변화했던 것이다.

18세기 사상가들이 직면했던 문제설정은 분명히 이러한 담론공간의 변화에 따라 생겨났다. 언어표현 텍스트가 언어수행적인 상황으로 환원된 데에 덧붙여, 가까움과 직접성의 감각이 끊임없이 강조되었다. 미우라 쓰토무의 용어법에 따르면, 지각의 감성적 측면이 바로 비언어표현적인 것, 특히 시각적인 것으로 받아들여지는 방식이 지배적이었다. 그리고 이와 같은 텍스트에서의 관찰자가 화자인 인물의 위치를 규정하는 것은 주체의 신체라는 존재였다. 왜냐하면 주체의 신체를 기반으로 하는 시점에 의해 다양한 '여기'와 '지금'이 결정되었기 때문이다. 따라서 18세기 패러디 문학에 있어 공간화와 그림 표상에 대한 압도적인 경향은, 작가 측에서 주체의 신체를 언어표현 내부로 받아들이려는 노력을 포함하고 있다. 당시의 패러디 소설에서 종종 만나게 되는 목소리의 복수성은 확실히 담론공간에 있어 주체의 신체가 존재한다는 문제설정과 결부되어 있다. 여러 목소리는 단일한 단성적인 중심, 즉 종종 눈에 보이지 않은 채 감추어져 있지만, 작품 전체에 '객관적인' 어조를 제공하는 중심이 없는 채 복수의 화자에 의해 말해지고 있었다. 그 대신에 18세기 도쿠가와 시대의 일본 작가들은 다양한 목소리를 말하게 함으로써 중심이 끊임없이 패러디, 즉 이중조작에 의해 전환되는 이질적인 문학을 만들어 냈다. 말할 것도 없이 이러한 방법은 직접화법에 의한 일상적 말이나 공간화된 담론이 확실히 같지 않은 형식으로 분절되는 조건 하에서만 가능했다. 담론의 공간화가 없었다면 이야기하는 목소리의 다양성은 불가능했을 것이다. 직접화법의 분절화가 없었다면 이야기하는 주체의 존재도 상정할 수 없었을 것이다.

텍스트의 물질성

이제 제2부의 서두에서 제기했던 문제를 생각해 봐야 할 때가 되었다. 예컨대 보이면서 동시에 읽혀지는 텍스트의 문제이다. 이제까지 말했던 것처럼 서예(의 글씨)와 같은 텍스트는 시각적인 것과 언어적인 것이라는 두 개의 지각 양식 사이에서 항상 해소되기 어려운 모순을 드러낸다. 읽히기 위해 생산된 텍스트는 읽히는 것으로 한정된 텍스트 수준으로 동일화할 수 있다. 예를 들어 책은 메시지를 포함할 뿐만 아니라, 또한 종이를 모아 철한 것이며, 그 종이 위에는 글자가 검정 잉크로 인쇄되어 있다. 그러나 우리가 그것을 특정한 책이라고 말할 때, 어떤 종이와 활자를 사용하고 있는가에 대해서는 대개 무시할 권리가 있다고 느낀다. 그러나 텍스트의 물질성의 다양한 측면을 고려하지 않고 오직 그 발화된 말과 메시지에 관심을 집중하는 지금까지의 습관에서 벗어난다면, 우리는 더 이상 책을 '사상'의 통일체로서만 정의하지는 않을 것이다. 이와 유사하게 발화된 말speech에 대해서도 말할 수 있다. 말 그 자체를 의미작용으로서 동일화하기 위해서는 그 밖의 부수하는 현상, 이를테면 화자의 얼굴 표정과 발화행위 상황, 목소리의 음조는 필연적으로 제외되며 무시되지 않으면 안 되기 때문이다. 이러한 문맥에서 고찰하자면 읽기행위는 텍스트성에 내재하는 다양한 수준을 구별하는 것이며, 그렇게 함으로써 어떤 수준은 관심을 기울여 초점으로서 주제화되고, 다른 수준은 이 특권화한 수준으로부터 차이화되지 않고 배경의 일부로 환원된다. 이런 이유로 읽기는 텍스트의 한 측면이 다른 측면으로부터 차이화됨으로써 구조화되는 수순이며, 그 결과로서 텍스트의 한 측면 내부에 있는 요소는 문제의 텍스트의 의미작용을 구성하는 것으로서 주제적으로 규정된다.

보는 것도 역시 구조화되는 수순이며, 그것에 의해 텍스트의 물질성의 다른 측면이 주제적 관심의 중심이 되는 한편, 다른 측면은 차이화되지 않은 채 방치된다. 읽는 행위는 실은 본다는 행위의 한 형식이지만, 읽는 것과 보는 것은 다른 측면이 주제화되는 것이다. 책을 읽는 대신에 보거나 관찰할 수 있다. 가령 같은 책이라도 읽는 것과 그 책이 보이는 경우에서는 서로 다른 텍스트로 나타나게 된다. 이러한 점에서도 역시 텍스트는 항상 복수의 텍스트이다. 다시 말해 텍스트는 이미 복수의 다른 텍스트들인 것이다.

예를 들면 서예와 같은 텍스트는 대개 당연하다고 간주되는 보는 것과 읽는 것 사이에 상정된 구별에 의문부호를 붙이는 존재이다. 서예 작품을 대하다 보면 읽는 것과 보는 것 사이에서 관심을 쏟는 초점을 끊임없이 전환하지 않을 수 없다. 텍스트를 서예 작품으로 본다면 보통 읽는 행위 속에서는 무시되어 구별되지 않는 배경으로 환원된 요소를 주로 중심에 두고 주시해야 한다. 서예 작품은 순수하게 시각 텍스트로도, 순수하게 언어 텍스트로도 분류할 수 없다. 이러한 장르의 텍스트에 고유한 이질적인 성격 때문에 서예 작품은 텍스트의 물질성에 초점을 맞추게 한다. 텍스트의 물질성은 이와 같은 장르의 텍스트가 아니면 무시되어 투명한 것으로 간주된다. 서예 작품과 마찬가지로 18세기 문학, 특히 패러디는 끊임없이 읽기의 관념 그것의 문제성을 폭로한다. 18세기 문학은 텍스트의 물질성의 시각적 측면을 강조함으로써 표상 공간의 구성을 끊임없이 혼란시키고 그것에 간섭한다. 관심의 초점이 어떤 측면에 놓여 이와 같은 읽기의 구조화의 수순이 중층화한다면 텍스트의 물질성의 다양한 다른 측면은 알아채지 못하고 만다. 구조화의 수순이 안정되어 있다면 텍스트는 현실의 미확인 공간으로부터 독립된 상상 위의 공간을 투사할 수가 있다. 현실 공간에서 책은 물질로서 존재하고 있음에도 불구하고, 상상 공간에서 딴 곳에 마음을 빼앗긴 독자는 이미 하얀 종이 위의 검정 모양을 더듬어 갈 수 없을 것이다. 그 대신에 책이 표현하고 있는 상상 위의 공간에서 영웅이나 주인공과 함께 살아갈 것이다. 이때에는 책이라고 하는 물질에는 무지하다. 언제 책장을 펼쳤다든가 어떠한 활자가 사용되었는가는 기억하기 어렵다. 문학 텍스트가 이와 같이 상상된 공간을 구성하기 위해서는 텍스트의 물질성의 나머지 측면은 억압되어야 한다. 가령 이러한 다른 측면을 투명하게 할 수 없다면, 사람은 표상 공간과 텍스트를 불투명한 것으로 하는 과잉적인 요소가 만나는 장과 자주 조우하게 될 것이다.

바로 이것이 18세기 도쿠가와시대 문학의 근본적인 문제라고 논해도 좋을 듯싶다. 왜냐하면 당시의 문학은 그 내용이 무엇을 말하려고 의도하고 있는가 하는 점만으로는 분석할 수 없기 때문이다. 오히려 18세기 문학을 이해하기 위해서는 그 형식, 다시 말해 말이나 인쇄된 글자나 삽화의 공간 배치뿐만 아니라, **어떻게** 말하려고 하는가에 대한 주시를 아무래도 피할 수 없다. 그러므로 이제까지 인형조루리나 패러디 문학 등에 관해 공간화로서 분석했던 문제는 오로지 표상 공간에 관한 것이었다고 말할 수 없다. 물론 어떠한 문학 텍스트도 실제 서술 자체는 선형으로 전개되어야 함에도 불구하고 어느 정도 상상된 공간을 투사한다. 그러나 이제까지 내가 고찰했던 사례에서 공간화는 서술의 표층에서 일어나고 있었다.

과연 이들 작품의 각 부분은 선형적인 언어표현의 표상으로 되어 있지만, 그럼에도 불구하고 발화가 서로 구축되어 나란히 배치되어 관계를 맺는 양식은 비선형적 편성을 표시하고 있다. 결국 이와 같은 표상 공간은 그 윤곽을 표현하거나 폐쇄 영역을 만들어 낼 수 없다. 실제로 표상 공간은 항상 언어수행 상황에 열려 있다. 독자는 작품이 표상하는 상상된 공간에 몰입하려고 해도 텍스트의 불투명성으로 인해 몰입하지 못한다. 텍스트가 자기 충족적인 전체를 형성하는 일이 없다. 텍스트는 그 '외부'의 어떤 배치 속에서 필연적으로 대리보충되어 그 '외부'에 끼워 넣어진다. 이와 같이 텍스트의 의미작용이 쓰기나 읽기나 발화라는 다양한 장으로부터 독립해서 결정되는 일은 있을 수 없다. 생각건대 하이카이는 이와 같은 상호의존의 가장 좋은 예를 보여 주고 있다. 하이카이 각각의 구 자체는 고정된 의미를 갖지 않는다. 오히려 하이카이의 각 구의 의미는 새로운 구가 생산될 때 독자에 의해 결정된다. 독자는 하이카이 렌가를 읽을 때에 텍스트에 능동적으로 생산적으로 개입하지 않으면 안 된다. 하이카이 렌가는 각각의 구가 읽히는 다른 장면에 따라서 새로운 효과를 만들어 내는 것처럼 의도적으로 생산된다. 다시 말해 각각의 구와 구의 연속 관계에서는 어떤 의미로는 우발적인 장면과 언어수행적인 상황이 하이카이의 의미작용 과정 내부에 상관관계로서 끼워 넣어진다. 그것과 호응하는 듯 의미작용 과정이, 하이카이에서 실제로 사용되고 있는 말과 언어수행 상황과 상호관계로서 표현되는 한, 그 의미작용은 상황이 변화하면 동일한 채로 있지 않다. 혹은 더 특수한 경우에는 상황의 동일성과 상동성은 의미의 동일성에 의존하고 있어서, 의미의 동일성은 체계적으로 위기에 직면하기 때문에 우리는 감히 상황이 실제로 동일한 그대로인지 변화하는지 어떠한지를 판단할 수 없다.

여기에서 이러한 관계를 구성하는 두 개의 항, 즉 상황과 언어표현 텍스트의 문제를 이야기해 보자. 상황은 단지 갖가지 텍스트의 총체가 아니다(상황은 텍스트로부터 구성되는 것이 아니기 때문이다). 그럼에도 불구하고 하이카이 텍스트는 언어수행 상황을 재구성하는 역할을 수행하고 있다. 두 방향의 과정에서 하이카이 텍스트는 상황을 구조화하는 것을 도와주며, 다른 한편에서 상황은 역으로 하이카이의 언어표현 텍스트 내부에서 이제까지 전혀 의식하는 일이 없었던 명확한 의미를 삽입한다. 이와 같은 특수한 의미로 하이카이는 언어수행 예술이다. 하이카이의 언어표현 텍스트는 게슈탈트형의 관계에 의해 소위 그 외부와 서로 통해 있다.

게슈탈트형의 상호텍스트성에서 의미작용의 한정은 인과율에 의한 한정도 표현에 의한 한정도 아니다. 언어수행 상황은 언어표현 텍스트가 무엇을 말할 수 있는가라는 가능성의 조건을 결정하지 않는다. 왜냐하면 언어표현 텍스트도 역시 상황의 어떤 측면이 동원되어 밝혀질 수가 있는가를 한정하기 때문이다. 마찬가지로 언어표현 텍스트는 단지 상황의 반영이 아니다. 텍스트가 특정한 상황과 조우한 채, 잉여로서 만들어지는 것이다. 바꿔 말하면 확실히 다른 개별적인 '작품'으로서의 언어표현 텍스트의 자기동일성은 단지 텍스트끼리의 조우로 언제나 예기되지 않는 요인, 즉 우연에 의해 전복된다. 따라서 이제까지 논했던 것과 같이 상호텍스트성의 개념화에 있어 두 가지 다른 차원을 인정하지 않으면 안 된다. 텍스트 개념이 단지 쓰여진 텍스트를 의미하는 것으로 간주된다면, 언어표현 텍스트가 끊임없이 다른 부재의 언어표현 텍스트에 대해 대화론적으로 언급하며 반론하는 것과 같은 의미작용의 영역을 명백하게 규정할 수 있을 것이다. 그러나 언어표현 텍스트와 비언어표현 텍스트의 이항대립은 결코 명확하거나 안정되어 있지 않다는 것이 널리 인식되고 있다. 만약 나의 텍스트 개념이, 예를 들어 신체 동작이나 시각적 표상, 음악과 같은 비언어표현 텍스트를 포함한다면, 자율적이라고 상정되는 특정한 텍스트와 다른 텍스트의 안정된 관계를 전적으로 나타내기 위해서 '상호텍스트성'이라는 술어를 이용하는 것은 정당화될 수 없을 것이다.

'상호텍스트성'의 두 가지 다른 용법은 18세기 도쿠가와시대 문학의 일반적 특징을 묘사하는 경우에도 직접적으로 중요하다. 거듭 주의해 온 것이지만, 서예의 '글씨'와 같은 당시 많은 문학작품이 표상 공간과 상황 공간 사이에서 흔들리고 있었다. 그러나 이들 문학작품은 사건이 서술의 지시대상으로서 규정되는 상상 위의 공간을 만들어 내려고 하였다. 이들 텍스트의 다의성이나 패러디나 공간적인 배치는 항상 이와 같은 상상력에 의한 세계의 구성에 간섭했으며, 그렇게 함으로써 독자의 주의를, 묘사되고 논의되어 표상된 것으로부터 이와 같은 묘사와 표상이 어떠한 것인가라는 점으로 다시 끌어온다. 간결하게 말하자면 텍스트의 물질성은 텍스트가 완전히 투명하게 보이도록 완전히 억압하는 일은 없다. 결과적으로 이들 문학작품은 극단적일 만큼 자기반영적인 것처럼 보인다. 표상 공간을 언어수행 공간으로부터 분리하고 있는 틀짜기 효과는 취약하며, 독자의 시선은 종종 굴절되어 작품의 내용에서 그 형식으로 초점이 바뀌게 된다. 텍스트 표층에서 시니피앙의 한없는 유희 때문에 텍스트는 투명한 것으로 나타나는 일은 없고, 그것에 의해 독자는 텍스트가 물질적인 인공품으로서 세속적인 일상생활의 공간 내부에 존재하는 무엇인가라는 것을 의식하지 않을 수 없는 것이다.

이와 같이 명백히 규정되면 살아가는 공간은 이토 진사이가 분절화하려고 한 '가까움'의 세계에 다름 아니라는 것을 알 수 있을 것이다. 아마 이러한 공간은 텍스트를 초월한 지점이 아니라, 오히려 텍스트 바로 앞에 존재할 것이다. 이러한 세계는 그야말로 다양한 비언어표현 텍스트로 이루어진 일상생활과 '가까움', 나아가서는 직접성의 세계이다.

발화행위와 신체

이러한 직접성에 대한 관심은 도쿠가와시대 일본에서 문학 생산뿐만 아니라 일반적인 지적 담론도 지배하고 있었다. 지금까지 살펴본 바와 같이 직접성이라는 관념은 18세기 담론공간에서 인간의 신체가 주제로서 출현한 것과 관련을 맺고 있었다. 결국 '여기'와 '지금'을 정의하는 것도, 지각의 원초성을 바라는 욕망이 직접성의 세계로 향할 때 이 직접성을 세계에 고정시키는 것도 인간의 신체인 것이다. 발화된 말에 대립하는 발화행위란, 발화된 말에서는 상실된 위치성과 시점이 중요한 역할을 수행하는 발화 양식이라는 점을 염두에 두어야만 한다. 그러므로 언어표현 텍스트를 발화행위로 이해하기 위해서는 어쩌면 언어표현 텍스트를 특정한 상황에서 이루어지는 신체 행위로 간주할 필요가 있을지도 모른다.

오래전부터 현상학자들은 언어적 표현으로 투사된 상상된 세계는 시점의 원칙을 따르지 않는다는 점을 논증했다. 이와 같은 통찰을 기준으로 현상학자들은 상상력과 기억과 꿈의 대상이 의식에 따라 주어진 양식을, 대상이 지각되는 양식과 대립시켜 규정했다('여기', '지금'에 있어 지각의 '현실성'을 상상력의 '비현실성'과 구별하는 근거가 되고 있는 현상학의 현전現前의 개념화가 그 자체로 상상력에 의한 것인가 아닌가를 문제 삼는 것은 당분간 보류해 두자). 미우라 쓰토무가 설정한 '자기 분열'은 지각과 그 외 의식의 양식 사이의 이러한 이항대립을 확인하는 것이다. 그러나 보리스 우스펜스키와 로만 인가르덴, 그 밖의 사람들이 주장했던 것과 같이 표상 공간은 지각에서는 부여되지 않고 시점에 의해서는 분절될 수 있다. 그러나 현실성의 기원이라고 하는 지위가 지각에게 허용된다면, 시점들을 도입한다는 것이 반드시 언어표현 텍스트에 의해 나타난 공간이 시점이라는 관념에 적응한다는 것을 의미하지는 않을 것이다. 왜냐하면 현상학적인 접근방법에 의하면 다양한 언어 실천(예를 들면 간접 발화, 문체 변화 등)에 의해 구성되는 시점은 직접적이고 무매개적으로 관찰자의 신체 위치성과 관련을 맺지 않기 때문이다. 표상 공간과 '현실적인' 공간이 명확하게 구분되는 문학작품의 경우에는(이를테면 '투명한' 텍스트처럼), 언어표현적인 시점의 '비현실성'과 감각적인 시점의 '현실성'을 확실하게 인식할 수 있을 것이다. 그러나 18세기 도쿠가와시대 문학의 경우 이와 같은 구분은 매우 의심스럽다. 두 공간은 빈번하게 융합되기 때문이다.

이것이 바로 18세기 문학 담론과 지식인의 담론에서 말speech이 특권적인 역할을 수행했던 이유 중 하나이다. 발화행위라고 간주되었던 말은 이러한 담론공간에서 상당히 애매한 위치를 차지했다. 말은 특정한 언어수행 상황에서 일어나는 신체 행위임과 동시에 상황으로부터 떨어져 나간(그것에 의해 발화행위의 위치성이 박탈된) 발화된 말이기도 하기 때문이다. 인형조루리에 있어 말은 어느 등장인물의 직접 발화라고 간주되어 거기에서는 인형의 동작, 사설자의 목소리, 그리고 장면 자체가 공시적으로 통합되어 하나의 전체를 이룬다. 이러한 전체에서는 인형극의 주요한 메커니즘인 목소리와 신체의 괴리가 극복된 것처럼 보인다. 사설자의 사설에 의해 투사된 표상 공간과 실제 장면이 서로 융합되면서 목소리의 '현실성'이 인형의 신체의 '비현실성'을 보완하는 것과 같은 효과를 만들어 낸다. 이로써 인형은 단순한 목각인형이 아니라 생명을 띠게된다. 다른 한편으로 많은 18세기의 대중소설은 '적절한' 플롯을 제공하지 않은 채 직접적인 말을 묘사하고 있었다. 그 대신에 상황에 맞는 삽화를 제공해 언어표현적인 발화가 특정 상황의 한가운데에서 말해지고 있는 것 같은 인상을 만들어 낸다. 삽화가 없는 작품도 매우 많지만, 이와 같은 작품에서는 마치 연극의 대본을 읽을 때처럼 장면의 광경을 보충할 것을 요구받았다.

인형조루리와 대중소설 어느 쪽의 경우에서도 한 가지는 확실하다. 언어표현 텍스트나 쓰여진 문헌은 불완전하다. 이와 같은 텍스트는 다른 텍스트나 언어수행 상황의 공존에 의해 대리보충되지 않으면 안 된다. 바꿔 말하면 이들 작품이 나타내고 있는 표상 공간은 닫혀 있지 않다는 것이다. 표상 공간은 '현실적인' 공간의 도움을 필요로 한다. 현실 공간에서 언어표현 텍스트를 이해한다는 것은 이 텍스트를 자기 신체의 주변 공간과 통합한다는 것을 의미한다. 따라서 신체의 미메시스적인 참가가 없으면 텍스트는 이해하기가 불가능하며 의미가 없다고 간주된다. 분명히 언어표현적인 텍스트 혹은 쓰여진 텍스트의 불완전성으로 인해 이러한 종류의 작품은 현전에 대한 관심, 그리고 자기 신체가 살아온——혹은 살아왔다고 상상된——원초적인 경험으로 통상 귀착되는 직접성과 그 밖의 속성에 대한 관심에 의해 특징지어진다.

지각과 자기 분열

지금까지 논증했던 것처럼 도쿠가와시대의 일본 문학은 17세기 말에 이르러 근원적으로 변화했다. 18세기 문학, 특히 패러디는 담론공간을 지배한 새로운 편제화의 규칙에 본질적으로 내재된, 다양한 문제와 관련을 맺고 있었다. 초기의 도쿠가와 문학에서는 표상 영역에서 어떠한 불연속도 존재하지 않았다. 즉 작가들은 자신들의 담론과 고전 문헌 사이에서 연속성의 의식을 가지고 있었다. 작가들은 본래적이라고 간주했던 고전 문헌의 언어로 자기들이 살아가는 현실을 완전히 표현할 수 없을 것이라는 회의적인 생각을 갖고 있지 않았다. 그들은 자신들의 문학 언어와 자신들이 존재하고 있는 세계 간의 근본적인 균열을 알지 못했다. 18세기 문학의 특정 장르의 특징일 뿐만 아니라, 또한 근대 이전 시대의 문학을 지배하고 있었던 다의성이 당시에는 직접적인 경험과 언어화된 경험 사이에 차이를 낳지 않았다. 이렇게 해서 초기 도쿠가와 문학의 작가들은 신체적인 행위로서의 발화행위와 발화된 말 간의 화해할 수 없는 대립을 목격하지 못했다.

담론공간이 변화함에 따라 고전에서 인정받으며 상정되었던 권위는 도전받고 끊임없이 의문시되었다. 작가들은 더 이상 새로운 문헌 생산과 기존 텍스트의 집대성 사이에 상정된 안정적인 관계로는 만족하지 못했다. 작가들은 차츰 기성의 표상 형식이 충분하게 표현할 수 없었던 '가까움'의 영역을 의식하기 시작했다. 동시에 오랫동안 투명하며 이해 가능하다고 간주되었던 고전은, 역사적 거리가 실제로 사람들과 고전을 분리하고 있다고 인식하게 됨에 따라 의심스러운 것이 되었다. 그러나 이와 같은 의식이 단지 시간이 경과함에 따라 야기된 역사적 변화에 의한 것이 아님에 주의해야만 한다. 더 구체적으로 말하자면 오래된 텍스트와 새로운 텍스트 모두를 동등하게 이해할 수 있는 시점이 상실됨에 따라 고대의 고전 텍스트와 현재를 살아가는 사람들의 관계가 의문시되었던 것이다. 이와 같은 변화는 언어와 인간과 세계의 관계에 있어 근본적인 변이를 가져왔다. 언어와 비언어현상 사이, 혹은 분절할 수 있는 것 the articulatory과 보이는 것the visible 사이의 차이화 그 자체가 변화한 결과로 언어 관념은 이제껏 명확한 언어 현상의 영역에서 배제되었던 것까지도 포함해야만 했다. 따라서 이러한 점에서 '가까움'의 영역은 단지 새로운 담론의 영역, 담론 대상의 새로운 분야가 아니었다. 오히려 이것은 언어 표현의 새로운 차원이며, 신체적인 실행/연기로서의 발화행위와 발화된 말 사이의 이항대립이 명백해졌을 때에 탄생했다.

　이러한 '가까움'의 영역이 그처럼 인식된 것은 이중조작에 의해서이다. 작가들은 더 이상 고전 문헌의 세계를 포괄하는 연속적 평면 위에 위치지을 수 없게 되었다. '가까움'의 영역은 단절에 의해 새로 만들어진 것인데, 바로 이러한 단절이 생기지 않았다면 이중조작은 의미를 가지지 못했을 것이다. 고전은 특정한 '세계'에 속하지만, 말이나 감정이나 욕망은 고전적인 '세계'의 범위를 넘는 고유한 영역을 형성한다고 느끼기 시작했다. 많은 사람들이 고전 언어를 자신들의 경험과는 완전히 이질적인 것이라고 간주하게 되었다. 그러므로 고전 언어로 일상생활에 대해 이야기하는 것은 고전에서 빌린 말이나 어구를 패러디해서 낯설게 하는 것이었다. 우키요조시浮世草紙에서는 여전히 고전 문체나 용어, 통사구조를 이용함으로써 직접 경험한 것을 찬양하며 그것에 권위를 부여할 수 있었지만, 18세기 대중문학이 고전을 이용할 때에는 희극적인 효과를 과장해서 그 효과를 고조시키기 위해서뿐이었다. 고전문학과 패러디 작품의 연속성은 깨졌다. 여기에서 출현한 비연속성은 문학 생산 원리의 하나가 되었다.

새롭게 출현하기 시작한 비연속성 때문에 패러디 문학의 다의성은 아주 특정한 방식으로 기능하고 있었다. 다의적인 어휘에서는 의미소가 서로 겹치고 있지만, 노能 극『에구치』와 하녀를 모두 묘사하는 교카狂歌의 예에서 검토했던 것처럼 하나의 의미소는 고전 언어 영역에 속하며 다른 의미소는 '가까움'의 영역에 속해 있다. 두 개 이상의 의미소가 관련된 경우 적어도 하나의 의미소는 '가까움'의 차원, 즉 세속적이고 익숙한 세계를 새로 만들어 내는 의미소의 네트워크에 속해 있다. 그것에 부수한 의미소의 중첩은 예기치 못한 효과를 낳았다. 왜냐하면 서로 완전히 다른 영역에 속한 의미소가 다성적인 말 속에서 조우했기 때문이다. 실제로 이와 같은 영역의 통일성은 동위성同位性, 즉 말이 같은 구성원이며 의미가 같은 동질적 세계에 속한다고 식별해 주는 분석적 개념에 의해 정의된다. 예기치 못한 효과를 낳는 것은 두 개의 화해 불가능한 동위성 사이의 조우이며, 이것은 또한 이질적인 독해의 실천계에서 벌어지는 예기치 못한 조우를 암시하는 것이다. 앞에서 든 예에서 살펴보았듯이 귀족적이고 세련된 헤이안시대의 고전적 와카와 유곽의 평범한 방에서 이루어지는 연인끼리의 대화를 결합하는 것은 이로써 가능했다.

따라서 초기 도쿠가와 문학과 18세기 패러디를 구별하는 것은 다의성의 존재가 아니라, 어떻게 다의성이 조직되고 있었는가라는 양식이다. 즉 다의성에서 구성요소가 연속적인가 비연속적인가 하는 문제이다. 비연속성이 원칙일 때에는 다의성은 단일한 집성체의 내부에 쓰여진 텍스트를 많이 결합할 뿐만 아니라, 또한 낯설게 하기도 한다. 보통 본래적이며 세련되었다고 간주되는 것을 세속적이고 비속한 대상이나 일상생활에서 흔히 마주치는 사건과 결부지음으로써 패러디 작가의 작품은 어떤 장르의 작품을 지탱해 주던 본래성과 세련이라는 가치를 불신하게 만들고, 그와 같은 가치를 실추시킴으로써 그 장르의 작품을 낯설게 한다. 미하일 바흐친이 『프랑수아 라블레의 작품과 중세 및 르네상스의 민중문화』[25]에서 논증하고 있는 것처럼 패러디는 권력이 존재하는 기성의 상정된 질서로부터 권위와 정통성을 빼앗을 수 있다. 휴머니즘을 독백론이라고 아주 신랄하게 비판하는 바흐친은 기존의 제도를 효과적으로 뒤틀어 버리는 패러디의 가능성을 예증했다. 이러한 문맥에서 웃음은 정해져 있는 가치 체계, 즉 은폐되어 있을 때에 특히 강력하게 기능하는 체계를 뒤틀어 버리고 대상화하며 그 가치를 실추시키는 수단이다.

그렇지만 패러디 문학이 엄숙하며 권위가 있다고 느껴지는 것을 어떻게 낯설게 할지는 알고 있었지만, 직접성이나 익숙함, '가까움'의 영역 자체가 낯설게 하기에서 벗어나 있었다는 것을 충분히 의식하지 못했다는 점도 역시 잊어서는 안 된다. 즉 패러디 문학은, '가까움'이라고 지각되는 것 그 자체도 담론을 통해 구성되기 때문에 '가까움'의 인식 자체도 기본적으로 상상적인 것이라는 점을 인정하려 하지 않았다. 아마 이것이

---

25) Mikhail Bakhtin, *Rabelais and His World*, trans. Helene Iswolsky, M. I. T. Press, 1968; 川端香男里 訳, 『フランソワ・ラブレーの作品と中世・ルネッサンスの民衆文化』, せりか書房, 1973[이덕형 외 옮김, 『프랑수아 라블레의 작품과 중세 및 르네상스의 민중문화』, 아카넷, 2001].

패러디 문학이 그처럼 쉽게 제도화되어 비판적인 계기를 잃어버린 이유에 대한 설명이 될 것이다(제3부에서는 음성중심주의의 특수한 형식과의 관계에서 패러디 문학이 어떻게 전유되었는가라는 문제에 대하여 다시 다루게 될 것이다).

물론 18세기 담론 전체가 비연속성을 잉태하고 있었던 것은 아니다. 이제까지 거듭 주장했던 것처럼 담론공간은 사회나 국민, 민족, 문화, 전통, 또는 균질적인 전체로서의 심성과 같은 통일체로 간주되어서는 안 된다. 그 이유는 담론공간의 전체성을 지시대상의 전체성으로 한정할 수 없기 때문이며, 또 다른 이유는 비연속성의 출현에 의해 변용되지 않은 것처럼 보이는 장르도 많기 때문이다(일례로 나는 아직 18세기의 법과 행정에 관한 담론은 취급하지 않았다). 설령 그렇다 해도 패러디 문학은 특권적인 지위를 차지하며 다른 장르와 같은 차원에서 논의할 수 없다. 첫째로, 확실히 패러디 문학은 많은 장르 중에 하나임과 동시에 그 특수한 성질에 의해 특징지어져 역시 다른 장르의 작품과 구별될 수밖에 없다. 둘째로, 이러한 문학은 **패러디였기** 때문에 그 대상으로서 다른 장르의 작품 이외의 특별한 대상은 가지지 않았다. 이러한 의미에서 패러디 문학은 기생적인 것이며, 그 자체의 고유한 담론 대상 영역을 확정할 수 없었다. 그럼에도 불구하고 이러한 기생성이라는 특징 때문에 패러디 문학은 다른 장르의 작품이 획득할 수 없는 특별한 힘을 부여받았던 것처럼 보인다. 작품이 다른 작품의 패러디로서 인식되기 위해서는 다양한 작품을 장르에 따라 나누고 기존 장르의 위계 내부에서 평가하는 데 이용되는 장르의 분류 법칙을 대상화하지 않으면 안 된다. 바꿔 말하면 패러디 문학은 한정된 범위이긴 하지만 일종의 메타언어로서 기능하고 있었을 것이다. 패러디 문학은 다른 장르와의 관계나 장르적 차이의 한계에 따라 획득된 스스로의 위치에 대한 예리한 자각에 의거해서 지어지지 않으면 안 되었던 것이다.

　패러디 작가들은 상정된 가치관의 공인된 체계에 전혀 얽매이지 않으면서, 다양하며 확실하게 다른 기원을 가진 텍스트가 어떻게 독자들 사이에서 유통되고 있는가, 그리고 이들 텍스트에 어떠한 지위가 할당되고 있는가의 문제에 대해 민감해야만 했다. 실제로 이와 같았기 때문에 패러디 작가들은 회의주의자처럼 보였다. 패러디 작가들은 사회적 지배의 내적 메커니즘을 폭로하고자 하였다——권력에 대한 저항을 통해서가 아니라 권력을 낯설게 함으로써. 결국 그들의 비판은 쉽게 전유되었다고 말할 수도 있지만, 그것은 그들이 과도하게 회의적이었기 때문이 아니라, 오히려 그들은 완전히 근원적으로 회의할 수가 없었기 때문이다. 그들은 자신들의 낯설게 하기 전술의 한계를 의심하지 않은 채 모든 것을 회의할 수 있다고 소박하게 믿고 있었다. 그것에 의해 패러디 작가들은 '가까움'과 직접성의 개념이 비판받지 않은 채 지속되는 것을 허용하고 말았던 것이다. '가까움'의 영역과 직접성의 세계는 결과적으로 그들의 균질 지향적 사회성의 권위와 근거를 표시하는 새로운 장으로서 등장했다. 확실히 권위는 더 이상 고원하고 고매한 곳에서 유래하는 것이 아니라, '여기'와 '지금'에서 유래하며 거기에서 사물은 신체와의 관계를 통해서 원초적으로 파악된다. 그러나 신체와 관계된 '여기'와 '현전'은 항상 언어표현 텍스트에 의해 파악되지 않는다. 왜냐하면 언어표현이 아니라 오히려 감성적 표현의 특징인 위치성과 시점을 빼앗겨 신체가 살아온 경험을 언어화할 수 없기 때문이다. 여기에 18세기 담론공간을 추동했던 의미생성에 모순이 있다. '가까움'의 영역은 감성적이기 때문에 인용할 수는 있어도 주제론으로 논할 수는 없다. '가까움'의 영역은 발화행위의

장소이지만 발화된 말에서는 장소가 되지 않는다. 굳은 침묵으로서만, 그것이 발화된 말에 동반되어 있음을 막연하게 시사한다.

자크 라캉은 '나'라는 주체에 관련된 유사한 현상을 기술하고 있다. 라캉에 따르면 '나'라는 시니피앙은,

발화행위의 주체를 지시하지만, 그것을 의미화하는 것은 아니다. 이것은 발화행위 주체의 어떠한 시니피앙도 발화된 말에 있어서 부재할 수 있다는 사실을 보아도 명백할 것이다. '나'와는 다른 누군가가 거기에 존재한다는 사실은 말할 것도 없고, 부적절하게 1인칭 단수의 격格으로 익숙하게 불릴 뿐 아니라 복수형으로 불리기도 하며, 더욱이 자기지시autosuggestion의 '자기'Soi에 의해 나라는 시니피앙이 살 곳을 많이 만들려고 했다는 것은 분명할 것이다.[26]

라캉이 말하는 발화행위의 주체와 마찬가지로 주체의 신체에 의해 살아가는 '가까움'의 영역은 기껏해야 지시될 뿐 결코 발화된 말로 위치가 설정되지 않는다. 신체의 이미지에 대해 말할 수는 있어도, 신체를 발화된 말의 일부로 인식할 수는 없다. 발화된 말에 있어 신체는 일단 언어화되면 불가피하게 보편화되어 언어수행 상황 내부의 특수한 위치로부터 분리되기 때문이다. 신체는 거울 영상으로도, 담론의 심급의 원점으로도 파악될 수 없다. 가시성이나 언어의 분절화와의 관계에 있어서 말이 발현되는 장소는 초월적으로 있다. 그것은 파악하려고 시도할 때마다 달

---

26) Jacques Lacan, *Ecrits*, trans. Alan Sheridan, Norton, 1977, p.298(*Ecrits* II, Seuil, 1966, p.159; 佐々木孝次 ほか訳, 『エクリ』III, 弘文堂, 1981, 306쪽).

아나는 슈타이이다. 결국 그것은 나에게는 아주 가까움에도 불구하고 동일성의 장이 아니라, (대문자)타자의 장이다. 말하자면 그것은 내 안의 타자의 장소인 것이다.

그러므로 언어표현 텍스트, 특히 쓰기는 18세기 담론공간의 내부에서 불완전한 것이었다. 발화행위가 가장 우선적인 것으로 생각될 때 발화된 말은 발화행위의 흔적으로 간주되며, 그 기능은 발화의 기원에 있어 반복적인 발화행위 양식을 시사하며 지시한다. 그러나 18세기 담론공간에서 지배적인 욕망은 바로 발화행위란 무엇인가를 한정하는 것이었다. 그러나 곧 명백해지듯 이것은 무리한 목표였다. 발화행위가 언어표현 텍스트로서 구별되어 한정되자마자, 그것은 발화된 말로 변용되어 버릴 것이다. 앞으로의 장에서는 이와 같은 의미생성의 모순이 18세기 담론에서 어떻게 생산되었으며 어떻게 재생산되었는가를 논증해 보겠다.

일반적으로 발화행위와 발화된 말의 대립은 언어표현 텍스트에 한한다고 여긴다. 비언어표현 텍스트에서는 미우라가 '비언어적 표현'에 대해서 주장했던 것처럼 표현의 최종적인 산물은 표현 행위에 있어 감성적인 조건을 더욱 잘 보존하고 있다는 인상을 남긴다. 그러나 내가 인형조루리의 분석을 통해서 제시했던 것처럼 직접적인 말(그 내부에서는 발화행위와 발화된 말의 차이가 나타나지 않는다)과 발화된 말(그 내부에서는 발화행위의 주체가 완전히 제외되어 있다) 사이에는 많은 매개적인 단계가 있다. 예를 들어 음악, 사설자의 목소리, 인형의 동작 같은 다양한 텍스트가 동시에 이루어지는 인형조루리의 (대문자)텍스트는 서로 다른 여러 '주체성의 강도'를 절묘하게 분절하는 데에 성공하고 있다. 사설자의 발화는 양식화된 영창詠唱·음악·리듬을 말살함으로써 행위자/연기자의 생생한 목소리에 더욱 가까워지지만, 이 발화가 인형의 발화행위처럼 느

꺼지도록 환상을 낳기 위해서는 발화가 인형의 신체 운동과 통합되어야 한다. 때로 (대문자)텍스트는 주체성의 가장 높은 강도에 도달하지만, 인형에 의해 연기된 행위자/연기자는 특정 상황에서 그 자신이 이야기하고 있는 것처럼 보인다. 이것과는 대조적으로 목소리는 자주 발화행위의 주체를 '상실하며', 익명의 존재가 된다. 특히 목소리가 지정된 영창이나 음악, 리듬에 의해 지배될 때 목소리는 그것을 말하고 있다고 보이는 신체로부터 떨어져 나간다. 그것과 동시에 신체의 운동 자체를 형식적인 규칙에 의해 지배하고 있다. 이와 같이 규정된 신체 운동에서 무용수의 개인성 상실이나 집단으로의 통합은 뚜렷하다. 신체는 집단의 수단이 되며, 그러한 운동은 '자연스런 행위라고 간주되는 것'의 범주에는 포함되지 않는다.

여기에서 언어와 언어표현 텍스트의 문제는 의례의 문제와 만나게 된다. 왜냐하면 가령 의례의 관념이 형식화된 몸짓, 즉 다양한 텍스트와 음악의 공시화에 의해 규정되지 않는다면 도대체 어떻게 의례의 관념을 이해할 수 있을 것인가? 의례의 본질은 비언어표현 텍스트로부터 발화된 말을 구성하는 것에 있으며, 그것에 의해 개인의 주체성, 혹은 주체의 이미지는 집합성으로 해소되는 지점이 된다. 즉 의례는 초자아적 타자 (라캉이 말하는 대문자 타자)를 동작이 전체로서 공표되는(모든 동작은 **의미가 있는** 한에서만 간접적이기 때문에) 익명의 청자^{addressee}로서 규정하는 것이다. 그러나 바로 이 (대문자)타자, 이 '집합성'은 동작의 실행에 선행한다고 여겨지기 때문에 타자는 정치적인 의의를 가진다. 이러한 타자는 의례의 실행에 의해 설정되는 것이기 때문에 의례의 실행에 의존하며, 그 범위에서 의례의 실행 다음에 온다. 그런데 의례는 '집합성'이 그 실행에 선행하여 존재한다는 믿음에 의존하고 있다. 그러나 이러한 초자아적 타자는 어디에도 존재하지 않는다. 그러므로 (대문자)타자가 물화되어 기존의 '집합성'과 동일시될 때, 그것은 기존의 권력 관계를 긍정하는 일이 될 것이다. 이와 대조적으로 (대문자)타자와 그 선행성이 다른 방법으로 이해될 때, 존재하지 않는 '집합성', 즉 기존의 여러 가지 제도에 순응하지 않는 불가능한 집합성을 나타내게 될 것이다.

그럼에도 불구하고 오로지 발화행위로서만 언어표현 텍스트를 다루려는 지배적 경향은 체제 외부에 있는 자에게도, 사회를 지배하는 위치에 있는 자에게도 극단적으로 곤란한 문제를 제기했다. 그리고 오규 소라이의 철학 담론은 이 문제에 직면하려고 했던 최초의 시도였다. 사회적 제도의 문제는 발화행위나 의례, 그리고 역사의 문제의식과 얽혀 있었다. 그리고 시詩에 대한 18세기 담론은 역시 이들 문제 모두를 전제로 하고 있었다. 그러므로 (새로운 일본 고전이나 습관, 언어를 본래적인 연구 대상으로서 구축한 대규모의 해석학 연구 집단이며, 17세기 후반부터 도쿠가와시대의 종언에 이르기까지 그 수를 늘리면서 번영한) 국학國学은 텍스트성이나 직접성, 발화행위의 문제에 강한 관심을 품지 않을 수 없었다. 왜냐하면 이 모든 문제의 중심에는 인간의 신체와 언어에 관한 의미 생성의 모순이 존재했기 때문이다.

むかしのくろうすゞりのすゞの
たゞ一つをさかしらと
やがてはにほひの
りんてその
むめのやなんの
むめのく

III부_언어, 신체, 그리고 직접적인 것

음성표기와 동일한 것의 이데올로기

나르시시즘이란 전이轉移의 불안에 대한 일방적인, 그러나 매혹적인 반응이다. 이는 자기self를 전면적으로 통합하려는 불가능하고 상상적인 시도를 포함한다. 이는 전면적으로 통일된 시점을 정교하게 만들려는 노력 속에서 활성화되며 자기를 존중하는 '순결함'은 스스로로부터 이질적인 것을 털어 내기 위해 속죄양을 구하는데, 그 이질적인 것은 항상 어느 정도 자기 안에 이미 있는 것이다. 프로이트가 제시한 바와 같이, 소망하지만 쉽게 이루어질 수 없는 타자와의 교감이란 과거의 약한 측면을 맹목적으로 반복하지 않는 방식으로 전이적인 전위transferential displacement를 철저하게 조작하는work through 것을 말한다. 전이가 의미하는 것은 연구 대상 가운데 논쟁거리가 될 만한 고려 사항도 항상 되풀이되는 것으로 과거를 이해하는 가운데 반드시 변용을 동반하거나——혹은 전위된 동질의 것을 찾고 있지만——과거가 현재와 전적으로 다르다고 하는 주장에 의해 부인되는 만큼 자신만의 '자기'self나 '문화'와 전면적으로 동일화하는 것에 의해서도 전위轉位는 부인되고 마는 것이다.

—도미니크 라카프라, 『역사와 비평』

7장_번역의 문제

'특정' 언어의 외부

담론공간에는 항상 모든 장르 간의 비연속성의 체계[1]가 포함되어 있다. 그리고 담론공간은 발화된 말의 다양함과 발화된 말의 집합들 속에서 관계들이 갖는 다양함으로 구성된다. 개개의 발화가 담론공간에서 어떻게 필수적인 구성요소로 관련을 맺게 되는가, 그 레벨에 관해서는 지금까지 말한 바와 같다. 어떤 문학 텍스트는 과거의 언어표현 텍스트를 전제로 하며, 동시에 그들 텍스트를 포섭하면서 과거의 과거성과 명확하게 구별된 동시대성을 향해 방향이 정해지며 의미가 정해지는 것인데, 동시에 문학 텍스트는 비언어표현 텍스트와도 관계를 맺는다는 점을 잊어서는

---

1) '장르 간의 비연속성의 체계'(a system of generic discontinuity). 장르는 다른 장르와 구별함으로써 스스로의 동일성을 보존한다. 따라서 모든 장르의 관계는 장르 간의 비연속성의 체계로서 기술될 수 있다. Fredric Jameson, *The Political Unconscious*, Cornell U. P., 1981; 大橋洋一 訳, 『政治的無意識』, 平凡社, 1989[프레드릭 제임슨, 『정치적 무의식』, 이경덕·서강목 옮김, 민음사, 2015] 참조.

안 된다. 말하자면 상호텍스트성은 텍스트의 서로 다른 두 축을 가리키게 된다. 다양한 틀짜기의 형성을 통해서 이질적인 텍스트들이 참여하게 되는 것 속에서, 그리고 이러한 틀짜기의 형성을 통해 소위 '작품'의 동일성이 구성되는 것으로부터 상호텍스트성의 좌표축의 양 방향을 고려하지 않는 한 주어진 담론에서 언어표현 텍스트의 상정된 동일성과 다른 텍스트와 관련해서 그 텍스트가 어떠한 위치를 차지하는가를 해석할 수가 없게 될 것이다. 요컨대 특정한 담론공간 내에서 문헌의 위치를 정할 수 있다고 해도 그 위치는 거기에서 문헌이 생산된 사실을 곧바로 의미하지는 않는다. 이렇게 논해지는 담론공간은 연대기적으로 각인된 시공간의 연속체가 아니라, 한편으로는 텍스트의 물질성을 배제하고 억압하며 다른 한편으로는 재현/표상 가능한 질서에 그러한 물질성을 순응하게 해 일군의 체계에 모순하지 않는 양식으로서 발화가 가능한 총화, 즉 고문古文 서고를 말하기 때문이다. 따라서 담론공간이라는 개념을 도입하는 것은 그 텍스트성에서의 텍스트(소위 '일반 텍스트'도 포함해서) 개념과 관습적이고 물신화物神化된 텍스트 개념 ── 즉 '책'이라는 말로 대신 사용할 수 있는 의미에서의 텍스트 ── 사이의 혼란스러운 것처럼 보이는 전환을 명확하게 하기 위해서이다. 그리고 나는 이렇게 혼란스러워 보이는 전환을 굳이 막아야 한다고는 생각하지 않는다. 관습적으로 텍스트를 바라보는 사고방식은 많은 가정을 포함하고 있으며, 이러한 가정은 조금만 엄밀하게 음미해 보면 전혀 받아들이기 어렵다는 점이 금방 판명나겠지만, 나의 논의에서 이러한 가정을 완전히 없애지는 않겠다. 오히려 이러한 혼란스러운 듯한 전환을 좇아 텍스트의 텍스트성이 주어진 담론구성체에서 억압되었던 과정을 재연해 보여야만 한다. 이 전환의 미끄러짐을 추적하는 것은 사실 종종 문맥 분석으로 대신하며, 역사 사료의 새로운 읽기 방법으로서 고안되었다. 문맥 개념은 상호텍스트성에 의해 보충되어 담론공간에서는 '담론'이라는 수식어가 부여되고 있음에도 불구하고, 텍스트의 참조적 또는 외적인 한계 항으로 생각되었던 범위의 비언어표현 텍스트가 예상되고 있다.

　여기에서 텍스트가 참조하는 지시대상 혹은 외적인 항으로서 비언어표현 텍스트의 지위에 대해서 오해가 없도록 정리해 두자. 문제가 되는 비언어표현 텍스트는 텍스트의 외부성을 지시하지 않고, 주어진 담론에서 구성된 (단지 실정적인) 외부에 불과하며, 비언어표현 텍스트에 대한 참조가 가능한 것 자체는 비언어표현 텍스트의 외부성에 대한 지시를 의미한다. 다시 말해 텍스트의 외부성은 (통속적인 의미에서) 텍스트 밖에서 발견되지 않는다. 왜냐하면 안과 밖의 이항대립을 유지하는 배분질서economy와 외부성은 양립할 수 없기 때문이다. 나는 다른 텍스트들에 대한 텍스트의 참조 관계가 주어진 담론공간에서 이미 결정되어 있다는 것을 분석하려 한다. 그 이유는 이 참조 관계를 규제하는 관계를 적출하는 것이 지금 문제가 되기 때문이다. 언어표현 텍스트에서 다른 언어표현 텍스트들과 관계 맺지 않는 텍스트는 존재하지 않는다. 그뿐 아니라 비언어표현 텍스트와 관계 맺지 않는 텍스트 또한 존재할 리가 없다. 텍스트는 지시·표시·우의·재현/표상, 그리고 내가 게슈탈트형이라고 부르는 것 등에 의해 다른 비언어표현 텍스트들과 관계하고 있다.

　담론공간을 통치하는 이들 관계를 검토하는 과정에서 나는 어쩔 수 없이 언어표현적인 것과 비언어표현적인 것의 양의적인 경계와 만났다. 이미 우리는 (18세기 담론공간에서) 발화행위의 출현이 언어표현 텍스트의 의미작용 과정 속에서 비언어표현 텍스트의 역할을 극적으로 변화시키는 것을 보았다. 나의 분석에 따르면 이러한 상호텍스트적인 관계는 18

세기 담론을 이해하기 위해 시급히 검토해야만 하는 하나의 과제였다. 이 문제는 실제로 내가 이용하는 분석어휘와는 전혀 다른 말을 사용하고 있으나, 18세기 저술가들이 광범위하게 논의한 문제 중 하나였다. 그리고 이것이야말로 18세기 특유의 언어관이 가장 명료한 형태로 자명시했던 영역이었다.

군이 말할 필요는 없겠지만, 비언어표현적 현상과 비언어학적 현상의 대조를 통해서 '언어란 무엇인가'라는 물음은 가장 잘 대답될 수 있을 것이다. 게다가 이 물음은 18세기 저술가들에게도 그들의 탐구 대상을 동일시하기 위한 목적에서 추구되고 있었다.

이러한 담론공간에서의 언어관을 음미하는 작업을 할 때 항상 직면할 수밖에 없었던 곤란함은 역설적인 성격을 가지고 있었다. 사람은 언어에 대해서 말할 수 있지만, (언어를 통해 언어에 대해 말하기 때문에) 이때에 탐구의 매체는 대상에 매몰되어 버린다. 그리고 하나의 전체로서의 언어를 말하기 위해서는 (언어) '내부'와 '외부'를 상정할 수 있는 배분질서를 수립할 필요가 있었다. 형상적으로 말하면 내부는 그 외부와의 관계 속에서만 윤곽을 그릴 수 있었을 터이다.

18세기 담론에서는 담론의 '외부'가 역사적 차이와 지정학적 차이두 방향에서 정립되었다. (18세기) 언어 이론가들은 일반적인 물음 대신에 우선 특수한 물음을 가지고 있었으며, 그 물음은 '타자의 언어란 무엇인가', '다른 언어란 무엇인가'였다. 이와 관련해 해리 하루투니언은 18세기에 언어에 대한 관심이 일어났던 일반적인 지적 징후를 지적하면서 다음과 같이 말했다. "고대어를 회복하는 것은 동시대의 언어가 그 투명성을 상실했다는 확신으로 촉발되고 있었다. 명석함 대신에 혼탁이 지배한다. 이러한 사실은 사물이나 의미가 이제는 주어진 유사한 범주에 맞지 않는다는 것을 말하고 있었다."[2] 언어의 혼탁을 강조함으로써 언어이론 가들은 투명한 언어를 추구했다. 그러나 혼탁한 언어라는 관념을 획득했던 것은 투명한 언어에 대한 욕망을 통해서였다는 점을 기억해야 한다. 투명함이건 불투명함이건 어느 특정한 언어의 내재적인 속성이 아님은 분명하다. 당시 일본 열도 일부에서 통용되고 있었던 어떤 문체는 그 문체로 교육받지 않은 자에게는 이해할 수 없는 언어였을 것이다. 또한 세계의 많은 지역에서 문헌을 이해할 수 없다는 것이 칭송되어 성스러운 개시의 상징으로 간주되는 일이 있었다. 문헌이 불투명한 것이라고 느껴지는 일은 많이 있었을 테지만, 그렇다고 이러한 문헌이 더 투명한 언어에 대한 욕망을 불러일으켰다고 반드시 말할 수는 없다. 다만 언어가 불투명한 것으로 파악되기 위해서는 그러한 담론을 구성하기 위한 담론장치가 필요하다. 그와 같은 장치가 존재하지 않은 한 언어의 투명성에 관한 광범위한 논의가 일어날 수 없다는 점은 분명하며, 또한 확실히 불투명성으로 파악되었던 것이 불투명성과는 다른 규정을 받는 일도 있을 것이다. 대개 문제는 다른 형태로 수립되지 않으면 안 된다. 따라서 나는 어떻게 해서 언어가 불투명하게 되었는가를 묻기보다는 사람들이 어떻게 언어의 투명성에 대한 욕망을 환기했는가를 묻고자 한다.[3]

---

2) Harry D. Harootunian, "The consciousness of archaic form in the new realism of Kokugaku", *Japanese thought in the Tokugawa Period*, ed. Tetsuo Najita and Irwin Scheiner, University of Chicago Press, 1978, p.85.
3) 언어의 투명성은 두 가지 계기에 의해 전개될 수 있다. 하나는 투명성에 대한 욕망의 계기이며, 다른 하나는 텍스트를 반조해 바라보는 성격 혹은 반성적 성격의 계기이다. 그리고 텍스트를 반조해서 바라보는 것은 텍스트의 의미작용에 대한 반성을 불러온다. 확실히 화훈[和訓; 한문을 일본어식으로 읽는 방법]에 대한 주시는 텍스트를 반조해 바라보는 18세기 담론에 의해 생긴 결과다. 언어의 투명성, 텍스트를 반조해 바라보는 것, 발화행위에 대해서는 François Recanati, *La transparence et l'énonciation*, Seuil, 1979에서 많은 시사를 받았다.

확실히 18세기 담론에는 언어의 위기감이 존재했다. 이 위기감은 불투명과 투명의 이분법을 중심으로 한 수많은 지식인들 사이의 논쟁에서 극적으로 전개되었다. 그러나 '불투명성'으로 이론가들이 무엇을 실제로 말하려고 했던가를 한정하는 일은 용이하지 않다. 불투명성은 어떻게 분절되어 어떻게 현시적으로 드러났는가? 이러한 언어의 위기를 표현하고 강조하기 위한 조건은 무엇이었을까?

이러한 물음은 분명히 이 책에서 처음부터 가지고 있었던 주제였다. 다만 이 장에서는 오늘날 같으면 '이론적' 논고라는 식으로 분류될 수 있는 종류의 저작에 초점을 맞추어 볼 것이다. 이제부터 설명하는 바와 같이 현재의 '이론'(여전히 아리스토텔레스의 관조^{theoria}와 근친성을 많이 지니고 있는)에 해당하는 지적 태도는 18세기의 많은 학자들에게 확실히 거절당하고 있었다. 그러나 18세기에 출판된 대부분의 책은 언어 연구에 맞추어져 있으며, 언어 연구는 아무래도 이론적인 성격을 초래하지 않을 수 없었다. '이론'을 비난하기 위해서는 반드시 스스로도 이론적이어야만 한다. 현대의 저술가들과 마찬가지로 18세기의 작가들도 이 법칙으로부터 벗어나 있지 않았다.

불투명성은 우선 이 저술가들이 타자의 언어와 만나는 지점에 위치하고 있었다. 항상 그렇듯이 동일자의 언어, 혹은 '우리'의 언어는 타자[4]

---

4) 이 책에서 '타자'에 해당하는 말은 크게 세 종류로 구별되어 있다. 하나는 the other로, 이것은 단지 the same에 대칭적으로 대립하는 말이며, '동일한'에 대한 '다른'을 의미한다. 다른 하나인 the Other는 the same과는 대칭성을 가지지 않는 '타자'와, 라캉이 사용하는 상징계에서 주관이 정립될 경우의 상상계의 '(대문자)타자'로, 이 둘은 용법상 구별된다. 후자의 용법에서 the Other를 사용될 때에는 필자는 그 문맥의 취지에 따라 사용했으므로, 딱히 주의를 주지 않고 사용한 the Other는 the same과 대칭성을 가지지 않는 '타자'라고 생각해도 좋을 것이다. 따라서 the other를 단지 '타자', the Other를 '비대칭적 타자'와 '상상계의 타자'라고 우선 말해 두기로 한다.

의 언어가 자명시되고 인지된 이후에만 결정될 수 있다. 이와 같이 18세기 언어에 관한 담론구성체는 이중적이다. 한편으로 언어는 비언어와의 대비에 의해 이해되었으며, 다른 한편으로 동일한 사람들의 언어가 타자의 언어와의 대비에 의해 이해되었다. 이 두 가지 방향은 전혀 다른 사태를 제시함에도 불구하고, 담론공간에서는 서로 얽히면서 전개되었다. 예를 들면 번역의 문제는 필연적으로 이러한 양자의 관련에서 제시되어야만 했다.

화훈의 문제성

오규 소라이가 '기양의 학'[5]이라고 불렀던 한문 고전의 새로운 독해 방법을 창안하여 에도의 한학 교사로서 그 경력을 쌓았던 일은 유명하다. 이 독해 방법은 18세기 초에 널리 수용되고 있었던 기존의 독해 방법에 대한 철저한 비판을 담고 있었다. 오규의 방법은 특히 중국 문헌의 음독법에 관한 것이었지만, 도쿠가와 사회에서 이러한 새로운 읽기를 제창하는 것은 중국의 고전이 해석될 때에 전제되었던 실천계에 근본적인 변화를 도입하는 것을 의미했다. 더욱이 이미 내가 기술했던 언어표현 텍스트와 비언어표현 텍스트의 상관관계의 일반적인 변천에서 이러한 새로운 독

---

5) 기양(崎陽)의 학(學). '기양'은 나가사키를 중국식[한국어본에서는 '한자음'으로 표기했다]으로 부르는 이름. 당시 중국어 문장을 중국어 음으로 읽는 것은 나가사키의 통역자가 하는 일이라고 여겨서 오규 소라이(荻生徂徠, 1666~1728)는 자신의 학문 방법을 '기양의 학'이라고 불렀다. 젊은 시절 그는 송리학과 유학 고전의 주석 연구에 몰두했고, 나중에는 16세기 중국 문학자 이반룡(李攀龍)과 왕세정(王世貞)의 주석학적 방법에 큰 영향을 받아 자신의 주석·철학 방법인 '고문사학'(古文辭學)을 수립했다. 그가 남긴 대표 저작으로 『변명』(弁名), 『논어징』(論語徵), 『학칙』(學則), 『정담』(政談) 등이 있다.

해법의 도입은 합치하고 있는 것처럼 보이며, 사실을 말하면 기양의 학은사상 분야에서 대화discourse의 심급이 출현한 것에 대한 반응으로 이해할 수 있다.

널리 통용되고 있는 개념의 상식적인 이해라는 것이 늘 그러하듯 번역이라고 하는 문제를 엄밀하게 생각하기 시작하면, 이 개념이 많은 문제성을 내포하고 있다는 것을 알게 된다. 번역이라는 것에 대해 새삼스럽게 질문하지 않을 때에는 나는 '번역이란 무엇인가'를 알고 있다고 생각한다. 그러나 일단 질문하게 되면 번역이란 무엇인지가 알 수 없게 되고 만다. 아마 이러한 현상은 우리가 안다고 생각하는 것과 우리가 실제로 행하는 것 사이의 의식되지 않은 괴리를 잘 나타내 주고 있으며, 이 괴리 덕분에 이데올로기를 비판할 수 있다. 그렇다면 결국 번역이란 무엇인가?

번역을 통해 우리는 한 언어로 이야기되거나 쓰여진 텍스트를 다른 언어로 이야기하거나 써서 그에 상응하는 텍스트로 새로 쓰거나 만든다고 상식적으로 생각한다. 다시 말해 원문과 그 번역은 모두 동일한 의미작용, 사건, 판단 혹은 상황을 지시한다고 생각하는 것이다. 소위 동일한 언어(동일한 언어의 '동일함' 혹은 동일성이라는 관념도 검증받아야 하며, 나중에 실제로 확인할 것이다) 내에서의 텍스트 변환이나 바꿔 말하기에 대해서도 '번역'이라는 말을 사용하는 예가 있다. 그러나 보통 영어와 프랑스어, 혹은 중국어와 일본어라는 서로 다른 두 개의 언어 사이에서 번역이 발생한다고 가정한다. 이상적으로 말하면 한 언어의 원문과 다른 언어로의 번역 사이에는 호환성이 존재하며, 번역의 번역은 원문으로 돌아가 원문과 일치해야만 한다는 것이다. 그러나 그 의미의 잉여를 만들어 내지 않는 이러한 이상적인 번역은 불가능하며, 번역이 원문과 차이가 나는 것은 불가피하다는 점에 대해서는 널리 의견일치를 보인다. 따라서 번역은 원문의 의미로 근접해 가는 과정이라고 간주된다.

만약 문장 A와 B가 동일 언어로 존재한다면 이들 문장은 서로 다른 문장이라고 간주되어 그 결과 두 개의 다른 의미작용을 구현한 것으로 받아들여진다.[6] 반면 만약 이 두 문장 a와 b가 모두 원문 C의 번역이라고 한다면, 번역으로 보는 한 이들 문장은 동일한 것으로 간주될 수 있다. A와 B가 같은 언어 통일체에 속한다고 가정하기 때문에 사람들은 두 문장의 차이를 식별하도록 요구받지만, 두 문장이 C와 관련 맺어질 때에는 별개의 언어 안에 놓인 항인 C의 문장을 양쪽이 다 참조할 수가 있기 때문에 일반적으로 a와 b의 공존이 허용된다. A, B, a, b가 다음과 같은 문장이라고 하자.

A = "Fine." a = "Fine."

B = "That goes." b = "That goes."

C = "Ça va."

---

6) 분명히 '번역'이라는 용어와 마찬가지로 '문장'(文)이라는 용어에도 문제가 많다. 달리 적절한 번역어가 떠오르지 않기 때문에 이 '문장'(sentence)이라는 용어를 마치 중립적인 용어인 것처럼 사용하겠다. 특정한 용어를 사용함으로써 발생하는 이데올로기적 효과에 사람들이 어느 정도까지 책임을 지고, 어느 정도까지 자유로울 수 있는지 나는 잘 모르겠다. 그러나 이러한 주의는 아주 무용하지는 않다. '문장'이라는 용어를 사용함으로써 18세기 담론이 의미작용의 기본 수준에 있어 완결성이라는 관념을 견지했다고 말하는 것이 아니며 이를 유의해 두기 바란다. 그러므로 현재 문제가 되고 있는 담론에서는 의미작용의 완결이 곧바로 '문장'이라는 문법 단위의 형성을 못하지 않는다. Mikhail Bakhtin, "The problem of speech genre", *Speech Genres and Other Late Essays*, trans. Vern W. McGee, University of Texas Press, 1986, pp. 10~59; 佐々木寬 訳, 「ことばのジャンル」, 『ことば 対話 テキスト』(『ミハイル·バフチン著作集』8), 新時代社, 1988, 113~189쪽 및 Jean-Claude Chevalier, *Histoire de la syntaxe*, Librairie Droz, 1968을 참조하기 바란다.

C를 번역한 것이 a와 b라고 받아들일지 말지의 여부는 공존하는 문장과 C가 관계하는 비언어적 상황배치에 상당히, 그리고 다양한 방식으로 의존한다. 결국 번역의 정확성과 적절성은 개개의 텍스트에서 고유한 주어진 조건을 바탕으로 해서 결정할 수밖에 없다. 그럼에도 불구하고 a와 b를 하나의 표현에 대한 두 개의 변주로서 받아들일 수 있는 것은 단지 그들이 모두 함께 C라는 참조 항을 가진다는 이유에서일 뿐이라고 추론할 수 있다. 더욱이 이러한 공존 가능성은 C가 결코 a와 b, 혹은 A와 B와 동일한 평면 위에 출현하지 않는다는 조건을 요구하는 것이어서, C는 A, B, a, b가 모두 소속된 언어 통일체의 외부에 속해야만 한다. 그렇지 않으면 다음과 같은 혼란이 발생하고 말 것이기 때문이다.

　　인물 1 : "Paul replied, 'Fine'." (폴은 '괜찮아요'라고 대답했다.)
　　인물 2 : "Oh, no! He said, 'Ça va'." (당치도 않다. 그는 '사바'라고
　　　　말했다.)[7]

　　여기에서 번역의 문제를 역으로 생각해 보자. 우리가 언어의 통일체라는 관념을 전혀 이해하지 못하고 외국어나 모국어라는 이념도 가지고 있지 않다고 상정해 보자. 심지어 'Fine'과 'Ça va'가 공존 가능한 언어 매체를 상상할 수도 있을 것이다. 이러한 조건 하에서는 A와 C는 동일

---

7) 이는 설명하기 어렵다. 왜냐하면 이 문장 자체가 번역이며, 영어로 쓰여진 원문을 통한 영어와 프랑스어의 번역에 대한 논의는 바로 이 번역 작업에 있어 자기 지시로 작용해 버리기 때문이다. 우선 다음과 같이 설명해 두자. 'Ça va'는 어떤 문맥을 예상하는가에서 다른 번역이 가능하다. "How are you?"─"Fine."의 'Fine'에 상당하는 것으로 할지, 아니면 일정한 기술 명제로 할지에 따라 다른 번역이 된다. 그러나 원문이 다양한 번역의 하나가 될 때에 발생하는 혼란은 차원이 다른 것으로, 이것을 앞의 예에서 보여 주고 있다.

한 내용이라고 말할 수 없다. A와 C를 서로 '바꿔 말하기'로서 이해할 수 없다. 그것은 이들 문장이 다른 언어 통일체에 각각 귀속되기 때문이 아니라, A와 B는 다른 외연을 가지거나 다른 의미작용을 구현하기 때문이다. 이 의문을 이해하기 위해서는 다음과 같은 질문을 던져 보는 것이 가장 도움이 될 것이다. "두 개의 다른 언어 통일체에 속하는 어구나 관용구를 동시에 포함하는 작품을 어떻게 하면 두 개 중 어느 한쪽의 언어로 번역할 수 있을까?" "언어의 복수성을 내포하는 발화 전체를 단일어 매체로 번역하기 위해서는 어떻게 하면 좋을 것인가?" 그리고 궁극적으로는, "언어들의 공존을 어떻게, 다른 언어들을 추방하고 제거해 버리는 단일어의 상정된 균질성으로 번역할 수 있을까?" 이것이야말로 한자를 일본어식으로 읽는 '화훈'의 존재가 강렬하게 보여 주는 현상인 것이다.

좁은 의미에서 번역이라는 생각이 통일체로서의 언어라는 도식을 상정한다는 것을 앞서 제시했다. 번역은 두 개의 언어 통일체가 명확하게 구분될 것을 암묵적으로 요구한다. 두 언어 사이에 경계를 그을 수 없다면 번역도 성립할 수 없다. 그래서 18세기 담론공간에 번역이 소개되었을 때, 다른 언어 통일체와 대립되는 통일체로서의 언어라는 주제를 둘러싸고 언어란 무엇인가라는 논쟁이 일어났다. 이를 상세히 다루지는 않겠지만 이 점만은 언급해 두겠다. 즉 어떤 텍스트가 비언어표현 텍스트로서 그것 자신에 관계할 때에 대해서도 유사한 논의를 할 수 있다.[8]

---

8) 물론 여기에서 말하는 번역은 두 언어 간의 번역이 아니라 넓은 의미에서의 읽는 행위 일반으로서의 번역에 해당하는데, 하나의 문장과 다른 문장의 양립 가능성의 영역을 설정하는 것은, 텍스트가 그 자신에 대해서 가지는 상호텍스트적 관계의 가능한 폭을 어떻게 결정할 것인가의 문제와 관련이 있다는 점에 주의를 기울이자. 문장 "Fine"과 다른 문장 "Fine"의 차이가 읽기의 계층에서 구별되는가 어떤가는 양립 가능성의 영역이 어느 정도 설정되고 있는가에 달려 있다.

이제부터 논하겠지만 이 문제를 통해 "비언어표현 텍스트를 언어표현 텍스트 혹은 다른 비언어표현 텍스트로 번역하는 것은 가능할까"라는 질문을 던졌을 때, 이 문제는 비언어표현 텍스트와 언어표현 텍스트 사이의 대단히 불안정한 차이를 안은 복잡한 상황을 드러내 준다. 이 물음은 현재 전혀 무의미한 것처럼 보일지 모르지만, 18세기 담론에 대해서는 의미가 있다. 앞으로 그 이유를 밝혀 보겠다.

민족/국민ethnic 언어라는 통일체 형성을 상세히 논하기 전에 화훈이라는 문제와 언어의 통일성을 끊임없이 침식하면서 언어가 통일성을 가진다고 하는 관념에 의문을 가지게 만드는, 이 기묘한 쓰기-읽기의 실천계에 대한 오규 소라이의 집요한 비판을 짚고 넘어가야 할 것이다. 오늘날 우리가 당연하게 여기는 언어에 관한 범주에 혼란을 초래하는 화훈은 일본어라고도, 혹은 중국어라고도 생각할 수 없으며, 언어표현이라고도 비언어표현이라고도 간주할 수 없다. 화훈 원고의 시각성(옆의 그림 참조)이 그 텍스트를 순수하게 언어표현인 것으로 한정하려는 생각에 끊임없이 관여하고 있다.

학이第一

子曰學而時習之不亦說乎有朋自遠方來不亦樂乎人不知而不慍不亦君子乎
有子曰其爲人也孝弟而好犯上者鮮矣不好犯上而好作亂者未之有也君子務本本立而道生孝弟也者其爲仁之本與

화훈에 대한 오규의 비판은 많은 유학자들을 관찰한 결과에 의거하고 있다. 거듭 그는 자신의 논고를 읽는 독자들에게 유학자가 중국 문헌을 직접 읽을 능력을 지니지 못한 점을 지적했다. 그는 이것을 "시대의 질병"이라고 불렀다. 오규는 중국 고전을 실제로 읽고 있다고 주장하는 유학자들은 실은 화훈의 체계에 의한 훈점법[9]을 통해 읽고 있다고 말했다. 오규는 중국 고전을 일본식인 화훈으로 읽는 것은 중국 고전 읽기를 기피하는 것으로, 이는 실제로 중국어 텍스트를 읽고 있지 않는 것이라고 주장했다.[10] 화훈은 독자들이 중국 원서와 직접 마주하는 것을 방해한다. 왜냐하면 훈점법은 이들 서적을 부분적으로 번역하고 해석해 버리기 때문이다. 독자들이 중국 문헌을 훈점법에 의거해서 읽는 한, 중국어의 이질성은 이미 수립된 개념 양식에 순화되어 감추어지고 만다. 대개 화훈은 일본에서 사용하는 중국어를, 외국 문화를 이해할 때에 한 번은 경험해야만 하는 소외감을 소거시킨다. 그것은 일본에서 사용하는 언어로 통합시킬 수 있다는 환상을 만들어 낸다.

내부와 외부

그렇다고는 해도 오규의 논고에 일본어와 일본문화라는 통일체가 전제되어 있는 것은 아니며, 오히려 그러한 통일체가 그 윤곽을 그릴 필요가 있는 것으로 논의되었다. 다시 말해 통일체는 당위로서 말해졌지, 현존하는 것으로는 존재하지 않았다. 당시에는 여러 가지 이질적인 언어가 말해지거나 쓰여지고 있었고, 민족어national language라는 단일한 통일체를 설정하는 것은 불가능했다. 18세기 일본은 많은 사회계급, 사회집단, 지

---

9) 영어판에서는 Japanese annotations라는 말을 사용하고 있으며, '훈점법'(訓点法)으로 번역했다.

10) 荻生徂徠, 『詩文国字牘』 巻之下, 『荻生徂徠全集』 第5巻, 河出書房新社, 1977, 632쪽, 혹은 『訳文筌蹄』 初編, 「巻首」, 앞의 책, 24~25쪽(원문, 16~17쪽).

역 등으로 분할되어 있었으므로, 인구의 대부분이 바로 사용할 수 있는 단일화된 표준 언어는 없었다. 그 대신 한문에서 지방의 속어에 이르기까지 다양한 언어 양식이 있어서, 동일한 개인이라 할지라도 경우에 따라서 여러 언어를 사용하고 있었다. 비공식적인 일상 상황에서는 청자와 화자의 관계가 허용되는 한, 그 지방의 말이 사용되었다. 의례의 경우에는 다른 양식의 언어를 사용했으며, 편지는 일상회화용 어휘를 배제하는 특정한 서간문체로 썼으며 공식 문서와 지적인 글은 한문, 또는 한문에서 파생된 양식으로 썼다. 이것들은 광범위한 언어의 다양성을 만들어냈으며, 여기에서 언급한 것은 수없이 존재했던 갖가지 언어 양식의 몇몇 예시에 불과하다.

그러나 나는 소위 역사적 사실에 근거하여 일본어라는 언어 통일체가 존재하지 않았다고 주장하려는 것은 아니다. 지금부터 논의하겠지만, 언어의 통일성이란 단지 경험적 사실이나 관찰 가능한 실증성만으로 나타나는 것은 아니며, 언어의 통일성의 매체는 항상 담론이기 때문이다.

그러므로 오규는 이국/이질이라는 환경적인 이유에서 유래한다고 믿었던 중국 문헌이 새롭게 번역되기에 앞서, (번역문의 매체가 되는) 일본어라는 특별한 언어 환경을 군이 통일체로 상정하려고 했던 것이다. 물론 오규는 자기가 설정했던 언어 통일체가 그가 살았던 시대에는 존재하지 않는다는 것을 분명히 깨닫고 있었다. 이러한 이상화된 언어 환경 설정으로 인해 부수적으로 발생한 것이 관례화된 절차와 두 개의 언어 통일체의 설정을 필요로 하는 번역 도식을 갖춘 실천계의 도입이었다. 두 개의 언어 통일체란 원 텍스트 언어와 번역하는 언어를 가리키는데, 이들 언어 통일체는 서로에게 외부적이어야만 하며, 두 개의 통일체는 서로 흡수나 통합이 일어나지 않아야 했다. 화훈을 거부해야만 했던 것은, 화훈이 두 언어 사이에 필요한 완전한 상호 외재성의 요건을 위반했기 때문이다. 화훈은 두 언어를 혼합하여 언어 학습자로 하여금 두 언어의 관계를 연속적인 것으로 생각할 여지를 제공한다. 오규의 번역관은 번역되는 언어이든 번역하는 언어이든, 동일시된 통일체 내부에서는 그 통일체에 속하는 인간이라면 누구라도 특정한 언어로 표현된 메시지를 즉각적이고도 친밀하게 이해할 수 있을 것이라고 보았다. 다시 말해 오규의 문제설정은, 모국어를 말하는 자에게 모국어란 완전히 투명하게 보이는 언어라는 관념을 전제로 하는 것이었다.[11] 적어도 이론상으로는 모국어라는 통일체를 설정함으로써, 그는 은밀히 '모국어를 말하는 자'라는 관념을 도입했던 것이다. 외국어를 읽거나 들을 때에 근원적인 이질감(외국성)이 지각되는 것에 비해, 자국어는 말로 표현해도 즉각적이며 친밀하게 이해된다고 생각했다. 따라서 자국어와의 관계에서 외국어는 외적으로 보이는 데 비해, 자기의 본래 언어의 발화는 그 언어를 공유하는 자들에 의해 무매개적으로 이해될 수 있을 것이라고 생각할 수 있었다.

이상화된 언어 환경과 다른 언어와의 관계에 대한 이러한 관점에서 문제가 되는 것은 어떤 외부, 즉 중국 고전에 속하는 외부 세계에 대립하는 형식으로 정립된 언어 내부를 형성하는 것이다. 외국어 영역을 외부로서 한정하는 것을 통해서 내부, 즉 동일한 영역의 윤곽이 떠오르게 된다. 오규는 이질적인 첨가물과 구성요소의 혼합물 안에서 순수하게 내부에 속하는 무매개적인 '우리'에 친근한 것, 다시 말해 '우리'의 동일성의 영역을 구분했다. 그러므로 내부와 외부의 경계를 애매하게 하는 언어

---

11) 영어판의 native speaker과 native tongue에는 모국어에 있어서 나라(=국민)의 의미는 아직 포함하지 않는다. 그러나 적당한 번역어가 없기 때문에 각각 '모국어를 말하는 자'와 '모국어'를 채용했다.

형식을 실격시키기 위한 기준을 발견하는 것이 절대적으로 필요했던 것이다.

이토 진사이의 '가까움'의 사고, 좀더 엄밀하게 말하자면 '가까움'을 담론화하는 것이 불가능하다는 이토의 생각은 오규에 의해 변형·전유되었으며, 근대의 해석학에서 말하는 이해의 지평과도 유사한 일종의 담론 장치로 응용되어, 내부의 특징을 나타내는 경험을 선별하기 위한 기준으로 사용되었다.[12] 설령 고대 중국어를 충분히 습득하지 못한 사람에게 고전이 복잡하고 난해하게 보인다 해도, 고전의 심원함은 그 언어의 세련됨에 좌우되는 것이 아니다. 적어도 고전은 발화된 당시에는 조금이라도 교양 있는 사람이라면 쉽게 알 수 있는 말로 쓰여졌다. 고대 중국과 도쿠가와 사회를 유리시키는 역사적 거리와 문화 차이는 고전을 독해하기 어렵고 이해하기 어려운 것으로 만들었지만, 18세기 일본의 학자라도 고대 중국과 그 언어에 관한 충분한 지식만 획득하면 고전의 난해함은 해소될 것이었으며, 일단 그 수준에 도달하면 고대 중국 평민들이 일상의 대화에서 서로를 이해했던 것처럼 학자들도 이들 서적을 이해할 수 있을 것이었다. 따라서 오규와 동시대를 살았던 사람들이 고전을 오래되어 난해하다고 느꼈던 것은, 이들 서적 자체에 내재하는 문제는 아니었다.[13]

이렇게 해서 오규는 친밀하며 즉각적으로 전달될 수 있는 영역, 즉 '내부'의 존재를 전제하고, 상상된 언어 통일체를 설정하여 투사하게 된

---

12) "책은 무엇인가라고 할 때에 중국인이 쓴 것이다, 지금 사람들은 책을 왠지 어렵게 생각해서 중국인이 만든 것이라고 알고 있다. 이것은 아주 잘못 이해하고 있는 것이다. 서적은 일본의 소설이다. 중국인이 항상 사용하는 말을 종이에 적은 것이다. …… 좀 전에 말한 것처럼 글자의 소리(字音)라고 말하는 것은 중국의 말을 바로 받아 적은 것으로 중국인이 쓴 것이 지금의 서적에 있는 문장이다." 荻生徂徠, 『訓訳示蒙』 巻一, 『荻生徂徠全集』 第5巻, みすず書房, 1974, 437~439쪽.

다. 그리고 우선 현존하는 일상적 회화에서 어떠한 간섭이나 소외, 그리고 흔적조차 남기지 않고 불식된 절대적인 '내부'의 가능성을 연상하려고 했다. 물론 오규는 그가 살았던 사회의 상태가 '내부'의 상념에 의해 묘사하려고 했던 이상적인 영역과는 어느 정도 거리가 있다는 것을 당연시하고 있었다. 그의 지각 범위 내에서도 도쿠가와 막부 하의 세계는 붕괴의 과정에 있었으며, 도처에서 그는 사회·문화적 퇴폐의 징후를 목격했다. 그는 포괄적이며 조화적인 사회의 결합을 유지하는 '내부'의 존재 대신, 분열, 오해, 그리고 황폐함이 현재 체험하고 있는 역사적 현실을 특징짓고 있다고 생각했다. 따라서 그의 언어 교수법은 도쿠가와 사회에 있어 사회 병리의 진단을 어떻게 조직화할 것인가, 나아가 그와 같은 진단에 의거해 어떠한 치료법을 부여할 것인가에 관계하고 있었다. 오규는 현존하는 사회 상태와 대조적인 이상화된 '내부'를 설정하는 것으로써 도쿠가와 세계의 퇴폐적이고 해체적인 측면을 부각시킬 수 있었다. 새로운 번역관을 도입하는 데에는 많은 정치적인 의미가 포함되어 있으며, 그가 왜 동시대 사회에서 이 정도의 위기의식을 가지게 되었는가 하는 것 역시도, 이러한 번역관이 없었다면 설명될 수 없는 것이었다. 이토 진사이는 해체와 붕괴를 생명의 창조와 재창조에 관련지어 긍정적으로 바라봤던 반면, 오규는 두려움을 가지고 해체와 붕괴를 지켜보고 있었다.

번역관을 설정해 새로운 읽기의 실천계를 확립하고 중국 문헌을 읽는 과정을 설명하기 위해 오규 소라이는 내부와 외부가 대칭적인 구조를 도입했다. 다만 내부와 외부의 관계가 대칭적이며 호환적인 것으로서 상

---

13) 오규는 처음에는 고대 중국어를 고대의 일상어와 동일시하지는 않았다. 그가 주희의 교설에 따랐던 리학자였던 시기에는 사상이 적절하게 표현된 언어는 논고의 수사적인 문체라고 믿고 있었다. 荻生徂徠, 『訓訳示蒙』 巻一, 『荻生徂徠全集』 第5巻, 河出書房新社, 371쪽.

상되었기 때문에, 이 구조는 두 개의 내부 간의 관계로서 이해될 수도 있었다.

이러한 대칭적 구조가 성립하기 위해서는 적어도 두 가지의 필요조건을 생각할 수 있다. 첫번째는 이미 말한 바와 같이 내부와 외부는 서로 중첩되지 않아야 하며 서로에게 외부로서만 존재해야 하기 때문에, 동시에 양쪽에 모두 포함되는 요소가 있어서는 안 된다는 조건이다. 두번째는 외부도 내부도 닫힌 영역이어야 하며, 제각기 하나의 전체성, 통일체로서 말할 수 있어야 한다는 조건이다. 아무리 복잡하고 거대한 것이라해도 그 전체성을 사고할 수 있어야만 한다. 나는 여기에서 세번째 조건을 생각해 보고 싶다. 왜냐하면 이 조건이 없으면 상호구조가 불가능하게 되기 때문이다. 이 세번째 조건에 대해서는 나중에 초월의 문제를 논할 때 언급하기로 하고, 여기서는 이 구조가 어떠한 귀결을 초래하는가를 이론적으로 고찰하겠다.

번역은 하나의 내부로부터 다른 내부로 언어가 전이되는 것으로 이해된다. 애당초 내부라는 것이 무매개적이며 즉각 '서로 알 수 있다'는 조건으로 정의되는 이상, 어떤 '내부'에 귀속하는 것처럼 보임에도 불구하고 간단명료하게 알 수 없는 말들은 이러한 번역의 전제를 침해하기 때문에 배제, 거부의 대상이 된다. 따라서 오규가 되풀이해서 탄식한 사회의 붕괴와 병은, 건강한 사회 구성체라면 반드시 필요로 하는 '내부'가 존재하지 않기 때문에 일어난 것으로 여겨진다. 물론 이러한 문맥에서 투명성과 불투명성의 대립이 가장 강렬한 정치적 의의를 가지게 된다.

오규는 텍스트가 지니는 난해함과 불투명함이 어떻게 생기는가를 두 가지 방식으로 설명하고 있다. 먼저 텍스트가 외국어로 쓰였거나 말해진 경우에, 그것은 당연히 독해 불가능하며 불투명한 것으로 보인다

(당연하다. 일정한 담론공간에서는 '당연한 것'으로 여겨진다). 이미 말한 바와 같이 별개의 '내부'에 기원을 가지는 텍스트는 내부 텍스트라면 당연히 만족할 어떤 조건을 채울 수 없다. 즉 지리·문화적 차이가 텍스트의 불투명성의 원인을 결정하고 구분짓기 위해 동원된다.

더욱이 오규는 일찍이 투명했던 것이 어떤 과정을 거쳐 불투명하게 되었는가를 제시한다. 이러한 문맥에서, 사건을 일으키거나 제도, 습관을 풍화·침식시킬 뿐만 아니라 텍스트를 왜곡하며 불투명하게 하는 역사적 시간에 대한 그의 기본적인 이해를 알 수 있다. "시대가 변하면 언어도 변한다"라는 유명한 명제에 따라, 오규는 일찍이 무매개적이며 즉각적으로 접근 가능했던 것이 시대에 따라 오염되어 불명확한 것으로 바뀌고 말았다고 말하려 했다. 역사적 시간은 텍스트를 침식하며 불투명하게 함으로써, 일찍이 무매개적으로 부여되었던 것을 이미 '우리'에게는 접근할 수 없는 것으로 만들었고, 그것을 통해 텍스트와 '우리' 사이의 거리를 만들어 냈다.

어떤 역사적 시대와 현대 사이에 충분한 거리를 상정할 수 있다면, 마치 고대 중국의 공동체가——오규와 동시대의 공동체 사이의 거리 관계와 동일한 것으로서——현재에 대해 외재적이며 이질적(외국)인 하나의 '내부'로서의 과거를 생각할 수 있을 것이다. 이렇게 함으로써 텍스트가 지니는 불투명성은 내부와 외부 사이의 경계의 존재를 증명하는 것으로 치환될 수 있었다. 이러한 대칭적인 모델은 텍스트 생산의 역사적 측면과 문화적 측면을 설명하기 위해 채용되었다. 그러나 더 중요한 것은, 오규는 번역을 도입함으로써 '내부'라는 영역의 가능성을 상정했다는 점이다. 근대의 '주체적 내면성'이 역사적 구성물인 것과 마찬가지로, 이 '내부'는 하나의 역사적·사회적 구성물이다. 이렇게 해서 오규는 암묵적으로 고전 읽기의 타당성을 판단하는 기준을 수립하여, 이미 보급되어 있지만 본래적이지는 않은 읽기 양식으로부터 본래적인 읽기 양식을 구별하기 위한 기본적 수단을 발명했다.

오규는 문화적이고 역사적인 경계를 확정해 세계를 새롭게 구별하는 방법을 탐구했다. 이는 텍스트의 생산을 어떻게 재조직화해서 이해할 것인가라는 문제의식과 관련되어 있다. 세계를 보는 새로운 시각과 '공동체'를 구상하는 새로운 방법이 도입된 것은 읽기 실천계의 변경을 통해서였다.

그렇기 때문에, 다른 저작의 철학적 입장을 논쟁할 때에도 오규는 읽기의 문제를 피해 갈 수 없었다. "근래에 이토 씨도 역시 호걸로 그와 아주 유사한 것을 엿볼 수 있다. 그렇지만 『맹자』로 『논어』를 해석하며, 오늘날의 문장으로 고문을 보는 것은, 여전히 정이 형제나 주자의 학문과 같을 뿐이다. …… 또한 아직도 일본어로 중국말을 읽는 태도를 벗어나지 못했다"[14]고 오규는 보았다. 오규는 고문과 현대문의 구별은, 구조적으로 중국어와 일본어의 구분과 같고 고/금과 중국/일본의 이항대립은 두 개의 동형적인 관계라고 생각했다. 이러한 구분법을 채용함에 있어 전제가 되는 것은 고대 중국의 '물'物(사물 혹은 현실, 'realitas'의 의미에서의 사회적 현실)은 고대 중국어의 매개를 통해서만 이해할 수 있다는 사고방식이다. 고대 중국의 현실은 하나의 '내부'라는 형태를 가지고 있었다. 그 현실은 안쪽에서 바라보고 이해되어야만 한다. 이러한 전제는 다음과 같은 일반적인 법칙을 띤다. 즉, 사물도 언어도 동일한 현실의 통일체 혹은 '내부'에 귀속되며, '내부'는 지리/문화와 역사로도 동일시할

---

14) 荻生徂徠, 『弁道』 第1条, 『荻生徂徠』(日本思想大系 第36巻), 岩波書店, 1973, 11쪽.

수 있다. 그러므로 내부성에 대한 참조 없이는 사물도 텍스트도 본래적으로 이해될 수 없다. 이러한 전제는 동시에 '내부'의 바깥에 서 있는 사람은 '내부'에 속하는 사물을 이해할 수 없다는 사실도 함의한다. 오규는 그가 생각했던 '내부'가 비언어적 현상도 포함하는 것이라고는 해도, '내부'와 '외부'의 형상은 언어에 관한 체험을 통해서만 가시화된다고 말했다. 더 명확히 말하면, 이렇게 규정된 '내부'의 내부성에서는 사물과 언어가 분리되어 있지 않고, 언어가 사물 속에 기거하며, 언어가 세계 그 자체인 원초적인 경험을 지시하고 있다고 생각할 수 있다.

발화행위에서 언어표현과 비언어표현의 상호 의존관계

지금 우리가 직면하고 있는 것은 하나의 역설, 오규와 그 동시대인들의 담론이 응집해 있는 듯한 하나의 역설이다. 오규는 과거의 문화나 타국의 문화를 이해하기 위해서는 그 문화에서 사용된 언어를 경험해야만 한다고 주장했다. 하지만 동시에 과거의 언어 사용에 환기를 불어넣고 그것을 구체화해 주는 '사물'物을 참조하지 않고는 과거의 언어를 몸에 익힐 수가 없다. 따라서 언어는 양의적인 위치를 차지하게 된다. 왜냐하면 과거의 사물과 비언어적 현실을 이해하기 위해서는 당시의 언어를 통해서 과거를 보는 것이 절대적으로 필요하지만, 동시에 과거의 언어는 그 언어가 놓인 역사적 현실에 대한 지식 없이는 몸에 익힐 수가 없으며, 이러한 역사적 현실은 정의를 하자면 단지 언어 습득의 범위를 넘는 사항이기 때문이다.

　　오규가 언어 사용의 환경으로 간주되는 역사적 현실을 알아야 할 필요성을 강조함으로써 언어표현과 비언어표현의 경계는 더욱 문제가 된다. 이쯤에서 쓰기^{writing}는 언제나 완결되지 않는다고 했던 이토 진사이의 생각을 떠올려 보자. 이토는 쓰여진 문헌을 정확히 파악하기 위해서는 그것을 적절한 '혈맥'血脈에 삽입할 필요가 있다고 주장했다.[15] 이로써 이토는 실천으로서의 텍스트와 미리 예상된 목표에 결코 도달하는 일이 없는 대화론적인 탈중심화의 과정으로서의 읽기라는 생각을 갖게 했다. 그가 읽기 행위를 이해한 방식 속에서는, 텍스트의 텍스트성은 억압되기는커녕 존중되고 있었고, 그래서 텍스트 읽기는 결코 완전한 포화상태에 도달할 수 없었다. 텍스트를 완전히 안다는 것은 불가능했는데, 이는 텍스트를 읽는 인간의 유한성 때문이 아니라 텍스트의 물질성 때문이었다. 오규는 담론적인 문맥성에서 파악되는 이토의 텍스트 읽기를 여러 가지 담론의 예로 격하시켰다. 오규는 고대 문헌을 읽고 이해하기 위해서는 반드시 발화행위 장면의 대리보충이 필요하다고 여긴 듯하다. 이토에게 읽기, 이해하기란 물신화되었던 텍스트의 윤곽 그 너머의 상호텍스트적인 관계를 추적함으로써, 텍스트를 언어수행적인 외부와 관계 맺게 하는 것이었다. 오규도 역시 읽기 문제를 텍스트가 완결되지 않는다는 점과 읽기 행위의 대리보충적 성격이라는 측면에서 파악하고 있었다. 그는 현재에 계승된 고대의 서적은 본질적으로 완결되지 않은 것이라고 생각했다. 그러나 그는 읽기 행위를 통해 텍스트가 최초로 생산되고 발화되던 순간에 존재하고 있었으리라고 자신이 믿었던 기원적인 완전성이 회복될 가능성을 상상했다. 이러한 가능성을 상정하는 것은 '내부'를 상정하는 것과 분명히 상관관계가 있었다. 그러한 완벽한 읽기가 실제로 가능

---

15) 덴리대학(天理大学) 도서관에서 소장하고 있는 고의당(古義堂)문고 『논어고의』의 「총론」(하야시본)을 참고할 것.

한지 여부는 여기에서 문제가 되지 않는다. 18세기 담론공간에서는 그러한 읽기가 가능하다고 가정되었고, 텍스트의 투명한 읽기와 투명한 텍스트 읽기에 대한 욕망은 계속 생성되고, 또다시 생성되는 것처럼 보였다. 이러한 욕망이 없었다면 언어에 관한 담론이 이 정도로 다양하게 나타나지 못했을 것이다.

텍스트를 완결되지 않은 것이라고 간주했음에도 불구하고, 오규는 텍스트가 발화된 그 순간에는 그것이 완전하고 완결되어, 언어수행 상황에 완전히 포섭되어 언어표현 텍스트와 비언어표현 텍스트 간의 불균형이 존재하는 일은 없다고 믿었다. 이러한 완전성의 형상을 들고 나오면 언어 사용은 그런 식으로 고립되거나 동일시될 수 없게 되며, 언어표현 텍스트도 많은 종류의 텍스트가 개입되고 통합되는 하나의 일관된 행위의 일부분에 지나지 않은 것으로 생각해야 한다는 점은 주목할 만하다. 발화행위는 특정 상황에서 일어남과 동시에 신체적이며, 비언어적 언어표현적인 행위를 지시한다. 여기에서 생각할 수 있는 상황에는 말하는 자의 행위에 응답하는 인간의 신체를 비롯해 다양한 문화적 또는 자연적 대상이 포함된다. 말의 발화에 대한 이러한 사고방식에 따르면 행위를 그 행위가 의미하는 것[16]으로 환원할 수는 없다. 왜냐하면 이 행위는 화자의 신체가 많은 대상들 가운데 놓인 특정한 대상으로 향하는 신체적 운동이기 때문이며, 화자의 신체를 다른 대상들과 비언어적으로 관계 맺게 하기 때문이다. 발화행위의 비언어적 측면은 그 의미작용을 만들어 내는 것은 아니지만, 이러한 측면은 의미작용을 준비하고 활성화하며 더욱이 수식한다고 말할 수 있다. 따라서 18세기 저술가들에게 텍스트가 말한 것과,

---

16) what it says, 행위가 말하는 것.

그 발화행위가 원초적으로 발생할 때에 있었을 기원적 완전성 사이의 잃어버린 고리를 찾는 일이 절대적으로 필요했다. 그리고 쓰여진 텍스트가 완결되지 않은 것이라는 사고는, 발화된 말 그리고 발화의 의미작용은 반드시 대리보충되어야만 하며 발화된 말을 생산한 발화행위가 발화된 말도 의미작용도 재현/표상할 수는 없다는 인식을 전제로 하고 있다.

이러한 문맥에서 오규의 언어 개념이 왜 양의적이었는가를 이해할 수 있다. 텍스트를 그 발화행위의 완전성으로 회귀시키기 위해서는 발화행위의 장면에서 텍스트를 둘러싸고 거기에 침투했을 사회·문화적인 환경과 대상을 회복하지 않으면 안 된다. 동시에 이들 대상과 사회·문화적인 환경은 텍스트에 대한 올바른 이해가 없으면 결코 파악될 수 없다. 텍스트 자체와 관련될 때만 그 역사적 의의를 개시하기 때문에, 다시 말해 텍스트와 그 외부는 상호의존관계로 맺어져 있다는 내재적 인식이 있다는 점을 주목하자. 그리고 나는 오규가 이러한 방식으로 언어와 역사적 현실을 이해했다고 본다. 이렇게 해서 그는 완전성의 영역을 상정했고, 거기에서는 전체로서의 발화행위가 만들어지며 텍스트와 그 외부는 완전히 통합되고 있었다. '내부'의 내부성은 확실히 이러한 의미에서의 완전성에 가장 구체적인 표현을 만들어 냈다. 이후 텍스트를 읽는다는 것은 이러한 완전성을 회복하고 부활시키고 다시 실현하는 것이었다.

말의 우선성

언어, 텍스트, 역사에 관한 이러한 사고방식에서는 텍스트를 무엇보다도 반드시 말speech로서 이해할 필요가 있었다. 말은 (텍스트) 외부와 언어행위 상황에서 현존하는 모든 사물과 인간에게 원초적인 의존관계를 유지하는 것으로 이해되었다. 쓰기writing가 그 외부로부터 텍스트를 확실하게 분리시키고 고정화하여 텍스트의 자율성을 가져오는 데 반해, 말은 발화행위의 장면에 완전히 밀착되어 있다. 이와 같이 쓰기와 대조되는 말에 대한 관점을 유지할 수 있을지 여부는 검증을 필요로 하겠지만, 오규는 말과 쓰기 간의 근본적인 대립을 들고 나와, 이러한 시점에서 그의 동시대에 중국 문헌이 읽히고 해석되던 학문적 관행을 재검토했다. 이러한 극단적인 (쓰기와 말 사이의) 이항대립은 오규 자신뿐만 아니라, 특히 18세기 담론에서 특유하다고 여겨지는 역사적 시간관, 역사적 현실관, 그리고 타자관이 성립하기 위해서도, 또한 18세기 담론구성체 일반에서도 반드시 화훈을 배제할 필요가 있었다.

텍스트가 쓰기로서 고정되는 한, 그 텍스트 고유의 역사적 환경을 상실하며, 본래의 목소리로 그 텍스트는 말할 수 없다. 다시 말해 쓰기는 텍스트를 혼란시키며, 그야말로 그 본래의 환경에서 뿌리째 뽑아 해방시키기 위해, 텍스트는 전혀 엉뚱한 환경과 관계 맺을 수 있다고 간주되었다. 더욱이 쓰여진 언어는 쓰기의 성격으로부터 역사적 시간을 초월하는 경향이 있다. 즉 역사적 시간을 넘어 쓰기는 보존되는 대신에 말은 보존되지 않는다. 이러한 전제에서 오규는 정호·정이 형제와 주희가 고대의 텍스트를 근대어로 읽었다고 비난했으며, 일본의 유학은 역사적 착오뿐만 아니라 문화적 혼동을 범했다고 비판했다. 그는 내부성의 관념을 갖고 있지 않기 때문에, 일본의 유학은 일본어와 중국어의 경계를 끊임없이 제거시켰다고 생각했다.

이러한 거의 치유할 수 없을 것처럼 보이는 일본 유학의 결함을 오규 소라이는 근본적으로 치유하는 임무를 스스로 수행했다. 만약 읽기가 끝내 말의 특징이라고 여겨지는 원초적인 완전성을 회복하기 위한 수단에 불과하다면, 고대의 텍스트를 이해한다는 것은 그러한 완전성, 즉 어떤 '내부'에 대한 참여를 의미해야 한다. 만약 구두 발화가 즉각적인 행위 영역으로 그대로 통합된다면 언어는 화용론적인 조건에서 완전히 독립하지 못하게 되며, 발화가 일어나는 역사적 현실로부터 독립한 하나의 대상으로서 존재하지 못할 것이다. 그러나 이와 같은 극한적인 발화행위에 따르는 조화와 통합 상태, 완전한 상황은 독자 자신이 그러한 역사적 현실, 즉 '내부'에 완전히 속해 있지 않으면 실현될 수 없다. 물론 이러한 상황에 집중하기 위해서는 상황 내에서 물리적으로 현재하는 것 이상을 필요로 한다. 마치 그 언어를 자기의 모(국)어인 것처럼 사용할 수 있으며, 그 언어를 알고 있는 것을 깨닫지 못할 정도로 그 상황을 소상히 알며 내면화하고 있어야 한다. 완전한 상황에서 사람의 신체는 그 모(국)어와 합치되고 있다. 이것은 이상적이며 상상 위에서만 달성할 수 있는 상태여서, 사람은 거기에 도달하는 것을 생각만 할 수 있을 뿐이다. 그러나 오규에게 이것은 우리가 생각하는 것보다 훨씬 더 구체적인 것이었으며, 그는 고대 선왕의 통치라는 이념에 여러 번 호소함으로써, 이 상태를 달성할 수 있는 여지를 계속 찾고 있었다.

그가 본 동시대는 이러한 이상을 실현하기에는 어느 정도 거리가 있었다. 중국 문헌은 이러한 이상에 완전히 무관심했고, 때로는 분명히 적대하는 방식으로 읽혀져 이해되었다. "이쪽의 학자는 방언을 가지고 글을 읽으며, 이름하여 화훈이라고 말하며, 이것을 훈고訓詁의 의미로 받아들인다. 사실 그것은 번역이다. 게다가 사람들은 그것이 번역이라는 것을 알지 못한다."[17] 오규가 방언이라고 부른 것은 명확하게 중국어로 쓰

---

17) 荻生徂徠, 『訳文筌蹄』, 『荻生徂徠全集』 第5卷, 24쪽(원문, 16쪽).

여진 문장을 일본어 통사법에 맞추는 방식을 말하여, 다른 두 언어의 통일체를 구별해 인지하지 못하기 때문에 이 변환법은 쓸모없을 수밖에 없다. 중국의 텍스트가 일본어로 변환된 후 (번역되는 언어가 아니라 번역하는 측의) 언어 상태가 매우 모호하며 불안정하다. 한자 옆에 기호를 붙여 가나의 조사를 첨가해서 변환이 이루어지는 이상, 이 변환의 대부분은 시각적으로, 혹은 적어도 시각 기호를 참조하면서 수행되어야 한다. 물론 이 '방언'을 고도로 익혀 완전히 습득할 수 있지만, 일상적인 교섭 언어인 방언을 사용하는 것은 불가능하다. 화훈을 언어표현으로 직접 느끼는 일은 결코 없었다. 일본어의 한 형식임에도 불구하고 화훈으로 쓰여진 문장을 파악하는 데에 있어 일본인 독자는, 화훈을 더욱더 일상적인 언어 형식으로 번역하지 않으면 안 되었다. 이와 같이 화훈은 일본어 내에 기생하는 외국어이며, '내부'가 만들어지는 것을 끊임없이 방해하는 것이었다. 화훈은 언어와 사물이 분리되지 않은 '내부'의 경험을 가능하게 하기는커녕 언어가 사물이나 사람들로부터 동떨어져 소외된 분열된 언어 행위의 견본을 제공하고 있는 것처럼 보였던 것이다.

말의 선형성과 화훈

화훈을 통해 중국 문헌의 본래 의미에 도달하려는 것은, 오규 소라이가 보기에는 '발이 가려운데 구두 위에서 긁는 것'과 같은 것이었다. 그는 화훈을 원래의 말과 독자 사이를 가로막는 장애물로 간주하였으며, 본래적인 읽기는 독자들로 하여금 마치 그들이 그 텍스트에서 유래하는 '내부'의 주인인 것처럼, 바로 직접적으로 파악하는 것이어야 한다고 암묵적으로 가정하고 있었다.

물론 번역의 일차적인 개념은 한 언어에서 다른 언어로 변환하는 것이라는 정도로도 여기에서는 충분할 것이다. 따라서 쓰기나 시각기호로 그것을 매개하는 것은 부가적이며 과잉적인 것이었다. 이 원칙에 따라 오규는 그의 제자들에게 중국어로 쓰여진 서적을 시각적이 아니라 청각적으로 접근하도록 가르쳤다. 중국어의 쓰기를 구어의 일본어로 변환하도록 요구하는 이 새로운 방법이, 왜 당시의 학문적 세계를 놀라게 했는가를 이해하는 것은 그리 어려운 일이 아니다. 왜냐하면 당시에는 유학자라고 해도 실제로 중국말을 할 수 있는 사람이 거의 없었기 때문인데, 그들은 중국에서 실제로 쓰이고 있는 말을 할 필요는 없었다. 유학자들은 중국 문헌을 접했지만, 실제로 중국 사람과 말을 나눈 경험을 가진 사람은 적었다. 요시카와 고지로가 지적한 것처럼, 그 무렵 유명한 유학자는 중국 속어인 '워먼'我們이 무엇을 의미하는지 알지 못했다. 그러나 이것은 대륙에서 온 방문자와 이야기를 나눌 수 있는 사람이 없었다는 뜻은 아니다.[18] 중국의 고전을 시각적 텍스트를 참조하지 않고도 연구할 수 있다는 생각은, 그들의 상상을 넘어선 것이었다.

이렇게 오규의 번역관이 도입되었다는 것은, 18세기 담론공간에서 말과 쓰기 사이에 극단적인 이항대립이 나타났다는 것을 보여 준다. 실

---

18) 吉川幸次郎, 『仁斎·徂徠·宣長』, 岩波書店, 1975. 이 논문집에는 오규의 언어 학습의 문제의식에 관한 뛰어난 글이 있다. 그러나 요시카와는 음성적 읽기가 화훈보다 낫다는 입장을 취했다. 더욱이 오규의 중국어 구어에 관한 의견을 초역사적인 입장에서 옳은 것으로 받아들였다. 그러나 초역사적으로 옳다 혹은 그르다는 읽기 방식은 없다. 다음 장에서 상세하게 제시하는 바와 같이, 다만 읽기의 다른 실천계가 있을 뿐이다. 중국어 읽기에 관한 요시카와의 견해가 중국 연구에 대한 학문적·직업적인 특권 옹호를 위한 신앙 고백으로서 기능하고 말았다는 것을 그는 깨닫지 못하고 있었다. 18세기 이전 '중국어를 말하는 능력' 등이라는 어구는 어느 중국어를 말하고 있는지를 확실히 하지 않는 한, 아무런 의미도 가지지 못한다. 애초에 '중국어'란 무엇인가? 기원전 6세기의 '프랑스어'라는 것과 그것은 얼마나 다른가?

제 말을 쓰기의 배후로 상정하는 것, 말을 옮겨 쓴 것이 쓰기라고 간주하는 것은, 어떤 점에서도 그것이 텍스트에 대한 뛰어난 접근법도, 자연스런 접근법도 아니다. 또한 그러한 접근법으로 텍스트를 더욱 잘 이해할 수 있는 것도 아니다. 그럼에도 불구하고 쓰기에 대해 이렇게 바라본 결과, 광범위하게 영향력을 미쳐 근본적인 변화를 초래했다는 점은 의심할 여지가 없다. 왜냐하면 새로운 읽기 양식이 진리의 관념과 학문의 목적을 새롭게 정의하고 규정했기 때문이다. 그리고 담론공간 변용의 핵이었던 것은, 언어표현 텍스트와 비언어표현 텍스트 사이의 차이를 재구성하는 것이었다. 화훈의 정당성을 파괴하려는 오규의 시도는 담론공간의 변용에 의해, 그때까지 언어표현 텍스트로 간주되었지만, 비언어표현 텍스트의 지위로 하락해 버린 어떤 종류의 텍스트를 배제할 필요성 때문에 앞서 나갔다.

1. 화훈

원문(쓰기·시각 텍스트로 주어진다)　　　　　　　　　　**비구두非口頭표현**

　　⇩ 변환 I

화훈 = 훈독 문장(시각부호에 의해 음독할 수 있게 된다)　**구두+비구두표현**

　　⇩ 변환 II

주석(구두의 설명) = 이해　　　　　　　　　　　　　　**구두표현**

2. 오규의 방법

(소리를 옮긴 것으로서의) 원문은 즉각 발음을 한다 = 이해　**구두표현**

　　⇩ 변환

번역된 텍스트는 즉각 발음을 한다 = 이해　　　　　　　**구두표현**

두 개의 다른 읽기 양식은 이와 같이 도식화할 수 있을 것이다. 앞의
도식에서는 텍스트를 이해하기 전에 두 단계의 변환 혹은 번역이 필요하
다. 원문은 오로지 시각 텍스트로 화훈을 필요로 하는 보통의 일본 독자
들은 이 원문을 원음으로 발음할 수 없다. 처음 단계의 변환에서는 통사
질서를 재구성하여 일본어의 조사 '테, 니, 오, 와'[19] 등을 보완하는 것이
문제가 된다. 이 과정에서는 말의 선형 질서를 변형해 표의문자에 목소
리를 맞추기 때문에, 텍스트의 시각적 측면과 음성적 측면을 각각 독립
적으로 취급할 수 있게 된다. 텍스트는 음성적 자립성도 일관성도 가질
수 없으며, 그 시각성을 참조할 수 없을 때는 정합적인 의미작용도 가질
수 없다. '요미쿠다시'読み下だし[일본어식 한문 읽기]는 필사된 텍스트에 대한 조
작이라고 생각할 때에만 애초의 의미를 가질 수 있다. 중국말의 원문과
'요미쿠다시'가 병치되어 있지 않으면, 오규가 '마와시요미'回し読み[돌려 읽
기]라고 부른 통사법의 재구성은 이루어지지 않았을 것이다. 중국어 원문
에서는 소위 표의문자인 한자는 선형으로 나열되어 있다. 물론 이 선형
질서는 중국말의 통사법에서 필수적이다. 그러나 일단 화훈의 기호나 '가
에리텐'返り点[한자를 일본어식으로 읽기 위해 한자 좌측에 표시하는 부회]과 '오쿠리가나'送り仮
名[한자를 일본어식으로 읽기 위해 한자 오른쪽에 첨가하여 쓰는 활용어미, 조사, 조동사 등의 가타카나]
가 표의문자에 첨가되면 읽기의 초점은 이러한 기호에 의해 지시된 순서
로 한자 사이를 왕래하게 되며, 이렇게 해서 원문의 선형적 질서는 파괴
된다. 다만 이러한 변환에도 불구하고, 이 변환으로 만들어진 텍스트 역
시도 그것을 발음하는 한에서는 선형적 성질을 가진다는 점은 기억해 두

---

19) 'てにをは'는 한문을 일본어식으로 읽을 때 보충하여 사용한 대표적인 일본어 조사를 가리
킨다.—옮긴이

어야 한다. 오규의 『야쿠분센테이』訳文筌蹄의 한 문장을 예로 들 수 있는데, 이것은 그가 학생들에게 마치 고대 중국인인 것처럼 쓰라고 권함으로써 무엇을 달성하려고 했던가를 보여 주는 좋은 사례이다.

A. 譯之一子. 爲讀書眞訣. 蓋書皆文字. 文字卽華人語言.

이 문장은 현대 베이징어로 다음과 같이 발음된다.

B. Yì zhī yízì, wéi dúshū zhēnjué, gài shū jiē wénzì, wénzì jí huárén yǔyán.

한자를 중국어음으로 읽는 대신에 일본의 학자는 화훈의 기호와 조사 등을 덧붙여 원문을 다음과 같이 변환했다.

C. 訳之一字。爲 讀書真訣 。蓋書皆文字。文字卽華人語言。

변환된 문장은 다음과 같이 발음된다.

D. Yaku no ichiji, dokusho no shinketsu tari, kedashi sho wa mina monji nishite, monji wa sunawachi kajin no gogen nari.

요미쿠다시 텍스트는 어떤 일정한 일본어 문법에 따라 발음된다. 실은 B와 D는 둘 다 선형적이므로, 발음되는 한은 구두 텍스트의 선형 법칙에 따르고 있다. 그러나 텍스트 D는 즉각적으로 이해하기가 상당히 힘들다. 왜냐하면 '신케쓰'真訣(shinketsu)라든가 '고겐'語言(gogen)이라는 중국

원어의 음성적 모방은 시각적인 텍스트 A 혹은 C를 참조하지 않는 한, 일반 독자로서는 이해할 수 없기 때문이다. 이미 말했던 것처럼 요미쿠다시 텍스트는 아주 양의적인 위치를 차지하고 있기 때문에 변환을 필요로 한다. D는 더욱 익숙한 방언으로 좀더 번역되어야만 한다.

18세기 초기에는 원래의 중국어 소리를 발음하지 않는 것이 일반적인 관습이었다. 따라서 이러한 입장에서 중국의 문헌을 읽을 때, 텍스트 B의 과정은 배제되었다. 원문은 근본적으로 **바라보아야 하는 것**으로서 주어졌으며, 그 텍스트를 화훈의 규칙에 따라 변환한 다음에야 비로소 발음할 수 있었다. 그러므로 오규가 새로운 읽기 방법을 도입하기 이전까지 텍스트의 시각적 측면과 청각적 측면은 혼합되어 있었으며, 이 두 가지 측면을 집요하게 분리해 각각을 독립시키려고 하지 않았다. 목소리는 끊임없이 시각을 참조했으며, 말은 쓰기의 부산물에 지나지 않았다. 따라서 오규의 도식은 이중의 노력을 의미했다. 우선 읽기 과정에서 필사되어 각인된 것으로부터 변별된 목소리의 수준을 확정한 다음, 그 수준에서 시각적 요소를 제거하는 것이다.

오규의 방법과 화훈을 비교할 때 확실한 것은 '쓰여진 텍스트 → 발음 → 이해'라는 계열과 '번역된 텍스트 → 발음 → 이해'라는 계열 사이에 오규가 평행 관계를 설정하고 있다는 점이다. 더욱이 그는 쓰기 텍스트를 두 개의 발음 단계 사이의 매개체로 간주하고 있었다. 다시 말해 목소리를 우선 필사해서 베껴 쓴 다음에 그 새긴 것에서 본래의 상태로 되돌리는 것이다.

목소리 —— 쓰다 필사로 새김 읽다 —— 목소리
(쓰여진 텍스트)

이러한 양식에서는 필사로 새겨 매개 없이 이루어지는 것이야말로 언어표현 메시지의 이상적인 전달이라는 가정이 전제되어 있다. 얼굴과 얼굴을 맞대고서 타자에게 전달할 수 있는 것이 이상적인 상황이며, 메시지의 이해는 말의 직접성으로 획득되어야만 한다. 내부성의 감각은 이러한 양식에서 구성되었다. 음성적이면서 쓰기를 매개로 하지 않는 직접적인 이해라는 생각만이 소외와 분리가 전혀 없는 경험의 영역을 그리며, 실체화시키고 있기 때문이다. 즉 '내부'란 일종의 문화 공간이어서, 그 문화 공간에서는 이상적인 말의 전달이 가능하며 동시에 보증되고 있다.

텍스트의 본질이 목소리를 매개하지 않는 것으로 동일시될 때, 쓰기의 시각적 현전은 완전히 부정적인 정도까지는 아니라고 하더라도 이차적인 것이 될 수밖에 없다. 또 그것은 텍스트의 의미작용에서 두드러져 돋보이면 안 되고 쓰기의 유일한 목적은 원래 말을 베껴 쓰는 것일 수밖에 없다. 오로지 원문에 도달하는 것만을 목표로 하는 한, 쓰기는 종종 텍스트의 의미를 덮고 가리는 어떤 간섭물, 즉 장애에 불과하게 된다. 이러한 입장에서 쓰기의 현전이 불가시적이면 불가시적일수록 텍스트는 보다 투명하게 된다는 결론이 도출된다.

또 한 가지, 오규의 읽기 방법에서 결정적으로 중요한 의미를 가지는 것은, 번역된 텍스트에도 비슷한 구조가 부과되고 있다는 점이다. 번역된 텍스트는 무매개적이고, 즉각적으로 이해될 수 있는 언어로 이루어져 있다. 거기에서 오규는 중국 고전을 '지방의 말'俚言, 즉 쓰여져 새겨진 것에 의지하지 않고 서민이 서로 의견을 교환하기 위해 사용한 지방의 말로 번역하려 했다. 다시 말해 여기에서 사용되는 언어는 번역된 텍스트를 더 번역하거나 주석을 달아 설명할 필요가 없어야 한다는 것이다. 당연히 그가 생각한 번역관은 일상 교제, 일상 대화에서 사용하는 언어의 투명성을 바탕으로 한 것이었다. 이러한 쓰기에 대한 말의 우위는 오규의 '사상'이 형성되는 데 기본 조건이 되었다.[20]

따라서 그가 '기양의 학'이라고 부른 교육법은 새로운 담론공간에서 매우 의의가 높은 위치를 차지하고 있었다. 다음에서 보는 바와 같이 기양의 학에서 상정된 번역은 18세기에 더욱더 많은 저술가들에게 채용되었으며, 고전을 널리 유포시킬 수 있는 가능성을 높였다.

우선 기양의 학을 확립함에 있어, 가르치는 것은 속어이고, 암송하는 것은 중국 음이며, 번역하는 것은 이 지방의 말이다. 절대로 화훈이나 마와시요미를 하지 않는다. 처음에는 매우 꼼꼼하게, 나중에는 두세 자의 구句로 책을 읽는다. 기양의 학을 성취해 비로소 중국인의 것을 얻게 된다.[21]

화훈이라는 모호한 매개를 제거하여 오규는 번역을 명확하게 개념화하였고, '번역'의 장치를 명확히 함으로써 '내부성'이라는 말로 필자가 제시하려고 했던 경험 영역의 윤곽을 그려 보였다. 그러나 그에게 중국 문헌의 번역이 학문적 기획의 최종 목표가 아니었다는 점은 반드시 기억해 두어야만 한다. 그것은 제자들이 거쳐야 했던 학습 단계의 하나에 불과했다. 실제 그는 중국어 발음을 습득하는 것이 중요하다고 강조하였으

---

20) 이 책은 오규 소라이라는 개인에 대응하는 사유 체계의 존재를 전제로 한 다음에 오규 소라이의 '사상'을 물었던 이전의 사상사 방법을 답습하고 있지 않다. 개인의 통일체로서의 오규 소라이도, 정합적인 체계로서의 오규 소라이 사상이나 철학의 존재도 전제하지 않는다는 점에 주의할 필요가 있다. 이 책은 18세기 담론공간의 해석을 목표로 하며, 오규 소라이는 역사상 한 인간의 이름이며, 동시에 담론구성체의 어떤 측면을 나타내기 위한 부표이다.

21) 荻生徂徠, 『訳文筌蹄』, 앞의 책, 28쪽(원문, 19~20쪽).

며, 중국인의 내부성을 몸에 익혀 문제의 텍스트가 유래하는 '내부'에서 살아가야만 본래적이고 진정한 이해가 가능할 것이라고 거듭 선언했다. 오규의 학습법 전체가 목표했던 것은, 제자들을 고대 중국인이라는 집단적이고 통합적인 주체로 변형하는 것이었으며, 그는 고대 중국인이라는 집단적 주체가 모두 고전의 책자들을 만들었다고 믿었다. 그의 학습법의 핵심은 제자들을 상상된 발화행위의 주체, 즉 고대 중국에서 그 원초적 완전성을 지닌 텍스트를 생산한 행위주체에 모방적으로 동일화시키는 데 있었다.

특정한 역사사회는 항상 사회습관, 언어, 제도를 가진다. 만약 사람들이 그들의 실천 형태를 알지 못하고 그러한 제도와 함께 그 제도 속에서 살아가는 방법을 알지 못한다면, 읽기라는 게임은 시작조차 할 수 없을 것이다. "아무리 능숙한 사람이라도 눈금이 그려져 있지 않은 바둑판에서는 바둑을 둘 수 없다"[22]고 말할 수 있다. 읽기와 이해하는 행위는 게임의 규칙을 이해해야만 비로소 가능하다. 그렇게 볼 때 '내부'에 참가한다는 것도 역시, 역사적 세계가 성립하고 있는 사회적·문화적 제도의 지식을 체득해 내면화해야만 가능하다.

그러나 몸에 익혀야 하는 것은 이론적인 지식이 아니라 행위자가 행위할 수 있도록 하는 지식이어야 한다. 어떤 규칙에 대한 지식만으로는 충분하지 않다. 게임의 규칙 매뉴얼을 갖고 있다고 해도, 또 규칙 매뉴얼에 나와 있는 모든 조항을 암기하고 있다고 해도 뛰어난 경기자가 될 수는 없다. 규칙은 거의 무의식적이라고 할 수 있을 정도까지 내면화되어야 하며, 경기자는 자유롭게 전략에 맞춰 규칙을 이용할 수 있어야 한다.

---

22) 荻生徂徠, 『政談』 卷之一, 『荻生徂徠』(日本思想大系 第36卷), 263쪽.

완전히 습득된 언어는 특정한 문화 속에서 살아가기 위해 필수적인 '세밀한 지식'을 부여받는 이상, 오규의 기획에서 언어의 습득이 중심적인 역할을 수행했다는 것은 말할 필요도 없다. 그럼에도 불구하고 사회적·문화적 편제 혹은 **사물**物과의 관련 속에서 언어 및 그 지식이 어디에 그리고 어떻게 위치를 정할 수 있는가라는 의문은 피하기 어려울 것이다. 그의 철학에서 규정된 범위에서는 **사물**, 다시 말해 특정한 '내부'의 문화적 편제가 언어적 성격을 가지지만 그것만으로 다 설명할 수 있는 것은 아니다. 그것은 유한개有限個의 명제에 의해 완전하게 설명할 수 있는 것이 아니기 때문이다. 또한 유한개의 정해진 방식이나 규칙에 의해 재편성할 수 있는 것도 아니다. 문화적 편제의 설명을 통해 납득할 수 있는 것과 그 편제된 문화에 따라 살아가는 것은 전혀 별개의 사항이다.

오규는 분명히 중국 고전의 언어를 그 동시대 사람들이 따라야 했던 주관적 실천 원칙이었다고 생각하지는 않았다. 결국 중국 고전들은 오규와 동시대의 사회 현실에는 적용 불가능한 것이었으며, 이러한 문헌 속에서 명령적인 법을 발견할 수는 없다. 그렇다면 중국 고전은 이상 사회를 확립하기 위한 보편 원칙을 18세기 독자에게 전혀 가져다주지 못했을까. 오규는 중국 고전 안에서 이상적 사회 질서의 재현/표상을 추구하는 것을 거부했다. 그는 고대의 고전이 현실의 현상을 전해 주는 것이라고 생각하지 않았다. 그는 고전을 현실의 재현/표상으로서가 아니라, 현실의 일부라고 보았다. "이와 같은 세계가 아직 말을 가지고 변천하지 않는 것은 『관자』, 『안자춘추』, 『노자』, 『열자』도 역시 같을 것이다. 어찌 그 도道가 같지 않은 것을 나쁘다고 할 것인가. 도에 구하지 않고 말에 구한다."[23]

---

23) 荻生徂徠, 『学則』二, 『荻生徂徠』, 191쪽.

오규에 따르면, 텍스트는 어떻게 이야기하고 있는가에 주목해야 하는 것이지, 무엇을 이야기하고 있는가에 주목해야 하는 것이 아니다. 가령 이들 고전이 서로 다른 도^흸를 설명한다고 해도 이들이 같은 '내부'에 속하고 있는 한, 다시 말해 이 문헌들이 같은 언어와 동일한 사회적·문화적 편제를 공유하고 있는 한, 사람들은 이 문헌들로부터 같은 것을 배우며 동일한 이점을 끌어낼 수가 있다. 어떻게 텍스트가 그 외부, 환경 혹은 공통의 텍스트-문맥을 통합하고 있는가를 인식할 필요가 있다.

게슈탈트형의 상호텍스트성을 생각해 보자. 이 상호텍스트성 양식에 의하면 말하기는 말로 표현되지 않는 상황 속에 놓여 있으며, 그 결과 의미작용이 아니라 의미작용의 과정의 지점이 발화와 그 밖의 비언어표현 텍스트의 관계에서 규정되게 된다. 이러한 상호텍스트성은 의미작용의 잉여를 창출하는 장소를 구성한다. 이미 살펴본 바와 같이 18세기 담론공간에 속하는 문학작품은 담론의 여러 단계에 관해 집요한 관심을 보였다. 담론의 여러 층위에서는 발화된 말로서가 아니라 발화행위로서 발화를 파악했으며, 발화는 원초적으로 언어행위 상황에 귀속하는 것으로 생각했다. 발화는 내용을 (언어행위 상황으로) 재현/표상한다기보다 언어행위 상황에 귀속되는 하나의 양식을 지시하는 것으로 전제되었다. 담론공간의 변환은 다른 관심의 초점을 만들어 냈으며, 관심이 변화함에 따라 텍스트는 비로소 우선 게슈탈트형에 의해 설정된 시점에서 읽혀졌다.

체험적 지식과 관념적 지식

오규는 새로운 양식의 상호텍스트성을 제안했다. 그는 쓰기를 발화된 말과 동일시하는 텍스트의 차원에는 더 이상 관심이 없었다. 쓰여진 텍스트를 말로 환원함으로써 이해의 새로운 개념을 확립하려고 했다. 그리고 그는 텍스트를 일차적으로 발화행위로서 파악할 수 있는 영역을 개척하려고 했다.

그의 언어관이 지니는 양의성은 이러한 시점으로도 분석할 수 있을 것이다. 왜냐하면 발화행위는 그 외부에 대해서 항상 호환적이며 양의적인 관계를 가지기 때문이다. 발화행위를 파악하는 것은 공존하는 다른 비언어 텍스트를 화용론적으로 참조하는 것이다. 그러나 이들 비언어 텍스트는 또한 발화행위를 계속 참조하지 않고서는 공존 텍스트로 규정될 수 없었다. 언어 텍스트가 만들어지는 일정한 상황 내에 위치가 정해지는 이상, 언어 텍스트도 비언어 텍스트도 서로를 분리해 개별로 파악할 수 없기 때문이다. 그 결과 나는 의미작용 과정의 장소는 언어행위 상황에 있어 이러한 두 가지 다른 종류의 텍스트 간의 상호 참조 관계 안에 있는 것이라고 제안했던 것이다.

이러한 상호관계성 때문에 언어도, 또 그 자체로는 비언어적인 모습을 한 사회적·문화적 제도도 고찰 대상이 될 수 없는 것이다(그래서 일단 그 물화된 텍스트관을 엄밀하게 문제 삼으면 [현대의 실증주의 사학에서 이용되는] 역사 자료의 통상적인 문맥 해석법은 아주 저 뒤쪽으로 밀려나게 되고 만다). 그렇지만 당연히 고대 중국의 '내부' 바깥에 위치하고 있던 18세기 학자가 모방을 통해 스스로를 고대 중국의 중국인으로 변화시키려고 한다면, 그러한 변화의 가능성을 어떻게 획득할 수 있을 것인가. 그에게 고대 중국의 언어나 제도는 주어진 것도, 접근할 수 있는 것도 아니었다. 그렇다면 18세기 도쿄 사람이 고대 중국이라는 '내부'에 참여하는 가능성을 오규는 어떻게 유지할 수 있었던 것일까?

이러한 모순이 보여 주는 것은 담론구성체가 근본적으로 변화함에 따라 다른 종류의 지식이 요구되었다는 사실이다. 앞에서 이미 오규가 관심을 가진 지식은 일정한 형태의 행동을 재생산하는 능력에 관한 지식이었다고 말했다. 그것은 기본적으로 실천적이면서 체험적인 지식이었다. 문제가 되는 것은 사물을 기술하거나 설명하거나 정당화하거나 재현/표상할 수가 있는가 없는가가 아니라, 어떠한 상황이 발생했을 때에 일정한 방식으로 적절하게 행동할 수 있을지의 여부였다. 지식의 본성을 설명하기 위해 오규가 이용한 '바둑'의 비유는 바로 이런 점을 강조한다. 그가 추구하는 것은 능숙하게 행위를 하기 위해 필요한 종류의 지식이다. 이 경우 언어 능력은 텍스트가 무엇을 이야기하는가를 파악하는 능력이라기보다는 오히려 발화를 생산하는 능력, 발화가 의미하는 것과는 무관하게 텍스트를 유사한 양태로 생산하기 위한 규칙에 관한 지식이었다. 그러한 능력을 획득하는 것은 규칙에 따라 무한개의 진술을 생성할 수 있는 것이며, 진술의 내용은 이러한 생성 능력에 비하면 그다지 중요하지 않다. 이러한 지식은 '진술성'을 희생해서라도 행위의 '수행성'에 전면적으로 집중하는 것을 필요로 하는 듯하다.[24] (여기에서 '수행성'은 발화

---

24) '진술성'에 대해서는 J. L. Austin, *How to Do Things with Words*, Harvard U. P., 1962[제인 오스틴, 『말과 행위』, 김영진 옮김, 서광사, 1992]를 참조하기 바란다. 여기에서 나는 보다 명확한 'illocutionary'나 'perlocutionary'라는 용어 대신에 '수행성'이라는 용어를 조심스럽게 채용했다. 지금 주로 문제가 되고 있는 언어행위적 발언(locution)은 'illocutionary'이자 'perlocutionary'이기 때문이다. 이 언어행위는 스스로 발언의 현실을 성립시킴과 동시에 참조한다(본문 279쪽의 〈그림 C〉 다카마쓰 지로 작, 「These Three Words」를 가리킨다). 이 행위가 이루어지는 것은 발언 능력, 그리고 보다 넓게 말하면 사회적으로 의미가 있으며, 또한 사회적으로 규정된 방식으로 행동하는 능력을 수립하는 것인(따라서 이들의 [행동] 방식은 '예'禮로써 말해지고 있다) 이상, '언어행위론'의 용어로 말하면 '말하는 것'(saying)과 '행위하는 것'(doing) 사이의 관계는 이중으로 착종하고 있는 것처럼 생각할 수 있다. 아마 언어행위론의 하나의 문제는 언어행위가 행해지는 무대로서 일정한 언어 공동체(오스틴의 경우, 그것은 영어 공동체가 되지만)의 '내부'를 항상 전제하고 있다는 점이다. 그러므로 오규가 문제 삼은 것과 동일한 언어를 배우는 언어행위나 '내부'에 이행하기 위한 언어행위는 처음부터 아예

하는 것에 의해 어떤 현실을 성립시키는 언어행위의 측면을 말하는 것이며, '진술성'은 발화가 현실의 기술로서 어느 정도 완전한 것인가를 주제로 삼는 언어행위의 측면을 말한다[25]). 그러나 이렇게 한정된 지식도 단지 형식적인 의미로만 이해할 수는 없다. 무한개의 진술을 생성하는 능력이라고 해도 그것은 상황 내의 발화와 비언어표현 텍스트 사이에서 상호 지시성을 생성하는 능력이기도 하며, 상황에 대한 진술을 '장소가 다르지 않은 것으로 하는'[26] 능력이기도 하다.

오규가 다른 교의를 주장하는 고대의 문헌을 동등하게 나열하고 있는 문장을 다시 한번 참조해 보자. 데쓰오 나지타가 주목하고 있는 것처럼[27] 유학자가 아무 책이나 읽어도 상관없다고 생각하는 것은 단순한 상황이 아니다. 유학자가 배워야만 하는 책 목록에 예를 들어 『노자』가 포함되는 일은 거의 없었다. 그러나 오규는 순수하게 고대 중국의 언어로 쓰여져 있는 한, 이단의 문헌도 다른 유학 고전과 마찬가지로 도움이 된다고 생각했다. 고전의 본래성에 대한 오규의 태도는 내가 '내부'라고 불렀던 일정한 현실을 반복해서 생성하는 것과 같은 실천적이며 체험적인 지

무시되었다. 혹은 어떤 언어의 '내부'에 속하는 발화와 그렇지 않은 본래적이지 않은 발화 사이에 명확한 구별을 설정해서 본래적이지 않은 발화를 배제할 수 있다고 굳게 믿고 있는 것이다. 오규의 고문사학에서는 고대 중국어를 말하는 것은 한편으로는 '시원'(arche)으로 회귀하는 모방적인 행위이며, 또 한편으로는 일정한 사회적 현실을 행위자의 신체를 통해서 설치하는 '제작적'(poietic) 행위인 점을 부정할 수 없을 것이다. 나는 고문사학의 고대적인 (혹은 시원적인) 재설치(혹은 유신)가 가지는 제작적인 측면을 나타내기 위해서 '언어행위적'이라는 말을 사용했다.

25) 'constative'와 'performative'는 각각 '진술성'과 '수행성'으로 번역했다. 또한 arche, archaic 혹은 restoration, installation은 어원적인 친족성이 있기 때문에, 시원과 고대, 유신과 설치(메이지 유신의 의미에서. 덧붙이자면 메이지 유신은 일반적으로 the Meiji Restoration으로 번역되고 있다)의 관련에 주의를 기울이고 싶다.

26) 'relevant'를 '장소가 다르지 않은'이라는 식으로 부정적으로 번역했다.

27) Tetsuo Najita, "Secular Philosophy of Ogyu Sorai", 미발표논문.

식이 (유학의) 제일의 목표라고 하는 입장이 없었다면 정당화될 리 없었을 것이다. 따라서 글쓰기 속에 고정되었던 지식은 부차적일 수밖에 없었다. 왜냐하면 학습해야만 하는 것은 쓰기의 내용이 아니라, 쓰기의 생산을 주도하며 규제하는 것, 즉 발화행위이며, 쓰기는 그 잔존물이기 때문이다. 원초적인 발화행위를 보존하는 한에서만 쓰기는 권위를 유지할 수 있었으며, 사람들은 쓰기에서 발화행위를 규제하며 지배하는 일정한 일관성을 추출해야만 했다. "세상은 언어에 따라 변하며 언어는 도道에 따라 변한다. …… 그렇다고 해도 불후한 것은 문장으로 쓰여 책으로 구현되고 보존된다."[28] 의의가 있는 것은 발화를 만들어 내는 행위이다. 오규는 쓰여진 것을 음성으로 바꾸어 쓰기로부터 발화행위가 최초로 이루어지던 장면으로 회귀할 수 있다고 믿었다. 언어학습에서 말과 고문古文辭 연습을 강조함으로써 언어표현과 비언어표현 양쪽의 규칙을 습득하도록 했다.

그러나 여기에서 말하는 규칙의 관념은 확실히 애매해서 명확히 할 필요가 있다. 물론 오규는 언어를 그러한 규칙의 표현으로 보았으나, 이러한 규칙의 표현은 행위로 구현될 때에만 나타난다. 즉 규칙은 구체적인 방식으로 행해져야만 하며, 여기에서 말하는 '구체적'이란 관습으로 내면화되어 고정되는 것이다. 그래서 언어의 규칙은 발화행위로서 개시되며 발화행위는 일종의 신체적 행위로 간주된다. 다시 말해 언어는 습관의 일종으로 여겨졌다. 일반적으로 규범은 사회적 행위 속에서 확립됨에도 불구하고, 사회적 행위에 선행하는 것이라고 생각된다. '전미래'前未來의 시제, 즉 '~로 되고 말 것이다'와 같은 양태에서 규범은 사회적 행위에 선행하는 것이지만, 규범이 선행하고 있는 조건 하에서 행위가 수행

---

28) 荻生徂徠,『学則』二,『荻生徂徠』, 190~191쪽.

된다고 해도, 먼저 격률格率로서의 문법이 존재하고, 거기에서 언어행위가 연역된다고 생각할 수는 없다. 발화자에게 문법과 언어행위의 관계는 전미래에서 규범과 행위의 관계인 것이다. 그런데 바야흐로 이 선행성이 실질적 시간의 선행성으로 생각되었다. 여기에서 상실된 것은 전미래로서의 선행성과 연대기적 시간에 있어 선행성의 혼동을 방지해 주고 게다가 이 선행성을 계속적인 항상성이라고 오인한 결과를 낳는 물화가 일어나는 것을 방지하고 있었던 이론적 엄밀성이다.

'내부'를 구성하는 사회적·문화적 제도는 습관의 항상성과 같은 종류의 규칙으로 간주되었다. 예절과 법체계가 그와 같은 제도에 포함되며 시와 음악도 제도로 파악되었다. 그러나 그 중 어느 것도 절대적 우위를 점하지 못한다. 그들 제도는 함께 하나의 전체를 만들며, 이 전체와 연관해서만 개개의 제도는 올바로 작동한다. 유리 로트만의 용어로 말하면 이렇게 소묘된 '내부'는 '문화'의 개념에 상응하는 것이며, '문화'는 많은 문화 체계를 포섭하는 것으로 정의된다.[29] 물론 오규가 로트만처럼 과학

---

29) 로트만의 문화 개념과는 달리 오규의 '사물'(物)은 다른 문화체계(이차 모델/체계)가 기반으로 하여 구성될 수 있는 일차 모델/체계를 결여하고 있다. 로트만은 일차 모델/체계를 자연언어와 동일시하고 있기 때문에 다음과 같이 말할 수 있었다. "문화는 자연언어 위에 구축되며 그 자연언어와의 관계는 가장 중요한 매개 변수의 하나이다."(Jurij M. Lotman, "Primary and secondary communication-modeling systems", *Soviet Semiotics*, ed. D. P. Lucid, Johns Hopkins U. P., 1977, pp.95~98). 로트만에 의하면 문화기호론이 가능한 것은 자연언어와 그 밖의 문화체계 사이에 일정한 구조적 동질성이 있을 것이라는 전제 때문이다. 이러한 점에서 로트만의 기본적 문화관과 기호론적 문화론은 수년 후에 발표된 그의 논문 "The structure of narrative text"(*ibid.*, pp.193~197)에 제시되어 있는 것과 같이 상당한 변화를 거친 것처럼 생각할 수 있어 흥미롭다. 이 논문에서 그는 "자연언어의 말을 주로 참조하는 고전적 기호의 정의로 구별할 수 없는 의미의 전달체가 있을 수 있는가?" 하고 묻고 있다. 여기에서 문화기호론적 연구의 범위가 확장되어 오규의 철학에서 은밀히 전개된 문화 개념을 처리할 수 있게 되었다. 오규의 문화관은 다음과 같이 요약할 수 있을 것이다. 즉 문화에 대해 말할 수 없다, 문화를 살아가는 것만이 가능할 뿐이다.

적이길 기대할 수는 없다. 체계성이라는 개념은 '동시성'이 분리되어 '공시성'으로 환원되지 않는 한 성립이 불가능한데, 오규가 로트만과 마찬가지로 언어의 체계성에 대한 관념을 가지고 있었다고 생각하기는 힘들다. 또 그가 언어의 체계성에 대한 관념을 가지고 있었지만, 그 규칙의 검증은 다른 18세기 학자에게 맡겨졌다고 생각하기에도 무리가 있다.[30] 하지만 그는 분명히 의례, 음악, 언어 등의 제도에서 규칙성을 발견했다. 그러나 그는 자연언어가 다른 체계에 대해 메타언어가 될 수 있다는 주장은 거부했다. 왜냐하면 '사물', 혹은 근대 민속학자가 '사회생활의 무의식

---

30) 언어의 체계적 성격은 의식에 의한 파악을 넘어서 있고, 언어의 구조론적 분석은 주관적 철학의 공격에 대해 사회적·문화적 제도의 객관적 존재 증명을 하는 것이라고 자주 주장되어 왔다. 그러나 언어의 체계적 성격 혹은 그러한 체계성이라는 관념이 의식을 넘어선 객관적 사실이라는 주장은 상당히 의심스럽다. '외부의 사고'를 나타내는 것이 아니라, 그러한 주장은 체계성이 의식에 의해 구성되고 있는 것, 또는 의식의 외부에 있는 것이 문제가 되는 경우에는, 공시성의 의미에서 체계성은 동시성과 동일시할 수는 없다는 점에 대해서 아주 무지하다고 말하지 않을 수 없다. 의식에 대한 비판을 하고 싶다면 공시성과 동시성 사이의 분열에 주의를 기울여야 한다. 왜냐하면 그 분열이야말로 의식의 외부 틈새를 볼 수 있는 가능성이기 때문이다.

종종 공시성과 동시성의 구별을 자각하고 있지 않기 때문에 구조주의의 구조 개념이나 의식에 대한 구조의 선행이라는 관념으로서의 현상학적 의식에 대해 비판이 가능하다고 한다. 구조주의 분석이 보여 주는 언어학적 체계성은 사실은 현상학의 형상적(形相的) 환원에 의해 초래되는 분석대상과 크게 다르지 않다. 구조분석으로 처리되는 것은 초월론적 자아에 현전하는 현상이다. 초월론적 분석의 성격을 잘 모르는 일종의 구조주의자는 의식의 구속에서 벗어나는 것은 비교적 용이하다고 생각하고 있으며, 의식이라는 말을 접하면 그것이 언제라도 개인의 의식을 말하며, 개인의 의식은 언어의 매개를 포함하고 있지 않다고 생각한다. 엄밀한 의미에서 의식을 비판하는 시도로서는 예를 들어 니시다 기타로의「표현작용」(『西田幾多郎全集』第4卷, 岩波書店, 1965, 135~172쪽)을 들 수 있다. 최근에는 줄리아 크리스테바, 가라타니 고진, 윌리엄 헤이버 등에 의해 초월론적 주관성에 관한 마찬가지의 비판이 이루어지고 있다. Julia Kristeva, *La révolution du langage poétique. L'avant-garde à la fin du XIX siècle : Lautréamont et Mallarmé*, Seuil, 1974 ; 原田邦夫 訳, 『詩的言語の革命──十九世紀の前衛, ロートレアモンとマラルメ』, 勁草書房, 1991. 柄谷行人, 『内省と遡行』, 講談社, 1985, 122~168쪽. William Haver, *The Body of This Death: Alyerity in Nishida-philosophy and Post-Marxism*, Ph. D. dissertation, University of Chicago Press, 1987.

의 조건'을 나타내는 총체라고 불렀던 것으로부터 고립된 채 나타날 수 있는 문화적 체계란 존재하지 않기 때문이다.[31] 그래서 오규는 다음과 같이 말했다.──"육경六經은 사물이다."[32] 또 "사물은 배움의 조건이다. 옛 사람은 배움으로 자기 안에서 덕을 이루려고 했다. 그러므로 사람을 가르치는 것은 배우는 조건이 된다."[33]

오규의 고문사학古文辭學의 많은 부분이 고대 중국의 생활과 연관된 언어 능력의 습득에 향해 있긴 하지만, 최종적인 목표는 고대 선왕의 길을 가장 구체적인 방식으로 아는 것이었으며, 또 그에게 도道의 구체화란 고대 중국의 '내부'를 의미하는 것이었다. 이러한 한정된 의미에서 언어는 도구적인 것으로 보인다. 그러나 언어 도구관이 통용되는 것은 아직

---

31) Claude Levi-Strauss, *Structural Anthropology*, Doubleday, 1967, pp.18~25(荒川幾男 他訳, 『構造人類学』, みすず書房, 1962). 예를 들어 미셸 드 세르토는 「사회생활의 무의식의 조건」과 관련해서 역사에서의 글쓰기에 대한 문제를 다루고 있다. Michel de Certeau, *The Writing of History*, trans. Tom Conley, Columbia U. P., 1988(*L'Écriture de l'histoire*, Gallimard, 3ed., 1975; 佐藤和夫 訳, 『歴史のエクリチュール』, 法政大学出版局, 1996). "민족지적 연구에 대해 묻지 않을 수 없는 것은──즉 민족지(民族誌)라는 쓰기가 말(orality)에 대해 무엇을 전제로 하고 있는가는──내가 창출하는 것에 대해서도 물어야만 하고, 나보다도 더 오래된 민족지의 문제에까지 가서 또다시 회귀하는 것이 될 것이다. 나의 분석은 민족지에 있어 하나의 구조적 관계의 두 가지 변형 사이, 다시 말해 민족지가 연구하는 텍스트와 민족지가 생산하는 텍스트 사이를 왕복하는 것이다. 이러한 이중의 위치를 가짐으로써 나의 분석은 문제를 해소하는 일 없이──다시 말해 '윤곽을 그리는 각인'(circum-scription)으로서의 영역 밖으로 나가는 일 없이──문제를 계속 유지시킬 수 있다. 이러한 방식으로 서양적이며 근대적인 것으로 수립된 체계의 규칙이 적어도 목전에 보이게 된다. 불멸의 '진리'를 만들어 내고 보존하며 키우는 서지적 작업은 발화되자마자 소멸해 버리며, 따라서 영원히 잃어버리게 되는 말의 중얼거림과 관련을 맺고 있는 것이 상실된다. 회복될 수 없는 상실이야말로 이들 이야기된 말의 흔적이며, 민족지라는 텍스트의 대상은 이렇게 소멸해 가는 이야기된 말 이외에 아무것도 아니다. 다시 말해 쓰기를 통해 우리는 타자와 관계한다. 즉 과거가 형성되는 것이다."(212쪽) 말이 담론의 대상으로 출현하는 것과 민족지라는 관심이 구성되는 것을 구분하여 생각할 수 없다.
32) 荻生徂徠, 『学則』 三, 『荻生徂徠』, 192쪽.
33) 荻生徂徠, 『弁名』 下, 『物』 第一則, 같은 책, 179쪽.

학습 단계에 있는 자에게뿐이다. 일단 최종 목표에 도달하게 되면 언어는 도구도 목표도 아니다 — 실제로 언어는 삶이 되어야 한다. 언어를 대상으로 관조하는 한 그 언어 속에서 행위하고 있다고 말할 수 없을 것이다. 오규는 그 언어를 모(국)어로 하는 자는 결코 언어를 탐구 주제로 삼지 않을 것이라고 주장할 터이다. 따라서 언어를 대상화한다는 것은 주체가 언어로부터 소외되었거나, 그 언어에 능통하지 않다는 것을 의미한다. 어떤 언어 속에서 완벽히 '안주하지 않을'[34] 때에만 언어가 수단으로 보이게 된다. 내가 생각하기에 언어에 있어서 모(국)어 사용자와 모(국)어의 관계에 대해서 생각한 오규의 사고방식은 이론적으로도 윤리적으로도 아주 미심쩍다. 하지만 그는 배움에서 이상적인 궁극의 단계를 상정해서, 그 단계에서는 다른 규칙[35]도 모두 조화롭게 행위에 통합된다고 생각했다.

따라서 그는 이러한 규칙의 대상화에 강하게 반대했다. 추론에 불과한 지식의 형태로 고정화하는 대신에 그는 실천을 통해 그들 규칙을 익혀 구체적인 행위 속에서 그러한 기술을 활용할 것을 제안했다. 이렇게 해서 고문사학의 기획은 배움의 대상이 배우고 행위하는 신체와 분리된 하나의 실체로서 설정되지 않는 단계, 즉 언어가 완전히 투명한 단계로 학생들을 이끌겠다는 관점 하에서 조직되었다. 대상화의 거부를 통해서 이상화된 '내부'의 영역이 은밀히 상정됨과 동시에, 대상화는 그렇게 상정된 '내부'와의 관계에서 사람이 어떠한 위치에 있는가를 재는 척도가 되었다. 중국 고대의 언어 규칙을 배워 내면화함에 따라 주체는 '내부'에

---

34) '안주하지 않다'는 not being at home의 번역이다.
35) 여기에서 '규칙'으로 번역한 것은 영어로는 regularities이며, 여기에는 규칙성 이외에 '항상성', '정규성'의 의미가 있다는 점을 지적해 두겠다.

있다고 말할 수 있게 된 것이다.

오규는 이러한 이론적 근거에서 송리학을 비판했다. 그는 주희의 추종자들이 기본적인 '가르침의 조건'을 무시했으며, 그 결과 고대 중국의 글들이 고대 중국의 역사적·지리문화적 한계를 알지 못하는 송나라 시대의 독자를 향해 말을 걸 수 없게 되었다고 했다. 더욱이 그들은 '내부'와 '외부' 양쪽에서 통용되는 메타언어에 호소할 수 있다고 가정했지만, '내부'를 완전하게 기술하거나 재현/표상할 수는 없었다. 왜냐하면 외부에 서 있는 사람에게 '내부'에서 발생하는 사태를 파악하는 것을 가능하게 해주는 언어는 존재하지 않기 때문이다. 이러한 점에서 오규는 동시대 유학자인 아라이 하쿠세키[36]와 달랐다. 아라이의 광범위한 비교언어학 연구는 모든 언어를 대상화할 수 있으며, 병치시켜서 서로 비교할 수 있다는 전제 하에 이루어졌기 때문이다.[37] 아라이의 언어론에서는 '사물'로 동화되지 않으면서 모든 언어를 기술할 수 있게 하는 메타언어의 존재에 관해 의심을 품은 흔적을 전혀 찾을 수 없다.

이것과는 대조적으로 오규의 견해에서는 역사적·지리문화적 한계

---

36) 아라이 하쿠세키(新井白石, 1657~1725)는 18세기 초에 활약한 정치가이자 학자. 그의 학문은 주자학, 역사학, 지리학, 언어학, 문학에 걸쳐 있다. 일본의 지리, 철학, 법률제도에 관한 연구가 있으며, 일본 고대 정치사를 기술한 『도쿠시요론』(読史余論), 역사적 입장에 서서 치밀한 자료 분석을 바탕으로 고대 신들을 인간으로 해석한 고대 역사서 『고사통』(古史通), 이탈리아인 선교사를 심문한 기록을 토대로 쓴 서양 연구서 『서양기문』(西洋紀聞), 자전적 수필 『오리타쿠시바노키』(折たく柴の記) 등 160여 권의 저서가 있다. 『고사통』에서 아라이 하쿠세키는 일본 최초의 역사서인 『고지키』(古事記)와 『니혼쇼키』(日本書紀)의 해석에 대한 기본 자세로, 고어는 한자의 음을 이용해서 쓴 고대 문헌이기 때문에 문자의 음으로 그 의미와 내용을 읽어 내야 한다는 입장을 표명하고 있다.—옮긴이

37) 新井白石, 『東雅』, 『新井白石』(日本思想大系 第35卷), 岩波書店, 1975, 101~144쪽(초록). 아라이의 업적에 대해 영어로 쓰여진 문헌으로는 Kate Nakai, "Arai Hakuseki and the Premises of Tokugawa Rule", *Council on East Asian Studies*, Harvard U. P., 1988이 있다.

를 가지는 현재의 현실에도 선왕이 만약 살아 있다면, 거기에서 말을 걸었을 '내부'로 변형할 수 있는 한에서 고대 선왕의 도道는 보편적인 타당성을 지닌다. 문제는 동시대 세계를 고대 중국의 '내부'로 되돌리자는 것이 아니었다. 하지만 언어 학습은 세계를 변화시키는 하나의 수단이기 때문에, 그것은 정치적 기획이기도 했다. 물론 오규는 세계 안에서 어떤 사물을 바꾸는 것만으로는 세계를 변화시킬 수 없다고 경고할 것이다. 세계를 바꾸기 위해서는 사람들의 행동 양식을 새로 조직해야 하며, 전체와의 관계에서 사물이 어떻게 비춰지며 질서를 만들어 갈 것인가 하는 문제와도 연관되어야만 했다. 그러나 이러한 전체, 즉 '내부'는 부분의 총화가 아니다. 즉 그것은 규칙성으로 이루어진 전체이다. 그리고 오규가 고대의 선왕에게 귀속된다고 보았던 것들은 바로 이러한 사회적·문화적 편제가 지니는 전체성이었으며, 그는 이 전체성이야말로 그가 살았던 도쿠가와 사회에 결여된 것이라고 믿었다.

오규에 의하면 고대 선왕은 **작가**이며 '내부'의 전체성을 인지하며, 그리고 집단을 '내부'로 조직할 수 있는 자이다.[38] 사실 이론상으로 선왕에 대한 관점은 사회적인 것the social의 총체를 문화적·정치적 폐쇄영역으로서 상상하여, 그 폐쇄영역 내에서만큼은 완벽하고 투명한 소통이 보증되고 있다. 그렇기 때문에 모든 성원들이 완전하게 통합되는(즉 모든 비성원들이 완전하게 배제되는) 것으로 개념화하는 가능성과 일치한다.

---

38) 작가란 용어에 대한 상세한 설명으로서는 마루야마 마사오의 『일본 정치사상사 연구』를 참조하기 바란다. Maruyama Masao, *Studies in the Intellectual History of Tokugawa Japan*, trans. Mikizo Hane, University of Tokyo Press, 1974, pp.76~134, 206~273; 丸山眞男, 『日本政治思想史硏究』, 東京大学出版会, 1952[김석근 옮김, 『일본정치사상사연구』, 통나무, 1998].

그리고 선왕의 존재가 의미하는 것은 사회적·문화적 편제를 투명한 소통과 완전한 공감의 공동체로 변환하는 보편적인 가능성에 다름 아니다. 잠재적으로는 어떤 집단이라 해도 전체에 대한 확실한 감각을 지닌 '내부'로 변환할 수 있다. 그리고 그들이 언제나 사물을 사회 전체의 관점에서 다루었기 때문에, 선왕은 치우치지 않는 존재로 이해되었다. 오규는 중국 사상사를 해석하는 과정에서 선왕으로 대표되는 전체성 개념이 일종의 주도 원리로서 작용한다고 이해했다. 또한 그는 대립하는 학파 간의 논쟁의 연쇄로서 고대 이래의 중국 사상사를 구성하면서, 중국에 있어서 사상의 발전은 전체성의 감각을 상실하고 역사적 시간의 '내부'가 해체되면서 이루어진 것으로 이해했다.[39] 이러한 의미에서 고대의 선왕을 상정하는 것은, 사상의 근본적 관심이 전체성에 대한 신념으로부터 시작되는가 여부에 따라 판정되어야만 한다는 이념을 정당화하기 위해 필요했던 것이다. 오규는 전체성을 상정하는 사상이 반드시 항상 옳다고 할 수는 없지만, 전체성을 상정하지 않는 사상은 분명히 잘못되었다고 하는 원칙을 확립했다.[40] 그래서 오규는 '내부'의 내용은 이야기되는 것만이 아니라, 살아가는 것이라고 주장했다. 그러면서 그는 사회적·정치적 논점이 문제가 될 때는 언제라도 '내부'의 전체성은 사고되고 상상될 수가 있으며, 또 사고되고 상상되어야만 한다고 가르쳤다. 선왕을 상상하는 것은 일정한 발화의 입장, 즉 전체성의 대표로서 공평한 중립적 관

---

39) 荻生徂徠, 『弁道』第15条, 『荻生徂徠』, 25~26쪽을 참조하기 바란다. 이러한 오규의 사상사 해석방법이 많은 사람들에게 채용되고 있는 것은 잘 알려져 있다. 이 점에 대해 언급한 최근의 연구로서는 Tetsuo Najita, *The Vision of Virtue in Tokugawa Japan*, University of Chicago Press, 1987(子安宣邦 訳, 『懐徳堂』, 岩波書店, 1992)이 있다.

40) 荻生徂徠, 『弁名』上, 「仁四則」, 같은 책, 53~58쪽. 荻生徂徠, 「太平策」, 「이와 같이 성인의 도, 왕도의 전체, 이것을 떠나서 밖의 말은 하나도 없다」, 같은 책, 467쪽.

점에서 말할 수 있다고 하는 발화의 입장을 나누어 생각하는 것과 일치한다. 말할 것도 없이 이러한 도식은 전체의 입장에서 말하는 자를 편파적인 의견을 가진 자로부터 구별하는 데 도움이 되지만, 개인적인 이해득실의 '자기중심적인' 입장에서 논의하는 자와 대립되는 전체를 배려해 논의하는 자를 정당화하는 역할도 가진다. 오규가 고대 선왕의 도道에서 유학의 보편적인 본질을 보았을 때, 그는 그와 같은 발화의 입장에 대한 보편타당성을 수립하려고 노력했던 것이다.

물론 18세기에 그와 같은 발화의 입장에 대한 보편성을 주장할 수 있었던 것은 무사 계급 이외에는 없었다는 점은 의심의 여지가 없다.

수동성과 능동성, 읽기와 쓰기

언어학습의 초점이 쓰기가 무엇을 말하는가 하는 데에서 어떻게 이야기하는가라는 것으로, '진술적'인 것으로부터 '수행적'인 것으로 이행함에 따라 도道는 이미 사람이 무엇을 행해야 하는가를 명령하는 대신 주어진 상황에 대해 어떻게 대응하여 그 상황 안에서 어떻게 행동해야만 하는가를 규정하게 되었다. 다른 방식으로 말하면 사람이 배워야만 하는 것은 실천의 결과와 재현/표상이 아니라, 모든 실천을 통괄하는 내재적인 규칙을 어떻게 조작할 것인가 하는 점이었다. 오규는 실천 속에서 전체의 위치, 전체가 생성적으로 구성되는 핵심을 보았던 것이다.

이러한 문맥에서 발화된 말로서가 아니라 발화행위로 보였던 쓰기가 이러한 언어론에 어떻게, 그리고 왜 통합되어야만 했는가를 쉽게 설명할 수 있다. 고문사학의 범위에서 오규가 말하는 쓰기는 일종의 행위이며 실천의 한 형식이다.[41] 그가 동시대인들이 고대 중국의 말, 혹은 고대 언어로 쓸 줄 모른다고 반복해서 비난한 것은 단지 그들이 고대 중국어를 몰랐다는 점을 말하고 싶어서가 아니었다. 여기에서도 문제가 되는 것은 이론적 지식과 실천적 지식의 구별이다. 고대 중국에 관한 지식은 학자가 서적을 본래의 방식으로 읽는 능력이라든가 고대에 관한 방대한 사실을 암기하고 있다는 데 한정할 수 없다. 언어도, 비언어적 제도도 수행/연기에 내재하는 규칙성으로 이해되지 않으면 안 된다. 오규는 아무리 고명한 유학자라도 올바로 연기/행위할 수 없다면 유학자로서는 실격일 것이라고 선언했다. 그는 모든 지식은 실천에 의거해야만 한다고 거듭 강조했으며, 글쓰기 행위를 고문사학의 본질적 구성요소로 설정했다.

쓰는 행위는 메시지를 받아들이는 수동적인 실천인 읽는 행위와는 대조적으로 표현과 투사라는 능동적인 양태로 이해되는 것이 보통이다. 이와 같이 우리들은 읽기와 쓰기를 문법에서 말하는 태^{voice}의 차이와 수동성과 능동성의 차이로 구별되었던 쓰여진 텍스트에 관계하는 두 가지 정반대의 언어 실천이라고 간주하는 경향이 있다. 그러나 오규의 철학에서 상황은 그렇게 간단하지 않았다. 고문사학에서 쓰기는 현대의 언어교육의 작문에 해당하는 것이지만, 현대보다도 훨씬 중요한 것으로 생각되었다.

생각건대 고문사학은 단지 읽는 것만으로 이루어지지 않았다. 그것을 배우는 자는 반드시 고대 언어를 자기 손으로 재생산할 수 있어야 한다. 손끝에서 재생산하는 것은 고서가 자기 입에서 저절로 나오는 것과 같

---

41) 행위/작용/연기, 즉 act의 이중성이 여기에서 문제가 된다. performance를 언어행위가 아니라 '수행/연기'로 번역한 것은 그와 같은 이유에서이다. '수행/연기'에 대한 주제적 논의는 이 책 제4장 및 주 16)을 참조할 것.

다. 그렇게 되면 당연히 고대 사람과 만나 직접 대화하는 것과 마찬가지 이므로 매개항을 거치지 않는다.[42]

이 단락에서도 보이듯이 쓰여진 텍스트는 "자기 입에서 저절로 나오는" 목소리에 종속되어 있다는 것을 지적할 수 있다. 나아가 두 가지 점을 지적해 두자. 우선 쓰기는 능동태로 파악되고 있지만, 고대 언어를 재생산한다는 것(직역하자면 고대의 단어를 내는 것)의 목표는 "고대인들에게 수용되는" 것이었다. 말하자면 쓰기는 배우는 사람이 수동적이라고 보는 특정한 행위를 추종하는 것으로 이해되었다. 고대인이 이러한 발화의 장면에 있을 수는 없다 해도 말은 그들을 향해 발화되는 것으로 이해되었다. 우리는 이미 읽는 행위에서 이중의 행위 개념과 만난 적이 있지만, 오규는 음성화를 통해 텍스트와 목소리를 연관시킴으로써 읽기를 능동적인 (재)생산적 행위로 변환하려고 했다. 이제 그는 쓰기에 대해 그 반대의 행위를 행하려고 한다.

두번째로, 고문사학은 사람이 일정한 공동체(이 경우, 고대 중국인의 공동체)에 들어가기 위한 수단으로 생각되었다. 따라서 오규는 행위가 항상 '집단'을 향해 있다[43]는 점을 인정했다. 그러나 이토 진사이와는 달리 그는 '집단'을 **과거의 현재에 존재했던** 고대 중국의 '집단'과 동일시했다. 그의 공동체는 전미래의 존재 양태를 지니는 '집단'(지금은 존재하지 않지만, 우리의 행동에 의해 미래의 어느 시점에는 '이미 존재하는' 것과 같은 방식으로 존재할지 모르는 **도래해야만 하는** 집단)이 아니었다. 그렇기 때문에

---

42) 荻生徂徠, 『徂徠集』卷之二十七, 「屈景山に答ふ」, 『荻生徂徠』, 529쪽.
43) '향해 있다'는 'addressed to'를 말하며, 청자 혹은 보는 자를 상정하고 있다는 정도의 의미이다.

그것은 이미 존재하는 정치 체제와 일치하는 것도 아니었다. 학습자는 고대 중국의 쓰기에 숙달됨으로써 고대 중국 사람들과 격의 없고 편안하게 대화할 수 있다고 그는 주장했다. 따라서 '내부'는 공동체 차원을 가지며, 오규는 이처럼 상상된 현실에 온갖 긍정적인 속성 전부——친밀함, 솔직함, 소외의 부재, 공감 등등——를 부여했다. 이러한 특성을 통해서 그는 아무런 잉여도, 결여도 없이 그 제도와 완전하게 일치한 사회의 이미지, 무한히 균질적인 사회·문화적 제도로 완전히 덮인 사회의 형상을 고대에 투사했던 것이다. 이러한 이상적 사회에서는 행위하는 것과 아는 것, 제도화하는 작업과 제도화된 것 사이에 전혀 어긋남이 없었다. 이와 같은 사회는 완벽하게 봉인된 전체성을 구성하며 거기에서는 내가 텍스트적 물질성이라고 불렀던 것은——그리고 역사성도 역시——완전하게 소거되어 있다. 이와 같은 사회에서 사람들은 우연적[44]으로 살아갈 필요가 전혀 없었다. 타자의 타자성이 들어올 여지가 전혀 없기 때문에 완전한 상호주관적 공간이 성립한다. 사회적 행위를 하는 '집단'이 현존하는 전체와 일치해 있기 때문에 윤리적 행위의 필요성 또는 그럴 만한 여지도 절대로 존재하지 않는다. 그것은 사회성이 완전히 소거된 사회인 것이다.[45]

　　오규는 더 나아가 고문사학을 통해 사람들은 언어가, 다른 존재자와

---

44) '우연적'이란 'aleatory'의 번역이다. 다시 말해 우연성과 예측 불가능성을 바탕으로 타자와 관계를 맺는 것이라고 간단하게 정리해 두자. 또한 aléa 및 그 영어의 형용사 aleatory에 대한 더 자세한 논의는 이 책 제3장 「텍스트성과 사회성——실천, 외부성, 발화행위에서 분열의 문제」를 참조하기 바란다.
45) Jean-Luc Nancy, "La communauté désœuvrée", *Aléa*, 1983, pp.11~49[모리스 블랑쇼·장-뤽 낭시, 『밝힐 수 없는 공동체, 마주한 공동체』, 박준상 옮김, 문학과지성사, 2005]를 참조하기 바란다.

사건과 분리되지 않고 상황과 그 상황에서 일어나고 있는 사건과 융합해 버린 공간으로서의 '내부'에 참가할 수 있다고 주장했다. 고문사古文辭의 '사'辭란 이처럼 상황과 사건에 융합된 언어를 의미하는 것처럼 보인다. 나는 비슷한 류의 읽기와 쓰기 사이의 상호적 이중성과 세계와 융합된 언어의 개념을 가모노 마부치賀茂眞淵 등의 논고에서 발견한다. 언어행위에 대한 이러한 사고방식은 분명 한 저술가의 발명이 아니라, 새로운 담론구성체에 나타나는 일반적 경향을 보여 주는 것이었다.

8장_ 표음주의와 역사

공간 및 시간적 차이로서의 재현/표상

18세기 담론공간에서 쓰기와 읽기는 모두 실천의 양태로 이해되는 한에서만 정당하게 평가받았다. 그런데 우리는 보통 쓰기와 읽기는 언어를 사용하는 탓에 다른 행위 양태——특히 비언어 텍스트——와 확연한 차이가 있다고 생각한다. 다시 말해 다른 모든 실천에 대해서 언어적 실천이 우월한 것은, 특히 읽기가 지니는 자기언급적인 기능 탓이라고 생각한다. 진술은 본래 언어적이지 않은 현상을 표상할 수 있지만, 언어적인 현상도 표상할 수 있기 때문이다. 그래서 종종 언어만이 스스로에 대해 이야기할 수 있다고 한다.

그러나 18세기에는 이러한 언어 기능은 가차 없이 비판받아 언어에 대한 전형적이라 할 수 있는 음성중심적인 사고방식이 발달했다. 이러한 문맥에서 특히 중요한 것은 쓰기/말하기라는 이분법이다. 왜냐하면 이러한 이분법은 우선 쓰기와 말하기가 물질적으로 유지되는 문제와 관계하기 때문이다. 쓰기는 영속적인 물질을 매개로 하는 데 반해 말하기에서 영속적인 유지는 아무 상관이 없다. 여기에서 발화의 두 가지 측면이 명료하게 구별된다. 요컨대 말이 언어를 생산하는 것이라면, 쓰기는 그 생산물이라고 할 수 있다. 그러므로 말을 베껴 쓴 것을 쓰기라고 정의한다면, 쓰기(쓰는 행위가 아니라 쓰여진 텍스트)의 내용은 이미 이러한 두 가지 측면이 조합된 시간적 구조를 미리 예상하는 것이 된다. 시간적으로, 쓰여진 텍스트는 완료 시제의 언어적 발화의 존재로서 이해되는 데 반해 말은 현재 진행형으로 나타난다. 이와 같은 시간적이고 양식적인 특징들은 중요한 역할을 한다. 왜냐하면 재현/표상이란 현전現前하면서 재현/표상하는 것과, 현전하면서 재현/표상되는 것 사이의 시간적 차이의 의미를 반드시 포함하기 때문이다. 두 가지가 현실에서 함께 현전하고 있든 그렇지 않든 재현/표상이라고 부르는 관계에서는 재현/표상되는 것은 완료시제이며, 또 재현/표상하는 것은 현재 진행형인 것이다. 재현/표상하는 것과 재현/표상되는 것 사이의 양태적 차이화는 재현/표상하는 것, 오로지 재현/표상하는 것을 통해서만 도달할 수 있다는 사실에서 유래한다. 재현/표상하기가 없다면 재현/표상되는 것은 결코 알 수 없다. 실제로 재현/표상은 두 항의 어긋남을 불가피하게 발생시킨다. 또한 이러한 불균형 때문에 재현/표상되는 것과 재현/표상하는 것이 정해진다.

이제까지 고찰한 바와 같이 18세기 담론공간은 현재 진행형으로 쏠리는 경향이 강했다. 그로 인해 여러 가지 사회와 모든 문화적 형성에서 언어행위를 이상할 정도로 강조하는 상황이 발생했다. 이러한 관점에서 보자면 언어의 재현/표상 기능이 항상 비판을 감수했던 것도 당연한 일일 것이다.

그렇다고는 해도 문제는 여기에 그치지 않는다는 사실을 잊어서는 안 된다. 발화를 그 발화로 재현/표상되고 있는 문맥context과의 관계, 즉 문맥이 암암리에 묘사하는 것과의 관계에서 보는 범위에서, 발화는 발화된 말로서만 스스로를 나타내며 발화행위로 나타나지 않는다. 수행적인 것과 발화행위라고 하는 성격을 박탈당했을 때 발화는 그것의 원초적 장면에 밀착되어 있던 것을 상실하게 된다. 발화를 성립하게 하는 말들은 어떤 상황 안에서 진행 중인 사건의 한가운데에 내던져져 있는지도 모른다. 그러나 발화가 일단 산출되면 더 이상 본래의 발화행위가 이루어졌던 환경이 보존되는 일은 없다. 이미 논의했던 바와 같이 언어적 표현의 근본적인 특징, 혹은 언어적 표현의 담론성은 지각적인 **투시법**perspective의 상실을 말한다. 다시 말해 표상되었던 것은 발화행위의 지평을 초월한다. 한편 발화행위의 순간에서 그 발화를 고찰하면 표상이 발생하는 상황에서 다른 것이나 사건도 현전[1]했다고 상정해야 할 것이다. 이러한 사정이

---

1) '현전'(present)이라는 용어로 생각할 수 있는 세 가지 용법을 정리해 보자.

첫번째 용법은 잘 알려진 현상학상의 정의로, '현전'은 원초적인 여건의 양태, 즉 사물이 지각에 최초로 부여되는 양태이다. 이것은 항상 뭔가에 대해 부여되는 것이므로 '현전'이라는 것은 반드시 '뭔가에 대해 현전하고'(present to) 있는 것이 된다.

두번째 용법은 초월론적인 분석 안에서 구별되는 것으로 가끔 공시성의 시간적 계기와 같은 의미로 받아들여질 수 있다. 이러한 '현전'은 사고나 사고할 수 있는 가능성의 조건이며, 시스템의 '존재'를 전제로 하는 공(共)가능성의 관점으로 정의된다. 이러한 종류의 '현전'은 우리가 "A가 있기 위해서는 B가 현전하지 않으면 안 된다"고 말할 때에 이해할 수 있다. 공시성은 이러한 종류의 '현전'이 계속 대체되는 연쇄로서 정의된다.

세번째 용법은 나의 논의에서 가장 중요한 것이지만, 발화행위에서 그 상황이 '주어진다'는 의미에서 말하는 '현전'이다. 상황이 발화에서 주제로서 '주어져' 있지 않다면 상황이 거울 영상처럼 발화에 주어질 수 없다. 이와 마찬가지로 상황은 현상학적인 의식에 애초부터 주어져 있는 것도 아니며 발화와 공시적인 것도 아니다. 상황이나 사물, 발화된 말, 혹은 발화 자조차도 발화행위에 '주어지기' 위해서는 그것들이 거울 영상과 같이 나타나는 원환(圓環)에서 벗어나 있어야만 한다. 그러므로 이러한 '현전'은 결코 대상화할 수 없으며, '현상할' 수도 없다. 이러한 의미에서 이와 같은 '현전'은 존재를 부정하는 **존재-신학적**(ontotheological) 존재(being), 혹은 **무**(nothingness)의 관점에서 말할 수 없다. 발화행위의 신체, 다시 말해 **슈타이**(shutai)는 이러한 종류의 '현전'(present)에서 존재한다는 것은 말할 것도 없다. 그러므로 슈타이는 be동사적으로 '현전하는'(is) 것도 '현전하지 않는'(is not) 것도 아니다.

발화의 의미화 작용을 떠받치며 활성화함에도 불구하고, 그것들은 결코 발화 자체로 표상되지 않는다. 이러한 함께 드러내기copresence의 모습은 재현/표상과 구별되어야만 할 것이다. 왜냐하면 분명히 함께 드러내기는 표상의 특유한 시간적 구조에는 따르지 않기 때문이다. 나는 이러한 함께 드러내기가 게슈탈트형의 상호텍스트성이라는 관점으로 해석할 수 있다는 것을 앞에서 지적했다. 다시 말해 발화는 이와 같은 상호텍스트성의 상황에서는 형체로 지각되며, 일종의 **틀짜기**에 의해 윤곽을 부여받는다. 그리고 발화와 함께 드러내는 것은 발화로부터 배제되어 배경으로 밀려나게 되는 것이다.

발화된 말로서가 아니라 발화행위로 발화를 보는 것과 생산물이 아니라 생산행위로 발화를 보는 것은 재현/표상의 패러다임을 함께 드러내는 것으로 변환시키는 것이다. 여기에서 발화는 언어수행적 상황에서 구현되는 행위라는 생각이 불가피하게 도출된다. 그렇다면 쓰기를 말하기로 환원하는 것은 이제까지와는 다른 방식으로 이해할 수 있을 것이다. 발화가 어떤 상황에서 발생하는 사건이라면 발화는 비언어적 실천과 닮은 것으로 간주할 수 있다. 다시 말해 비-구두표현적 행동과 동일시할 수 있으며, 또한 그렇게 하지 않으면 안 된다.

예를 들어 쓰여진 텍스트와 같이 어떤 행동의 산물로 생각할 수 있는 것은 분명히 그 행동이 발생한 언어행위적 상황과 계속 결합해 있는 것이 아니다. 그러므로 텍스트는 이와 같이 직접적인 환경으로부터 소외되었을 때에 비로소 텍스트의 발화행위라고 하는 지평을 넘을 수 있게 된다. 마찬가지로 텍스트와 텍스트가 표상하는 것 사이에서 인정되는 거리는 시간 구조──이것이 없이는 표상이 불가능한 것과 같은 구조──를 만들어 낸다. 이와 같은 함께 드러내기 양식이 실제로 말해지고 있는 것과 같은 언어수행적 상황에 대해 직접=무매개적인 밀착을 보증하는 것이라고 믿는다면, 말과는 대조적으로 쓰기가 거리와의 괴리——다시 말해 소외의 한 형태——를 나타내는 것이라고도 쉽게 납득할 수 있을 것이다. 만약 직접성이라는 유일하며 궁극적인 존재론적 전제에 의해 이상적인 사회를 상상할 수 있다고 한다면, 재현/표상 및 구체화된 표상의 양태로서 쓰기는 이상적인 질서의 해체와 확산을 의미할 것이다. 왜냐하면 쓰기란 항상 직접성에 의거한 정통성의 주장을 방해하며 무효화하기 때문이다. 그렇다면 정통한 사회적 실천은 **괴리와 소외를 극복하려는** 의지에 의해 지배되는 것이지 않으면 안 될 것이다.

이러한 재현/표상의 부정에 암암리에 포함되는 것은 표상의 본질인 거리가 없으면 능동성/수동성, 그리고 주관/객관의 대립을 정립할 수가 없다는 가정이다. 바꿔 말하면 언어적 실천을 수동적이라든가 능동적이라고 이해할 수 있는 것은 오직 거리가 전제되어 있기 때문이다. 더욱이 언어적 실천 위에서 능동성과 수동성을 정의하기 위해서는 이러한 거리가 중심 과제가 된다. 예를 들어 언어적 실천이 능동적이 될 수 있는 것은 언어적 실천이 어떤 것을 **밖으로** 나타내거나(표현하거나), 혹은 외면화함으로써 거리를 만들 때에 가능하다. 수동적이 되는 것은 이와 같은 거리를 극복하도록 작용할 때이다. 이렇듯 쓰기는 능동적인 것이다. 쓰기는 확실히 거리, 지연, 차이를 발생시킨다. 반면 대조적으로 읽기 행위는 멀리 떨어진 곳으로부터 상상되는 뭔가를 수동적으로 받아들이는 것을 의미한다. 어느 쪽이든 표현이나 수용을 미리 이해할 수 있는 것은 언제라도 공간에 있어 어떤 거리가 전제되어야만 한다.

오규 소라이는 상호이중성에 의해 쓰기의 수동적인 성질과 읽기의 능동적인 성질을 강조했다. 그렇다면 상호이중성이란 도대체 무엇을 의미하는 것일까? 여기에서 부정되고 있는 것은 능동/수동의 대립을 가능하게 하는 상황, 즉 재현/표상적인 거리이다. 언어의 문제로 한정해 생각한다면 이와 같이 생기는 거리를 극복함으로써, 언어의 재현/표상 기능을 무효화하려고 했던 오규의 시도에서 그의 사상적인 기획을 이해할 수 있을 것이다. 그러나 또한 다음과 같은 것도 지적해 두어야 한다. 그가 재현/표상적인 거리의 극복을 위해 지나치게 집념을 갖고 수행한 결과, 텍스트성에서 반드시 발생하는 일종의 거리를 은폐할 뿐만 아니라 배척하기도 했다는 것이다. 여기에서 말하는 텍스트성의 거리는 능동/수동의 대립에 의해 내부가 규정되는 거리와는 다른 종류의 것임을 지적해 두자. 그는 윤리적·실천적 가능성(이 가능성은 아마 이토 진사이에 의해 가장 명료하게 주장되었던 생각이지만), 즉 그것 없이는 이토가 '윤리'라는 말로 의미했던 도덕적 행위를 이해할 수 없게 하는 종류의 거리가 있을지도 모른다는 가능성을 인정하려고 하지 않았다.

　애당초 오규의 기획은 언어가 불투명해져 그 본래의 유기적 통일을 상실했다고 하는 인식으로부터 나왔다. 그는 당연히 언어란 본래 무매개적이며 투명해야 한다고 생각했다. 그의 수사적 전략은 이러한 방향으로 전개되었다고 볼 수 있다(나중에 가모노 마부치의 일본 고대 시가에 관한 논의도 같은 전략을 취했다는 것을 확인할 수 있다). 이렇게 해서 쓰기 및 읽기에서 상호이중성은 언어의 투명성을 확보하기 위해 거리를 배제하는 수단이 되었다. 오규는 쓰기에서 능동성을, 읽기에서 수동성을 박탈함으로써 언어적 실천의 두 양태를 수행적 실천과 아주 닮았지만 뭔가 다른 양식으로 환원시켰다. 이러한 환원 조작은 여러 가지 이론적 기획을 통해 실현되었지만, 이와 같은 기획이 늘상 의도했던 것은 언어의 재현/표상 기능을 박탈하는 것이었다. 말할 것도 없이 이러한 언어 개념에서는 언어가 동시에 자기언급적인 메타언어도 될 수 있다는, 언어적 실천에서 특유한 가장 중요한 측면이 받아들여질 수 없다. 물론 언어의 표상적인 측면에 존재론적 의의를 부여할 수도 없다. 언어의 표상적인 측면에 존재론적 의의를 부여할 수 있다 하더라도 실제로 그것은 비언어적 행위와 유사할 뿐이다. 오규의 저작에서 무매개성의 극단적인 찬미를 찾아볼 수는 없지만, 그의 언어관이 완전히 발달하는 단계에서는 감탄의 말이 언어적 행위에서 가장 정통적인 형식이라고 인정할 수밖에 없을 것이다. 왜냐하면 감탄의 말은 재현/표상 기능을 전혀 지니지 않기 때문이다. 그것은 순수한 발성이며, 그 발성의 성질은 실제 발화 내적인 것이다. 감탄은 아무것도 말하지 않는다. 다른 언어적 행위를 특징짓는 거리를 결여하기 때문이다. 물론 그것은 언어수행적 상황과 밀착해 있지만, 만일 거기에서 벗어나는 것이라면 감탄은 무언가에 대해서 말하지 않는다. 다시 말해 감탄은 의미작용을 완전히 결여하고 있지만, **의미작용 과정**에서 전前언어적인 분절은 가득한 것이다.

고전의 지위

이와 같은 문맥에서 기양의 학과 고문사학(고대의 텍스트와 언어에 관한 학문)은 이제까지 검토했던 것처럼 오규 소라이의 사상 기획에서 필수 요소였다는 것을 알 수 있다. 기양의 학은 언어의 불투명성을 제거하기 위해 읽기를 말하기에 종속시키려고 하는 전략에서 세워진 학문이었다. 마찬가지로 고문사학은 어떤 학문적 장——즉 어떤 학자가 완벽하게 언어를 습득해서 유창하게 구사하면, 그에게는 언어적 실천이 완전히 습득했던 다른 양태의 비언어적 실천과 동일한 것이 된다——을 목표로 해서 설정되었다. 고전 언어를 유창하게 다룰 수 있을 때까지 습득한다는 것은 궁극적으로 다른 기술과 마찬가지로 완전히 몸에 익힌다는 것에 다름 아니다.[2] 그러므로 이러한 두 학문이 도달하려는 목표였던 '내부'는 발화가 가능한 한 자연스러울 뿐만 아니라, 성실하며 작위적이지 않은 언어수행적 상황을 모델로 했다. 이러한 상황은 언어가 완전히 투명하다고 생각할 수 있는 영역이다. 앞서 지적했던 대로 솔직함과 친밀함과 인위적 격식의 결여를 특징으로 하는 이와 같은 '내부'는 공동체적 경향을 뚜렷하게 띠고 있었다. 여기에서는 표상적인 언어와 사람들 사이의 관계 양쪽에 거리가 존재하지 않는 것으로 여겨졌다.

공동체 정신의 이상화와 언어의 재현/표상적 용법의 결여는 가모노 마부치[3]가 인식한 '내부'의 특징이기도 하다. 다만 오규가 '내부'를 고대 중국에 투사한 것에 비해 가모노는 일본 고대를 '내부'와 동일시했다. 가모노는 일본인의 정신이 솔직하고 유유자적했던 고대를 이상적인 시대로 삼았다. 그에 의하면 고대 일본인은 비언어적 행위에 본능적이며 정열적으로 몰두했기 때문에 그들에게는 많은 말이 필요 없었다. 가모노는 언어의 표상적 기능이 인간적인 공감대를 방해하는 것이라고 생각했다.

---

2) 오규는 공안국(孔安國)의 『효경』 해석을 인용해 다음과 같이 말하고 있다. "도(道)가 몸에 갖추어지면 언어는 저절로 순해지고, 행위는 저절로 바르게 되어 임금을 섬김에 스스로 충, 아버지를 섬김에 스스로 효, 다른 사람과는 스스로 신의, 사물에 응해서는 스스로 안정이 된다." 『弁名』上, 「道」第1則, 『荻生徂徠』(日本思想大系 第36卷), 岩波書店, 1973, 44쪽.

3) 가모노 마부치(賀茂真淵, 1697~1769)는 도토미(遠江; 현재의 시즈오카)의 신관의 집에서 태어나, 어릴 때부터 와카의 창작과 일본의 고전을 배워 국학자·시인이 되었다. 그는 게이추(契沖, 1640~1701)의 비교언어학적 기법과 가다노 아즈마마로(荷田春滿, 1669~1736)의 신토학 체계를 조합하여 고전 일본 문학 연구와 언어에 관한 새로운 학문을 확립했다. 그의 가론(歌論)은 『만요슈』 ── 그는 『만요고』(万葉考)라는 상세한 주석을 썼다 ── 의 남성적 스타일(마스라오부리益荒男振り)을 강조했다. 그는 또한 『가의고』(歌意考), 『국의고』(国意考), 『니이마나비』(邇飛麻那微; 新學), 『겐지 이야기 신석』(源氏物語新釋) 등을 썼다.

그는 현재 인간적인 공감을 저해하는 것은 언어의 표상적인 사용이 우위에 있는 탓이라고 말했다. 이렇게 붕괴에 처한 사회 질서를 구제하기 위한 그의 제안은 오규의 생각과 구조적으로 일치한다. 우선 언어적 행위의 중심적인 양식은 말에 비중을 두어야 한다. 그리고 쓰기와 읽기는 행위의 직접성을 위험에 처하게 하므로 폐기되어야만 한다. 쓰여진 텍스트는 원래의 목소리를 복원하는 매체로만 허용되었다. 가모노는 고대의 상황을 다음과 같이 생각했다. "이와 같이 말을 주主로 하고 글자를 종從으로 한다면, 마음心에 따라 글자를 사용함으로써 나중에는 말이 주를 벗어나 글자의 종이 되어 버리는 것과 같다."[4] 여기에서 두 개의 이항대립이 주목된다. 하나는 오규가 이미 지적한 말하기/쓰기이며, 또 하나는 음성성/표의성이다. 먼저 첫번째 대립에 대해 고찰하고 나서 두번째 대립을 생각해 보기로 하겠다.

오규는 설명을 통해 '도'道를 배울 수 있다는 가능성을 부정했다. 마찬가지로 가모노도 무릇 설교에 의해 확립된 교의를 인간이 추종할 수가 있고, 그렇게 해야만 한다는 의견을 거부했다. "사람이 가르침에 따라 사물을 생각할 수 있는 것은 천지의 마음을 깨닫지 못하기 때문이다."[5] 실천적인 지식을 획득함으로써 비로소 사람은 본래적인 의미에서 배운다고 할 수 있다. 고문사학과 유사한 방식으로 가모노도 자신의 학문적 과제를 구체적으로 가르쳤다. 그는 "우선 고전 시가를 배워 고대 식으로 노래를 부르며, 다음으로 고전의 문장을 배워 고전풍 글쓰기로 일관해"[6]야 한다고 말했다.

---

4) 賀茂真淵, 『国意考』; 『近世神道論・前期国学』(日本思想大系 第39巻), 岩波書店, 1972, 381쪽.
5) 같은 책, 387쪽.
6) 賀茂真淵, 『新學』; 같은 책, 363쪽.

이와 같이 가모노의 논의에는 분명히 오규와 마찬가지로 말과 수행의 측면을 지향하는 생각이 깃들어 있었다. 이러한 두 사람의 유사함에 대해서는 가모노가 오규의 영향을 받은 탓이라고 지적되어 왔다. 그래서 두 사람의 전기적인 관련을 밝히는 데 연구의 노력이 소모되었다. 그러나 나는 고문사학이 가모노의 고전 시가론에 영향을 주었을지도 모르는 가능성을 논박한다거나, 두 사람의 저작 사이의 연관성을 찾아낸다거나, 두 사람에 관한 전기적 사실을 추궁하여 그 유사성을 논증하는 일 따위를 할 생각은 전혀 없다. 나는 오히려 18세기 담론공간에서 다른 실정성들을 구성했던 실정성이라는 문제에 관심을 가지고 있다. 나아가 이러한 유사성을 형성하는 이유가 되는 일정한 차이의 분절分節 문제도 파헤쳐 보고 싶다.[7] 이와 같은 관점에서 사상적 영향을 운운하는 문제는 나의 시야에서 제외될 것이다. 그것은 영향이라는 개념 자체가 막연하고 자의적일 뿐이라는 사실 때문이 아니라, 위와 같은 관점을 가지지 않고는 소위 영향 관계라는 생각 자체가 아무런 의미도 없다는 조건을 우선 분명히 해두어야만 한다고 생각하기 때문이다. 나의 관심은 18세기 텍스트에서 볼 수 있는 어떤 몇 개의 규칙과 질서가 갖가지 차이의 체계를 떠받치고 있었는가의 여부에 있다.

오규와 가모노 두 사람에게 볼 수 있는 차이와 유사함——그것은 두 학파나 유학과 국학에 대한 두 사람의 관련 방식에서도 볼 수 있지만——에 대해 말하기 전에 다음을 확인해 두고 싶다. 즉 제가諸家의 저작들을

---

7) 여기에서 나는 **구성하는** 실정성과 **구성되는** 실정성을 구별하는 가능성을 상정하고 있다. 분명 이러한 가능성을 동어반복에 빠지지 않고 증명하는 일은 매우 어려운 작업이다. 그렇지만 이 문제를 다루지 않고는 누군가를 대상으로 하는 어떠한 분석도 시작할 수 없다. 사회적 현실로서 주어진 것을 되묻기 위해서는 아무래도 이러한 구별이 필요하다.

구분하면서, 차이에도 불구하고 서로의 문장에서 유사성이 현저하게 나타나는 담론 레벨을 밝히는 것이다. 둘의 뚜렷한 차이는 오규가 학문의 궁극적인 목적을 고대 중국어의 습득이라고 주장한 데 반해, 가모노는 획득해야 할 것은 고대 일본어라고 주장한 점이다. 따라서 오규는 고대 중국어로 문장을 쓰려고 했고 가모노는 고대 일본어로 쓰려고 했다. 그렇다고는 해도 두 사람 모두 자신들이 살았던 동시대의 관습으로부터 완전히 자유로울 수는 없었다.[8]

거기에다 오규의 작품은 유학이었기 때문에 문장은 장르의 분류법에 따를 것을 요청받았다. 이 분류법에 따라 장르의 비연속적 공간이 구성되어 담론이 어떤 장르인가 어떤 학파인가로 분류되었다. 그렇다고 일본의 유학에서 어떤 독단적인 테제가 살아남아서 그 주장하는 이념에 의해서 유학을 다른 학파와 구별할 수 있다고 주장하는 것은 아니다. 계보학은 주어진 담론공간 내부에서 어떠한 장르나 학파의 통합이 구성되는가를 반드시 밝히는 것은 아니다. 18세기 유학의 자기동일성을 형성했던 규범은 16세기나 19세기와는 크게 달랐을지 모른다.

이들 규범 가운데에는, 텍스트가 이미 존재하고 있는 다른 텍스트로 편성될 때의 기준인 상호텍스트적인 관계성을 규정하는 것도 있었다. 유학의 문헌으로 인정받기 위해서는, 쓰여진 텍스트는 유학 고전에 대한 언급을 통해 주장하는 내용을 정당화해야만 했다. 그러나 고전을 참조하는 것은 유학의 담론에서 특별한 일이 아니다. 국학도 이러한 유효성을

---

8) 예를 들면 오규의 저작물들은 한문이 아니라 요미쿠다시 문장으로 간행되었다. 또한 논고의 거의 대부분은 그가 그렇게 강하게 배척했던 화훈으로 주석을 달았다. 가모노 역시 의고문이라는 고대 일본어를 모방한 문체로 썼다. 그러나 언뜻 보면 고대 일본어와 비슷하지만 닮지는 않았다. 문체는 각 학파의 특징을 나타낸다지만 그것만으로 학파를 특정할 수는 없다.

정당화하기 위해 고전을 참고했다. 권위의 원천으로 간주되었던 고전이 유학의 전통과 관련을 맺을 때에 어떤 담론은 다른 것과 변별적으로 구별할 수 있는 것으로서 유학을 규정했다. 다시금 이러한 장르에 의한 구별은 유학 내부의 분파로서 전개되며, 이로써 어떤 저작물이 어떤 특정한 유학 학파의 것으로 확정된다. 이러한 하부 학파에 개개인의 저작이 속하게 된다. 그러므로 오규의 철학 논고와 유학의 고전 작품의 관계는 이러한 의미에서 이중성을 지니고 있다. 앞에서 나는 유학의 고전 작품은 이미 윤리적 인식상의 원리를 기초로 하는 권위를 잃게 되었다고 지적했다. 일찍이 이토 진사이는 유학의 규범을 곧바로 실천에 응용하려는 태도에 도전했었고, 오규 소라이도 이들 규범이 유학 고전에서 개념적으로 이미 표명되었다는 생각을 가차 없이 물리쳤다. 그리고 동시에 사서에서 육경으로 중점을 옮겼다. 이러한 이행은 그의 관심이 재현/표상적인 언어로부터 수행/연기적인 것으로 이행했다는 것과 근본적으로 호응한다. 사서는 재현/표상적인 언어로 쓰여진 것으로 언급되며 이론적인 데 반해 육경은 보다 실천적으로 고대인의 감정이나 제도적인 관습을 기록했다고 생각할 수 있었기 때문이다.

지금까지의 논의에서 어떻게 서로 다른 고전을 정통성의 원천으로 참조했는가라는, 학파 사이의 구분을 규정했던 위상은 적어도 제시될 수 있다. 동시에 나는 유사성이 위치지어진 담론의 위상도 지적했다. 그것은 18세기 텍스트가 고대 텍스트와 관련을 맺을 수 있는 상호텍스트성의 위상이었다. 여러 학파와 관련을 맺고 있던 저술가들이 갖가지 설을 정통화하려고 시도했음에도 불구하고, 그들이 자신들의 담론을 고전과 관련 맺게 했던 구조는, 적어도 고찰의 대상이 되었던 저자들에 관한 한 불변적인 것이었다. 18세기의 담론에서 역사가 이와 같은 의미에서 중요한 역할을 담당했던 것도, 텍스트의 산출을 규제하는 상호텍스트성의 특정 구조의 윤곽을 역사가 그리고 있었기 때문이다. 다만 여기에서 말하는 역사란 사건의 연속성에 기반한 역사 편찬 방식과는 아무런 관계가 없다는 점을 지적해 두자. 역사는 정통성의 조건을 말하며 역사와 정통성은 구별할 수 없을 정도로 얽혀 있다. 역사는 특정 장르와 학파의 소유물도 아니며 담론의 대상도 아니다. 담론공간 전체에 걸쳐 있는, 담론 형성의 일반 규칙에 관한 본질적인 구성 요소다. 이와 같이 영향이라는 관념에 의지하지 않아도, 담론공간에서 차이와 동일성의 세밀한 형태를 분석하여 해석하는 일이 가능하다.

인간의 신체와 내부

상호텍스트성의 구조라는 논점에서 실천의 문제가 결정적인 중요성을 지니게 되었다. 오규의 논의가 속해 있던 담론공간에서는 분명히 수행이 중심적인 지위를 차지했다. 앞서 말한 바와 같이 이러한 공간에서 다양한 실정성은 어떤 축에 따라 배치되어 있었는데, 이 축은 이상적인 실천이라는 개념을 지향했다. 이러한 개념이 유학 전통 안에서 오규와 그 이전 유학자들 사이의 비연속성을 집약적으로 나타내고 있었다는 점을 지적해 두고 싶다. 오규는 실천이 이론적인 지식을 앞선다고 주장했으며, 지식과 실천에 관한 주자학적 교설은 바로 이러한 양자 간의 근원적인 관계성을 놓치고 있다고 생각했다. "안다는 것은 진정으로 아는 것을 말한다. 행한다는 것은 힘써 행하는 것을 말한다. 거듭 힘써 행하는 동안에 배우고 익혀 기술을 숙달한 후에야 진정으로 알게 된다. 고로 지식이 반드시 먼저가 아니며 행위가 반드시 나중이 아니다."[9] 나아가 오규는 지식의 현실성과 유有의미성은 지식이 실천에 종속되어 실천의 계기로서 파악될 때에 비로소 발견된다고 역설했다. 여기에서 배움으로써 숙련된 기술의 직접적이며 투명한 성격이 현실성과 유의미성에 연결되어 있다. 실천의 이와 같은 개념화는 생생한 일체감에 대한 열망, 즉 매개하지 않는 직접성의 궁극적인 양태에 대한 열망에 의해 지탱되고 있다고 말할 수 있다.

오규는 인간 신체에 이러한 생동하는 일체감의 가능성의 원천이 있다고 주장한다.

사람은 말을 하면 깨닫는다. 말하지 않으면 깨닫지 못한다.[10] 예악禮樂은 말을 통하지 않으면서도 언어를 사용하는 사람을 가르치는 데 있어 언

---

9) 荻生徂徠, 『弁名』下, 「学」第三則, 『荻生徂徠』, 167쪽.
10) 이 문장(원문은 "夫人言則喩, 不言則不喩")을 영어로 번역하는 데 나는 적지 않은 어려움을 느꼈다. 그것은 아마 일본어 혹은 고전 중국어를 유럽계 언어로 번역할 때에 생기는 공통의 문제, 다시 말해 일본어와 고전 중국어에서는 유럽계 언어의 인칭체계에 상응하는 것이 없다는 문제 때문일 것이다. 그러나 이 경우 문제는 오규의 철학적인 기획의 체계적 구성에서 유래한다고 생각된다. 축자적으로 번역해 보면 다음과 같이 된다. "Men(man) understand(s) if said/talked/spoken. Men(men) do(es) not understand if not said/talked/spoken." 'understand'의 목적어와 'say'의 주어 및 목적어가 모두 명시되어 있지 않지만, 보통 번역할 때 문맥에 따라 명시되지 않은 말을 결정할 수 있다. 그렇지만 철학적인 문제와 언어학적인 문제를 혼동해서는 안 되며, 언어 구조와 그 언어를 사용하는 사람들의 철학적 체계 사이에는 반드시 상관관계가 있다고 보는 문화 환원주의자들의 다분히 소박한 주장에 굴복할 필요도 없다. 그러나 이 경우에는 앞에서 지적한 말들이 명시되지 않고 있다는 것 자체에 주목해야만 하며, 또한 주목해야만 하는 이유가 있다고 나는 생각한다. 그 첫번째 이유는 우선 '깨닫다'는 것이 목적어를 가지는 타동사적인 행위인가 아닌가라는 것은 오규에게 있어 미해결의 문제였다는 점이다. 다음으로 언어적 실천의 주어가 명시되지 않았다는 것은 결코 간과해서는 안 될 중요한 문제이다. 고대 텍스트를 음성화함으로써 우리가 도달하는 것은 저자라는 한 개인의 내적 경험이 아니라, 분명 공동체적 함의를 가지는 '내부'라고 오규가 말했던 것임을 염두에 두어야만 한다. 음성화란 개별 주체를 공동체로 통합하기 위한 행위로 여겨졌던 것이다.

어보다 훨씬 낫다. 사람을 변화시키기 때문이다. 배움을 통해 숙련되었을 때는 미처 깨닫지 못해도, 그 마음과 뜻과 신체는 이미 은밀히 변화되어 있다.[11]

인간의 신체는 세계에서 특권적인 지위를 가지며 또한 예외적인 권위도 획득하게 된다. 그것은 이 세계로 닻을 내리는 장소이며, 그것에 의해 '여기'와 '지금'이 근원적으로 주어진다. 그렇지만 이러한 신체는 의식에 현전하는 것이 아니라, 그 신체에 대해서 무언가 현전하는 것이다. 그러므로 지식은 인간의 신체와 결합할 때에 비로소 '현재'와 '여기'에서 개시된다고 할 수 있다. 이것이 또한 오규가 지식이라는 것을 실천으로 고찰한 것 속에 잉태되어 있던 또 하나의 의미이기도 하다. 그것을 통해 그는 '격물'과 '치지'에 대한 독자적인 해석을 『대학』에서 이끌어 내려고 시도했다.

한 가지를 오랫동안 학습하여 몸에 익히는 것이 완성되면 이것을 "물이 다다른다"格物라고 말한다. 처음 가르침을 받아들일 때에 물物은 아직 자기 소유가 아니다. 저쪽에 있어 오지 않은 것이다. 학문이 완성되면 물은 자기의 소유가 된다. 저쪽에서 이쪽으로 온 것과 같다. 거기에 특별한 노력은 들지 않는다는 뜻에서 "물이 다다른다"라고 말한다. '격格'이란 '래'來를 의미한다. 가르침의 조항을 스스로 파악할 수 있다면 지知도 자연히 밝아진다. 이것을 "지知가 다다른다"고 말한다.[12]

---

11) 荻生徂徠, 『弁名』下, 「礼」第一則, 『荻生徂徠』, 70쪽(원문, 219쪽).
12) 荻生徂徠, 『弁名』下, 「物」第一則, 『荻生徂徠』, 179쪽(원문, 253쪽).

이러한 '물'物 개념에서 배움이 가지는 방향의 이중성이 결정적인 중요성을 가진다. 앞서 보았던 것처럼 '내부'란 배움이라는 통로를 거쳐야만 들어갈 수 있는 영역이다. 다시 말해 지금 있는 장소로부터 벗어나야만 '내부'에 도달할 수 있다. '내부'는 '거기'에 있기 때문이다. 이러한 의미에서 배움은 넘어서는 것이며 자기를 벗어나는 것이라고 이해할 수 있다. 그러나 배움은 내재성으로도 설명할 수 있다. 인간의 신체에 편입된 시점에서 보면 배움의 과정에서 '내부'는 거기에서 여기로 이동하기 때문이다. '사물'은 점차적으로 신체에 침투해 '내부'에 둥지를 튼다. 인간의 신체와 '내부'의 관계도 역시 이중적이다. 그 사람이 이미 덕德을 이루었다고 하는 한 '내부'는 사람의 신체 안에 있으며, 그 신체는 또 '내부' 안에 있다고 말하는 것은 결코 모순되지 않는다. 그렇지만 능동성과 수동성 사이의 호환성을 개념화하기 위해서는 사실 그 신체를 상상할 때에 어떤 종류의 대상화가 필요하다는 사실도 주지해야 한다. 왜냐하면 이러한 개념화는 타자의 관점을 채용할 수 있는가의 여부에 달려 있기 때문이다. 이러한 가능성이 자크 라캉과 미우라 쓰토무가 '거울'의 비유를 통해 설명한 상상적 가능성이다. 오규에게는 이미 슈타이의 근원적인 타자성이 신체의 거울 이미지로 환원되어 있었다.

'내부' 혹은 '물'은 지리적인 의미에서의 영역만 뜻하는 것이 아니라, 특정한 실천을 위한 전前술어적인 지평이기도 하기 때문에, 그것은 언어 수행 상황-장면의 어떤 이미지와 연결할 수 있을 것이다. 인간은 신체가 행위하고 있는 바로 그 자리의 언어수행 상황을 언급하지 않고서는 행위하는 인간의 신체를 인식할 수 없다. 이러한 의미에서도, 내가 지금 말하는 인간의 신체는 생리학에서 말하는 유기체와 곧바로 동일시할 수 없다. 신체적 행위는 결코 진공 속에서 일어나지 않는다. 그것은 항상 많은 대상이나 다른 인간의 신체에 둘러싸여 있어서, 그것들과의 관계 속에서 의미작용은 아니더라도, **의미작용 과정**을 지닌다. 그 중에서도 주어진 상황이 잠재적으로 이미 분절되어 있다는 것을 전제로 하는 윤리적·사회적 행위를 다루는 경우에는 특히 상황을 고려하지 않으면 행위라는 것을 전혀 이해할 수 없을 것이다. 이러한 분절화^{分節化} 양식은 행위와 상황 사이에서 상보적인 관계에 있긴 하지만, 행위를 인간 신체의 유형화된 행동으로 환원해 버릴 수는 없다. 이 때문에 행위에 대한 생리학적인 기술에는 윤리적 혹은 사회적 의미가 없다(같은 사건을 기술하는 다음 두 문장을 비교해 보자. "A는 주먹을 휘둘렀다"와 "A는 B를 때렸다"). 우선 그 행위 상황은 제도적 또는 문화적으로 분절되어 있어야 하며, 다음에 의미를 부여받는 상황의 상관물로서 비로소 인간의 신체 움직임은 윤리적·사회적 규정을 획득한다. 동시에 그 안에서 행동하는 인간의 신체를 언급하는 일 없이 언어수행 상황을 규정하는 것은 불가능하다. 그러므로 우리가 실천으로 인식하고 있는 것과 그것의 의미는 그 상황에 내재하는 속성도, 인간의 신체에 내재하는 속성도 아니다.

실천의 존재론적 지위를 이제까지 언어 텍스트에 대해 말했던 것과 같은 관점에서 정식화할 수 있다면, 실천은 **의미작용 과정** 이외의 그 어떤 것도 아닐 터이다. 오규의 학문관은 의미작용이나 발화된 말이 아니라, 의미작용 과정이나 발화행위에 가치를 두고 있었다. 그래서 오규는 제자들에게 언어수행 상황과 자기 신체의 관계성에 대한 실천적인 지식을 몸에 익히도록 요구했다. 나중에 모리스 메를로-퐁티가 신체의 양의성이라고 부르게 되는 것은 분명히 오규가 그의 이론을 전개했던 틀 안에서 이미 규정되어 있던 것과 같다. 여기에서 말하는 양의성이란, 내가 이제까지 구분했던 여러 가지 이항대립이 종합되는 일 없이 조정되어 공존하고 있는 존재 양태를 말한다. 이러한 관점에서는 초월/내재라든가 능동/수동이라는 이분법은 비대칭이기를 포기한다. 이들은 대칭적인 전이에 의해 지배되면서 초월은 내재로, 능동은 수동으로 끊임없이 변환된다. 그런데 인간의 신체를 **탈중심화의 중심**으로 인식했던 이토 진사이의 사유는 오규의 사유에서는 이미 별 의미를 지니지 않게 되었다. 신체는 바야흐로 재중심화의 중심이라 간주되며, 오규에게 있어 신체는 무엇보다도 우선 감정 이입의 **토포스**가 된다. 그리고 이러한 감정이입에 의해 일체감이 보증되는데, 이것은 기본적으로 전이의 상호작용으로부터 성립한다. 나는 오규의 정치사상에서 공감이란 일차적으로 전이이며 인간의 신체는 종합의 장소라고 생각한다. 상호 신체성을 통해서 상호주관 공동성이 예정조화를 이룰 수 있도록 보증해 주는 곳이 곧 이 인간의 신체라는 장소다.

이토가 결코 완전히 의지의 지배 하에 둘 수 없는 타자성의 장소로서 인간의 신체를 가리키면서 사회적 행위의 윤리성을 논증하려고 했던 반면, 오규는 인간의 신체를 습관 형성의 매체로서 정립했다. 특히 오규가 강조한 측면은 개인을 공동체에 순응시켜 수렴시키는 것으로서의 인간 신체였다. 그러므로 그의 신체관은 순응성과 안정성을 지향하게 된다. 사회적인 것의 역동성과 변화에 방점을 찍었던 이토와 달리 오규는 신체를 변화나 해체와는 결코 양립할 수 없는 것으로 이해했다. 덧붙이자면 오규는 신체를 항상 전체의 시점에서 파악하고 있었다. 그에게 전체의 시점을 관통하는 전망이란 유학의 본래성을 나타내는 인仁과 덕德으로 가득 찬 존재를 말하는 것이었다.

그럼에도 불구하고 인간의 신체라고 하는 문제틀은 신체 개념이 사회 및 정치 편제의 개념화를 좌우한다는 의미에서 18세기 담론을 지배했다. 신체 개념에 대한 약간의 차이가 사회적인 것을 어떻게 생각할 것인가라는 측면에서는 아주 커다란 차이로 드러났다.

일본어의 변별적 동일화

가모노 마부치는 고대 일본의 이상화된 이미지를 투영하기 위해 오규와 같은 담론장치를 근거로 했다. 그러나 두 사람의 큰 차이는 가모노가 중국을 거부한 점에 있다. 오규는 언어의 재현/표상적 사용을 주로 송리학과 그 추종자의 영향에 의한 것으로 보았지만, 가모노는 중국 일반에 그 책임을 돌렸다. 당唐이라는 말은 그때까지 오규 등에게는 회복해야 할 본래의 순수성을 가리키는 것으로, 칭송의 의미로 널리 사용되었다. 그러나 가모노는 중국이란 실로 나쁜 나라라고 주장했다.[13] 그는 중국에서 전해져 온 것이 일본인의 삶을 오염시켰다고 보았다. 만약 이러한 영향이 없었다면 일본은 순수하고 때묻지 않은 나라였을 것이라고 생각했다. 오규는 변화를 야기하고, '내부'에 상정된 통일성을 해체시키는 원인이 역사적 시간에 있다고 생각했다. 그렇지만 가모노에게 그 원인은 중국이며 중국 문명이었다. 가모노는 오규의 논리에서 특징적이라고 할 만한 세계주의cosmopolitanism는 공유하고 있지 않지만, 앞에서와 같이 이해되었던 '내부'가 우선 음성, 그 다음에 실천에 의거하고 있다고 한 점에서 그의 담론의 방향성은 오규와 닮아 있었다. 오규가 고대 텍스트를 음성화했던 것처럼 음성은 인간 상호 간의 친밀감을 가져오고 언어의 투명성을 실현

---

13) 賀茂真淵, 『国意考』; 『近世神道論 · 前期国学』, 383쪽. 이와 같은 주장은 그의 다른 논고에서도 보인다.

하는 계기를 마련해 준다. 가모노는 고대의 노래를 제대로 음성화함으로써 천 년 전에 살았던 시인들과 함께 현전할 수 있다고 믿었다. 더욱이 고대 사람들은 순수했으며 솔직했다. 그러므로 노래 부를 수 있는 상황이 실현되는 순간 그들의 마음은 아무 매개도 없이 읽는 사람의 마음에 직접 닿을 수 있었다.[14] 가모노 역시 고대 언어를 배우는 것을 무엇보다도 중요하게 생각했으며, 일본 고대에 설정된 '내부'로 향하는 불가결한 첫걸음으로 여겼다. 그러나 고대 일본어에 대한 실제적 지식 없이는 글의 형태로 보존되어 있는 고대의 노래를 정확하게 음성화할 방법이 없었다.

이와 같은 맥락에서 다음으로 18세기 담론에서 고대시론·시학의 지위에 대해 언급해야만 하겠다. 이즈음 가나의 올바른 사용법이나 고대 일본어의 어원, 일본어의 통사론과 음운론 등에 관한 많은 출판물이 출현했다. 이들 출판물 전부는 아니라 할지라도 많은 것이 어떤 형태로든 고대시론·시학과 관련을 맺고 있었다. 가모노 자신도 스스로 『만요슈』[15]의 어원학 연구 성과물을 간행했으며, 그밖에도 일본어 구문에 관한 이론서를 출판하여, 고대의 노래를 보다 깊이 있게 이해하고, 배우는 이들이 고대 양식에 따라 노래를 지을 수 있도록 가르치려고 했다.

---

14) 賀茂真淵, 『新學』; 같은 책, 362쪽.

15) 『만요슈』(萬葉集)는 현존하는 일본 최고의 고대 시집으로 4,516수의 와카(和歌)를 수록하고 있으며, 5세기의 것부터 759년의 것에 걸쳐 있다. 대부분의 노래는 만요가나(한자의 음과 훈을 이용하여 1자 1음씩 표음적으로 표기하는 방법)로 쓰여졌으며, 주석과 각 와카의 서문 등이 달려 있고 ── 이것들은 전부 만요가나가 아니라 한자로 쓰여 있다 ── 거기에 약간의 한시, 편지 등이 첨가되어 있다. 이 고대 시집에 수록된 와카의 형식은 세 가지로, 대부분은 단카(短歌)이지만 260수의 조카(長歌)와 60수의 세도카(旋頭歌)도 포함되어 있다. 『만요슈』는 적어도 수십 년에 걸친 고대 시집 편찬 전통의 정점에 있다. 이 편찬에 가장 깊이 관여했던 인물은 오토모노 야카모치(大伴家持, 718?~785)와 추정컨대 야마노우에노 오쿠라(山上憶良, 660~733 무렵)일 것이다.

물론 일본에서는 고대시론·시학의 오랜 전통이 이미 존재했으며, 그 전통은『고킨슈』[16]의 유명한「서문」[17] 이전으로까지 거슬러 올라갈 수 있지만, 18세기만큼 고전시론·시학에 대한 관심이 널리 퍼져 있던 시대는 없었다. 왜 갑자기 고전시론·시학에 대한 관심이 높아졌을까? 더욱이 노래와 언어에 대한 그 끝없는 논의를 지배하고 있던 것은 어떤 규칙이었을까?

가모노의 언어 연구에 동기를 부여했던 것은 언어의 투명성에 도달하고 싶은 욕망이었다. 이러한 의도의 근저에 있는 것이 몇 가지 대립관계, 즉 투명/불투명, 말/글, 그리고 표음주의/표의주의의 대립이 가지는

---

16)『고킨슈』(古今集) 혹은『고킨와카슈』(古今和歌集)의 편찬 작업은 905년에 다이고(醍醐)천황(재위 897~930) 아래에서 공식적으로 착수되었다.『고킨슈』의 편찬자들은 이미『만요슈』가 조정의 사업이었다고 생각했는데, 실제로 천황의 명령에 의해 편찬된 일련의 일본식 시가집은『고킨슈』가 처음이었다. 네 명의『고킨슈』편찬자들은 기노 쓰라유키(紀貫之), 기노 도모노리(紀友則), 오시코치노 미쓰네(凡河内躬恒), 미부노 다다미네(壬生忠岑)였다.『고킨슈』는 1,111수를 소재별로 편집하는 규칙을 확립해, 그 뒤에 나온 스무 종의 칙찬집(勅撰集)도 같은 분류법을 따랐다. 최초의 여섯 권은 계절의 노래에 해당하며 ── 봄을 노래한 것이 두 권, 여름 한 권, 가을 두 권, 겨울 한 권 ──, 이어 축하 노래(賀歌), 이별 노래(離別歌), 여행 노래(羇旅歌), 사물 명을 테마로 한 것이 한 권씩 있다. 이어서 사랑의 노래(戀歌) 다섯 권이 있으며, 애상가(哀傷歌) 한 권, 잡가(雜歌) 두 권, 잣테이(雜體; 조카, 세도카, 하이카이카) 한 권, 조정의 오우타도코로[大歌所; 궁중의 가무와 연주 등을 담당하는 기관]의 노래가 한 권이 있다.『고킨슈』는 와카의 시적인 심상(poetic imagery) 분류법을 열었으며, 후대로 이어지는 와카의 전통을 이루는 주된 배경이 되었다.

17)『고킨슈』「서문」은 편찬자의 한 사람인 기노 쓰라유키가 한자와 가나로 썼다. 두 서문의 차이는 크게 다르지 않으나, 가나로 쓴 서문에서는 일본의 정형시를 처음으로 '와카'(やまと歌)라 명명하고 있다. 내용은 와카의 본질, 효용, 기원, 가인(歌人)에 대한 평, 편찬 경위 등을 담고 있다. 이「서문」은 일본어로 기록된 최초의 시론(歌論)으로 크게 평가받고 있다. 쓰라유키는 공적인 지위를 지녔던 와카가 연애만을 읊는 사적인 노래로 전락한 현실을 비판하였고,『고킨슈』의 편찬으로 공적 지위를 획득한 감회를 적으면서 다음과 같이 와카의 효용을 밝히고 있다. "힘을 주지 않고도 하늘과 땅을 움직이고, 눈에 보이지 않는 정령의 마음을 깊이 느끼게 하고, 남녀 사이도 다정하게 하며, 용맹한 무사의 마음도 안정시키고 온화하게 해주는 것이 바로 와카이다."──옮긴이

구조적인 평행관계였다. 나는 이제까지 오규와 가모노가 말하는 논리 전체에서 구분들을 지배하고 있는 규칙을 밝히려고 시도했다. 그 결과 읽기 양식과 신체 개념의 관련 속에서 음성, 실천, 그리고 인간의 신체에 대해 고찰했다. 오규와 가모노는 투명과 불투명, 말과 글의 대립을 공유했고 같은 축을 따라 이를 전개시켰다. 그러나 표음성과 표의성의 대립은 여전히 검토해야 할 과제로 남아 있다. 앞으로 나는 이러한 대립이 어떻게 일반적인 담론 형성과 합치되는가를 검토하려고 한다.

텍스트에 대한 상상적 관계—표음주의와 텍스트의 역사성[18)]

현재 일본이라고 불리는 지역에 살고 있는 사람의 일부분이 중국어 쓰기 체계를 채용하고 있기 때문에, 표음성/표의성이라는 이분법이 '일본문화'에 내재해 왔다는 논의가 있다. '일본식' 중국어 읽기인 화훈和訓이라는 말이 잘 보여 주듯이 한자의 표의성과 한자의 표음성의 대조적인 차이는 두 개의 다른 원칙이 공존하면서 또한 서로 침식하고 있는 쓰기 체계 속에서 이질성을 돋보이게 했다는 것이다. 중국어 쓰기 체계 이외의 표현 수단을 알지 못하는 사람들에게는 이와 같은 방법으로 무리하게 동화되어 수용된 중국어 쓰기 체계가 그들의 말을 구분하고 보존하는 유일한 방법이었다. 그러나 흥미롭게도 18세기 이전에 표의문자를 완전히 거부한 상태에서 '순수한' 표음표기를 채용하려는 따위의 시도가 지식인

---

18) 이 절의 영문판 소제목은 'The *Image*nary Relation to the Text : Phoneticism and the Historicity of a Text'이다. 'Imaginary'를 보통의 철자로만 쓰지 않고 Image 부분만을 이텔릭체로 돋보이게 했다. 텍스트에 대한 상상적인 관계가 어떠한 관계인가를 도상적으로 제시한 것이다.

사이에서 커다란 관심사였던 적은 없었다는 점이다. 이 표의주의와 표음주의라는 두 가지 원칙은 서로 모순되지 않고 타협하면서 텍스트의 재생산을 지탱하고 있었다. 순수하게 표의적이거나 혹은 순수하게 음성적인 필사 어느 쪽으로도 지적^{知的}, 문학적 혹은 법률적 담론의 재생산을 지배했던 일 따위는 없었다. 요컨대 표음성/표의성이라는 근본적인 이항대립을 그때까지 사람들은 인식하지 못했다.

『고지키』[19]가 보여 주는 것과 같이, 중국어의 쓰기 양식이 현재의 긴키 지방[20]에 해당하는 곳에 사는 사람들에게 알려진 것과 거의 동시에 표음표기가 존재했었다. 천 년 동안에 표음표기는 현재 일본이라고 불리는 지역에서 상당히 널리 이용되고 있었던 기록 체계들에 흡수되고 있었다. 그러는 사이에 표음 쓰기 체계인 가나는 한자의 표의성을 보충하기 위해 발명되었다. 그러나 가나('임시대용의 이름'을 의미함)는 우리가 현재 **가타카나와 히라가나**로 알고 있는 고유적 기호양식을 가리키는 것이 아니다. 오히려 그것은 환기된 음소^{音素}와 관련해서 그 도상적인 통일체의 정체성을

---

19) 『고지키』(古事記)는 일본에서 현존하는 최고의 역사서로 신화적인 신들의 시대부터 스이코 천황(推古天皇, 재위 592~628)의 일까지를 기록하고 있다. 편찬자인 오노 야스마로(太安万侶)는 서문에서 『고지키』가 712년 3월 9일에 겐메이 천황(元明天皇, 재위 707~715)에게 봉정되었다고 한다. 오노의 서문에 의하면 7세기 후반의 어느 시기에 덴무 천황(天武天皇, 재위 673~686)이 조정 대신인 히에다노 아레(稗田阿礼)에게 명하여 천황가의 기록, 신화, 전설을 기억하게 했다고 한다. 『고지키』는 3부로 나누어져 있다. 제1부는 천지창조와 일본의 건국(founding)을 기록하고 있다. 그것은 천황가의 가계도 기원의 형상인 아마테라스오미카미(天照大神)의 손자, 니니기노미코토(瓊瓊杵尊)가 하늘에서 규슈에 있는 다카치오 봉우리로 내려온 것을 그리고 있다. 제2부는 최초의 천황, 진무(神武) 천황의 시대에서 오진(応神) 천황의 치세를 거쳐 5세기 초까지를 다루고 있다. 제3부는 닌토쿠(仁德) 천황의 치세에서 7세기 초 스이코 천황의 통치까지 그리고 있다.
20) 긴키(近畿)지방의 긴키는 왕이 살고 있는 도읍 근처에 있는 지방을 뜻한다. 당시 왕궁은 교토(京都)에 있었으므로 긴키 지방은 현재의 교토를 중심으로 그 주변에 있는 오사카(大阪), 시가(滋賀), 효고(兵庫), 나라(奈良), 와카야마(和歌山), 미에(三重) 지역을 포괄한다.―옮긴이

유지시키는 어떤 기호 사용법을 말한다. 바꿔 말하면 한자말로서의 기능이 음성에 조응한다는 측면으로 한정되어 있던 경우에는 한자까지도 가나로 간주할 수 있는 것이다. 우리는 '만요가나'[21]에서 이러한 예를 볼 수 있다(만요가나에서는 한자가 표음문자로 사용되었다). 쓰기가 가나쓰기라고 규정된 것은 쓰기가 전적으로 소리의 생성이라는 관점으로 비칠 때에 한한다. 한편 표의표기 원칙은, 이 원칙에 의해 필사된 기록이 의미의 구성에 참여하지만 그것은 이러한 문자가 음소의 단순한 연속에 선형적으로 이어질 수 없다는 조건 하에서뿐이다. 그렇다면 표의문자는 반드시 소리를 환기하지 않는 기호가 아니다. 오히려 그것은 복수의 소리를 환기하기도 하고 혹은 전혀 환기하지 않기도 하는 기호이기 때문에 소리와 **다성적**으로 관계한다. 다른 한편 표음주의 입장은 텍스트를 소리의 연속으로 환원할 수 있으며, 그 텍스트의 의미는 소리만으로 구성된 의미와 동일하다고 상정한다. 그러므로 표음주의는 필사된 기록이 소리와 **단성적**으로 관련되어야만 한다고 주장한다. 우리는 여기에서 중요한 명제와 맞닥뜨린다. 표의주의와 표음주의가 이와 같이 정의되는 이상, **만일 텍스트가 반드시 소리내서 읽어야 하는 상황이 아니라면 텍스트는 표의적인 동시에 표음적이거나, 혹은 전적으로 표의적이지도 표음적이지도 않다.** 쓰기를 시각적인 것으로 간주하는 한 이 표의적과 표음적이라는 두 범주는 적용할 수 없다. 예컨대 그림은, 그것을 언어 텍스트로 보지 않는다면 표음적이지도 않고 표의적이지도 않으며 상형적이지도 않다. 마찬가지로 쓰기 또한 그것

---

21) 만요가나(万葉仮名)는 6세기 무렵 고대 일본에서 한자의 본래 의미와 관계없이 음과 훈을 이용하여 1자에 1음을 대응하는 식으로 고유의 일본 말을 표기한 문자(한자)를 말한다. 8세기 후반에 성립된 것으로 추정되는 현존하는 일본 최고의 시가집 『만요슈』에서 가장 많이 보이는 표기방법이어서 만요가나라는 이름이 붙었다.—옮긴이

을 단지 시각적인 것으로 보는 한 표음적이거나 표의적이거나 상형적이지 않다. 표음성이라든가 표의성 같은 범주는 이미 음성중심주의 속에서 규정되고 있으며, 이들 범주가 뛰어난 이데올로기적인 것은 다음과 같은 의미에서이다. 즉 이 두 가지의 각각은 인간존재가 텍스트에 대해 갖는 상상적 **또는** 실천적인 관계의 두 양태이며, 텍스트의 지각知覺에서 독자讀者의 욕망을 투여하는 것은[22] 일정한 규칙에 따르고 있다는 의미이다(루이 알튀세르의 잘 알려진 이데올로기의 정의와 관계가 없지 않다). 이들 범주는 항상 암묵적 명령과 관계하며 그 명령 아래에서 쓰기는 읽혀지거나 낭독되거나 단지 보여질 뿐이다. 또한 이 명령에 따라 의미에 대한 욕망을 새기거나 투여하는 양태가 결정된다. 바꿔 말하면 이들 **범주**(카테고리)가 사람이 텍스트와의 관계를 투여하거나 **또** 실천할 때 따르는 기준이 되는 **실천계**를 선정하는 것이다. 이로써 쓰기 체계에 따른 이데올로기를 언급하지 않은 채 한자 체계의 표의성이라든가 가나 혹은 알파벳의 표음성을 운운한다는 것은 무의미한 일임을 알 수 있다. 알파벳에 뒤따르는 이데올로기를 위험에 빠트렸던 말라르메와 아폴리네르의 시도에 의해 우리는 이미 알파벳과 기호체계조차 이러한 음성중심주의적인 이데올로기에 대항해서 사용할 수 있다는 것을 부득이 인정해야만 하지 않았던가. 쓰기 체계는 이데올로기와는 별개로 표의적인 것도 표음적인 것도 상형적인 것도 될 수 없다. 어떤 기호체계이든 **담론** 속에서 가치가 매겨지지 않으면 안 된다.

볼로시노프는 이러한 점에 대해 정확히 설명하고 있다.

---

22) '투여하는 것'(備給)은 investment의 번역으로 프로이트가 말하는 Besetzung의 의미로 이용되고 있으므로 이와 같이 번역했다.

모든 이데올로기적 소산은 자연적 물체, 생산수단 혹은 소비물과 같이 현실 —— 자연 및 사회 —— 의 일부분일 뿐만 아니라, 열거했던 것과 같은 현상과는 다른 그 밖의 외부에 존재하는 현실을 반영하며 굴절시킨다. 모든 이데올로기적인 것은 **의미**를 지니고 있다. 다시 말해 그것은 그 외부에 존재하는 무엇인가를 표시하고 묘사하며 그것을 대체하는 **기호**인 것이다. **기호가 없는 곳에는 이데올로기도 역시 없다.** 자연적 물체는 소위 자기 자신과 같으며 스스로가 태어나면서 가지고 있는 유일한 객관적인 현실에 완전하게 일치하며 아무것도 의미를 부여하지 않는다. 이러한 경우 이데올로기가 문제가 될 수가 없다.

그러나 어떤 자연적 물체도 무엇인가의 형상(이미지)으로서 소위 자연의 타성과 필연성이 그 특수한 사물에 구현된 것이라고 간주할 수 있다. 특수한 물리적 객체와 같은 예술적·상징적인 형상(이미지)은 이미 이데올로기적인 소산이다. 자연적 사물이 여기서는 기호로 바뀌어 있다. 물질적인 현실의 일부분인 것을 포기하지 않은 채로 이와 같은 사물은 다른 현실을 어느 정도까지 반영하며 굴절시킨다.[23]

물론 쓰기 체계라고 말해지는 것 자체가 기호의 체계이며, 자연적 물체의 차원에서 표기 체계를 확정하는 것은 불가능하다. 예를 들어 중국어 쓰기 체계는 만약 어떤 특정한 이데올로기와 관련을 맺지 않는다면 지금까지 말한 표의주의로서의 본래의 특징을 갖출 수 없을 것이다. 즉 한자의 표기 체계 그 자체로서 표의적인 것이 아니다. 어디까지나 어떤

---

23) V. N. Volosinov, *Marxism and the Philosophy of Language*, p. 9; 桑野隆 訳, 『マルクス主義と言語哲学』, 11~12쪽.

실천계와의 관계 하에서만 표의적인 것이다. 쓰기 체계를 이러한 이데올로기적 성격과 독립한 것으로 보는 것은 쓰기 체계를 기호의 체계로서 간주하는 것을 거부하는 것이다. 나아가 통일체로서의 중국어와 전통이라는 문제는 물론이고, 소위 중국어 쓰기 체계가 애시당초 통일체를 형성하고 있다는 것을 어떻게 확정할 것인가의 문제가 있다.

비서양적 글쓰기에 관한 자크 데리다의 이해가 일종의 소박한 단계에 머물러 있다는 것을 장룽시張隆溪는 '도'道라는 글자에 대한 논고에서 지적했다.[24] 그러나 그는 표음적, 표의적, 상형적이라는 식의 관습적인 범주에 대한 데리다의 비판에는 주의를 기울이지 않고, 게다가 기호의 이러한 이데올로기적 성질에 대한 고찰도 없이 중국어 쓰기 체계는 표음적이 아니며 표의적이라는 전제 위에서 자신의 논의를 수립했다. 그러나 '관습적인 범주'를 사용해서 중국어 쓰기가 애초에 표음적이 아니며 표의적이라는 식의 주장은 도대체 어떠한 근거에 따른 것일까? 이미 살펴보았던 것처럼 오규 소라이는 중국어 쓰기가 표음적일 수 있다는 것을 명쾌하게 이해하고 있었다. 또한 그는 어느 정도까지 한자를 그와 같이 다루는 데에 성공했다. 오규의 성공이 부분적인 것에 머물렀던 것은 그가 중국어 쓰기를 본래의 표의적인 성질에 반해서 사용하려고 했기 때문이 아니라, 나중에 상술하는 바와 같이 어떠한 쓰기도——어떠한 말이라고 해도 좋다——특정한 이데올로기에 완전히 적합시킬 수는 없기 때문이다.

여기에서 문제가 되는 것은 어느 실천계에 완전히 구속될 수 있는

---

24) Zhang Long-xi, "The Tao and the Logos: Notes on Derrida's critique of logocentrism", *Critical Inquiry*, March 1985, pp. 385~398.

쓰기 체계라는 것은 있을 수 없다는 점이다. 텍스트의 물질성 때문에 표기 체계는 무엇이든 그 실천계의 배분질서를 초월하는 어떤 잉여를 만들어 낸다. 텍스트에 대한 상상된 관계에 있어서 완전히 신뢰하는 텍스트와 현실적 텍스트 사이에서는 항상 어떤 틈이 있다. 텍스트를 텍스트와의 상상의 관계로 완전히 환원시킬 수 없다고 하는 이러한 성질은 다시 말해 **쓰기**에 있어서 **차이** 또는 **쓰기**라는 **차이**로서 나타나는 것인데, 이것이 텍스트를 담론과는 다른 것이도록 만든다. 이데올로기가 어느 정도 압도적인 지배력을 과시하려고 해도 텍스트에는 항상 이데올로기를 비판할 가능성이 배어 있다. 실은 음성중심주의가 쓰기에 대해 적의敵意를 품는 것도 텍스트의 이와 같은 비판적 가능성을 인식하고 있기 때문인 것이다.

이상에서 말한 사정에서 보자면, 표음성/표의성이라고 하는 이항대립은 17세기 이전의 담론을 정연하게 통합하는 기제로서 발생하지 않았다. 나는 쓰기가 그 이전에는 음성화되지 않았다고 말하는 것이 아니다. 실제로 사람들은 불교 경전과 같은 글을 낭독하고 있었고, 쓰기의 음성화는 일상적으로 일어나고 있었다. 다만 이들의 시도는 한정된 지역에 걸쳐 있으며 일관성도 결여했다. 또 '가타리'에 대해 말했던 것과 같이 낭독하는 것은 반드시 텍스트를 말하기에 근접시키는 일이 아니다. 음성의 우위성 및 음성으로 철저하게 환원하려고 하는 경향은 그 시대의 담론공간에서는 나타나지 않았다. 쓰기는 다른 여러 이데올로기들과 관련을 맺고 있었다.

이와 같이 보기 위한 텍스트와 듣기 위한 텍스트를 분리하려고 했던 강박적인 집념이 17세기 이전의 담론에서는 아직 충분히 발달해 있지 않았다. 이러한 사정 때문에 시각적인 표기 체계가 항상 청각적인 표기 체계에 침식된 상태로 혼연일체가 되어 있었다. 이러한 담론공간에서는 부단히 이질적인 것이 뒤섞이고 있었지만, 글과 말을 엄밀하게 분리해야한다는 분리주의자들의 주장이 아직 없었기 때문에, 서로 다른 표기 체계 양식 간의 소통도 각별히 위화감을 발생시키는 일이 없었다. 어떤 의미에서 세계는 글과 말로 이루어져 있다고 이해되어 말과 사물은 연속적인 것으로 생각되고 있었다. 다시 말해 말과 사물은 어느 정도 동일한 차원에서 공존하고 있었다. 그런데 일단 투명/불투명, 글(쓰기)/말(말하기), 표음성/표의성이라는 이항대립이 출현하자 언어적 텍스트와 비언어적 텍스트의 구분이 이와 같은 이분법에 따라 새롭게 다시 짜여졌다. 18세기의 담론공간이 형성될 때까지 음성이 이와 같은 우월성을 가지는 일은 없었다.

이들 조건이 일단 성립하면 표음성/표의성의 대립은 아주 첨예화해, 그 결과 일본어라는 언어 영역이 표의성으로부터 항상 일탈하는 근원적인 것으로 설정되게 되었다. 중국어로 쓰여진 텍스트에서는 나타나지 않지만, 그럼에도 불구하고 음성화하기 위해서는 덧붙여 첨가해야만 하는 부분이 우선 일본어의 영역으로서 구분되었다. 화훈和訓은 일본어가 어떠한 위상에서 쓰기에 간섭하고 있는가를 명확히 보여 주는 적합한 장치였다. 애초에 화훈은 불교 사찰과 같은 장소에서, 대륙에서 전해진 책을 다루는 승려들이 본래 읽을 수 없는 한문책을 소리를 내어 읽을 수 있도록 하는 형태로 고안되었다. 7장에서 설명했던 바와 같이 이러한 변환은 본질적으로 차원이 다른 두 개의 조작으로 이루어졌다. 하나는 통사 질서의 재편제(소위 가에리텐)의 조작이며, 다른 한편은 조사와 용언의 어미, 그 밖의 오쿠리가나를 첨가했다. 후자의 조작에 대해서는 주석자들이 한문책의 원문에 없는 것을 첨가한다는 의식을 가지고 있었기 때문에 생략되는 일이 흔히 있었다. '테니오와'て·に·を·は에 관한 연구가 주로 전통적

으로 이러한 제2의 조작을 대상으로 했던 것은 조사라는 문법적인 단위는 한문책에서는 볼 수 없음에도 불구하고 조사를 첨가하는 것이 한자 텍스트의 낭독을 가능하게 하는 것이었기 때문이다. 이러한 특징은 시각 텍스트에서는 발견되지 않지만, 청각 텍스트에서는 명백하다. 글/말, 투명성/불투명성이라는 이항대립이 담론공간에서 가지런히 통합되는 역할을 담당하게 되기까지는 조사도 문제가 되지 않았다. 그러나 이들 이항대립이 일단 규칙으로서 확립되어 이 규칙에 따라 읽고 알려는 욕구가 구성되게 되면 이들 조사와 용언의 어미가 갖는 모호성에 지적인 관심이 모아졌던 것은 당연한 일이었다. 이로써 18세기의 많은 저술가들이 조사와 용언의 어미를 일본어에서 독특하게 나타나는 특징으로 간주한 것 또한 당연한 일이었다.

음성의 우선성

우리는 지금까지 고찰했던 테마가 가모노 마부치, 모토오리 노리나가,[25] 후지타니 나리아키라[26]의 저작에서 한층 발전되는 것을 확인할 수 있을

---

25) 모토오리 노리나가(本居宣長, 1730~1801)는 일본 고전연구자로 종종 국학의 가장 중요한 학자로 간주되고 있다. 이세(현재의 미에현) 마쓰자카에서 상인의 아들로 태어나 어머니 슬하에서 중국 고전과 일본 고대의 와카를 공부했다. 그는 종이 장사부터 시작했는데 곧 그만두고 의학을 배우러 교토로 향했다. 교토에서 의학을 연마하면서 호리 게이잔(堀景山, 1688~1757)에게 중국 고전을 배워 일본 고전 와카에 대한 책을 쓰기 시작했다. 모토오리는 1757년에 마쓰자카로 돌아와 의사가 되었으며, 또 『겐지모노가타리』, 『만요슈』, 『고킨슈』를 포함한 일본 고전문학을 강의하기 시작했다. 후에 그는 기본적으로 가모노 마부치의 영향 아래에서 『고지키』 연구로 전환했다. 1764년부터 35년 동안 그는 고전 연구에 몰두해 도쿠가와시대의 모든 국학 운동 중에서 가장 중요한 책이라 할 수 있는 『고지키덴』(古事記伝) 44권을 완성시켰다. 다른 주요 저작으로는 『아시와라오부네』(排蘆小船), 『다마쿠시게』(玉くしげ), 『시분요료』(紫文要領), 『다마카쓰마』(玉勝間) 등이 있다.

것이다. 가모노와 마찬가지로 모토오리도 이분법에 따랐는데, 그는 이를 사용하면서도 더욱 넓은 의미에서 해석학적 기획의 방향을 설정하는 주제 형태를 만들었다. 모토오리는 『고지키』의 음성지향적인 언어는 『니혼쇼키』[27)보다도 정통적인 방식으로 고대성을 보여 주고 있다고 주장했다.

> 그런데 『고지키』는 문장을 윤색하지 않고 오로지 옛날 말을 중심으로 하여 고대의 진실을 그대로 기록하고 있다. 서문에도 보이고, 또한 지금 차례차례 말하듯, …… 세상 사람들은 모두 저쪽(중국)만을 중하게 여겨 『고지키』라는 이름도 모르는 자가 많다. 그러므로 사람들은 어떻게든 한문 서적만 배우려 하고, 무엇이든 저 나라 것만을 항상 부러워하고 좋아하기 때문에 …… 『고지키』의 우수한 점이라고 한다면 우선 고대에는 서적이라는 것 없이 다만 사람의 입으로 전해져 왔을 뿐이므로, 그 전승은 반드시 『니혼쇼키』의 문장과 같지 않고 『고지키』의 말詞과 같다는 데에 있다.[28)

---

26) 후지타니 나리아키라(富士谷成章, 1783~1779)는 문학이론가·문법학자. 미나가와 기엔(皆川淇園, 1734~1807)의 제자로서 교토에서 태어나 후지타니 집안의 양자가 되었다. 그는 고전 와카의 새로운 형태론적 이론을 발전시켰고, 이는 아들 후지타니 미쓰에(富士谷御杖, 1768~1823)에 의해 더욱 확장되었다. 가장 유명한 작품은 『가자시쇼』(揷頭抄)와 『아유이쇼』(あゆひ抄)이다.

27) 『니혼쇼키』(日本書紀)는 일본에서 『고지키』와 함께 '기키'(記紀)로 불리는 가장 대표적인 고대 역사서이다. 720년에 덴무 천황의 명으로 황실 정치가 도네리 친왕(舍人親王) 등에 의해 편찬되었다. 1권과 2권은 신화를 기록했으며, 3권부터 30권까지는 진무 천황을 시작으로 지토(持統) 천황(7세기 말의 여왕)까지의 일을 편년체로 기술하고 있다. 한문으로 기술되었으며 각 시대의 내용은 『고지키』보다도 상세하고 체계적으로 정리되어 있어 최고의 정사(正史)로 평가받는다. 전 30권 이외에 한 권의 계도(系圖)가 있는 것으로 알려져 있으나 전해지지 않고 있다.─옮긴이

28) 本居宣長, 『古事記伝』一之巻, 『本居宣長全集』 第9巻, 筑摩書房, 1968, 3~6쪽.

『고지키』는 일본어로 쓰인 문서로서는 가장 오래되고 중요한 것 중에 하나로 널리 평가받고 있다. 그러므로 이것은 고전의 보고 중에서도 특권적인 지위를 점한다. 그렇다고는 하지만 모토오리의 말에서도 추측할 수 있듯이,『고지키』가 천황의 사기史記로서는 가장 정통적이고 가장 오래된 것으로서 그에 상응하는 위신을 획득할 수 있었던 것은 고작 17세기 후반에 들어서였다. 모토오리가『고지키덴』을 편찬했던 18세기 후반까지도『고지키』는 그리 널리 읽히지 않았다. 헤이안, 가마쿠라, 그리고 모토오리의 시대를 통해서 이 작품이 언급되고 기록된 것을 보면,『고지키』는 확실히 고대에 쓰인 것 중 하나로 간주되고는 있었다. 그렇지만 고전으로서의 중요성에서 보자면『니혼쇼키』와『만요슈』등의 사료에는 도저히 필적하지 못했으며,[29] 결코 성전으로 간주된 적도 없었다.

17세기 후반 들어 이러한 태도에 조금씩 변화가 나타났다.『고지키』가 간행되기 시작하면서, 이에 관한 주석이 뒤이어 출판되었다. 유학 진영 일부에서 경전의 선정이 사서에서 육경으로 이동했던 것에 호응하여, 국학자 사이에서는『니혼쇼키』보다도 오히려『고지키』로 관심의 이동이 일어났다.

놀랄 만한 정도의 학문적 노력이『고지키』에 집중되었던 것과는 달리, 이 텍스트의 불투명성은 여전히 계속되는 논의의 대상이 되었다. 우선 독해 가능성이 항상 문제였다. 오규의 고문사학은 학생들에게 난해한 고대 중국어를 읽고 쓰도록 가르쳤는데, 이와 마찬가지로 고대 일본어를 독해하려는 시도도 언어를 통해 고대 일본을 그려 낼 수 있다고 하는 인식에 의해 촉구되었다.

---

29) 久松潜一,「古事記研究史序説」,『古事記大成』第1卷, 平凡社, 1956, 1~24쪽 참조.

모토오리에 앞서 『고지키』를 독해하려 했던 모든 노력은, 어떤 의미에서 『고지키덴』전 44권에 집약되어 있다고 말할 수 있을 것이다. 이러한 기념비적 저작에서 모토오리는 『고지키』서술을 표음적인 가나문자의 연속으로 환원했다. 그가 여기에서 이룩한 것은 독해 불가능한 글을 원초적 음성에 따라 '독해 가능한'(즉 발음 가능한) 표기 체계로 변용시켰다는 점이며, 또한 그는 이로써 글을 음성에 종속시켰다. 실제로 『고지키덴』에는 '읽다'라는 동사의 용법 중 하나로 발음하는 행위를 가리키는 것이 있다. 모토오리는 바로 이러한 의미에서 『고지키』를 '읽었던'[30] 것이며, 고대 일본어로 읽음으로써 새로운 텍스트를 만들어 냈다. 이러한 텍스트도 역시 『고지키』라고 불렸는데, 그것은 표음적인 가나문자만으로 쓰였다.

이러한 작업을 수행함에 있어 모토오리는 이론적인 곤란함에 직면했는데, 그 대부분이 일본어 쓰기 체계가 가지고 있는 고유한 잡종성에서 유래했다. 그는 어디까지나 음성을 지향했지만, 그 결과 표음성과 표의성 간의 엄격한 구별이 불가피하게 되었다. 표의성이야말로 그가 근절하고자 했던 것이었다. 『고지키』에 음성을 붙여 넣기 위해 모토오리는 수많은 한자를 변환해야 했는데, 그 한자 하나하나는 어느 정도 발음이 가능했다. 몇 개의 한자에는 가끔 발음을 위한 주석이 달린 것도 있었지만, 청각 텍스트로서의 『고지키』와 쓰여진 텍스트로서의 『고지키』의 관계는 대단히 자의적인 것이었다.

---

30) 영어판에서는 'to read'였는데, 일본어판에서 '읽었던'(訓んだ)으로 번역했다. 이것은 이 책 제5장 및 제9장에서 '노래하다', '읊다', '읽다'와 의례적인 습관성으로 매개된 '연기'의 문제를 논했기 때문이다. 『고지키덴』의 '읽다'는 '연기하다'와 관련을 맺어 '읽기'는 '암송한다'를 통해서 사회적 현실의 제작(poiesis)과 관련을 맺고 있다.

이러한 관계를 결정하는 데 있어 화훈이라는 방법도 생각할 수 있었지만, 모토오리는 그것이 시각텍스트와 청각텍스트 간의 혼란을 더할 뿐이라고 생각하여 그 방법을 채택하지 않았다. 오규의 기양의 학을 논할 때도 언급했지만, 종이 위에 적혀 있는 말의 선형적 질서를 바꾸어 배열하는 방식으로 주석을 달게 되면, 더 이상 모토오리가 원했던 독서 방식, 다시 말해 텍스트의 이해 가능성에 기인하는 독서 방식으로는 읽을 수 없게 된다. 모토오리는 읽은 것을 즉각적으로 이해할 수 있는 이유가 말로 하는 언어표현이 가지는 선형성 때문이라고 생각했으며, 이것을 논박하는 것이 불가능하다는 원칙을 믿고 싶어 했다. 화훈은 선형성의 원칙을 침범하여 텍스트를 공간화하기 때문에, 음성표현의 선형적 통일성을 붕괴시킨다. 『고지키덴』에 있어서 음성의 우월함이란, 음성표현의 선형적 통일성이라고 생각될 수 있는 것을 늘 확산·산종하도록[31] 조장하는 공간 침범적인 요인을 가능한 한 제거하기 위한 것이었다. 실은 『고지키덴』이라는 시도 자체는 이러한 단성성과 음성성에 대한 집요한 집착에 의해 이루어졌다.

그런데 왜 그렇게까지 음성의 순수성을 확보해야만 했던 것인가? 이 질문을 설정하는 것은 텍스트 생산의 역사성에 우리의 관심을 집중시키는 것이기도 하다. 다만 여기에서 역사성이라고 하는 것은, 어떤 텍스트가 시간의 흐름 속에서 각각의 장소에 위치하고 있다는 뜻의 통시적인 역사가 아니라, 텍스트성 내부에서 발생하는 어떤 역사적인 시간을 의미한다. 텍스트의 산출에 내재하는 이러한 역사라는 개념은, 우리에게 역사적 과거 속 '내부'로 들어간다는 오규의 관념을 통찰할 수 있는 시점을

---

31) 'to disseminate'는 데리다 식의 용법에 따르고 있기 때문에 '산종(散種)하다'로 번역했다.

제공한다. 그리고 이로써 텍스트 생산의 내부에 있어 역사적 시간이라는 개념, 이 입장에서 말하기/쓰기라는 이항대립의 의미가 지니는 두 가지 당면 문제가 부상하게 된다.

읽는다는 작업은 이미 존재하는 쓰기에 대해 우리가 적극적으로 임하는 것을 의미하지만, 이러한 읽기 차원에서는 쓰기의 물질적 존재가 음성에 선행한다는 것을 부정하기 어렵다. 최초에 쓰기가 있고 그 다음에 독자가 그것을 읽기 때문에, 그 혹은 그녀의 음성은 쓰기에 덧붙여진다. 만약 쓰기가 『고지키』와 같이 다성적이라면 쓰기에 대해서는 언제든 하나 이상의 목소리를 적용시킬 수 있다. 그러나 모토오리가 이해한 것은, 읽는다는 행위로 쓰기에 음성을 부가하는 것이야말로 쓰기가 옮겨 적었던 원초적인 음성으로 되돌아가는 것이었다.

> 만약 문자가 나중에 갖다 맞춘, 빌려온 것이라고 한다면 깊이 읽어서 무엇할까. 그저 고어를 자주 생각해 명확히 하여 고대의 관습을 잘 아는 것이야말로 학문의 자세라고 할 수 있다. 모든 사람의 모습과 마음은 언어의 모습으로 추정할 수 있는 것이라면, 고대의 모든 일도 종이 위에 적힌 언어를 잘 밝히는 것으로 알아야만 한다.[32]

모토오리는 글자는 이야기된 말의 대체물에 불과하다고 주장했으며, 그 주장이 그의 연구방향을 결정했다. 그는 쓰기가 말의 일시적인 대체물이라는 생각 하에 엄청난 고대 사료 속에서 신뢰할 만한 정통적인 문헌들을 골라냈으며, 이러한 정통적인 고대 사료를 통해서 고대의 말을

---

32) 本居宣長, 『古事記伝』 一之卷, 『本居宣長全集』 第9卷, 33쪽.

재현할 수 있다고 생각했다. 그가 『니혼쇼키』를 대상으로 삼은 것은 고대 사료를 재평가하는 방법과 관련이 있었다. 확실히 그는 고대의 발음을 보존하는 것만이 정통적인 것이라고 간주했다. 물론 18세기에 이용할 수 있었던 고대 사료라는 것은 모두 한자로 쓰여져 있었는데, 그것은 단지 한자가 당시 할 수 있었던 유일한 기록방법이었기 때문이다. 이들 중에는 구문까지 중국어를 의식하고 있었던 것이 많았는데, 실제 말하는 목소리를 기록한 것도 있었다. 모토오리는 『니혼쇼키』의 저자가 중국어 구문을 따랐으므로 중국의 시점에서 일본의 역사적 사실을 바라보았다고 생각했으며, 이것과는 대조적으로 『고지키』를 당시 대륙 문명의 영향 아래에서 급속하게 소멸하고 있었던 고대 일본의 구어를 유지하려고 노력한 것으로 간주했다.

초월적 가치의 부정

모토오리 노리나가의 해석 전략에서 읽는다는 행위에 특유한 음성의 후천성posteriority이 억압되고 은폐되어야만 한다는 것은 명백했다. 쓰기가 소리 내어 읽는 것보다 선행한다면, 글로 기록된 『고지키』가 실은 일시적으로 음성을 대체하고 있는 것에 지나지 않는다고 주장할 수 없기 때문이다. 게다가 그는 고대의 어원학, 통사론, 음성학, 신화학까지 섭렵하고 연구성과를 축적함으로써, 글로 기록된 『고지키』 텍스트에 선행하는, 기원으로서의 음성을 회복하려고 했다. 음성의 후천성이 아무리 명백한 것이라 해도, 자기 연구의 정당성을 위해서 그는 음성의 선천성을 계속 주장해야만 했고 더욱더 강화해야만 했다. 쓰기에 부가된 음성이 쓰기에 선행해서 존재하는 원초적인 것일 수 있으며, 또 그래야만 한다는 전제가 없었다면, 『고지키덴』이라는 기획을 수행하는 것은 무의미했을 것이다. 바꿔 말하면 모토오리는 음성이 『고지키』에 본질적으로 귀속하는 체계적인 방법을 확립함으로써, 그가 사는 세계에 존재하는 글로 기록된 『고지키』와 원초적인 음성이 발화된 시대인 고대 사이의 역사적 시간을 극복할 수 있다고 믿었다.

이로써 모토오리의 해석학은 이중의 구조를 가지게 되었다. 그것은 사료인 종이 위에 필사되어 있는 원초적인 음성과 그 사료를 읽음으로써 나타나는 독자의 목소리 사이에 어떤 모방적인 호응관계를 탐구하는 듯한 태도를 취하는 것이다. 그러나 이와 같은 호응관계에 절대로 도달할 수 없다는 것은 처음부터 알고 있었다. 그러므로 그의 해석학에서 문제가 되었던 것은 원초적인 음성이라는 것에 실제로 당도할 수 있느냐의 여부가 아니라, 이와 같은 역사적 거리에 수반되는 모든 문제를 어떻게 무효화할 것인가의 문제였다. 모토오리는 역사성이라는 문제를 주제로 다루면서, 역사적 시간으로부터 벗어나 '역사를 초월해서' 존재하는 고대 일본에서 신앙이라는 문제로 이행하는 길을 모색했다.

여기에서 우리는 음성의 시간적 후천성이 선천성으로 역전되는 기묘한 기획에 직면하게 된다. 여기에서 읽기는 순수한 행위가 아니라 정치적인 함의로 가득 찬 전략적인 수법이며, 이러한 수법으로 일본의 요람기인 원초적인 순결한 시간으로 거슬러 올라가려고 한다. 그러므로 역사적 시간은 음성을 선천적인 것과 후천적인 것으로 분리하는 계기로 새롭게 정의되었다. 그 결과 모토오리는 이러한 괴리 혹은 분리라는 특수한 읽기 형식을 발견했다.

이 기획에서 쓰기가 담당하는 역할에 대해서 설명하는 것은 그다지 어렵지 않다. 우선 『고지키』라는 쓰여진 텍스트는 괴리를 발생시키는 매개자^{agent}(작용인)이다. 다시 말해 원초적인 음성을 새긴 쓰기의 존재 자체가 18세기 독자를 고대로부터 떨어뜨려 독자와 원초적인 음성 사이의 장벽인 동시에 매개가 되었다. 음성이 독자 앞에 직접적으로 현전하는 것을 방해했던 것은 쓰기였다. 쓰기에 의해 매개되어야만 했기 때문에 원초적인 음성은 독자 앞에 현전할 수 없었다. 이처럼 쓰기가 음성과 독자 사이에 공간과 시간적 거리를 야기하는 작용은 오규가 직관적으로 이해하고 있었던 어떤 표상적인 언어의 괴리 작용과 닮아 있다. 그러나 다른 한편으로 만약 음성의 흔적을 쓰기로써 확보하여 고정시키지 않았다면, 음성은 회복할 길이 없었을 것이다. 고대의 글이 보존되지 않았더라면 고대 일본에서 말 자체가 18세기 독자에게까지 전해지는 일은 없었다. 그러므로 쓰기는 모토오리의 담론과 18세기의 일반적인 담론에서 대단히 양가적인 위치를 차지하게 되었다.

역사적 시간을 이와 같이 이해함으로써 『고지키』는 독점적인 권위를 획득할 수 있었다. 중국어가 아니라 일본어로 쓰여진 현존하는 최고의 일본 사료로서 『고지키』를 평가하는 것은, 『고지키』를 순수하게 동질적인 '내부' 영역과 쓰기에 의해 이미 오염된 영역의 분수령으로 삼는 것이다. 몇몇 국학자는 음성-쓰기-읽기라는 연쇄를 역사적인 축에 투영시키는 것을 가능하게 하는 해석 전략을 차용했다. 음성을 새겨 기록해서 그 새긴 기록으로부터 음성을 회복시키려는 관점에서 쓰기를 이해하는 과정에 착안하면서, 그들은 다른 읽기의 방식은 부적절하다는 이유로 거부했다. 그래서 여기에서 모토오리의 가라고코로^{漢意}——특정한 관념론들의 철학적 소박함을 논박하는 경우에 그가 자주 사용한 멸시적인 말이다——에 대한 비난이 이론적으로 중요한 의미를 띤다.

이국의 유교와 불교 서적들은 말[語]과는 무관한 고토와리[義理][33]만 마음에 두고 숭상한다. 이 나라의 고서는 그와 같은 사람들의 가르침을 글로 쓰거나 또는 사물의 고토와리[理] 따위를 논하는 일은 전혀 하지 않았다. 다만 옛것을 기록한 말 이외에는 뭔가를 감추는 마음[意]도 고토와리[理]도 담겨 있지 않다.[34]

여기에서 '말'은 텍스트의 표층인 시니피앙에 관련될 뿐, 표층이 지시하는 시니피에로 간주되고 있지는 않다. 이와 같이 '말'을 새롭게 정의함으로써 모토오리는 원칙적으로는 다른 어떠한 해석과 주석에도 앞서는 의미의 차원이라는 것이 있음을 동시에 지적했다. 그는 편견을 갖지 않고 성실하게 읽음으로써 개시될 수 있는 모든 것은 이와 같이 동일하게 정해진 시니피앙의 차원에서 이미 노출되었다고 선언했다. 이러한 의미에서 '말'은 선험성을 나타내는 데에 반해 독자가 텍스트의 배후에서 상정하고 있는 '의'[意]와 '리'[理]는 후천적인 것, 다시 말해 외관에 불과하다는 것이다. 그러므로 그는 '말'이 '의'와 '리'에 선행한다는 논리적인 선천성을 엄밀하게 준수해야만 한다고 강조했다. '의'와 '리'가 '말' 다음에 발생하는 한 그것들은 축소되고 괄호 쳐져야만 한다. 독자는 『고지키』를 읽을 때에 일종의 현상학적인 판단중지[epoche]를 하도록 되어 있다고 말할 수 있다. 그러나 이 정도까지 특권화되어 성스럽게 구별된 '말'이 종이 위

---

33) '고토와리'라는 일본어 발음에 대응하는 것은 한자의 '리'(理)이지만, 이것이 송리학의 문맥에서 사용되었던 경우는 'reason'이라든가 'principle'로 번역된다. 여기에서 나는 이 말에 '초월적'(transcendent)인 의미를 실어 '초월론적'(transcendental)과 구별하기 위해 강조하고 있다. 모토오리의 가라고코로(漢意) 비판은 특히 칸트와 후설의 초월론적 분석에 있어 초월주의 비판에 가까운 것이다.

34) 本居宣長, 『古事記伝』 一之巻, 『本居宣長全集』 第9巻, 33쪽.

에 필기되어 있다든가 지속적인 실체를 부여받고 있지는 않다. '말'은 문자가 아니기 때문이다.

'말'과는 대조적으로 모토오리가 '물物의 이치'라든가 '의'意라고 불렀던 것은 초월적인 필연성이라는 양상에서 의미의 존재를 지시하고 있다. 그런데 나는 이러한 '초월적'이라는 말을 분명히 '초월론적'과 구별한 후 다음과 같은 의미에서 사용하고 있다. 즉 발화의 의미가 물리적인 물체의 항상성과 혼동되어 그것이 발화행위의 장면으로부터 독립해서 관념적으로 자기동일한 것으로 이해된 것이다. 그런데 이 경우에 의미는 비시간적이므로 비역사적으로 나타난다. 사실 이러한 의미를 나타내는 발화는 한 개인이나 몇몇 개인들에 의해 어떤 특정한 계기에 특정한 역사적 순간으로 발화된다든가 수행되지 않으면 안 된다. 그런데 나타나 있는 의미는 어느 특정한 계기로는 한정되지 않는다. 이러한 유의미성은 그것이 구성되고 있는 양태에만 있다. 그러므로 언제 어디서라도 유효해야만 하는 것으로 주어진다. 왜냐하면 이 양태 가운데 이와 같이 파악된 의미는 그것 자체가 **보편적인** 것으로 성립하기 때문이다. 그러나 이러한 유의미성이 **사실상** 언제 어디서든, 또 어떤 역사적 시간 안에서든 타당하다는 것을 이 개념이 함축하고 있는 것은 아니다. 다시 말해 이것은 일반적인 의미에서 보편적인 것이 아니다. 이 비시간성과 비역사성이란 마치 수학 방정식이 '언제, 어디'에서 진리인가를 묻는 것이 터무니없는 질문인 것처럼 시간과 공간적인 한정의 근거를 보편성에 귀속시키는 것이 불가능하다는 것을 말한다. 이로써 의미는 불가피하게 발화의 계기에 수반하는 역사적 특수성을 초월해 있다는 것으로 **생각하지 않을 수 없다**. 만약 그 발화가 우리에게 어떤 진실을 전해 준다면 이 진실은 보편적인 진실이어야만 한다. 그럼에도 불구하고 단지 보편성이 역사적·시간적 특수성으로 환원할 수 없다는 것이 초월주의에서는 개념이 모든 역사적 순간에서 현실적인 타당성을 지니는 것이라고 혼동되어 버리고 만다. 이와 같이 보편성의 시공간적 토포스로 환원할 수 없는 성질이 편재성으로 뒤바뀌어 버리는 사태는 이토 진사이가 간파했던 것과 같이 리학理學에서 아주 뚜렷하게 나타났다. 그리고 그것은 오늘날의 인간주의적인 보편주의 속에서도 발견할 수 있다. 양쪽 모두 이러한 물신적인 혼동이 빌미를 제공한 셈이다.

모토오리는『고지키』를 해석하는 중에 이러한 '초월적인' 의미를 수용하는 것을 배제했다. '역사적'이라는 말이, 발화가 되어 역사적으로 구체적인 원초적 장면에 속해 있는 것을 의미한다는 한에서,『고지키』라는 텍스트 안에 깃들어 있는 진실은 반드시 역사적인 종류의 것이지 않으면 안 된다. 모토오리는『고지키』가 결코 모든 시간과 장소에서 타당한 진실 따위를 말하고 있지는 않다고 강하게 주장했다. 그리고 '초월적인' 보편성을 주장하는 것이 인간의 오만과 가라고코로漢意 때문이라고 했다. 심지어 모토오리는 텍스트 안에서 영원한 진실을 읽어 내려는 물신 숭배적인 유혹을 모두 포기함으로써 말의 위상을 발견하려고 시도했다. 그는 텍스트에는 진정한 의미 따위는 없다고 주장했을 것이다. 그럼에도 불구하고 텍스트에는 진실한 목소리라는 것이 존재한다고 서둘러 덧붙였을 것이다.

이와 같이 특수한 독해 전략을 취함으로써 모토오리는 초월적인 의미를 동원하는 일 없이 한 쌍의 시니피앙을 다른 한 쌍의 시니피앙으로 변환하는 것을 목표로 했다. 다시 말해 시니피앙의 통합으로서 쓰기를 또 다른 시니피앙의 통합인 음성으로 바꾸려고 했던 것이다. 초월적인 의미와 조우하지 않고 그가 이러한 목표를 정말로 이룰 수 있는가의 여부는 앞으로 검토를 필요로 하는 새로운 문제이다. 그러나 이러한 이론적인 지향 덕분에 그의 해석학적인 기획이 일관성을 유지할 수 있었던 것은 분명하다.

쓰기(Writing)로서의 역사적 시간

앞서 말했던 의미에서 나는 말과 쓰기라는 이항대립의 의의를 다시 음미하려고 한다. 이항대립의 영역에서 쓰기는 '초월적인' 보편성의 발생을 허락하는 양태로 간주되었다. 모토오리에 의하면 의미의 초월이 일어날 수 있는 것은 오직 음성의 매개 없이 새기는 기록이 의미를 가리킬 때뿐이다. 쓰기가 현실에서 발성된 말을 충실하게 반영하고 있는 한에서 그것이 일반화된 비역사적 진실로 이어지는 일은 없을 것이다. 그렇지만 쓰기가 한 가지의 확정된 음성의 연쇄와 대응하지 않거나, 심지어 복수의 여러 가지 다른 음성의 연쇄들이 동등하게 하나의 쓰기로 귀속될 수 있는 경우도 있다. 이런 다성성의 사례에서 서기소書記素나 표의문자를 선형적인 일대일 대응관계에 의해 하나의 음성 단위와 연결시킬 수는 없다. 모토오리는 다성성을 회피하려는 독자는, 쓰기가 발성될 수 있는 다양한 음성을 가짐에도 불구하고 통합된 한 가지 의미를 지니고 있다고 하는 전제에 의지할 수밖에 없다고 결론지었다. 다시 말해 '초월적인' 의미가 발생하는 것은 발화행위에 침묵을 강요하는 경우이다. 의미의 초월성에 의존하는 독해는 다성성에 의해 일어나는 문제를 극복하기 위해 요구되고 고안된다. 그러므로 만약 다성성을 없앨 수 있다면 초월적인 의미의 가능성을 잉태하고 있는 묵독默讀도 회피할 수 있게 된다.

읽기가 시각적인 기호를 구술적/청각적 기호로 변환시키는 것으로 이해되는 이상, 모토오리의 해석학의 중심과제는 쓰기 안에서 음성으로 환원되는 데에 저항하는, 음성중심주의적 이데올로기의 실천계로 전면적으로 환원되는 것에 저항하는 측면을 제거하기 위한 방법을 모색하는 데에 있었다. 이로써 모토오리는 음성을 환기하지 않은 채 의미에 도달하는 방식으로 『고지키』를 읽는 것에는 모조리 이의를 제기했다. 그리고 쓰기 안에서 필연적으로 의미의 초월을 불러오고, 원초적이고 단일한 음성으로 회귀하는 것을 불가능하게 하는 산종散種의 원인을 찾아냈다.

예를 들어 『고지키』의 많은 단락은 한문으로 쓰였다. 이것을 일본어식으로 고쳐 읽는 것이 관례였지만, 이들 문장을 일본어 발음에 합치시키는 방법이 달리 없는데도 모토오리는 기존처럼 일본어식으로 고쳐 읽는 것을 거부했다. 화훈和訓을 사용하는 대신에 그 스스로가 정통적인 고대 일본어라고 생각하는 것을 만들어 썼다. 이로써 음성으로 발화된 텍스트로서의 『고지키』에 다가가는 길이 열렸다. 오규가 중국어를 일본어식으로 읽는 것을 일관되게 거부하고, 그에 따른 대칭 변환적인 절차로서 번역이 수립될 수 있는 읽기의 도식을 주장했던 것과 마찬가지로 모토오리도 『고지키』의 한문을 오규와 동일하게 번역했던 것이다. 모토오리의 방법이 담론공간의 전제 조건에 충실했다는 것은 인정해야만 할 것이다. 그리고 그 자신도 실제로 그렇게 주장했지만, 그러한 공간 내부에서는 그가 번역한 『고지키』 판본은 그의 동시대인들이 『고지키』 텍스트로서 알고 있는 것을 선취했다고 정당하게 주장할 수 있었다.

아마 『고지키』를 음성화하려는 이러한 노력들은 구두표현을 인식하는 문제, 즉 쓰여진 텍스트를 일차적으로 잃어버린 음성으로 생각하는 인식 방법의 문제에 봉착했을 것이다. 결국 『고지키덴』의 기획은 본다는 영역으로부터 텍스트를 회수하여 말한다/듣는다는 영역으로 복권시키는 시도였다고 요약할 수 있다. 이러한 시도는 많은 점에서 거리를 불가피하게 동반하는(보기 위해서는 거리가 필요하다) 표상 언어로부터 구두 언어로 변환하는 실천의 이행이라는 상황에 부합하고 있었다.

더욱이 이러한 이행은 언어에 대한 어떤 차원에서 다른 차원으로 초점이 옮겨 간 것을 나타낸다. 그것은 발화된 말로부터 발화행위로, 시니피에로부터 시니피앙으로 관심의 초점이 이동하는 것이다. 다만 시니피앙/시니피에라고 하는 차이는 실체화할 수 없다는 점을 확인해 두어야겠다. 그것은 상대적인 차이이며, 시니피에가 어떻게 결정되는가는 시니피앙이 어떻게 동일화되는가를 근거로 한다. 모토오리는 '초월적인' 의미를 거부했지만, 고대 텍스트를 번역하기 위해 여전히 문장의 의미에 의지했다. 시니피에로부터 시니피앙으로라는 역행은 시니피앙을 넘어서는 어떤 **토포스**를 함축하고 있다. 이러한 토포스란 시니피앙과 시니피에의 차이, 즉 그 자체가 '기호'인 어떤 구분에 선행하여 존재한다. 그러므로 보는 것에서 말한다/듣는다는 영역으로 전환하는 것은 시각 영상에 내재된 거리를 배제할 뿐만 아니라, 시니피앙과 시니피에 사이의 분리를 없애려고 하는 강한 충동을 동반하고 있다. 이러한 전환은 종종 전위轉位되는 것이지만, 전위에 의해 차츰 새로운 연쇄를 만들어 낸다. 다시 말해 '(보는 것→말하는 것·듣는 것)—(시니피에→시니피앙)—(기호→기호 이전)—(의미작용→**의미작용의 과정**)—(발화된 말→발화행위)'라는 식이다. 여기에서 문제가 되는 것은 모토오리가 어떻게 최종적으로 매개가 없는 직접성에 대한 자신의 주장을 정당화하는 지점을 정했는가 하는 점이다. 이러한 의미에서 실천과, 신체가 언어행위적 상황 안에 속한다는 것은 그들이 경험의 영역을 구분한다는 점에서 결정적인 역할을 담당한다. 이러한 경험은 말하기와 의미 사이의 거리, 따라서 괴리가 존재하지 않는 것과 같은 경험, 즉 체험을 말한다.

18세기 저술가들에게 역사가 쓰기에 의해 발생된 산종을 의미했던 것은 이러한 이유 때문이었다. 역사적 시간이란 원초적인 발화의 근원적 통일성이 산종되어 해체되어 가는 과정이라고 생각되었다. 이로써 쓰여진 기록은 소외라는 일반적인 이미지를 대표하게 되었다. 모토오리와 몇몇 저술가들은 그들이 생각하는 역사적 시간의 관념을 선명하게 드러내 보이기 위해 표음성/표의성의 이항대립을 사용했다. 가모노 마부치는 "후세 사람은 옛사람들의 마음을 잃어버리고, 다만 문자에 따라 말을 갖다 붙인다. 얼핏 보기에는 문자의 형태에 리理가 있는 듯이 보이지만 실제로는 그렇지 않다"[35]고 지적했다. 여기에서도 과거와 현재를 격리시키는 역사적 거리가 음성과 도상의 차이로 번역되고 있는 것을 확인할 수 있다. 그러므로 역사적 거리를 초월한다는 것은 곧 표의성을 극복하는 것이었다. 마치 가모노와 모토오리 등이 일반적으로 쓰기에 귀속시켰던 부정적인 특징으로부터 음성기호는 완전하게 벗어나 있는 것인 양. 가모노는 표음방식이 유일하게 정통적인 쓰기 체계라고 주장했다. 이로써 우리는 **말/쓰기라는 대립에서 표음성/표의성으로 바뀌는** 것을 목격하게 된다. 모토오리는 표의표기가 실천의 양식으로서 말과 말의 내용 사이에 괴리를 낳는 이상 표의문자인 중국의 한자는 일본의 가나에 뒤떨어지는 것이라고 주장했다.

---

35) 賀茂真淵, 「書誌」, 『近世神道論·前期国学』, 444쪽.

시와 이론의 길항

모토오리와 후지타니 나리아키라를 비롯한 많은 저술가들이 공유했던 암묵적 전제는 한문 책이 이론적이라는 것이다. 한문 텍스트는 역사적 시간을 초월하여 의미가 전달되는 때의 수단이라고 생각되고 있었으며, 한자는 독립된 기록 단위이며 역사적 시간 전체를 통틀어서 동일체계로 남아 있는 것으로 인식되고 있었다. 가나假名에 대해서 한자는 바로 '마나'眞名였다. 일본의 '이론가들'은 관념적이며 변함없는 성질을 한자의 속성으로 보았다. 나는 이미 '초월적' 의미에 대한 모토오리의 거부가 한자에 대한 이러한 이해에 뿌리를 두고 있었다고 말했는데, 이러한 견해에 수반해서 한문 텍스트는 필연성의 양상에서 이론을 표현하는 데에 뛰어나지만, 그렇기 때문에 지금 진행되는 현재를 기술할 수 없다고 여겨진다. 왜냐하면 이와 같은 현재는 본래 찰나적이며 현실적인 것이기 때문이다. 이로써 18세기 언어 연구는 압도적인 소원疎遠함의 감각을 중국 표의문자에 투사하는 한편, 지금 살아가는 현실적이며 과도적인 순간의 진실을 포착할 수 있는 언어의 탐구에 더욱더 빠져 있었다. 언어학자들은 현재의 순간이 문화적·역사적으로 아무리 좁다 해도 찰나적인 현실이 지니는 진실은 중국의 경전에 내재해 있다고 보는 보편적인 진리와 동일하게 존중되어야만 한다고 힘주어 주장했다. 마찬가지로 일본의 고전이 그 본래성을 획득하기 위해서는 현재 이 순간의 한가운데에서 읽혀져야 한다. 그래야만 일본의 고전에 내재하는 찰나성의 진리는 텍스트 본래의 강도를 동반하면서 다시 현전할 것이다. 오규와 마찬가지로 모토오리와 후지타니도 고전을 구어체——이것을 오규는 이언俚言이라고 불렀다——로 번역해, 동시대 독자가 직접 일상적으로 다가갈 수 있도록 했다. 번역은 원전이 지니는 농밀한 일상적인 것과 감정 기복의 편린을 조금이라도 전하기 위한 담론장치가 된 것이다. 일상적인 것과 감정 기복은 이론적인 언어로는 표현할 수 없다고 생각되었다.

『고킨슈토카가미』古今集遠鏡에서 모토오리는 『고킨슈』의 노래를 현대 일본의 구어문(국가가 관리하는 표준적인 구어 표현의 스타일)이라고 불리는 것보다도 훨씬 구어적이며 거기에다 방언을 섞은 문체로 번역했다.[36] 그의 시도는 쓰인 것과 쓰이지 않은 것 사이를 잇는 의존관계에 대한 하나의 대응이었다. 쓰인 텍스트의 자율성은 이제는 인정되지 않았으며, 그것은 이차적이며 임시 대체물이 되어야 했다. 잃어버린 음성과 발화행위의 원초적인 장면에서는 분명히 음성을 동반했던 신체적 행위를 회복해야만 원초적인 완전성의 상태로 텍스트가 회복될 수 있다고 여겨졌다. 텍스트는 원초적인 음성으로 이야기할 수 있도록 적절히 전체로 통합되지 않으면 안 되었다.

후지타니의 언어 연구에서도 모토오리와 마찬가지의 조작이 이루어졌다. 예를 들어 그는 『아유이쇼』あゆひ抄에서 번역을 언어학의 한 방법으로 넓은 의미에서 사용했다. 번역이란 단지 학생들의 학습에만 도움이 되는 교육 수단이 아니다. 도키에다 모토키는 도쿠가와시대 일본의 언어 연구에 대해서 다음과 같이 지적했다.

---

36) 물론 오늘날의 표준 구어에 상당하는 국가어는 없었다. 모토오리가 『고킨슈』를 번역하기 위해 사용했던 말도 멀리 떨어진 곳의 일본인에게는 아마 통용되지 않는 방언이었을 것이다. 일상적 문화에 대한 국가의 간섭 —어쩌면 현대 국민국가로서 피할 수 없는 측면일 것이다— 은 메이지 시대에 시작되었는데 그 영향은 놀랄 만했다. 그것은 일본 열도의 생활 문화의 특징을 저변에서부터 바꾼 것이었다. 현재 '당연'하다고 생각할 수 있는 것도 실은 최근의 역사적 산물에 불과하다는 것을 명심해야만 한다. "항상 역사화를 잊어서는 안 된다!"

구어 번역은 고전을 이해하기 위한 방법이 아니라, 억지로 이해한 것을 해설하는 방법이다. 그러나 이와 같은 해설을 전제로 해서 고전은 개념과 지식으로 이해하는 것이 아니라, 완전히 구체적인 체험으로 이해해야 할 필요가 생긴다. 구어로 번역하는 것은 단지 기계적인 환원법을 의미하는 것이 아니다. 바로 언어의 심층으로 침잠하려 하는 태도이다.[37]

여기에서는 실천으로 촉구된 언어의 심층에 대한 침잠을 언어 연구의 중심으로 파악하고 있다. 이 시대의 많은 문법가와 마찬가지로 후지타니 나리아키라도 이와 같은 언어 연구의 핵심을 잘 인식하고 있었다. 왜냐하면 언어의 본질적인 특징은 구어체와 구어체에 수반하는 언어 인식에서만 명료하게 나타난다고 생각되었기 때문이다. 일상의 실천과 마찬가지로 구어표현에서는 도키에다가 주체적인 입장이라고 불렀던, 화자 혹은 청자로서 구두표현적 행위에 몸으로 참여하고, 또한 사람은 발화가 발생하는 체험으로 지각되는 입장을 취할 수 있다고 여겨졌다.[38] 이러한 견해에서 전제가 되는 것은 관찰적인 입장을 취함으로써 가능한 언어 현상에 대한 관찰은, 주체적인 입장에 서서 얻어질 수 있는 구체적인 체험에 반드시 선행한다는 것이다. 구어체로 번역한다는 것은 하나의 방책이다. 그것은 일찍이 주체적인 입장으로 살았다고 가정되는 원초적인 체험을 부활시키는 방책이다. 또는 개인적인 생각이지만, 원초적인 체험을 반성적 또는 회고적으로 재구성시키기 위해 채용된 하나의 방책이다. 관찰적인 입장에서 발화는 갖가지 형태론상의 분류로 정리되며, 각각의

---

37) 時枝誠記, 『国語学史』, 岩波書店, 1940, 328쪽.
38) 이 '주체적 입장' 또는 이것과 쌍을 이루는 '관찰적 입장'에 대한 설명으로는 도키에다의 『国語学原論』, 岩波書店, 1941, 17~38쪽 참조.

통사론적인 기능들로도 분석된다. 다만 이와 같이 취급된 언어는 이미 살아 있지도 않으며, 원초적 체험의 강도를 환기시키지도 않는다. 후지타니는 원초적인 체험의 강도를 추체험함으로써, 그의 언어 분석이 언어가 최초로 사용되었을 때와 직접 친밀하게 이어지도록 하려 했다. 또 그렇게 함으로써 관찰적인 입장을 특징짓는 산 체험과 발화 사이의 괴리를 극복하려고 했다. 도키에다가 '언어의 심층'에 대한 의식적인 침잠으로 표현한 것은, 언뜻 보기에는 과거의 언어 체험을 추체험한다는 방식으로 탐구되고 있었다.

　　매우 흥미롭게도, 산문과 시가詩歌는 이런 식의 살았던 체험이라는 주제에 의해 구별될 수 있었다. 이 경우 그 기준은 궁극적으로 구두표현적인 전달 내용이라든가 문체에 의한 것이 아니라, 구두표현적인 작품이 재현/표상적인 양태로 발화되는가의 여부에 의한 것이다. 표현의 양태가 분석적이라고 판단된 경우, 다시 말해 언어행위 상황으로부터 표현 주체가 괴리되어 있는 듯한 분위기가 감지되는 경우, 대개 그것은 이론적인 산문이라고 판단되어서 평가절하된다. 이것은 마침 오규가 사서에서 육경으로 중점을 이동했던 일에 상응할 것이다. 친밀함이나 감정은 시가의 형태로 가장 잘 전해진다고 생각되었기 때문에 시가는 가장 특권적인 장르로 간주되었다. 고문사학에서 오규는 시가의 의의를 강조하여 그의 제자들도 스승의 설을 전개해서 중국 시를 모방하는 연습을 했는데, 이것은 당연히 고전의 선별이 변화한 것과 관련이 있다. 국학에서 가라고코로漢意(중국적 심성)/야마토고코로和魂(일본 고유의 심성)라는 이분법은 이론적/시적이라는 또 다른 이분법과 상관하고 있었다. 모토오리는 중국 문헌 중에서 『시경』 이외의 것들은 모두 거부했으며, 후지타니는 언어에 관한 자신의 논고에 '~초'抄[『아유이쇼』]라는 제목을 붙였는데, 이것은 '시가

의 주석'을 뜻한다. 시가의 개념은 이와 같이 특수한 정치적 기능을 획득
했고 이러한 기능에 따라 여러 가지 지적 활동이 평가되었다. 18세기의
담론공간에서 시가는 특권적인 주제가 되었고, 이러한 주제와 관련하여
저술가들은 자기 언어의 통일성을 정의했으며, 그 결과 자기 문화의 동
일성까지도 정의하게 되었다. 시가와 재현/표상적 언어를 비교·대조함
으로써 그들은 한층 더 '내부'의 상像을 표현했으며 그 '내부'에 특별히 새
로운 용어를 더했다. 그것이 '일본어'라는 용어이다. 실은 이와 같이 정의
된 '내부'는 모토오리와 마찬가지로 후지타니에게도 투명한 언어 영역을
의미하였다. 그것은 소위 모어를 이야기하는 자가 완전히 정통하며 융화
하고 있는 영역, 즉 '부서지지 않는 쇠망치'[39]에 비유할 수 있는 언어 영역
이었다.

한 언어 속의 이질성

가라고코로와 야마토고코로의 구별을 가능하게 했던 구조는 일본의 언
어를 이상화하는 데에 장애가 되었다. 여기에서는 화훈 비판의 혁명적인
성격에 대해 생각해 보자. 언어 연구자는 우선 중국어 텍스트를 독해하
기 위한 특수한 방식인 화훈에 창을 겨누었다. 그러나 화훈에 의해 새로
편찬된 한문 텍스트는 당시의 말하는 방식을 일반적인 구조로서 나타내
고 있었다. 또 중국의 표기 시스템을 도입하고 나서라는 것, 소위 일본어
는 중국어에 너무나 광범위하게 동화되어 버린 결과 화훈이 두 개의 다

---

39) 이 책 서장에서 말한 해석학의 언어관과 관련해서 인용하고 있다. 물론 이 구절은 하이데거
의 『존재와 시간』에 나오는 말이다. 이 책 서장의 각주 5) 참조.

른 언어를 혼성한 것이라는 이유에서, 이것을 거부하면 필연적으로 당시 사용되었던 일본어 쓰기 방식 전부를 포기하는 것이 되고 만다는 정도에까지 이르렀던 것이다. 표음성과 표의성 모두 일본어의 구조 안에 완전히 녹아들어 있으며, 표의적인 요소를 제거하려고 하면——그것이 가능하다는 이야기에서만——쓰기 체계가 완전히 붕괴해 버릴 것이다. 18세기에 이르기까지 두 가지 표기 원칙이 공존하고 있었던 구조는 언어 속에 확실히 침투해서 음운론의 수준에까지 도달해 있었다. 가모노는 구어체도 중국 문자에 오염되었다고 했고, 당시에는 이러한 표현 수준을 벗어나지 못했다. 가모노와 모토오리가 자신들의 저작에서 거의 의도적으로 채용했던 문체 역시 중국어 기원의 음절syllable, 다시 말해 '음'(소리)을 배제함으로써 언어를 투명하게 하려고 한 그들의 시도가 거의 절망적인 것이었다는 것을 보여 준다.

분명히 그 작업은 실패할 운명에 처해 있었다. 역설적으로 말하면 일본어의 현저한 특징은 외래적 요소를 흡수하는 용량이 너무나 컸다는 점이다. 그래서 일본어는 중국어와 구별할 수조차 없었던 것이다. 이러한 이종혼교의 성질——일관된 쓰기 체계의 결여와 상이한 표기 체계의 공존——이 일본어의 통일성을 규정했기 때문이다. 물론 어떠한 쓰기 체계도 정도의 차이는 있지만 일본어와 마찬가지로 이질성에 의해 '오염'되어 있다. 어떤 언어라도 애초에 본질적으로는 크레올creole로 시작된다. 순수하게 음성으로만 쓰기 체계가 이루어졌다고 생각하는 것은 무책임한 정치적 공상에 불과하다. 그와 같은 쓰기 체계는 현실에 존재하지 않을뿐더러 그러한 시스템이 기능하는 일은 있을 수 없다. 그러므로 우리는 일본어와 같은 쓰기 체계를 이상하다고 말하는 통념에 대해서 경계해야만 한다. 아마 실제로 일본어 체계는 쓰기의 성질을 아주 정확하게 표현하고 있다고 말할 수 있을 것이다. 이러한 관점에서 보면 국학이 그 정도로 갈망했던 동질성이라는 것——표의문자의 배제와 산종의 부재——은, 일반적으로는 언어의 성질에, 특수하게는 일본의 문화 편제에 역행하는 요청이었다. 일본어를 균질적으로 하려는 국가의 간섭이 있었음에도 불구하고 일본어는 뛰어나게 산종적이며 해체된 언어이며 지금도 여전히 그렇게 존재하고 있다.[40]

거듭 강조하듯이 일본어의 통일성은 기정사실의 자명한 것이 아니다. 현재 일본에 살고 있는 사람들이 17세기 이전에 고유한 국민(혹은 민족) 언어라는 일관된 개념을 가지고 있었다고는 도저히 생각할 수 없다. 오늘날 국민 언어라는 개념은 그야말로 자명한 것이지만, 예전에는 이해를 넘어서는 문제였을 것이다. 기껏해야 이국의 언어라는 막연한 개념을 가지고 있었을지 모르지만, 그 구별도 확실한 선을 그을 수 있을 만큼 확연하지는 않았을 것이다. 분명히 어느 정도 차이의 인식은 있었을 터이지만, 일본어의 여러 방언 사이의 유사성이 하나의 동일자로 수렴되는 일은 없었다.

스스로의 언어와 문화, 혹은 민족이라는 동일성은 변별적이며 담론적으로 규정되어야만 한다. 이것은 동일성에 수반하는 문제이다. 외국어의 이질성을 인식하여 그것을 지배적인 담론의 배분질서로 받아들일 수 있는(물론 이것은 비대칭적인 타자가 가지는 타자성을 제거하는 것을 의미한다. 이 타자성은 자기 안에 받아들일 수 없는 것이기 때문이다) 담론장치가 담론공간에 갖추어져 있는 경우에만 스스로의 언어라는 동일성을 규

---

40) Jacques Derrida, *On Grammatology*, trans. Gayatri C. Spivak, Johns Hopkins U. P., 1976 ; *De la grammatologie*, Minuit, 1967 ; 足立和浩 訳, 『グラマトロジーについて―根源の彼方に』上·下, 現代思潮社, 1972[김성도 옮김, 『그라마톨로지』, 민음사, 2010] 참조.

정할 수 있다. 그러므로 자기동일성은 결코 타자의 인식보다 선행해서 성립될 수 없다. 시간의 문제에서뿐만 아니라 논리적으로도 자기는 타자 다음에 오기 때문에, 타자가 인식되는 방식의 차이에 따라 자기에 대한 정의도 바뀐다. 일본에 관한 18세기의 담론에 대해서도 사정은 완전히 동일했다.

이항대립 — 말/쓰기, 야마토고코로(일본정신)/가라고코로(중국정신), 표음성/표의성 — 은 타자를 구별해 규정하는 경우에 기준이 되는 구성적인 실정성으로서 기능했다. 이러한 예에서 동일자同一者는 단지 일본인과 일본문화만을 가리키는 것이 아니라는 점을 지적해 두어야겠다. 오히려 동일한 것은 중국 혹은 일본의 역사적 과거를 참조하면서 규정되었다. 고대에서 '내부'의 윤곽을 그림으로써, 언어 연구자는 18세기 당시의 사회 바깥에 동일한 것을 상정했다. 동일자는 유토피아였다. 혹은 동일자란 언제나 **이념**과 다름없다는 의미에서, 동일자는 **시원의 발생 인자** 였다.

통사론 — 시(詞)와 지(辭)

이 시대의 통사론 연구도 역시 동일자 형성에 대한 탐구였다는 것을 명확히 보여 준다. 묵독이라면 상관없지만, 발음을 하려면 한문 서적을 화훈으로 옮겨 적어야만 한다는 사실을 깨닫는 것이다. 바로 이러한 사실, 즉 중국어 텍스트를 다시 편제하여 중국어에는 없는 조사와 활용어의 어미를 보완하지 않으면 한문으로 쓴 책은 일본어로 발음될 수 없다는 사실 때문에 18세기의 문법학자들은 두 언어의 본질적인 차이를 깨닫게 되었다. 이러한 특징은 이미 헤이안시대에 알려져 있었지만, 18세기 이전까지는 충분히 연구되지 않았다. 처음에는 일본어라는 언어의 일본어다움이란, 중국어에는 없는 것으로 인식되어 있었다. 그래서 일본어를 경계 짓는 가장 중요한 기준은, 그 문법 구조가 중국어와 다르며 중국어에 의해서는 설명할 수 없다는 것이었다.

18세기 언어 연구를 그 이전의 언어 연구로부터 뚜렷하게 구분짓는 관점 중 하나는 동사와 조사를 비롯한 형태론상의 단위를 분석하는 방법이었다. 모토오리도 후지타니도 그들의 선배 학자로부터 어느 정도의 개념과 방법은 이어받고 있었다. 그러나 그들은 예를 들면 가이바라 엣켄[41]의 『일본석명』日本釋名 등에 보이는 특징적인 언어구조에 대한 원자론적인 연구법은 배제하고 있었다. 가이바라 등의 연구가 근거로 삼았던 것은, 언어는 훨씬 작은, 그리고 훨씬 기본적인 단위로 구성되어 있으며 언어의 올바른 이해는 이러한 최소단위가 가진 본래의 의미를 앎으로써 실현된다는 가설이었다. 이러한 어원학적인 원자론의 입장은, 현재의 의미가 기본 단위의 원래 의미에서 얼마나 벗어나 있는가를 측정함으로써 언어의 역사적 변천을 알 수 있을 것이라는 전제를 담고 있다. 그러나 이러한 방법은 구句처럼 더욱 복잡한 형태 단위에 대해서는 불충분한 것이다. 이 원자주의적인 언어학은 용언보다는 주로 명사나 사물의 명칭 분석에 힘을 기울였다. 그들은 변하지 않고 고정된 단위가 언어의 가장 중요한 측

---

41) 가이바라 엣켄(貝原益軒, 1630~1714). 유학자. 후쿠오카번(福岡藩; 현재의 후쿠오카현)의 가신의 집에서 태어나 영주를 모셨으나, 낭인(浪人)이 된 후에 의학과 본초학을 배우려고 나가사키를 여행했다. 새로운 영주는 그의 봉록을 원래대로 주어 그를 교토로 가서 공부하게 했다. 교토에서 만난 스승은 유학자 기노시타 준안(木下順庵, 1621~1699)과 본초학의 무카이 겐쇼(向井元升, 1609~1677)였다. 처음에 그는 송리학을 따랐지만, 후년에는 주희의 철학에서 벗어나 기일원론(氣一元論)을 주장하게 되었다. 그의 학문 범위는 역사, 의학, 교육 등을 포함하고 있으며, 주요 작품으로는 『대화본초』(大和本草), 『대의록』(大擬錄), 『양생훈』(養生訓), 『여대학』(女大學) 등이 있다.

면이라고 생각했기 때문이다. 그러나 이러한 단위가 통사법에 의해서 통합된 경우의 문법적 규칙은 좀처럼 연구 대상이 되지 않았다.

모토오리와 후지타니의 언어 연구는 가이바라의 그것과 선명한 대조를 이루었다. 명사 분석은 모토오리 등의 언어학에서는 없던 것이었다. 후지타니는 명사를 단지 부사와 형용사, 조사, 동사가 붙을 수 있는 실사實詞에 불과하다고 간주하였다. 그에 따르면 명사에 비명사적인 단위가 결합되는 경우에만 언어표현 활동이 발생하며, 명사는 이미 의미가 완전히 봉인된, 안정적이며 고정적인 단위가 아니었다. 후지타니는 명사를 인간의 신체 가운데에서도 움직일 수 없는 부위인 몸통에 비유했다. 이러한 움직일 수 없는 부분에 다리나 모자, 옷이 더해져서 움직이기 시작할 때 비로소 의미작용이 발생한다. 그의 이러한 신체적 비유는 넓은 사정射程범위를 가지고 있었다.

첫째로, 후지타니는 더 이상 분리되지 않는, 고정된 요소로 분해된 언어는 이미 더 이상 언어로서 기능하지 않는다는 것에 주목했다. 해부되어 낱낱이 분해된 육체가 더 이상 인간이 아닌 것처럼, 분해된 발화는 의미작용의 장이 될 수 없다. 둘째로, 그는 언어는 움직이고 있는 모습일 때 가장 잘 이해할 수 있다는 점을 지적했다. 즉 언어는 시간과 함께 변해 가는 현상이라는 본래의 성질 때문에 고정시키거나 영구화하는 것은 맞지 않다는 것이다. 여기에서도 우리는 문자의 표의성보다 음성에 우위를 두는 후지타니의 견해를 확인할 수 있다. 후지타니의 비유에서 음성은 신체적 실천으로, 즉 움직임과 살아 있는 현재를 의미하는 것이어야 한다. 모토오리는 더 철저하게 "대개 고대의 말은 어원을 알려고 하기보다는 옛사람들이 사용한 뜻을 잘 규명하여 인식해야 한다. 사용하고 있는 의도만 완전히 밝힌다면 그 어원은 알지 못해도 된다"[42]라고 말했다.

그는 어원학적 원자론에 의해 구성주의를 탄핵하는 데에 그친 것이 아니라, 언어의 의미작용적인 기능을 말이 구문 안에서 어떻게 사용되고 있는가 하는 레벨에서 찾고자 하였다. 모토오리는 더 나아가 다음과 같이 말했다.

무릇 무엇이든 우선 그 본本을 완전히 밝히고 말末은 나중에 하는 것이 보통이지만, 사정에 따라서는 말末을 우선 연구해서 그 다음에 본本으로 거슬러 올라가 생각하는 방법이 좋은 경우도 있다. 대개 어원은 알기 어려운 것이어서 스스로는 생각할 수 있다고 해도 맞는지 틀렸는지 확정하는 것은 곤란하며 대개는 맞추기 어려운 것이다. 그렇다면 가령 언어 연구는 그 어원이 완전하게 밝혀졌다 해도 그 어원을 아는 것을 나중에 하고 부디 옛사람이 사용했던 의도를 신경 써서 완벽하게 규명해야만 한다. 설령 그 어원은 완전히 밝힐 수 없다 하더라도.[43]

보통 '본'本이란 내실을, '말'末은 그 파생물을 의미하지만, 나는 여기에서 오히려 그 각각을 '고정된 중심'과 '유동적 주변'으로 읽고 싶다. 그렇게 하면 본/말이라는 대립이 명사류/비명사류라는 문법적 대립에 대응한다는 사실이 분명해질 것이다.

언어의 의미보다도 오히려 용법에 대한 모토오리의 집착은 그의 관심의 추이를 나타내고 있다고 여겨진다. 다시 말해 그의 관심은 고립된 문법 단위에서 이들 단위의 결합을 지배하는 규칙으로 이행한 것이다.

---

42) 本居宣長, 『玉勝間』八の巻, 『本居宣長全集』第1巻, 筑摩書房, 1968, 237쪽.
43) 같은 책, 237~238쪽.

더욱이 통사론은 실천의 양태와 밀접하게 관련을 맺고 있다. 이러한 문맥에서 가카리무스비係り結び를 언급할 때에, 모토오리가 왜 그렇게 빈번하게 고토다마言靈에 대해 이야기했는가가 이해될 것이다. 가카리무스비란 영어의 전치사에 해당하는 위치에 놓인 계조사係助詞[44]가 동사와 형용사, 조동사의 특정한 어미변화와 관계를 맺는다는, 통사론적 규칙을 가리키는 전통적인 용어이다. 모토오리가 고대 일본어의 이러한 문법적 특징을 말에 각별히 영혼이 깃들어 있었기 때문에 나타나는 현상으로 간주하고 싶어 했던 것은, 18세기에 들어 이러한 가카리무스비 규칙이 사라졌기 때문일지도 모른다.

모토오리는 이러한 규칙이야말로 말의 영혼이 언어 속에 있는 것이 아니라는 것을 가장 잘 보여 주는 적절한 증거라고 생각하고 있었다. 말의 신비는 형태론적인 단위 안에 잠재하는 것이 아니라 오히려 고립된 각 단어의 기능으로는 환원할 수 없는 통합체syntagma(발화 속의 통합적 관계) 속에서만 존재한다. 명사류/비명사류라고 하는 문법적 대립은 중국의 표의문자로 써서 나타낼 수 있는 것과 그렇지 않은 것 사이에 일어나는 대립을 유추analogy한 것이기도 하다. 명사류는 표음표기인 가나 중에도 있을 수 있기 때문에 명사류를 한자로 써야만 나타낼 수 있다는 것과는 동일하지 않다. 다만 18세기의 문법가들은 다음의 유사한 대립 구조를 조종함으로써 일본어 통사론의 기본 구조를 해명하는 방법을 발견했다고 생각했다.

---

44) 문장에서 술어와 관계하는 말에 붙어 그 진술에 영향을 끼친다. 또 문말에 붙어 문장의 성립을 도와주는 작용을 하는 조사이다.—옮긴이

말하기/쓰기

실천/이론

시적/재현(표상)적

야마토고코로/가라고코로

음성성/표의성

비명사류/명사류

통사론 연구에서 더욱 유력한 원칙은 문맥, 그리고 고정화할 수 있
는 문법 단위와 관련하여 정식화되어 있다. 문맥은 이 경우에 이들 단위
를 활성화하면서도 그 자체는 의미를 가지지 않는다. '테니오와'의 전통
적인 연구는 실제로 이러한 점에서 일본어 통사론 연구의 주류와 연결되
어 있었다. 여기에서 조사는 특히 통사론과 관련되는 형태론적인 단위이
다. 조사는 단지 다른 말을 연결하는 작용을 할 뿐 단독으로는 의미가 없
기 때문이다.──나는 지금까지 형용사라든가 부사, 동사라는 말을 사용
했지만, 이런 말들은 메이지 이후의 언어학이 발명한 용어로, 18세기의
저술가들은 이러한 말을 사용하지 않았다. 그들은 발화[45]를 이미 언급한

---

45) 나는 여기에서 18세기의 언어에 관한 담론 가운데 문장(文)이라고 하는 말에 대응하는 담
론적 실정성을 찾아낼 수 없기 때문에 '문장'(sentence)이라고 말하지 않고 굳이 '발화'
(utterance)라고 하고 있다. 아마 문장이라고 불리는 제도는 역사적·문화적으로 고유한 담
론 형성에 속해 있으며, 주어·주관·주체성에 관한 결코 자명하다고 할 수 없는 아주 제도적
인 가설을 포함하고 있다. 그럼에도 불구하고, 나는 주로 표현의 간소화를 위해 구(phrase)
보다 크고, 소위 단락(paragraph)보다 작은 문법 단위에 해당하는 말로서 이 말을 사용했
다. 물론 근대 유럽 사상에서 문장이라든가 통사법이라든가 'subject'라든가 판단이라고 하
는 개념은 중요한 역할을 담당하고 있다. 그러나 이들 실정성의 역사적 영역을 구별해서
탈구축하는 것이 지금 절대적으로 필요하다. 이 점에 관해서는 Julia Kristeva, "Objet ou
complément", *Polylogue*, Seuil, 1977, pp. 225~262를 참조할 것.

'중심'本과 '주변'末으로 해석했다. 현재 동사라고 불리고 있는 것조차 어간과 어미로 분해하여 명사류/비명사류의 대립을 적용시키고 있었다. 그리고 명사류를 활성화시키는 것과 문맥은, 인간 신체의 운동하는 이미지를 상상함으로써 더욱더 상세하게 분석된다. 후지타니의 신체 모델에서는 여러 가지 기능을 지닌 형태소가 신체의 각 부분에 조응한다. 이것은 언어 규칙을 설명하기 위해 고안된 임시방편적인 도식이 아니라, 오히려 언어의 실천적인 성격을 부각시키는 것이다. 그리고 이러한 성격은 대상화되는 것이 아니라 신체의 찰나적인 운동에 속해 있다고 생각되었다. 이러한 의미에서도 우리는 모토오리와 후지타니의 언어 연구 전반을 언어학의 시점으로만 보아서는 안 된다. 왜냐하면 언어라는 괴물은 실증적인 경험 지식을 대상으로 하여 나타났고, 언어학이라는 지식의 영역이 실제로 생성되고 있었기 때문이다. 그들의 전략은 형태론이라는 지식의 가능성과 언어학이라는 체계적인 지식의 가능성을 물음으로 해서 고찰되고 있었다.

모토오리와 후지타니의 언어 연구는 결국 언어를 대상화하려는 시도였지만, 얄궂게도 이들의 연구가 근거하고 있었던 것은 언어는 어떠한 대상화에도 선행하는 찰나의 경험으로밖에 이해되지 않는다는 자각이었다. 두 사람의 연구는 언어 도구관을 완전히 부정하고 있었지만, 그렇다고 하더라도 그들의 연구 자체가 도구적이며 수사적인 특질을 지녔다는 것은 의심의 여지가 없다. 오규의 방식과 마찬가지로 그들의 연구에서 무엇보다도 중요한 것은 가르치는 수단이었다. 이 수단에 의해 학생들은 될 수 있는 한 텍스트가 산출하는 모체로서의 전체를 무매개적·직접적으로 이해할 수 있도록 힘쓰고 있었다. 그리고 한 번 직접적으로 이해하고 나서는 세부에 걸친 학술적인 언어 지식은 뒷전에 두었다. 한편에는 고대의 문화에 대한 해박한 지식을 요구하는 주지적인 경향이 있으며, 다른 한편에는 발화행위 순간의 실제적인 움직임으로 향하려는 반反주지적인 경향이 있었다. 무엇보다도 이와 같이 포괄할 수 있는 두 가지의 경향은 18세기의 많은 언어 연구에서 상호 보완적이었다. 그런데 당시 이 정도로 광범위하게 연구된 언어 분석은 모두 고전 가요의 연구(시학)에 바쳐지는 운명이었다. 이러한 연구의 주제라는 것도 어떻게 고대의 시가를 고대의 스타일로 읊어 그것을 되살릴 수 있을까에 있었다. 이러한 지적 탐구의 전부를 떠받쳤던 것은, 씌어진 텍스트는 불완전하다는 예리한 직관이었다. 씌어진 텍스트 그 자체가 이해되는 일은 있을 수 없기 때문에 보충되어야 한다는 명제는, 기록할 수 있는 것과 기록될 수 없는 것 사이의 관계에 대한 가설을 끌어내는 것이었다. 그렇지만 내가 처음부터 주장했던 것처럼, 쓰기와 그림뿐만 아니라 음성도 새겨서 기록하는 성질을 지니고 있다. 말하기 역시도 불완전한 또 하나의 기록 형태인 것이다. 18세기의 이론가들은 언어의 모든 측면 속에 불완전함이라는 관념을 배치했는데, 그들이 이러한 조작을 실행한 것 역시도 일본어의 본질을 쓰기로부터 분리시켜 말하기 위해서였다. 잠시 이러한 측면에 대해서 고찰해 보자.

첫째로, 음성화를 하기 위해 한문으로 쓴 책의 원전 텍스트에 일본어의 조사와 어미변화를 나타내는 접미어가 부가되었다. 이로써 일본어는 한문 텍스트의 표면에는 없지만 음성화를 위해서는 불가결한 것으로 규정된다. 이와 같이 부재와 현전의 배합에 자극받아 명사류/비명사류라는 대립의 관점에서 일본어의 기본구조를 분석하려는 시도가 생겼다. 이 단계에서 '텍스트의 외부'는 문법적인 대립관계로 받아들여져 담론에 있어 실정성으로 파악되었기 때문에, 18세기의 이론가들은 외부성에 관한 가장 근본적이며 본질적인 문제에는 직면하지 않을 수 있었다. 텍스트의 외부가 원래 **처음부터 같은 것으로 대상화해서** 동일화시킬 수 있는가 어떤가 라는 자기 확정의 문제이건, 혹은 일반 텍스트의 더욱 광범위한 문제이 건, 어떤 것도 직접 제기되지 않았다는 것은 말할 나위도 없다.

둘째로 텍스트의 외부는 말하기/쓰기라는 이분법의 관점에서 존재 론화ontologize[46]되었다. 여기에서 문제는 이미 순수하게 문법적인 것이 아니었으며, 오히려 구어적 텍스트와 비구어적 텍스트 사이의 관계성에 관한 다른 문제가 불가피하게 얽혀 있었다. 말하기는 구두표현인 동시에 비구두표현이지만, 쓰기에는 이와 같은 동시 전환의 성질이 없다는 사실 이 명백해졌다. 말하기는 또한 언어수행 상황의 한가운데에서 일어나는 신체 행위/연기가 될 수도 있다. 이것과는 대조적으로 쓰기는 언어수행 상황으로부터 떨어져 나온 구어적 표현 텍스트의 한 형태로 간주되고 있 었다. 쓰기는 이와 같이 그 물질적 한계에 의해 특징지어져 외부로부터 떨어져 있다고 생각할 수 있었지만, 이에 비해 말하기는 아무런 외부도 없는 텍스트 외적 현실을 가지지 않는 것으로 간주되었다. 왜냐하면 말 하기는 그 언표적인apophantic 측면[47]에서 텍스트의 외적 현실 그 자체이 기 때문이다. 말하기가 구어의 완전한 형태이며, 쓰기는 구어의 부재라는 유형화를 내가 매우 의심스러워하고 있다는 사실을 여기에서 다시 한번 확인해 두자. 그럼에도 불구하고 내가 생각하기에 말하기/쓰기라는 이항 대립은 언어 연구가 이루어지는 담론공간의 일부였음에 틀림없다.

언어에 관한 18세기의 담론은 말하기가 지니는 구어적 텍스트와 비

---

46) 어떤 존재가 주어-술어의 형식으로 규정되어 '존재자'로서 실체화되는 것을 말한다. 말할 것도 없이 텍스트의 외부는 실정적으로 동일화할 수 있는 '존재자'가 아니다.
47) 언표는 여기에서 지시뿐만 아니라 지시하면서 동시에 나타내 보이는 발화의 상태를 말한다.

구어적 텍스트의 두 가지 측면을 명쾌하게 구별하고 있지 않았다. 그것은 모토오리의 구두점 연구에서도 분명하다. 모토오리는 언어의 각 용법에는 어디에 구두점을 찍고 어디에 찍어서는 안 되는가에 대한 규칙이 있다고 말했으며,[48] 어디에 구두점을 찍는가에 따라 어떤 와카의 전체적인 의미가 바뀌는 것을 실증해 보였다. 이러한 고찰에서 그는 '끈'緒이라는 개념을 도출해 냈다. 끈이란 애초 목걸이의 끈을 의미하는 말로 여기에 연결되는 것이 '구슬'玉이다. 그는 구슬은 개개의 단위를 나타내며, 끈은 다른 단위를 서로 연결시키는 것이라고 했다. 이렇게 발화 전체는 목걸이가 된다. 여기에서 두 개의 축을 구별해야만 한다. 그 첫째는 명사류/비명사류가 설정되는 축이며, 둘째는 그에 따라 각각의 말 사이에 생겨나는 관계성의 대립이 상정되는 축이다. 통합체syntagma는 단지 명사류/비명사류의 대립 영역에만 관계되어 있는 것이 아니다. 오히려 그것은 말의 갖가지 형태론적인 범주에 걸친 기능상의 차이와 관련하고 있었다. 그러나 말의 기능을 결정하는 데에는, 그 말이 발화 전체 속에서 어떤 위치를 차지하고 있는가, 그리고 다른 말과 어떻게 관련을 맺고 있는가 하는 문제도 고려해야만 한다. 후지타니도 주장했던 것처럼, 명사류/비명사류의 대립은 움직일 수 없는 것과 움직일 수 있는 것의 대립과도 결부된다. 하나의 수준에서 끈은 발화 속의 비명사적인 요소를 의미하지만, 또 다른 수준에서는 통합체 혹은 보석을 연결하는 실絲을 의미하고 있다. 이 실은 그 존재로써 발화 전체에서 활동하고 있는 인간의 신체와 같은 활기를 띠게 한다. 모토오리가 통사론의 수준을 규정한 것은 이 끈의 개념에 대한 것이었다. 그리고 끈의 개념은 각각의 독립된 낱말을 대상으

---

48) 本居宣長, 『石上私淑言』, 『本居宣長全集』 第2卷, 筑摩書房, 1968, 85~198쪽.

로 하고 있는 것이 아니라, 그러한 각각의 낱말로 환원할 수 없는 통사론적인 관계와 관련하고 있다.

  이 개념의 이중성을 가장 잘 설명하고 있는 것이 도키에다 모토키의 언어과정설[49]일 것이다. 도키에다는 시詞와 지辭라는 한 쌍의 통사론적인 범주를 도입했다. 최초의 단계에서 '시'는 어간이며 '지'는 동사, 형용사, 조동사 등의 어미변화를 하는 접미사이다. 그 의미에서 '시'와 '지'는 명사류와 비명사류에 대략 대응하고 있지만, 이 대립은 형태론적인 말의 분류에 한정할 수는 없다. 시와 지는 가장 기본적인 통사론 단위라고 생각할 수 있으며, 동시에 개개의 말의 수준과 통합체의 수준을 구별하기 위해 사용된 것이기도 하다. 도키에다는 이 시와 지라는 한 쌍의 개념에 따라, 용기容器와 그 내용물, 다시 말해 말을 통합하는 통사론적인 규칙(용기)과 통사론적인 규칙에 의해 통합되는 말(내용물)을 구별하려고 했다. 18세기 언어학자를 언급하면서 도키에다는 다음과 같이 말했다. "시와 지가 나타내는 것이 서로 다른 차원에 속하는 것이라는 점은 앞서 스즈키 아키라[50]가 말한 바 있다. 스즈키 아키라의 설은 모토오리 노리나가의 생각에서 나온 것이다. 모토오리 노리나가는 시는 구슬이며 지는 그것을 꿰는 끈이고, 또 시는 용기이고 지는 그것을 사용하는 내용물이라는 식

---

49) 소쉬르는 소리와 의미가 결합한 것을 언어로 보았다. 이러한 소쉬르의 언어관에 대해 도키에다는 언어를 인간을 떼어 놓고 존재하는 '사물'(物)로 잘못 보고 있다고 말하고, 언어를 언어주체가 사상을 표현하고 이해하는 과정 그 자체로 파악해야 한다고 주장했다. 그에 의하면 언어는 인간의 행위, 활동, 생활의 하나로 '주체', '장면', '소재'의 세 가지 조건에 의해 성립한다. 도키에다는 1941년에 간행된 『국어학원론』에서 주체적 세계관의 입장에서 언어과정설을 주장했다.—옮긴이

50) 스즈키 아키라(鈴木朖, 1764~1837). 에도 후기의 국학자. 모토오리 노리나가 문하에서 품사, 활용, 어원 등을 연구했다. 저서로는 『언어사종론』(言語四種論), 『아어음성고』(雅語音声考) 등이 있다.—옮긴이

으로 말하고 있다."[51] 무생물인 용기에 손이 더해져서 용기는 움직이는 행위에 통합될 수 있다. 이로써 지는 형태소의 한 범주에 머물지 않으며, 최소의 발화 단위가 구성될 때의 원칙이 되기도 한다. 모든 발화에는 적어도 시와 지 한 쌍이 포함되어 있어야 한다. 시만으로 발화가 발생되는 일은 결코 없다. 지를 동반해야 비로소 발화 안에서 말로서 기능하는 것이다. 그러므로 지는 형태론의 층위와는 구별되는 통사론의 층위를 생성한다고 말할 수 있다. 그러나 이러한 대립은 다음에서 나타내는 바와 같이 무한한 층위의 산출을 가능하게 한다는 점에 주목해야 할 것이다.

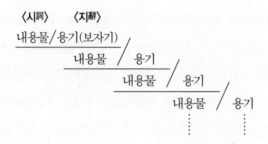

도키에다는 이 중층구조를 '찬합형 구조'라고 불렀다. 지는 선행하는 것이 무엇이든 이것을 스스로 변용시키는 작용을 하며 그것을 시로서 감싼다. 시가 형태소로 이루어졌든 아니면 발화 전체로 이루어졌든 상관없이, 지는 스스로 선행하는 말을 틀짜기와 같이 받아들여 그 선행어를 시로 한정한다. 이 성질 때문에 도키에다는 이러한 찬합형 구조를 보자기 구조라고도 불렀다. 일찍이 보자기는 가방이나 손바구니 대신에 일본에서 널리 사용되었던 것으로 물건을 싸기 위한 천을 말한다. 이 자유

---

51) 時枝誠記, 『国語学言論』, 第2篇 「各論」, 238쪽.

자재로 변환할 수 있는 천은 어떤 형태의 물건도 감쌀 수가 있다. 이처럼 '지'도 보자기와 같이 스스로 정해진 형태를 가지지 않고 안에 감싸는 물건의 형태에 따라 스스로의 형태를 변형하며 감싼 것을 고스란히 그 형태대로 보유한다. 안에 물건을 싼 보자기는 또 다른 보자기로 싸여질 수 있다. 이로써 전체로서 통합된 발화는 그 안에 여러 층의 보자기를 감쌀 수가 있는 것이다. 이러한 수준에서는 시와 지가 이제 더 이상 명사류와 비명사류를 지시하지 않는다. 이렇게 도키에다는 시-지의 관계가 일본어 통어법統語法의 가장 기본적인 패턴이라고 주장했다.

그렇더라도, 도키에다가 어떠한 이유로 특별히 일본어의 근본적인 특징을 시-지의 구조로 파악했는지에 대해서는 전혀 밝히지 않았다. 도키에다는 언어의, 혹은 랑그의 통일성이라는 실증주의적 개념을 엄격하게 비판하고 있었는데, 그렇다면 실상 그의 논의는 어쩌면 시-지의 구조가 일본어라는 국어의 일본어다움 때문이라는 주장을 무효화하는 것은 아닐까? 혹은 도키에다 언어학은 경험적인 학문으로서는 자기완결을 할 수 없는 측면을 가지고 있었다고 말해야만 하지 않을까? 도키에다 언어학에 내재하는 이러한 문제와 다른 모든 문제에 대해서는 앞으로 다시 논할 생각이지만, 우선 여기에서는 도키에다의 시-지 구조에 따라 조명될 수 있었던 다음 사항에 대해 지적해 두고 싶다. 그것은 명사류/비명사류와 '고립된 말'/'말과 말 사이의 관계'라는 대립을 의미하는 시-지의 구조가 18세기 담론 속의 모든 수준에 있어서 그 차이에 대해 언급되는 일 없이 그대로 끊임없이 논해지던 문제였다는 점이다. 그러나 이러한 혼란을 바로잡는 것은 쉽지 않다. 왜냐하면 그것은 언어 그 자체의 개념에 내재하는 혼란이기 때문이다. 언어와 비언어는 각각 전혀 아무런 관계도 없이 서로 완전히 외재적으로 관계하는 것이 아니다. 언어와 언어가 아닌 것 사이의 상호 차이는 각각 공범관계 속에서 기묘한 형태로 서로 얽혀 있다.

텍스트와 그 언어행위 상황

18세기 '일본의' 국어를 분석할 때 중요한 것은 텍스트가 텍스트 외적 현실 내에 속하게 되는 것을 설명하기 위해 시詞와 지辭의 대립을 확장하여 적용할 수 있다는 점이다. 혹은 이렇게 해석해도 좋다. 만약 시가 발화행위 내에 고정되어 틀 지어진 것이라고 상정된다면, 지는 고정된 틀을 만들면서도 그 틀 안에서는 고정화로부터 벗어나는 것이 될 것이다. 마치 그 자신은 그림에 포함되지 않는 액자가 그림의 특권적인 공간을 고정화하여 틀을 만드는 것처럼, 지는 발화를 고정하며 틀을 끼우는 역할을 한다. 이로써 찬합형 구조는 틀짜기 기제를 통해서 비언어적인 언어행위 상황에서 본성상 언어적인 발화의 통일성을 구별하는 방법을, 혹은 아마도 그것인 줄 모른 채, 나타낼 수 있었던 것이다.

후지타니가 예리하게 깨닫고 있었던 것처럼 발화 혹은 언어적 활동이라는 것에 통일성을 부여하는 것은 이야기하는 주체 내부의 초월론적인 종합이 아니다. 오히려 그 통일성은 특정한 언어행위 상황에서 실천하고 있는 사람의 신체에 비유될 수 있을 것이다. 이와 같이 언어를 이해하면, 예를 들어 시가를 이해하기 위해서는 그 시가가 읊어진 상황에 대한 이해도 필연적으로 포함되어야 한다. 이 시가의 의미작용은 그것이 읊어진 개별적 상황의 우연성을 넘어서 있는 것인지 모르지만, 시가의 감상에서 정말로 문제는 의미작용의 과정이라 할 수 있다. 18세기 담론 공간에 관여하고 있었던 문법가들은 시가의 가치는 의미작용의 과정에 있으며 의미작용에 있는 것이 아니라는 데에 일치된 견해를 보였다. 이로써 텍스트의 의미가 절대적일 수 있는 것은 어디까지나 그것이 실천의 직접성으로 파악되는 경우뿐인 것이다. 그리고 만약 텍스트의 절대적인 의미에 도달하고 싶다면, 그 텍스트가 애초에 발화되었던 동일한 상황을 만들어, 텍스트가 산출되었던 것과 동일한 실천 패턴에 스스로를 동화시켜야 한다.

말할 것도 없이 그와 같은 시도는 불가능하다. 텍스트를 산출했던 행위의 유일한 흔적은 텍스트에 다름 아니다. 상황이든 실천이든 텍스트와 독립해서 규정될 수 없다. 그러므로 텍스트 외적 존재로서의 상황과 실천이라는 개념이, 그 상황과 실천을 자기모순적인 것으로 만들어 버린다. 그래서 이러한 시도를 포기하고 싶지 않다면, 시詞와 지解를 분리하기 이전의 상태를 상정해야 한다. 그것은 텍스트의 새김, 고정화, 그리고 보존이 아직 성취되지 않았다고 하는 언어 이전의 상황이다. 바꿔 말하면 언어행위 상황과 실천을 위한 존재 양태는 찰나적인 **순간**의 현실성으로 이해되고 있다.

'정'(情)과 찰나성

이로써 투명한 언어에 대한 갈망은, 어떠한 텍스트도 찰나적 순간에 실제로 작동하는 성질로 환원하려고 하는, 18세기 담론 일반에 보이는 경향의 반영이었다고 말할 수 있겠다. 내가 앞에서 말한 이항대립의 설정 안에서는, 모토오리가 문학의 본질이라고 생각한 '모노노아와레'가 텍스트가 언어행위 상황과 실천의 수준으로 완전히 환원된 텍스트 이해의 궁극적인 상태를 의미하고 있는 것이 분명하다. '모노노아와레'에 대해 모토오리가 주장하는 것은 세계를 찰나적인 직접성으로 파악했을 때, 그와 같이 파악된 세계는 그 자체로 절대적인 것이며, 그 이상의 어떠한 정당성도 필요가 없다는 것이다. 사람이 세계와 만나서 보이는 감정은 관습적인 기준으로 봤을 때는 아무리 부도덕한 것이라 해도 긍정되지 않으면 안 된다. 왜냐하면 그 무매개-직접성에서 감정은 절대적인 것이기 때문이다.

『고킨슈』의 마나[한문] 서문에 사려思慮는 변하기 쉽고 슬픔과 기쁨도 변화하는 것이라고 말하는 것도 역시 모노노아와레를 아는 데서 나온 말이다. 이 세상의 온갖 살아 있는 것은 전부 정情[마음]이 있다. 정이 있으면 사물을 접해 반드시 생각하는 것이 있다. 그러므로 이 세상의 살아 있는 것 모두가 시를 읊는다. …… 이는 그것에 접촉하는 것과 같다. 정은 동動하여 조용하지 않다. 동은 어느 때에는 기쁘고 어느 때에는 슬프다. 혹은 화가 난다. 혹은 좋아한다. 혹은 즐겁고 재미있다. …… 여러 가지 생각하는 것이 있으면 이것이 곧 모노노아와레를 아는 데에서 움직이는 것이다. 예를 들어 기뻐해야만 할 것에 접해서 기쁘게 생각하는 것은 기뻐해야만 하는 마음을 분별할 줄 알기 때문에 기쁘게 된다.[52]

정情은 사물로부터 독립한 마음의 상태가 아니다. '사물'과 접촉함으로써 비로소 발생하는 움직임이다. '정'이라는 말은 만남과 변화의 찰나적인 순간을 나타내는 말이다. 혹은 그것은 인간 신체와 세계 사이의 끊

52) 本居宣長, 『石上私淑言』 卷一, 99쪽. 『고킨슈』에는 일본어로 쓴 「가나 서문」과 한문으로 쓴 「마나 서문」 두 개의 서문이 있다. 여기에서 모토오리는 후자를 가리키고 있다.

임없이 변화하는 관계에 대한 수동적인 측면을 나타내는 것이라고도 말할 수 있다. 이와 마찬가지로 '생각하다'와 '알다'라는 말도 근대 철학에 의해 부여된 것과는 정반대의 의미를 지니고 있다. 다시 말해 그것은 그 대상을 사고 주관의 목전에 정립하는 행위를 말하지 않는다. 확실히 이 두 개의 동사는 이러한 예에서 **주격** 보어를 취하지만, 보어를 필요로 하는 한에서 생각하는 것과 아는 것의 목적어(어떤 행위의 주제, 다시 말해 테마로 정해져 있는 것)가 주제로써 명시적으로 자리하게 된다. 그러나 목적어(동시에 대상이기도 하다)는 이 경우에 완전하게 구성된 주어(동시에 주관이기도 하다)와 서로 관계를 맺는 것으로 완전하게 구성되어 규정되지는 않는다. 생각한다와 안다는 것은 말하자면 발화를 세계와의 원초적인 공생과 연결하는──탯줄과 같은 것을 끌어오는 것이다.[53] 인용한 단락에

---

53) 이 점에 관해서 '모노노아와레'는 일종의 금기를 범한다는 감각을 필연적으로 포함하는 것이었다. 왜냐하면 이것은 주체의 불안정한 상태를 나타내고 있기 때문이다. 즉 이 상태에서 '나'는 '내'가 누구인지도, 그리고 '내'가 다른 주체적 위치와 어떠한 관계에 있는지도 확실하지 않다. 모토오리는 '모노노아와레'를 잘 보여 주는 예로서 여성과 사랑에 빠진 불교 승려의 이야기를 들고 있다. 모토오리가 자주 일본적인 것의 본질이라고 한 '여성성'(femininity), 즉 '연약한 여성의 몸짓'이라는 개념은 주체의 불안정성과 밀접한 관련이 있어 보인다. 한 세기 반이 지난 후 니시다 기타로가 유사한 '여성성'이라는 문제에 몰두했다. 니시다의 문제적인 특징은 '여성성'의 편린조차 찾아볼 수 없이 남성적인 것이지만, 그의 철학적인 기획은 '여성성'의 문제를 근본적으로 제기했다고 말할 수 있다. 이러한 의미에서 니시다 기타로는 '페미니즘' 철학자였다고 말할 수 있겠다. 니시다보다 반세기 후에 줄리아 크리스테바는 남근중심주의적인 서양에 대한 철학적 비판을 제기했다. 그녀의 비판의 기본적인 이론적 전제는 놀랄 만큼 니시다와 닮아 있다. 두 사람 모두 주체의 구조와 그 불안정성을 되물으려고 했다. 이것은 실은 플라톤의 chora(장소)──이것을 니시다는 장소(場所)라고 불렀다──로 시작되는 긴 역사를 가진(철학적 문제로서는 아주 정통적인) 문제였다. 그런데 니시다 철학이 최후에는 보편주의적인 이데올로기로서, 1930년대부터 40년대 초반에 걸쳐서 대일본제국의 제국주의적 국민주의 정책을 도왔던 일에 주의를 기울일 필요가 있다. 이것은 '여성성'이라는 것이 어떤 사회적·정치적인 귀결을 초래하는가에 대해 고려하지 않고 심미적·철학적인 관점에서 그것에 대해 이야기하는 것의 위험성을 알려 준다. 최근에 크리스테바가 서양 회귀를 말하고, 니시다가 말한 것과 닮아 있는 제국주의적 국민주의 정책에 가담하고 있는 것이 놀랄 만한 일이 아니라고 생각하는 이는 나뿐만이 아닐 것이다.

서 이들 말은 '사물'에 대한 동화와 '사물'에 대한 직접적인 접촉의 양태에 대해 언급하고 있다. 그러므로 실은 '생각하다'와 '알다'는 주관과 대상 사이의 거리의 소멸을 나타내기 위해 새로 고안된 말인 것이다. 그리고 정이라는 관념에 대해서 모토오리가 넌지시 내비쳤던 '사물'의 존재는 '생각하다'와 '알다'라는 말을 이와 같은 용법으로 사용하는 데 대한 정당성을 증명하는 것으로 생각할 수 있다. 이토 진사이가 세계와의 원초적인 일체감에 대한 향수 등을 끌어들이지 않고 정이라는 것을 광범위하게 논했던 것처럼, 모토오리도 역시 정을 대상화한다든가 실체화하는 것을 모두 거부했다. 다만 이토 진사이와 달리 모토오리는 원초적 일체감에 대한 뜨거운 향수를 품고 있었다. 정이란 이러한 무상성으로 이해하지 않으면 안 된다. 정은 움직임의 과정 속에서도 동일성을 유지한 채 그 자체는 변화하지 않는 실체의 속성이라고 생각되는 현상이 아니다. 불변하는 실체로 귀속될 수 있는 현상도 아니며, 움직임의 과정 속에서 그 자체의 동일성을 유지하는 것도 아니다. 정은 변화해 가는 운동의 측면을 띤다.

여기에서 이제 '모노노아와레'의 무상성은 너무나도 명백하다. 사물이 애처로울 수 있는 것은 오로지 그것이 영원하지 않기 때문이다. 사물은 사라질 숙명을 지니고 있다. '모노노아와레'는 사물이 항상성을 지니지 못하기 때문에 언제라도 시간에 의해 침식되고 있다는 것을 말한다. 틀림없이 모토오리의 '모노노아와레'의 설에는 현재에 대한 강한 긍정이 깃들어 있다. 그럼에도 불구하고 같은 설 안에 과거는 회복되지 못한다는 절망적인 인식 또한 담겨 있지 않은가? 현재란 과거의 암흑에 둘러싸였을 때에 가장 선연한 빛을 발하는 것인가? 현재를 긍정하는 것이 삶을 긍정하는 것이라면 과거를 회복시킬 수 없다는 것은 과거의 삶을 회복시킬 수 없다는 것을 함의한다. 이 찰나적 순간, 이 현재의 몸을 완전히 불태울 것 같은 환희나 몸을 절단해 내는 것 같은 애달픔은, 결코 되돌리지 못하고 한순간 후 영원히 상실되기 때문에 우리는 이 순간 속에 몰입하는 것이 아닐까? 과거는 잃어버린 채로 이제 회복될 수 없기에 다음 순간에는 과거가 되어 버릴 현재라는 것을 우리는 이토록 귀중한 것이라고 여기는 것은 아닐까? 혹은 달리 표현한다면, 과거의 상실이 아프게 느껴지면 느껴질수록 현재는 강렬하게 빛을 발하는 것이 아닐까? 혹은 강렬하게 빛날 것이라고 기대되는 것은 아닐까?

나는 이렇게 해서 앞에서 말한 담론공간은 은밀하지만 결정적인 방식으로 죽음에 대한 사려에 의해 지배되고 있었다고 생각한다. 과거의 삶을 소생시키기 위해서는 죽은 자가 부활해야만 하듯이, 과거에 쓰인 텍스트가 그 본래의 '아와레'[애처로움]를 동반하면서 우리에게 말을 걸어 오기 위해서는 다시 활성화되어야만 한다. 그러나 과거를 되돌릴 수 없다고 상상하는 그 방식이, 텍스트 본래의 '아와레'를 진정으로 회복하는 것을 불가능하게 한다. 과거란 회복 불가능한 상실과 동의어이다. 아무리 사람이 쓰기를 투명성으로 파악하려고 해도 텍스트의 원초적인 실천 상태는 결코 돌이킬 수 없다.

그러나 아이러니하게도 모토오리의 본本/말末(명사류/비명사류)이라는 개념은 18세기 담론공간에 내재하는 이러한 본질적인 모순을 명백하게 묘사하고 있다. 부동성과 유동성은 명사류와 비명사류에 각각 속하는 개념이므로, 이 대립은 불가피하게 영속성/변화성이라는 시간적인 대립과 관계한다. 그러나 만약 명사류가 비시간적이며, 비명사류가 덧없이 사라져 없어지는 것으로 시간적이라면, 과거를 현재로부터 배제하는 것은 절대로 불가능하다. 왜냐하면 그 어떤 발화라도 반드시 과거와 현재를 포함하기 때문이다. 가모노와 모토오리의 용어를 사용하여 말하면, 그들의 언어는 이미 표의문자에 오염되어 있었으며, 이러한 표의문자야말로 발화행위를 고정화시켰으며 비시간적인 것으로 만들었다. 그러므로 그들은 이들 대립의 맥락에서 생각했던 언어를 투명하게 만들기 위해 각각의 대립에서 긍정 항을 강조해야만 했다. 그래서 부정 항의 의의가 감소되든가 혹은 삭제되든가, 혹은 부정 항이 존재하지 않았던 것처럼 취급될 필요가 있었다. 이들의 대립은 긍정/부정이라는 양극의 성질에 따라 질서를 잡았으며 아래에서 나타나는 것처럼 선명할 정도로 구별이 가능한 어떤 방향성을 가지고 제시되고 있었다.

긍정 항	부정 항
말하기	쓰기
음성성	표의성
(야마토고코로)	(가라고코로)
찰나성	영속성
시적	재현/표상적
실천	이론
비명사류	명사류
음성 : 단성성	음성의 복수성 : 다성성

18세기 담론공간에서는 이들 부정 항으로부터 완전히 벗어나 긍정 항만으로 이루어진 언어의 이미지를 창조하는 것이 긴급한 과제였다. 이를 위해 이 시대의 저술가들이 이상화된 언어의 이미지에 장애가 되는 것들을 배제하는 담론이 잇달아 발생했다. 그러나 다성성을 조금도 띠지

않는 언어, 혹은 앞의 부정적인 성질 모두가 배제된 언어라는 관념은 그 자체가 자기모순이다. 왜냐하면 예시한 긍정 항은 애초에 부정 항과의 대립으로만 발생되는 것이기 때문에, 부정 항을 전부 배제하면 마지막에는 대립을 소거해 버리는 결과를 낳는다. 일단 대립이 부정되자마자 이번에는 긍정 항도 존재할 수 없게 되어 버린다. 혹은 이상언어가 실현된다는 것은 결국 이상언어를 말살하는 것과 같은 결과를 낳는다. 그럼에도 불구하고 18세기의 언어 생산 및 재생산을 떠받치고 있던 것은 실제로 이러한 모순이었다. 이러한 모순이야말로 18세기 일본의 담론공간을 가능하게 했던 기본 조건이었다. 그것은 이 공간에 묻혀 있으나 결코 실현할 수 없는 욕망이었다.

'성'(誠)과 침묵

가가와 가게키[54]의 고전시론에 이러한 욕망이 확실하게 표명되고 있음을 알 수 있을 것이다. 가가와는 현재라는 시간을 매우 강조했다. 그는 현재에 완전히 담을 수 없는 요소를 전부 배제할 생각을 했다. 그의 와카시론에서는 과거와 현재 사이의 연속성을 보증하는 사회적 관습이나 전통조차도 도전을 받았다. 가가와는 과거의 속어가 그가 사는 시대의 고전언어가 되었기 때문에, 현재의 속어는 장래의 고전어가 될 것이라고 생

---

54) 가가와 가게키(香川景樹, 1768~1843)는 시인·문학이론가. 돗토리번(현재 돗토리현)에서 태어나 25세 때에 학문을 위해 교토로 가서, 거기에서 궁정의 와카인 니조(二條)학파를 이어받은 가가와 집안의 양자로 들어갔다. 그는 니조학파의 전통에 반해서——나중에 추방당한다——시가에 있어서 단순함, 평이함, 속어 사용을 제창했다. 차츰 일본에서 그의 시학을 추종하는 사람들이 생겨 게이엔(桂園)학파를 형성했다. 그의 작품으로는 『게이엔잇시』(桂園一枝), 『니이마나비 이견』(新学異見), 『가학제요』(歌学提要; 우치야마 마유미内山真弓 편) 등이 있다.

각했다. 고전어는 말하는 것이 아니라 학습하는 것이다. 반면 동시대의 속어는 말해지는 것으로 학습되는 것이 아니다. 이러한 관점에서 가가와 는 시를 짓는 데에서 고전어의 정통성을 부정했다. 현재만이 중요하므로 궁극적인 현재의 표현은 문장어가 아니라 그 시대의 일반 서민의 말이어 야만 한다. "고어만을 고상하게 여겨 일상어를 속된 것으로 폄하하고 취 하지 않는 것은 냄새나는 몸이라고 스스로를 싫어하는 것과 닮아 있다. …… 실제 세계의 세속에서만 시는 존재한다."[55]

직접적인 현재와 '가까움'近의 영역은 자기 신체와 연동되어 있다. 인간 신체야말로 현재가, 직접성이, 그리고 '모노노아와레'(이것을 가가 와는 '감응'이라고 불렀다)가 발견되어야만 하는 장소인 것이다. 그에게도 음성은 시가의 원천이었다. 그야말로 誠성이 표현되는 형태는 음성인 것 이다. 왜냐하면 "성으로 이루어지는 시는 물物과 접촉해 감동할 때 소리 를 내는데, 거기에는 감응과 어조 사이에 어떠한 미세한 틈새도 없다. 그 러한 시는 오로지 진심에서 나오게 된다".[56] 이렇게 하면 誠성이란 '모노 노아와레'에 비견될 만한 상태가 된다. 가가와가 생각했던 성은 언어수 행적 상황과 완전히 밀착되어 있음을 암시하는 것처럼 보인다. 시가에서 과거나 영속적인 것과 관련을 맺고 있는 것을 제거함으로써 현재와 과 거, 찰나적인 것과 지속적인 것 사이의 균열은 지워지게 된다. 따라서 그 감응과 그 어조 사이의 거리는 쓰여질 수 있는 것과 쓰여질 수 없는 것 사 이의 불균형에 의해 야기될 것이다. 이러한 불균형은 발화의 지평으로서 의 텍스트를 활성화하면서 표면에는 결코 모습을 보이지 않는 것과 텍

55) 香川景樹, 『歌学提要』, 「総論」, 『近世文学論集』(日本古典文学大系 94卷), 岩波書店, 1966, 145쪽.
56) 香川景樹, 『歌学提要』, 「総論」, 146쪽.

스트가 명백하게 말하고 있는 것 사이의 불균형이다. 가가와가 추구하고 있었던 시가 만약 가능하다면, 그것은 전적으로 쓰여질 수 있는 것이든 전혀 쓰여질 수 없는 것이든 간에, 어느 한쪽에서만 이루어져야 할 것이다. 순간적 감응의 전면적인 표출, 아니면 완전한 침묵. 양자가 공존할 가능성은 완전히 거부되고 있다. 언어수행적 상황의 전체가 모조리 시 안에서 파악되어야만 한다. 또는 시는 이러한 상황의 전체와 동등하며 언어적 텍스트인 것을 포기해야만 할 것이다. 그리고 그것은 비언어적 실천이 된다. 이러한 두 개의 가능성에서 발생하는 결과는 실은 하나이다. 그것은 쓰기의 전면적인 포기이다.

보통 세상의 시를 읊는 사람, 먼저 읊은 시를 글자로 옮긴다. 글자로 옮길 때는 눈으로 본다. 눈으로 볼 때는 이치를 따진다. 이치를 따질 때에는 목소리의 어조를 떠난다. 어조를 떠날 때에는 감응이 없고 시를 읊는 묘한 작용을 잃게 된다.[57]

한마디로 말하면 그의 주장은 시를 외침과 동일시하는 지점까지 도달시키지 않을 수 없다는 것이다. 왜냐하면 외침의 상태라면 발화와 언어수행적 상황 사이의 아무런 거리와 차이도 있을 수 없기 때문이다. 가가와가 이해하고 있었던 것처럼 진정한 정이란 '아와레'와 유사한 것으로 해석되며, 시의 진정한 역할이란 '모노노아와레'(가가와의 시학은 모토오리의 시학과는 아주 달랐지만 만약 여기에서 모토오리의 용어를 사용할 수 있다면)를 표명하는 것이었다. 음성과 쓰기의 차이는 가가와의 관점에

---

57) 香川景樹, 『歌学提要』, 「強弱」, 150쪽.

의하면 감응과 어조의 차이를 불러일으킨다. 균열에 대한 그의 두려움은 구어에까지 미쳐서, 그는 음성의 비재현/비표상적 기능에 무게를 두게 된다. 가가와의 시론 여러 곳에서 언어관을 재구성하려는 그의 의지를 읽을 수 있다. 감탄의 우위와 음성의 비재현/비표상적 기능에 특권적인 지위를 인정함으로써 그의 언어관은 외침에 의해 일반적 언어를 이미지화하게 된다. 이것은 그 자신 이외의 어떤 것도 의미화하기를 거부하는 외침이다. 가가와가 감탄하는 시에 경도되고 쓰기를 거부했던 점을 통해 알 수 있는 것은, '언어 안에 완전하게 안주'to be perfectly at home in language 하고 싶다는 강박적 바람, 그리고 언어와의 일종의 원초적인 공생관계로부터 소외되는 존재에 대한 강박적인 공포인 것이다.

가가와의 시론, 더 일반적으로는 앞에서 말한 담론공간의 내적 구조는 언어가 완전히 의미작용으로부터 해방된 극치를 당연한 이상으로 삼고 있는 것처럼 여겨진다. 그러나 언어가 쓰기로부터 해방된다는 것은 언어가 사회성과 윤리성을 박탈당하는 것이라는 점도 지적해 두어야겠다. 어떠한 신체도 언어 속에서 안주할 수는 없다(누구의 신체도 언어에 안주할 수는 없다)고 하는 저 근본적인 통찰을 거부하면 그 귀결은 언어의 소멸이다. 언어로부터 비대칭적인 타자성이 박탈당하면 언어는 사람과 사람을 만나게 하는 능력을 상실하고 만다. 사회성은 이토 진사이가 말하는 '성'誠에서는 양보할 수 없는 계기였지만, 이것은 이미 무산되었다. 대신 가가와가 말하는 성은 균질 지향 사회성homosociality으로 치우치는 경향을 보인다. 이러한 균질을 지향하는 사회성의 극치가 음성의 부재에 의해 특징지어질 수 없다 할지라도, 우리는 그것도 역시 침묵의 한 형태라고 말할 수 있을지도 모른다.

9장_ 무용술의 정치

사회현실의 이데올로기적 구성

권력이나 지배에 대해 언뜻 무관심하게 보임에도 불구하고, 고전시학/고전시론은 순수한 중립성을 가장하고서 이데올로기의 가장 치열한 투쟁이 전개되는 격투장의 역할을 하고 있었다. 일본의 고전시학과 고전시론에 있어서 어떤 특정한 개념도 사회개혁이나 정치적 프로그램, 또는 혁명적 변혁을 위한 원인으로 작용하지는 않았지만, 그럼에도 일본의 고전시학과 고전시론은 18세기 사상과 문학에서 중심적인 위치를 차지했다고 할 수 있을 것이다. 지금도 마찬가지지만, 당시에도 누구 한 사람이 좋은 시를 짓는다고 해서 그것이 좀더 정당한 사회 질서를 만들어 낸다고는 믿지 않았다. 그렇지만 이러한 외관상의 비정치성은 이데올로기적 전략과 무관하지 않았다. 나는 시가에 대한 담론이 반드시 지배하고 싶다는 욕망 때문에 일어났다고 말하려는 것이 아니다. 오히려 그 시에 대한 논의의 탄생이, 욕망의 특정한 형태를 만들었고 또 재생산했다는 것을 말하려는 것이다.

게다가 시가나 언어에 대한 담론에 포함되어 있는 이데올로기적 관심은 정치적 프로그램의 선택을 향해 있지 않고, 정치적 프로그램의 선택이 이루어지는 조건을 향해 있었다. 이러한 의미에서 이 관심들은 그 안에서 정치가 나뉘고 갈라지는 담론구성체와 직접 관련을 맺고 있었다.

기양崎陽의 학學과 고문사학古文辭學의 이데올로기적인 성격은 이러한 관점에 비추어 볼 때 가장 잘 나타날 것이다. 오규 소라이는 이상적인 사회적·문화적 질서를 규정하여 거기에서 그가 살았던 시대의 현실을 비판했을 뿐만 아니라, 사회적 환경 속에서의 제도가 개인의 행동을 얼마나 지배하는가를 설명하는 개념적인 장치도 그려 내고 있었다. 제도적 현실에 대한 그의 생각은 그의 언어관과 밀접하게 관련을 맺고 있다. 오규는 공동체의 구성원에게 있어 외재적인 사회제도에 대해 말한 것이 아니라, 그 구성원에 의해 내면화되는 것으로서의 제도에 대해 이야기하고 있었다. 그는 제도가 완전히 내면화되어 그 결과 투명하고 비가시적인 것이 되었을 때에야 비로소 주체(=신민)에게 정당한 힘을 행사할 수 있다고 말한다. 개인의 자발성으로부터 외재적으로 보이는 어떤 형식이나 강제도, 그 사람의 행동을 외재적으로밖에 지도하거나 규제할 수 없기 때문에, 그 결과 권위주의적인 강제에 호소할 수밖에 없는 것이다. 권력이 스스로 권위를 나타내면 최대의 효과를 발휘할 수 없다. 어떠한 권력도 공동체를 잘 관리하여 지도하기 위해서는 사회적 행동에 대한 동기가 각각의 주체(=신민)의 자발적인 참가에 기반하는 것처럼 보이도록 스스로를 실제로 작동시켜야 한다. 권력은 적나라하게 드러나서는 안 되며, 스스로를 드러내서도 안 된다. 그것은 서민보다 훨씬 높은 곳에 있어서는 안 되며, 사람들의 일상적 행위 속에 있어야 한다. 거기에서 권력은 사람들의 세속적인 행동을 사람들의 안으로부터 그들이 알아채지 못하는 사이에 규제할 수 있어야만 한다.

오규가 정치적 지배의 성격에 대해 가졌던 날카로운 의식은, 왜 그가 제도를 언어 다음에 오는 것으로 생각했던가를 분명히 설명하고 있다. 즉 언어는 지배받는 사람, 다시 말해 그 언어의 '선천적' 화자라고 상정되는 사람에게는 더더욱 의식되지 않는, 가장 명백한 사회적 지배의 형식인 것이다. 언어는 언어행위에 외재적인 일련의 규칙으로서는 지각되지 않으며, 이야기하는 것과 행동하는 것은 주어진 언어 매체 속에서 그 언어의 내면화를 전제로 한다. 마찬가지로 오규는, 효과적인 제도는 항상 내면화되어 있으며 의식되지 않는다는 사실을 암시적으로 보여 주고 있다.

그러나 우리는 제도의 내면화가 배움의 한 단계라는 것을 생각해야만 한다. 사람은 반복 연습을 통해서만 언어 능력이나 행위 방법의 지식을 획득할 수 있다. 이것은 언어나 제도는 리쮈(본보기가 되는 모델)로서, 혹은 문신(문장文)으로서 신체에 등록되어야만 한다는 것이다.[1] 외부에서 내부로의 이행은 학생들이 서서히 단계를 밟아 마지막에는 고대 중국어와 그 제도를 완전히 몸에 익히게 되는 교육적인 과정과 같은 것이었다. 물론 이와 같이 해서 얻어진 언어나 제도화된 행동의 패턴은 사변적인 지식의 형태보다도 오히려 습관과 실천, 체험적 지식에 있어서 보존된다고 했다. 내부가 출현하는 장소는 마음이 아니라 신체이며, 거기에서

---

1) 문(文)이라는 글자는 이러한 맥락에서 아주 중요하다. 오규가 고대 '텍스트'나 말을 배우는 것에 대해 이러한 글자를 이용하여 '고문사학'(古文辭學)이라고 한 것을 떠올려 보자. '문'에는 문채(文彩)·자수(刺繡)·색채(色彩)·광휘(光輝)·외견(外見)·문양(文樣)·미(美)·장식(裝飾)·문신(刺靑)·형(型)·리듬·작법(作法)·마디(節目)·예악(禮樂)을 통해서 배워 터득한 개인적인 소양, 표현, 쓰기, 텍스트, 산문, 문장, 서적 등의 의미가 있다.

언어와 제도는 의식 이전의 상태에 내면화되어 있었던 것이다.

이론적으로 설명되어야 하는 것은 바로 이런 점이다. 왜냐하면 어느 개인이 획득한 언어나 제도가 공동체적인 차원을 지닌다고 여겨지는 것은, 이 신체의 존재양식에 있어서이기 때문이다. 그러나 만약 양심적인 한 학자가 고대 언어나 제도를 배웠다고 한다면, 그 성과는 학자 자신의 것으로 한정되는 것인가? 이 경우 내부란 확실히 그 한 사람에게만 출현하는 것이 아닐까? 오규는 어떠한 근거로 내부의 출현이 개인을 넘어 일반적인 집합으로까지 향한다고 주장할 수 있었을까? 오규나 그 밖의 18세기 저술가들이 많은 학생들에게 고대 문헌과 고대 언어를 가르치는 것을 통해 도쿠가와시대의 일본 사회를 고대로 바꿀 수 있다고 믿었다고는 상상하기 힘들다. 여기에서 문제가 되었던 것은, 단기적인 관찰에 의해 그 유효성을 가늠할 수 있는 정치적인 기획이 아니었다.

이 점에서 우리는 특히 18세기 담론공간에서 언어와 제도에 관한 두 가지 명제에 주의해야 할 것이다. 첫째로, 신체가 언어의 장이라고 간주되어 있었으며, 제도가 존재한다는 사실 자체가 개인을 고립된 실체로 파악하는 것이 불가능하다는 사실을 의미하고 있었다. 사회적 상호관계는 개별화된 두 개의 신체나 의식 사이에서 일어나지 않으며, 신체의 이미지야말로 주체와 다른 주체의 관계가 발생하는 장이 된다.[2] 마음이 종종 보이지 않는, 신체 내부의 심오한 것으로 그려짐에도 불구하고, 사실 마음은 이미 사회적으로 구축되어 있었다. 나의 개성이나 비밀, 내면성과 같은 마음의 속성은 이미 사회적인 범주인 것이다. 따라서 언어나 제도

---

2) Jacques Lacan, *Le séminaire : Le moi dans la théorie de Freud et dans le technique de la psychanalyse*, Seuil, 1978, pp. 207~338.

의 습득은 단지 한 개인의 행위 주체가 행동하는 방식에 영향을 줄 뿐만 아니라, 그와 그 '자신'의 관계, 나아가 그와 다른 사람들과의 관계도 변용시키게 되었다.

두번째로, 언어와 제도는 투기된 '집합성'이라는 의미에서 본질적으로 타자의 소유가 된다. 자기가 언어 속에서는 항상 **타자**로 규정되는 것이라는 점은 말할 것도 없다. 언어의 사용을 떠나서는 '나'나 자기는 전혀 무의미하다. 그러나 발화행위 주체의 본래성을 선언하는 대신, 언어의 사용은 주체를 소멸시켜 익명의 '나'라는 주어로 치환한다(물론 언어 사용 이전에 본래적이고 익명이 아닌 '나'가 존재한다고 말하려는 것은 아니다). 어쩌면 이러한 언어 사용의 근본적인 성격 때문에, 오규는 자신의 제자들에게 유창하게 고대 중국어를 말할 수 있도록 그들이 고대 중국인이 되어야 한다고 논할 수가 있었다. 언어 사용 속에서 출현하는 화자는, 언어 혹은 '내부'에 의해 정의된 영역에 속해 있지만, 언어 사용 이전의 개개의 화자는 그와 같은 영역에는 속해 있지 않다. 따라서 언어를 습득하는 것은 항상 타자의 질서에 종속되는 것이다. 그렇지만 동시에 그것은 아직 존재하지 않는 '집합성'을 '언표적으로' 확립하는 시도일 수도 있다. 언어에 있어서 주체/주어는 항상 타자에 종속되는 것이며, 제도에 대해서도 이와 동일한 것을 말할 수 있다. 정해진 행동 패턴의 회로에 들어감으로써 사람은 우선 제도의 구성원을 규제하고 있다고 상상되는 규칙에 익숙해지며, 결국 제도의 이미지에 익숙해지고, 이윽고는 주어진 제도적 환경이 기대하는 역할로 자기 자신을 변용시켜 간다. 이렇게 해서 사람은 규칙――그것은 전이의 규칙이기도 하다――에 따르는 주체/신민으로 정의되는 것이다.

이들 명제로부터 이끌어 낼 수 있는 결과에는 많은 것들이 함축되어 있다. 인간 개개인이 존재하는 현실은 그 신체의 관점에 따라 정의되지만,[3] 그들은 자신이 속해 있는 언어나 제도에 완전히 의존하고 있다. 실제로 이것은 개인의 동일성이 사회적으로 한정된다는 것의 다른 표현이지만, 18세기 담론공간에서는 많은 것을 의미했다. 사회적인 현실이란 주어진 것이 아니라 애초에 이데올로기적으로 구성되어 있다고 생각되었던 것이다. 고대, 또는 고대의 제도적 질서에 대한 모든 논의는 반드시 그들 저술가들이 '사물'이라고 불렀던 것, 다시 말해 사회의 제도적 현실이 이데올로기적 구축물이라는 암묵적 인식에 의거하고 있었다. 그들은 제도나 언어조차도 항상 정치적으로 구축된 것이라고 생각했다. 이 점에서 마루야마 마사오의 통찰은 여전히 유효하다. 분명히 18세기 담론은 사회제도를 '자연'이 아니라 '작위'作爲로 파악하려고 했다.[4] 그렇지만 이러한 사실은 사회적 현실의 구축이 개인의 의식에 의해 조작되거나 지배받았다는 것은 아니다.

　　사회 현실의 이데올로기적 구축에 대한 18세기의 관점을, 사람들은 애초에 어떠한 기반에서 이해할 수 있었을까? 제도적 현실이라고 불리는 텍스트 표면의 배후에 조작하고 통제하는 의식의 의도라는 지지물支持物을 상정할 수가 없다면, 어떻게 제도는 작위로 파악되고 있었다고 주장할 수 있을까? 이러한 물음에 답하려고 하는 나의 시도에 있어, 인간의 신

---

3) 오규 소라이는 확실하게 말하고 있다. "『예기』의 향음주례(鄕飮酒禮)에서 말하기를 '덕은 몸으로 체득한다'라고 했다. 주자는 덕은 의(意)에 있다고 말했을 것이다. 마음이라고 하지 않고 몸이라고 그는 주장했다. 고문(古文)을 모르는 사람이 저지르는 전형적인 실수인 것이다. 고대에는 몸과 마음을 대립하는 말로 생각하지 않았다. 무릇 몸은 모두 자신을 말한다. 자신이 어찌 마음 밖에 있으리오." 『弁名』上, 「德」第1則, 『荻生徂徠』(日本思想大系 第36권), 岩波書店, 1973, 50쪽.

4) 丸山眞男, 『日本政治思想史研究』, 東京大学出版会, 1952[김석근 옮김, 『일본정치사상사연구』, 통나무, 1998].

체가 이 담론공간에 출현한 것은 결정적인 역할을 수행하고 있다. 왜냐하면 인간의 신체가 존재론적으로 한정된다는 점에서 사회적 현실을 형성하고 투사하는 이데올로기의 작용을 설명할 수 있을 것이기 때문이다. 이것에 관해 우리는 이들 저술가들이 학생들로 하여금 고대를 배움으로써 스스로를 그 내부에 동화시키도록 지도했음에도 불구하고, 결코 고대 사회 질서의 정통성을 학생들에게 설득하려고 하지 않았던 것을 떠올려야만 할 것이다. 그들이 이상적인 질서라고 간주했던 것을 언어표현적으로 정당화하는 것을 거부했던 것은, 이데올로기적인 기능을 귀속시키는 사회적 현실의 차원을 훌륭하게 예시하고 있는 것처럼 여겨진다.

언어표현적인 설명이나 정당화의 필요가 없는 한, 이데올로기는 계속적으로 제도를 발생시키며 지속적인 재생산을 존속시킨다. 제도는 대상화되어 주제적으로 질문될 때에는 이미 절대적인 것이 아니게 되기 때문에, 거기에 종속하는 자에게는 불가시하며 투명한 것이어야만 한다. 그것은 마치 언어가 '선천적' 화자에게는 결코 의문의 대상이 되지 않는 것과 같다(이 '선천적 언어'라는 관념은 실제로 선천적 화자라는 관념 그 자체가 의문시되는 이상, 커다란 문제이다. 나는 최종적으로 언어 안에서 언제까지나 안주할 수 있는 자는 아무도 없다고 생각한다. 그러나 18세기 담론공간에서는, 혹은 적어도 거기에 참여한 저술가들 대부분은 이러한 선천적 언어에 대한 관념을 지니고 있었다). 마찬가지로 제도는 그것이 살아 있고 건전한 것이었을 때에는 의심받거나 의문시되지 않았다. 오히려 친화된 신체에——마음이 아니라——내면화되어 있었다. 제도는 자기재생산적인 규칙성으로, 신체에 내면화되어 실천적·체험적인 지식으로 유지된다. 사변적인 지식이 과거 사건의 표상을 조직하고, 사람을 일정한 실천으로 향하게 하는 한편, 실천적인 지식은 주어진 상황과 조건을 반성적으로

묻지 않으며, 그것을 전략적으로 조작하는 것을 가능하게 한다. 실천적인 지식은 그 실천자가 주어진 상황에 이미 유효하게 참가하고 있는 입장으로부터 파악하여 분절하는 능력을 부여한다. 여기에서 상황의 지각과 그에 대한 응답은 동일한 것이다. 예를 들어 숙달된 테니스 선수가 볼의 방향을 지각하는 것과 선수의 온몸이 볼을 향해 바로 움직이는 반응 사이에는 차이화가 없으며 그것은 각각 독립해서 일어나는 것도 아니다. 18세기 저술가들은 진실로 이러한 종류의 지식이 제도를 낳는다고 믿었다. 그들은 이상적인 제도를 언어표현으로 정통화하는 것을 거절했으며, 그것을 무효라고 보았지만, 그것은 사회질서가 요구하는 그 어떤 것에도 사람들을 동화시킬 수 있는 것은 규율과 실천(=훈련)뿐이라고 믿었기 때문이다.

당연한 일이지만, 18세기 저술가들은 이데올로기의 이와 같은 실천적인 본질을 의식하고 있었던 만큼, 합리적인 설득이나 말로 설명하여 정신에 호소하는 것만으로 사회를 개량할 수 있다고 믿는 자들을 경멸했다. 더욱이 그들의 문화적 결함의 징후는, '마음'心이나 '리'理라는 원리가 만들어지는 기제에 대한 철학적 탐구를 장려하는 데에서도 찾아볼 수 있었다. 따라서 인간의 신체는 사회 현실의 이데올로기적 구성에 대한 다양한 담론이 집적되는 핵심이 된다. '사물', 수행 상황, 그리고 언어에 대한 그들의 관념이 이러한 신체적 실천을 둘러싸고 서로 뒤섞이며 나뉘고 갈라지는 것은 놀랄 만한 것이 아니다. '사물'은 언어표현 텍스트가 발화되는 경우에 주어진 명시적인 배경이 되지만, 그것이 중립적이고 무정형적인 배경은 아니라고 이해되고 있었다. 이러한 발화행위의 지평은 특정한 언어행위와의 관계에서 암묵적으로 나누어지고 있었다. 이 점에서 일종의 규칙성이 이미 이 배경에 포함되어 있었다. 그렇지 않으면 이들 잠재적인 규칙성을 잃어버린 '사물'은 결코 그 자신을 반복할 수 없는, 순수하게 역사적인 우연의 사물이 되어 버릴 것이다. 언어표현 텍스트 또한 항상 이러한 발화행위의 지평과의 관계에서 보여지기 때문에 동일한 지평이 주어지지 않은 한, 그것은 자신을 반복할 수 없을 것이다. 따라서 사람이 과거의 언어를 배움으로써 과거를 소생시킬 수 있다고 주장하는 것은 무의미하다. 여기에서 주장되는 것은 언어표현적인 것과 그 수행 상황 사이의 신체에 의한 매개인 것이다.

이러한 논의의 배경에 있는 것은 언어 텍스트, 비언어 텍스트를 그 생성의 기능에서 해석한다고 하는 18세기 담론에서 현저하게 보이는 경향이었다. 텍스트가 무엇을 의미하고 있는가, 무엇을 표상하고 있는가가 문제가 아니라 그것이 어떻게 의미를 생성하는가가 문제였던 것이다. 여기에서 고대의 쓰기는 역사적 사건으로 등록하기 위해서가 아니라 그 발화행위의 조건을 분명히 하기 위해서 연구되었다. 발화행위가 고립된 것으로 보여지고 사건으로서 파악되는 한, 그 수행적인 상황 안에 속한다는 것은 단지 역사적 시간의 회복 불가능한 성질을 알려 주는 것에 불과할 뿐, 그 소생이나 재현은 전혀 생각할 수 없다. 이러한 연구 방법을 취하는 한, 고대에 관한 모든 논의와 그 이상적인 질서는 진정한 의의를 잃고 말 것이다. 분명히 18세기의 고대 연구에서 일어난 것은 그러한 것이 아니었다. 당시의 담론은 행위 수행에 대한 관심을 둘러싸고 조직되었기 때문이다. 계속적인 논의의 중심에는 행위에 대한 관심, 행위자/연기자가 그/그녀가 수행하는 상황 사이에서 확립하는 운동 감각의 회로에 대한 관심이 있었다. 덧붙여, 소위 사회질서는 행위자/연기자의 행동에 동조하면서 구성되며 일종의 현실에 속해 있다고 의식되었다. 그것은 행위자/연기자의 행위를 지향하는 성질로부터 고립된 사물의 집적이 아니라, 행위자/연기자와 상황 사이에 발생하는 관계인 것이다. 따라서 사회 질서는 그것 자체로 존재하는 것으로 파악되어서는 안 된다. 이와 같이 사회적 현실의 실재성은 이미 활동적인 행위 주체의 역할을 포섭하고 있었다.

통합의 논리

오규 소라이의 정치는 사회적 현실의 작용에 대한 그의 이해를 참조하지 않고는 이해할 수 없을 것이다. 그는 거듭 보통 정치라고 생각하고 있는 것은 게임의 규칙이 확립되고서야 가능하다고 말했다. 앞서 언급한 대로 오규가 이 규칙의 본질을 바둑 게임을 이용해 설명한 것은 우연이 아니다. "모든 나라의 통치란 이를테면 바둑판에 집이 그려져 있는 것과 같다. 집이 없는 바둑판에서는 아무리 잘해도 능숙하게 바둑을 둘 수가 없다."[5] 여기에서 정치는 두 종류로 나뉘어 있다. 게임을 하는 것에 비유되는 정치와 게임의 규칙을 만드는 것에 관련된 정치이다. 두말할 것도 없이 오규는 후자 쪽에 전념했다. 그리고 전자는 각각의 상황에서 생겨나는 다분히 임의적인 요구에 맡겨져 있다. 그가 주장하는 것은 사람이 정말로 창조적이며 관대(=인仁)하게 되는 정치란 게임의 규칙을 만드는 것이며, 거기에 유학의 순수한 정치적 본질이 인정된다는 점이었다. 그는 물론 유학은 그 궁극적인 본질에 있어서 인의 가르침이며 인에 의거한 것이어서, 이는 선왕들의 창조적인 행위에 표명되어 있다고 주장하려고 했다. 이 규칙을 만든다는 의미의 '정치'에서 고대 성인들은 공동체 전체를 위

---

5) 荻生徂徠, 『政談』 卷之一, 『荻生徂徠』, 263쪽.

해 규칙을 새겨 넣는 행위를 시작해 그 정치적 행위를 통해서 '제도'를 제작한 '작자'^{作者}였다.

오규는 작자로서의 선왕의 이미지에서만 인仁의 관념이 올바르게 파악된다고 논했다. 인은 공동체의 전체성을 통해서가 아니면 이해할 수 없다. 전체를 대표하는 인이 아니면 그것은 필연적으로 공평하지 않으며, 따라서 인이라고 불릴 수 없다. 연대기적인 시간에서 선왕이 행하는 인은 전체를 위한 전체의 규칙, 즉 성인의 길을 처음으로 가져온다. 그러나 주의해야만 하는 것은 인仁도 전체의 감각도 각각 독립해서는 존재할 수 없다는 점이다. 인의 덕은 전체의 바깥에서는 이해될 수 없으며, 또한 전체의 감각은 이러한 덕의 매개가 없으면 느껴질 수 없기 때문이다. 이러한 점에서 인은 전체의 제도화와 같은 의미를 지닌다. 이질적으로 보이는 이들 두 개 용어 사이의 불가분성^{不可分性}이, 일반적으로 전체성의 상상적인 성질로부터 직접 유래한다는 것은 두말할 필요도 없다. 엄밀한 의미에서 전체성은 경험적인 지식의 대상으로서 경험적으로 지각되거나 체험될 수 있는 것이 아니라, 하나의 실정성으로서 그 필수적인 요소는 담론이다. 그러므로 인이란, 말하자면 담론상의 실정성인 전체성에 대한 감정적인 등가물인 것이다. 따라서 오규는 두 개의 이질적인 명제를 동어반복했을 뿐이며, 인하다는 것은 전체를 위해 행동하는 것이고, 전체성은 인에 의거해서만 생각될 수 있다는 하나의 명제에 그것들을 융합했던 것이다.

인과 전체성의 이러한 결합은 '인'이라는 말이 이토 진사이의 '사랑'^愛과 같은, 오규가 도착^{倒錯}이라고 간주한 것에 빠지지 않도록 해주는 것처럼 보인다. 이 덕^德에서 가장 중요한 것은 전체에 대한 절대적인 헌신이며 그로 인한 공정함이다.

백성을 편안하게 하는 것이 인仁이다. 사람을 아는 것이 지혜智이다. 후
세의 유학자들은 인이라고 말하면 지극히 정성스럽게 대하는 것至誠惻怛
등으로 해석하지만, 설령 지극히 정성스럽게 대하는 마음이 있어도 백
성을 편안하게 할 수 없으면 인이 아니다. 아무리 자비심이 있어도 모두
부질없는 인, 즉 부녀자의 인이다. 그것은 어미가 아이를 사랑하는 것과
같을 뿐이다.[6]

인仁이 자비와 다른 것은 항상 전체의 감각에 의해 매개되고 있기 때
문이며, 이러한 매개는 필연적으로 목적과 수단의 고찰을 포함하든가, 혹
은 적어도 목적과 수단의 차이화를 포함한다. 자비가 직접적으로 전체에
대한 복지를 염두에 두지 않는 데에 비하여, 인은 예외 없이 주어진 목적
을 실현하기 위해 쓰이는 수단의 최대 효과를 염두에 두어야 한다. 그것
은 선의가 나쁜 결과를, 악의가 좋은 결과를 이끌 수 있다는 것을 고려하
고 있다. 사람들은 오규에게서 마루야마 마사오가 본 것처럼 근대에 전
형적이라 할 수 있는 책임 있는 정치의식 ──막스 베버의 책임윤리와 어
딘가 닮은── 까지 발견할지 모른다.[7] 이와 같이 도구적 합리성과 정치
적 책임으로부터 분리될 때 인은 상실된다고 오규는 이해하고 있었다.
그러나 도리어 인이 자비나 애착심과 반대의 것을 의미할 때조차도 계속
해서 본래적이고 순수한 것일 수 있다.

예를 들어 형벌을 행하는 것도 그 사람의 악한 본성을 미워해서가 아니

---

6) 荻生徂徠, 『太平策』, 『荻生徂徠』, 466쪽.
7) 丸山眞男, 『日本政治思想史研究』, 83~113쪽.

다. 죄를 범하는 것이 필경 어리석음 때문이라면 이는 무엇보다 측은하다. 그렇지만 민중에게 해가 되므로 형벌을 가하는 것이다. 풍속교화를 문란하게 하는 족속은 해를 끼치는 점이 크기 때문에 그 죄도 크다. 그러므로 안민安民의 마음에 의거해 실행하는 형벌은 인의 도이다. 사람을 죽이지 않는 것을 인이라고 하지는 않는다.[8]

범죄자가 사람들이 안심하고 살아갈 수 있는 문화적 제도를 교란하고 방해했을 때에는 인에 의거해 범죄자를 죽이지 않으면 안 된다. 오규의 정치철학은 사회복지의 개념에 의거해 현존의 정치적 계층 질서를 정통화하는 일련의 논의로 이루어져 있다. 만약 유학을 전형적인 사회복지를 위한 철학으로 특징지을 수 있다면 오규의 주장을 유학의 본래성으로부터 일탈한 것으로 간주하는 생각은 아주 곤란하다. 그는 지배자와 피지배자의 관계를 지배자의 피지배자에 대한 완전한 배려/헌신이라는 점에서 정당화했다. 따라서 오규의 정치철학은 오히려 지배자가 피지배자에 대해 지배의 정통성을 확보하는 것은 피지배자에 대한 복종, 충복, 노예, 예속에 의해 가능해진다고 했다는 점으로 요약될 수 있을 것이다. 그러나 우리는 지배자가 인격적인 관계에서 피지배자의 충복이나 노예는 아니라는 점을 기억해야만 한다. 오히려 지배자는 한 개의 전체인 피지배자에 종속되어 있다. 사실, 전체성의 매개는 종속이나 예속의 방향을 역전시킨다. 우리는 이제 다음과 같은 일정한 공식을 얻게 된다. 즉 지배자는 (**전체로서의**) 피지배자에 대해 노예이며 예속하고 있어야 하기 때문에, 지배자에게는 (**개인으로서의**) 피지배자가 지배자에 대해 노예가 되며

---

8) 荻生徂徠, 『太平策』, 『荻生徂徠』, 467쪽.

예속되는 것을 요구하는 것이 허락되어야만 한다는 것이다.

　이와 같이 정통성의 형식이 역사적으로도 지정학적으로도 특이한 것이 아니라 흔한 것이라는 점은 쉽게 추측할 수 있다. 그렇지만 중요한 것은 오규가 전체성의 개념을 '내부'와 관련짓고 있으며 그것을──이미 보았던 것과 같이──'내부'의 내부성에서 근거를 찾는 속성의 용어로 확인하고 있는 점이다. 그가 선왕의 지배에 속하는 가장 중요한 특징으로 포착한 것은 인민 전체가 자신들이 일체라고 상상할 수가 있으며, 서로가 투명하며 호혜적으로 소통할 수 있고, 전체와 관련해서 각각의 주체적 위치를 알 수 있는 제도를 만들어 정립하는 능력이다. 어떤 의미에서 오규는 제도와 '내부'의 관계를 평가하여 결정함으로써, 노스탤지어를 정치적으로 이용하는 방법을 탐구했다. 그 결과 선왕의 인한 행위는 공동체의 각 구성원의 전체에 대한 동일화와 전체 내부에서 각각의 주체적 위치의 동일화를 동시에 보증하는 것이 된다. 그것은 전체에 속한다는 감각과 전체에 의해 승인되고 있다는 감각을 낳는다. 이 점에서 생각하건대 오규는 그의 정치철학의 중심에 헤겔이 생각했던 것과 유사한 욕망의 개념을 도입했던 듯하다. 즉 승인되고자 하는 욕망이 개인의 동일성을 구성하는 것이다.

　송리학의 추종자들은 그 발생의 기제를 염두에 두지 않고 욕망을 통제하려고 해서 결국 극단적으로 금욕적인 수단에 호소하기에 이르렀지만, 오규는 욕망을 억제하지 않고 장려하고 촉진함으로써 통제할 것을 제안했다. 결정적으로 본질주의의 정치로부터 벗어나 있었던 이토 진사이의 경우에서 이미 보았듯이, 오규는 '정'情이 어떻게 '마음'心에 의해 '성'性에 순응해야 하는 것인가라는 관점에서 정치를 생각하지 않았다. 오히려 그는 '성'이 '정'에 선행한다는 것을 부정했으며 욕망을 생성시키는 일련의 제도와 정치 영역을 동일시했다. 이러한 새로운 정치의 관념 아래에서는 욕망은 자연(=성)으로부터 일탈한 것이 아니며, 욕망과 자연은 모두 제도에 의한 형상화의 효과라는 통찰이 있었다. 욕망과 자연은 이와 같이 형상화되었다.

만약 욕망이 기존의 규범으로부터 일탈한 것처럼 보였다면, 그것은 욕망에 일탈의 경향이 내재하고 있기 때문이 아니라, 욕망이나 규범으로 구성된 일련의 제도가 유기적인 전체를 형성하도록 제대로 조정되어 있지 않았기 때문이다. 만약 제도가 내부를 구성하도록 유기적으로 통합되어 있다면, 욕망은 제한되어 잘 조직된 유통의 배분질서 속에서 발생할 것이다. 욕망은 인간관계의 정상성을 침해하는 것이 아니라, 사람들에게 규범을 재확인시켜 사람들을 규범으로 회귀시킬 것이다. 일탈적인 욕망의 존재는 따라서 제도의 회로가 폐쇄된 영역을 만들지 못한 까닭에 (제도의) 그물망 안에서는 과잉 혹은 누수가 일어나, 원래는 제도적으로 조정되어 있었을 전체에 변질이 일어난 것을 표시해 주고 있다고 이해되어야만 한다. 그러나 욕망은 그 자체로는 나쁜 것이 아니며 길러야 하는 것이다. 욕망이 장려되고 그러한 장려 속에서 통제될 때, 공동체는 전체로서 한층 더 잘 통제되어 지배자의 권위가 더욱 확고히 될 수 있다. 사람들은 거기에서 자발적으로 스스로를 전체와 동일화하기를 바라며, 자발적으로 통제되기를 원한다. 여기에서 오규 소라이와 이토 진사이가 두드러지게 대비된다. (오규는 이토에 대해서) "오로지 맹자를 고수해 선왕이 가르쳐 준 예악을 모른다. …… 정은 사려에 고루 미치지 못한다. 악樂의 가르침은 의리를 말할 필요가 없고 사려를 이용할 필요가 없다. 그러므로 성·정을 다스리는 것은 악으로써 한다. 이것이 선왕의 가르침의 방법이다"(라고 말한다).[9] 이토 진사이에게 '정'은 사람이 타자와 그 타자성으로 만나는, 그야말로 사회성의 장이었다. 그러나 오규에게 정은 단지 길들여지고 통제되지 않으면 안 되는 일탈에 불과하다. '정'은 명백히 권위주의적인 수단에 의해 억압되어서는 안 되지만, 권위에 의해 통치되어 권력에 복종해야만 했다.

그리고 지배자의 권위는 피지배자의 자발성에 의거하는 것일 터이므로 지배자는 결코 권위주의적일 필요가 없다. 송리학의 추종자들이 권위주의적으로 보이는 것은 그들이 욕망의 본질을 오해하여 그것을 억제하려고 했기 때문이다. 바꿔 말하면 그들이 권위주의적인 것은 그들의 권위주의가 불가피하게 실패했기 때문인 것이다. 오규 소라이는 이와 같이 정치적 통제의 본질을 깨닫고 있었다. 정치적 통제가 효과적이기 위해서는 권위는 결코 권위적으로 보여서는 안 되었다.

오규에 의하면 정치권력의 본질은 무엇인가가 일어나는 것을 방지하는 능력이 아니라, 누군가에게 욕망을 갖게 하는 능력이다. 그것은 금욕적인 것이 아니라, 긍정적이며 창조적인 것이다. 지배자와 피지배자가 내부에 속해 제도의 체계에 따라 욕망하도록 프로그램되어 있는 한, 지배자도 피지배자도 함께 제도에 종속하고 있는 것이기 때문에 지배자와 피지배자 사이에 기본적인 차이는 있을 수 없다. 지배자와 피지배자를 결정적으로 구별하는 것은 지식의 영역 안에서 발견하지 않으면 안 된다. 지배자는 알고 있지만 피지배자는 알지 못한다. 혹은 지배자는 알고 있어야만 하며 피지배자는 알아서는 안 된다("의지하게 해야 하며 알게 해서는 안 된다"). 그렇지만 지배자가 피지배자에 대해 그/그녀의 정치적인 우월을 보증하기 위해서는 무엇을 얼마나 알아야만 할까?

---

9) 荻生徂徠, 『弁名』下, 「性·情·才」第6則, 『荻生徂徠』, 143쪽.

피지배자는 일상생활에 있어서 그들이 행하는 대상과 상호주관적인 이익에 매몰되어 있다. 그들은 제도, 혹은 '사물'에 따라 게임에 참가하고 있다. 그들은 주어진 전체의 이미지와 전체를 표상하고 있다고 상정되는 권위를 가정하고 그것을 묻는 일이 없다. 마찬가지로 지배자도 주어진 전체의 이미지의 유효성을 전제로 해서 그의 일상생활을 성립하게 하는 각종 게임에 참가한다. 그렇지만 동시에 지배자는 자기가 그것에 따라 욕망하며 행위를 하는 제도가 역사상의 어느 시기에 만들어진 작위적인 것이라는 점을 **알고 있다**. 지배자는 자기가 욕망을 하며, 욕망하도록 만들어져 있다는 것을 알고 있다. 그가 주어진 상황에서 게임에 참가하여 타자와 상호 행위를 하는 한, 그는 이해에 얽매여 편파적이다. 즉 그는 관대(=인)하다고 주장할 수 없다. 왜냐하면 편파적이지 않고 사람이 어떻게 게임에 참가할 수 있을까? 게임에 참가하는 본질은 타자보다도 자기의 이익을 추구하기 위한 것이며, 게임의 약속사항에 의해 설정된 일정한 목적을 달성하는 데 있다. 바꿔 말하면 참가는 통제된 게임 방법으로 경쟁상대와 싸우는 것을 요구하는 것이다. 게임을 하기 위해서 선수는 '자기중심적'이며 '이기적'이며 '편파적'이지 않으면 안 된다.

그러나 동시에 지배자는 제도를 만드는 의무에도 종사해야 한다. 오규는 지배자의 진정한 임무는 제도를 만드는 데에 있다고 보았다. 지배자에게 합당한 일에서 지배자는 본래적이며 적절하게 '인'하며 '편파적이지 않을' 수 있다고 오규는 주장한다. 이것은 지배자와 피지배자는 기본적으로 사회적인 역할이므로 동일인물이 경우에 따라서 지배자도 피지배자도 될 수 있다는 것이다.

여기서 우리는 동어반복적인 회로를 이루는 일련의 명제와 만난다.

1. 지배자는 **제도**를 만드는 자이다.

2. 피지배자는 제도에 따라 욕망하며 행위를 하는 자이다.

3. 지배자는 전체를 표상/대표하기 때문에 '인'하다.

이들 명제를 조합해서 거기에 함의되어 있는 것을 보기로 하자.

1+2. 지배자는 제도를 만들며 그것에 따라 피지배자는 욕망하며 행위한다. 제도의 매개를 통해서 이루어지는 것이기 때문에 직접적이지 않더라도, 지배자는 피지배자를 욕망하게 하며 행위를 하게 한다. 그렇지만 피지배자는 욕망하며 행위하도록 직접 명령받은 것이 아니기 때문에(명령은 그 명령=질서가 분절된 용어가 이미 제도화되어 있을 때에만 가능하다. 명령의 가능성은 그에 관련된 제도의 존재에 의존하고 있다. 당신의 언어를 이해하지 못하는 사람들에게 명령할 수는 없다), 그들은 욕망하고 행위하도록 만들어졌다는 것을 **알 수 없다**. 그리고 바로 그처럼 **알지 못하기** 때문에 피지배자는 **지배받는다**.

1+3. 그렇지만 지배자는 자의적으로 지배할 수는 없다. 제도는 전체에게 가능한 한 최대의 복지를 제공하기 위해 만들어진다. 그렇지 않으면 제도는 인(=관대함)이 아니다. 그렇기 때문에 그 제도가 '인'인가 아닌가, 다시 말해 정통한 것인가 아닌가 하는 객관적인 판단은 전체를 참조함으로써 가능해진다.

2+3. 피지배자는 지배자가 전체에게 가능한 한 최대의 복지를 제공하기 위해 만든 제도에 따라 욕망하며 행위를 할 때 **안심할** 수 있다. 만약 그 제도가 전체에게 가능한 한 최대의 복지를 보증한다면 피지배자는 **안심**하며 자기들이 욕망하고 행위하도록 만들어진 것을 알지 못한다. 이것이 궁극적인 '인'에 의한 지배이다.

이러한 설명에서 우리는 동어반복이지만 그것 없이는 이 전제가 생길 수 없었던 단정을 깨달아야만 한다. 그것은 전체성과 인의 관계에 관련되어 있다. 이들 전제를 병치함으로써 형성된 주름을 설명해 보자.

지배자는 관대(=인)하기 때문에 전체를 위한 제도를 창출하도록 행동한다고 말할 수 있다. 동시에 전체는 인의 행위와 공평함에 의해 정의되고 특징지어진다. 따라서 전체와 인은 서로 공존할 수 있을 뿐만 아니라 상호 의존적이다. 더욱이 전체성과 인의 관계는 전체를 표상/대표한다고 상정되는 지배자의 매개를 통해서 유지된다. 쉽게 추측되는 것처럼 오규의 올바른 정치에 대한 개념과 그것을 정통화하는 논의는 이러한 매개, 즉 전체를 표상/대표한다고 상정된 지배자가 존재하는 가능성을 벗겨내는 순간 붕괴하게 된다. 그렇지만 나는 권력을 가진 어떤 특정 인물이 전체를 표상/대표하는가 그렇지 않은가에 대한 물음을 오규가 품지 않았다는 것과 역시 품을 수도 없었다는 것을 말하고 싶은 것이 아니다. 실제로 지배자의 경험적인 자질에 관한 이와 같은 물음은 나의 논의와는 본질적으로 관련이 없다. 설령 역사상 전체를 표상/대표할 수 있는 지배자 따위는 없었다고 해도 그의 논의는 조금도 흔들리지 않는다. 실제로는 이것은 오규가 이상적인 지배자를 고대의 성인(=선왕)——그 역사적 실재는 신념의 문제이지만——과 등치함으로써 어느 정도 함의되어 있었다.[10]

그의 논의를 통해서 아무런 증거도 없이, 아무런 실재화도 없이 단언되지 않으면 안 되는 것이 한 가지 있다. 즉 **전체의 표상/대표 가능성**이다.

---

10) 이 견해를, 예를 들면 장 자크 루소, 『사회계약론』의 legislator 관념과 비교해 보자. C. E. Vaughan(ed.), *Political Writings of Jean Jacques Rousseau*, Lenox Hill, 1971, pp. 51~54.

더욱이 오규는 전체를 생각하는 것은 가능하다고 단언한다. 그는 단순하게 사람은 전체를 **믿는다**고 단언하고 있으며, 그의 논의는 일단 전체성이 사람들이 그것을 믿도록 하는 것으로 고안되면 기존 제도를 전체의 이름으로 정통화 혹은 비정통화하는 다양한 정치적 가능성을 향해 모든 통로가 열린다고 하는 식으로 질서를 부여하고 있다.

마루야마 마사오가 명확하게 내다보고 있는 것과 같이, 오규가 선왕의 존재를 규정한 것은 말하자면 그의 정치철학에 있어 핵심과 같은 다름없었다. 지배자와 피지배자 사이의 그것 나름의 정당한 구별도, 또한 인仁의 정치적 관념도 전체성에 대한 **신조**에 의거하고 있다. 이러한 점에서 나는 오규 소라이의 철학적 담론이 18세기에 휴머니즘의 가능성을 개척했다고 하는 마루야마의 견해에 동의한다. 그렇지만 마루야마는 전체성을 신조로 삼고 있는 오규의 **사회적 상상체**의 형식이 또한 다른 정치적 가능성에 대한 길을 차단하고 있었다는 점을 보지 못했다. 확실히 이러한 가능성을 제거함으로써 오규는 지배자-피지배자의 구분이 해소되는 것을 막았던 것이다. 둘 사이의 커다란 유사성에도 불구하고 오규가 이토에게 적의를 품고 있었던 것은 놀랄 만한 일이 아니다. 이토는 사회적인 것에서 타자의 타자성을 존중하고 있었으며, 이토에게 사회성은 완전한 전체화가 불가능하며 표상/대표할 수 없는 것이었기 때문이다. 앞서 말한 바와 같이 이토는 사회성을 묘사하기 위해 개방성과 부단한 운동을 강조하는 '길'道이라는 비유를 이용했다.

여기까지 나는 오규의 논고에서 담론상의 실정성으로서의 전체성을 형식주의적으로 윤곽을 짓는 특징만을 추출해 왔다. 그렇지만 나는 이러한 담론상의 실정성이 단지 형식적 원리로서만 작용한다고 암시하고 있는 것이 아니다. 그것은 또한 상상적인 구축물이기도 하며, 일련의 전위에 의해 다른 상상적 구축물과 관련을 맺고 있다. 그 기능은 서로 이질적인 존재자를 통합하는 것에 있으며, 그것들 전부가 차별 없이 하나의 균질적인 영역에 속해 있는 것처럼 느껴지게 하는 것이다. 여기에서 전체성은 '내부'로서, '내부'의 사람들 사이에서 투명하고 상호적인 커뮤니케이션이 골고루 미치는 균질적인 영역으로 주어지지 않으면 안 된다. 전체성은 '내부'와 관련을 맺고 있기 때문에 전체의 복지를 배려해서 세워지는 제도 역시 '내부'의 속성을 갖는다.

마찬가지로 이들 제도는 그것이 인仁이라고 한다면 역시 투명하며 친밀한 것이어야 한다. 거기에는 내부성의 감각이 골고루 미쳐야만 한다. 제도가 내부와 조화를 이뤄 통합/합체되어 있는 한, 마치 언어가 내면화되어 마을 구성원과 함께 살아가는 것과 똑같이, 제도 역시 공동체 구성원 모두에 의해 내면화되어 존재할 수 있어야만 할 것이다. 제도는 피지배자가 따라야 하는 규범으로서 명제 형태로 주어진 명령처럼 느껴져서는 안 된다. 이러한 수준의 정치에서는 제도를 받아들이도록 사람들을 설득해 봐야 아무 소용이 없다. 그것은 사람들이 무지하거나 설득해도 이해하지 못하기 때문이 아니라, 도리를 설명하는 것은 설득의 용어가 제도화되어 있을 때 비로소 가능하기 때문이다. 논리적으로 제도는 도리를 풀어서 설명하는 것에 선행한다. 리禮의 보편적인 유효성을 의심하려고도 하지 않는 송리학의 추종자들은 순수하지만, 그것은 그들이 정치의 실제를 알지 못하기 때문만이 아니라, 그들의 리禮에 대한 논의도 역시 잘못되어 있기 때문이라고 오규는 논하고 있다. 이토 진사이는 주희의 추종자들이 전혀 윤리적이지 않고 그들의 교의는 인륜의 유일한 기초인 사회적인 것의 물질성을 무시하는 정신주의에 빠져 있다는 이유로 송리학자들을 비판했지만, 오규는 그들이 정치적·철학적으로 어리석다고 비판했다.

제도를 다시 확립해야 하는 것은 풍속을 변화시키기 위해서이다. 풍속은 세상과 하나이기 때문에 넓은 바다를 손으로 막는 것과 같이 힘을 사용한 방법으로는 고치기가 어렵다. 이것을 고치는 방법이 있는데, 이것을 성인의 대도술大道術이라고 한다. 후세의 리학자들은 도리를 사람들에게 들려주어 사람들이 수긍하게 해 그 사람들의 마음을 고치려고 했다. 이는 쌀을 절구에 넣어 찧지 않고 한 알씩 정미하는 것과 같다. ……풍속은 습관이다. 학문의 길도 습관이다. 선을 배우면 선인이 되며 악을 배우면 악인이 된다. 학문의 길은 습관을 스스로 기르는 것이다. 이외에 다른 궁리의 방법으로 수행할 수 있는 수단은 없다. …… 습관이 오래되면 천성이 된다. 또는 습관은 천성과 같다는 옛말이 있다. 『중용』에서는 "성誠은 천도天道요 성이 되게 하는 것은 인도人道이다"라 했는데, 이것은 습관을 몸에 익혀 익숙해지면 앞에서 말한 것과 같이 천성이 된다는 것을 말한다. 그러므로 성인의 도는 습관을 가장 우선으로 하며 성인의 정치는 풍속을 가장 우선으로 한다.[11]

이로써 지배자는 제도가 주어지거나 자연적인 것이 아니고 작위作爲되어 제작된 것일 뿐만이 아니라, 사람들이 그것에 익숙해지지 않으면 안 된다는 것을 **알고 있는 자**를 말한다. 따라서 시원始原의 제도가 작위적이라는 것을 의식하는 것만으로 충분하지 않다. 지배자는 또한 제도가 신체에 내면화되어 피지배자가 그것을 자연스럽게 무매개적으로 보편적인 것으로 간주하도록 하는 습관의 형성 과정을 알고 있어야만 한다.

---

11) 荻生徂徠, 『太平策』, 『荻生徂徠』, 473쪽. '풍속'은 '風'과 '俗'의 두 한자로 이루어진다. '풍'은 바람, 배움, 습관, 외관, 풍설 등이라고 생각된다. '속'은 습관, 세상, 세속, 일상 등으로 번역된다. 그러므로 이 숙어는 특정한 사회의 풍습이나 지역의 민요(folk song)를 의미할 수도 있다.

그렇지만 개개인의 신체의 지배에 관한 교육 프로그램이 어떻게 해서 복수의 신체로 이루어진 사회집합을 조직하고 규제하는 데에 도움이 될까? 사회적 지배의 유효성은 그 프로그램으로 훈련받은 학생의 실제 수에 의존하고 있는 것일까? 확실히 이러한 물음은 국민교육과 근대적 학교 시스템을 사람들 대다수에게 부과해 훈련하는 것을 가능하게 한 근대 일본에 해당되며, 18세기에는 그와 같은 시스템이 존재하지 않았다. 당시의 담론은 결코 교육을 국민의 사회적 균질성을 달성하기 위해 정부가 이용하는 통치 도구로 생각하는 일은 없었다.

여기에서 오규의 **고문사학**의 의의가 확실하게 밝혀진다. 지배자는 습관의 형성 과정을 그/그녀 스스로 체험을 통해 알지 않으면 안 된다. 왜냐하면 정치에서 결정적인 지식 형태는 신체에 내면화된——"몸에 익은"——체험적인 지식이기 때문이다.

피지배자가 문화적·역사적으로 체화된 제도를 자연스럽게 무매개적으로 보편적인 것으로 간주해 버리는 것에 대해 지배자는 내부의 바깥——외부성과 혼동해서는 안 된다——과 내부의 차이를 **알고** 있으며, 습관 형성은 바깥에서 안으로 이행한다는 것을 **알고** 있으며, 사람이 어떻게 이들 제도의 자연성이나 보편성을 믿는 것에 익숙해지는가를 **알고** 있는 자이다. 지배자/피지배자의 구별은 굴절된 방식으로 내부와 외부 양쪽을 **알고 있는** 자와 외부를 **알지 못하는** 자의 서로 반대되는 상황과 관련을 맺고 있다.[12] 그렇지만 거듭 말하자면, 지배자에게 부여된 권위는 바깥과

---

12) 荻生徂徠, 『太平策』, 『荻生徂徠』, 453~454쪽. '바깥'(이 말은 실제로는 오규의 어휘에 들어 있지 않다)이란 오규의 논의에서 지리적으로 내부의 바깥에 있는 장소를 단순하게 나타내고 있지 않다는 것을 강조해야만 하겠다. 그렇지만 그는 외국의 사물에 대한 지식을 매우 존중하고 있었다.

내부의 분리가능성에, 그리고 궁극적으로는 전체의 표상가능성에 의존하고 있다. 바로 이러한 이유에서 고문서학은 지배자의 학문인 것이다.

두 가지 기억의 형식, 두 가지 역사의 의미

사회적/역사적 사실성이 이와 같이 정의되면 언어에 대한 18세기 담론에서 묘사된 역사적 시간 관념을 이해하는 것은 그렇게 곤란하지 않다는 사실을 알게 된다. 사건의 계열성이 아니라 사회 현실의 이데올로기적 구성에 관한 인식에 의거한 역사관의 출현은, 앙리 베르그송이 두 가지 기억의 형식을 구별한 것으로 가장 잘 해명될 것이다.

베르그송은 감각/정념에 대한 행위의 우위를 단언해, 철학적 탐구가 행위, "즉 우리가 사물들 속에서 변화들을 행사하는 기능, 의식에 의해서 확증되었고, 유기체의 모든 능력들이 그것으로 집중되는 것처럼 보이는, 이 기능"[13]에서 출발해야만 한다는 것을 요청한다. 행위가 감각/정념에 우선한다는 것은 물론 그것 없이는 오늘날의 실증주의가 살아남을 수 없었을 것이라는 근대의 기본적인 인식론의 설정에 도전하는 것이었다. 또한 이러한 설정을 완전하게 구현시킨 자연주의적인 객관주의가 고정되어 상식화된 신화에 도전하는 것이기도 했다. 베르그송은 지각이 보통 '외부 세계에서' 오는 감각/정념에 속하는 것이라고 했는데, 그는 그때까지 생각했던 것보다 객관적이지 않고, 훨씬 더 기억에 의존하는 것이라고 말했다. 우리의 지각은 언제나 거의 기억에서 짜여져 "기억은 …… 어

---

13) Henri Bergson, *Matière et mèmoire*, PUF, 1939(1896), p.65; 田島節夫 訳, 『物質と記憶』, 白水社, 1993, 73~74쪽[박종원 옮김, 『물질과 기억』, 아카넷, 2005, 113쪽].

떤 지각의 몸체를 빌림으로써만 다시 현재적으로 된다"[14]는 것이다. 베르그송에게 기억이란 행위 혹은 운동기제의 장인 것이다. 그리고 이러한 문맥에서 그는 과거가 살아남는 두 가지의 서로 다른 형식을 도입했다.

나는 어떤 학습 내용을 암기하기 위해 ——이것은 훈련의 형식이다 ——어떤 법규와 이론을 또박또박 읽는다. 그러고 나서 나는 그것을 몇 번이나 반복한다. 오규가 구상한 것처럼 반복할 때마다 한 발씩 진보하여 마침내 그 가르침이 암기되어 나의 기억에 완전히 새겨진다. 한편 만약 내가 이 훈련에 의해 진보를 떠올려 본다면 나는 그 진보의 계속적인 국면을 차츰차츰 마음속에 그려 볼 수 있을 것이다. 몇 번의 음독(=독서)이 제각각 그때마다의 개성과 그때 거기에 동반해 있던 특별한 환경에 의해 회복된다. 어떠한 개별적인 음독도 이전의 것과 같지 않다. "각각의 독서는 나의 정신에 그 고유한 개별성과 더불어 다시 나타난다."[15] 우리는 어느 쪽의 경우에도 '떠올린다'고 말하지만 암기의 의미에서 '떠올려지는' 법규와 이론의 기억은 습관을 증명하는 모든 성격을 띠고 있다. 베르그송은 이어서 말한다.

습관과 마찬가지로 기억은 동일한 노력의 반복에 의해 획득된다. 습관과 마찬가지로 기억은 전체 행동을 우선 분해하고, 그 다음에 재구성할 것을 요구한다. 마지막으로 기억은 신체의 모든 습관적인 운동과 마찬가지로 어떤 최초의 충동에 의해 전체가 동요하는 하나의 운동기제 속에 축적되고, 동일한 순서로 잇따르고 동일한 시간을 점유하는 자동적

---

14) *Ibid.*, p.69; 같은 책, 77쪽[한국어판 118쪽].
15) *Ibid.*, p.84; 같은 책, 93쪽[139쪽].

운동들의 닫힌 체계 속에 축적된다. (······)

따라서 기억은 더 이상 표상이 아니라 행동이다. 그리고 실제로 일단 암기된 법규와 이론은 자신의 기원을 드러내고 자신을 과거에 속하는 것으로 분류하는 어떤 표식도 겉으로 지니고 있지 않다. 기억은 걷거나 쓰는 나의 습관과 마찬가지로 나의 현재를 구성한다. 기억은 표상되기보다는 체험되고 '작동된다'. 만일 내가 법규와 이론을 암기하는 데 소용된 잇따른 독서들을 동시에 그만큼의 표상들로 떠올리는 것에 만족한다면, 나는 기억을 선천적이라고 믿을지도 모른다.[16]

개개의 음독에 대한 기억은 습관의 어떤 특징도 공유하고 있지 않다. 그것은 자발적인 의사에 의해 환기되며 나의 상상력의 직관적인 작용 속에서 유지되는 것이기 때문에 그것은 행위라기보다는 단지 표상이다. "나는 기억에다 임의적인 어떤 지속을 할당할 수 있다. 기억을 하나의 그림처럼 단번에 포착하는 것을 방해하는 것은 아무것도 없다."[17] 따라서 사건으로서의 음독의 기억은 행위의 수행으로 생각되는 언어표현의 원칙인 선형성으로부터 일탈한다고 말해도 좋다. 암송된 노래를 떠올리기 위해서는 마음속으로 노래해 보아야 하듯이 상상된 행위를 떠올리기 위해서는 "하나의 그림처럼 단번에 포착"할 수 없는 것이어서 행위를 수행하는 것과 **같은 길이의** 시간이 요구될 것이다.[18] 습관이라는 의미에서의 기억이 과거를 반복하는 데에 **같은 길이의** 시간을 요구하는 '말'로서 보

---

16) *Ibid.*, p.80~81; 같은 책, 93~95쪽[139~142쪽. 번역 일부 수정].

17) *Ibid.*, p.81; 같은 책, 94쪽[141쪽].

18) 말할 것도 없이 '같은 길이의 시간'을 객관적으로 검증할 수단은 없다. '같은 길이의 시간'이란 어떤 습관으로 획득된 행위를 상상적으로 반복함으로써만 경험할 수밖에 없기 때문이다.

존되는 반면, 사건으로서의 음독의 기억은 행위로 투사되는 것이 아니라 쓰기로 기능했다. 마치 18세기에 생각할 수 있었던 것과 같은 의미에서의, 쓰기와 동일한 것으로서 과거로 투영되었다.

　내가 도쿠가와시대의 담론에서 본 것과 같은 종류의 음성중심주의를 베르그송의 논의가 담고 있는 사실과는 별도로 베르그송의 기억 고찰은 두 개의 다른 역사의 의미/감각이 차이가 있음을 극적으로 보여 주고 있다. 습관인 기억의 의미에서 기억은 사건으로서가 아니라 특정 감각/정념에 적합한 상황이 지각되자마자 기능하기 시작하는, 사람의 몸에 축적된 잠재적 능력으로 생각될 수 있다. 그렇지만 그가 단언하는 것과 같이 행위는 감각/정념에 우선하기 때문에 상황의 지각은 행위의 능력 형식에 따라 형태가 만들어진다. 상황의 지각에 의거해 상황에 대처하는 행위의 능력이 양성되는 것이 아니다. 행위/능력이 상황을 일정한 방식으로 지각하게 했다. 이제야 확실해지는 것처럼 이러한 역사의 의미/감각, 역사적 현실의 의미/감각이야말로 오규나 가모노나 모토오리가 분절화하려고 했던 것이었다. 그것은 과거에 속하는 현실이면서 반복 훈련을 통해 현재에서 소생하여 실현된다. 그것은 사건의 연속성으로서의 역사가 아니라 신체에 안주하는 역사이다. 따라서 그들은 과거의 쓰기를 과거의 재현/표상으로서 읽는 것을 거부하고, 그 대신에 그 안에서 과거를 행위/연기하는 것을 탐색했던 것이다. 만약 그들이 여전히 고대의 쓰기는 기억을 보존하고 있다는 것에 동의한다면, 그것은 지나간 이미지가 거기에 보존되어 있기 때문이 아니라 쓰기는 현재에 유익한 효과를 발휘할 수 있다고 믿었기 때문이다. 이로써 그들은 과거를 말하기, 발화행위, 행위/수행으로 회복하려 하면서 쓰기, 발화된 말, 재현/표상으로서 읽는 것을 거부했다.

주체를 짜는 베틀

이토가 송리학의 개념 규정을 계승했던 것에 비해, 오규는 송리학으로부터 최종적으로 결별한 것처럼 보인다. 오규는 '욕'欲과 '정'情의 개념을 혁명적으로 다시 분절했지만, 이러한 재분절화再分節化는 송리학이 기본적으로 사명을 가지고 긍정하려고 하는 것을 시인하는 정치적 효과를 가져왔다. 송리학이 욕과 정에 내재하는 이질성에 적대적이었던 것에 비해, 오규는 한정된 배분질서의 범위 내에 가두어 통제하는 한에서 그것들을 용인했다. 여기에서 나는 욕과 정에 관한 이 두 개의 개념화 간의 차이를 강조하려 한다. 오규에게 욕과 정은 반드시 리理에 대해 이질적이지 않다.[19] 그는 욕이 자기에 대한 충동으로써 유연해질 가능성을 받아들였던 것이다. 이러한 자기에의 충동은 헤겔적인 자기의식으로서의 욕망, 혹은 타자에 의한 자기승인의 욕망과 닮아 있다. 그리고 그의 욕과 정에 대한 관용은 그들의 새로운 개념화 방식에 뿌리를 두고 있다. 이 새로운 욕의 개념은 틀림없이 그가 '예악'禮樂을 파악하는 태도에 따른 것이며, 사실 '예악'은 욕이나 정을 지배하는 일이었다.

'내부'가 한정된 배분질서에 대한 사회성은 원리적으로 이질적인 것이지만, 이와 같은 사회성은 통제되고 제거되어야만 한다. 오규는 송학宋學에서 볼 수 있는 리의 존재론화를 거부했음에도 불구하고, 정이 고유하

---

19) 오규는 원칙을 의미하는 '리'(理)라는 한자를 '다스린다'(regulate)는 동사로 사용하고 있다. "진사이 선생은 오로지 맹자를 고수해서 선왕의 예악(禮樂)의 가르침을 모른다. …… 정은 사려와 관계가 없다. 음악의 가르침은 의리를 말할 필요가 없고 사려를 이용할 필요가 없다. 그러므로 성·정을 다스리는 것은 음악으로써 한다. 이것이 선왕의 가르침의 방법이다." 荻生徂徠, 『弁名』 下, 「性·情·才」 第6則, 『荻生徂徠』, 143쪽.

게 가지고 있는 이질성을 지배하며 억제할 필요성을 인정하고 있다. 이 점이 매우 흥미로운 것은, 그가 정이라는 다른 수단으로는 길들일 수 없는 것을 지배하는 가장 효과적인 수단으로 음악을 생각하고 있었다는 것이다. 오규는 틀림없이 음악과 의례에서 지배와 정치의 가장 중요한 측면을 보고 있었다. 하지만 그와 동시에 그의 사회적 현실에 대한 이해는 그가 음악과 의례로부터 정치를 해석하는 방식과 밀접하게 관련을 맺고 있었다. 그렇다면, 이 정치의 개념은 고대 중국의 풍습에 대한 그의 많은 논고에 나타나 있는, 습관이나 문화에 대한 넓은 관심과 어떻게 관련을 맺고 있는 것일까?

이 문제를 살펴보기 위해 나는 우선 오규와 같은 시대에 살았던 유학자들이 유학의 근본적인 사명을 요약한 것으로 믿었던 용어인 '경제'를 검토해 보겠다. 오늘날에는 이 말을 '경제' 혹은 '경제학'이라고 번역하고 있지만, 잘 알려진 대로 이것은 유학의 '경세제민'經世濟民이라는 사자성어를 줄인 것이었다. 오규 소라이의 문하에 있던 제자 중 한 사람인 다자이 슌다이는 『경제록』 첫머리에서 이 숙어를 설명하고 있다.

> 무릇 천하국가를 다스리는 것을 경제라고 말한다. 세상을 다스려 백성을 구제하는 것을 의미한다. 경經은 경륜經綸이다. 『주역』에 군자로서 경륜한다고 말하며, 또 『중용』에서 경륜은 천하의 대경大經[20]이라고 말한다. 경륜이란 실絲을 잣는 것을 말하며 직물의 세로를 경經이라고 말하고 가로를 위緯라고 말한다.[21]

---

20) '대경'(大經)은 문자 그대로 천을 짜는 커다란 실을 말하며, 다섯 가지의 기본적인 인간관계를 지배하는 오상(五常; 인仁·의義·예禮·지智·신信)을 함의하고 있다.

'경'經이라는 말이, 옷감의 올과 올 사이texture, 직물textile, 텍스트text와 어원적인 관련이 있다는 것을 간과할 수 없다. 이 글자는 또한 유교의 고전을 나타내는 데에도 사용되며 특히 오규의 고문사학에서는 '육경'六經을 의미하는 데 사용되었다. 여기에서 나는 고전연구, 경제, 정치학이 서로 함께 엮여 있다는 것을 감지한다. 또한 나는 어쩌면 무엇보다 근대 경제학의 학문과 직접 등치시킬 수 없는 '경제'라는 용어의 애매함을 인정해야만 할 것이다. '경세제민'의 의미에서 경제는 사회관계를 정의하고 유지하는 교환의 형식을 다루어야 한다. 따라서 경제의 본질적인 문제는 의례, 증여교환, 도량형, 공적 서열의 계층질서, 의상, 명명의 방법을 포함하지 않을 수 없다.[22]

　그렇지만 제자인 다자이에게서 보여지는 것과 마찬가지로, 오규에게 있어서도 공동체적인 생활과 공동체의 질서를 만드는 '인'仁의 통치를 이해하는 데 가장 중요한 역할을 하는 실천은 바로 의례와 음악이었다.[23] 오규를 따라 다자이 슌다이는 사회관계를 안정시키는 데에 의례와 음악이 매우 중요하고 유용한 것임을 확인한다.

---

21) 太宰春台, 『経済録』, 巻第一 「経済総論」(日本経済叢書 第6巻), 日本経済叢書刊行会, 1914, 10쪽. 유학자이며 사회제도 연구가인 다자이 슌다이(太宰春台, 1680~1747)는 시나노(信濃; 현재의 나가노현)의 이이다(飯田) 무사의 집안에서 태어나, 에도에서 유학을 연구했다. 15세에 이즈시번(出石藩)의 관리로 일했는데 21세에 제멋대로 그만두어 영주의 노여움을 샀다. 이후 에도를 떠나 교토·오사카에 갔지만 나중에 돌아와서 다시 오규 소라이 문하에 들어갔으며, 핫토리 난카쿠(服部南郭)와 함께 오규의 가장 뛰어난 제자가 되었다. 『경제록』은 그의 가장 저명한 작품이다.

22) 음악과 의례는 오규 소라이가 연구한 항목이다. 그가 말하는 '물'(物)은 구체적인 형태로, 이들 제도를 말한다.

23) 다자이는 "천하를 경륜하는 길, 예악보다 앞서는 것은 없다"라고 말하고 있다(太宰春台, 『経済録』, 巻第二 「礼楽」, 24쪽).

무릇 사람의 마음을 감화하는 것으로 예악보다 더 나은 것은 없다. 백성을 선善으로 이끄는 것으로 예악보다 가까운 것은 없다. 언어의 가르침은 사람에게 주입되는 것이 얕고 그 미치는 곳도 좁으며 효과를 얻는 것도 더디다. 예악의 가르침은 사람에게 깊이 주입되고 그 미치는 곳도 넓으며 효과를 얻는 것도 아주 빠르다. 옛 성인은 말할 것도 없이 만민을 가르침에 있어 천하의 마음을 일치시켜 한 곳에 모으는 것이 예악의 도이다.[24)]

예의범절로 이루어지는 '예'禮는 오상五常 —— 임금-신하(의리), 부모-자식(친근함), 남편-아내(유별), 형-동생(서열), 친구-친구(신의) —— 에 의해 정의되는 여러 가지 사회적 위치를 차이화하여 유지하는 것이지만, 음악, 노래, 무용은 관계에 의해 분리된 사람들을 조화롭게 하여 서로 친밀함을 느끼게 하는 것이다. 따라서 다자이는 음악과 예의는 서로 보완하는 것이라고 논하고 있다.[25)]

나는 이러한 설명에서 두 가지 점을 강조하고 싶다. 첫째로, 의례도 음악도 신체의 운동에 관한 제도로서 파악되고 있다는 점이다. 예의범절과 일반적인 의식을 가리키는 '예'에 있어서, 예의를 배우고 의식을 행하는 데에 반드시 신체의 움직임이 필요하다는 것은 너무나 명백하다. 그렇다면 왜 음악은 필연적으로 신체의 움직임과 관계하는 것일까? '악'樂이라는 글자를 설명하면서 다자이는 다시 그 어원에 중점을 두고 있다. '음악'을 나타내는 '악'은 또한 '즐겁다'는 것을 의미하며, 즐거움은 사람

---

24) 같은 책, 25쪽.
25) 같은 책, 48~49쪽.

이 신체를 움직일 때 일어난다. 사람은 신체를 움직이는 '몸짓'[26]으로 마음을 달랜다. 때로 사람은 슬픔이나 절망과 같은 비일상적인 감정을 느낄 때, 몸을 그저 평소처럼 움직이는 것만으로는 구원받지 못하는 일이 있다. 그때 사람은 노래 부르는 것으로 소리를 해방하고 악기를 연주하는 것이다. 이와 같이 노래, 무용, 악기 연주의 집합적인 명칭인 '악'樂이란 기본적으로 패턴화된 신체의 움직임으로서 파악되고 있다.

둘째로, 음악은 의례에 따라 결정되는 사회적 입장을 재생산하고 강고하게 하는 수단으로 이해되고 있다. 그것은 사회적 입장의 배치에 따라 서로 나뉘고 떨어져 있는 주체들이 상하관계를 자유롭게 변화시키는 일 없이 모이는, 어떤 공동성을 향유하도록 하는 수단인 것이다. 따라서 정치적으로 말하자면 음악은 보수적인, 즉 현존하는 사회질서를 그대로 보존하기 위한 수단으로 이해된다. 그것이 사람들의 정에 호소해 그 마음을 움직이려 해도, 음악은 개개의 주체로 하여금 저마다 할당된 입장에 갇히도록 작용한다. 이러한 까닭으로, 예를 들면 다자이의 스승인 오규 소라이는 이제는 송리학과 같은 초월적인 '성'性을 의미하는 것은 아니지만, 후천적a posterior인 사회적 입장의 배치를 통제하고 규칙화하는 것으로서 '리'라는 문자를 재도입했다. 이와 같이 예와 악은 정을 통제하여 지배하는 기본적인 수단으로 개념화되었다.

정은 역시 시적詩的인 것이다. 그러나 음악 특히 노래가 정과 밀접하게 관련을 맺고 있다는 의미에서 정은 잠재적인 창조력을 빼앗기고 있으

---

26) '몸짓'(所作)이라는 말은 두 개의 한자로 이루어지지만, 이 특정한 용법은 한문책에서는 불교에 관한 문맥을 제외하고 선례가 없는 것 같다. 『경제록』은 처음부터 한문을 훈독한 문장으로, 즉 한문의 쓰기에 대해 일본어로 주석을 붙인 문체로 쓰고 있다. 그렇기 때문에 다자이는 이 용어를 사용할 수 있었을 것이다.

며, (대문자)타자의 타자성과 만나는 일을 기대할 수 있는 우연적인 가능성조차 빼앗기고 만다. 따라서 시 역시도 직물의 비유에 의해 언급되는 후천적인 사회적 입장의 배치 속에서 이해된다. 그리고 고대의 언어가 (신체에서) 획득되고 내면화되어야만 했던 것과 같이, 예와 악 또한 개인의 신체로 동화되어야만 한다. "공자가 말하기를 '습관은 자연과 같다'라고 한다. 『시경』과 『서경』을 소리내어 읽고 예악을 몸에 익히는 것은 습관을 자연스럽게 하는 것과 같고, 이것으로 학문을 이루게 된다."[27] 고문사학의 문맥에서 오규 소라이의 문하생 중 또 한 명의 뛰어난 제자였던 핫토리 난카쿠는, 주체와 사회적 현실의 체계 사이의 결합에 대해 다음과 같이 설명하고 있다.

시는 시제詩題에 임해서 의미를 정하며, 본래 말辭은 흥에 겨워야 체득된다. 음조로 말을 체득하며 말에 따라 의미를 얻는 것이다. 다만 우선 의미를 설정하지 않으면, 즉 표현양식도 생기기 어렵고 왕왕 좋은 구句라 해도 주로 의미가 통하지 않으면, 앞뒤가 한쪽으로 기울어 한 편을 이루기 어렵다. 이러한 말詞은 사람을 걱정스럽게 한다. 그렇지만 공 들인 연습으로 완전히 무르익어 가슴속에 일대 기상을 구현한 후에 융화되어 녹아들면 자연의 묘미는 그 사이에서 나타난다. 이것으로 학문을 성취하는 것이며 또한 바로 근심이 사라질 뿐.
말辭은 이미 옛사람이 이용한 것이며, 그 의미도 이미 옛사람이 진력을 다한 것이라, 시험 삼아 내가 시를 읊어 옛사람의 것과 비교해 보아도

---

27) 太宰春台, 『斥非 附録』, 「仁斎『論語古義』を読む」条, 『徂徠学派』(日本思想大系 第37巻), 岩波書店, 1972, 179쪽. 『시경』, 『서경』, 『예기』, 『악기』는 육경에 포함된 네 경서이다.

전혀 닮았다고 말할 수 없다. 이와 같이 해서는 옛것을 따른 것이 아니다. 베틀杼軸이 나를 이루어 주는 것이다.[28]

시를 배우는 목적이 주체가 시적 텍스트를 생산하는 것이 아니라 오히려 주체가 시적 텍스트에 의해 생산된다는, 조금은 역설적인 상태로 그려지고 있다. 말할 것도 없이, 이러한 "베틀이 나를 이룬다"(=주체를 짜는 베틀)는 비유는 사회편제에 대한 깊은 통찰을 포함하고 있다. 오규와 그의 학생들은 적어도 '나' 혹은 주체가 텍스트 밖에는 존재하지 않는다는 것, 그리고 그것은 뭔가 텍스트 외적인 현실에 속하는 것이 아니라는 것을 알아차리고 있었다. 주체는 텍스트 안에서 가능한 것이며 텍스트에 의해 구성되어 텍스트 안으로 짜 넣어지는 것이다. 더욱이 그들은 사회적 현실, 혹은 '사물'이 본질적으로 텍스트적인 것이라는 것을 인정하고 있었다. 그러므로 정치와 고전의 연구는 서로 분리할 수 없는 것이며 오규는 거듭 "육경은 사물이다"라고 단언하고 있었다. 시학을 배우는 자인 '나'我가 시적 텍스트에 의해 생산되지 않는 것은, 아직 그가 '내부' 안에 들어가 있지 않은 단계이기 때문이다.

그렇지만 나는 또한 오규와 그 학생들이, 사회적 현실의 텍스트성으로부터 잉여와 이질성을 제거하고 있었다는 것을 강조하려 한다. 이 점에서 내가 사용하고 있는 '텍스트'라는 용어의 용법은 오규의 그것과는

---

28) 服部南郭, 『南郭先生文集(抄)』, 「鷲湖侯に答ふ」, 『徂徠学派』, 226~227쪽. 핫토리 난카쿠(服部南郭, 1683~1759)는 교토 사람이다. 유학자, 와카 시인, 한문 시인, 화가이며, 오규의 고문사학을 와카를 짓는 데에 이용했다. 한시 소개, 당시(唐詩) 선집, 『난카쿠 선생 문집』(南郭先生文集), 『난카쿠 선생 등하서』(南郭先生灯下書) 등의 작업을 했다. 그의 원문은 주로 옛 한자 말(古文辭)로 쓰였으며, 한문 훈독 문장으로 쓰인 것도 있는데 역시 난해하다.

근본적으로 다르다. 오규의 텍스트만을 떼어 놓고 보자면, 그의 텍스트는 부단히 스스로를, 주체를, 주체 위치의 배치만을 재생산할 것이다. 따라서 '사물'로서의 사회적·제도적 현실은 우리가 '담론'이라고 불렀던 현상과 닮아 있다. 오규의 고문사학이 습관의 저장고로서의 신체 개념을 통해 성취하고자 한 것은, 텍스트의 텍스트성을 없애는 것, 사회적 현실을 담론과 동일시하는 것, 그리고 최종적으로는 그 신체의 타자성을 제거하는 것이었다. 이로써 신체는 탈중심화가 아니라 재중심화의 능력으로, 내면화된 행동이 패턴화된 반복의 능력으로 환원되었다. 거기에 동반하여 신체는 역사적으로 특수한 한 쌍의 습관이 조직되는 장場이라고, 역사성의 측면에서 정의되었다.

이와 마찬가지로, 인간 신체의 역사성이라는 생각에서 전제되었던 것은 바로 신체가 이미 상호주관적인 존재 양식을 취한다는 주장이었다. 이 존재 양식에는 그 행위가 수신되는 (대문자)타자로서의 '집합성'을 규명하는 능력이 포함되어 있다. 나의 현재의 행위는 '아직 존재하지 않는' 사람들의 집합을 향해 연기/수행될 수 있으며, 그와 같은 행위는 미래의 수신자를 가진다. 집단의 집합성은 행위가 연기되어 수행되는 한에서만 출현했다. 그러나 개개의 사회적 행위가 마치 집단 전체를 위해, 전체의 감시 아래에서 연기/수행되어야만 했던 것과 같이, '집합성'을 상상적으로 만들어 내는 능력이 예상되었다. 그러므로 이러한 '집합성'은 현재 존재하는 것이 아니라 '미래에서 오는' 것이다. 그렇지만 18세기의 담론 속에서, 이 집합은 종종 과거에 존재하며 실체화되었던 집단과 등치되어 있었다. 이미 보았던 것처럼, 18세기 담론은 거듭 실체화된 개인의 주관성이라는 관념을 제거하려고 했으며, 이러한 자기 실체화는 종종 동시대의 세계가 앓고 있는 사회적 병리의 징후라고 간주되었다. 그와 같은 담론은 집합성을 실체화하는 경향이 있었는데, 집합성은 실은 아직 도래하지 않은 미래에 존재하는, 즉 사회적 활동이 향하는 익명의 수신자 집단으로서 창출되는 집합성의 비非연대기적 선행성과 역사적 시간 속의 어느 시점에 존재했다라고 상상된 역사적 접합성을 서로 혼동하고 있는 것이었다. 따라서 사회질서를 신체로 규정하는 것은 신체성을 상호주관적 기능이라는 점에서 정의하는 것이며, 신체를 원초적인 공동성의 장이지 사회성의 장이 아니라고 상정하는 것이었다.

한편, 직접적 활동과 간접적 활동 사이에 선을 그어 구별함으로써 인체의 상호주관성에 존재하는 미시적인 구조를 분명히 드러낼 수 있을 것이다. 오규와 그 학생들은, 원초적인 공동성의 장 아래에서 신체가 포섭됨에 따라 슈타이의 신체가 그 이질성을 박탈당해 습관의 저장고로 변형될 수 있다고 믿었다. 신체로부터 이질성을 박탈하는 장치로서 가시성의 실천계에 대한 윤곽을 제시했던 것이다. 이로써 이토가 신체를 시원archē이 없는 이질성과 창조성(제작)의 장으로 본 것에 반해, 오규와 그 학생들에게 신체는 본질적으로 시원을 지향하는 시적·제작적인 것이었다. 신체는 다만 기원original의 원형으로 변형하기 위한 계기라고만 생각되었던 것이다.

모순의 장으로서의 노래

직접적인 행위에서 간접적인 행위를 구별하는 것은 행위가 일어나는 주어진 수행 상황에서 간접 행위가 상대적으로 자율적이라는 점에 있다. 직접 행위가 주어진 상황 안에 속하며 행위자의 자발적인 의도에 의해 일어나는 것처럼 보이는 데에 반해, 간접 행위는 이 상황으로부터 분리되어 문맥과 관계하지 않고 그 자신을 무한하게 반복할 수 있는 것처럼 나타난다. 거기에는 완결성의 요소가 있으며 외부에 대한 의거의 정도, 다시 말해 상황의 개편에 의해 영향을 받는 정도가 비교적 낮기 때문에 그것은 자율성을 완성시키는 내적인 조직을 갖고 있다고 할 수 있다. 외부에 대한 낮은 의존도와 나란히 지시기능을 결여하고 있기 때문에 간접 행위는 **실제적인** 대상 혹은 지시대상을 가리킬 수 없으며 **상상의** 것을 지시할 뿐이다. 예를 들면 무용은 충분한 공간과 필요한 사회적 기회가 주어지면 몇 번이라도 수행할 수가 있다. 한 번의 무용을 지속하는 동안에 무용수는 그녀의 신체에 가까이 있다고 상정되거나 그렇지 않은 대상을 손가락이나 손으로 지시할 것이다. 그렇지만 중요한 것은 이렇게 지시된 대상은 **실제적인** 것이 아니라는 것이며, 그것은 무대 위에서 지시된다는 의미에서 현재에 물리적인 대상이 있는가, 아무것도 없는 공간인가와는 관계가 없다. 어떤 행위가 간접적인 한, 지시작용적인 행동의 대상은 필연적으로 **상상적인 것** ― '상상'의 고전적인 정의, 즉 대상을 부재에서 현전시키는 능력이라는 의미에서 ― 이지 않을 수 없다. 무용수가 바다를 보는 동작을 할 때 멀리 수평선을 바라보는 그녀의 눈과 지나가는 배를 향해 흔드는 그녀의 손은 확실히 지시대상을 그 동작의 상관물로서 규정하고 있다. 그렇지만 그것은 상상된 대상에 대한 공허한 지시작용이다. 설령 무대 끝에 파랗게 칠해진 벽이 있다고 해도 그것은 상상의 바다일 뿐이다. 상상된 대상을 확정하여 주어진 수행적인 상황과의 상상적인 관계를 확립하는 능력은 간접적인 행위가 스스로를 무한 반복하는 능력의 요점이므로 역시 그 초역사성의 본질을 이루고 있다. 요컨대 간접 행위에서 행위자는 단적으로 **연기/행위**하고 있는 것이다. 그러므로 앞에서 말했던 것처럼 노래 안에서 이루어지는 약속은 지켜진다고 기대하지 못한다. 그것은 상상 속에서의 약속이다. 직접적인 행위는 상황으로 참가하는 것이 무엇을 의미하는가를 가르쳐 주는 데 비해서 간접적인 행위는 기호의 자의성을 극적으로 명확히 하고 있는 것처럼 여겨진다(이 경우, 자의성이란 시니피앙과 시니피에 사이의 것이 아니라 기호와 지시대상 사이의 것이지만). 더 중요한 것은 간접적인 행위는 신체에 고유한 능력, 즉 행위/수행을 통해서 상상적으로 대상을 확정하거나 만들거나 하는 능력을 우리에게 가르쳐 준다는 점이다. 이러한 점에서 신체는 생산된 이미지라기보다는 생산 그 자체인 것이다. 그렇지만 이와 같이 확정되어 생산되는 대상은 그것 스스로 실재인 것이 아니라 신체적 텍스트의 공간에 포섭되어 있어서, 이것은 의미작용, 커뮤니케이션, 주체의 의도, 표현으로 나타나는 음성=기호론적 용어에 의해서는 설명할 수 없는 것이다.[29] 이렇게 해서 간접적인 행위는 주체가 현실과의 상상적인 관계를 살아가는 **이데올로기로서의 실천계**의 작용을 분명하게 한다. 그러므로 주어진 담론 안에서 통합되고 있는 이러한 실천계에서 행위는 항상 간접적이라고 생각할 수밖에 없다.

---

29) Julia Kristeva, "Le qeste, pratique ou communication?", *Semeiotike*, Seuil, 1969, pp.90~112; 中沢原 ほか訳, 「身ぶり―実践かコミュニケーションか」, 『記号の生成論(セメイオチケ) 2』, せりか書房, 1984, 81~115쪽을 참조할 것. 크리스테바는 신체적(corporeal) 텍스트의 언어학적 카테고리으로의 환원 불가능성을 강조하고 있지만, 형식화된 몸짓에 대해서는 언급하지 않았다. "이들 고찰 전부가 '분리된 현실'에 대한 기호체계의 공시적 선재성(先在性)을 상정한다면, 이 선재성이 민속학자의 설명과는 반대로 소리에 대한 개념(시니피에-시니피앙)의 선재성이 아니라, '의식'과 관념에 대한 **표명, 표시, 지시행동**이라는 몸짓의 선행성인 것은 일목요연하다. 기호 바로 앞에서, 그리고 **의미작용**의(따라서 의미 생산 구조의) 모든 문제계열 바로 앞에서(이 선재성은 공간적이며 시간적이지 않다) 표시의 실천, 즉 **몸짓**을 생각할 수도 있었던 것이다. 몸짓이 나타내 보이는 것은 의미하기 위해서가 아니라 동일 공간 안(관념-언어, 시니피에-시니피앙 등의 이분법이 아니다)에서, 더 명확히 말하면 동일한 **기호 텍스트** 안에서 '주체', '대상', 실천을 **포괄하기 위한** 것이다."(같은 책, 91~92쪽)

간접적인 행위는 또한 행위자/배우(연기자)의 주체성의 문제를 제기한다. 행위의 형식화와 의례화의 또 다른 측면은 행위자에게 외재적인 규칙에 따라 행위하는/수행하는 것을 강요하는 행위의 변형에 있다. 만약 따라야만 하는 규칙이 행위자의 내적 동기에 대해 외재적이지도 않고, 또 자발성과 자연스런 경향에 반대해서 복종해야만 하는 권위로서 규정되어 있는 것이 아니라고 한다면, 훈련의 필요 따위는 애초부터 없었을 것이다. 이와 관련하여 훈련이 일종의 고문이라는 것을 우리는 생각하지 않을 수 없다. 왜냐하면 훈련이란 정의상 사람의 신체에 그 성향에 반해서 강압하는 것이기 때문이다. 그렇지만 형식화와 의례화는 훈련을 요구하는 것인가, 아니면 개성의 자아를 소멸시키는 것인가? 간접적인 행위의 본질은 행위자의 자발적이며 개인적인 의도가 완전하게 무시되어 행위에 전혀 반영되지 않는다고 하는 것이다. '행위하다/연기하다'는 동사는 이러한 메커니즘을 아주 잘 설명한다. 한편으로 '행위하다/연기하다'는 행동하는 것이며 신체의 운동을 작동시키는 것이다. 다른 한편으로 그것은 하는 척하는 것이며 내적인 자기를 은폐하는 것이며 타자의 역할을 모방하는 것이다. 이 점에서 간접적인 행위는 개인의 자기라고 상정되는 것을 없앨 것을 요구한다. 그러므로 '행위자/배우'는 그녀 자신과 동일하다는 것을 거부하면서 그녀 자신을 행위자/배우로 계속 변형시키는 자의 명칭이다. 행위자/배우는 페르소나, 즉 가면이다.[30] 이제까

---

30) 和辻哲郎, 『面とペルソナ』, 『和辻哲郎全集』 第17巻, 岩波書店, 1962를 참조. 와쓰지의 인격과 사회성 개념에는 일반적으로 기존 제도의 네트워크 안에서는 포섭될 수 없는 타자성에 대한 의식이 희박한 점에 주의할 필요가 있다. 이러한 의미에서 그는 분명히 조르주 바타유가 한정경제에 대비해 정의한 일반경제에 대해서 둔감했다. 이러한 둔감함이 와쓰지의 철학적 입장 전반을 특징짓고 있다고 말할 수 있다. 주체성과 가면에 대한 문제는 坂部惠, 『和辻哲郎』, 岩波書店, 1986, 55~94쪽과 264쪽의 주를 참조할 것.

지 내가 했던 분석은 간접적인 행위가 왜 행위하는 주체의 대체를 허락하는가를 보여 준다. 무용은 형식화·의례화되어 있기 때문에 필요한 기량이 훈련되어 있으면 어떤 주체로도 연기할 수 있을 것이다. 기량을 습득한 누구라도 일정한 주체의 위치를 차지할 수 있다. 이 주체의 호환성은 간접적인 행위에서 특징적인 공동성과 주관성을 함의하는 것이며, 개개 행위자의 타자와의 모방적^{mimetic} 동일화를 나타낼 것이다. 그것이 복수의 주체를 동시에 포함하는 집합적인 행위인지 아닌지가 문제가 아니다. 간접적인 행위는 철저히 공동성을 띤다. 왜냐하면 그것은 상정된 개인의 주체성이 타자에 대해 끊임없는 이행을 비추고 있으며, 개인주의적인 자기라고 하는 순수한 관념이 실제로는 얼마나 불가능한가를 나타내고 있다.

간접적인 행위가 기호의 자의성을 가장 명백하게 예증하는 경우라면 훈련에 의한 형식화가 매개되지 않는, 직접적이며 자연적이며 자발적인 행위는 지시하는 몸짓과 그 지시대상 사이의 자의적이지 않은 관계를 확인해 주어야만 한다. 언뜻 보면 이 관계는 틀림없이 확실한 것으로 보인다. 테이블 위에 놓인 컵에 손을 뻗는 운동은 분명히 물을 찾는 신체의 갈증을 나타내고 있으며, 위험한 물체가 날아왔을 때 피하거나 방어하는 몸짓은 분명히 현실의 물체(=대상)를 자명한 것으로 하고 있다. 후자의 예에서 현실성은 몸을 지키는 일에 실패해서 물체가 얼굴에 맞았을 때에 느껴질 아픔에 의해 측정될 수 있다. 직접적인 행위는 신체와 수행 상황 사이의 원초적인 연대를 결코 배반하는 일이 없는 것이라고조차 말할 수 있을지 모른다. 그렇지만 '자연스런', '직접적'이라는 형용사를 행위로 귀속하는 것은 정말 가능한 일일까? 내가 인형조루리에 관해 설명했던 점이 여기에서도 적용된다. 즉 직접적인 행위는 하나의 구축물, 여러 가지 대립에 의해 구성된 사회적인 구축물이며, 따라서 그것은 매개의 형식이다. 내가 시사하고 있는 것은 직접적인 행위의 무매개성이란 거기에 형식화가 부재한다는 주장과 함께 사실은 틀짜기와 직접·간접의 차이화 그 자체, 이 두 가지를 포함한 복합적인 매개의 결과라는 것이다. 무매개성이란 하나의 매개성의 양식에 불과하다. 직접적인 행위의 직접성은 특정한 사회적 현실, 특정한 담론구성체 속에서만 생각할 수 있다. **현실적인 것**이란 항상 사회적으로 구성되어 있어서 주어진 담론 밖에서는 무의미한 것이다.

그렇지만 이러한 차이, 직접적인 행위와 간접적인 행위 사이에 지각되는 이러한 거리야말로 18세기 담론공간에서 사회질서의 이데올로기적 구성이 설명된 장이었다. 학자들은 하나의 언어 텍스트를, 신체 전부를 발화행위에 포함하는 투사에 적합하게 종속시킬 수 있다고 주장했다. 바꿔 말하면 발화행위는 언어 텍스트와 신체 텍스트의 융화와 혼합을 의미했다. 여기에서 언어표현적인 발화는 동시에 언어적 또는 신체적 행위로 보여지게 된다. 그럼에도 불구하고 언어표현적 행위가 신체적 운동과 함께 작용할 때 이 두 가지 양식 사이의 기본적인 구조 차이가 분명해질 것이다. 신체 텍스트가 기호작용이기보다는 생산성이라고 하는 사실과는 별도로 이 두 가지를 대비해 보면, 신체 텍스트에는 언어의 형태론적인 구분에 해당하는 요소가 부재함을 알 수 있을 것이다. 신체 텍스트에서는 어떤 텍스트에서와 같이 음소와 형태소를 찾아내서 설명해 주기가 어렵다. 언어표현에서는 여러 가지 단위가 상대적인 자율성을 지니고 있으며 자율적인 요소를 모아 발화를 형성할 수가 있지만, 신체의 어떤 움직임도, 예를 들어 손동작에서조차 인체를 전체에 포함시켜 버린다. 설령 신체의 특정 부위만을 움직였다고 해도 몸짓은 불가피하게 다른 부분을 자극하게 되며 그 자체로서 신체의 갖가지 동작 부위——얼굴, 손 등 등——사이에 관계 체계를 확립해 버린다. 요컨대 몸짓은 자세라고 불리는 것으로부터 떨어져 나올 수 없으며 선형적으로 분해될 수 없는 것이다. 그러므로 신체 텍스트가 '신체언어'body language라는 진부한 관념과 결코 혼동되어서는 안 된다. '신체언어'에서는 어떤 메시지가 이미 '마음 속'에서 명제로 코드화되어 있으며 그것이 신체를 통해서 외부의 수신자를 향해 표현된다. 또 거기에서 어떤 신체의 움직임도 수화와 같이 해석된다. 그 결과 '신체언어'의 관념은 일상적인 몸짓과 수화 사이의 구별 자체——그것이 없으면 수화가 불가능할 것이다——를 이해할 수 없도록 만든다.

이러한 모든 이질성에도 불구하고 18세기 담론은 언어적 텍스트를 신체적 운동에서 파생된 것으로 보고 있었다. 실제로 말과 신체의 융합이 실행 가능하도록 몇 개의 담론장치들이 제작되었다. 특히 중요한 것은 이 시대에 나타난 통사론 연구이다. 이미 말한 바와 같이 문법학자들은 끊임없이 신체 텍스트에 특징적인 자세의 전체성을 언급하고 있었다. 후지타니 나리아키라의 신체의 은유가 아마 가장 좋은 예일 것이다. 그의 언어 연구에서, 단어의 통사론적 기능에 대한 형태론적 분류는 발화의 통합성을 신체적 행위 자세의 통합성과 등치시킴으로써 어떻게 설명해야만 할까라는 총합적 관심에 의해 균형을 이루고 있었다. 그는 언어 표현을 자율적인 단위의 합으로 보는 대신에 행위로서의 발화행위가 몸짓의 특징을 공유하고 있다고 강조했다. 마찬가지로 모토오리 노리나가는 신체의 일부분에 의해서 몸짓이 항상 딱 들어맞아 종속되는 것과 같은 신체적 자세로 비유되는 통합성의 표명을 '가카리무스비'[31] 규칙 안에서 인식했다.

여기에서 문제가 되는 것은 수행/연기 상황으로의 참여와 종속이다. 그러나 우리는 자연스럽게 이와 같은 연구법의 유효성에 대해 의문을 갖게 된다. 왜냐하면 수행 상황에 성실하게 종속되는 것은 간접 행위가 아니라 직접 행위에서만 보증되기 때문이다. 직접 행위만이 신체의 수행/연기 상황으로의 참여와 종속을 단적으로 나타낼 수 있기 때문이다. 게다가 우리는 18세기 저자들이 칭찬한 사회질서와 언어가 과거 또는 외국의 원천에, 혹은 그 양쪽에 속해 있었다는 것을 떠올려야만 한다. 적어도 학자들이 고대 언어를 유창하게 다루거나 고대 제도를 신체 안에서 내면화하거나 할 수 없는 한 그들은 그 행동과 발언의 형식을 흉내내지 않을 수 없고, 결과적으로 그들의 행위는 직접적인 것보다 간접적인 것이 되고 말 것이다. 고대의 언어와 제도를 신체 안으로 획득하기 위해 필요한 훈련 중에서 사람은 그 언어나 제도에 내재하는 조직을 실제 상황을 무시하고 모방해야만 했던 것이다. 학자가 훈련의 마지막에 동화한다고 상정되는 이상적인 질서가 스스로의 신체에 침투해 축적되어 있지 않는 한 무매개성과 투명성은 존재할 수가 없다. 즉 학자의 행위는 간접적이며 상황으로부터 떨어진 곳에 머물 것이다.

그렇지만 이것이야말로 실제로 문법학자들이 교육적인 기획의 유효성을 논했던 이유였다. 그들은 고대의 언어도 제도도 일단 경험적으로 완전하게 획득해 두면 신체로부터 소외되고 분리되어 있다고 느끼는 일은 없을 것이라고 상정하고 있었다. 그렇게 되면 직접 행위와 간접 행위

---

31) 가카리무스비(係り結び)는 고대 일본어 문장에서 계조사나 의문사가 사용되면 문말 표현이 특정한 활용형으로 끝맺는 것을 가리킨다. 예를 들어 ぞ, なむ가 문장에 사용되었으면 문말의 활용어가 연체형(連体形 ; 체언을 수식하는 활용형)으로 끝맺고, こそ가 사용되었으면 이연형(已然形 ; 확정조건을 나타내는 활용형의 하나)으로 끝맺는다.―옮긴이

의 차이가 극복되고 제거될 것이다. 베르그송이 인식하고 있었던 것처럼 완전하게 내면화되어 친화된 습관은 선천적인 능력과 구별할 수가 없게 된다. 간접 행위가 규정하는 상상적인 대상과 현실성은 외부적으로 나타 낼 수 있는 객관적인 것과 자연의 세계와 구별할 수 없게 된다. 사람은 완 전하게 내부에 있을 때에 마치 그 내부의 구성원이 하는 것과 같은 방식 으로 행위하고 보며 이야기하고 듣게 된다. 이 조건 아래에서는 내부의 '사물'로서의 제도적인 규칙성에 따라 현실이 출현하게 될 것이다. 그렇 지만 이 시나리오는 **제도와 이데올로기를 완벽하게 습득하여 친화화하여 내부화 할 수 있을** 때에만 실현이 가능하다. 바꿔 말하면 그것은 사람이 결국에는 이들 제도——언어를 포함하여——에 완전하게 어디까지나 안주할 수가 있을 것이라고 상정해야만 가능하다. 거듭 말하면 이와 같은 시나리오는 **사람이 그 모어의 언어에 대해 순수하며 완전하게 '선천적'이 될 수 있다고 할 때에 만** 실현이 가능한 것이다.

오늘날 많은 사람들이 직접 행위와 간접 행위의 자발적이며 자연스 러운 행동과 형식화된 의례적인 행동 사이의 구별을 **사실적인** 것으로 믿 고 있다. 일상의 행동에서 의례를 구별하는 것이 실제로 가능하다고 상 정하며 이러한 상정을 의문에 붙이는 일은 거의 없다. 그런데 18세기 담 론에서는 이 구별을 엄밀하게 검토하고 있었다. 나는 이것이야말로 언어 가 항상 논의의 초점이 되었던 주요한 이유라고 생각한다. 왜냐하면 언 어는 훌륭하게 형식화되어 의례화된 행위이기 때문이다. 말한다는 것은 사람이 자유의지에 의해 변화할 수 없는 형식적인 규칙 안에 속하는 것 이다. 말한다는 것은 사람이 이러한 익명의 규칙 앞에서 개성을 지우는 일이다. 말한다는 것은 자기 자신이라는 것을 포기하고 개별성을 상실하 는 일이다. 언어의 습득이 18세기에 있어 규율/훈련 프로그램으로서 이 정도로 중요성을 갖고 있었던 것은 놀랄 만한 일이 아니었다.

이와 같이 언어는 사회 현실의 이데올로기적 구성의 문제가 나뉘고 갈리던 시기에 담론의 중심적인 대상으로 정당하게 출현했다. 지금까지 밝혀진 것처럼 '이데올로기'와 '제도'라는 용어로 언급되었던 것은 보통은 정치체제polity를 정통화하는 정치적 제도와 가치체계의 범주로부터 배제되고 있는 것을 포함하고 있었다. 즉 그것들은 습관 형성, 언어, 주어진 집단에서 지각의 지배적인 구조를 포섭하고 있었다. 오규 소라이, 가모노 마부치, 모토오리 노리나가 등이 언어에 대한 담론 속에서 보여 준 역사의 발견은 문화 제도와 지각 양식의 이데올로기적 성질의 발견——더 정확하게는 재발견——을 증언하는 것이기도 했다. 이러한 논의를 그 불가피한 결론으로까지 전개해 보면 나는 모든 행위가 최종적으로는 간접적인 것이라고 가정할 수 있을 것이다. 왜냐하면 사회편제에 의해 매개되지 않는 행위는 있을 수 없기 때문이다. 다시 말해 순수하게 직접적인 행위는 근대 개인주의가 말하는 개인의 자기가 환상인 것처럼 불가능할 것이다. 마찬가지로 현실성의 지각에는 예외 없이 상상적인 요소가 포함되어 있다.[32] 이것은 다시 말해, 모든 행위와 모든 지각은 항상 이데올로기에 종속되어 있다. 이로써 자연스러움, 자발성, 무매개성은 실은 이데올로기적인 매개에 종속되어 있는 것이어서 '모어의 화자'라고 상정되는 자에게 그것은 투명해서 비가시적인 것으로 나타날지 모르지

---

32) 모든 지각이 상상적인 요소를 포함한다는 논의는 물론 전혀 신기한 것이 아니다. 칸트의 어휘를 이용한다면 상상이 없으면 경험은 불가능하다는 관념은 일본, 중국, 거기에 서양의——이들 세 지역의 이름에 '이른바'를 붙여야 한다는 것은 말할 것도 없지만——사상가들에 의해 철저하게 논의되었다. 18세기에는 이러한 논의의 재발견이 새로운 방식으로 이루어졌다.

만 그것은 마치 언어가 그러한 것과 동일한 것이다. 아무리 자발적으로 자연스러운 것으로 보려고 해도 모든 행위는 이미 의례이며, 따라서 '자연적'/'형식적'의 차이는 **실재적인** 것이 아니라 주어진 담론구성체 안에서 구성된다. 사적인 언어라고 하는 것을 생각할 수 없는 것처럼 순수하게 직접적인 행동을 논하는 것이 어리석은 것은 이 때문이다.

　노래의 문제가 근원적으로 제기하는 것은 이와 관련해서이다. 노래 ─ 혹은 더 정확하게는 노래 부르기 ─ 는 언어적 텍스트이기도 하고 비언어적 텍스트이기도 하며, 직접 발화와 간접 발화 사이의 경계선을 보이기도 한다. 가모노 마부치에 관해서 설명했던 것처럼 노래 부르기는 발화된 말이라는 의미로 이해된 쓰기가 완전하게 부재^{不在}된, 가장 정통적인 발화 형식으로 간주되고 있었다. 가모노가 투영한 고대의 이미지에서 사람들은 함께 노래를 부름으로써 커뮤니케이션을 하고 있었다. 바꿔 말하면 가모노는 일본인이 중국 문명과 그 쓰기를 알기 이전의 여러 역사적 시기에서는 통상적인 발화와 노래를 구별할 수 없다고 믿었다. 따라서 가모노에게만이 아니라 다른 18세기 저술가들에게도 노래 부르기는 전혀 매개가 없는 발화행위였던 것이며 아마도 가장 순수한 형식이었을 것이다.

　노래의 이러한 개념이 얼마나 문제적인가를 이해하는 것은 어렵지 않다. 왜냐하면 노래는 음악, 리듬, 그 밖의 비언어적 요소를 동반하고 있는 명백한 간접적인 말하기로 확립된 발화 형식이기 때문이다. 게다가 노래는 항상 비언어적인 신체 운동을 고무시키고 어떤 간접 행위에 종속되어 있다. 그러므로 노래를 언어적 텍스트의 하나라고 말하는 것은 잘못이다. 가모노는 그것을 가장 순수한 발화행위의 형식이라고 주장했지만 노래 부르는 주체는 수행 상황에서는 떨어져 있으며 상상된 장면에서 행위하도록 강요받는다. 분명히 고대에 대한 참조가 이들 외관상 모순되는 전제들의 공존을 허용하고 있었다. 고대라는 것에서는 형식적·의례적인 행위가 동시에 가장 순수한 형식의 발화행위와 언어 텍스트이기도 한데, 이 양자 모두가 신체적인 행위와 구별 불가능하도록 뒤섞여 있었다. 이러한 배경 하에서 가모노는 고대에는 말이 거의 필요 없었으며, 개인의 주체성이나 개인의 완전한 명시 따위를 위한 장소 없이도 삶(생활) 그 자체가 노래였다고 주장했다. 이런 점에서 고대는 모순되는 주장이 공존한다고 여겨졌던, 그야말로 유토피아였다.

고대에 존재했다고 상정되는 이러한 공공성communality의 형성을 이해하는 데 있어 방해가 되고 있는 장애물은 의심할 것 없이 언어적 커뮤니케이션에 대한 우리의 관념이다. 그러나 그것은 18세기 일본의 저술가들이 이 영역을 충분히 탐색하지 않았기 때문이 아니라, 협소하게 정의된 언어 개념을 우리가 도쿠가와시대에 저술된 일본의 텍스트에 겹쳐 놓고 보고 있기 때문이다. 그러나 이렇게 말하면, 우리 자신의 인식론적 한계를 과거에 무의식적으로 투사하는 것은 불가피하며, 그것이야말로 해석학적 순환의 요체이고 우리의 역사성이 노출되는 것을 인정하는 것이므로, 그것은 진술적이기보다는 창조적인 행위라고 말하는 사람이 있을지도 모른다. 그렇지만 우리는 또한 우리의 커뮤니케이션 개념이 인간중심적인 실증주의에 대한 깊은 의심과, 특별히 개인적인 의식이라는 옹호되기 어려운 관념 등에 의해 진지하게 의문시되고 있다는 사실에 대해서도 인식해야 할 것이다. 이렇게 주어진 상황에서는, 우리의 담론이란 우리가 그것으로부터 벗어날 수 없는 인간중심적인 실증주의에 의해 그렇게 한정되어 있다는 지적인 자만심일 뿐이라는 것 외에는 아무것도 아니다. 이러한 연구가 수행하는 과제 중 하나는 보편적 타당성, 즉 우리의 상식적인 주장을 지탱하고 있는 인식론적 틀을 비판하고 문제화하는 것, 다시 말해 우리의 현재를 역사화시키는 것이다.

신체의 쓰기

18세기 담론공간에서 개인의 주체성이 부정됨과 동시에(이 무렵에 개인의 주체성은 인식되고는 있었으나, 그것은 자기 자신이 자기의 기원이라고 간주하는 권위주의적인 체제영합주의의 증세로 간주되어, 엄격하게, 때로는 냉혹하게 비난받고 있었다) 커뮤니케이션으로 보이는 것은 오히려 합체감communion과 공감compassion으로 이해되어야만 한다. 아무리 생각해 보아도, 가모노와 다른 논자들이 감정의 궁극적인 표현을 노래와 노래 부르기로 귀속시켰을 때, 그들이 노래와 노래 부르기 이외의 방법으로는 개인이라는 주체의 닫힌 내면으로부터 출구를 발견하지 못하는 감정의 카타르시스로만 보고 있었던 것은 아닐 것이다. 오히려 노래 부르기는 개인을 '자기중심적인' 오만함으로부터 치유하는 합체감과 공감의 형식이었다. 또한 이러한 자기의 부재가──그렇게 생각하고 싶은 사람들도 있을 테지만──무책임 또는 성실함의 결여와 결부되지도 않았다. 거꾸로 '성'誠은 변형되어 개인의 주체성이 공동성으로 해소되는 것과 동일한 의미였다. 예전에 이질성으로 향하는 사회성을 함의했던 '성'이 균질을 지향하는 사회성의 논리에 얽매이고 말았던 것이다.

언어표현 행위가 필연적으로 합체감과 공감을 초래하는 이상적인 사회가 도쿠가와시대 한가운데에서 가능할 것이라고 생각할 수 없었다는 사실은 주의할 필요가 있다. 이것은 동시대의 사회적·정치적 조건 속에서는 불가능한 하나의 유토피아였다. 이러한 코뮌 이미지와는 정반대로 현실 상태는 친밀한 공동성의 분위기를 상실하고 있다고 보여졌던 것이다. 고대의 언어와 제도의 이상화를 탄핵했던 가가와 가게키香川景樹에게서조차, 동시대의 세계는 흩어지고 단절되어 있고 쓰기에 의해 오염되어 있어서 '성'誠이 결여된 것으로서 나타났다. 이러한 자각은 그로 하여금 '성'의 결여가 없는 노래를 추구하도록 만들었다.

물론 쓰기는 이와 같이 추구된 노래 개념에서 배제되어야만 했다. 그 이유 중 하나는, 쓰기란 말하는 주체가 주어진 상황 안에 포함되는 것을 방해하는 요인이라고 이해되고 있었으며, 말하는 주체를 상황으로부터 분리하는 것이라고 여겨졌기 때문이다. 인간의 신체가 수행 상황과 언어 텍스트 사이를 매개하는 끈이라고 한다면, 쓰기는 발화를 화자의 신체와 수행 상황으로부터 단절하는 것이었다. 발화가 언어표현적인 동시에 비언어표현적인 텍스트였다면, 쓰기는 주어진 상황 안에 포함되는 행위 수행을 발생시키는 것이 아니었다. 가가와가 생각했던 것처럼, 쓰기에 있어서 신체는 매개체가 아니었다. 확실히 쓰기 행위 그 자체는 신체적인 행위이지만, 정의상 그것은 결코 신체의 직접적인 행위와 말하기에서 발견되는 상황을 통합시킬 수 있는 것이 아니었다.

기묘한 것은, 쓰기에서 개인의 자발성이 소거되며, 죽음이 가장 강력하게 선언된다는 것이다. 나는 가창歌唱에서, 혹은 보통의 신체적 행위에서조차도 개인의 죽음이 역시 명백해진다고 생각하지만, 그것은 다른 의미에서였다.[33] 쓰기에서 주체의 신체는 담론적으로 구성된 자기로부터

---

33) Julia Kristeva, "Le geste, pratique ou communication?", p. 90. "몸짓은 죽음의 끝없는 생산을 보여 주는 사례이다. 몸짓이라는 영역에서 개인은 성립하지 않는다——제스처는 생산을 결여한 생산성의 양식이기 때문에 비인격적인 양식이다."(「몸짓——실천인가 커뮤니케이션인가」, 같은 책, 97쪽)

는 부재이지만, 신체적으로 이야기된 텍스트에서는 현전해야만 한다는 모순이 있다. 몸짓, 혹은 신체적 텍스트에서 개인의 존재는 그 텍스트의 물질성이라고 간주될 것이다. 이것은 신체에 의해 신체에 새겨진 쓰기이다. 왜냐하면 나는 내 몸을 가지고 있지만, 동시에 나는 내 몸이기 때문이다. 이러한 이유에서 신체 텍스트에 담겨진 단독적/특이적인 것은 철저하게 물질적(혹은 서예적^{calligraphic})이며, 담론상의 실정성에 다름 아닌 개인적 주체를 완전하게 결여하고 있다.

상호텍스트적 상호작용의 양의적인 교착점인 신체는 또한 노래 부르는 행위의 장소이기도 하다. 그러므로 가창은 시각적인 동시에 구어적/청각적이며, 공간적인 동시에 시간적이고, 비선형적이면서 선형적인 텍스트이다. 그것은 담론으로 구성된 주체의 익명성과 공동성을 확인하는 동시에, 그 안에서 가창이 각인되는 것으로서 혹은 텍스트의 물질성으로서 신체의 존재를 드러낸다. 이 경우에 신체와 텍스트는 동일한 재료로 완성되어 있다고도 말할 수 있을 것이다. 그리고 이념화된 노래의 관념이 바라는 것은 그야말로 인간의 신체가 허용하는 여러 가지 이질적인 텍스트의 통합이다. 이렇게 보면 이런 담론공간 속에서의 노래와 고전시학·시론이 수행한 역할이 많은 문제를 안고 있다는 사실이 더욱 더 명백해질 것이다. 노래는 우선, 언어표현 텍스트를 감정이 무매개적으로 구상화^{具象化}한 것이라고 간주하는 특수한 장르였다. 다만 모토오리의 '모노노아와레'의 관념에서 본 바와 같이 그렇게 구상된 감정은 거기에 앞서는 어떤 심리적인 사건의 산물이나 흔적이었던 것은 아니다. 노래는 생산물이 아니라 생산과정이었으며 발화된 말이 아니라 발화행위였다. 따라서 그 안에서는 수행상황에 대한 직접적인 참여와 무매개적인 포함관계도 보증된다고 상정되고 있었다. 이러한 점에서 직접적인 행위의 모든 특징들이 그것에 귀속되어 있었다. 마치 외침과 마찬가지로 노래는 재현/표상하는 것이 아니라, 능동적인 발화행위의 심급審級으로서 그 자신을 만들어 내는 것이라고 여겨졌다. 또 그것은 스스로를 반복할 수가 있어 사건이라는 재생산 불가능한 것으로 완전히 닫히지 않기 때문에, 그것은 역사적 시간을 초월할 수 있었다. 마찬가지로 그것은 다른 연기자/행위자에 의해 반복될 수 있기 때문에, 그 자신을 익명성으로, 그리고 공동체로 향하게 한다. 더욱이 노래 부르기는 **공**감의 공동체 이미지를 투영할 수 있다고 생각되었다. 이러한 점에서 간접 행위의 많은 특징이 그 안에서 발견되었다.

이와 같이 노래의 특징을 언급해 보면, 그것이 담론구성체에 있어서 언어 텍스트와 비언어 텍스트의 직접 행위와 간접 행위 사이에서 양가적인 경계를 특징으로 한다는 것이 분명히 드러난다. 그것은 '성'誠의 **장소**이며, 그 **장소** 안에서 언어와 비언어가 통합된다고 상정되어, 세계 속에서 언어의 원초적인 정박지점이 결정되는 것이다. 이렇게 해서 18세기에 이루어진 모든 언어 연구는 명시적 또는 묵시적으로 노래라는 이런 특권적인 담론의 대상을 가리키고 있었다. '언어란 무엇인가?'라는 물음은 18세기 담론공간에서는 노래를 고려하지 않고는 답할 수 없었다. 언어의 세계를 정의하기 위한 근본적인 원점은, 인간 활동의 이 영역, 즉 노래 속에 위치를 부여받고 있다고 상정되었기 때문이다. 발화행위가 의미작용이 아니라, 의미작용의 과정이라는 점에서 개념화되었으며, 사회적 현실이 신체적·텍스트적 생산성의 효과로 생각되고 있었던 것도 역시 이러한 이유에서였다. 그것은 언뜻 비정치적이었으며 확실히 동시대의 정치투쟁에 대해 무관심해 보였음에도 불구하고, 시와 노래는 사회를 지배하는 문제와 제도적 재생산에 있어서 헤게모니의 문제에 대한 논의의 열쇠를

쥐고 있었다. 시적인 것과 제작적인 것 사이의 관계를 어떻게 생각할 것인가가 이 논의의 정치적 함의를 거의 결정하고 있었던 것이다.

이렇게 역사와 고전시학·시론은 밀접하게 서로 얽혀 있었다. 베르그송의 기억 개념에 관해 설명했던 것처럼, 스스로를 반복하는 능력은 역사의 감각 형성과 사회 현실의 이데올로기적 구성에 대한 관심에서 가장 중요한 것이었다. 노래 부르기는 노래 부르는 주체에 의해 표현이 이루어지는 사건이 아니었다. 노래 부르는 행위를 통해서 사람은 슬픔과 기쁨이라는 감정 ─ 그것이 노래이다 ─에 동화된다. 노래 부르는 사람이 슬프다고 말하거나 슬픔을 몸짓으로 표현할 때에, 나는 이렇게 표현된 감정이 단지 노래 부르는 사람만의 것이라고 오해하지는 않는다. 그것은 가창에 있어 개개의 행위자는 부재하며, 표현된 감정은 특정한 인물의 것이 아닌 누구에게나, 듣는 사람에게도 속하는 것이기 때문이다. 노래에서 감정은 전염되는 것이라고도 말할 수 있다. 그래서 노래 부르는 것은 항상 **공**감의 경험이며 그 경험 속에서 사람은 파편화된(원자화된) 자기에의 유폐로부터 자유로워졌던 것이다.

이러한 노래에 대한 논의의 저변에는 이토 진사이가 힘주어 말했던 하나의 통찰이 있었다. 즉, 감정('정'情)은 주관적인 것이 **아니며**, 따라서 단순히 '의식'으로 통합되어 조정되는 일은 있을 수 없다는 것이다. 이것은 리학理學의 추종자들에게는 이해할 수 없었던 통찰이었다. 왜냐하면, 그들은 감정이 '마음'의 내부에서 일어나는 주관적인 현상이며, 마음에 의해 관리되어 규제되도록 미리 정해진 무엇이므로, 존재론적으로 결정되어 있는 것으로 상정하고 있었기 때문이다. 이토는 감정情 속에서 사회적인 것, 다시 말해 타자의 타자성이라는 존재를 인정하고 있었지만, 국학자들은 그것을 노래의 논의 속에서 상호주관성과 결부시켰다. 따라서 상호주관성의 전이의 메커니즘을 통해서 노래 부르는 사람이 참여하는 감정은 그녀 자신이 그것에 동화함으로써 스스로의 것으로 하는 감정인 동시에, 그 노래에 의해 구체화된 공동체적인 감정으로도 이해되었다.

그렇지만 이것이 가창에서 개인적인 행위자의 부재를 말하는 유일한 이유는 아니다. 노래 부르기에서 감정의 익명성은 '여기'와 '지금'으로 한정되는 것이 아니며, 연대기적인 시간 속에서 단 한 번만 일어나는 사건의 일부로 이해할 수는 없다. 그것은 날짜도 장소도 가지지 않는다. 이것은 감정이 어떤 특정한 개인에게도 속할 수 없다는 사실의 다른 측면이라고 말할 수 있을 것이다. 노래 부르기에 의해 구상화된 이러한 공동체적인 감정에 대한 설명을 함께 생각해 보면, 노래를 부르는 것이 연기자와 관객, 객체와 주체, 화자와 청자라는 대립을 허용하지 않는다는 사실이 분명해질 것이다. 노래를 부르는 것이나 듣는 것 모두 참가하는 것이라는 경험을 그 주요한 특징으로 보여 주고 있다. 그러나 이러한 참가는 의식적인 노력에 의해 달성되는 것이 아니라, 노래라고 불리는 공동체적인 행위에 참가함으로써 훈련되어 습관화된 인간의 신체에 의해 달성된다. 따라서 그 사람의 '마음'이 그것을 인정하는 것을 거부할 때에도 마찬가지인 것이다. 사건으로서의 역사는 스스로를 반복하지 않는다. 그렇지만 노래에 의해서, 역사는 현재의 행위와 수행의 한가운데 있는 신체 안에서 끊임없이 되살아난다. 베르그송이 말한 것처럼 "그것은 걷거나 쓰는 나의 습관과 마찬가지로 나의 현재를 구성한다. 그것은 표상되기보다는 체험되고 '작동된다.'"[34] 노래를 이렇게 특정하게 정의함으로써 감정('정'情) — 이토 진사이에게 정은 사회적인 것으로의, 타자의

---

34) H. Bergson, *Matière et mèmoire*, p.85(같은 책, 140쪽).

타자성을 향한, 담론 안에 완전히 포섭되지 않는 외부로 향하는 통로였다──은 익명의 집합성이 물화되는 것일 뿐인 공동(체)성으로 다시 편성되었다.

무용술의 정치

이제 역사, 공동성, 사회 현실의 이데올로기적 구성의 문제가 어떻게 이 고전시학·시론이라는 주제로 수렴되었는가가 명확해졌을 것이다. 노래의 성질에 대한 광범위한 논의에서 이상적인 사회 질서, 공동체 생활, 정치 이미지가 나타났다. 감정, 친밀함, 직접성은 그것에 의해 무엇보다 효과적인 사회 지배가 달성되는 이데올로기의 도구였다. 신체의 참여를 고려하지 않는 정치는 생각할 수 없는 이상, 긍정적인 정치과정으로 상상되었던 것은 논의에 의한 설득도, 권위를 등에 업은 강제도 아니고 **무용술**이었다. 갖가지 텍스트의 협조를 받은 움직임 속에서 개별 연기자/행위자는 (무용 팀처럼) 특정한 역할을 부여받아 전체와의 조화 속에서 그 역할을 연기하도록 기대되었다. 이상적인 훈련은 결국 무용을 완전무결한 것으로 생각하게 하지만, 습관적인 연습과 신체에 새기기 위해 끊임없이 정진해야 한다는 유혹으로서 기능할 수 있다. 아직 훈련되지 않은 자에게 이상적인 훈련은 언어와 그 밖의 제도의 기억에서 아직 달성되지 않은 완성 기준으로서 외재적인 것으로 나타날 테지만, 그것들은 마치 그 사람의 모어와 마찬가지로 어떻게든 자연스럽게 신체적인 실천으로 내면화가 달성된다면 투명해서 실제 그 사람의 선천성과 구분할 수 없다고 상정된다. 이상적인 훈련이란 그들 제도가 투명한 것으로 나타나는 상태이다. 이것은 그야말로 외부에서 내부로의 이행으로 묘사된다. 다시 말해 내부로의 이행은 단순히 기계적인 기술 습득과 외국어 학습과 혼동해서는 안 된다. 내부로 들어가는 것은 공감을 서로 나누는 능력, 거기에 속하는 타자의 행위를 자연스럽게 느끼는 능력의 획득을 필요로 한다. 내부의 본질을 정의하는 이러한 능력은 신체에 존재함과 동시에, 그 내부는 사람의 신체 속에서가 아니라 다른 주체와의 조화 속에서 느껴져야만 한다. 이로써 내부는 사람 안에 도래한다고 보아야 맞지만, 그것은 사람이 그 안에 들어간다는 주장과도 모순되지 않는다. 실제로 내부로 들어가는 것은 사람이 세계를 지각하는 방식의 변질, 즉 세계의 완전한 변질을 의미한다.

그러므로 내부의 상상적인 구성에서 신체는 전이에 의거한 정情의 호환성과 타자에 대한 친밀함의 제도화를 보증하는 요소로 간주되었다. 이토가 파악한 신체는 그 물질성과 전이적인 상호주관성으로 전유되는 것의 잉여를 끊임없이 개시하는 것이었지만, 이것에 역행하듯 서로 다른 사회성의 관념이 투명한 커뮤니케이션, 친밀함의 보증, 습관을 담아 두는 신체의 개념으로부터 제기되고 있었다. 생각건대 18세기 담론공간에서 일어난 것은 신체에 관한 투쟁이었다. 그것은 신체가 무엇보다도 우선 세계에 있어 사회적·문화적 제도의 정박지였다는 개념과 다른 신체의 개념, 즉 개념화에 저항하며 그 물질성을 끊임없이 지적하며 그 타자성과 개인의 주관성, 의식, 상호주관성에 대한 이질성을 강조하는 신체 개념 사이의 투쟁이었다.

신체의 운동기능에 뿌리를 둔 내부가 통합된 구성 요소로서 언어는 이제 내부를 대표하는 것으로서 그 통일성을 획득했다. 따라서 언어의 통일성은 내부의 이미지에 따라 형성된다. 언어를 **통일체**로 보는 사고가 가능한 것이다. 그렇지만 18세기에는 국민적·표준적 언어 따위는 존재하지 않았다는 점을 기억하자. 여러 논자들은 18세기 일본은 단편화되어 있고 언어도 나누어져 있었다는 데에 거의 일치된 견해를 표명했다. 그러므로 통일된 내부라는 관념으로 18세기 일본의 현실에서 언어의 통일성을 말하는 것은 불가능하다. 단일 일본어가 아니라 복수의 일본어가 있었을 뿐이다. 이런 표현도 당시 상황을 적절하게 기술하는 것이 아닐지도 모른다. 왜냐하면 어떤 민족의 통일성을 암시하는 일본어·일본인은 내부의 통일성에 상당하는 어떤 총체적인 통일체 개념에 호소하지 않고는 동일화될 수 없기 때문이다. 따라서 단일 일본어의 통일성은 18세기 일본에서 탐구되는 한 찾아질 수 없는 것이었다. 여기에서 발견되는 것은 그저 지역의 다양성이며 여러 언어의 한없이 산종적인 혼합이었다. 이러한 문맥에서 역사가 구원에 나섰다. 고대의 표준 언어를 자명한 것으로 정해 현재의 내재적인 통일성이 부재하다는 점을 지적해서 그 다양성을 극적인 것으로 만들었다. 과거가 전체로서 일관된 통일체로 상정되고 있었기 때문에, 현재는 결여되어 있고 근본적인 변화가 필요한 부정적인 것으로 분석되었다. 쓰기가 발생하기 이전의 고대 세계에 이상화된 언어 통일체를 투영함으로써 18세기 일본문화에 통일된 일본어가 존재하지 않고 상실된 것으로서 인식되게 한 것이다.

이로써 역사적 시간은 존재해야만 하는 세계와 현재 존재하는 세계 사이의 거리로서 파악되었다. 즉 역사적 시간은 당연히 비판을 위한 심급이 되었다. 역사는 동시대 사회가 타락하고 부패했다는 현실을 증언하는 것으로서 끊임없이 소환되었다. 기양崎陽의 학, 고문사학, 국학에 의해 주장된 역사 감각은 사건의 연속성에 의거한 선형적이며 계속 발생하는 연대기적 역사와 확실히 동화될 수 없었다. 선형적인 역사가 연속성을 긍정하는 데에 반해 고대 언어와 제도 연구가 환기했던 것은 현재와 과거, 타자와 자기 사이의 불연속이었다.

　이제 나는 이러한 내부의 관념과 일본어의 통일성에 의해 자각 없이 도입되었던 전제가 무엇을 함의하고 있는가를 간과할 수 없다. 이들 담론장치를 통해서 처음으로 민족의 통일성이 구축되고 확인되었다. 도쿠가와시대의 일본에서도 음성중심주의는 자민족 중심의 폐쇄성을 형성하기 위해 필수적이었다.[35] 이미 제시한 바와 같이 말하기의 우선성은 타자와 외부——자민족중심적인 언어의 통일성과 폐쇄성에 대한 주장을 항상 침식하여 돌파하는——를 배제하여 억압하기 위한 본질적인 조건이었다. 언어는 신체적 행동과 연결되어 있으며 표상 기능으로부터 단절되어 있었기 때문에 이와 같이 구성된 언어의 통일성은 언어표현과 설득을 넘어선 영역을 지시하고 있으며, 여기에서 언어는 사회적인 것을 은폐하는 데에 동의하지 않는 자를 배제함으로써만 매우 의미 있게(=아와레로) 연속된다고 하는 공동체주의적인 침묵으로 환원되고 말았던 것이다. 이와 같이 언어의 통일성에 의해 동일화된 영역은 그러한 침묵에 공범이 되는 것으로 구성된 공동체이기도 했다. 민족 담론의 구성체가 유럽의 요설적인 음성중심주의에 의거한 자민족중심주의보다 더 억압적이지 않았다고 해도 적어도 동일한 정도의 강력한 이데올로기로 강요되었다는 것을 우리는 떠올려야만 할 것이다. 즉 이와 같은 '공동체적인 말하기'보다도 '공동체적인 침묵'에 의해 언어를 정식화하는 것은 언어가

---

35) Jacques Derrida, *Edmund Husserl, L'origine de la géométrie*, Traduction et Introduction par Jacques Derrida, PUF, 1962(田島節夫 監訳, 『『幾何学の起源』序説』, 青土社, 1976). *La voix et le phénomène, introduction au problème du signe dans la phénoménologie de Husserl*, PUF, 1967(高橋允昭 訳, 『声と現象―フッサール現象学における記号の問題への序説』, 理想社, 1970). *De la grammatologie*, Minuit, 1967(足立和浩 訳, 『根源の彼方に―グラマトロジーについて』上・下, 現代思潮社, 1972)을 참조할 것.

발생한다고 상정된 내부의 표상적이지도 않고 감성적이지도 않은 정서와, 신체에 제도화된 실천을 물질적으로 각인하도록 사회의 우연성 사이의 모순을 전위하는 하나의 방법이었던 것이다.

그렇지만 다시 한번 이와 같은 민족적 집합성의 통일체가 기존 사회질서와 직접적으로 관련을 맺고 있었던 것은 아니라는 사실을 기억해 두도록 하자. 도쿠가와시대의 일본 사회는 공동성을 결여하고 있었다고 느껴지며 민족 통일체는 항상 과거나 고대로 투사되고 있었다. 이러한 의미에서, 사회적 행위를 확립시키는 익명의 집합성이 실체화되는 현상이 이미 일어나고 있었지만, 그것은 직접 기존 질서와 등치되지는 않았다. 이러한 민족 동일성은 우선 잃어버린 것으로 먼 옛날에는 존재했으나 이제는 존재하지 않는 것으로 나타났다. 이로써 일본어·일본인이 18세기의 담론에서 탄생했을 때, 그것은 먼 옛날에 죽은 것이었다. 일본어·일본인은 사산死産되었던 것이다.

사산된 일본어·일본인

언어로서의 일본어의 탄생은 본질적으로 감성·미학적인 성격을 띤 민족 공동체로서의 일본인의 탄생과 마찬가지로, 18세기 담론공간에서 생겨난 음성중심주의적인 강박관념에서 촉구되었다. 언어적 통일체로서의 일본어도 민족으로서의 일본인도 담론 내부의 발화로 이루어진 실정성positivity이며, 동시에 발화의 생산을 규제하는 실정성이기도 하다. 모든 실정성과 마찬가지로 그것은 사회적 실현을 형성fashion하는 작용을 하면서 (그것 자신은) 그 현실에 현존하고 있는 것이라고 주장한다. 묵시적이든 명시적이든 그것은 평범한 사람들이 자발적으로 행하는 하루하루 행동의 실감 속에서 **이미 존재하는** 것이라고 상정되었다. 여기에서 나는 실증주의자가 일본어와 일본문화로 막연하게 참조하고 있는 것이 지시대상의 수준에서 18세기 이전에는 존재하지 않았다고 말하고 싶은 것이 아니다. 실제로 현재 일본이라는 지역에 사는 사람들은 일본 열도에 최초로 사람이 살았던 때부터 언어적·문화적 제도의 매개 속에서 행위하며 생활하고 있었다. 그렇지만 이들 주민이 하나의 언어를 말하고 하나의 문화를 공유하는 '일본인'이었다고 주장하기 위해서는, 그때까지는 없었던 새로운 담론의 조직화를 필요로 했으며, 따로따로 떨어진 채로 방치되었을 여러 가지 차이가 하나의 자민족중심주의적인 폐쇄된 영역을 구성하도록 수렴될 필요가 있었다.[36] 이러한 통일체가 18세기 이 지역에서 찾아볼 수 있는 언어와 제도의 단순한 총화를 훨씬 넘는 것을 의미하고 있었다는 것을 확인해 두자. 만약 '일본어'라는 용어가 이 지역에서 사용되고 있었던 언어 명칭이었다면, 그것은 오늘날 중국인과 조선인, 그리고 아이누라고 불리는 사람들에 의해 사용되고 있었던 말까지도 포함할 것이다. 거꾸로 역시 많은 '일본인'이 다른 '일본인'과 말이 통하지 않았을 것이다. 언어의 엄밀한 통일성을 추구하는 한 언어와 그 경계를 경험적으로 정의하는 것이 불가능하다는 것을 증명하는 데 그치고 말게 된다. 사실 언어의 통일성은 경험적 증거가 구축되는 가능성의 조건 중 하나이다. 바꿔 말하면 그것은 경험적인 실정성에 앞서기 때문에 그 현전도 부재도 사실로서는 증명될 수 없다. 언어의 통일성은 경험으로는 주어질 수 없다. 그 통일성은 경험 과학의 대상이 될 수 없다. 여기에서는 실증주의가 전혀 희망이 없다. 왜냐하면 실증주의는 그야말로 스스로의 역사성과 이론적 한계를 알지 못하기 때문이다. 따라서 민족과 언어의 통일성이 구성되지 않는 담론공간, 혹은 그것들이 역사적으로 자의적인 것으로 보이도록 하는 담론공간을 설정해 그리는 것도 역시 마찬가지로 가능할 것이다.

갑작스럽게 발화행위의 담론공간이 등장하는 것은 담론의 이러한 변형을 암시하며, 그 결과로서 언어와 민족의 통일성이 출현했다. 발화행위의 출현이 원인이 되어 그러한 통일성이 나타난 것이 아니라, 발화행위의 출현은 이들 통일성을 허용하는 조건이었다. 나는 자주 발화행위의 담론적인 성격을 강조했다. 즉 발화행위는 **실질적인** 존재(자)로서 생각될 수 없는 것이다. 그것은 대부분 **실질적인** 사건으로서 규정됨에도 불구

---

36) 이미 알아차린 독자도 있겠지만, 이 단락에서 '자민족중심주의'(ethnocentricity)는 보통 나의 용법과는 반대의 의미로 사용되고 있다. 자민족중심주의란 어떤 가치의 보편성을 주장하는 것이 암묵적으로 특정한 민족 집단의 동일성을 특권화하여 그들 가치의 비차별적인 개방성을 주장하면서도 다른 집단에 대해 자기 우월을 단언하는 담론구성체를 말한다. 여기에서 민족적으로 사심이 없는 것(명시된 주장)과 자기중심성(전위된 내면)이라는 두 개의 대립하는 경향이 자민족중심주의에서 특징적인 이중구조로 공존한다. 이 점에서 도쿠가와시대 일본의 담론구성체는 민족적 사심을 간직한 자민족중심주의를 띠고 있다. 그것은 겉으로도 개방적이지 않다. 그렇지만 이제까지 논했던 것처럼 도쿠가와시대에 나타난 일본의 담론구성체는 정통적인 자민족중심주의 담론과의 대리보충적인 조화관계를 쉽게 형성한다. 18세기 말부터 19세기 초에 걸친 국학의 문헌은, 17세기의 야마자키 안사이(山崎闇齋)의 책을 포함해, 이와 같이 특수주의적이며 미성숙한 자민족중심주의의 형성이 보편주의적이며 본래의 자민족중심주의로 전화하는 것, 혹은 그 역으로 존재하는 것을 널리 보여 주고 있다. 자민족중심주의적인 폐쇄된 영역을 강화하는 정도에서 이들 사이에는 거의 차이가 없다.
야마자키 안사이(1618~1682)는 저명한 유학자로 도쿠가와시대 초기의 스이카 신토(垂加神道; 스이카는 안사이의 호)의 창설자. 교토의 떠돌이 무사였던 그의 아버지는 그를 승려로 만들고자 엔랴쿠지(延曆寺)로 보냈다. 나중에 그는 도사(현재의 고치현)의 절에서 일했는데 그곳은 송리학이 융성했다. 안사이는 23세에 불교를 버리고 주희의 철학에 완전히 몰두하기로 결심한 뒤, 교토로 돌아와 주희의 철학에 대한 글을 쓰고 강의를 하며 나머지 생을 보냈다. 그의 기문학파(崎門學派)에는 뛰어난 문하생이 많이 모였다. 그 중에는 아사미 게이사이(淺見絅齋, 1652~1711)와 미야케 쇼사이(三宅尚齋, 1662~1741)가 있었다. 안사이의 주희 철학 이해는 엄격한 도덕주의와 주군에 대한 충성의 덕을 강조하는 경향이 있었다. 특히 그는 조선의 유학자인 이퇴계(1501~1570)를 높이 평가했으며, 이퇴계의 영향을 받았다는 것을 인정했다. 그의 주저로는 『문회필록』(文會筆錄), 『야마토소학』(大和小學), 『스이카문집』(垂加文集) 등이 있다.

하고 상상적으로 구축된 것이며 기원의 반복이다. 그러므로 앞에서 말한 담론공간에서 그것은 발화의 생산이라는 사건을 지시하지만, 그것은 발화된 말보다 나중에 온다. 소위 텍스트 외적인 현실이 항상 텍스트의 효과인 ── 텍스트는 텍스트 외적 현실에 앞선다 ── 것과 마찬가지로 발화행위는 발화된 말의 생산물로 생각할 수 있다. 발화행위는 생산이라고 정의되며 발화된 말은 생산물에 상응한다는 통념이 있지만, 기원적인 반복의 생산 문제를 제기하는 이러한 통념은 의문에 붙여지게 된다고 말할 수 있다.

우리가 이러한 담론공간에서 목격했던 말하기의 우위는 이 문제와 밀접하게 관련을 맺고 있다. 말하기의 우위가 필요했던 것은 이 문제들 전체가 노출되는 것을 피하기 위해서였다. 무엇보다도 발화행위와 발화된 말의 대립에 의거한 발화의 관념은 발화를 바로 발화가 생겨난 순간에 경험하는 것이 가능하다는 가정에 의거하고 있다. 이 관념은 내가 에밀 벤베니스트의 '대화의 심급' 개념에서 보았던 것처럼 화자와 청자, 거기에 발화행위를 둘러싼 사물 모두가 현전하고 있는 원초적 장면을 상정하고 있다. 그렇지만 이와 같은 관점은 과거로 소급함으로써만 가능하다. 원초적 장면에 대해서 사람들이 말할 수 있는 것은 고작 이들 요소가 거기에 **동시에 현전하고 있었을 것**이라는 점 정도이다. 발화행위에 관해 결정적인 것은 발화행위는 **생각될** 수도 **경험될** 수도 없다는 점이다. 그것은 마치 현상학에서 말하는 지각의 원초성과 같다. 그것을 생각하거나 경험한다는 것은 그것을 발화된 말로서 파악하는 것이며, 규정된 원초적 장면은 필연적으로 부재하며 상실되고 지나쳐 버리게 된다. 그것은 처음부터 반복으로만 생각되거나 경험된다. 이러한 의미에서 텍스트는 항상 과거에 속한다. 따라서 발화된 말의 생산에 생명을 부여하고 **있었을** 발신자와 수신자, 혹은 사물의 부재는 실은 텍스트의 가능성을 보여 주는 조건이다. 원초적 장면은 필연적으로 부재하기 때문에 현재에 속하는 텍스트란 생각조차 할 수 없다. 따라서 텍스트는 18세기까지도 잃어버린 목소리였다. 그렇지만 여기에서 무시된 점은 잃어버린 목소리는 고대 문서만이 아니라 모든 텍스트에 해당한다는 점이었다. 게다가 18세기 담론은 이와 같은 사고가 시사하고 있던 모순, 즉 말하기의 우위를 요구함과 동시에 원초적 장면이 부활하는 모든 가능성을 부정하는, 기원적인 목소리의 부활에 대한 지적 고집에서 보이는 고유한 모순을 무시하고 있었다. 중요한 점은 설령 잃어버린 목소리가 기원적인 충실함으로 회귀될 수 있다고 해도 그렇게 회복된 목소리는 여전히 과거의 사건에 대한 **반복**이라는 것이다. 그리고 회복된 목소리가 반복에 그치는 한 회복된 목소리는 다른 발화행위를 구성할 것이다. 과거의 발화행위를 반복하는 것은 그 오리지널을 지시할 수 있지만, 그것은 원초적 장면에서는 현전하고 있었으나 반복된 발화행위에서는 부재한다고 상정되는 모든 요소를 대리보충함으로써만 가능하다. 그렇지만 그 현전은, 혹시라도 반복될 수 있는 것이라면, 곧 재현/표상되는 것이었다. 만약에 잃어버린 목소리가 회복된다면 그와 같이 회복된 목소리가 그 자신과 일치할 수 있는 것은 바로 그러한 반복 가능성의 본질 안에서뿐이다.

나는 이미 이러한 논점을 모토오리 노리나가의 『고지키』 독해에서 쓰기의 선행성과 관련해 논했다. 내가 제시한 것은 그의 독해가 함의하는 정치적 요소였다. 이제는 그것이 없었다면 담론이 발생할 수 없었을 이러한 근본적인 모순을 더욱더 추구해야만 할 것이다. 잃어버린 목소리가 재현/표상될 수 있다는 것뿐만 아니라, 우리가 발화행위를 사고의 대상으로서 이해하고 있는 한 발화행위의 관념 그 자체가 불가능하다는 것도 또한 밝혀질 것이다. 여기에 문서가 있다고 치자. 이것이 존재하기 위해서는 이 순간보다 이전의 어느 순간에 분명히 생산되었어야만 한다. 마찬가지로 어떤 발화가 현재에 어떤 특정한 형식의——예를 들면 옮겨서 베낀 목소리라는 형식으로——발화된 말로서 존재하는 것은 지금보다 앞선 어느 순간에 생산되어 기록되었다는 의미일 것이다. 따라서 생산물이 그것에 선행하는 생산을 전제로 하며 발화된 말도 마찬가지로 발화행위를 전제한다는 결론을 내릴 것이다. 그러므로 문헌과 발화된 말로서의 발화가 지금-여기에 있기 때문에 텍스트의 생산과 발화행위——그 유일한 흔적은 책과 문서, 비문碑文이라는 좁은 의미로 이해되는 텍스트이다——가 있었다고 가정하는 추론을 피할 수 없을 것이다. 그러나 우리가 논했던 텍스트는 좁은 의미의 텍스트가 아니다. 텍스트를 책, 문서, 비문과 동일하다고 간주하도록 허용하는 것은 그저 환유적이고, 아주 드문 문맥에서뿐이다. '텍스트'라는 용어는 텍스트의 텍스트성을 보존하기 위해서 모든 가능한 수단에 의하므로 '책'이나 '담론'이나 '작품'과 혼동하지 않도록 해야 한다. '발화행위/발화된 말'과 '생산/생산물'을 단지 시간적 연쇄로 놓은 것은 텍스트의 관념 자체에 혼동을 가져온다. 이와 같은 단순한 생각은 어떤 발화의 의미작용과 정신이 육체에 머무는 것과 같이 책과 문서, 비문의 물리적인 존재에 안주하는 것은 불가능하다는 자명한 이치를 무시하고 있다. 텍스트 읽기는 항상 발화행위이며 텍스트는 책과 유사하면서도 대상의 물리적인 윤곽에 의해 통일성을 부여받는 책과는 달리 물질성——내가 텍스트의 물질성이라고 부르는 것——과 갖가지 요소——발신자, 수신자, 다른 많은 종류의 주체(말하는 주체, 읽는 주체 등등)——사이의 여러 가지 관계를 포함하고 있다. 읽히거나 들을 수 없으면 책은 단지 묶인 종이 다발에 불과하다.

책이라는 관념은 이 텍스트성의 내적인 분절화에 무관심하다. 한편으로 책은 종이 다발이나 거기에 상당하는 어떤 것은 윤곽에 의해 통일성이 부여되는 물리적인 실체라고 정의되며, 다른 한편으로 책은 그 메시지의 동일성에 의해 정의되기도 한다. 책이라는 관념에는 이들 두 정의가 마치 통합되어 있는 것처럼 공존하고 있다. 그러나 메시지의 의미작용이 종이 다발이라는 성질에서 추출될 수 없다는 것은 명백하다. 물리적인 실체로서 책을 정의해도 소위 그 내용이라는 것에 대해서는 아무 것도 알 수 없다. 물리적인 실체에 새겨진 표기의 메시지를 파악하기 위해서 사람들은 그것을 **읽지** 않으면 안 된다. 그 읽기 속에서 책의 내용은 **이미 거기에 있는** 것으로서, 다시 말해 비시간적이며 개개의 읽기 행위의 편차에서는 독립한 것으로 구성된다. 실은 책의 두번째 정의는 최초의 정의를 배반하고 있으며 그래서 이 두 가지의 공존을 당연시하는 입장은 신비주의 혹은 미신에 지나지 않는다. 사람이 내용의 구성을 고려하려고 한다면 책이란 관념은 더 이상 도움이 되지 않을 것이다. 우리에게 필요한 것은 텍스트라는 개념이며, 그것은 주체와 읽기의 행위를 포괄한다. 독서에서 '나'는 마치 텍스트의 외부에 서 있는 것처럼 텍스트와 대면하는 것이 아니다. 독서에서 '나'는 텍스트 안에서 구성되며, 그것은 메시지의 동일성으로서의 책이 텍스트 안에서 구성되는 것과 같다.

앞서 살펴보았던 것처럼 18세기 담론의 조직화에서 텍스트와 책의 차이라는 문제를 둘러싸고 발화행위에 중요한 역할이 부여되었다. 발화행위는 수행상황 속에서 행위된 발화[37]와 동일시되었다. 이것은 말하는

---

37) 독자는 이 발화행위와 오스틴의 언어행위론이 유사하다는 것을 깨달을 것이다. J. L. Austin, *How to Do Things with Words*, Harvard U. P., 1962(坂本百大 訳,『言語と行為』, 大修館書店, 1978)[김영진 옮김,『말과 행위』, 서광사, 1992]. John Searle, *Speech Acts*, Cambridge U. P.,

주체가 사물과 타자와 능동적인 일체성으로 투입되는, 말을 세계 속에 정박시키는 행위였다.

그럼에도 불구하고 자크 데리다가 정확하게 논했던 것처럼 "모든 표기mark를 반복하는 가능성과 그들을 규정하는 가능성은 모든 코드에 포함되어 있어, 그리고 그 가능성이 모든 코드를 제3자에게, 가능한 모든 사용자에게 **반복될 수 있는**, 전달 가능하며 전송 가능하며 해독 가능한 하나의 격자이게 하"[38]는 것이다. 여기서는 데리다의 설명이 발신자나 말하는 주체, 그리고 수행상황에 대해서까지 부연할 수 있으며, 또한 실제로 그러했다라고 말해 두면 충분할 것이다. 발화행위가 반복 가능하다는 것은 발화된 말과 발화행위의 지평 사이에 균열이 존재한다는 것과 마찬가지이다. 즉 발화행위가 반복 가능하면 그것은 이미 발화행위가 아니다. 발화된 말로서만 그것은 스스로를 반복할 수 있다. 데리다는 다음과 같이 말하고 있다. "모든 쓰기를 의미론적 지평 내지는 해석학적 지평으로부터 끌어내릴 것. 적어도 의미의 지평이라는 범위에서는 쓰기에 의해 억지로 파열시켜 버릴 것", 그리고 "콘텍스트──'현실적'인 것이든 '언어적'인 것이든 불문하고──라는 개념의 실격 내지는 그 한계. 왜냐하면 쓰기는 콘텍스트의 이론적 규정과 경험적 포화를, 엄밀하게 말하면 불가능하게 혹은 불충분하게 하기 때문이다".[39] 이로써 18세기 저술가들이 그토록 절실하게 바랐던 발화행위의 반복 가능성 자체가 발화행위에 의

1969(坂本百大·土屋俊 訳, 『言語行為』, 勁草書房, 1986)를 참조.

38) Jacques Derrida, "Signature Event Context", *Margins of Philosophy*, trans. Alan Bass, University of Chicago Press, 1982, pp. 315~316(*Marges, de la philosophie*, Minuit, 1972; 高橋允昭 訳, 「署名 出来事 コンテクスト」, 『現代思想』, 総特集=デリダ─言語行為とコミュニケーション, 1988년 5월 임시증간호, 20~21쪽). 강조는 인용자(사카이 나오키).

39) *ibid.*, pp. 315~316(같은 책, 22쪽).

해 부정된다. 발화행위의 가능성은 이미 발화행위를 기원의 장면으로 회귀시킬 수 없다는 것으로 증명되고 있었다.

그러므로 나는 18세기 문법학자들이 고대에 존재했다고 주장했던 것, 텍스트 배후의 기원의 목소리라고 믿었던 것을 실재적인 것으로 보는 것을 거부하지만, 그것은 그러한 주장이 사실로서 올바르지 않기 때문이 아니라, 그렇게 주장을 하는 행위가 이미 근본적인 모순을 잉태하고 있기 때문이다. 실재적인 발화행위라든가 기원의 발화라는 것은 없다. 발화는 처음부터 비현전이 낳는 반복이다. 그 대신 나는 그들의 담론을 이해하기 위해 이러한 발화행위의 개념이 어떻게 이러한 담론공간에서 탄생했는가를 보는 것을 과제로 삼았다. 다시 말해 나는 생산물이 생산을 낳고 발화된 말이 발화행위를 낳는다는 전제로부터 출발했다.

발화행위는 실재적으로 쉽사리 포착할 수 없는 성질이 있다. 이 현실은 발화행위 자체를 끊임없이 배반하며 동일성과 개념으로는 포착할 수 없다. 발화행위는 원칙적으로 쓰기 뒤에, 텍스트성 뒤에 온다. 거기에서는 저자, 화자, 독자 모두 다만 죽은 자와 부재로서만 나타난다. 이러한 관점에 비추어볼 때에 상실로서의 죽음이라고 하는, 텍스트 생산에서 이와 같이 본질적인 것이 왜 18세기 담론에서 편집증적으로 부정되고 폐기되어야만 했던가는 명확하다. 부단히 거절되고 배제되었던 것은 텍스트의 편제에서 고유한 죽음으로, 거기에서 죽음은 발화 자체의 가능성을 나타내고 있다. 따라서 죽음과 삶의 이항대립은 다른 지배적인 대립, 다시 말해 발화된 말과 발화행위에 밀접하게 관계되어 있었다. 쓰기, 표의문자, 체언은 자주 죽음의 징후와 등치되었고, 발화, 표음문자, 용언은 신체, 활력, 운동, 행위와 관련을 맺고 있었다. 그렇지만 인형조루리의 분석에서 제시한 바와 같이, 기술 가능한 사건으로서 발화행위는 이들 이항대립 자체로부터 구성되었으며, 결코 텍스트성에서 독립된 '실재적인' 것으로 규정되는 일은 없었다. 그것이 사건으로 불리기 위해서는 그것은 분명히 텍스트에 등록되는 현상에 속해야 했으며, 텍스트 외적인 현실에 속해서는 안 되는 것이었다. 오직 죽음과 삶, 발화된 말과 발화행위, 그리고 쓰기와 말하기의 대립이 그러한 담론의 구성에 앞선다고 굳게 믿는 조건 하에서만, 사건은 텍스트 외적인 현실에 속하는 것으로 나타날 수 있었다. 즉 죽음의 폐기를 선언함에도 불구하고 죽음을 제거하는 행위는 항상 죽음의 자명성을 전제로 하는 것이었으며, 그렇지 않다면 논의 전체가 무의미해져 버리는 것이었다. 따라서 죽음을 제거하는 과정은 결코 끝나지 않는다. 그것을 제거하는 것은 동시에 그것을 발생시키는 것이기 때문이다. 이러한 대립들은 모두 그것 자신에서 실체를 확립하는 것과는 상당한 거리가 있으며, 차이의 유희를 계속 활성화시키는 것이며, 해소 불가능한 형태로 **차연**差延과 관련을 맺고 있다. 내가 확인한 대립들에 의해 이 담론공간이 지배받고 있는 한에서 그것은 필연적인 차이의 장으로서 발생하며 재생되고 있었다.

이러한 담론구성체의 배분질서에 따라, 동일한 것 혹은 이와 같이 구성된 민족적 동일성은 부단히 타자와 교환되고 있었다. 18세기에 부단히 참조되는 동일한 것의 이미지는 이윽고 동일한 것을 하나의 타자로서 규정하는 담론장치로 기능하게 된다. 자신을 규정하는 거울로서 타자를 매개하지 않고서는 민족의 동일성은 결코 생각될 수도 투사될 수도 없었다. 그러나 민족의 동일성이 확인될 때마다 그것은 자기에 대한 타자로서, 자기와는 다른 타자로서, 자기로부터 떨어진 타자로서 확정되었다. 자기와 동일한 것으로 타자를 보는 것, 즉 (그 자신에게서) 동일한 것을 보는 시도는 필연적으로 반복 운동, 되풀이할 가능성을 발생시킨다. 동일한 것은 자신으로 회귀하는 과정 없이는 무의미하기 때문이다. 데리다가 말한 것처럼 "'iter', 즉 '다시 한번'은 산스크리트어에서 타他를 의미하는 *itara*로부터 나온 것이다. 그러므로 다음에서 말하는 것은 모두 반복을 타자성과 관련짓는 (논리의) 착취exploitation로서 읽혀질 수 있"을 것이다. 반복 가능성은 "쓰기와 같은 표기 자체를 구조로 만들고 있다. 게다가 어떤 유형의 쓰기든(즉 오래된 범주를 사용해 말하면 그림문자, 상형문자, 표의문자, 표음문자, 알파벳과 같은 어떤 유형의 쓰기라고 해도), 이 점에서 변화는 없다. 수신자의 죽음을 넘어서서 구조적으로 독해 가능하지 ──반복 가능하지 ──않은 쓰기는 쓰기가 아닐 것이다".[40]

데리다가 '쓰기'라는 말을 사용할 때는 쓰기와 발화의 이항대립에 의해 한정된 시야를 넘어서 음성중심주의에서 말하기의 우위가 상정하는, 욕망의 제한된 투여의 배분질서를 밝힌다. 동시에 그것은 말하기의 우선성이라는 성질을 주장하는 것이 불가능하다는 점을 알리고 있다. 균질적이며 무매개적인 말하기의 '그것 자신에 대한 현전'에서 민족적인 것과 자민족중심주의적 동일자를 보증하는 것이 아니라, 말하기 자체가 동일자를 타자로서 규정하고 있음이 드러난다. 말하기의 우선성을 통해서 성취할 수 있다고 생각되었던 주요한 이항대립 안에서 긍정적인 항만을 분리해서 마치 이들의 긍정적인 항에만 귀속되는 주어가 있는 것처럼 연결시키는 것이었다. 말할 것도 없이 이러한 주어는 나중에 '일본'이라고 불리게 된다. 이 일본이라고 불리는 담론의 실정성의 편제에서 쓰기는 소외, 지연, 타자의 규정, 역사적 시간에 의해 발생하는 이질성의 원인으로 파악되지만, 말하기는 무매개성, 동일한 것, 균질성 ──이들은 모두

---

40) *ibid.*, p.315(같은 책, 20쪽).

역사의 침식을 넘어서 있다고 믿어지는 것들이다——을 일본이라는 주어의 속성으로 존재한다고 상정된 '내부 영역'을 나타내는 것으로 완전히 이해된다.

동일한 것이 담론으로 구축되어야만 했다는 것은 따라서 '우리'와 '우리 자신' 사이를 떨어뜨리는 가장 전형적인 거리화의 형식을 통해서 민족적 동일성이 획득되었음을 보여 주고 있다. 이러한 거리는 동시에 동일한 것이 가능할 수 있는 조건이며, 그리고 또한 동일한 것의 규정이 모든 수단을 동원해 은폐하려고 하는 것이기도 하다. 이러한 반복 가능성과 타자성에 대한 열린 인식을 대가로 해서만 자민족중심주의가 발생할 수 있었다. 따라서 자민족중심주의에 순응하는 사람들을 위해서는 항상 이질성과 타자성을 억압할 필요가 있으며, 자민족중심주의를 정통으로 삼으려는 사람들을 위해서는 항상 지적인 기만이 요구된다.

언어의 가능성으로서의 죽음

이제야 나는 18세기 담론공간에 묻혀 있던 은폐와 전위의 네트워크를 충분히 다시 탐색해 볼 수 있게 되었다. 무매개성, 친밀성, 직접성의 이름 아래에서 모든 텍스트의 생산에 내재하는 죽음의 가능성, 아마 "나는 지금 거짓말을 하고 있습니다"와 같은 진술에 의해 가장 잘 예시되는 것처럼 죽음의 가능성이 위장되고 대체되어 최후에는 은폐되었다. 수행상황의 전체에 대한 직접적인 참여를 목표로 하는 지칠 줄 모르는 탐구는, 주장된 의도에도 불구하고 사람이 말하려고 했던 것과 실제 말한 것은 거짓말을 매개로 연결되고 있다는 인식을 이끌어 냈다. 여기에서 말하기란 직접 거짓말을 하는 것으로 언어 사용의 가능성, 사회적인 것의 가능성,

타자——자기의 대칭적인 반복 항으로서의, 혹은 상호주관적인 (소문자) 타자가 아니라 그 타자성에 있어 (대문자)타자——와의 해후 가능성은 이 매개체에서 교차한다. 궁극적으로는 이러한 근본적인 언어의 특성이 엄격하게 제거될 때에만 사람들은 침묵 아래로 나갈 수 있다. 가가와 가게키의 고전시학·시론이 우리에게 가르쳐 주듯이 그것도 역시 내면화된 성실함의 최종 형태이다. 언어에 있어 죽음의 전면적 부정이라고 부를 수 있는 극한에서 언어 전체의 거부, 언어의 완전한 죽음이 오히려 출현한다. 내가 말하려고 했던 것과 실제 말했던 것 사이의 균열을 언어로부터 배제하려는 노력은 언어를 완전히 말살하는 데 이르게 할 것이다. 발화행위의 완전한 현전은 완전한 부재와 동일한 의미가 되어 버린다.

나는 18세기 이론가들이 세계의 근본적인 병이라고 생각했던 것은 실제로 그들이 이와 같이 열심히 교정하려고 원했던 (언어의) 외부 세계보다는 그들의 언어관 자체에 서식하고 있었다고 생각한다. 이로써 18세기 담론공간은 침묵을 향한 내재적인 경향, 압도적인 직접성에 대한 고집으로 고충을 겪었다. 하지만 우리는 이러한 담론공간 역시 그 자신의 담론성을 문제화해서 그 한계를 지시하는 일종의 담론, 텍스트의 물질성의 문제가 실천적인 즉 윤리적인 문제들과 관련해서 제기되는 담론까지 포괄하고 있었던 것을 생각해야만 한다. 비판적인 담론에서는 사회성, 낯설게 하기, 언어에서 죽음의 가능성은 긍정되었고, 타자의 타자성은 담론으로의 영유에 대한 저항으로서, 결코 완전히 일반화될 수 없는 사고 불가능한 것으로서, 또한 (대문자)타자를 일반자로 환원할 때에 필연적으로 몰윤리적인 것이 되는 초월주의적 윤리에 대한 근본적인radical 비판으로서 존중받고 있었다. 이러한 가능성은 반복을 통해 물질성의 타자성이 결코 완전히 억압받는 일 없이, 반복 가능성에 계속해서 초점을 맞추는 점에서 성誠의 시학과는 정면으로 대립하는 것이었다. 이토 진사이의 논고에서 기원의 발화행위나 과거로 회귀하는 것에 대한 관심이 없는 것은 발화된 말과 발화행위를 '모노노아와레'와 성의 시학으로 서로 일치시키려는 압도적인 충동을 고려한다면 놀랄 만한 것이었다. 이것은 발화행위에 대한 관심이 전혀 없었다는 것이 아니라, 발화행위의 부정확한 성질과, 발화된 말과 발화행위 사이의 연결하기 힘든 거리가 철저하게 고찰되어 대화론의 성격을 가져왔기 때문이다. 여기에서는 언어의 기원과 발화행위의 신화, 직접성의 신화로부터 해방되어 있으며, 이 대화는 이질성, 다성성, 그리고 무엇보다도 타자의 타자성을 결코 없애려고 하지 않았다.

외부성

(대문자)타자의 타자성에 대한 주시는 확실히 민족적/국민적인 폐쇄성으로서의 '내부' 담론구성체에서 결정적인 역할을 수행한 외부 대 내부의 이항대립으로부터 사람들을 해방시키는 힘을 가지고 있었다. 낯설게 하기가 우리를 그곳으로 이끌어 주는 '외부성'이란 외부와는 다른 것으로 바로 외부와 내부의 대립 그 자체를 무효화하는 것이라고 말할 수 있다. 외부와 내부의 대립 기능은 대립하는 항을 **실질적인 것**으로서, 자율적인 동일성으로서 규정하는 데 있다. 외부성은 그 대신에 우리에게 그 대립을 **차연**으로서 민족적인 혹은 문화적인 동일성이 결코 완전하지 않은 장side으로 보도록 가르쳐 준다. 은폐와 전위의 네트워크를 폭로하기 위해 '외부성'이라는 용어를 사용하지 않고는 이러한 '차연'은 문화적 동일성의 논리와 쉽게 화해해 버릴 것이다. 그것은 단지 주체가 주어진 문화

적, 언어적, 또는 그 밖의 제도적 현실에 대해서 가질 수 있는 두 가지 가능한(귀속하든가 귀속하지 않든가) 관계 사이의 구별을 보여 줄 뿐이다. 그와 같은 양자택일을 규정하는 것이 도착倒錯을 나타내지 않고, 그것에 의해 주어진 공동체에 귀속할까 그렇지 않을까 하는 선택에 혼란스러울지도 모른다. 내가 제시하려고 노력해 온 바와 같이 이 내부와 외부의 대립은 텍스트 외적인 사건이 아니라 담론구성체의 한복판에서 일어난다. 그러므로 말할 필요도 없이 외부성이 이 대립 속에서 혹은 지리적인 일본이라는 영토 외부로서 이해되어서는 안 된다.

　최종적으로 나는 내가 서장에서 말한 외부성이란 결국 이토 진사이의 '사랑'愛 개념과 그렇게 차이가 없는 것이라는 인식에 도달했다. 외부성, 혹은 '외부의 사고'[41]에서의 '외부'는 우리가 과거를 우리 자신의 과거로서 보거나 그렇게 함으로써 과거를 우리의 현재로 통합하는 것을 거부하는 것과 같은 종류의 역사 기술의 가능성을 일러 준다. 그것은 국민사를 거절하는 역사를 암시한다. 그것은 '실재하는' 문화적 동일성의 입장으로서 기능하는 것도 아니며(왜냐하면 문화의 동일성은 담론에서만 자명한 것이 될 수 있기 때문에), 국민의식을 확립하기 위한 불가피한 결과로서 기능하는 것도 아니다. 오히려 거기에서 텍스트가 보이고 읽히며 쓰이며, 산출되는 특별한 원근법으로서 그것이 기능하는 것이다. 따라서 외부성은 우리를 억압하는 어떤 정치 체제이든 정치 체제를 정통화하는 것을 사명으로 하는 역사에 대해 공범자가 되는 것을 우리가 거절할 수 있도록 한다.

　18세기 담론에서는 의식으로서 소묘되는 주관적인 내부에 빠질 위

---

41) Michel Foucault, *La pensée du debors*, Fata Morgana, 1986.

험이 오늘날만큼 심각하지 않았을 것이다. 왜냐하면 의식이라는 개념을 가능하게 하는 인식론적인 틀에 대해 텍스트의 부단한 저항이 있었기 때문이며, 또한 '마음'[心]이라는 개념을 비판하는 철학적 논의가 있었기 때문이다.[42] 다른 한편으로 문화적·자민족중심주의적 폐쇄성이라고 말할 수 있는 내부성은 나의 연구방법에 대해 부단한 위협이 되고 있다. 나는 내부가 그와 같은 것으로서 출현하기 위한 역사적인 선험성을 소요하는 관점에서 문제가 되는 시기의 텍스트를 읽었다. 거듭, 내부는 비역사적인 본질로서 위치를 부여받아서는 안 된다고 나는 경고해야만 했다.

이러한 모든 노력은 내부의 형성에 선행하는, 텍스트의 차원에 전략적인 초점을 맞추기를 요구한다. 나의 독해가 목표로 하는 텍스트성의 장은 내부와 외부의 대립이 실질적인 것으로 지각되는 담론공간 외부에서 발견되어야만 할 것이다. 살아 있는 체험에 참여하려는 해석학적인 유혹에 굴하는 대신에, 또한 나의 모든 발화를 특정한 생활세계의 지평과 관련을 지으려고 공상하는 대신에, 이 책에서 나는 담론구성체에 의거해 분석을 시도했다. 바꿔 말하면 나는 민족적인 폐쇄성의 외부에 자리한 것을 탐구했다. 민족의 구축이 비판적으로 해석될 수 있는 외부성의 장소, 즉 불가능성의 자리에서 말하려고 노력했던 것이다.

---

42) 물론 '마음'을 '의식'과 직접 동일시해서는 안 된다. 그렇지만 내가 예증하려고 한 바와 같이 어떤 문맥에서 이들은 아주 유사한 것으로 보인다. 만약 우리가 의식을 개별 주체에서 고유한 것으로 오인되는 언어의 영역으로서 해석한다면 도쿠가와시대의 담론은 우리의 것과 별반 다르지 않을 것이다. 도쿠가와시대 사상사 연구에서는 근대인을 주체적인 내면성에서 발견하려는 많은 시도가 이루어졌다. 예를 들면 비토 마사히데(尾藤正英, 『日本封建思想史硏究』, 靑木書店, 1961)를 참조할 수 있다.

결론

국민어와 주체성

나는 이 책의 서두에서 몇 가지 물음을 제시했다.──언어란 무엇인가? 언어가 아닌 것이란 무엇인가? '나'란 무엇인가? 특정한 언어에 귀속된다는 것은 어떤 것인가? 특정한 언어가 '나'에게 귀속되는 것이란 어떤 것인가? 마치 결정적으로 정의하는 것처럼, (혹은 본질로서) 답을 기대하는 것처럼 나는 굳이 이러한 의문에서 '무엇인가', 혹은 '어떤 것인가'라는 물음을 던졌다. 그리고 나는 최선을 다해서 이러한 물음을 던짐으로써 말할 수 있는 모든 논점을 잃지 않도록 노력했다. 첫번째 논점은 어느 특수한 국민 언어, 민족 언어, 혹은 지역 언어와 일반 언어 사이의 양의적인 경계와 관련된 것이다. 두번째 논점은 서브젝트subject를 다양하게 한정하는 말──주어, 주관, 주제, 주체 등──과 관련해서 언어 내에서 '나' 혹은 그 등가물을 사용하는 것과 관련을 맺고 있다. 첫번째 논점에 집중할 경우에 나는 억지로 어떤 원칙과 관련을 지어 말하려 했다. 그것은 어느 순수한 고대의 원초적인 언어가 연대기적 시간 속에서 어떻게 분할되고 오염되고 침식당했는가를 묻는 대신에 순수하며 내적인 일관성을 지니는 언어라는 이념이 잡종적인 모든 언어로부터 어떻게 생성되었는가를 물었다. 즉 나는 수미일관하게 언어란 항상 잡종적이라는 이념을 갖고 내 논의를 가다듬었다.

내가 독해했던 18세기 담론은 앞에서 말했던 문제를 아주 간결하게 나타내고 있다. 일본어라는 통일체는 담론으로 사고 가능하며, 공약 가능한 차이들끼리의 만남을 묘사하기 위해 환기된 하나의 작위(즉 발명)라는 것에 의심의 여지가 없다. 이러한 장치에 의해 『고지키』와 같은 기존 담론의 내부에서는 순응할 수 없었던 것이 모두 한 묶음으로 이해되어 '우리'에 대해서 동일화할 수 있는 하나의 타자로서 기존 담론에 도용되었다. 이러한 담론적 발명은 공약 불가능한 것을 공약 불가능한 것으로 이해하는 것과, 사고 불가능한 것을 사고 불가능한 것으로 결정하는 것에 대한 회로를 열어 주었다고 말할 수 있을 것이다. 그것은 이제까지 침묵을 강요받았던 장을 드러내어 서로 다른 실천계와 이 장을 연결하는 데에 성공했다. 궤변이라고 여길지 모르지만, 그것은 가령 사람들이 만나더라도 함께 사고하며 이해될 수도 없었던 것이 한정되고 정의되어 사고되었으며, 더 나아가 사고 불가능한 것으로서 완전히 이해되는 과정을 개시했다. 공약 불가능한 것은 이로써 동일화되어 **실천이 아닌 이론에서는 공약 가능한 것**으로 등록되었다.

이와 같은 사태를 설명하기 위해 외국어를 예로 들면 도움이 될지 모른다. 논의를 알기 쉽게 하기 위해 어떤 한 외국어를 우리가 전혀 이해할 수 없다고 상정해 보자. 다시 말해 어떤 한 외국어를 가장 근본적인 미지의 것으로 파악해 두자. 그런데 우리가 외국어와 처음 만날 때 우리는 그것을 이해하지 못한다는 사실 속에서 타자성의 만남을 인식한다. 우리가 외국어를 이해하지 못하는 것은 우리가 매체에서 분절된 의미작용을 파악할 수 없을뿐더러, 우리는 매체에서 언어와 비언어의 차이까지도 구별할 수 없음을 의미한다. '우리'의 언어에서는 수행해야만 하는 역할이 전혀 없는 음조^{pitch}가 외국어에서는 결정적인 역할을 수행할지도 모르며, 수에서의 양수형兩數形과 성에서의 중성中性의 경우처럼 '우리' 언어에서는 전혀 의미 없는 범주가 외국어에서는 매우 중요할지도 모른다. 그러나 외국어에 관한 한 가장 중요한 점은 우리가 그것을 이해하지 못한다는 것, 그러므로 우리는 외국어에 익숙하지 않은 특징에 주의할 수 없다는 것이다. 원칙적으로 우리에게 그 언어가 미지의 것이고 이질적인 것은 우리가 그것을 우리의 언어와는 다른 언어로서 분류해 결정할 수 없기 때문이 아니라, 우리가 처음부터 그것을 전혀 동일화시킬 수 없기 때문이다. 같은 이유에서 우리는 우리의 언어가 어디까지이며 어디에서부터 외국어가 시작되는지, 우리가 이해하는 언어가 어느 시점부터 이해할 수 없게 되는지를 알 수 없다. '우리'의 언어 안에는 많은 방언들이 있을 테지만, 어떤 방언이 어느 시점에서 '우리' 언어이기를 멈추고 다른 언어에 속하기 시작하는 것인가를 구분할 수 있는 방법은 사실상 없다. 우리는 '우리' 언어의 끝과 다른 언어의 시작이 어디인가를 말할 수 없다.

사고 불가능한 것을 사고 불가능한 것으로 결정함으로써 발생하는 문제를 명확히 하기 위해 시야 영역과 **나의** 세계의 한계를 둘러싼 비트겐슈타인의 유명한 논의에 대해 생각해 볼 필요가 있지 않을까. 다만 여기에서 다음의 명제를 재현함에 있어 비트겐슈타인이 사용한 '언어'와 '논리'라는 용법을 그대로 주저 없이 사용하지 않는다는 것을 이해해 주었으면 한다.

5 · 6

나의 언어의 한계들은 나의 세계의 한계들을 의미한다.

5 · 61

논리는 세계를 가득 채우고 있다; 세계의 한계들은 또한 논리의 한계들이기도 하다.

그러므로 우리는 논리학에서 이렇게 말할 수 없다. 즉 이것과 이것은 세계 내에 존재하고, 저것은 존재하지 않는다고.

왜냐하면 외견상 그것은 우리가 어떤 가능성들을 배제한다고 전제하게 될 터인데, 이는 사실일 수 없기 때문이다. 왜냐하면 그렇지 않다면 논리는 세계의 한계들을 넘어가야만 할 테니까; 요컨대 만일 논리가 이 한계들을 다른 쪽으로부터도 고찰할 수 있다면 말이다.

우리가 생각할 수 없는 것을 우리는 생각할 수 없다; 그러므로 우리는 또한 우리가 생각할 수 없는 것을 **말할** 수도 없다. ……

5 · 632

주체는 세계에 속하지 않는다. 그것은 오히려 세계의 한계이다.

5 · 633

세계 **속** 어디에 형이상학적 주체가 발견될 수 있는가?

당신은 여기에서 사정은 눈과 시야의 관계와 전적으로 같다고 말한다.

그러나 당신은 실제로 눈을 보지는 **않는다.**

그리고 **시야 속에 있는** 어떤 것도, 그것을 어떤 눈이 보고 있다는 추론을 허용하지 않는다.[1]

---

1) Ludwig Wittgenstein, *Tractatus Logico-Philosophicus*, Kegan Paul, pp.148~151; 山元一郎 訳, 『論理哲学論』 5, 山元一郎 編, 『ラッセル, ウィトゲンシュタイン, ホワイトヘッド』(世界の名著 58), 中央公論社, 1971, 403~404쪽[이영철 옮김, 『논리-철학 논고』, 책세상, 2006, 92~94쪽].

이 타자성에서 우리는 어떤 외국어를 '우리' 언어와 대치시킬 수 없으며, 사고 가능한 것과 대치되는 것으로서 사고 불가능한 것을 동일화시킬 수도 없다. 그러나 우리는 우리가 이해하지 못하는 많은 언어가 존재한다는 것을 알고 있다고 생각한다. 우리가 그렇게 생각하는 것은 우리가 외국어에 의해 이해하는 것이 그야말로 담론 안에서 상상된 대상이라는 사실을 보여 준다. 즉 우리가 이해하지도 경험하지도 못한 것이 담론 안에서 구성된 대상과 관련해서 동일화되고 있다. 그러므로 우리가 모든 외국어를 그 외래성/이방성으로 경험하는 것은 불가능하다. 그것들은 환영적인 것은 아니지만, 상상적인 것이다. 왜냐하면 환영적인 객체의 경우는 지시대상의 부재를 증명하기 위한 일종의 절차가 존재하지만, 사람들은 상상적인 객체가 존재하지 않는 것을 표시할 수는 없기 때문이다. 우리는 그것을 분별할 수 없기 때문에 그야말로 동일화시킬 수 없는 언어는 근본적으로 외래적/이방적이다. 그러나 어떤 지시대상이 존재하지 않는 것을 표시하기 위해 사람들은 우선 처음에 외국어의 이름과 그 지시대상과의 관련을 나타낼 필요가 있다. 그런데 언어의 이름을 그 언어의 활동에 귀속시키는 능력이야말로 우리가 소유하고 있지 않은 것이다. 그럼에도 불구하고 우리는 우리가 이해할 수도 경험할 수도 없는 상상 위에 객체가 존재한다고 믿고 있으며, 그들 상상적 객체는 우리가 그 안에서 살아가고 있는 사회적 현실의 무엇과도 바꿀 수 없는 일부이다.

결국 일본어의 발명이란 첫째로, 사고 가능한 것과 사고 불가능한 것을 구별하는 것이다. 그것은 마치 우리의 이해가 이 구별을 '저쪽에서' 고찰할 수 있으며, 사고 불가능한 것의 공약 불가능성을 사고할 수 있게 되어 일종의 초월적 시점이 존재한다는 듯이 믿어 버리는 것이다. 둘째로, 그것은 하나의 언어(이 경우 일본어)의 경계가 '우리'의 사고에 내재하고 있기 때문에 우리는 그 언어 통일체의 외부에서 발생하는 것을 사고할 수 없다고 설명하는 것이다. 이때 언어 일반으로부터 특정 언어로 최초의 중요한 전위가 발생하고 있는 것에 주의하기 바란다. 그리고 이와 같은 일본어를 구성하는 것에서 이중조작이 진행되고 있다. 한편으로 우리의 사고는 우리의 국민어에 대한 귀속에 의해 선행 결정되고 있다고 주장된다. 다른 한편으로 우리가 어떤 특정한 방식으로 사고하며 지각하는 것을 가능하게 하는 일종의 문화적 혹은 언어적 주체성이 마치 우리가 자기 자신의 눈을 볼 수 있는 것처럼 하나의 동일성으로서 **보고 대상화하여 확정**할 수 있다고 상정되는 것이다. 이와 관련하여, 비트겐슈타인은 '언어'라는 말을 국민어에 한하는 의미로 사용하지는 않았다.

이렇게 보면 하나의 민족적인 '폐쇄'로서의 일본어의 발명은 분명하게 서로 다른 두 개의 주체성을 동시에 규정할 것을 요구한다. 그 중 한쪽을 초월론적, 다른 한쪽을 경험적이라고 불러도 좋을지 모른다. 초월론적 주체성transcendental subjectivity은 사고 불가능한 것이 한계의 저쪽에 있는 것으로서 이해 가능한 것을 보증하며, 경험적 주체성empirical subjectivity은 사고 불가능한 것은 문자 그대로 이해 불가능하다는 것을 확인하고 있다. 그러므로 그 언어(일본어)를 말할 수 없는 사람은 그 언어의 화자에 의해 점유된 경험적 주체성과의 관련 속에서 초월론적 주체성의 위치를 차지하려고 할지 모른다. 그러나 동일한 논의가 초월론적 입장의 언어에도 적용될 수 있다는 것은 전적으로 확실하며, 그렇기 때문에 객체로서의 언어가 선행 결정된 한계로 보였던 것도 실은 마찬가지로 선행 결정되었을 초월론적 관찰자의 언어의 반영과 구별할 수 없게 될 것이다. 여기에서 발생하고 있는 것은 전형적인 언어적·문화적 유아론이다.

여기에서 나는 일본어라는 통일체를 구성하고 있는 것, 다시 말해 무엇이 국어라는 통일체를 만들어 내고 있는가를 물어야만 한다. 다만 동어반복에 빠지지 않고 이 물음에 대답하는 것은 생각보다 쉽지 않다. 일본의 여러 언어학자와 철학자가 자주 이 물음에 직면했다는 것을 알고 있지만, 나는 우선 일본어라는 통일체에 관해서 도키에다 모토키가 논의한 것을 살펴보겠다. 왜냐하면 도키에다의 논의는 일본어라고 상정된 것의 구체적인 특성에 대해 주의를 기울인 점에서 본보기가 될 만하며, 언어와 주체성이라는 개념의 함정에 관해서도 대단히 깊은 통찰을 담고 있기 때문이다.

보통 도키에다 국어학이라고 불리는 것은 국어라는 개념에 아주 중요한 역할을 맡고 있다. 도키에다는 언어학자의 사명은 언어의 본질을 아는 것이라고 정의했다. 그는 일반 언어학에서 개별적인 언어를 연역하는 것이 아니라, 그 반대로 개별 언어 연구를 통해서 언어에 관한 기존의 일반적 관점을 끊임없이 의심하게 하는 방식의 언어 연구를 제안했다. 그는 이러한 언어학의 관점을 언어 일반을 다룬다고 하는 언어철학과 개별의 모든 언어에 대한 실증적인 검토를 반드시 포함하는 언어학 사이의 관계로까지 확장했다. 언어철학을 폐기하는 대신에 그가 강조했던 것은 개별 언어 연구를 언어 일반의 본질에 관한 지배적인 견해를 의심하며 도전하기 위한 기회로서 파악해야만 한다는 것이었으며, 개별 언어 연구는 언어철학적인 이론의 엄밀함을 요구하고 있다는 것이었다. 여기에서 암시되는 것은 19세기 유럽 언어학에 대한 명백한 비판으로, 그가 생각하기에 유럽의 언어학은 근대 유럽 언어에 관한 통속적 개념을 그대로 언어의 보편적인 본질이라고 소박하게 상정해 버리고 있다. 나아가 도키에다는 민족중심주의적이지 않은 언어 연구, 언어 일반에 대한 이해의 추구와 개별 언어에 대한 검토 사이의 관계를 이제까지와는 다른 각도에서 생각하는 언어 연구를 모색하기 위한 이론적인 밑그림을 그렸다. 그래서 그는 언어를 그 보편적 특성을 통해 다루면서 각각의 상이한 공동체와 사회 집단이 소유한 언어의 상(像)에 내재한 고유한 차이를 무시하는 경향이 있는 언어철학은, 개별 언어를 직접 검토하는 이들에 의해 항상 되물어져야만 한다고 주장했다. 이러한 의미에서 그는 모든 언어학자는 언어철학자가 되어야 하며, 한 언어에 관한 경험적 데이터를 기술하기 위한 틀로서 기능하는 언어 본질관을 항상 검토하고 재평가하지 않으면 안 된다고 논했다. 도키에다는 이로써 언어학자는 언어적 현상에 관해 생성된, 경험적이고 객관적인 데이터뿐만 아니라, 언어에 관한 지식을 가능하게 하는 조건 그 자체, 즉 오늘날 우리라면 언어학의 에피스테메라고 부를 법한, 언어에 관한 지식을 일군의 실정성으로 규정하게 하는 조건에도 주의를 기울일 것을 요구했다.

도키에다의 논의를 따라가다 보면 필연적으로 보편적 용어를 이용하여, 분절화할 수밖에 없는 언어의 본질이라는 것과 어떤 특수한 언어, 즉 국어,[2] 혹은 그 사람 자신의 국민어(이 경우 일본어)의 특수성 사이의

---

2) 문자 그대로 번역하면 국(나라, 국가, 국민 등)과 어(언어, 말, 말하기 등)의 두 한자로 이루어지는 '국어'란 어느 나라의 언어 혹은 국민언어를 말한다. 근대 일본에서 국(國)은 항상 근대국가 혹은 국민국가를 의미한다. 이 양자와 지방의 말(오규가 말하는 이언(俚言)) 즉, 국(國)이 근대국가와 결코 일치하지 않는 어느 지방이나 마을의 방언과 비교해 보라. 이 '국어'라는 숙어에서는 수식어구가 없이 국(國)이 사용되고 있는 것에 주목할 가치가 있다. 다시 말해 이것은 국(國)이라고 하는 것, 보통 국민을 의미하는 것에 불과하다. '국어'라는 숙어는 말하는 자와 말해지는 자의 관계를 암암리에 결정하고 있지만, 그것은 말하는 자와 말해지는 자가 다른 국민성을 가진 경우, 이 말이 원칙적으로 상이한 국민어를 지시하기 때문이다. 그것은 유사한 전환사(shifter) 기능('우리'라는 전환사가 전형적이다)이 유럽어에서는 인칭대명사에 의해 표시되고 있는 것과 마찬가지이다. 더욱이 이 언어는 말하는 자와 말해지는 자가 두 개의 상이한 국민에 속하는 경우에는 사용할 수 없다. 그러므로 어느 언어 공동체는 이 말을 사용함으로써 자기언급적으로 지시되고 있는 것이다.

대립을 되묻지 않을 수 없게 된다. 바로 이 대립에 기반해서 그는 그때까지와는 다른 방식으로 언어학을 개념화했다. 국어학의 의의에 관해 그가 말한 논점은 언어를 연구하는 사람(주관이라는 의미에서 서브젝트)이 그의 연구 테마(주제라는 의미의 서브젝트)와 어떻게 관계하고 있는가라는 것이었다. 언어학이라는 학문 분야에서 언어학적 지식이 형성될 때 언어 연구자와 그 언어 자체의 관계에 관한 문제라는 문맥의 바깥에서는, 도키에다의 '국어' 혹은 '특수 언어'의 개념은 사실상 공허해 보였다.

도키에다에게 언어란 말하고 읽고 듣고 쓰는 구체적인 행위로 이루어지는 것이며, 이러한 활동 바깥에서는 전혀 이해할 수 없는 것이었다. 이러한 관점에 의하면 언어란 일종의 **주체적** 행위이며, 경험적 혹은 구체적인 언어 연구 대상은 이 주체적 행위 이외에는 없는 것이다. 그러나 일상생활에서 언어를 연구 대상으로 취급하는 사람은 없다. 언어가 존재할 때 '나'는 언어행위에 종사하지, 언어에 대한 관찰자의 입장을 취하지는 않는다. 현상학과 해석학에 많은 것을 의존하고 있다는 것을 제시하는 방법으로 도키에다는 주체적 입장과 관찰자적 입장의 구별을 정립하면서, 주체적 입장이 관찰자적 입장에 대해 이론적으로 선행한다는 점을 강조했다. 언어는 주체적 행위 ──언어에 대해 언어 사용자의 입장은 원초적으로 주체적 입장일 수밖에 없다── 에서만 존재하므로 관찰자적 입장은 주체적 입장에 대해 이론적으로 항상 뒤에 오기 마련이다. 바꿔 말하면, 주체는 주관에, 즉 언어를 그 이론적인 응시의 대상물로서 규정하는 인식론적 주관에 반드시 선행한다. 결국 행위적 주체 혹은 행위하는 주체로서 내가 말하고 듣고 쓰고 읽는 한에서만 언어는 우리에게 주어진다. 도키에다는 다음과 같이 쓰고 있다.

만약 언어에 대한 관찰적인 입장에서 대상으로서의 언어를 나와 타자의 주체적인 행위를 벗어나 외재하는 실체적인 것으로 생각해서, 이것을 사용할 때에만 주체와의 관련을 생각할 수 있다면, 언어의 관찰에서 주체적인 의식이라는 것을 생각할 여지는 전혀 존재하지 않는다.[3]

주체적 행위와 언어의 관계를 역설하는 것은, 도키에다도 그 일원으로 참가해서 소쉬르의 언어학에 대한 반론을 제기하기도 했던, 1920년대부터 30년대 초반에 걸쳐 일본의 언어학계 내에서 급속하게 고개를 들었던 학문적 논쟁의 문맥에서 아주 중요했다. 그의 비판은 랑그라는 소쉬르의 개념에, 오늘날의 관점에서 보다 엄밀하게 말하면 공시성共時性과 동시성同時性을 구분하지 못하는[4] 소쉬르의 랑그 개념에 대한 소박한 독해에 직접 향해 있었다. 도키에다는 암묵적으로 실체로 파악하기 쉬운 한 언어의 통일체와, 서로 모순되지 않는 규칙과 규칙성으로 구성되어 폐쇄된 체계성으로서 상정되었던 랑그를 무매개적으로 동일시하는 것에 대해 경고했던 것이다.

그럼에도 불구하고 도키에다는 국어 혹은 특수 언어에 관한 자신의 생각을 명쾌하게 설명하기 위해 랑그와 같은 용어를 계속 사용했다. 소쉬르의 용어를 변형하여 다시 이용하는 이 전략에서도 공시성과 동시성을 구별하지 못했기 때문에 발생한 모든 문제를 나는 간과할 수 없다. 언어를 실체화하는 사고방식에 대한 그의 비판에서도 언어의 실체화가 문화, 국민, 그리고 그 밖의 실정성의 본질화와 어떤 공범관계에 있었는가

---

3) 時枝誠記, 『国語学言論』, 岩波書店, 1941, 27쪽.
4) 이 책 7장의 주 30)을 참조하시오.

에 대해 명확한 설명은 없었다.

국어를 정의할 때에 도키에다가 주장한 것은 일본어란 민족이나 언어공동체로서의 일본인이 상용한 언어도 아니고, 일본이라는 국민국가에 의해 제도화된 언어도 아니라는 점이었다. 실제 그는 자신의 언어학적 연구 대상으로서의 일본어는 일본민족에 속하지 않는 사람들과 일본이라는 국가의 통치권 바깥에 존재하는 사람들이 사용하는 일본어도 필연적으로 포함한다고 논하고 있다.[5] 그러므로 도키에다 국어학에 관한 한 일본어의 동일성이 민족의 동일성과 국가에 의해 제도화된 국민적 동일성과 일본의 영토라고 하는 통일체로서 부여되는 일은 결코 있을 수 없다. 일본어의 정의에서 민족적·국민적인 동일성이라는 것은 중요하지 않다. 그것은 반드시 일본인이 아닌 사람들이 말하는 언어까지도 모두 포함해야 하기 때문이다. 언어 그 자체의 외부에 있는 지시대상이라는 관점에서 일본어를 정의하는 대신에 도키에다는 다른 정의를 제안했다. "국어는 곧 일본어적인 성격을 가진 언어의 총체가 되는 것이다."[6] 그 자신이 명기하고 있는 것처럼 이러한 정의는 분명히 순환적이다. 왜냐하면 일본어를 이와 같이 특징짓는 것들이 언어 연구의 마지막에만 드러나고 알 수 있는 것들이기 때문이다. 만약 그것이 처음부터 알 수 있는 것이라면 그것을 동일화하기 위해 언어학자가 오랫동안 연구를 실행할 필요는 없다. 여기에서 도키에다가 강조한 것은 이 순환성 —— 해석학적 순환의

---

5) 언어 지식의 역사적 중요성에 대해 내가 도키에다 언어학이 외국인에 대한 개방성 때문에 덜 정치적이었다고 주장하고 있는 것은 아니라는 점에 주의해 주기 바란다. 분명히 도키에다 언어학은 일본 국민주의(1930년대부터 40년대 전반, 그것은 동시에 제국주의였던 점을 잊어서는 안 된다)의 일환을 이루고 있다. 이런 종류의 개방성은 역사적 상황에 의해 그 정치적 의의가 달라진다. 때로는 반대의 정치적 효과를 낳을 가능성도 있다.

6) 時枝誠記, 『国語学史』, 第1部 「序說」, 岩波書店, 1940, 5쪽.

한 변종——의 필요성이며, 그의 주장에 의하면 그것은 문화 과학의 모든 대상에 내재한다. 다시 말해 일본어의 성격이야말로 국어학 고유의 대상을 결정하는데, 그것은 또한 국어학의 목적이자 국어학이 상정하는 목표를 향해 언어 연구를 이끌고 동기를 부여하는 목적이기도 하다.

일본어라는 통일체는 **조정된 이념**이며, 이러한 의미에서 **체계성을 가진 통일체로서의 일본어는 존재하지 않는다.** 왜냐하면 이러한 통일체는 언어학 연구를 통해서 상상력에 의해 부단히 재생산되지 않으면 안 되기 때문이다. 그러므로 언어 연구는 비정치적이기는커녕 사회적 현실의 제작^{poiesis}과 깊은 관련을 맺고 있다. 다시 말해 그 과학적인 모습에도 불구하고(혹은 도리어 "그 때문에"라고 말할 수 있을지도 모르겠다), 언어 연구는 진술적이기보다는 언어수행적인 것으로 존재했다. 즉 언어 연구는 공동체적 자기를 작위/발명하기 위한 수단이었다. 말할 것도 없지만 공동체적인 자기라는 동일성을 수립하기 위해서는 사람들이 모방적으로 동일화하는 타자를 발명할 필요가 있으며, 18세기의 고대 중국어와 고대 일본어 연구는 확실히 이 점을 보여 준다.

서둘러 도키에다에 의한 일본어의 정의를 개관해 보았는데, 이러다 보니 그가 최초로 설정한 주체적 입장과 관찰자적 입장의 대립을 다시 한번 살펴볼 필요가 있다. 일본어의 성격은 언어 연구의 궁극적인 목표로서 확인되지만, 그것을 확인하기 위해서는 언어를 주체적 행위로서 보는 대신에 오히려 언어를 관찰과 분석과 앎의 대상으로 파악하는 관찰자적 입장을 필요로 한다. 도키에다는 이 점에 대해 확실하게 말하지 않았지만, 그의 개념 구축은, 주체라는 의미에서의 주체는 인식하는 서브젝트 혹은 앎의 대상으로서 언어를 규정하는 주관과 명확하게 구별할 필요가 있다는 것을 시사하고 있다. 실제로 어떤 언어에 참가하여 그 언어로 살아가는 주체가, 주관이 그 언어를 안다고 하는 의미에서 그 언어를 아는 일은 결코 없다.

도키에다 국어학에서 일본어의 지위는 아주 양가적^{ambivalent}이다. 무엇보다 그것은 처음부터 주체적 행위로 이해되었는데, 이러한 이해 없이는 일본어를 어떤 특수한 언어로서 동일시할 수조차 없기 때문이다. 일본어는 칸트가 말하는 의미에서 경험으로 알게 되거나 주어지는 것이 아니지만, 그 대신 하나의 목표 혹은 '이념'과 같은 것으로서 규정해야만 하는 것은 이 때문이다. 다만 이념이란 정의상, 경험으로는 부재한 것을 말한다. 일본어는 경험 가능성의 조건에 순응하는 존재자가 아니다. 그 것은 경험[7] 가능성의 조건에 순응할 수 없는 '사물 자체'로서의 '나'와 아주 흡사하다. '나'라는 것을 경험할 수 없는 것과 마찬가지로 일본어라는 통일체도 경험할 수 없다. 결국 일본어라는 통일체는 형이상학의 문제인 것이다.

그러므로 다수의 한학자와 국학자가 당시 언어 상황의 잡종성에 대해 위기 의식을 가진 이유를 언어가 투명성을 잃어 사람들 사이의 전달 기능을 상실했기 때문이라는 역사적 사실에 대한 인과 관계에서 유추할 수는 없다. 그것은 경험의 문제가 아닌 것이다(여기에서 인과율에 의거해 역사적 설명을 구하는 것은 일본어의 이념이 생성하는 우연성·사실성을 은폐해 버리는 일이라고 생각할 수 있다. 더욱이 역사적 변화에서 궁극적인 기초 작업을 추구하는 것도 역시 할 수 없을 것이다. 역사는 정신의 자기 전개로도 이성의 목적론으로서도 생각할 수 없다. 역사에는 최종적인 근거가 존재하지 않기 때문이다). 그것이 아니라 투명하고 균질적이며 잡종성을 가

---

7) 여기에서 나는 '경험'이라는 용어를 칸트의 Erfahrung이라는 의미에서 사용하고 있다.

지지 않는 순수한 일본어라는 이념이 다언어성을 완전히 이해하는 커다란 변환에 동반하여 등장하는 것과 그들의 위기위식은 서로 관련되어 있었다. 투명하며 균질적인 언어의 형상을 상정함으로써 불투명하며 균질적이지 않은 기존의 언어를 지각할 수가 있었다. 다시 말해 일본어의 사산은 동시에 순수하며 균질한 비잡종적인 언어에 대한 욕망을 환기시켰던 것이다.

무엇보다 조정된 이념은 반드시 다언어성을 배제하지 않는다. 오히려 이념은 반복과 관련해서 보면 잡종성으로 가능하다는 것을 기억해야 한다. 질 들뢰즈가 주장하고 있는 것처럼, 다언어성은 반드시 비분할체/통일체individual로서 언어의 다원적인 병존으로 생각할 필요가 없다. "이념들은 다양체들이다. 각각의 이념은 어떤 다양체, 어떤 변이체이다. …… 즉 다양체는 다자多者와 일자一者 사이의 어떤 조합이 아니라 오히려 거꾸로 본연의 다자 그 자체에 고유한 어떤 조직화를 지칭해야 한다. 이 조직화는 어떤 체계를 형성하지만, 이를 위해 결코 어떤 통일성도 필요로 하지 않는다."[8] '하나'의 지배 아래에서 '다수'가 합쳐질 필요는 없다. 공시적 전체성으로서의 '랑그'와 구별되었던 의미에서 '체계'는 통일을 필요로 하지 않으며 '다수'로서의 다수에서도 체계를 생각할 수 없다. 체계와 체계성의 구별이 중요한 것은 이 때문이다. 즉 이러한 통일성을 필요로 하지 않는 다언어성을 구상하는 능력의 상실을 동반하면서 일본어는 탄생되었던 것이며, 일본어는 **체계성**으로서 상상되었던 것이다.

---

8) Gilles Deleuze, *Différence et répétition*, PUF, 1968, p.236; 財津理 訳, 『差異と反復』, 河出書房新社, 1992, 278쪽[김상환 옮김, 『차이와 반복』, 민음사, 2004, 397~398쪽].

언어의 본래성

그러나 경험에 있어 일본어라는 통일체의 부재는 자기촉발성auto-affection 혹은 자기언급성referentiality에 관한 논의와 연관되지 않는 한 나타날 수 없을 것이라고 논하는 사람도 당연히 있을 것이다. 이미 여기에서 나는 '나'의 지위에 관한 두번째의 논점으로 옮아 가고 있다. 왜냐하면 '나'를 분별하는 데에 사용된 절차와, 자기 자신의 언어를 분별하는 데에 사용된 다른 절차를 비교하는 것은 충분히 타당하다고 생각되기 때문이다. 주체는 항상 언어로 구축된다는 것이 에밀 벤베니스트의 이해였지만, 벤베니스트의 의미로서가 아니라 오히려 어떤 언어를 분별한다는 의미에서 언어와 주체성의 문제가 만나는 것이라고 나는 생각한다.

만약 언어를 분별할 수 있는 랑그로서 경험할 수 없다면 자기의 모어를 어떻게 이야기할 수 있을까. 우선 나는 자기촉발성과 자기언급성에 관한 논의는 반드시 어떤 언어를 이미 분별하는 것으로 하는 전제에 선행한다는 것을 명확히 말해 둘 필요가 있다. 이들 용어에서 'auto'와 'self'는 어떤 언어가 미리 분별되지 않으면 무의미하기 때문이다. 분별하는 작업 과정을 설명하기 위하여 많은 이론적인 결함이 있음에도 불구하고, 주체와 자기언급성의 문제를 실은 간결하게 파악하고 있는 도키에다의 찬합형 구조 도식을 다시 한번 살펴보기로 하자.

도쿠가와시대의 언어 연구가 부여해 준 통찰을 답습해서 도키에다는 발화의 형식을 시詞와 지辭의 조합으로 해석했다. 나는 시와 지를 각각 주제와 술어 같은 것으로 보았다. 주어-계사繫辭-술어라는 전통적인 도식과는 다르게 도키에다가 설명하려고 했던 것은 내용(시)이 용기(지)에 포섭될 경우 술어 내부에 주제가 포위됨에 따른 발화의 종합적인 통일이었다. 이 도식과 관련해서 그는 나와는 상당히 다른 '주체'라는 용어의 용법에 대해 설명하고 있다.

누누이 문법상의 주격이 언어의 주체처럼 생각되지만, 주격은 언어로 표현될 수 있는 소재 사이의 관계의 논리적 규정에 의거한 것으로 언어 행위자인 주체와는 전혀 별개의 것이다. …… 다음으로 문법상의 제1인칭이 주체로 생각되는 것이 있다. 과연 '나는 읽었다'라는 표현에서 이 말을 한 것은 '나'이기 때문에 제1인칭은 언어의 주체를 표현하고 있는 것처럼 생각된다. 그러나 더욱 잘 생각해 보건대, '나'라는 것은 주체 그 자체가 아니라 주체가 객관화되어 소재화된 것으로 주체 자신의 표현이 아니다. 객체화되어 소재화된 것은 객체화되고 소재화되었다는 사실에 의해 이미 주체의 바깥에 놓여진 것이기 때문이다. '나'와 앞의 예 ["고양이가 쥐를 먹는다"]의 '고양이' 사이에 서로 다른 점은 '내'가 주체의 객체화인 데 비해 '고양이'는 완전히 제3자가 소재화된 것이다. …… 제1인칭은 제2, 제3인칭과 마찬가지로 완전히 소재에 관한 것이다. …… 언어의 주체는 절대로 표현의 소재로서 동렬 혹은 동격에서 자기를 언어로 표현하지 않는다. 비유하자면, 이것은 화가가 자화상을 그리는 경우에 그려진 자기 모습은 화가의 주체 그 자체가 아니라 주체가 객관화되어 소재화된 것으로 그때의 주체는 자화상을 그리는 화가 그 자신이 된다. 언어의 경우에서도 마찬가지로 '내가 읽었다'라고 했을 때의 '나'는 주체 그것이 아니라, 주체가 객관화된 것으로 '내가 읽었다'고 하는 표현을 이루는 것이 주체가 되는 것이다. 주체는 '나'라는 말에 의해 자기를 표현하고 있는 것이 아니라, 만약 주체의 표현 그 자체를 알려고 한다면 '내가 읽었다' 전체를 주체적 표현이라고 생각해야만 한다.[9]

주격은 주체의 객체화에 불과한 주제라는 이유에서 주체는 주격과 신중하게 구별할 필요가 있다. 내가 이해하기로는, 도키에다가 말하고 있는 것은 주체가 자기표현을 하는 것은 그 안에서 주체가 발화의 한 구성요소로서 주제화되는 발화를 창조하는 것에 의해서라는 점이다. 그러나 도키에다의 상당히 자의적인 '표현'이라는 용어 사용에 덧붙여 발화행위의 주체에 관한 그의 설명에서 몇 가지 논리적 문제점에 주목하지 않을 수 없다. 주체의 객체화 혹은 주제화는 주체라는 실체가 미리 있어서 그 주체가 외면화되는 것인가, 혹은 대상이나 주제로 외면화되는 것을 시사하고 있는 것인가? '화가 자신'과 비교하고 있는 '화자 자신'에 의해, 도키에다는 도대체 무엇을 말하고 싶은 것일까? 내가 보기에는 그가 발화행위 주체의 존재를 전제로 하고 있는 것과 발화행위 주체를 주제로 환원 불가능함을 논증하고 있는 것은 명백하다. 그리고 그는 궁극적으로 장면이라고 불리는 계기를 정립할 수밖에 없다. 장면도 벤베니스트의 대화의 심급과 유사한 것으로 그 안에서 주체는 원초적으로 발화의 주체와 동일하며 내부적으로는 발화행위와 청자에게 모두 존재한다.[10] 장면과의 관계에서 도키에다는 화자 자신을 동일시할 수 있다고 믿고 있다. 그러나 이 개념을 도식화한 경우 그는 주체로서 제시되는 시점에서 떨어진 한 관점이 주체의 장면을 이해하는 데에 필요 불가결하다는 점을 언급하지 않고 있다. 다시 말해 주체를 이와 같은 것으로 표상하기 위해서는 주체의 시점 이외의 시점을 필요로 한다. 눈을 보기 위해서는 다른 눈이 필요하다. 주체는 상상적인 심급 이외에서는 생각할 수조차 없다. 이로써

---

9) 時枝誠記, 『国語学言論』, 第1篇 「総論」, 41~43쪽.

10) '장면'이라는 개념에 대해서는 『国語学言論』, 43~50쪽, 156~161쪽, 434~441쪽을 참고하기 바란다.

도키에다의 주체는 발화행위 주체와 다르지 않다. 이 점에서 말한다면 발화행위에서 분열은 장면에 선행한다. 그의 집착에도 불구하고 원초성을 장면에 대응시키는 것은 불가능하다. 여기에서도 또한 발화행위의 주체와 주체가 살아 있다고 상정되는 발화행위의 장면은 분명히 상상적 심급에 있다.

그럼에도 불구하고 도키에다가 주체로서의 서브젝트와, 주제 혹은 주어로서의 서브젝트의 근원적이지만 필연적인 균열을 명확하게 지적한 점은 분명히 해둘 가치가 있다. 그렇기 때문에 그는 찬합형 구조의 도식에서 술어(지) ── 내용을 포섭하는 것으로 주제화하는 용기 ── 의 방향으로 주체를 정했다. 이 경우에 문제가 되는 것은 술어적 한정으로, 그것은 동일성으로서는 결코 존재하지 않는 주체가 현전하는 것과, 현전에서 배제되는 것 사이의 분리를 도입함으로써 사물을 대상화하여 주제화하여 액자에 넣는frame ── 혹은 조작하는frame up ── 과정이다. 이러한 의미에서 발화를 제공하는 주체와 그 발화에서 수많은 '소재'[11]의 하나에 불과한 주격을 지시하는 '나'와 같은 주제 사이에 일대일의 관계를 설정하는 것은 불가능하다. 다시 말해 도키에다가 생각했던 것과 같은 주체가 아니라 '슈타이'여서 그것은 발화행위가 우선 분열 혹은 모순으로서 인식되게 하는 부차/주변parergonal적인 과정의 작용 인자이다. 그러나 바로 이러한 과정의 특징 때문에 '슈타이'는 그것을 동일한 것으로 동일시하려는 시도가 이루어지자마자 주제에서 벗어나는 것으로 이해될 필요가 있다. 이 때문에 '슈타이'는 주어, 주제, 그리고 존재 일반과의 관계에

---

11) '소재'에 대한 도키에다 모토키의 설명은 『国語学言論』, 50~56쪽, 403~406쪽을 참고하기 바란다.

서 초월하는 것을 말한다. 그러므로 스스로의 신체, 다시 말해 상정과 상상 위에서 말하는 자에게 고유한 신체의 거울 영상 이미지와 동일시할 수 없는 것이다. '슈타이'는 모든 거울 영상 이미지와의 관계에서도 초월적이다. 그러므로 나는 발화행위의 주체와는 확실히 다른 '발화행위 신체'를 영어로 'the body of the enunciation'이라고 번역했다.

도키에다는 찬합형 구조의 도식으로 일본어의 특성을 찾으려고 했지만, 동일한 문제가 근대 서양철학에서도 논해졌다. 사실 내가 이 연구에서 제시했던 서브젝트를 나타내는 다양한 말——주어, 주제, 주관, 주체——은 전통적으로 일본에서 사용된 용어가 아니다. 이들은 역사적 문맥에서 잡종어이며 주로 근대 유럽의 철학 논고를 번역하는 과정에서 발명되었고, 근대 일본의 철학자가 서브젝티비티에 내재된 질문을 만나 이론적으로 답변해야만 했을 경우에 나뉘어 번역되었던 것이다.[12]

---

12) 일본철학이라는 개념의 가장 중요한 정의는 일본어라는 매개에 의한 철학적 논의의 집합이 될 것이지만, 이 개념에 내재하는 양의성을 생각할 때 애초부터 '일본철학'이라는 것을 나는 어떻게 이해해야만 할까라는 문제를 피할 수 없다. 일본어로 하는 철학이라는 표제 아래에서 집필된 막대한 양의 책과 논문을 보아도 근대 일본철학의 담론에서 '토착적인' 것은 거의 없다고 말해도 좋다. 그들 대부분은 번역을 통해 서양으로부터 도입된 용어를 이용해서 유럽과 미국에서 출판된 철학문헌을 논하고 있다. 불과 몇 안 되는 예외를 제외하면 일본철학이 다루어 온 주제, 개념, 의문은 유럽철학과 아무런 차이가 없다. 그야말로 이 'subject'라는 용어가 좋은 예일 것이다. 유럽철학을 수입하기 이전에 동아시아 사상계에서 'subject'에 해당하는 말이 있었다는 것을 나는 알지 못한다. 물론 나중에 'subject'와 관련해서 고찰된 문제들이 메이지 이전의 일본에 없었던 것은 아니다. 물론 '일본'이라든가 '일본어'라는 개념이 지니는 문제성을 고려한 다음에 말하고 있는 것이지만, 주체성에 관한 문제가 출현한 것은 'subject'라는 용어가 '일본어'로 번역되었을 때라고 말해도 지장은 없을 것이라고 믿고 있다. 번역을 통해서 철학의 문제가 발생했던 것이다. 이렇게 해서 'subject'라는 용어의 다양하며 변화가 많은 일본어 번역이 일종의 배분질서로 통제되어 있는 것처럼 보이는 담론의 배치를 형성했다. 그러나 이 배분질서는 사람을 배반한다. 'subject'의 배치는 한 철학자의 전 생애와 한 권의 책에서조차 어떤 주제적인 장소(서브젝트의 그리스어 hypokeimenon)에서 다른 주제적인 장소로 이동/유전한다는 것에 주의해 둘 필요가 있다. 이 불안정함은 저자 쪽의 일관성과 엄밀함의 결여에 속하는 경우가 있는 것을 나는 인정한다. 그러나 이것은

앞에서 말한 논점이 예를 들면 존재론 비판이라는 문맥에서 철저하게 탐구된 이상 '서브젝트'라는 말의 번역은 주격이라는 의미에서 서브젝트를 어떤 한 명제의 주어와 동일하다고 가정해서 당연시하는 기묘한 습관에 대처하지 않을 수 없었다. 그리고 명제에 있어서 주어-서브젝트는 계사繫辭에 의해 술어와 연결된 결과, 존재자의 무리에 들어간다. 말하며 행동하는 개인을 의미하는 데에 '주체-서브젝트'라는 말을 번잡하게 사용함으로써 상황을 더욱 복잡하게 했다. 그러므로 주체-서브젝트는 사고되었던 것, 혹은 주체라는 의미에서 주제-서브젝트이면서 동시에 사고하는 자를 가리키고 있다.

동일한 문제는 예를 들어 칸트의 유명한 진술 "나는 생각한다'(라는 의식)는 나의 일체의 표상에 따르지 않으면 안 된다"로서도 나타난다. 그는 다음과 같이 자세히 말하고 있다. "모든 판단에서 항상 나는 판단을 구성하는 바의 관계를 규정하는 주관이다.' …… 사유하는 '나'(주관)는 사유에서 항상 주어라고 간주될 수 있다──바꿔 말하면 술어와 같이 단지 사유에 부속하는 것이 아닌 뭔가 어떤 것이라고 간주될 수 있다는 정도의 의미가 아니면 안 된다."[13] 'subject', 'predicate', 그리고

주체성이라는 문제 설정 그 자체의 불안정함을 반영하고 있기도 하다. 일본 사상계에서는 철학이라는 학문이 '수입'되기까지 주체성이라는 문제 설정이 존재하지 않았다는 것과, 그 것은 근대 철학을 읽고 이해하는 과정에서 생겼다는 것을 상기할 필요가 있다. 이 점에서 이 불안정함은 실제로 근대 철학 담론 그 자체에 내재하고 있다. 바꿔 말하면 애초부터 번역을 필요로 했던 명백한 모든 차이가 서양철학과 일본철학 사이에 인정되었음에도 불구하고 일본철학을 근대 서구철학의 외부에 있는 어떤 실체로서 파악하는 것은 완전히 불가능한 것이다. 철학에서는 '토착'의 화자가 없으며, 모든 철학은 수입품이며 사람이 외국인으로 사고할 때에 비로소 철학이 가능하게 되었다.

13) Immanuel Kant, *Critique of Pure Reason*, trans. Norman Kemp Smith, St. Martin's Press, 1929, pp.152(B131), 369(B407); *Kritik der reinen Vernunft*, 1787; 篠田英雄 訳,『純粹理性批判』, 岩波書店, 1962, 上卷 175쪽, 中卷 65쪽.

'judgment'와 같은 중요어(이들은 이미 독일어에서 영어로 번역된 것이지만)의 번역에서 혹은 이것들을 번역하는 경우에 맞닥뜨렸을 여러 가지 곤란함을 통해서, 철학자·번역자는 합리성을 수립하기 위해 이루어진 비합리적인 결단의 순간에, 즉 자신이 의거할 수 있는 이성이 결여되어 있다는 상황의 한가운데에서 초월론적인 합리성을 설정하는 결정을 칸트가 했던 것과 유사한 순간에 직면했을 것이다. 여기에서 '나'는 지금 칸트가 인식하여 자기의 초월론적 형이상학의 '이념'으로 향하기 위해 극복한 심연이라는 장소를 목격하는 증인인지도 모른다.

표상을 동반하는 일반의식으로서든 판단을 총합하는 자기의식으로서든 '나는 생각한다'에서는 동시에 주어와 술어의 결합과 그것을 결합시키는 행위가 동일시되어 있다. 그리고 '나'라는 말에서 교차하는 이들 두 개의 서로 다른 운동은 주체라는 용어로 연결되어 융합된다. 그러나 어떤 일본인 철학자들은——많은 서구·비서구의 철학자와 마찬가지로——다른 표상과 결합되는 표상과 이들 표상을 결합하는 것, 즉 판단과의 차이를 무시할 수 없었다. 그 때문에 칸트의 일본어 번역은 주어라는 의미에서의 서브젝트와, 주관이라는 의미에서의 서브젝트 사이에서 끊임없이 흔들리고 있는 것처럼 보인다. 그리고 이러한 흔들림에서 드러나는 것은 인식론적 주관을 명제의 주어와 동일시해야만 하는 그 어떤 내재적인 이유도 없다는 것이다. 이러한 등식은 일본에서도 관습으로 당연시되어 왔지만, 두 개의 상이한 개념성에 동일한 용어를 부여하는 것 역시 문제가 있으며 여러 물음을 초래하고 만다.

아무리 순수하고 자연스럽게 보여도 이러한 등식에는 그것을 유지하기 위한 일종의 속박과 억압이 불가결하다. 첫째로, 칸트는 이 문제를 부차적으로밖에 다루지 않았기 때문에 이러한 등식을 자연스러운 것으로 보이게 하기 위해 발화행위라는 측면에 주의를 기울이지 않고 있다. 주어라는 의미에서의 서브젝트는 어떤 명제와 진술에서만 주어로서 동일시할 수 있을 것이다. 그러나 분명히 발화되지 않으면 진술은 존재하지 않고, 따라서 주어도 존재하지 않는다. 칸트의 논의가 초월론적인 성격을 지니는 이상, 어떤 한 개인의 진술이 실질적으로 생산되는 어떤 특정한 역사적 사례의 분석을 요구하는 것은 물론 불가능하다. 그와 같은 요구는 요점을 벗어난 것인데, 그것은 초월론적인 것의 타당성과 경험적인 것을 혼동하고 있기 때문이다. 나의 탐구는 물론 경험론적으로 특정된 진술의 생산에 관한 것이 아니다.

내게 방치할 수 없는 문제는 어떤 진술을 한정할 때 '나는 생각한다'의 역할에 관한 칸트의 주장을 부연함으로써 분명해질 수 있을 것이다. 진술도 표상의 한 예이므로 모든 표상에 '나는 생각한다'가 동반되기 때문에, 진술에도 반드시 '나는 생각한다'가 동반될 수 있다. 그러므로 진술 A가 존재한다고 가정하면 그 진술은 다음과 같이 재편성될 수 있다.

A
|
나는 A를 생각한다.

이와 같이 나는 다른 진술 A*, 즉 '나는 A를 생각한다'를 얻는다. 그리고 이 진술 A*에서도 '나는 생각한다'를 동반할 수 있다.

A*
|
나는 A*를 생각한다 = 나는 '나는 A를 생각한다'를 생각한다.

이와 같은 수순은 도키에다의 찬합형 구조 도식처럼 분명히 무한 반복될 가능성이 있다.[14] 질 들뢰즈는 이것을 "반복의 힘으로서의 무한 후퇴"[15]라고 불렀다. 나는 이와 같은 도식적인 설명이 칸트의 논의의 설득력을 바로 떨어뜨린다고 믿지는 않지만, 그러나 그것 없이는 그의 논의를 유지할 수 없게 되는 두 가지 전제를 나타내는 데에는 충분하다고 생각한다. 첫째, 칸트의 주장은 '나는 생각한다'가 발화되지 않든가, 혹은 말로 명확히 말해지지 않는 한에서 유지할 수 있다. 이것에 부수해서 가정되는 것은 의식이란 발화에 있어 실제로 움직이게 하는 것과는 관계가 없는 개념화가 가능한 것이라는 생각이다. 둘째, '나는 생각한다'의 '나'는 발화행위 이외의 수단을 통해서 '나'라는 말과 대응할 수 있게 되는 것으로서 정립되고 있다. 그것은 말하는 주체가 아니라 생각하는 주관이라는 이유에서 에밀 벤베니스트가 말하는 "'나'를 포함하는 현재의 대화의 심급에서 말해지고 있는" 바의 '나'라는 인칭/인격과 동일시할 수는 없

---

14) 유일한 차이는 종합적인 기능이 칸트의 도식에서는 주체/주어에 속해 있으며, 그 때문에 무한한 퇴행은 주어의 방향으로 '상승'하지만, 도키에다의 도식은 이 퇴행을 선도해서 술어의 위치로 '하강'시킨다고 하는 것이다. 그러므로 예를 들어 니시다 기타로는 논리적 술어주의를 제창해서 서구의 주어 중심에 대항했던 것이다. 주어주의는 도키에다의 체계를 일부 수정하면 다음과 같이 도식화할 수 있다.

이 점에서 니시다는 간단하게 주어-술어의 관계를 역전시켰다. 이 역전은 아마 그가 만년에 서양(유)과 동양(무)이라는 단순한 이항대립을 시인했던 것과 관련이 있을지도 모른다. 니시다 기타로의 『논리적 술어주의』(論理的述語主義; 『西田幾多郎』 第5巻, 岩波書店, 1965, 57~97쪽)를 참조하기 바란다.

15) G. Deleuze, *Différence et répétition*, p.203; 같은 책, 278쪽.

다. 그러나 이것은 '나는 생각한다'의 '나'를 초월론적 주관으로서 해석하는 또 다른 방법이며, 이러한 '나'는 대화의 심급으로 동일시할 수 있는 지시대상이 아니다.

진술에 '나는 생각한다'를 추가함으로써 밝혀지는 것은 생각하는 것과 말하는 것, 그리고 주관(인식론적 주관, 즉 아는 자)과 주체의 근본적인 차이다. 게다가 이 조작은 주관과 주체 양방향이라는 의미에서 서브젝트의 지위를 밝히며, 이들 모든 서브젝트를 주제로 해서 규정하거나 취급할 수 없다는 것을 예증한다. 초월론적인 변증법이라는 문맥이 아니면 주관도 주체도 주제화할 수 없다. 그리고 최종적으로는 '나는 생각한다'라는 특정한 명제에서 모든 개념을 동반하는 생生의 의식, 칸트도 표상 일반의 형식이라고 불렀던 것(나라면 재현/표상의 틀짜기라고 부를지도 모른다)을 연상시킬 필요는 없다는 것을 확인할 수 있다. 왜냐하면 발화행위에 한해 모든 표상에 동반할 초월론적인 주체는 탈주하거나 붙들 수 없기 때문이다. 다시 말해 **그것은 '나'일 필요는 없으며 다만 X이면 그만이다.** 이것은 초월론적 주체는 하나의 주체라고 불리지 않아도 된다는 것을 말한다. 주체에 관한 논의에서 칸트는 이 점을 잘 알고 있었다. 다시 말하면 칸트는 작용 인자the agent of action가 주어propositional subject와 동일시되는 실천계를 설정했지만, 이 양자는 필연적인 관련을 맺지 않는다는 점을 인정하고 있었다. 이것이 내가 실천계라고 부르는 가장 좋은 예의 하나이다. 그리고 최종 단계에서 이것은 언어결정론도 문화결정론도 아니고 언표적인 명제의 문제이다.[16]

이렇게 보면 이미 칸트에게 슈타이와 서브젝트의 관계는 이야기하기 힘든 문제였다.[17] 나는 주체와 슈타이 사이에 필연적인 관계가 있을 것이라는 이유는 전혀 찾지 못했다. 이것은 바로 사람이 주체로서 자기 자신의 상상적 관계를 살아가고 실천하며 자기가 살았던(즉 상상된) 체험에서 자기 자신을 주체로 상상하는 실천계로서의 이데올로기 문제에 다름 아니다.

---

16) 이 점에 대해서는 아무리 강조해도 지나치지 않는다. 내가 이제까지 참조했던 저술가 중에 니시다 기타로와 줄리아 크리스테바 두 사람은 각자의 방식으로 문화주의와 관계를 가졌다. 그들은 모두 주체성에 관한 문제에 깊은 통찰을 보여 주었고, 근대철학에 있어서 주체적 입장의 형성에 대해 상세하게 논했다. 두 사람의 문화주의는 이론적으로 아주 세련되어 있지만, 니시다가 주체주의라고 부른 것을 비판하기 위해 양자는 모두 너무 단순한 이항대립에 호소하고 있다. 크리스테바는 어떻게 서구를 구제할 것인가라고 하는 사명 아래에서 인종주의에 호소하고 말았다. 니시다는 주체주의에 대항하는 것으로 술어주의를 들고 나왔으나, 그것은 동양(the Orient)과 서양(the Occident)의 대립과 같은 것이었다. 크리스테바는 남성적인 것과 여성적인 것 사이에서 마찬가지의 대립을 들고 나왔다. 내가 보기에 두 사람은 모두 서양의 실체화를 이끌어 결국 각자 기원으로의 회귀(동양으로의 회귀, 그리고 서양으로의 회귀)를 준비했다고 여겨진다.

17) 많은 논자가 주체(subject)의 애매한 위치에 대해 언급했다. 예를 들어 Martin Heidegger, *On Time and Being*, trans. Joan Stambaugh, Harper Torchbooks, 1972, p.18(*Zur Sache und Denkens*, Max Niemeyer, 1969; 辻村公一, ハルトムート·ブフナー 訳, 『思索の事柄へ』, 筑摩書房, 1974, 36~37쪽) 참조.──문법 및 논리학의 규칙으로 해석하면 진술되는 어떤 것이 주어로 표시된다. 그것은 즉 기체(基體, hypokeimenon), 이미 직전에 가로놓여 있는 것, 이미 어떤 방식으로 현전(現前)하고 있는 것이다. 주어에 술어로서 귀속하는 것이라고 알려진 것은 현전하고 있는 것과 함께 이미 동시에 함께 현전한 것으로, 즉 부대적인 것(symbebekos), 우연적인 것(accidens)으로 표시된다. 예를 들어 이 강당은 조명받고 있다(라는 경우의 조명받고 있는 것). "'그것'은 존재를 부여한다"라는 경우의 '그것'에는 현전하는 것과 같은 것의 현전을 말하고 있으며, 이와 같은 방식으로 일종의 존재를 말하고 있다. 만약 우리가 '그것' 대신에 존재를 둔다면 그 경우에는 "'그것'은 존재를 부여한다"라는 명제는, 존재는 존재를 부여한다는 정도를 말하고 있다. 그것에 의해 우리는 이 강의의 시작에 언급했던 여러 가지 곤란함으로 다시 되돌아간다. 그러나 시간은 '존재하'는 것이 아닌 것과 마찬가지로 존재는 '존재하'는 것이 아니다. 그러므로 우리는 바야흐로 단독성에서 '그것'을 결정하려는 시도를 완전히 버려야만 한다. 그러나 '그것'은 적어도 당분간 우리에게 사용 가능한 해석으로는 현전하지 않는 현전을 이름 붙이고 있다는 것은 마음에 담아 두어야 한다.

모리스 블랑쇼는 『문학의 공간』에서 다음과 같이 말하고 있다.──"쓴다는 것은 끝나지 않는 것, 끊이지 않는 것이다. 흔히 작가는 '나'를 말하기를 거절한다고 한다. 카프카는 놀랍게도 홀린 듯이 기뻐하며, '나'라는 말을 '그'라는 말로 대체할 수 있었을 때 문학에 들어섰다고 말한다. 그것은 사실이다. 하지만 그로 인한 변화는 훨씬 더 심각하다. 작가는 아무도 말하지 않는, 누구에게도 건네지지 않는, 중심도 없고 아무것도 드러내지 않는 언어에 속해 있다. 이

보편주의와 특수주의

도키에다는 주체적 입장의 우선성을 강조했지만 나는 관찰자의 입장에서 언어를 파악한 다음 비로소 주체적 입장에서 언어라는 살아 있는 경험을 알 수 있다는 것을 밝혔다. 이상하게 들릴지 모르지만 어떤 사람이 모어에 적극적인 관심을 기울이는 것은 사후事後에 상상된 구축물인 것이다. 다시 말해 한 언어의 체계성은 주체적인 입장과 관찰자의 입장의 거리 덕분에 동일시할 수 있는 규칙들로서 발견될 수 있게 된다. 그러나 만약 사람들이 더욱더 서로 다른 입장을 채용한다면 어떤 특정한 언어를 연구하기 위해 언어학자가 가정하는 관찰자의 입장도 실은 하나의 주체적 입장에 불과하다. 확실히 대상언어와의 관계에서 관찰자의 태도는 관찰자의 입장이지만, 자기 연구 대상을 기술하고 분석할 때 그 사람에게 대상화되어 있지 않은 주체적 입장에서 살고 있어서, 그 사람의 주체적 행위 자체는 또 다른 관찰자의 입장에서 대상화된다. 이론상 앞에서 말한 찬합형 구조의 퇴행현상과 동일한 것이 주체적 입장과 관찰자의 입장

언어 가운데 자신을 긍정하고 있다고 그는 생각할 수 있다. 하지만 그가 긍정하는 것은 자신으로부터 완전히 벗어나 있다. 작가로서 그가 쓰여지는 것의 요구에 응하는 한 그는 결코 더 이상 자신을 표현할 수 없으며, 더 이상 너에게 호소할 수 없으며, 아직은 타인에게 발언권을 넘길 수 없다. 그가 존재하는 곳에, 오직 존재만이 말한다. 이것은 말이 말하지 않는다는 것을, 하지만 존재한다는 것을, 있음의 순수한 수동성에 헌신하고 있다는 것을 의미한다. / 쓴다는 것이 끝나지 않는 것에 자신을 맡기는 것일 때, 그러한 본질을 지키기를 받아들이는 작가는 '나'를 말할 권리를 상실한다." Maurice Blanchot, *The Space of Literature*, trans. Ann Smock, University of Nebraska Press, 1982; *L'espace littéraire*, Gallimard, 1955; 粟津則雄·出口裕弘 訳, 『文学空間』, 現代思潮社, 1962, 17~18쪽[이달승 옮김, 『문학의 공간』, 그린비, 2010, 22~23쪽). 또 Maurice Blanchot, "The Narrative Voice", *The Gaze of Orpheus*, trans. Lydia Davis, Station Hill, 1981, pp.133~134를 참조해 주기 바란다. 이렇게 보면 '나'와 '그것'(혹은 프로이트의 도식에 있어 이드id)의 애매한 관계는 일본어에 고유한 것이 아니며, '일본어에 있어 주체의 결여'에 대한 논의와는 전혀 관계가 없는 것을 알 수 있다.

사이에 발생할 수 있다. 관찰자의 입장은 어느 것을 취해도 이미 주체적 입장이므로 관찰자의 입장 등은 전혀 포함되지 않으며, 반성 의식을 완전히 결여하며 벤베니스트가 말한 대화의 심급과 같이 주체적 입장의 심급을 생각할 수 없다. 그것은 주체적 행위로부터 절대적으로 독립된 순수한 관찰자의 입장을 상상할 수 없는 것과 같다.

사람은 순수한 관찰자의 입장과 완전히 구별되지 않는 주체적 입장을 그저 맹목적으로 상정했을 경우에만, 어떤 특정한 한 언어에 대해 마치 그 언어에 관해 발견한 특성이 순수하며 단순하게 그 언어 자체에 존재하는 것처럼 관찰되어 분별이 가능하다고 믿을 수 있다. 어떤 언어의 문법은 다른 언어의 입장에서만 구별될 수 있다. 사람은 완전하다고까지는 말하지 않아도 필연적으로 자기 자신의 언어에 맹목적이지만, 그 언어는 어떤 특수한 언어의 특징으로 문제시되는 것에 항상 영향을 미치고 있다. 나는 이렇게 구별된 문법은 유효하지 않으며 자의적이라고 말하고 있는 것이 아니다. 실은 거꾸로 다른 언어가 해명되는 그 매체에 사람은 맹목적이기 때문에, 그로 인해 문법은 편리하게 사용될 수 있는 것이다. 어떤 한 언어를 대상 그 자체로서 철저하게 동일시할 수 있는 메타적 입장은 존재하지 않는다는 것을 기억해야만 한다. 슈타이를 완전히 결여한 인식론적 주관의 입장은 있을 수 없다. 관찰조차도 행위의 작용 인자를 요구하는 하나의 행위인 것이다. 이와 같이 초월적 시점의 규정은 이 언어를 이용하기 위해서는——예를 들면 그 언어를 습득하는 것——불필요한 것이지만, 이것은 어떤 언어의 통일체를 실체화하는 것에 대한 비판에 의해 도키에다가 제시하려고 했던 것이다.

이와 같은 초월적 시점을 규정하는 것과 상관하는 것이 대상언어의 본질화이다. 여기에서 언어 혹은 문화 본질주의가 발생한다. 언어 연구가 상정하는 대상언어(혹은 문화연구가 촉진했던 어떤 대상의 문화)의 이미지는 그 언어의 존재와 동일시되는 일이 자주 있다. 문화 본질주의자의 주장에 의하면 언어의 문법규칙이 언어(혹은 문화)의 구성원에 강요하는 체계적 제약 덕분에 그 구성원에게 표현 가능한 것과 불가능한 것이 선행 결정된다. 말하자면 그들은 이 언어에 의해 선천적으로 프로그램되어 있다는 것이다. 더구나 이와 같이 파악된 언어는 그 자체가 생명을 지니며 정확하게 동일하다고 말하지는 않지만, 자기를 계속적으로 재생산하는 유기체로서 가정되고 있다.

문화 본질주의자에게 언어란 항상 그들이 우연하게 속속들이 알고 있는 언어의 문법과는 구별되지 않는 실체이다. 다시 말해 그들은 어떤 언어에 대해서 많은 다른 문법이 존재할 수 있다는 것을 알지 못하며, 하나의 언어 통일체를 상상하는 방식에 관한 모든 문제에도 완전히 무지하다. 마찬가지로 그들의 대상화된 문화관에 대해서도 말할 수 있지만, 문화도 자립하는 유기체와 동일시되고 있다.

이와 같이 문화 본질주의자는 어떤 언어의 개별성은 정의 가능하다고 믿고 있으며, 주체적 행위에서 완전하게 자유로운 초월적 주관이 가능하다고 상정하고 있다. 어떤 개별 언어와 문화의 특수성을 존중하는 기색이 보이기는 하지만, 그들은 사실상 개별 문화의 실체화된 비역사적 본질을 직관할 수 있는 초월적이며 전지적인 입장을 상정하고 있다. 바로 이 때문에 특수주의와 보편주의(일반주의)로서 자주 참조되는 것은 공범관계에 있다. 그리고 그 이론적 귀결과 양자에 내재하는 독백론 때문에 특수주의도 보편주의도 문화적 유아론唯我論으로 사람을 끌고 가 버린다. 그리고 순수한 주관적 혹은 관찰자적 입장의 어느 쪽도 주체적(행위 인자라는 의미에서의 주체적) 행위 없이는 있을 수 없는 이상, 완전히 관찰자적인 언어도 없으며 완전히 주체적인 언어도 있을 수 없다.[18] 특수주의와 보편주의 ── 동일한 동전의 양면 ── 는 문화 형성 속에서 행위하며, 그것을 필연적으로 변화시키는 슈타이가 배제되어 슈타이가 국민어라는 주체성과, 나아가서는 국민적 동일성과 동일시되는 경우에 발생한다. 이토 진사이의 송리학 비판에서 확인했던 것처럼 발화행위의 신체를 배제하는 것은 그 자신의 내부와 외부에 있는 타자와의 만남을 필연적으로 배제한다는 것을 의미한다. 양자 모두 대화론적인 만남에 대한 불안에서 기인한다.

일본어의 부활/유신

18세기를 통해서 어떤 한 언어의 통일성이 상상되어 주제화되었던 논의와, 주제화에 의해 대상화되었던 언어의 차이는 예리하게 인식되고 있었다. 그러므로 오규 소라이의 경우에는 고대 중국어가, 국학자들의 경우에는 일본어가 과거의 언어로서 항상 규정되었지만, 그 누구도 그 언어가 현존한다고는 생각하지 않았다. 사상가들은 이러한 모든 언어는 과거의 어느 시점에는 존재했다고 믿었지만, 어떤 언어의 통일성은 동시대의 기존 공동체의 통일성과는 직접 등치될 수 없다는 의식을 유지하고 있었

---

18) 이제는 분명해졌다고 생각하지만, 보편주의 비판은 만인에 대한 **타당해야만 하는** 규칙의 부정을 요하지 않는다. 오히려 역으로 보편주의가 인식하지 못하는 것은 타자에 대한 개방성이다. 이것은 바로 보편주의가 '우리'와 '나'에게 일반적으로 타당한 것처럼 보이는 것이 타자에게도 무매개적으로 타당하다고 상정하고 있기 때문이다. 바꿔 말하면 보편주의는 일반성과 규범적인 보편성을 구별할 수 없다. 보편성으로 암묵적으로 이해되는 것은 '우리' 혹은 '나'는 보편적이라는 것을 알지 못한다는 것에 대응하는 근원적인 대화론성이며, 보편성은 '우리의' 혹은 '나의' 의식에 대해 항상 (외부성 혹은 타자성이라는 의미에서) 외부적인 것이다. 나는 보편적인 것을 추구함으로써 타자에 의해 가르침을 받지 않으면 안 된다.

다. 그들은 분명히 도쿠가와 막부체제가 단편화되어 혼란스럽고 내적 일관성이나 조화로운 것과는 동떨어져 있다고 파악했다. 그러나 내재적으로 균질하며 일관된 전체의 통일성, 혹은 '내부'라는 지위를 스스로 동시대의 정치체제에 포개어 생각하는 일을 다른 이유에서 거부했다. 한편 그 논의는 여전히 강력하게 비평적인 충동을 잉태하고 있었기 때문에, 그들은 균질한 '내부'의 이미지를 확정하여 소외되어 단편화된 동시대의 현실에 초점을 맞추려고 했다. 그러나 더 중요한 것은 윤리적 행위의 제작적·창조적 측면은 그들 담론에서는 대개 억압되고 있었지만, 그들은 아직 일본어는 잃어버린 '이념'으로서만 가능하지 필연적으로 존재하는 것은 아니라는 통찰은 어느 정도 유지하고 있었다. 확실히 일본어는 어디에도 존재하지 않는다는 점을 알고 있었다.

이러한 의미에서 나는 일본어와 그 '문화'는 18세기에 탄생했다고 주장한다. 한편으로 18세기의 일본어관과 메이지 시대 이후의 근대적인 일본어관의 차이에 대해서도 강조해야겠다. 19세기 말에 일본인이라는 통일체와 무매개적인 '우리'를 구분했던 거리가 붕괴되었다. 이러한 거리 덕분에 18세기 담론은 문화적 국민주의의 한 변종으로 완전히 퇴화하는 일은 없었다. 그러나 거리와 일본어의 상실에 대한 감각이 없어지자, 기존의 언어와 공동체가 일본인의 통일성과 '내부'로 동일시되었다. 이러한 동일시로 인해 사고 불가능한 장소를 배제하며 문화의 모든 제도를 표준화하여 언어를 균질화하는 일이 달성되었다. 이 과정에서 실체화되어 균질적인 체계성의 통일성을 암시할 수 있는 만들어진 '문화'라는 개념이 철저히 이용되었다. 우선 '내부'와 같은 것이 이미 존재한다는 생각을 양성함으로써, 이질성을 조장할 수 있는 것을 모두 합법적이지 않은 것으로 할 수 있는 권위가 지배자에게 부여되었다. 일본어와 민족ethnos

옮긴이 후기

이 책의 저자 사카이 나오키는 미국 코넬대학에 재직하고 있으며 오늘날 일본 사상사 연구를 세계적 시야에서 리드하고 있는 인물 중의 한 사람이다. 일본 정치사상사 연구의 거목 마루야마 마사오에 비견되는 성과를 세계를 무대로 도출하고 있다. 사카이 나오키는 이미 국내에 널리 알려진 사상가이며 이 책의 후속으로 나온 그의 저작『번역과 주체』,『사산되는 일본어·일본인』,『일본, 영상, 미국』이 한국어로 번역·출판되었고, 한국어판으로만 간행된 것으로『국민주의의 포이에시스』와 임지현과 대담한 내용을 담은『오만과 편견』이 있다. 니시타니 오사무와 공동으로 엮은『세계사의 해체』도 한국어로 번역되었다. 사카이 나오키가 주재한 다언어 잡지『흔적』도 국내에서 발매되었다. 이러한 그의 저작 가운데 널리 읽힌『번역과 주체』는 주체主體의 일본어 음인 '슈타이'의 개념을 도입해 일본 현대 사상을 세계적인 시점에서 부각시키는 데 크게 기여했다. 국내에 소개된 사카이 나오키의 논저는 현대 일본사상과 문화이론에 초점이 맞추어져 있다. 그의 이러한 사상적 궤적은 18세기 일본 사상에서 출발하고 있다. 그 전모가 이 책에서 펼쳐진다.

이 책은 동일성을 강조하고, 이질성을 배제하며, 타자를 거부하는 '근대일본'의 본질적인 문제가 18세기 일본 사상의 연속선상에 놓여 있다는 점을 밝히고 있다. 17세기 말부터 20세기 초에 걸쳐 일본에서 생산되었던 주요 사상가의 저술과 문학 텍스트가 이 책에서 다루는 연구 대상이다. 오규 소라이나 모토오리 노리나가 등의 국학자들의 사상적 문제점을 이토 진사이와 대비시켜 논증하고 있다. 18세기 일본 사상사에서 그다지 중심적 위치를 차지하지 못했던 이토 진사이가 이 책에서 전면으로 부각된다.

이토 진사이는 주자학을 탈구축한 유학자로 평가받고 있다. 그의 대표작 『동자문』, 『논의고의』, 『맹자고의』가 이미 국내에 번역되어 소개되고 있다. 사카이 나오키는 이토 진사이의 사상적 특징을 서양 사상의 이론적 토대 하에서 철저하게 규명하려고 한다. 푸코, 라캉, 데리다, 벤베니스트, 바흐친, 볼로시노프 등의 이론에서 추출된 '텍스트성' 또는 '상호텍스트성'의 개념을 이토 진사이의 사상적 구조를 파헤치는 장치로 활용하고 있다.

전체 3부로 구성된 이 책은 제1부에서 『논어』와 『맹자』와 같은 유학의 고전에 대한 신뢰를 고백한 이토 진사이가 주자학을 패러디해서 비판했으며, 은유적으로 주자학에 대한 반감을 표시했다고 말하고 있다. 이토 진사이는 주자학이 동일성의 원리를 강조하면서 억압하고 은폐했던 우연성과 이질성을 회복하고자 했다. 이 점을 그의 사상적 특징으로 파악한다. 개개인의 '마음'으로만은 통제할 수 없는 '신체'나 '집단' 안에 동일화할 수 없는 '타자'에 대한 배려가 이토 진사이의 사상적 특징인 윤리성으로 강조되었다고 사카이 나오키는 밝히고 있다.

제2부에서는 18세기 일본 문학작품이 분석 텍스트로 다루어진다.

희작의 요소가 강한 이야기책 '게사쿠'와 연극 대본인 '교겐본', 통속문학 등이 '잉여' '대리보충' '낯설게 하기' 등의 개념으로 분석되고 있다. 문학 텍스트를 다루는 방법론에서 텍스트 내용을 언급하지 않고 표현형식의 차이와 변화에 주목하면서, 17세기와 18세기 담론 편제의 구조적 차이를 밝히고 있다. 일본말과 일본어 문장의 고유 표현에 집중하면서 18세기 문학 텍스트의 탈중심화의 경향을 논증하고 있다.

제3부에서는 오규 소라이와 모토오리 노리나가 같은 국학자가 중국 고대어나 일본 고대어의 균질적인 구성체를 상정하여 타자의 존재를 부인했던 문제를 다루고 있다. 사카이 나오키의 분석에 의하면 오규 소라이와 모토오리 노리나가가 구상했던 고대 중국과 고대 일본에 대한 친화적 공간이 근대일본의 국민국가 창출의 모태가 된 '일본어' 제도화의 근거가 되고 있다. 일본어는 고대부터 존재했다. 그러나 일본어가 일본인들의 의식에 '우리'의 언어로 각인되기 시작했던 것은 18세기 국학자들의 출현에 의해서였다. 19세기 말에 다시 일본어가 국가 언어로 특권화되었던 것은 18세기 일본에서 발생한 언어를 둘러싼 담론이라는 기반이 있었기 때문이다. 이 책은 말이나 문장으로 표현하는 방법, 표현하는 형식과 매체가 이데올로기로 작동하여 담론의 재편성에 개입하는 현장을 일본 사상사 연구에서 주류를 이루는 연구방법인 실증주의를 벗어난 지점에서 논하고 있어서 문제적이며, 그러기에 일본이라는 우물에서 나와 세계와 교감하는 성과라고도 말해지는 것이다.

역자가 일본에서 박사논문을 집필할 당시에 마침 『과거의 목소리』 일본어판이 간행되어 처음 이 책과 만났다. 논문 집필에 매우 유용한 참고도서로 활용했으나 직접 번역을 할 것이라고는 전혀 생각하지 못했다. 아주 우연한 계기로 번역을 하게 되었다. 유학을 마치고 귀국한 직후 2006년에 '연구공간 수유너머'의 '고전학교'에 출석해 『중용』, 『대학』, 『근사록』 등을 읽었다. 당시 학교장이었던 고미숙 선생님은 이토 진사이의 저작물도 다루면서 이 책의 일부를 발제하도록 했다. 그리고 아예 전체를 번역하면 어떻겠느냐고 제안하셨다. 당시에는 이 책에 관심 있는 몇몇 사람과 함께 꼼꼼하게 읽어 보겠다는 요량으로 번역을 맡았다.

번역은 번역강독 세미나의 형식으로 진행되었다. 일본어판의 번역을 해가면 세미나 강독에 참석하는 사람들이 읽고 번역문과 내용에 관해 토론을 하는 방식이었다. 이때에 영문판을 수시로 참고했으며 내용이나 글도 비교해 보았다. 영문판 해석에는 최경열 선생님, 오선민 선생님, 최순영 선생님이 도와주셨다. 이렇게 시작된 번역의 초고는 몇 년에 걸쳐 완성되었다. 이 초고를 다시 보니 한국어로 번역된 문장인데 이해 불가능한 표현이 적지 않았다. 그래서 다시 번역강독 세미나를 가동해 번역 원고와 원문을 함께 읽으면서 문장을 가다듬었다. 2차 번역 강독 역시 몇 년에 걸쳐 이루어졌다. 여러 사람이 번역 강독에 참여했다. 끝까지 함께 한 여러 동료들이 곁에 있지 않았다면 아마 번역은 완성되지 못했으리라 생각한다.

사카이 나오키 선생님이 한국에 오셨을 때 번역강독 세미나 멤버들과 몇 차례 토론회도 가졌고 번역을 둘러싼 이야기도 나누었다. 이렇게 보면 이 번역본은 공동 번역, 즉 여러 사람들과 나눈 우정이 쌓이면서 만들어졌다. 『과거의 목소리』의 번역은 애초에 연구공간 수유너머의 여러 선생님과 사카이 나오키 선생님의 우정이 빚어낸 소산이라 할 수 있다. 연구자들이 격의 없이 만나는 시간 속에서 차근차근 일본어의 문장이 한국어의 글로 바뀐 것이다. 역자의 게으름으로 번역본 출판이 오랫동안 지연되는 사태를 겪으면서도 끝내 빛을 발할 수 있었던 것은 이러한 '우정'에 둘러싸여 흘렀기에 가능했다. 여기에 그린비 출판사의 기다림과 아낌 없는 지원도 더해졌다. 번역에 대한 독려와 이 책에 대한 참된 애정이 뒷받침되지 않았다면 유종의 미를 장식하기는 힘들었을 것이다. 저자인 사카이 나오키 선생님을 비롯해 이렇게 많은 분들의 은혜 속에서 분에 넘치는 사랑을 받으며 감당하기 힘든 번역을 마무리할 수 있었다. 고개 숙여 깊이 감사드린다. 이 책을 기다렸던 독자에게 자그마한 기쁨이라도 드릴 수 있다면 다행이겠다. 그분들의 숨결을 머금으면서 이 책은 다시 태어날 것이리라. 생명을 불어넣어 주는 미지의 독자에게 고마운 마음을 전한다.

2017년 3월

옮긴이 이한정

찾아보기